Début d'une série de documents
en couleur

COUVERTURES SUPERIEURE ET INFERIEURE D'IMPRIMEUR

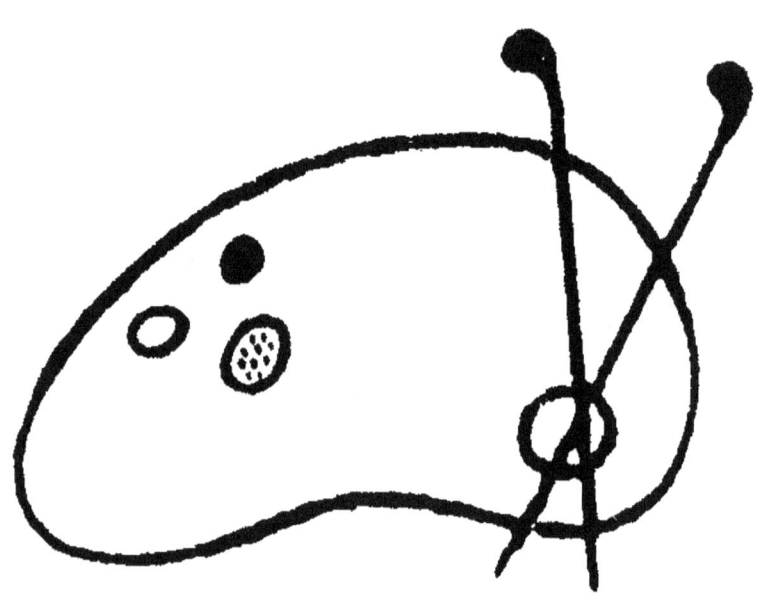

Fin d'une série de documents
en couleur

LE ROBINSON DU NORD

1re SÉRIE GRAND IN-8°

— Qui va là? Parlez, camarade, qui êtes-vous ? d'où venez-vous?... (page 118)

PERCY SAINT-JOHN

LE

ROBINSON DU NORD

TRADUCTION REVUE DE RAOUL BOURDIER

Vingt-cinq gravures

LIMOGES

EUGÈNE ARDANT ET Cⁱᵉ

ÉDITEURS

— Je vous écouterai avec plaisir, répondit le patron en bourrant sa pipe (page 11)

LE
ROBINSON DU NORD

I. — En mer. — Un héros. — Le jeune Robinson. — Premier voyage.

Il est minuit, on va relever le quart. Le ciel est sombre, les vagues atteignent une hauteur prodigieuse, le tonnerre gronde, l'éclair sillonne la nue et le vent siffle avec une fureur effrayante à travers les cordages tendus.

La scène se passe sous le soixantième degré de latitude nord, sur le pont d'un baleinier qui fait route vers les mers polaires. Nous sommes en été, à l'époque même où les glaces commencent à se briser ; néanmoins, le froid est encore fort intense.

7

Grâce à la lanterne attachée au mât et aux lueurs fugitives des éclairs, on peut distinguer ce qui se passe à bord.

Deux marins se tiennent debout auprès de la roue du gouvernail ; les yeux fixés sur la boussole, ils attendent, dans l'attitude de la plus profonde attention, les ordres du patron, qui cause à quelques pas de là, avec deux hommes de l'équipage, le visage tourné vers l'avant du navire. Le brick n'a dehors que ses huniers et une trinquette ; mais néanmoins le temps est si mauvais, qu'il paraît encore donner trop de prise au vent. Le bâtiment gémit, les toiles frissonnent, le mât craque et crie, et les vergues, bien que solidement brassées, ploient à chaque plongeon et à chaque roulis.

— Voilà une bien vilaine mer, capitaine, dit un tout jeune homme dont la personne et le visage sont complètement cachés sous son costume de baleinier.

— J'en ai rarement vu de plus mauvaise, maître Harry, et pourtant voilà trente ans que je navigue. Ne ferions-nous pas bien, Monsieur Williams, de lâcher un ris dans les huniers? Le bâtiment fatigue horriblement.

Celui qui venait d'être interpellé de la sorte était un marin trapu et solidement bâti, — vrai loup de mer des pieds à la tête, — qui mâchant silencieusement sa chique, se tenait près du patron.

— Lâcher un ris, capitaine! Je n'ai pas navigué aussi longtemps que vous dans ces parages, c'est vrai ; mais je vous jure bien que, partout ailleurs, je me tiendrais au pied du mât, la hache au poing, et tout prêt à l'abattre si je voyais mettre dehors un pouce de toile de plus. Selon moi, le plus sûr, par le temps qui court, serait de mettre le bâtiment à sec de voiles.

— Comme vous voudrez, monsieur Williams, répliqua celui que, par politesse, on qualifiait de capitaine, je m'en rapporte à votre vieille expérience. D'ailleurs, vous êtes maintenant de quart, c'est donc à vous de commander. S'il survient quelque changement dans la direction du vent, faites-moi appeler. Allons, maître Harry, descendez vous reposer, autrement il vous sera impossible de tenir les yeux ouverts lorsqu'on aura besoin de vous.

Malgré la violence du vent et la colère des flots, aucun danger imminent ne semblait menacer le vaisseau. Le patron et maître Harry descendirent donc l'escalier ou plutôt l'échelle qui conduisait à la cabine.

Les emménagements de cette cabine n'étaient pas des plus confortables. On voyait de chaque côté, à une hauteur d'environ trois pieds, deux cadres étroits qu'on osait à peine appeler des lits. Plus bas, tout autour de la chambre, régnait une espèce de banc qui servait à la fois de siège et de coffre. Au milieu de l'appartement se dressait une table, au-dessus de laquelle était suspendue une lampe à roulis, qui demeurait immobile malgré les rudes secousses éprouvées par le bâtiment. Un trophée de carabines, d'épées, de pistolets et de harpons ornait la cloison étanche.

L'atmosphère était imprégnée d'une odeur nauséabonde, — parfum mélangé de biscuit, de tabac, de fromage et d'huile, — auquel se joignait cette senteur de moisi particulière aux cabines des petits navires.

Il paraît impossible, au premier abord, que les sens ne se révoltent pas contre les abominations de toute espèce réunies pour soulever le cœur dans la cabine d'un baleinier. Cependant, telle est la force de l'habitude, que les tempéraments ordinaires s'y accoutument après un apprentissage de quelques semaines; les plus délicats n'y songent plus au bout de deux mois.

Le soir en question, d'autres désagréments venaient s'ajouter au parfum que j'ai cherché à analyser. C'étaient la vapeur épaisse qui s'exhalait des vêtements humides, et le bruit étourdissant des flots qui se brisaient contre les parois du bâtiment. De temps à autre, une lame plus forte attaquait le frêle rempart de planches, avec tant de fureur que le bâtiment paraissait sur le point de s'engloutir.

Rien n'est effrayant et majestueux à la fois comme le spectacle d'une tempête. Tous ceux qui ont bravé les dangers de l'Océan ont été frappés de l'immense disproportion qui existe entre la puissance des flots et la fragilité du navire qu'on voit si souvent s'élever triomphant sur la cime écumeuse de son ennemi dompté. C'est un spectacle qui manque rarement de produire sur l'esprit une impression salutaire et profonde, et il est rare qu'on traverse les mers sans être émerveillé des victoires remportées par l'homme sur la matière.

Mais, Harry et le capitaine Shipton étaient déjà trop habitués à leur rude métier pour se livrer, en ce moment, à des réflexions de cette nature. Ils étaient transis de froid, mouillés, et surtout affamés; ils songèrent donc tout d'abord à souper. Leur repas se composait de bœuf salé, de pommes de terre et de biscuit; le tout arrosé d'une ration de rhum et d'eau.

Le capitaine paraissait avoir dépassé la quarantaine; des rides profondes sillonnaient son visage bruni; et ses cheveux, qu'il portait très courts, étaient presque blancs. Sa physionomie ouverte et franche dénotait une grande intelligence. Ses yeux gris lançaient de rapides regards; sa bouche avait une expression quelque peu sévère, bien que le sourire lui parût familier. En ce moment, cependant, l'ensemble de ses traits annonçait de graves préoccupations.

Harry, ou plutôt Henry Maynard, était un jeune homme d'environ vingt-et-un ans, dont la taille était au-dessus de la moyenne; son visage ovale, encadré de cheveux noirs et éclairé par des yeux bruns, disposait immédiatement en sa faveur. Son front pensif et le caractère intelligent de ses traits contribuaient sans doute à faire naître l'intérêt; mais, ce qui excitait surtout la sympathie, c'était l'expression de douceur répandue sur sa physionomie. Dès qu'il parlait, il charmait son auditoire, car il possédait un des plus grands avantages que puisse désirer un homme, — une voix harmonieuse et agréable. Aventureux, hardi, résolu, industrieux, aimant l'étude, ce jeune homme ne semblait guère être à sa place dans la cabine d'un baleinier : cependant, son costume était celui d'un simple matelot; il remplissait, en effet, les fonctions de second à bord de *la Belle Fanny*.

Nous verrons tout à l'heure quels motifs avaient engagé un jeune homme instruit et bien élevé à adopter un pareil genre de vie.

— Eh bien! monsieur Maynard, demanda le capitaine tandis

qu'ils terminaient leur frugal repas, que pensez-vous maintenant des mers polaires et de la pêche de la baleine?

— C'est à peu près ce que j'attendais : une existence semée
de privations et de dangers, dont je ne connais encore que la
moitié...

Ici une lame qui frappa le navire par le travers et lui donna
une effroyable secousse, eût infailliblement envoyé le jeune
marin du côté de la table où se trouvait le capitaine, s'il n'eût eu
la précaution de saisir le rebord de son cadre.

— A la bonne heure, j'aime à vous voir ce courage, reprit le
patron, car vous en aurez besoin. Jusqu'ici, nous avons pour
ainsi dire navigué en eaux calmes, et nous voici arrivés aux
pêcheries sans avoir éprouvé la moindre avarie. C'est égal, je
n'ai pas encore aperçu la queue d'une baleine, et l'équipage
commence à croire que le voyage ne sera pas très profitable.

— Vous savez fort bien, capitaine, que la pêche des baleines
n'est que l'objet secondaire de notre voyage. J'avais un autre
but en visitant ces parages.

— Je m'en suis douté, monsieur Maynard, dès le jour où vous
m'avez parlé de votre intention; sans cela vous n'eussiez pas
abandonné la maison paternelle, votre charmante fiancée, et
toutes les calmes jouissances du foyer domestique. Quant à
moi, je suis pauvre, et je voyage pour faire vivre ma femme et
mes enfants. Que le bon Dieu les bénisse!... Mais vous, c'est
une autre histoire; et je suis encore à me demander pourquoi,
riche et aimé comme vous l'êtes, vous avez voulu vous embarquer à bord d'un baleinier?

— Monsieur Shipton, si vous n'avez pas plus envie de dormir
que moi, je vous raconterai comment cette idée m'est venue, et
quelles sont les raisons qui m'ont poussé, à l'âge de vingt-et-un
ans, à entreprendre ce périlleux voyage.

— Je vous écouterai avec grand plaisir, répondit le patron
avec empressement en bourrant sa pipe; seulement, faites
comme moi, allumez votre pipe, ou sans cela je croirai que vous
n'êtes qu'un marin pour rire.

— Pour vous faire plaisir, je fumerai quelques bouffées, dit le jeune homme en souriant; mais, en ce qui concerne le tabac, j'ai encore, je l'avoue, mon apprentissage à faire.

A ces mots, Henry s'assit sur son cadre, les pieds appuyés sur le banc qu'il venait de quitter, et commença le récit annoncé.

Mais, comme le lecteur ignore une foule de détails que connaissait parfaitement le digne patron, nous demanderons la permission de prendre la parole à la place d'Henry et de raconter nous-même son histoire, en intercalant certains faits que l'orateur se croyait dispensé de répéter.

Henry Maynard était l'unique enfant d'un riche négociant qui, outre une fortune considérable amassée dans les affaires, possédait une belle propriété dans le Devonshire. Généreux et d'humeur libérale, il n'avait rien négligé pour donner à son fils unique l'éducation la plus brillante. A l'aide d'une bibliothèque bien choisie et grâce aux sages avis d'un précepteur, Henry fit de rapides progrès. Les affaires de M. Maynard l'appelaient chaque jour à Plymouth, où se trouvait sa maison de commerce; mais, après la fermeture des bureaux, il montait à cheval pour rejoindre à dîner sa femme et son fils.

Les affaires terminées, le négociant se donnait tout entier à sa famille, à son jardin et à ses livres. Il faisait, avec sa femme et son fils, de longues promenades. Souvent aussi, tandis que madame Maynard s'occupait à quelque travail d'aiguille, il leur faisait la lecture à haute voix.

Grâce à la nature des ouvrages auxquels M Maynard donnait la préférence et que son fils écoutait avec le plus vif intérêt, les goûts maritimes du jeune héros de Pétershill se développèrent rapidement. Un bassin, ou plutôt un lac, qui se trouvait au milieu du parc, était toujours couvert de bateaux. Ces vaisseaux en miniature, bâtis avec une rare habileté, sortaient des ateliers de construction d'un vieux marin, Timothée Stop, qui, s'étant cassé une jambe à bord d'un des bâtiments de M. Maynard, avait été envoyé à Pétershill, soi-disant pour y remplacer un domestique malade; mais, en réalité, la place était une sinécure, et le négociant n'avait eu d'autres motifs que de procurer à l'invalide un abri pour ses vieux jours.

A ces signes, d'une vocation précoce, vint bientôt se joindre une passion insatiable pour tous les ouvrages qui traitaient de voyages ou de géographie. Henry s'empressait de terminer ses devoirs et de réciter ses leçons, afin de pouvoir, en toute sécurité, s'installer dans la bibliothèque et y passer des heures entières absorbé dans les récits de Cook, de Frobisher, de Hakluyt ou de Barents. A le voir penché sur ces volumes chéris, on eût dit un avare dévorant des yeux son trésor.

M. Maynard ne contrariait en rien les prédilections littéraires de son fils : il veillait seulement à ce que les leçons nécessaires au développement de l'esprit et 'es promenades exigées pour la santé du corps n'en souffrissent point. Il encourageait même cette curiosité précoce qui poussait le futur négociant à étudier les mœurs et la nature des pays les plus éloignés, car il n'ignorait pas que, lorsqu'on fait des affaires avec le monde entier, on ne saurait trop connaître les différents peuples avec lesquels on peut entrer en relations.

Henry avait l'habitude de se lever à six heures du matin et de commencer la journée par une promenade dans le parc. Il était ordinairement accompagné de Stop, circonstance qui l'empêchait de faire des excursions trop lointaines et d'oublier ainsi l'heure du déjeuner.

Un matin du mois de mai, Henry, qui avait depuis peu atteint sa dixième année, se leva plus tôt que de coutume, et, comme c'était jour de congé, il en profita pour se rendre à la bibliothèque. Il en parcourut de l'œil tous les rayons; puis, impatienté de ne pas trouver ce qu'il cherchait, il prit au hasard un volume dont le titre l'avait frappé. Il sortit seul, son livre sous le bras, et disparut dans un bois qui faisait face à la maison, et dont une partie était restée aussi inculte et aussi sauvage que les forêts vierges du Nouveau-Monde.

Au centre de ce bois, se trouvait une colline tapissée de bruyères, d'arbrisseaux et de fleurs sauvages, à laquelle on n'avait accès que par des sentiers étroits, tortueux et difficiles. Cette colline était la retraite favorite de Henry.

Le jour en question, huit heures étaient sonnées que notre héros n'avait point encore reparu à la maison. Mais, comme on supposait qu'il était allé à Plymouth, à la rencontre de ses parents, on ne remarqua pas trop son absence. Ce ne fut que vers cinq heures qu'on le vit revenir pâle, agité, mourant de faim et de soif, et les yeux aussi démesurément agrandis que s'il venait d'apercevoir quelque bête féroce.

Son père, lui ayant demandé d'où il venait, il répondit qu'il avait passé la journée à lire dans le bois. M. Maynard se contenta de cette réponse, après lui avoir recommandé toutefois de ne pas, à l'avenir, oublier ses repas, attendu qu'un tel oubli pouvait être préjudiciable à sa santé.

Henry termina son dîner sans prononcer une parole, mais on attribua son silence à la fatigue et à la faim.

— Je crois que tu devrais faire une petite promenade, dit madame Maynard à son fils, lorsque celui-ci eut dîné et se fut reposé. Emmène Stop avec toi, et sois de retour pour le thé; seulement, ne te fatigue pas à courir et ne t'échauffe pas comme tout à l'heure.

— Merci, maman, je crois que le grand air me fera du bien, répondit l'enfant, qui s'empressa de profiter de la permission.

Quelques instants après, ses parents le virent traverser tranquillement la pelouse en compagnie du fidèle Stop, à qui il montrait le volume avec lequel il avait fait connaissance le matin même.

— Cet enfant a un goût merveilleux pour la lecture, dit le père.

— Je ne lui trouve pas trop bonne mine depuis quelque temps, répondit madame Maynard. Je crains qu'il ne mène une vie trop sédentaire. Il faudra que je dise à Stop de le faire sortir davantage; je prierai aussi Henry de m'accompagner à cheval, quand je sors dans l'après-midi, au lieu de s'asseoir à côté de moi dans la voiture.

— Vous ferez très bien, ma chère.

La conversation ne se prolongea pas davantage sur ce sujet.

Le lendemain et les jours suivants, Henry et Stop sortirent régulièrement chaque matin de très bonne heure, emportant avec eux leur frugal déjeuner et ne rentrant que vers dix heures. Chacun alors allait de son côté : Henry à ses études, et Stop à ses bateaux ou à quelque autre besogne qu'il savait devoir faire plaisir à son jeune maître.

La régularité de ces promenades et leur durée ne tardèrent pas à exciter la curiosité de M. et de madame Maynard, qui se décidèrent à faire aux alentours un voyage d'exploration. Ils se dirigèrent donc vers le bois, et y pénétrèrent par le sentier étroit dont nous avons parlé plus haut. Bientôt, guidés par le son de deux voix, ils arrivèrent vers la fameuse retraite de Henry, s'avancèrent un peu, puis s'arrêtèrent saisis d'un muet étonnement.

Un coup d'œil suffit pour leur faire comprendre le spectacle qui s'offrait à eux. L'enfant et son vieux compagnon s'étaient établis dans un endroit où une cavité de la colline formait une espèce de grotte : ils l'avaient agrandie en détournant les ronces et en creusant un peu. Tout près de là, ils avaient bâti une hutte avec des pieux, des branches et de la paille. A travers l'ouverture qui servait de porte, on apercevait une vieille table et deux chaises de cuisine. La hutte était protégée par un entourage de pieux solidement fichés en terre et reliés entre eux par des ronces entrelacées; cette palissade défendait complètement l'approche de la hutte. On ne pénétrait à l'intérieur qu'au moyen d'une échelle qu'on pouvait enlever à volonté. A travers deux formidables meurtrières, se montrait la gueule béante de deux canons de bois assez habilement imités et peints en vert. Une chèvre solitaire errait en liberté au milieu de l'enclos. Timothée Stop était occupé à scier une planche, pendant que son jeune maître, abrité sous un vieux parapluie, contre les rayons d'un soleil imaginaire, un fusil d'enfant en bandoulière, un chapeau de fourrure d'une forme fantastique sur la tête, et à la ceinture une énorme paire de pistolets avec un coutelas rouillé, se promenait de long en large d'un air grave et solennel.

— Maintenant, nous pouvons déjeuner, Vendredi, j'ai assez faim moi-même, et je crois que nous n'avons plus rien à craindre de l'ennemi aujourd'hui.

— Très bien, monsieur Robinson, répondit Stop, mais je vais d'abord donner à déjeuner à notre pauvre chèvre.

Et, tandis que son jeune maître déposait sur un banc son

parapluie, son fusil et un livre, qui, ainsi que le lecteur l'aura
deviné sans peine, n'était autre que *Robinson Crusoé*, le digne
vieillard fit manger l'animal apprivoisé, dans lequel madame
Maynard reconnut sa chèvre favorite.

M. Maynard pressa doucement le bras de sa femme, et l'emmena sans prononcer une seule parole. Ce ne fut que lorsqu'il
eut franchi les limites du bois qu'il ouvrit la bouche.

— Pourquoi tenez-vous beaucoup à ce que Henry ignore
notre visite? lui demanda alors sa femme.

— Il avait l'air si heureux, que je n'ai pas voulu troubler son
bonheur en lui faisant connaître notre présence sur son domaine.
Il vit, pour le moment, dans un monde que son imagination a
évoqué, et je comprends les sentiments dont il est animé. Il est
peu d'enfants de son âge qui ne se laissent fasciner comme lui
par ce roman qu'on appelle *Robinson Crusoé*. Qu'il s'amuse donc
en paix, car qui sait si l'avenir lui réserve beaucoup de bonheurs
pareils à celui qu'il goûte en ce moment!

Pendant quelque temps, on ne fit donc aucune allusion aux
allées et venues du petit Robinson et de son fidèle Vendredi.
Cependant, l'idée fixe, qui s'était emparée de ce jeune cerveau,
sembla peu à peu perdre de son empire; le livre de Daniel Defoë
fut peu à peu délaissé et remplacé par les récits de voyages plus
authentiques par terre et sur mer.

— Ah çà, maître Crusoé, nous avons donc abandonné notre
caverne et notre île? lui demanda un jour M. Maynard.

— Comment, mon père, vous saviez cela?

— Oui, depuis trois mois.

— Et vous ne m'avez pas grondé! continua Henry avec un
éclair de satisfaction dans les yeux.

— Mon cher enfant, tu paraissais si heureux, et tes études ne
souffraient en rien de tes innocents plaisirs! nous t'avons donc
laissé libre de t'amuser à ta façon Mais, quel charme trouvais-
tu à te déguiser de la sorte et à t'emprisonner dans une cave?

— J'étais si content de ressembler un peu à Robinson Crusoé!

— Tu n'as donc jamais réfléchi aux privations, aux souffrances, à la solitude de ce pauvre abandonné?

— Si; mais, n'a-t-il pas fini par avoir la société de Vendredi?

— C'est alors seulement que la vie cessa de lui être à charge ; et, il ne faut pas oublier qu'avant de trouver un compagnon, il a passé vingt ans seul. Si tu as lu son histoire avec attention, tu auras remarqué que son existence a été une lutte continuelle.

— Il est impossible de se faire un nom sans passer par de rudes épreuves. Voyez le capitaine Cook !...

— Mon cher Henry, Cook a vécu et a rendu de grands services à son pays ; mais, je dois te prévenir que ton ami Robinson n'a existé que dans l'imagination de Daniel Defoë.

— Alors Robinson Crusoé n'est qu'une fiction ! s'écria l'enfant, qui fut sur le point de pleurer de dépit.

— Pas autre chose ; seulement, c'est un beau livre, et de plus un livre amusant, ce qui ne gâte rien. Ce roman, mon cher enfant, renferme une belle morale, et j'espère que tu sauras l'apprécier, comme lorsque tu seras arrivé à l'âge mûr.

Henry ne répondit rien ; il parut réfléchir un instant, puis il courut raconter à Stop que les aventures qu'ils avaient regardées comme véridiques n'avaient aucun fondement. Il serait difficile de dire qui fut le plus chagrin de cette nouvelle, de l'enfant ou du vieillard. Cependant, le temps s'écoula, et Henry atteignit sa quinzième année. Un jour qu'il avait été question de l'envoyer terminer ses études dans quelque Université, le jeune homme dit d'un ton fort grave :

— Mes chers parents, j'apprécie les bienfaits de l'éducation ; j'aime les livres et les leçons qu'on en tire ; mais il faudra, tôt ou tard, que je voyage et que je voie le monde...

— Voyager ! nous quitter ! s'écria madame Maynard.

— Laissez-le parler, mon amie, interrompit son mari.

— J'ai déjà beaucoup appris ; j'en sais assez pour faire un honnête négociant ou un homme du monde. Mais, je ne rêve que voyages, vaisseaux et pays lointains Laissez-moi faire quelques petits voyages, pendant lesquels je grandirai et deviendrai un homme raisonnable ; alors, je reviendrai pour ne plus vous quitter ; je serai l'appui de votre vieillesse ; je vous conterai ce que j'aurai vu, entendu et senti. J'emporterai des livres avec moi, et je m'efforcerai d'apprendre les langues des pays que je visiterai ; je vous promets que lorsque vous aurez besoin

2

de moi ici, je ne m'absenterai plus. Laissez-moi seulement vi
siter les Indes et l'Amérique, et je ne songerai plus à m'éloigner. Maintenant, c'est à vous de prononcer; car, quelle que
soit votre décision, je m'y soumettrai sans murmurer.

— Ma chère amie, dit M. Maynard, Henry a raison. C'est en
agissant comme il désire le faire aujourd'hui, que j'ai débuté
dans la vie et que je suis arrivé à la position que j'occupe.
C'est en voyageant que j'ai appris le commerce. Laissons-le
donc partir, et il nous reviendra bientôt fatigué des voyages.

— Merci, mille fois merci, mon cher père, s'écria Henry le
visage animé et les yeux brillants de bonheur. Mais vous, ma
bonne mère, consentez-vous à mon départ?

— Non, vous ne m'embrasserez pas, méchant enfant qui voulez nous quitter.

— Mais, si vous m'envoyez à l'Université d'Oxford ou à Cam-
bridge, je serai également obligé de m'éloigner de vous, dit le
jeune homme de sa voix la plus insinuante.

— C'est vrai, ajouta son père d'un air pensif; et, au sortir
d'une Université, nous te trouverions peut-être plus changé
qu'à la suite d'un long voyage.

Ce dernier argument était sans réplique. Il fut décidé que
notre héros s'embarquerait à bord du premier bâtiment convenable en partance pour les Indes orientales, et que Tim Stop
serait son compagnon de voyage. Une occasion ne tarda pas à
se présenter, et Henry dit adieu à ses parents.

Pendant dix-huit mois, on eût pu croire que la maison de
campagne de Petershill et l'hôtel des Maynard, à Plymouth,
étaient inhabités. Le lutin, dont la présence les avait si longtemps égayés, avait disparu. M. et madame Maynard parlaient
souvent de l'absent d'une voix triste. Cependant, la malle leur
apporta quatre fois des nouvelles du jeune voyageur, dont les
volumineuses épîtres ramenèrent sur leurs lèvres le sourire
oublié, et leur fournirent d'inépuisables sujets de conversation.

Un matin, c'était la veille de Noël, ils venaient de s'asseoir et
se préparaient à déjeuner. Les fenêtres de leur salle à manger
avaient vue sur la grande rue et sur le port de Plymouth. Ils
causaient de leur fils absent, songeant combien sa présence eût

ajouté aux joies de cette fête, lorsque la diligence de Londres s'arrêta devant leur porte. Un jeune marin descendit lestement, et s'élança vers la maison après avoir fait déposer deux grandes malles à l'entrée. Un vieillard, dont la jambe de bois résonnait sur le pavé, le suivait à pas lents.

— Mon enfant! s'écria la mère.

— Mon fils bien-aimé! répéta le père. Béni soit celui qui le rend à notre amour !

Un instant après, Henry était dans leurs bras.

Dire toutes les caresses dont on le combla, toutes les questions qu'on lui adressa sans lui laisser le temps d'y répondre, comment on le fit manger bon gré mal gré, combien de fois on l'obligea à se lever au milieu de ce repas forcé pour admirer sa taille, combien d'ordres contradictoires furent donnés sans que personne songeât à les exécuter, attendu que commis, domestiques et hommes de peine se pressaient pêle-mêle autour de la porte; dire comment M. Maynard doubla, séance tenante, les étrennes des employés, comment chacun voulait féliciter ce fils qui parti enfant revenait un beau jeune homme, c'est là une tâche que je laisse à une plume plus habile que la mienne. J'ajouterai seulement que tout le monde fut heureux de ce retour imprévu.

Le jour suivant, il y eut grand dîner pour fêter la Noël. Il est inutile de dire que Henry fut le héros de la soirée. Il fit d'étranges récits sur les Indiens, les Hottentots et les habitants des autres pays qu'il avait parcourus. Il parla d'orages, de beauprés, de ressacs, de hamacs, de bâbord et de tribord, de cadres, de cabines et d'entrepont, de façon à étonner tout le monde; puis, il s'arrêtait pour embrasser ses parents et sa petite cousine Fanny, qu'il ne quitta pas de la soirée.

En un mot, il y eut beaucoup de gaieté et d'entrain. C'était comme un conte de fées.

Les amis le saluèrent de la main ou agitèrent leurs mouchoirs (page 23)

II — L'Amérique. — Une héroïne. — Les conséquences de l'ambition.

Le second voyage du jeune marin le conduisit en Amérique. Rien n'est capable de nous étonner autant que le phénomène d'un vaste continent peuplé de sauvages aussi incultes que leurs forêts, et devenant tout à coup le centre d'une civilisation nouvelle. Henry Maynard passa deux ans à visiter cette immense contrée, et il en revint vivement impressionné.

Notre héros s'appliqua à étudier l'effet des institutions du pays sur la prospérité et le bien-être des citoyens.

Henry Maynard avait près de vingt ans lorsqu'il revint de ce second voyage, formé au physique comme au moral. Son esprit, préalablement nourri et fortifié par la lecture, s'était développé avec une grande rapidité. Il suffisait de l'entendre parler pour reconnaître qu'il était supérieur à la plupart des jeunes gens de son âge. Ce n'était pas sans doute un grand génie, mais c'était un jeune homme instruit, plein d'impulsions généreuses, doué d'un grand esprit d'observation. Il brûlait de tout voir et de tout savoir, et il chercha dans des lectures assidues de nouveaux sujets de réflexion.

Mais, un obstacle imprévu vint se jeter à la traverse de ce beau projet. Il trouva sa cousine Fanny installée dans la maison paternelle.

Cette petite cousine, en effet, demeurée sans ressources à la suite de la mort de ses parents, avait été adoptée par M. Maynard. Madame Maynard avait gagné à cette adoption une compagne douce, aimable, instruite, pleine de bon sens; et qui de plus ne se lassait jamais d'entendre l'éloge du fils absent de sa bienfaitrice.

Henry voulut revoir avec Fanny tous les coins du parc, toutes ses promenades favorites; il la conduisit vers la caverne où Stop avait joué pour lui le rôle de Vendredi. Il établit de nouveau son cabinet de lecture en cet endroit; et Fanny, qui n'était plus une enfant, venait y lire à ses côtés.

Cependant, les deux jeunes gens causaient souvent du temps passé, de Stop, de la caverne et de la chèvre.

Un jour, ils étaient assis l'un près de l'autre et semblaient tout absorbés dans leur lecture. Bientôt Henry devint distrait.

— Fanny, dit-il d'une voix étouffée par l'émotion, voilà trop longtemps que je cherche à cacher les sentiments qui m'agitent. Écoutez-moi : Nous sommes parents; nous avons à peu près les mêmes goûts, presque le même âge, pourquoi ne pas nous unir par des liens plus étroits?

La jeune fille lui dit sans lever les yeux :

— Henry, je ne vous cacherai pas le plaisir que m'a fait votre aveu. Mais, je ne suis qu'une pauvre orpheline à charge à vos parents, et je ne dois pas me laisser aller à de pareilles idées. Oubliez ce que vous venez de me dire, cher Henry, et restons cousins et amis; sinon, souffrez que je m'éloigne. Pour rien au monde, je ne voudrais que mon bienfaiteur...

— O Fanny, vous ne connaissez pas mes parents! Ils ne désirent que le bonheur de leur enfant que notre bonheur à tous deux, et je n'ai qu'à déclarer que je ne veux point d'autre femme que vous pour que toutes les difficultés s'aplanissent. Dites un mot, un seul mot, et...

— Non! non! Henry; ce serait indigne de ma part d'abuser de leur bonté. Qu'il ne soit plus question de cela, je vous en prie. Je sens que je n'aurais pas même dû vous écouter si longtemps.

— Quel mal peut-il y avoir à m'écouter; car, sachez-le bien, Fanny, je serai votre mari, s'écria le jeune homme.

— Alors, je sais ce qu'il me reste à faire. Si vous n'êtes pas assez raisonnable pour mettre un terme à cette scène pénible, c'est mon devoir d'y couper court. Venez, Henry, reconduisez-moi à la maison.

Elle se leva avec dignité : Henry suivit son exemple; mais un sourire de bonheur illuminait son visage. Il offrit le bras à sa cousine, et ils se dirigèrent tous deux vers la maison, où ils arrivèrent à l'heure du dîner. Pendant tout le repas, Fanny, qui était fort pâle, et dont les yeux gonflés disaient qu'elle avait pleuré, ne pouvait parvenir à dissimuler son agitation extrême.

— Qu'avez-vous donc, ma chère Fanny? demanda madame Maynard avec intérêt. Vous n'avez rien mangé; seriez-vous indisposée?

— Mais non, tante, je me porte à merveille, répondit faiblement la jeune fille.

— Mes chers parents, s'écria Henry lorsque les domestiques se furent éloignés, je vais tout vous expliquer. Fanny vient, il n'y a pas une heure, de me refuser sa main, et je crois que, peut-être, elle regrette ce refus. Du moins, je suis convaincu qu'elle ne se fait un devoir de me repousser que parce qu'elle est pauvre et que je serai riche.

— Dès aujourd'hui, l'enfant de ma sœur devient ma fille, dit M. Maynard, qui échangea avec sa femme un regard satisfait; Fanny, voilà plus d'une année que nous désirons ardemment que notre Henry vous choisisse pour femme. Nous ne lui avons jamais fait part de ce vœu, parce que nous voulions lui laisser une entière liberté; mais, votre tante vous dira que nous entretenons depuis longtemps cet espoir. Voyons, Fanny, s'il est vrai que vous aimez votre cousin, ne refusez pas sa demande.

— Mes chers parents, répondit Fanny tremblante comme une feuille, devant tant de générosité, je ne saurais hésiter un instant. Si vous consentez sans regret à accepter pour votre fils celle qui n'a d'autre dot que l'affection qu'elle vous porte à tous, je serai fière et heureuse de devenir la femme de mon cousin.

Henry serra la main de son père et embrassa sa mère ; puis on se remit à table.

— Maintenant, parlons un peu affaires, dit M. Maynard interrompant une causerie. Fanny est ma pupille, et sa fortune qui s'est accumulée entre mes mains...

— Vous me comblez, mon cher oncle, mais je sais parfaitement que je ne possède rien au monde, et sans votre générosité...

— Vous vous trompez. J'ai rassemblé les débris de la fortune de votre père. J'ai effectué à l'étranger divers recouvrements. J'attends d'autres remboursements encore. J'ai placé avantageusement de fortes sommes que l'on regardait comme perdues, et j'ai le plaisir de vous annoncer qu'à votre majorité vous serez maîtresse d'une fortune de près de six mille livres sterling (150,000 fr.) Or, puisque vous êtes une héritière, si vous acceptez mon fils, il faut que ce soit de votre propre gré. C'est pourquoi je propose de remettre le mariage jusqu'à l'époque où vous aurez atteint votre vingt-unième année.

— Mais il nous faudra, à ce compte, attendre deux ans encore? s'écria Henry.

— Deux années sont bientôt passées, mon ami; tu n'auras alors que vingt-deux ans, et il ne serait pas prudent de te laisser contracter, avant cet âge, un engagement aussi solennel.

Henry courba tristement la tête et se contenta de répondre :

— Comme vous voudrez, mon père; mais deux ans, c'est bien long, et Dieu sait ce qui peut arriver d'ici là.

Plus d'une fois, depuis, ces paroles résonnèrent aux oreilles du père et de la mère, sinon comme un reproche, du moins comme une prophétie... Mais, n'anticipons pas sur les événements.

Malgré le retard imposé par la prudence paternelle, tous les visages reflétaient la joie et le bonheur. Bientôt, Henry parut se livrer à l'étude avec plus d'ardeur que jamais; il mettait à dévorer les ouvrages de science la même ardeur qu'il avait mise autrefois à lire *Robinson Crusoé*. Il y avait des jours où il s'enfermait dans sa chambre, et y prolongeait ses veillées bien avant dans la nuit.

Un matin, il pria son père de lui accorder quelques minutes d'entretien. M. Maynard se rendit avec lui dans la bibliothèque; et Henry, après avoir fermé la porte, dit d'un ton respectueux, mais ferme et résolu :

— Mon cher père, je suis décidé à entreprendre un dernier voyage. Une fois marié, il me faudra dire adieu à de pareils projets; je veux donc profiter des deux années de liberté que votre volonté m'a faites. Depuis mon enfance, une idée fixe me poursuit; toutes mes études ont été dirigées vers ce but unique. Le désir de voyager me consume; et, si je ne pars point, je tomberai malade, car l'idée dont je vous parle trouble mon sommeil. L'ange de ma destinée m'apparaît dans mes rêves, planant au-dessus de moi et me disant : « Marche! »

— Marcher, où cela?

— A la découverte du pôle nord.

— Mais, c'est de la folie!

— Non, mon père, ce n'est pas de la folie. Si je réussis, notre nom ira à la postérité, comme ceux de Christophe Colomb, de Magellan, de Marco Polo et d'autres voyageurs célèbres; et, dans le cas contraire, le mal ne sera pas bien grand. Les moyens d'exécution sont tout trouvés. Vous avez un baleinier qui doit faire voile dans un mois, ordonnez qu'on embarque des provisions supplémentaires et les instruments nécessaires. La pêche aux baleines sera le prétexte; vous laisserez le commandement du vaisseau au digne capitaine Shipton; mais vous lui donnerez des instructions secrètes qui feront de moi le chef réel de l'expédition. En avançant l'époque du départ de huit jours, nous pourrions pénétrer dans les glaces dès cet été même. Mon projet est d'hiverner aussi près que je le pourrai du pôle nord; puis de continuer mon voyage dès que le retour de l'été me le permettra. Alors, je rebrousserai chemin ou je découvrirai le passage tant cherché qui me conduira par le nord aux Indes et à la Chine.

M. Maynard écouta ce discours avec un sentiment de désespoir mêlé d'admiration. Enfin, après une discussion animée, qui dura près de deux heures, le père céda, et dans la soirée il annonça que Henry, afin d'utiliser le temps qui devait s'écouler avant l'époque fixée pour le mariage, s'était décidé à s'embarquer à bord d'un baleinier qui allait partir incessamment.

Cette nouvelle causa une angoisse indicible à la mère et à la cousine du hardi marin; mais, M. Maynard parla de ce projet avec tant de confiance, que l'entreprise finit par se montrer aux deux femmes sous des couleurs moins effrayantes; et, bien que ni l'une ni l'autre ne fussent convaincues de la sagesse de ce projet, elles cédèrent pour ne pas contrarier le courageux voyageur. Cependant, Fanny prit à part son cousin, et exigea de lui la promesse solennelle de ne plus songer à voyager lorsqu'il serait marié, ou du moins de ne visiter que des pays où elle pourrait l'accompagner sans danger.

Henry donna volontiers sa parole; et à partir de ce moment, ce fut dans la maison un remue-ménage général; chacun voulant prêter un concours actif au futur explorateur. Il y avait de grands préparatifs à faire, mais l'argent aplanit bien des obstacles, et au commencement du mois de mai tout fut prêt. On avait rassemblé une masse de vêtements, de linge, de provisions de toute espèce, ainsi qu'une quantité considérable d'armes et de munitions.

Le jeune homme quitta donc, un beau matin, la maison paternelle pour ce long et périlleux voyage. Ses parents et sa fiancée l'accompagnaient au lieu de l'embarquement. M. Maynard paraissait fort abattu, madame Maynard pleurait, et la pauvre Fanny avait de la peine à réprimer ses sanglots. Henry souffrait plus qu'aucun d'eux, mais il sut se contraindre. Il chercha même à donner du courage à ses compagnons en montrant un visage souriant, et en leur promettant d'être de retour à l'heure fixée pour le mariage.

Le bâtiment, sur lequel il allait de nouveau affronter les dangers de l'Océan, était déjà en panne à l'entrée du port. Un canot, monté par quatre vigoureux rameurs, attendait l'arrivée du jeune second pour le conduire à bord.

L'instant des adieux étant arrivé, Henry embrassa tendrement ses parents, sauta dans le bateau afin de calmer son émotion, et donna aux matelots le signal du départ.

Lorsqu'il se dressa pour leur donner un dernier adieu, le groupe silencieux le suivait tristement des yeux. Il leva le bras en agitant sa casquette, et les amis qu'il laissait sur le rivage le saluèrent de la main ou agitèrent leurs mouchoirs. Enfin, il s'assit sur son banc, et le canot eut bientôt disparu.

Bien des années devaient s'écouler avant son retour, et plus d'une fois ses parents et sa fiancée le reviront s'éloignant de ce rivage dans l'attitude que nous venons de décrire.

La *Belle Fanny* (car c'est ainsi qu'on avait rebaptisé le bâtiment) était un joli brick, d'environ quatre cents tonneaux, construit spécialement pour la pêche de la baleine. Ce brick était d'une solidité à toute épreuve, et possédait toutes les qualités d'un bon navire, la rapidité exceptée. L'équipage était plus que suffisant et composé d'hommes de choix. Le capitaine commandait des baleiniers depuis un grand nombre d'années, et le contre-maître avait navigué dans toutes les mers. Henry était le penseur, le savant de l'expédition.

Williams, le contre-maître cité plus haut, offrait le type parfait du matelot anglais pur sang : rude, ignorant, obstiné, excellent marin au moment du danger, mais ne sachant ni le prévoir ni le prévenir. A bord, son bonheur consistait à brutaliser ses inférieurs et à boire du grog; et, une fois débarqué, son unique plaisir était de dépenser le plus vite possible l'argent qu'il avait si péniblement gagné. Il aurait désiré déjà que le voyage fût terminé; car, ainsi que le reste de l'équipage, il devait recevoir, outre la solde ordinaire, une bonne gratification. Cette dernière circonstance était trop inusitée pour ne pas avoir excité la surprise et surtout la satisfaction des matelots du bord. On cherchait un motif à cette générosité mystérieuse, qui, depuis Plymouth, faisait le sujet de toutes les conversations.

— Il m'est avis, disait parfois Williams, qu'il y a quelque anguille sous roche. On ne donne pas pour rien à un équipage un supplément de grog, doubles rations et une gratification par-dessus le marché. Si nous allions du côté des Indes occidentales ou vers les côtes d'Afrique, je dirais qu'on veut faire de nous des pirates ou des négriers.

— Et moi aussi! dit James Hulk, un des hommes de l'équipage.

Williams changeait alors la conversation, comme s'il eût été satisfait d'avoir lancé cette insinuation, et qu'il eût voulu laisser aux mauvaises pensées qu'il suggérait le temps de mûrir.

— Dis donc, Hulk, tu as déjà navigué dans ces parages, n'est-ce pas? Eh bien! dis-moi un peu si on trouve des habitants là-haut, vers le nord!

— Je crois bien : il y a les Esquimaux, des gens pas frileux du tout, qui font des trous dans la glace pour y élire domicile.

— Alors, j'y suis. Le bétail noir devient rare et dispendieux, et puis on fait une rude chasse aux négriers, tandis que, par ici, on peut faire son petit bonhomme de commerce très tranquillement. Voilà ce que c'est, mes enfants : M. Maynard a envoyé son fils pour faire main basse sur les gens qui vivent dans la glace, et il les revendra en guise de nègres. Et dire que moi, Jack Williams, je vais aider à enlever de pauvres sauvages à moitié gelés, et qui ne m'ont rien fait! Je ne l'aurais pas cru !

Cette idée se répandit et fut bientôt partagée par tous les marins; mais, personne ne fit part de ses soupçons au capitaine.

Tel était l'équipage qui montait la *Belle Fanny*, ce bâtiment que nous avons laissé abandonné à la tempête au milieu des mers polaires, et auquel nous revenons après avoir fourni ces explications préliminaires.

Un cri de joie salua ce beau coup ; puis chaque rameur reprit sa place (page 33)

III — Tempête. — Calme plat. — Pêche de la baleine. — Haine et jalousie.

Lorsque le capitaine Shipton et Henry Maynard quittèrent la cabine pour remonter sur le pont, un lugubre spectacle les y attendait. Le froid était intense. Il tombait une espèce de verglas qui s'attachait aux cordages et couvrait déjà tout le pont, d'où chaque coup de vent l'enlevait au passage sous la forme d'une poussière humide. Tantôt les vagues portaient le bâtiment à quarante pieds au-dessus du niveau de l'Océan, et tantôt le plongeaient à une égale profondeur au-dessous de ce même niveau. Selon la direction du vent, qui changeait à chaque instant, le brick se penchait de bâbord à tribord; et toujours d'une façon si brusque et si dangereuse qu'il fallait s'accrocher à la mâture ou aux cordages pour ne pas être précipité dans les flots. Le ciel était sombre, et de quelque côté qu'on portât les

yeux, on n'y découvrait aucun petit coin bleu, qui annonçât la
fin prochaine de la tempête.

Le patron, ayant toujours Henry à son côté, arpentait le pont,
cherchant avec anxiété les symptômes d'un calme renaissant.
Mais, loin de diminuer, l'orage semblait augmenter à chaque
instant. Les rafales se succédaient sans interruption; le vent
secouait les agrès avec un sifflement lugubre: les nuages noirs
s'amoncelaient à l'horizon; c'était une procession continuelle
de vapeurs sombres venant du nord-ouest.

Ce n'est que dans les mers polaires qu'on peut contempler
une véritable tempête. Les mers de ces régions étant étroites et
presque toujours comprimées par d'épaisses montagnes de
glace, les vagues y sont bien plus dangereuses que dans les
immenses océans où les lames peuvent s'étendre librement
pendant des milliers de lieues. Aussi offrent-elles un spectacle
à la fois effrayant et grandiose, dont l'imposante majesté ne
peut être égalée par aucun paysage terrestre.

Vers huit heures, le capitaine et Henry descendirent pour
déjeuner. A ce moment, l'orage grondait dans toute sa fureur.
Une vapeur cuivrée cachait le ciel et répandait une ombre
sinistre, tandis que les vagues, couronnées d'une crête d'écume
blanche, venaient se briser contre les flancs du navire. On ne
réussissait qu'avec peine à se faire entendre. Les mâts ébranlés
fatiguaient tellement, qu'on croyait à chaque instant qu'ils
allaient se briser.

— Quand donc finira cette effroyable tempête? dit le patron
d'une voix grave.

— Dieu seul le sait, répliqua notre héros. Mais, je crains que
nous ne nous soyons trop approchés des montagnes de glace;
la rencontre serait terrible par un temps pareil.

— En effet, nous serions perdus. Malheureusement, d'après
mes calculs, nous devons nous trouver au soixante-quatrième
degré de latitude nord-est. A moins que cette rafale ne s'apaise,
avant peu, nous courrons de grands dangers.

Henry se mit tristement à table. Il pensait que son zèle l'avait
entraîné trop loin et qu'il eût été plus sage de rester tranquillement chez lui. Mais, comme il ne voulait pas se livrer à d'inu-

tiles regrets, et qu'il n'était guère disposé à chercher d'autres sujets de conversation, il garda le silence.

Les brusques mouvements du vaisseau suffisaient pour démontrer que l'orage ne diminuait pas; mais, au moment où ils venaient de terminer leur déjeuner, le brick se dressa, conserva pendant quelques minutes une position presque verticale, retomba, puis se mit à rouler et à plonger d'une façon particulière, et toute différente de celle qui se manifestait depuis deux jours. Le navire semblait abandonné à lui-même; les agrès et les cordages paraissaient prêts à se briser; la quille tremblait et la membrure craquait.

— Calme plat, s'écria le patron, qui se leva et s'élança sur le pont, suivi de Henry.

En y arrivant, ils trouvèrent que la scène avait subitement changé, comme par un coup de baguette magique. Il ne faisait plus de vent; les nuages se dissipaient sur la surface du ciel, qu'on commençait à apercevoir par quelques échappées bleues. Çà et là, les rayons obliques du soleil jetaient des reflets dorés sur les flots non encore apaisés. Cependant, la tempête était préférable à un tel calme; car, tant que la brise avait gonflé le peu de voiles qu'on n'avait point serrées, si le bâtiment avait été rudement ballotté, il n'avait du moins subi aucune de ces effrayantes secousses qui menaçaient maintenant de le mettre en pièces. Jusqu'à présent, le navire avait obéi au gouvernail; et les mouvements, quoique violents, avaient en quelque sorte continué d'être réguliers; tandis qu'en ce moment, il semblait s'abandonner au hasard, et le jeu des voiles qui se gonflaient tantôt d'un côté, tantôt de l'autre, s'unissait aux mouvements des vagues pour imprimer au bâtiment des soubresauts si violents et si brusques, qu'on s'attendait à tout moment à le voir sombrer.

Cependant, la mer s'apaisa peu à peu, et vers midi il y eut calme plat; l'Océan se soulevait et se gonflait encore, mais les lames ne venaient plus se briser avec la même impétuosité contre les flancs du baleinier. Ce fut seulement alors que le capitaine et l'équipage purent examiner leur situation.

Lorsque les lames furent tombées et que la mer eut repris

son niveau habituel, nos marins constatèrent tout d'abord qu'il n'y avait apparence de terre dans aucune direction. On n'apercevait que le ciel et l'eau. A midi, le capitaine fit son point et reconnut qu'on se trouvait par soixante-quatre degrés trente minutes de latitude. Bien qu'il ne fît pas de vent, la température était glaciale, et suffisait seule pour faire comprendre aux gens de l'équipage qu'on avait atteint les régions polaires.

D'ailleurs, s'il leur eût fallu une preuve plus évidente de ce fait, cette preuve ne se fût pas fait longtemps attendre. Lorsque le brouillard, qui s'était concentré vers le nord-ouest, se fut enfin dissipé, ils aperçurent une immense montagne de glace qui s'avançait sur eux dans un froid et majestueux isolement. Ceux du bord, qui avaient déjà visité ces mers, déclarèrent que jamais ils n'avaient vu une si grande masse de glace flottant en liberté. Cette montagne était tout ébréchée au sommet et présentait des aspérités menaçantes, qui eussent rendu une rencontre fort dangereuse. Henry voulut diriger le vaisseau vers cette île glacée; mais, le capitaine s'opposa formellement à ce projet, attendu que la distance à parcourir était beaucoup plus considérable que ne le croyait le jeune Maynard. Ce dernier dut donc se contenter de contempler curieusement de loin ce premier spécimen de l'eau transformée en monts de cristal. Il souhaitait ardemment le moment où il lui serait permis de poser le pied sur le sol du monde inconnu dont il se rapprochait chaque jour.

— L'hiver n'arrivera-t-il donc jamais? demanda-t-il à voix basse au patron de la *Belle Fanny*.

— Soyez tranquille, il arrivera assez tôt! répondit son vieil ami.

Une heure environ après avoir fait cette observation et reçu cette réponse, Henry fut agréablement surpris par un cri qu'il s'attendait pourtant à entendre d'un moment à l'autre.

— Une baleine! une baleine! s'écria le matelot placé en observation à la tête du mât.

— De quel côté? demanda le patron, tandis que chacun, d'un commun accord, s'empressait de faire les préparatifs pour la chasse émouvante qui allait s'ouvrir.

— A environ un demi-mille dans le nord-est, répondit la vigie.

— Préparez les canots! commanda le capitaine, qui conservait tout son sang-froid.

Henry, qui partageait les sentiments de l'équipage, s'était empressé de descendre, afin de prendre un des harpons accrochés dans la grande chambre.

Lorsqu'il reparut sur le pont, les deux canots étaient déjà à l'eau, ayant chacun douze hommes à bord. Il avait été convenu d'avance que Williams commanderait une des embarcations, et que la seconde serait sous les ordres du jeune Maynard. Le patron était retenu sur son brick par le devoir impérieux qui lui défendait de quitter le bâtiment tant qu'il y avait le moindre danger à redouter.

Après avoir rappelé à Henry qu'il devait à son équipage l'exemple de la prudence, le digne patron donna le signal du départ; et, grâce à l'entrain et au zèle dont les rameurs étaient animés, les deux barques glissèrent rapidement sur l'eau. La mer était encore calme et le froid assez vif, malgré le soleil qui répandait toutes ses clartés sur un ciel sans nuages. Au bout de quelques minutes, les vigies annoncèrent qu'on approchait de la baleine.

L'animal était immobile, semblable à un rocher couvert d'algues marines. Mais, les pêcheurs n'ignoraient pas que ce calme était trompeur. Les rameurs n'avancèrent donc qu'avec beaucoup de précaution. Henry avait de la peine à tenir en place; et ce ne fut pas sans de grands efforts qu'il réussit à maîtriser son impétuosité. Muet et immobile, il se tenait debout à l'avant. Armé d'un harpon tranchant attaché à une corde d'une longueur qui eût semblé démesurée à ceux qui ignorent les habitudes de l'ennemi qu'il s'agissait de vaincre, le jeune second allait faire ses premières armes; et sa position à bord lui inspirait, non moins que son humeur entreprenante, le désir de se signaler dans cette première occasion.

Williams, qui brûlait également de se distinguer, jetait un regard de dédain sur ce rival, qui, n'ayant jamais vu de baleine, avait la prétention d'entrer en lutte avec un vieux matelot expérimenté. Mais, Williams ignorait que Henry s'était

livré à de minutieuses études sur toutes les phases de la pêche
de la baleine; car, n'aimant pas le jeune officier, il ne s'entretenait avec lui qu'autant que l'exigeaient les besoins du service.

Le moment d'agir était arrivé. La baleine se trouvait tout
près du canot. On pouvait maintenant distinguer les proportions de sa taille gigantesque, et une légère ondulation de l'eau
annonçait que l'animal ne tarderait pas à sortir de son immobilité. Williams se retourna pour donner quelques ordres.

— Ah! qui a fait cela? s'écria-t-il tout à coup en bondissant
de fureur, tandis que le rouge de la colère lui montait au visage.

Henry, dont le canot était plus rapproché de la baleine que
celui de Williams, ayant cru remarquer un mouvement de
l'animal, et craignant qu'il n'échappât, avait saisi une occasion
favorable pour lancer son harpon, qui venait de frapper la
baleine en plein dos, et de s'y enfoncer presque jusqu'à la
garde. Un cri de joie salua ce beau coup; puis chaque rameur
reprit sa place; deux hommes se tinrent debout auprès de
Henry pour l'aider dans ses efforts, car ce n'était pas tout
d'avoir touché le monstre, il fallait le retenir et l'empêcher de
renverser la frêle embarcation.

Dès que la baleine fut blessée, elle fouetta la mer de sa queue
formidable, envoya en l'air d'immenses jets d'eau; puis, faisant
un plongeon, elle disparut dans un tourbillon où le canot,
monté par Williams, faillit être entraîné. La tourmente s'apaisa
peu à peu, et pour le moment tout rentra dans le calme.

Cependant, la corde se déroulait avec une vitesse effrayante.
Un des hommes de l'équipage versait de l'eau sur le bois, qui
eût pris feu sans cette précaution, tandis qu'un second, une
hache à la main, se tenait prêt à couper le câble dans le cas où
le mouvement du cétacé menacerait de les engloutir. Pendant
quelque temps, la situation ne changea pas. La corde continuait à se dérouler avec une rapidité inouïe, et l'équipage attendait, dans le plus profond silence, la fin de cette lutte inégale.

Le dénouement fut plus rapide qu'on ne s'y attendait. Les
matelots étaient entraînés à la suite de leur proie, et le canot
était à moitié submergé. Henry ne quittait pas des yeux
l'homme à la hache, car il savait qu'un moment d'hésitation,

quelques secondes de retard, pouvaient coûter la vie à l'équipage tout entier.

Ils continuaient à être entraînés en avant, laissant derrière eux un sillon de près d'un mille de longueur. On ne prononçait pas une parole. Tous les yeux étaient fixés sur le point où l'on s'attendait à voir reparaître la baleine.

— Tenez-vous prêt à tout couper, murmura Henry en voyant que la rapidité croissante de leur course menaçait à chaque instant de faire chavirer le canot.

Au même moment, le câble commença à se dérouler avec plus de lenteur, et la baleine apparut à une distance de près d'un mille : c'était la longueur de la ligne. L'animal s'arrêta un moment comme pour se reposer, puis repartit dans la même direction que celle qu'il avait d'abord suivie. On eut immédiatement recours aux précautions déjà employées, et on lâcha de nouveau la corde qu'on avait commencé à rentrer; mais, cette fois, la baleine n'alla pas loin; bientôt on la vit revenir vers l'embarcation, lançant par ses évents une colonne d'eau rougie de son sang.

— Son affaire est faite, s'écria Hulk d'un ton où perçaient l'admiration et le respect. C'est un vrai *nord-caper*, mais vous vous en êtes admirablement tiré.

Les autres hommes de l'équipage témoignaient également de leur admiration pour le talent dont venait de faire preuve le jeune second. Dès ce moment, les marins, qui avaient douté de sa capacité, lui accordèrent pleine confiance.

— Je suis enchanté d'avoir l'approbation d'un vieux marin comme vous, Hulk, répondit Henry, en réalité fier de sa victoire. Mais, silence et attention, enfants, la baleine n'est peut-être pas encore morte.

— Ne craignez rien, Monsieur, vous l'avez bel et bien achevée, dit Hulk, qui ajouta à voix basse : Williams sera furieux.

— Et, pourquoi Williams serait-il furieux?

— Parce qu'il avait l'intention de harponner lui-même ce cachalot-là, et que vous l'avez devancé.

— Ce serait bien absurde à lui de faire montre d'une si

mosquine jalousie... Mais, allons, rentrez la corde, car évidemment ce gaillard-là a passé de vie à trépas.

En effet, la baleine ne faisait plus aucun mouvement.

Henry regarda alors autour de lui, vit que le brick ne se trouvait pas à plus d'un demi-mille de son canot, et que la direction prise par la baleine avait mis une distance au moins égale entre eux et l'autre embarcation. Une légère brise l'avertit de se mettre en mouvement; et ce ne fut pas sans une grande satisfaction qu'il aperçut les voiles du bâtiment se gonfler et le baleinier s'avancer majestueusement à sa rencontre.

Lorsque le canot aborda la *Belle Fanny*, on avait rentré toute la corde, qui remplissait de ses nombreux anneaux une baille assez profonde, et on s'apprêtait déjà à dépecer la baleine.

— Bravo, monsieur Maynard! cria joyeusement le patron, cette prise vous fait honneur. C'est un cachalot de la plus belle espèce. Voilà un joli commencement et qui promet pour l'avenir.

— J'accepte la prophétie, répondit Henry, et j'espère qu'elle s'accomplira.

On rentra les voiles, et tout l'équipage se mit en mesure de remplir la partie la moins agréable du métier. Williams ne tarda pas à les rejoindre de son côté. Il était furieux, mais il cachait son dépit sous une apparence de bonne humeur; cependant, il ne se gênait pas pour exprimer tout bas des sentiments bien différents de ceux qu'il professait tout haut.

— Je parie, dit-il à Hulk, que ce Maynard est beaucoup plus âgé qu'il n'en a l'air. C'est un petit vieux qui se fait passer pour jeune... Vingt ans, allons donc! il y a plus de vingt ans qu'il pêche la baleine, c'est facile à voir.

— Alors, il s'y est exercé dans le ruisseau qui arrose le jardin de son père, avec mon vieux camarade Tim Stop pour professeur! répondit son interlocuteur.

— Pas de mauvaises plaisanteries, monsieur Hulk, interrompit Williams d'un air de profond dédain.

Le lendemain, on tua deux autres baleines, dont l'une fut prise par Williams, ce qui calma un peu sa mauvaise humeur. Pendant dix jours, le succès fut complet; mais enfin, la place devenant mauvaise, on se décida à pousser vers le nord.

Le matin où l'on prit cette résolution, Henry et le capitaine causaient en se promenant sur le pont. La température baissait sensiblement, et ils commençaient à éprouver une sensation de froid toute nouvelle pour Henry.

— Vous avez l'air inquiet, monsieur Henry.

— Il me semble que je sens la glace! répliqua notre héros.

— Non seulement vous la sentez, mais vous pouvez la voir.

— Où cela?

— Mais là, tout autour de nous.

Henry courut regarder par-dessus bord, et il put s'assurer que le patron disait vrai. La mer, qui les entourait, avait échangé sa teinte verdâtre contre un brun sale, et là de grands blocs de glace flottaient en liberté. Mais ces blocs, cependant, n'étaient pas assez volumineux pour s'opposer à la marche du vaisseau.

Au-dessus de ces masses, qui se succédaient avec rapidité et qui, à chaque instant, venaient frapper l'avant du navire, on voyait planer en cercles des nuées d'oiseaux particuliers à ces parages.

Henry se taisait. Il ne pouvait réprimer une émotion bien naturelle à la vue d'un pareil spectacle. Il regardait vaguement vers le nord; mais, rien n'indiquait la position géographique, hormis le froid, les glaces flottantes, la vaste étendue des eaux ternes, et au loin la brume épaisse qu'on eût pu prendre pour des collines.

Une demi-heure plus tard, la vigie signala une montagne de glace; et, au bout de quelques minutes, on vit distinctement une masse gigantesque s'avancer dans la direction du navire. Elle avait près de trente pieds de haut; et lorsqu'elle passa devant le bâtiment, qui avait eu soin de lui laisser le champ libre, elle ressemblait plutôt à un rocher qu'à un amas d'eau solidifié.

Mais, ce n'était pas là un bloc solitaire comme ceux qu'on avait rencontrés jusqu'alors. Cette première masse fut suivie d'une quantité innombrable d'autres glaçons non moins énormes, qui apparaissaient d'instant en instant et qui rendaient la navigation de plus en plus difficile. De temps à autre, un vérita-

ble champ de glace arrêtait la marche du bâtiment; et si la
brise continuait à pousser nos navigateurs en avant, ils devaient craindre de se trouver avant peu entourés de banquises.

Vers les derniers jours du mois d'août, par un vent du sud, le
brick s'avançait toutes voiles dehors, à travers une vaste plaine
de glaces brisées d'un volume peu dangereux. C'était pendant
le quart du matin, et il faisait encore sombre quoiqu'on fût à
l'époque où, sous ce climat, le jour dure près de vingt-quatre
heures. Le brick s'avançait par un mouvement imperceptible,
tellement la mer était calme sous ses lourds fardeaux de glace.

Tout à coup, des flots de lumière inondèrent l'horizon, et
Henry fut émerveillé de la grandeur de la scène qui s'offrait à
lui, en même temps qu'effrayé de la situation périlleuse dans
laquelle le navire se trouvait engagé.

Deux vastes banquises flottaient vers eux. Celle qui arrivait à
tribord n'avait pas moins de cent cinquante pieds d'élévation,
tandis que celle qui les menaçait à bâbord se dressait à près de
deux cents pieds au-dessus du niveau de la mer. Elles n'étaient
séparées que par un espace d'environ cent pieds, et paraissaient
se rapprocher à mesure qu'elles avançaient vers le navire.

— Tout le monde sur le pont! commanda Henry.

En un instant, chacun se trouva à son poste; mais, le capitaine Shipton vit au premier abord qu'il n'y avait rien à faire
qu'à attendre les événements. La brise était légère, et le canal
ouvert au milieu des glaces était étroit. Mais le remous, produit
par la marche des banquises, était trop fort pour qu'on pût songer à s'échapper par le côté; il fallait donc, de toute nécessité,
passer à travers la vallée formée par les deux vastes montagnes
de glace.

Les énormes blocs, se rapprochant toujours l'un de l'autre
avec une rapidité effrayante, avançaient vers le navire. Le
brick, de son côté, ne marchait que fort lentement. On prépara
des gaffes et des barres pour tenir à distance ces masses d'eau
solidifiée. Il n'y avait pas un homme à bord qui n'attendît le
moment critique avec une terreur extrême.

La plus grande distance, qui séparât les deux banquises,
était en ce moment d'environ cinquante pieds, mais cette dis-

tance allait se rétrécissant à chaque minute. Les poitrines étaient haletantes, les yeux dévoraient l'espace. Le navire pénétra entre les deux masses.

On mit toutes voiles dehors; et, en longeant le plus possible la montagne qui se trouvait à gauche, on essaya, au moyen des perches, de donner de l'impulsion au brick. Chaque seconde semblait une heure. Le vent n'était que d'un bien faible secours, et cependant les deux montagnes se rapprochaient toujours. Les marins étaient anxieux; quelques-uns d'entre eux priaient à voix basse; et pourtant ils ne faisaient qu'entrer dans le dangereux défilé. Les parois du vaisseau touchaient littéralement la montagne de gauche, et celle de droite ne se trouvait plus qu'à dix pieds.

On poussa vigoureusement de chaque côté à l'aide des barres; la *Belle Fanny* passa sans encombre et se retrouva dans un espace libre.

Chacun respira plus à l'aise. Le capitaine Shipton remercia la Providence, qui venait de les arracher tous à une mort presque certaine.

Dix minutes après, on vit les deux montagnes se réunir, s'entrechoquer avec un fracas horrible, puis se séparer rapidement par l'effet du contre-coup. Il était évident, pour tout le monde, que si le navire se fût trouvé entre les glaces au moment de cette terrible rencontre, il eût été broyé en mille morceaux et englouti avec tous ceux qui le montaient.

On avait enfin atteint les régions polaires. Officiers et matelots se préparèrent à affronter les difficultés de leur position.

Le jeune second, tirant ses pistolets de ses poches, ajusta tranquillement Williams (page 44)

IV. — Révolte à bord. — — L'hiver dans les glaces.

Il serait inutile de nous lancer dans le récit détaillé des mouvements de la *Belle Fanny* pendant les quelques semaines employées à remonter la baie de Baffin et à chercher une passe sur les côtes de cette terre inhospitalière. L'équipage eut à souffrir toutes les fatigues, tous les dangers et toutes les privations, conséquences inévitables d'une exploration dans les mers arctiques.

A plusieurs reprises, nos navigateurs jetèrent l'ancre dans quelque baie commode, et descendirent à terre; mais, ces rivages étaient si nus et si désolés qu'après un court séjour ils s'empressèrent chaque fois de regagner leur bâtiment.

Ils réussirent néanmoins à se procurer, dans ces courtes excursions, quelques provisions de viandes fraîches, qui leur firent d'autant plus de plaisir que l'équipage commençait à être fatigué de n'avoir à manger que des salaisons. C'est là, en effet, l'un des principaux inconvénients de tout voyage au long cours, et les marins qui naviguent dans les mers polaires ont à en souffrir encore plus que les autres.

D'ailleurs, les émotions de la chasse, deux ou trois rencontres avec des ours, et les péripéties de la pêche de la baleine furent des distractions presque agréables pour des hommes depuis si longtemps emprisonnés à bord d'un étroit navire.

Vers le milieu du mois de septembre, la *Belle Fanny* se trouvait par soixante-dix degrés de latitude nord. Le froid était extrême. De tous côtés, la mer paraissait couverte de lourds glaçons, et l'absence de vent rendait la marche presque impossible. Le capitaine Shipton et Henry pensèrent que le moment était enfin venu de prendre leurs quartiers d'hiver.

Sur le gaillard d'avant, les matelots avaient de fréquentes conférences et laissaient percer beaucoup de mécontentement; ils étaient las de voguer dans ces mers à une pareille époque, sans but apparent, et avec les risques de se trouver emprisonnés dans les glaces. Williams, par de méchantes plaisanteries à l'adresse du second, maintenait à bord un esprit d'insubordination qui n'attendait qu'une occasion pour éclater. Notre jeune héros ne s'apercevait de rien, quand un incident assez grave vint lui ouvrir les yeux.

La journée était magnifique. Un brouillard, qui depuis quelque temps semblait planer sur le navire, s'était dissipé; et l'équipage voyait se dérouler devant lui le paysage monotone qu'il avait si souvent contemplé avec ennui. A gauche s'élevait, à une distance d'environ quinze ou seize milles, la petite éminence près de laquelle ils avaient stationné quelques jours auparavant. En avant, on n'apercevait qu'une masse compacte de glace empêchant toute tentative de marche vers le nord. Tout autour, on apercevait des blocs de glace isolés, dont le nombre et la grosseur augmentaient à chaque heure.

Henry et le capitaine étaient tous deux debout sur le banc de quart, et si engoncés dans leurs habits et dans leurs fourrures, qu'il était presque impossible de les distinguer l'un de l'autre.

— Capitaine, dit le jeune homme à demi-voix, capitaine, je crois qu'il faut nous dépêcher de nous établir dans nos quartiers d'hiver. Nous n'avons pas de temps à perdre, car l'hiver vient plus tôt que je ne l'avais prévu.

— Mais, comment gagnerons-nous la terre, répondit l'honnête patron, le vent commence déjà à faiblir; et, sans une bonne brise, il nous sera impossible de nous frayer un chemin à travers les glaces?

— Il faudra nous faire remorquer par les chaloupes et nous rapprocher le plus possible de la terre.

— Dans ce cas, je vais donner les ordres nécessaires; mais, en attendant, je vous conseille d'aller vous armer, car le moment est venu, si je ne me trompe, de montrer de la fermeté.

— Que voulez-vous dire, capitaine?

— Williams va semant partout l'insubordination, et ses paroles commencent à produire un certain effet; j'observe ce qui se passe, et je suis convaincu que l'équipage n'hivernera pas dans ces parages s'il peut faire autrement.

Cette nouvelle parut surprendre Henry. Sans faire d'observation, cependant, il descendit dans sa chambre et plaça une paire de pistolets dans les poches de sa vareuse. Cela fait, il reparut sur le pont.

— Armez le grand canot! commanda-t-il d'une voix ferme.

Les hommes obéirent. Henry et le patron échangèrent un regard d'intelligence.

On abaissa le canot. Un équipage de neuf rameurs s'y embarqua. On y attacha un câble de remorque, et le capitaine donna l'ordre de remorquer vers l'ouest. A ce moment Williams s'avança vers les deux officiers.

— Je ne comprends pas trop ces manœuvres, capitaine; cependant, m'est avis que nous ne faisons rien de bon en remontant vers l'ouest. Mon opinion, au contraire, est que nous ferions bien de profiter de la brise pour tourner le dos aux glaces et regagner la mer libre.

— C'est fort possible, répondit sans s'émouvoir le capitaine Shipton, mais M. Maynard et moi nous désirons gagner Earne-Bay.

— Pourquoi faire? demanda vivement Williams; vous ne voyez donc pas que les glaces augmentent?

— Monsieur Williams, fit Henry d'un ton calme, je crois qu'il est temps de vous avertir que mon intention est d'établir mes quartiers d'hiver à Earne-Bay.

— Vos quartiers d'hiver! s'écria Williams, qui devint pâle de colère. Avez-vous perdu l'esprit? Ah ça, capitaine, est-ce que vous croyez que nous allons nous faire geler pour faire plaisir à ce jeune écervelé?

— M. Henry Maynard est le propriétaire et le commandant de ce navire, répliqua le patron; je lui dois obéissance, et quelque ordre qu'il me transmette, je le ferai exécuter.

— Eh bien! je vous déclare, moi, que je ne recevrai plus d'ordres ni de vous ni de lui!

— Williams, dit Henry avec fermeté, pas d'insubordination, s'il vous plaît. Je serais désolé d'être obligé d'employer des moyens de rigueur; mais, au premier signe de désobéissance, je n'hésiterai pas à agir avec toute la sévérité que la loi autorise

Williams murmura quelques paroles qui n'arrivèrent pas aux oreilles de ses chefs, puis il se retira sur l'avant.

Cependant, le bâtiment n'avançait que très difficilement. Le canot était constamment arrêté par les blocs de glace. Mais, bientôt le vent commença à fraîchir; le remorqueur devint inutile; enfin, on rappela le canot. Les hommes remontèrent à bord, et la *Belle Fanny* continua à s'avancer lourdement dans son périlleux voyage.

Henry et Shipton, enhardis par la retraite de Williams, s'entretenaient à voix basse de leur plan de campagne.

— Je crois que nous gagnerons la terre, disait joyeusement le jeune explorateur, la brise fraîchit, dans une heure ou deux nous serons au mouillage!

— Je ne partage pas entièrement votre confiance; cette brise est le dernier souffle du vent, et dès que le calme sera rétabli nous nous trouverons à la merci des glaces.

— Vous croyez! Enfin, ayons confiance en Dieu. Je suis curieux de savoir comment les gens du bord prendront la chose.

— Ils seront tranquilles comme des agneaux, pourvu toute-fois que ce Williams ne s'en mêle pas!

Au bout d'une heure environ, le vent, loin de faiblir, soufflait avec impétuosité; et la *Belle Fanny* se trouva au centre d'une espèce de bassin qui paraissait complètement débarrassé de glace, bien qu'il fût entouré de tous côtés de vastes blocs qui se pressaient, s'écrasaient et se brisaient les uns contre les autres avec un bruit formidable. Le vent, qui venait du nord-ouest, s'était extrêmement refroidi; l'atmosphère s'épaississait et s'obscurcissait de nouveau, et la nuit s'avançait rapidement. Quelques flocons de neige commençaient aussi à blanchir le pont.

Il était évident que l'hiver allait se déclarer avec une grande énergie. Le lac bordé de glace, dans lequel on se trouvait, était violemment agité par la force du vent, tandis que de temps à autre une masse détachée venait frapper l'avant du navire, dont elle changeait la direction.

A ce moment, on vit s'avancer l'équipage entier, ayant à sa tête Williams et Hulk.

— De la fermeté, mon ami, dit Henry en dégageant ses pistolets de ses poches; la crise approche.

Le patron suivit son exemple, mais sans prononcer une parole.

— Capitaine Shipton, dit Williams en s'arrêtant à quelques pas de son supérieur, je viens de causer avec les camarades et ils disent, comme moi, qu'ils sont décidés à ne pas aller plus loin sur ces mers. Nous ne voulons pas y laisser nos os. Pour être raisonnables, nous le sommes; mais, il ne faut pas deman-der l'impossible. Nous sommes prêts à faire notre devoir, à tenir le gouvernail, à faire la pêche et tout le reste; mais nous ne voulons pas être emprisonnés dans les glaces. C'est une affaire arrangée. L'hiver est arrivé; les baleines ont disparu: nous avons une bonne brise, eh bien! profitons-en pour sortir d'ici.

— Silence, Williams, s'écria Henry, je vous ai laissé parler trop longtemps. Vous vous êtes embarqué pour deux ans. Jus-qu'ici vous avez rempli votre devoir, mais il faut le remplir jus-qu'au bout. Dans tous les cas, j'accomplirai le mien. J'ai reçu

l'ordre d'hiverner ici, de façon à pouvoir repartir au printemps;
car, il s'agit de gagner le cent dixième degré de longitude.
Vous savez quelle est la récompense promise? Cent mille livres
sterling, mes enfants. Cet argent, je n'en ai pas besoin.
Secondez-moi dans mon entreprise, et si nous réussissons, je
vous abandonne ma part.

Un des matelots répondit à ce discours par un faible *hourra*
qui fut suivi de plusieurs autres.

— Taisez-vous! cria Williams. Tout cela, c'est de la pure
bêtise. Votre cent dixième degré de longitude est une frime;
s'il existait, il y a longtemps qu'on l'aurait trouvé. Ah çà! vous
ne voyez donc pas que les animaux eux-mêmes abandonnent
ce pays quand arrive l'hiver? Les ours et les loups se sauvent,
serons-nous plus bêtes qu'eux? Non. Voyez-vous, capitaine, si
vous voulez vous laisser mener par ce jeune fou, libre à vous,
mais pour notre part nous nous en lavons les mains.

— Que demandez-vous, en somme?

— Nous demandons que vous donniez l'ordre de faire
rebrousser chemin au navire, afin que nous puissions aller
faire relâche dans quelque bon port du Groënland, y passer
tranquillement l'hiver, et reprendre nos travaux au printemps.
Si vous ne consentez pas à donner des ordres à cet effet, nous
agirons sans ordres.

— Qu'en dites-vous, monsieur Maynard? demanda le patron.

— Je dis que le premier homme qui mettra la main à une
voile ou qui s'approchera du gouvernail pour changer d'une
ligne la direction que j'ai donnée au navire, recevra le prix de
son insubordination sous la forme d'une balle que je promets
de lui loger dans la tête.

Et le jeune second, tirant ses pistolets de ses poches, ajusta
tranquillement Williams.

— En avant! en avant! hurla ce dernier, qui s'empressa
néanmoins de se réfugier derrière ses camarades.

— Le premier qui avance d'un pas est un homme mort!
ajouta le capitaine en armant ses pistolets.

Les matelots reculèrent en désordre, et commencèrent à voix
basse un conciliabule plein de confusion. Williams, abrité der-

rière eux, cherchait à les pousser à des voies de fait. Mais, ses camarades avaient d'excellentes raisons pour ne pas goûter en ce moment l'éloquence de leur chef improvisé. D'abord, la vue de quatre pistolets chargés, braqués contre eux, leur inspirait une crainte salutaire et leur indiquait assez clairement le danger de toute démonstration violente. Ensuite, ils étaient retenus par le respect et l'amour qu'ils éprouvaient au fond du cœur pour leurs deux officiers supérieurs.

— Poltrons que vous êtes! ricana Williams, vous voilà vingt ou vingt-cinq, et vous fuyez devant un homme et un enfant, parce qu'ils ont une paire de pistolets à la main!

— Dites donc, Williams, parlez un peu moins haut! On n'est pas plus poltron qu'un autre, voyez-vous. Mais, si vous aimez ces joyeux-là, avancez vous-même.

— Imbéciles! idiots! Je ne veux pas de mal à ce jeune homme; au contraire, c'est dans son intérêt aussi bien que dans le nôtre que je vous conseille de le désarmer et de rebrousser chemin.

— Williams, dit Hulk, je ne suivrai pas votre conseil, car ce serait courir à une mort certaine. D'ailleurs, une révolte est une chose sérieuse; et moi, Tim Hulk, je ne suis pas arrivé à mes quarante-sept ans, pour me voir pendre à la vergue. Tenez, capitaine, continua-t-il en ôtant sa casquette malgré le froid, je suis fâché de ce qui vient de se passer, et vous pouvez disposer de moi comme bon vous semblera.

— Hulk, répliqua le capitaine, j'ai toujours eu bonne opinion de vous, et je vois que je n'avais pas tort. Maintenant, vous autres, pesez bien mes paroles, mettez bas les armes et retournez à votre besogne, car le dernier qui obéira sera mis aux fers et pendu à son arrivée en Angleterre.

L'équipage se dispersa comme par enchantement, et le capitaine ne put distinguer dans la foule le marin voué à la pendaison.

A partir de ce moment, on n'entendit plus parler de révolte.

— Vous voyez, monsieur Henry, dit le capitaine en souriant, qu'il ne s'agit que de savoir montrer un peu de fermeté.

— C'est là tout le secret de la discipline, répondit notre héros.

Peu de temps après cet événement, le vent s'étant abattu brusquement, un calme plat lui succéda, le navire se trouva balancé par les flots, sans avancer d'un pas. Chacun s'élança pour regarder par-dessus les murailles du brick, mais un brouillard épais empêchait de rien distinguer.

Rentrés dans l'obéissance, les gens de l'équipage exécutèrent avec empressement les ordres qu'on leur transmit. On serra les voiles, on plaça des vigies, et tout le monde attendit avec inquiétude que ce calme funeste eût cessé.

L'atmosphère était lourde et épaisse, la neige tombait à flocons. Les vagues s'élevaient et s'abaissaient avec un mouvement lent et régulier. Mais, ce léger balancement des flots et du bâtiment finit aussi par se calmer, et l'immobilité devint complète. Puis, on entendit un bruit terrible, semblable au roulement de l'artillerie, accompagné d'un éclair qui illumina un moment l'horizon entier.

Le navire trembla, se balança lourdement, tangua péniblement; puis tout retomba dans l'immobilité la plus complète, les flots, l'air et le navire; pendant quelques minutes, la respiration même des spectateurs émus fut un instant suspendue.

— Nous voilà emprisonnés par les glaces, dit Henry d'un ton calme, mais de façon à n'être entendu que du capitaine.

— Je le crains, et nous sommes à environ dix milles de la terre.

— Nous ne pouvions empêcher ce qui arrive. La Providence veille sur nous, et il faut faire de notre mieux. Peut-être ne sommes-nous pas complètement bloqués et pourrons-nous nous dégager demain.

— Dieu le veuille ! soupira Henry.

Williams s'avança d'un air maussade et demanda ce qu'il fallait faire.

— Attendre jusqu'à demain, répondit Henry d'un ton sévère; et, alors si la glace ne se rompt pas, nous descendrons les voiles et les mâts de hune : les voiles serviront à dresser une tente sur le pont.

— Très bien, Monsieur, répliqua Williams, qui jugea à propos de cacher son dépit et sa colère.

La nuit amena un froid très vif; la neige continuait à tomber

en épais flocons et le froid augmentait avec une telle rapidité,
qu'au point du jour la glace, qui s'étendait autour du brick,
avait déjà une épaisseur de six pouces.

Dès que le retour du jour permit d'examiner la situation, il
fut facile de constater que le sort du navire était irrévocablement fixé pour neuf mois au moins, et que, pendant tout ce
temps, il serait obligé de conserver la même place.

On se mit aussitôt en demeure de se prémunir, autant que
possible, contre les terribles rigueurs d'un climat sous lequel
ont péri tant d'entreprenants marins, dont le zèle et le courage
méritaient un plus heureux résultat. On descendit les voiles, les
cordages et les mâts pour en former une tente qui couvrait tout
le pont. On boucha soigneusement toutes les ouvertures. On
répandit sur le pont une couche de sable, et on prit toutes les
précautions nécessaires pour adoucir le sort et garantir la
santé de l'équipage. Ce fut dans ces circonstances critiques que
les études préalables de notre héros trouvèrent une utile application, et le capitaine put apprécier la sagesse des nombreuses
précautions qu'il leur conseilla.

La température marquant plusieurs degrés au-dessous de
zéro, la condensation de la vapeur démontrait la nécessité
d'établir un système régulier de ventilation.

Il fut décidé que tout le monde se lèverait et se coucherait à
la même heure. Pendant le jour, on entretenait de grands
feux dans la chambre et sur le gaillard d'avant, tandis que des
lampes restaient constamment allumées dans toutes les parties
du navire, afin de diminuer l'humidité. Lorsqu'on se couchait,
on laissait éteindre les feux, et l'on se contentait de la chaleur
répandue par les lampes. Cette manière d'agir provenait de ce
que les provisions d'huile étaient beaucoup plus abondantes
que celles de charbon.

On délivra aux matelots toutes sortes de vêtements chauds,
des gilets de flanelle, des mitaines, des bas de laine et plusieurs
autres articles non moins indispensables. En un mot, on s'ar-
rangea de manière à passer le moins péniblement possible le
long et monotone hiver auquel on ne pouvait échapper.

On se levait à huit heures, on allumait les feux, on distribuait le déjeuner, puis l'on se dispersait. Jusqu'à midi, chacun était libre de s'occuper comme il l'entendait. Les uns s'en allaient se promener sur la neige, et se dirigeaient vers une éminence qui marquait le commencement de la côte; ils espéraient y trouver quelque gibier, mais cette espérance ne se réalisait que très rarement. D'autres organisaient des courses à pied ou en traîneau. Enfin, à midi, une cloche annonçait l'heure du dîner. Le soir, on s'assemblait autour d'un grand feu qui pétillait dans un poêle placé sur le pont, et chacun s'occupait selon son goût. Henry étudiait les rapports des voyageurs modernes. Le capitaine Shipton se joignait à lui. Quant à Williams, qui avait renoncé à toutes idées de révolte, il racontait à ses camarades de longues histoires qui leur faisaient paraître le temps moins long.

En somme, on était aussi heureux et aussi gai qu'on pouvait l'être en pareille circonstance. Les vivres ne manquaient pas.

L'hiver s'écoula de la sorte sans incidents et sans murmures. La longue nuit de trois mois, par laquelle on fut obligé de passer, fut même supportée assez gaiement par l'équipage. Il y eut seulement quelques plaintes quand le scorbut se déclara à bord. Mais, par bonheur, cette maladie fut promptement réprimée.

L'équipage de la *Belle Fanny* inventa une foule de jeux. La veille de Noël, entre autres, on donna une représentation burlesque, qui excita la plus vive gaieté. Cette solennité dramatique fut suivie d'un festin improvisé en l'honneur de la fête.

On organisa aussi plusieurs parties de chasse, mais elles n'amenèrent guère d'autre résultat que quelques luttes dangereuses avec des ours. L'hiver ne se passa non plus sans qu'il se produisît de nombreux phénomènes atmosphériques.

Les longues nuits, les curieux effets des aurores boréales, le silence de la nature, le retour si désiré du soleil sont des sujets trop connus pour qu'il soit utile de s'y appesantir.

L'ours se dressa sur ses pieds de derrière et laissa échapper un hurlement effrayable (page 51)

V. — Chasse à l'ours. — Isolement. — Naufrage.

L'hiver se passa sans accident. Lorsque arriva le mois de mai, le soleil donna enfin quelques signes de chaleur; la température s'améliora au point que la neige qui couvrait la tente se fondit en quelques endroits, bien que le thermomètre marquât toujours zéro à l'intérieur. Ce changement fut salué avec joie par les gens de l'équipage. C'était, en effet, l'été pour eux; car, bien que la couche de neige n'eût pas diminué d'épaisseur, et que l'atmosphère fût toujours glaciale, cette neige était cependant moins dure et le froid plus supportable.

On profita de cet état de choses pour faire une reconnaissance. Un traîneau fut chargé de provisions; et Henry, en compagnie de Hulk et de douze autres marins de choix, s'aventura au milieu des glaces. Les explorateurs s'aperçurent bientôt que

le temps était mal choisi pour cette périlleuse entreprise. Vers
le milieu de la première journée, ils se virent enveloppés d'un
épais brouillard; et, après avoir erré au hasard pendant près de
deux heures, ils se trouvèrent tellement épuisés de fatigue et
engourdis par le froid, qu'ils finirent par se coucher pêle-mêle
les uns à côté des autres.

Ils avaient rencontré des montagnes de glace aux arêtes
tranchantes, semées de fondrières cachées sous la neige. Souvent il leur avait fallu franchir, en sautant d'un bloc sur un
autre, de larges crevasses dont on n'apercevait pas le fond.
Plusieurs d'entre eux, qui eurent le malheur de glisser,
auraient infailliblement péri sans le secours de leurs camarades.

Hulk, entre autres, fit une chute qui aurait pu avoir des suites
fatales; heureusement, on réussit à le retirer du gouffre, mais
les vêtements trempés, et tellement transi qu'il eut beaucoup de
peine à suivre ses compagnons.

Vers minuit, le froid redevint excessif, et nos voyageurs
résolurent de construire une hutte de neige. Ils avaient eu la
précaution de se munir d'une bêche, dont ils se servirent à
tour de rôle. Comme l'exercice contribuait à entretenir la chaleur, on regardait comme un privilège le droit de manier cet
instrument. On se mit à l'œuvre après avoir découvert une couche très profonde de neige durcie, assez solide et assez compacte pour qu'il fût possible d'en détacher des blocs carrés; au
moyen de ces blocs, on éleva les murs de l'édifice, et en moins
d'une heure on eut construit une hutte assez vaste pour contenir tout le monde. On y alluma du feu, dont la fumée s'échappait par une ouverture ménagée à cet effet.

On distribua à chacun une ample ration de biscuit et de thé.
Et, Henry donna, en allumant sa pipe, un exemple que chacun
s'empressa d'imiter.

Lorsqu'on eut fini de fumer, on ferma l'ouverture qui avait
servi de cheminée; chacun se roula dans sa couverture et s'endormit d'un profond sommeil. Le lendemain matin, ils se réveillèrent sains et saufs, bien que le froid devînt à chaque instant
de plus en plus vif. Convaincu qu'il y aurait de la témérité à
vouloir pénétrer plus avant, Henry donna l'ordre de regagner le

navire au plus vite. Ils arrivèrent enfin à bord, mais non sans
avoir eu à vaincre de nombreux obstacles et éprouvé de grands
périls ; car, ils s'égarèrent plusieurs fois et eurent de la peine à
retrouver l'emplacement du brick.

Vers le commencement du mois de juin, la violence du vent
du nord et les tourbillons de neige firent présager que l'hiver
se prolongerait avec une rigueur inusitée. Le froid continua à
s'accroître et la neige redevint aussi dure que la glace.

Une seconde reconnaissance ne fut pas plus heureuse que la
première, et n'amena aucun résultat. L'équipage songea alors
à employer utilement les loisirs forcés que lui faisait un si rude
climat.

Depuis quelque temps, on apercevait fréquemment sur la
neige des traces de rennes et de bœufs musqués, et on résolut
d'utiliser les dernières semaines de l'hiver en cherchant à se
procurer une provision de gibier. On organisa donc une partie
de chasse ; et, grâce aux empreintes récentes que les sabots des
rennes avaient laissées dans la neige, on suivit à la piste un
troupeau de ces animaux. Ces traces allaient de l'intérieur de la
terre vers l'Océan, ce qui semblait indiquer que ces animaux
fréquentaient quelque île peu éloignée.

La troupe de chasseurs, commandée par Henry, se composait
de Hulk, de Williams et des quatre plus adroits tireurs du
bord : sept hommes en tout. Ils étaient armés de fusils chargés
à balle, et chacun portait en outre à sa ceinture une paire de
pistolets et une hachette. Une gourde remplie de rhum et une
poire à poudre complétaient l'équipement. On emmenait un
traîneau qui devait servir à transporter le gibier sur le navire,
dans le cas où l'on serait assez heureux pour pouvoir l'utiliser
de cette façon.

La troupe de chasseurs se mit en route au point du jour ; les
plaisirs émouvants de la chasse faisaient oublier les dangers
passés, et l'on était soutenu par l'espoir d'être bientôt délivré
de la monotone prison où on languissait, et de voguer de nouveau en pleine mer.

La matinée était froide. Une forte gelée avait durci la neige.
Les traces du passage des rennes n'avaient pas été effacées, et

la route suivie par le troupeau était clairement indiquée. On s'aventura donc le plus gaiement du monde sur la plaine blanchie.

Le ciel était clair et bleu, et le regard pouvait embrasser une vaste étendue de terrain. Mais, hélas! les prévisions humaines sont trompeuses, car cette journée qui s'annonçait si bien devait se terminer fatalement pour quelques-uns de nos explorateurs.

Au lieu de marcher en bande, ils se dispersèrent sur une surface d'environ cinquante ou soixante pieds; l'homme qui avait la garde du traîneau se tenait constamment au milieu. De temps à autre, les chasseurs se hélaient mutuellement afin de ne pas s'égarer et de pouvoir se soutenir en cas de danger.

Après avoir fait près de cinq milles, nos hommes remarquèrent que la plaine changeait d'aspect. Les empreintes qu'ils suivaient les conduisaient vers l'ouest, à travers un paysage plus sauvage encore que ceux qu'ils laissaient derrière eux. De vastes blocs de glace avaient formé un amas de rochers irréguliers, que le vent avait dépouillés en beaucoup d'endroits de leur couverture de neige. On fit halte, et l'on convint de laisser le traîneau à l'entrée de cette région accidentée de montagnes et de vallons glacés, tandis qu'on s'avancerait avec prudence, attendu que les empreintes que l'on apercevait paraissaient toutes récentes.

— Eh! eh! les autres! il a passé un ours par ici : voilà la marque de ses griffes! cria l'un des marins.

Chacun accourut; et, après avoir examiné l'empreinte, se releva d'un air effaré, comme s'il se fût attendu à voir le terrible animal sortir de quelque anfractuosité de la glace.

Cependant, le premier moment de surprise passé, tous les chasseurs accueillirent, comme une heureuse nouvelle, la présence du quadrupède. Ils s'arrêtèrent pour tenir conseil, puis poursuivirent leur route plus animés qu'épouvantés par la conscience de ce nouveau danger.

— Suivez-moi, mes amis! s'écria Henry en s'élançant dans un étroit sentier formé par deux piliers de glace qui se dressaient presque verticalement au milieu de cette solitude, semblables aux colonnes d'un temple antique que le temps a ébréchées.

Henry, au sortir de cette espèce de défilé, se trouva sur une hauteur. Aussi loin que portait son regard, il n'aperçut qu'une plaine unie et sans bornes dont la blancheur éclatante blessait les yeux. Une seule colline assez élevée se dessinait dans la direction du nord-ouest. Le jeune navigateur pensa que ce devait être là l'île vers laquelle les rennes et les autres animaux se dirigeaient, et il prit le parti de les y poursuivre.

Entre cette colline et l'éminence sur laquelle il se trouvait, il distingua, à environ un mille de distance, quelque chose qui se détachait en noir et semblait s'agiter sur la neige. Il pensa que ce ne pouvait être qu'un ours, un bœuf musqué ou une bande de loups qui dévoraient leur proie.

— En avant, mes braves, en avant ! voilà du gibier pour ceux qui oseront me suivre ! s'écria Henry.

Le jeune homme courut pendant un quart de mille sans s'arrêter, ou du moins il lui sembla qu'il avait franchi cette distance, lorsqu'il s'arrêta tout à coup, immobile et saisi d'étonnement. Une obscurité complète venait, comme par magie, de succéder au grand jour. En un instant, notre chasseur fut couvert de neige. Il s'arrêta donc surpris et irrésolu, ne sachant quel parti prendre. Au bout de quelques minutes, la neige cessa de tomber, l'atmosphère s'éclaircit ; mais, Henry chercha en vain quelque signe qui lui indiquât la direction suivie par ses compagnons ; il ne put pas même retrouver l'empreinte de ses propres pas. Pour comble de malheur, c'était Williams qui portait la boussole !

Son cœur se serra un instant, puis il se mit à réfléchir avec calme. Il connaissait à peu près l'emplacement du navire, et il voyait en face de lui cette colline irrégulière vers laquelle il se dirigeait lorsqu'il s'était séparé à l'improviste de ses compagnons. Il fit immédiatement volte-face. Cependant, il ne s'avançait pas avec autant de rapidité qu'il en avait mis à s'éloigner du vaisseau. La neige, qui venait de tomber, était légèrement mêlée de pluie, ce qui était un indice certain de la fonte prochaine des glaces. Il pressa donc sa marche ; mais, il eut beau se hâter, rien n'annonçait qu'il se rapprochât de l'ancrage de la *Belle Fanny*. Etonné par cette circonstance, il regarda en arrière et chercha la colline qui lui avait servi de point de repère. La colline n'était plus derrière lui : elle se trouvait à sa droite !

— Grand Dieu ! s'écria-t-il, je me suis égaré !

Mais, connaissant les dangers de l'inaction, il ne tarda pas à reprendre ce qu'il croyait être le chemin qui devait le ramener auprès de ses compagnons. Au même instant, un oiseau s'éleva dans l'air à quelques pas de lui. C'était un *ptarmigan*. Dans le double but de se procurer du gibier et d'attirer, s'il était possible, l'attention de ses camarades, Henry tira : l'oiseau tomba. Il le mit dans sa gibecière et continua sa route, sans prendre la précaution de recharger son fusil.

Seul sur cette mer terrible qui pouvait se briser sous lui d'un moment à l'autre, sans guide, sans boussole pour se diriger, sous un ciel qui commençait à s'obscurcir et à une époque où la fonte des glaces était imminente, privé de nourriture et désespérant de se voir rejoindre par ses matelots, Henry sentit que Dieu seul pouvait le sauver. Ses lèvres s'agitèrent, et il adressa au ciel une prière fervente.

Un formidable grognement l'interrompit tout à coup : il regarda. A environ cinquante pas devant lui, il aperçut un ours énorme qui s'avança à pas lents. Henry s'arrêta, chargea tranquillement son fusil, et attendit de pied ferme.

C'était un grand ours blanc d'une taille colossale, un de ces animaux ressemblant pour le volume à de jeunes éléphants, malgré leur conformation toute différente.

Loin de s'épouvanter à la vue de cet ennemi formidable, Henry recouvra en face du danger son sang-froid et sa présence d'esprit. Il arma son fusil et se tint prêt à presser la détente. L'ours s'avançait à quatre pattes ; mais, arrivé à quarante ou cinquante pas du chasseur, il se dressa sur ses pieds de derrière, laissa échapper un hurlement effroyable, puis un cri de douleur non moins effrayant, et roula sur la neige, qu'il rougit de son sang.

Henry avait ajusté et visé avec une prudente lenteur. La balle avait frappé le quadrupède à la jambe gauche, mais ne l'avait

pas tué. L'animal se releva et continua à avancer péniblement
en faisant entendre à chaque pas des grognements horribles.
Henry tira à la fois ses deux pistolets au moment où l'ours se
trouvait tout près de lui, puis il s'éloigna. Son ennemi était
désormais incapable de le poursuivre.

Après avoir fait une centaine de pas, il se retourna. L'ours
avançait toujours, mais trop lentement pour lui inspirer la
moindre crainte. Notre jeune chasseur voyait que la nuit
s'avançait rapidement. Il se dépêcha de gagner le faîte d'une
colline de glace, afin d'examiner l'horizon ; il conservait toujours un faible espoir de découvrir quelques signes du navire.
Il regarda autour de lui, dans toutes les directions : il n'aperçut
rien, ni ses compagnons, ni le brick, qui était alors pour lui la
terre promise.

Henry éprouva une angoisse indicible ; il murmura une
courte prière, bien qu'il fût à peine capable de rassembler ses
idées. Que faire?... La nuit approchait à pas de géant, et dans
quelques instants il serait impossible de rien distinguer. Quel
parti prendre, de quel côté se diriger?

Sans trop savoir ce qu'il faisait, il marchait tantôt d'un côté,
tantôt de l'autre, dans l'espoir de découvrir l'empreinte du passage de quelques-uns de ses camarades. Il allait sans doute se
livrer au désespoir, lorsqu'il aperçut le traîneau. Il le retrouvait
à l'endroit où les marins l'avaient laissé ; et plus loin, à peu de
distance, étaient les deux colonnes de glace à travers lesquelles
il avait passé. Son cœur bondit d'allégresse, et il adressa au
ciel une chaleureuse action de grâces.

Pourtant, il n'existait pas la plus petite trace qui pût le mettre sur la voie. Le traîneau était à moitié enseveli sous la neige,
et il ne savait pas de quel côté diriger ses recherches. Il résolut, en attendant, de chercher quelque abri où il pût passer la
nuit. Dans les nombreuses excursions qu'il avait dirigées, il
avait plus d'une fois aidé ses hommes à construire des huttes
de neige et de glace, mais il sentait qu'une pareille tâche était
au-dessus des forces d'un seul homme. Dans cette perplexité, il
regarda autour de lui, et il aperçut non loin de l'endroit où il
se tenait, une cavité formée par le soulèvement de deux blocs de

glace qui s'appuyaient l'un contre l'autre. Une grotte, d'environ
sept pieds de haut sur six de large avait été formée de la sorte.
Henry allait y pénétrer, lorsqu'il reconnut, à des signes certains, qu'elle avait été habitée. C'était sans doute le repère de
l'ours blessé.

Son premier mouvement fut de décharger un pistolet dans la
sombre cavité. Le bruit de la détonation mourut dans l'espace ;
un silence absolu lui succéda. Il était clair que l'habitant de la
grotte, quel qu'il fût, ne s'y trouvait pas en ce moment. Il y
entra donc sans crainte, et s'avança en tâtonnant. Ce ne fut pas
sans un certain tressaillement qu'il découvrit que la caverne
était semée d'ossements. Il fut convaincu dès lors qu'il ne s'était
pas trompé, et ce ne fut pas sans alarme qu'il songea au retour
probable de l'hôte terrible dont il s'appropriait le domicile.

Afin de n'être pas surpris pendant son sommeil, il tira le
traîneau jusqu'à l'entrée de la caverne, le redressa et l'appuya
contre l'entrée. Il fortifia cette barricade au moyen de plusieurs
blocs de glace qu'il entassa les uns sur les autres. Après une
heure d'un travail pénible, il avait réussi à rendre l'accès de la
grotte difficile, sinon impossible. Une demi-heure plus tard,
les blocs de glace ne formaient plus qu'un tout compacte aussi
dur que la pierre. Alors, Henry se glissa par une étroite ouverture qu'il s'était ménagée dans cette singulière cellule, dont la
température formait un contraste agréable avec l'air glacé
qu'on respirait au-dehors. Il avala une gorgée de rhum ; puis il
alluma une de ces torches que les chasseurs emportaient toujours avec eux pour le cas où ils se trouveraient surpris par
la nuit.

L'excavation avait une profondeur d'environ six mètres, et les
ossements de divers animaux attestaient que l'ours fréquentait
depuis longtemps cette retraite. Henry chargea immédiatement
son fusil et ses deux pistolets, posa sa hachette à portée de son
bras ; et puis, après avoir bouché à l'aide de son havre-sac l'ouverture par laquelle il était entré, il fit rôtir à la flamme de sa
torche une portion de l'oiseau tué le matin, et la dévora avec un
de ses biscuits.

Ce frugal repas terminé, il se disposa à dormir. Il savait qu'il ne se trouvait pas à plus de six milles du navire, et il ne doutait pas que ses compagnons eussent regagné le bord, et qu'ils eussent déjà annoncé au capitaine la position critique de leur officier. Dans ce cas, le brave Shipton ne manquerait certainement pas d'envoyer à sa recherche. Au pis aller, il se faisait fort de rejoindre le vaisseau le lendemain matin.

Pendant quelque temps néanmoins, il appela en vain le sommeil. Son esprit était troublé par des terreurs vagues et indécises, et par ces tristes pressentiments qui viennent, on ne sait pourquoi, accabler l'âme à certains moments. Enfin, il s'endormit profondément. Il fut réveillé par un hurlement plaintif. L'obscurité était complète, mais il entendait au-dehors un bruit étrange; on grattait la glace, et à ce son venait se joindre une sorte d'aboiement.

Henry reconnut qu'il avait affaire à un loup du pôle; passant le canon d'un de ses pistolets par une ouverture qu'il pratiqua entre le traîneau et le sac, il fit feu : un long hurlement suivit la détonation, puis tout redevint tranquille.

Mais, ce calme fut de courte durée. Bientôt un bruit semblable à un roulement de tonnerre retentit au loin. Henry, qui connaissait ce que présageait ce bruit, renversa le traîneau, et s'élança au-dehors, oublieux du danger. Le bruit sinistre, qui l'avait attiré, se répétait de tous les côtés. C'était le commencement de l'été. La glace se brisait de toutes parts.

De fréquents jets d'eau s'élançaient dans l'air. Le vaste bloc de glace sur lequel se trouvait Henry, se balança d'abord comme un bâtiment mal lesté, et puis commença à se mouvoir en avant en tournant sur lui-même.

Ce fut à ce moment critique que le jeune délaissé aperçut dans le lointain les voiles de son navire. Il était évident qu'on renonçait à le rejoindre, car on continuait à remettre en place les agrès et les voiles qui avaient naguère servi à dresser la tente. Le soleil, qui se levait dans toute sa splendeur, faisait fondre la neige avec une merveilleuse rapidité. Un vent tiède soufflait avec force et balayait la plaine de glace.

Tout espoir semblait perdu, et cependant Henry s'accrochait à la vie avec l'énergie et la ténacité d'un homme qui se noie.

La grotte était demeurée intacte. Les blocs de glace, dont elle se composait, formaient une masse d'une épaisseur et d'une solidité considérables. Le bloc de glace lui-même avait cinquante pieds de long sur environ trente de large, et formait un petit radeau qui soutenait assez bien le choc des nombreuses îles flottantes.

De temps en temps, de nouvelles détonations annonçaient que les champs de glace continuaient à se briser. Le courant, qui entraînait la banquise, parut acquérir une rapidité croissante, et les énormes glaçons qu'il charriait se ruaient avec plus de force contre la fragile embarcation du jeune marin. Les rochers de glace étaient précipités les uns contre les autres et se heurtaient avec un bruit pareil à celui d'une décharge d'artillerie. Souvent, de grands morceaux s'en détachant venaient s'abattre sur le plancher flottant qui portait Henry, et menaçaient de le faire chavirer.

Pendant quelque temps, cet étrange radeau continua à se diriger vers le sud-est, en opérant en même temps un mouvement de rotation sur lui-même. Il était toujours en vue de la *Belle Fanny*, mais le navire avait toutes voiles dehors ; et, au bout d'une heure, Henry reconnut que ses compagnons cherchaient à remonter vers le nord. Le jeune marin reprit courage, car il était clair que le capitaine n'avait pas perdu tout espoir de le retrouver.

Tout à coup, le radeau se mit à tournoyer comme une toupie et avec une telle rapidité que notre héros fut renversé. Lorsqu'il se releva, il se vit emporté avec une vitesse incroyable dans la direction du nord-ouest. Il avait sans doute rencontré un puissant courant qui l'entraînait vers le centre même des régions arctiques.

Henry entrevoyait à peine le navire, dont le progrès semblait arrêté par l'accumulation rapide des glaces. Il perdit donc tout espoir de se voir secouru de ce côté. Il regarda de toutes parts pour tâcher de découvrir quelle était sa meilleure chance de salut.

Autour de lui flottaient d'immenses rochers de glace, qui bondissaient en s'entrechoquant et se brisant avec fracas. Malgré le volume énorme du bloc sur lequel il se trouvait, sa position paraissait assez précaire. Son fusil, ses pistolets, sa gibecière et son traîneau : voilà tout ce qu'il possédait au monde, au moment où le radeau l'entraînait vers des régions inconnues.

Il remarqua bientôt qu'un second courant descendait dans la direction opposée à celle qu'il suivait, et il en conclut que, puisqu'il était emporté vers la colline mentionnée plus haut, il devait exister un courant qui faisait le tour de la montagne jusqu'au point où il rencontrait le courant qui venait du détroit de Lancastre et portait vers le côté opposé de l'île.

Toutes ses pensées se concentrèrent dès lors sur cette colline aride et isolée, dont il n'était pas éloigné de plus de deux lieues; et il reconnut sans peine qu'il était entraîné vers ce port tant souhaité. Cependant, il connaissait trop bien les changements rapides, si communs dans ces mers capricieuses, pour ne pas éprouver de l'inquiétude et même de la terreur. Il voyageait, d'après son calcul, avec une vitesse d'environ trois milles par heure; et, à moins d'obstacles imprévus, il devait arriver avant la nuit au terme de son voyage. Le plus grand danger qu'il eût à redouter, c'était de rencontrer un autre courant et de se voir emporté vers l'ouest ou l'est; le péril devenait alors imminent, et il sentait qu'il était perdu s'il ne réussissait pas à gagner l'île de la colline.

Saisissant son fusil, il s'en servit comme d'une perche pour diriger vers le nord son hasardeux esquif. Il eut la satisfaction, après une heure de lutte et de fatigue, de voir qu'il s'était sensiblement rapproché de la montagne, qu'il ne quittait plus des yeux. Le voyage, on s'en doute bien, ne s'accomplit pas sans faire courir de grands risques à notre jeune héros. Le voisinage d'un vaste amas de glace, dont il lui semblait reconnaître la forme, lui inspira un moment les craintes les plus vives.

Ce torose, qui s'était apparemment trouvé plus au centre du courant et était resté à un mille en arrière, se mit à descendre vers lui avec une rapidité alarmante. En outre, il aperçut distinctement, accroupi au bord de ce glaçon et tout prêt à s'élancer sur lui, l'ours qu'il avait blessé la veille. La masse continua sa course furieuse, écrasant ou détournant tous les obstacles qui s'opposaient à son passage, et menacée à chaque instant de perdre elle-même son équilibre.

Enfin, la distance diminua tellement qu'une rencontre devint inévitable. Henry s'empara de son fusil et se tint prêt à sauter sur l'asile de l'ours, car il s'attendait à voir le choc renverser ou briser en morceaux le radeau de glace sur lequel il se trouvait lui-même. Il se décida d'autant plus aisément à changer de domicile, qu'un examen plus attentif lui démontra que son ci-devant adversaire était mort, ou du moins à la dernière extrémité, et incapable par conséquent de lui faire le moindre mal.

Le choc eut lieu. Le moins lourd des deux blocs rebondit, puis se brisa en cinquante morceaux au moment où Henry, calculant son élan, faisait un bond désespéré et abordait sain et sauf sur l'énorme masse, à côté de l'ours désormais inoffensif. Le torose, quoique intact, vacilla un moment, puis retrouva son équilibre et continua sa route.

L'île n'était plus qu'à deux cents mètres, et Henry commença à distinguer une petite baie qui s'ouvrait au pied de la montagne, et dans laquelle il eût volontiers guidé son radeau. Mais, la chose était impossible, car le torose poursuivait sa route en ligne droite; et, s'il ne dépassait pas l'île, il était évident qu'il n'entrerait pas dans la baie où Henry espérait trouver un abri sûr.

Atteuant au rivage de l'île, on voyait s'avancer un amas de glaces qui commençaient à se détacher. Ce fut vers ce point que le côté perpendiculaire du torose, au bord duquel l'ours était étendu, parut se diriger. Henry s'agenouilla et se prépara à soutenir le choc. Contre son attente, l'abordage s'effectua sans violence : le torose trembla puis demeura stationnaire. Henry s'empressa de se lever; et, appréciant tout le parti qu'il pourrait tirer du cadavre de l'ours, il songea à le passer sur la terre ferme. Par bonheur, l'animal s'était avancé sur le bord, probablement dans l'intention de se jeter à la mer, et se trouvait placé de façon à pouvoir être poussé facilement en avant. Henry fit un effort : le cadavre remua, glissa, puis aborda avec un fragment de glace que son poids avait détaché.

Alors, Henry se laissa glisser le long d'une pente moins

rapide; puis, traversant les glaçons d'un pas léger, gagna en moins de cinq minutes les côtes de cette île vers laquelle ses yeux s'étaient tournés si souvent pendant le cours de cette mémorable journée. . . . .

. . . .

A bord du brick, que les autres chasseurs avaient regagné régnait la plus vive inquiétude. Le capitaine Shipton, malgré son désespoir, ne perdit pas la tête. Il fit tirer le canon d'heure en heure pendant toute la nuit, et ordonna que dès le point du jour, une nouvelle expédition serait organisée pour aller à la recherche du jeune officier. Lorsque le lendemain amena la fonte des glaces, le patron sentit qu'il y avait peu de chance de rejoindre Maynard; mais, il ne voulut pas moins accomplir son devoir jusqu'au bout.

Dès que le brick put lever l'ancre, malgré les terribles dangers d'une pareille navigation, on se dirigea, toutes voiles dehors, vers le nord, en continuant à tirer le canon tous les quarts d'heure; si Henry n'entendit pas ces signaux si souvent répétés, il faut attribuer ce fait à un état particulier de l'atmosphère.

Il les expose au feu en se servant de la baguette de son fusil en guise de broche (page 67)

VI. — Le rivage. — L'île. — Le volcan. — Les renards.

Le premier mouvement du jeune marin, en abordant la terre ferme, fut de rendre d'humbles et ferventes actions de grâces au Tout-Puissant, dont la miséricorde venait de l'arracher aux horreurs d'une lente et cruelle agonie. A genoux sur le sol glacé, il passa en revue, non sans un frisson d'horreur, tous les dangers qu'il venait de courir. Il songea à l'île fragile qui lui avait servi de canot et à la divine Providence qui l'avait dirigé vers ce petit coin de terre, au lieu de l'entraîner au milieu du vaste Océan. Au moins, maintenant, il foulait une portion de l'univers terrestre dont le sol ne se fondrait pas sous lui ; et il conservait l'espoir le pouvoir utiliser toute l'énergie dont il se savait doué.

Il pensait bien que ses compagnons ne manqueraient pas de

faire tous les efforts possibles pour le rejoindre, bien qu'une pareille entreprise ne présentât que de légères chances de succès; il savait en outre que la *Belle Fanny* ne pouvait pas être bien loin de l'endroit où il avait abordé : aussi ne se décourageait-il pas. Y a-t-il beaucoup de gens qui, placés dans une position aussi critique que la sienne, seraient sortis victorieux de la lutte?

Il se leva donc, plein de confiance et de résolution, et commença par étudier la nature et l'aspect de l'étrange domicile que lui assignait un destin rigoureux.

Etendu à ses pieds, gisait le cadavre de l'ours blanc dont il avait triomphé la veille. L'animal était déjà roide et glacé, malgré la légère chaleur qui commençait à se répandre dans l'air. Mais, bien que le corps de son ennemi lui offrît une foule de ressources dont il comptait bien profiter sous peu, Henry était trop pressé d'examiner son *nouveau* domaine pour se livrer à toute autre occupation, même dans le but de s'assurer d'indispensables provisions.

La colline, dont il a été fait mention, s'élevait à environ un demi-mille de la côte; et, comme elle était très élevée, Henry se décida à gravir jusqu'au faîte, afin de découvrir si la *Belle Fanny* naviguait dans ces parages. Il chargea son fusil, accrocha sa hachette à sa ceinture, examina l'amorce de ses pistolets, assujétit son couteau de chasse, et se prépara à opérer une ascension immédiate, malgré la faim qui commençait à le faire souffrir.

Il est, en effet, certains moments où les besoins physiques de notre faible nature se taisent, tellement les facultés de l'esprit sont concentrées par une idée fixe.

Ce fut à ce moment que la vérité se fit jour et que le sentiment de son isolement pénétra dans l'âme désolée du pauvre Henry. Il parcourut des yeux la plaine, et la trouva partout aride et désolée. Il écouta, mais nul son n'arriva jusqu'à son oreille.

— Est-il donc possible, s'écria-t-il tout haut, bien que personne ne fût là pour entendre ses paroles; est-il possible que le rêve de mon enfance se soit réalisé? Suis-je donc destiné à mener cette existence que j'ai tant enviée autrefois : à vivre seul sur une île abandonnée?

— Hélas! ajouta-t-il, personne ne me répond! il est trop vrai, je suis seul, bien seul!

A ces mots, il se mit à gravir la montagne d'un pas rapide. Mais, son ardeur fut bientôt ralentie par les nombreux obstacles qu'il rencontra. La neige, en se fondant, avait rendu le sol humide et glissant. Henry fut obligé de prendre de grandes précautions pour ne pas tomber dans des fondrières où il se fût enfoncé jusqu'au cou. Cependant, il continua sa marche sans accident, et atteignit enfin la base d'une rampe dont le sol pierreux et aride était complètement dépouillé de neige. Elle conduisait au sommet de la montagne, vers lequel tendait Henry. Dans sa hâte d'arriver, il trébucha plusieurs fois; mais, enfin, son désir fut accompli; il atteignit le faîte de la colline.

Arrivé là, il interrogea l'horizon, dans l'espoir d'y découvrir le bâtiment où l'attendait le digne capitaine Shipton. Il jeta les yeux de tous côtés, mais sans succès. La mer était couverte de montagnes de glace, mais on n'y apercevait rien qui ressemblât aux voiles d'un navire. Il poussa un profond soupir, et se mit à examiner la colline sur laquelle il se trouvait.

Il ne tarda pas à reconnaître qu'il était sur le cratère d'un volcan depuis longtemps éteint. La colline s'arrondissait au sommet, et descendait, par une pente assez douce, vers le centre, où une masse de neige cachait ce qui pouvait être un gouffre sans fond. Henry remit l'examen de ce point à un moment plus favorable, c'est-à-dire à l'époque où le retour de l'été lui permettrait de s'y livrer avec plus de sécurité.

Il fit lentement le tour de la colline, espérant encore, malgré les apparences, qu'il se trouvait sur quelque promontoire se rattachant au continent.

Pourtant, à moins d'être assez heureux pour rencontrer une tribu d'Esquimaux disposés à l'accueillir avec bienveillance, il eût été tout aussi à plaindre sur le continent que sur une île solitaire au sein de l'Océan. Car, c'eût été de la folie, de la part d'un homme étranger à ce rude climat, de vouloir tenter de gagner la partie habitée de l'Amérique en longeant les rives des mers glaciales.

Du reste, les doutes du jeune second ne furent pas de longue durée. Le sol, qui lui avait offert un refuge hospitalier contre les vagues irritées, était de tous côtés entouré par la mer. C'était une île de sept milles de long sur trois de large, qui n'avoisinait aucune autre terre, et d'où l'on pouvait seulement apercevoir dans le lointain, et dans la direction de l'ouest, les contours bleuâtres d'une longue ligne de collines.

— Seul sur une île déserte, au milieu des mers polaires! s'écria Henry. Que faire? que devenir?

Il descendit vers l'endroit où il avait abordé. Il avait remarqué au bord du rivage, sur lequel il venait d'être jeté, plusieurs morceaux de bois apportés par les flots, et dont il était désireux de s'emparer. Il avait été également frappé, pendant son ascension, de l'aspect de certaines substances qui lui paraissaient être une espèce de charbon. Il était important de profiter, dans le plus bref délai, de ces deux importantes découvertes.

Henry ne songea pas seulement à la chaleur bienfaisante que devaient lui procurer ces combustibles, mais il espéra aussi qu'un immense feu allumé sur la plage formerait un phare capable d'attirer l'attention de ses compagnons. Après avoir examiné le minéral en question, il demeura convaincu que la substance éparpillée à la base de cette colline volcanique était une espèce de charbon fort commun dans les régions polaires. Ce combustible n'est pas précisément semblable à celui répandu dans le commerce, mais il est néanmoins fort utile et donne une flamme brillante.

C'est maintenant, en effet, un fait acquis à la science qu'au sein de ces régions glacées, empire des éternelles ténèbres, des brouillards épais, des ouragans, de la neige et de la grêle, il existe des richesses minérales qui, si elles étaient connues, enfanteraient bientôt une foule de spéculations.

Henry mit une heure à rassembler et à entasser un monceau de bois et de charbon. Lorsqu'il eut enfin construit un bûcher d'une hauteur suffisante pour remplir le but qu'il se proposait, il chercha les moyens de l'allumer.

Sur la pente d'un rocher situé à peu de distance, Henry avait remarqué de la mousse, de l'espèce de celle qui semble attirer les rennes sur certaines îles, et il en avait arraché quelques poignées, qu'il avait exposées aux faibles rayons du soleil. Le succès de son entreprise dépendait du plus ou moins de sécheresse de ce s herbes.

Il jeta une petite quantité de poudre sur la mousse, qu'il avait placée à côté de son monceau de bois et de charbon; puis, il bourra, avec un morceau de linge, son fusil légèrement chargé, et tira sur cet amadou d'une nouvelle invention. La détonation avait à peine retenti qu'une lueur apparut; puis il s'éleva une flamme joyeuse; dès que le chiffon, la poudre et la mousse eurent agi l'un sur l'autre, Henry éprouva un véritable ravissement; et, lorsqu'une brise légère, qui commençait à souffler, eut activé la flamme et que quelques menus morceaux de bois qu'il avait fendus à l'aide de sa hachette se mirent à fumer, puis à flamber, notre héros se crut sauvé.

Dix minutes plus tard, le bois et le charbon, qui, vu leur état d'humidité, avaient résisté un instant à l'action de la flamme, formèrent enfin un feu qui brilla, pétilla et gronda de façon à prouver à Henry que, bien qu'il se trouvât abandonné sur une île déserte, il ne manquerait pas de combustible, l'une des choses, sans contredit, les plus nécessaires à l'existence sous ce climat rude et glacé.

La sensation agréable que lui causa la chaleur régnait naturellement sur son esprit, et il retrouva un calme qu'il n'avait pas goûté depuis qu'il s'était vu séparé de ses compagnons.

Le bien-être physique agit sur le moral avec une puissance irrésistible. L'absence des agréments matériels et positifs de la vie influe non seulement sur le visage et les habitudes du corps, mais elle exerce une influence non moins fatale sur le caractère.

Ceux qui n'ont jamais souffert, comme ceux qui n'ont jamais vu de près la misère, pourraient difficilement se faire une idée de la joie qu'éprouvait Henry en contemplant son phare flamboyant. Il s'agissait maintenant de trouver un abri et une nourriture quelconque : Henry était affamé. L'ours, étendu à ses pieds, devait lui fournir l'un et l'autre : une tranche de sa chair pour satisfaire sa faim, et une fourrure pour le protéger contre le froid.

Il s'arma donc de son couteau, et se mit à dépecer le cadavre.

Il fendit d'abord la peau depuis la tête jusqu'à la queue. Cette première opération en partie terminée, il coupa un morceau de chair qu'il sépara ensuite en tranches plus minces dont il exposa quelques-unes au feu, en se servant de la baguette de son fusil en guise de broche. C'était une façon de rôtir qu'il avait vu mettre en pratique dans une de ses premières expéditions de chasse, à l'époque où il voyageait en Amérique.

Il continua ensuite sa besogne avec d'autant plus d'ardeur qu'il était harassé et avait hâte de terminer ce répugnant travail. L'époque était arrivée où il ne faisait plus nuit dans ces parages; mais, la nature n'en exerçait pas moins son empire : Henry tombait presque de sommeil et de lassitude lorsqu'il eut achevé d'enlever la peau, dont il comptait se faire à la fois un lit et un manteau.

Dès qu'il eut accompli sa tâche, il dévora avec avidité une tranche de son rôti, et but avec non moins d'avidité de la neige fondue dans laquelle il n'avait versé que quelques gouttes de rhum, ayant résolu de conserver le peu qu'il possédait de cette précieuse liqueur pour les grandes occasions et les cas de maladie.

C'était un singulier et étrange spectacle que de voir, au sein de ces régions glacées, ce jeune homme solitaire, assis auprès de son vaste fanal, son fusil à portée de sa main, ayant à ses côtés la carcasse d'un ours énorme, et prêtant l'oreille à la voix lugubre de la mer agitée.

Mais, revenons à Henry, qui, malgré l'horreur de sa situation, ne désespérait pas de son salut, et que la douce conviction qu'il reverrait tôt ou tard ses amis soutenait au milieu de son isolement.

Après avoir fait un excellent souper et avoir invoqué de nouveau la protection du ciel, il entassa du bois et du charbon sur le feu, et s'introduisit dans l'abri qu'il s'était préparé.

L'épaisse fourrure, récemment arrachée au cadavre du formidable quadrupède, formait une couverture qui n'était nullement à dédaigner, et se trouvait assez grande pour que Henry pût s'y étendre à son aise.

Il avait, en effet, disposé la peau de l'ours de façon à pouvoir s'en entourer complètement, et en tournant le côté ouvert vers le feu, il espérait n'avoir pas trop froid. La main sur un de ses pistolets, il s'enroula dans sa couverture et fut bientôt tout à fait caché sous ce vêtement original, dont les chasseurs font souvent usage dans les régions polaires.

C'est ainsi qu'il se prépara à sa première nuit sur une île située à peu près sous le soixante-dix-huitième degré de latitude, au milieu d'une mer dont chaque vague déposait un glaçon sur la côte. Le ciel était serein et éclairé par une faible aurore boréale. Les étoiles brillaient d'une clarté inusitée, dont l'éclat parut de bon augure à notre héros. Le soleil était également visible, bien qu'il ne répandît pas une lumière bien intense.

Henry, tout épuisé et harassé qu'il fût, n'avait guère envie de dormir. La nouveauté de la situation, les vagues espérances qu'il conservait de se voir sauvé, la crainte des animaux féroces, la perspective de toutes les luttes qu'il lui faudrait affronter sur ces plages stériles contre les éléments déchaînés, l'impossibilité apparente d'y passer l'hiver, telles étaient les pensées qui l'occupaient et qui chassaient le sommeil loin de son lit improvisé.

La nuit, nous l'avons dit, était calme et belle; aussi Henry, malgré les nombreuses inquiétudes dont il était agité, finit-il par se calmer et par subir l'influence de la tranquillité solennelle qui planait sur l'île. Les gémissements et les rugissements alternés de la mer et du vent, le pétillement de la flamme, le sifflement du bois vert et du gaz qui s'échappait en jets bruyants et lumineux, troublaient seuls le silence de la nuit. La monotonie de ces sons finit par agir sur Henry, qui sentit sa paupière s'appesantir par degrés, et qui s'endormit enfin d'un profond sommeil. Le long repos qu'il goûta le rafraîchit d'autant plus qu'il ne fut troublé par aucun rêve.

— Que voulez-vous? s'écria-t-il tout d'un coup.

Il se figurait qu'il se trouvait encore dans la chambre de la *Belle Fanny*, et que quelqu'un le tirait par les pieds pour le réveiller.

Il ne dormait pas cependant, mais rêvait tout éveillé. Rassemblant ses idées, il se rappela sa situation actuelle, et sentit qu'on tirait violemment une des pattes de la peau dans laquelle il était enveloppé. Il devina que son visiteur indiscret ne pouvait être qu'un renard; et, aussitôt, dégageant son bras, il tira un coup de pistolet. Des hurlements répétés, et le bruit d'un grand nombre de pas sur la plage rocailleuse, lui annoncèrent qu'il avait eu affaire à plus d'un ennemi. Les renards, qui, sans doute avaient été attirés par l'odeur de la chair de l'ours, s'étaient enfuis avec rapidité au bruit du coup de pistolet.

Henry prit son second pistolet, rechargea celui qu'il venait de tirer, et se tint sur la défensive dans l'attente d'une seconde attaque; mais la façon, dont il avait accueilli la première visite de la troupe, empêcha les animaux effrayés de renouveler leur tentative.

Il se leva un moment pour entretenir son feu, car il voulait élever la flamme autant que possible, afin qu'on pût l'apercevoir de fort loin. Les flammes, produites par le charbon et le bois combinés, atteignirent bientôt une hauteur si considérable, qu'on devait infailliblement les voir d'une très grande distance.

Dans cette conviction, Henry continua à entasser le combustible. Puis, il attendit, dans un état d'anxiété difficile à décrire, une réponse à son signal. Il avait, en dernier lieu, jeté au sommet du bûcher un énorme tronc d'un bois résineux qui, dès qu'il fut suffisamment entamé, lança dans l'espace des jets de flamme qui devaient s'apercevoir à quelques milles à la ronde.

Qu'on juge de la joie de notre héros, lorsque, dix minutes plus tard, il entendit distinctement une détonation dans laquelle il reconnut la voix familière de l'unique pièce d'artillerie qui se trouvât à bord de son brick! Une seconde détonation suivit, puis une troisième.

Henry éprouva une de ces émotions saisissantes qu'est seul capable de comprendre le condamné auquel on vient annoncer sa grâce au pied même de l'échafaud.

Pendant près d'une demi-heure, les décharges se renouvelèrent toutes les cinq minutes. Au bout de ce temps, Henry avait complètement épuisé sa provision de combustible. Il enleva de grands morceaux de graisse de la carcasse de l'ours, et les lança sur le foyer afin d'en augmenter les flammes; mais, le

bruit do l'artillerie cessa. Henry, épuisé de fatigue et d'émotion, s'assit pour attendre son sort, sans trop savoir s'il devait
se désoler ou se réjouir de ce silence.

Jamais Henry n'éprouva au même degré le sentiment de sa
dépendance. Il ne comptait plus sur ses propres efforts, mais
sur la bonté de l'Être tout-puissant qui pouvait seul compléter
sa délivrance. Quelque tumultueuses que fussent les pensées
qui l'agitaient, il s'efforçait d'être calme et patient, et il se contentait de demander au ciel la force de supporter avec humilité
et résignation sa destinée quelle qu'elle fût.

Il était jeune; le monde lui laissait entrevoir les joies et les
plaisirs qu'il promet à tous ceux qui sont pleins de vie et d'espérance. Aussi, malgré la sincérité de sa foi, son âme ne pouvait que difficilement se soumettre à la sombre perspective de
traîner une vie misérable sur ces rivages arides, et d'y mourir
enfin sans avoir trouvé une main amie qui lui fermât les yeux
et lui creusât une tombe.

Non, l'espérance réchauffait encore son cœur! De douces
visions passaient en souriant sous ses yeux : c'étaient la maison paternelle, le foyer domestique et l'image chérie de celle
qui avait promis de devenir sa compagne et de partager sa
bonne ou sa mauvaise fortune.

Henry, qui s'était endormi auprès de son feu, entendit tout à
coup le murmure d'une voix familière. Le paysage tout entier
s'était transformé comme par un coup de baguette. Une verdure printanière recouvrait toute la terre; des arbres, ployant
sous le fardeau de leurs fruits dorés et vermeils, flattaient le
regard. Une figure moitié réelle, moitié fantastique, apparais-
sait dans un cadre brillant d'un si vif éclat que ses yeux en
furent éblouis : pourtant il la reconnut bien, c'était Fanny.

Et, comme les accents de cette voix musicale pénétraient jusqu'à son cœur, Henry se prit à pleurer; car, même dans le
sommeil, il se rendait compte que ce n'était qu'un rêve, trop
beau pour être vrai! Ce fut l'effort qu'il fit pour essuyer ses larmes brûlantes qui le réveilla.

Le cœur de Henry bondit de plaisir à la vue d'une troupe de rennes (page 74)

VII. — Examen de l'île.

Quand Henry s'éveilla entièrement, le vent soufflait avec force, le ciel était obscurci par de gros nuages gris, et un épais brouillard voilait tous les objets : c'était à peine si l'on pouvait distinguer à un demi-mille à la ronde; Henry sentit son cœur défaillir. Une petite portion de viande, cuite la nuit d'avant, restait encore et lui servit pour déjeuner; puis, en attendant que le vent tombât et que le brouillard fût dissipé, il rassembla autant de bois que ses forces le lui permirent. Le traîneau était venu s'échouer avec lui sur les côtes de l'île, et en s'y attelant, il pouvait s'en servir pour transporter des fardeaux considérables; le résultat de ce travail fut qu'il réunit, auprès du feu presque éteint, de quoi l'entretenir longtemps encore.

Pendant ce temps, le vent s'était calmé et le brouillard avait

disparu; mais, aucun vaisseau' ne se montrait en vue. Nulle
plume ne pourrait décrire, nulle imagination ne pourrait concevoir la terreur qui s'empara en ce moment du cœur du pauvre jeune homme, seul, perdu, abandonné. Le vent, la glace et
le brouillard avaient sans doute trompé ses amis, et l'espoir
qu'il avait nourri pendant ces longues heures d'attente ne lui
avait montré qu'une perspective illusoire à laquelle il fallait
renoncer. Que devait-il faire?

Un fusil chargé était à ses pieds; à cette vue, une sorte de
vertige le saisit; ses lèvres se contractèrent. Des sentiments de
haine et de rage contre la création, de colère impie contre Dieu,
éclatèrent dans son cœur comme un sinistre orage; et ce fut
avec une joie sauvage qu'il accueillit l'idée de quitter du même
coup la vie et l'horrible lieu où elle était enchaînée. Mais, tout
à coup, des larmes amères roulèrent de ses yeux; la scène du
Calvaire rayonna dans son âme attendrie. Il comprit toute sa
faute et maudit la pensée impie qui l'avait un instant poussé à
déserter le poste où le Seigneur l'avait placé.

— Que la volonté de Dieu soit faite! s'écria-t-il; quoi qu'il
arrive, je ferai mon devoir en défendant ma vie!

Une demeure bien close était la première de toutes les nécessités sous un climat comme celui de l'île de *la Désolation*, ainsi
qu'Henry l'avait appelée dans sa première inspiration. Mais, c'é-
tait là une matière si sérieuse et qui entraînait avec elle de si
grandes considérations d'hygiène et de sûreté, que Henry ne
voulait point en choisir l'emplacement avant d'avoir soigneusement exploré l'île, et s'être assuré qu'elle ne pouvait lui offrir
un endroit plus sain et plus agréable que celui où le hasard
l'avait jeté.

Cette résolution prise, il fit cuire quelques morceaux d'ours
qu'il plaça dans sa gibecière; puis, il s'arma jusqu'aux dents,
non sans penser à Robinson Crusoé. Avant de partir pour son
voyage, il enveloppa ce qui restait de l'ours dans la peau de
l'animal, sur laquelle il entassa de lourdes pierres.

Le lieu où il avait abordé se trouvait près du centre d'une
crique dont l'entrée était au plus large de cinquante pieds. Elle
avait environ cent pieds dans tous les autres sens, et était

remplie de bancs de sable; l'eau en était si peu profonde qu'on pouvait la traverser à gué sans danger. Henry vit avec plaisir que s'il pouvait se procurer des filets, cette baie lui fournirait de grandes ressources en poisson, — ce qui était d'autant plus précieux qu'il avait résolu de garder sa poudre et ses balles pour sa défense personnelle, et que, ne voulant pas les prodiguer inutilement à la chasse, il lui fallait trouver le moyen de substituer à ses armes des instruments d'une utilité plus permanente. Ce n'était pas qu'il s'habituât à la perspective de passer plus de quelques mois dans cette île : résider l'hiver seul, dans cette froide contrée abandonnée pour tout être animé durant les trois quarts de l'année, lui semblait chose impossible; et, pourtant, malgré sa répugnance, il sentait qu'il devait, en tous cas, se préparer à cet événement.

Il commença donc à longer la baie avec l'intention de faire le tour de l'île en suivant le rivage; il trouva le sol beaucoup moins aride qu'il ne l'avait cru d'abord; les effets de la végétation si rapide du Nord étaient déjà visibles; l'herbe était haute de deux ou trois pouces, une touffe de saxifrage était en pleine fleur, et dans un autre endroit, il trouva une couche d'oseille découverte qui lui sembla d'un grand intérêt pour sa santé. Il était maintenant évident pour lui qu'il ne serait pas complètement réduit à se contenter de la chair des animaux, et qu'il lui serait possible d'y ajouter au moins une espèce de salade.

Ce fait, — si peu important en apparence, — contribua cependant à lui rendre un peu de calme et de sécurité.

En avançant un demi-mille plus loin, Henry se vit arrêté par un courant d'eau claire et limpide qui coulait entre deux rives dont la fraîche verdure offrait le plus charmant aspect. C'était un épais gazon entremêlé de lichens et de mousses. Comme l'eau était un peu profonde à cet endroit, Henry prit le parti de chercher plus loin un passage plus guéable. Il suivit donc la rive en se dirigeant vers des collines qui présentaient de ce côté quelques pics élevés. Au bout d'un quart de mille, il commença à monter; le courant devenait plus profond et plus étroit; les bords en étaient plus escarpés. Poursuivant toujours son chemin, il arriva à l'entrée d'une gorge resserrée entre deux hauteurs; les eaux du petit courant, emprisonnées dans d'étroites limites, s'étaient creusé un passage dans le roc; elles en sortaient par une ouverture qui offrait l'aspect d'un pont naturel pour aller se jeter, en bouillonnant, dans un bassin d'environ vingt pieds, d'où elles s'échappaient ensuite pour former un peu plus loin un ruisseau calme et silencieux.

Quoique le versant de la colline fût roide et sinueux, Henry essaya de le gravir; et, après une assez rude ascension, il en atteignit le sommet. De ce point, il découvrit une petite vallée très pittoresque, qui pouvait avoir environ quatre cents pas de long sur une largeur à peu près égale; au milieu de cette vallée brillait un beau lac dont l'écoulement formait le petit torrent qu'avait suivi notre voyageur.

Quelques buissons rabougris et une fraîche verdure égayaient la scène. Le cœur de Henry bondit de plaisir à la vue d'une troupe de rennes qui broutaient, sur l'autre bord, le jeune gazon nouvellement mis à jour. Il lui eût été facile d'en abattre un; mais il ne l'essaya pas, afin de ménager sa poudre et de ne pas effaroucher ces animaux, qu'il espérait capturer d'une façon moins dispendieuse.

— Voici la place d'une habitation, pensa-t-il en se représentant la grotte et la hutte de Robinson; et pourtant non, le rivage est préférable pour l'été, car la fumée de mon feu peut attirer l'attention des baleiniers qui visitent sans doute cette côte, et je ne dois pas abandonner tout espoir de salut.

Il traversa donc la vallée, en arrêtant dans son esprit qu'il se construirait d'une façon quelconque une hutte sur le rivage, dût-il plus tard, — si la destinée le forçait à passer l'hiver dans cette île, — s'arranger une habitation dans la vallée.

Quand il eut atteint le haut des collines opposées, il observa que le sol, de ce côté, était couvert de maigres prairies et de marais, et il conjectura que ces lieux devaient être parfois visités par les nombreux oiseaux de cette région. En effet, il ne tarda pas à en faire fuir plusieurs bandes, qu'il n'essaya même pas d'ajuster; tant il tenait, comme nous l'avons dit, à ménager sa poudre et ses munitions de guerre.

Pour un homme enfermé si longtemps dans un vaisseau,

cette marche commençait à devenir fatigante, et Henry sentit qu'il lui était nécessaire de revenir à son campement et d'y faire ses préparatifs pour la nuit. Il avait bien conçu le plan d'une espèce de hutte qui devait l'abriter pendant son sommeil et le protéger contre les bêtes féroces, au moins pendant quelques jours; mais, l'idée ne suffisait pas: il fallait la mettre à exécution, et Henry était fort inquiet de savoir s'il en viendrait à bout. Son retour à l'endroit d'où il était parti fut plus rapide qu'il ne se l'était figuré, car il commençait à prendre une certaine connaissance géographique du territoire, dont il avait si vite tiré parti.

Heureusement, son feu n'était pas éteint, et il le fit rapidement flamber en y ajoutant quelques charbons ramassés au pied de la colline et rapportés dans sa gibecière.

Après avoir pris un peu de nourriture, il s'apprêta à mettre à exécution son projet de hutte. Près de l'endroit où il avait dormi était un monceau de pierres auquel un caprice de la nature avait sans doute donné l'apparence d'une pyramide; c'était au moyen de ces pierres, d'un peu de bois, de terre et de la peau de l'ours, que Henry comptait se faire une demeure temporaire.

Son ambition se bornait, pour le moment, à élever quatre murs, juste assez hauts pour supporter un toit sous lequel il pût se retirer la nuit pour dormir; il remettait le projet de construire une habitation, dans laquelle il pût se tenir debout, au temps où il aurait trouvé moyen de fabriquer quelque torche ou chandelle avec laquelle il lui serait possible de s'occuper des différents ouvrages nécessaires à ses besoins.

Il commença donc par ébranler une des pierres du monceau, et il s'apprêtait à la transporter, lorsqu'il s'aperçut qu'elle recouvrait une espèce de trou dont il ne pouvait juger la profondeur. Un trait de lumière traversa son esprit et le fit tressaillir: ces pierres, si artistement placées, devaient avoir été arrangées par la main de l'homme; une courte réflexion lui fit comprendre qu'il avait découvert une hutte souterraine d'Esquimaux, que son propriétaire avait soigneusement close dans l'idée d'y revenir plus tard.

On se figurera facilement l'émotion que lui causa cette découverte. La Providence, en lui accordant cet abri, semblait lui

donner en même temps l'espérance de voir son île visitée par
les chasseurs de ces contrées; c'était une chance de salut sur
laquelle il n'avait pas compté.

Après avoir déchargé son fusil dans le trou et sondé le sol,
qui lui parut ferme et en bon état, il sauta dans la hutte; et, à
l'aide de la faible lueur qui y pénétrait par l'ouverture, il se mit
à examiner cette nouvelle demeure.

Elle avait environ cinq pieds de haut sur sept de long et cinq
de large : la toiture était construite avec des côtes de baleines
sur lesquelles on avait disposé des pierres plates arrangées de
manière à préserver l'habitation de la neige et de l'humidité; le
sol, soigneusement battu, maintenait une atmosphère saine et
tempérée. Différents objets y avaient été laissés : c'étaient une
jarre de terre, un fer de lance, quelques crochets en os, un petit
arc et deux flèches, toutes choses dont Henry regarda la découverte comme un bonheur providentiel.

Après l'examen de cette hutte, Henry résolut d'y fixer provisoirement sa résidence; cela lui épargnait un grand travail, et
lui permettait de consacrer le temps de la belle saison à ses
préparatifs d'hiver. Débarrassé du soin de se loger, sa plus
grande préoccupation était maintenant de se procurer une nourriture suffisante; car, en attendant qu'il pût mieux se rendre
compte des ressources que lui offrait son île, ses moyens d'existence étaient fort restreints. Il avait bien différents animaux,
tels que daims, lièvres et perdrix; mais, il ne lui restait plus
que six ou huit charges de poudre, quantité tout à fait insuffi-
sante pour se procurer un grand nombre de ces animaux. Heureusement que la baie était riche en poissons ; aussi, ce fut de ce
côté qu'il crut devoir tourner d'abord son attention.

La hutte contenait un banc de deux pieds de large, évidemment destiné à servir de lit et de siège. Henry lui assigna le
même usage, et il lui sembla qu'il ne lui manquait plus qu'une
lampe et son coffre à livres pour passer là d'agréables soirées.
Sa plus grande privation était celle de la lecture. Dans cette île
solitaire, où planait l'ombre de la mort, assis sur son lit, il se
mit à réfléchir profondément aux moyens de suppléer à cette
privation, et il lui vint comme une inspiration du ciel qui déter-

mina sa ligne de conduite. Ce fut alors qu'il comprit l'avantage d'avoir orné son esprit de riches trésors, pour lui maintenant inappréciables.

Voici quel était son plan :

Aussitôt que ses travaux de la journée seraient terminés, il s'agenouillerait pour remercier Dieu de sa protection et lui en demander la continuation; alors, il reporterait son esprit sur ses études; et, choisissant un sujet, il y arrêterait ses pensées jusqu'à ce qu'il pût s'en retracer exactement les détails. Tantôt il s'attacherait au capitaine Cook, et le suivrait pas à pas, autour du monde, en se rappelant ses aventures; tantôt il fixerait son imagination sur quelques sciences mécaniques pour y chercher d'utiles applications.

Telles étaient les idées qui l'occupaient en ce moment. La soirée était ravissante : le soleil, la lune et les étoiles brillaient ensemble dans le ciel; le vent soufflait tiède et léger, et les vagues venaient se briser sur le rivage avec un murmure plus doux que de coutume. Mais, soudain Henry tressaillit : un bruit étrange se faisait entendre dans la baie; il se lève aussitôt, saisit son fusil et court de ce côté.

A mesure qu'il approche davantage, son oreille saisit plus distinctement une sorte de ronflement bruyant et sonore, qui, dans une autre contrée, lui eût fait croire à la présence d'un hippopotame; mais, au milieu des mers polaires, il n'y avait pas à s'y tromper. Ce bruit était causé par l'arrivée d'une troupe de veaux marins. C'était une bonne fortune que Henry se promettait de ne pas négliger, et il se mit aussitôt à songer au moyen de s'emparer de quelques-uns de ces animaux et au parti qu'il pourrait tirer de leur capture.

L'ourse soulevant le cadavre dans sa puissante mâchoire, s'éloigna rapidement (page 85)

VIII. — L'étang de soufre.

Henry sentait bien que sa vie dépendait de sa patience et de son industrie; aussi cherchait-il à mettre à profit tout ce qu'il avait appris dans son enfance, afin de tirer le meilleur parti possible du peu de ressources que lui offrait le pays. En première ligne figuraient la chasse et la pêche; avec un peu d'adresse, elles devaient être abondantes. Et, malgré les grandes difficultés qu'il voyait à s'emparer du gibier et du poisson, il n'était pas précisément inquiet de sa nourriture immédiate. Mais, il songeait avec anxiété à tout ce qui lui était indispensable pour passer l'hiver.

Il fallait d'abord trouver un logis pour s'abriter durant ces longs et terribles neuf mois de mauvais temps, pendant lesquels sa hutte, ensevelie sous la neige, deviendrait tout à fait inhabitable. Un magasin lui était aussi nécessaire pour contenir les provisions d'eau, de bois et de nourriture qu'un hiver prolongé l'obligerait à rassembler en quantités considérables. Pour conserver ses aliments, il avait à chercher le moyen soit de les saler, soit de les sécher; puis, il fallait les mettre à l'abri des animaux qui, déjà, l'avaient attaqué, et qui, certainement, ne respecteraient pas ses provisions.

La situation de sa résidence était aussi un point des plus importants. Il avait bien pensé à la vallée, qui, abritée contre le vent, lui semblait la partie la plus chaude de l'île; mais, l'accès en était si difficile qu'il lui paraissait impossible d'y transporter ses approvisionnements réunis sur le rivage.

Il résolut donc de consacrer quelques jours à l'exploration des lieux et au choix de l emplacement de sa future demeure avant d'entreprendre de plus importants travaux.

Restait encore une dernière et sérieuse considération : quels moyens emploierait-il pour la chasse et la pêche?... Ce fut le sujet qu'il se réserva de méditer profondément pendant le petit voyage d'exploration qu'il allait entreprendre.

N'ayant pas de vaisseau auquel il pût recourir, comme Robinson Crusoé, il était abandonné à ses propres forces, et obligé de fabriquer avec de grandes difficultés tout ce que son célèbre prédécesseur avait trouvé sous sa main. Heureusement que Henry possédait un couteau et une petite hache : ces objets devaient lui être d'un grand secours et lui paraissaient des trésors inestimables.

Malgré ces projets d'établissement, l'idée de quitter son île ne sortait pas de son esprit; mille plans surgissaient à la fois dans son imagination : plans aussi vagues qu'inexécutables, et aussitôt abandonnés que conçus. Il songea à lancer dans le ruisseau, qui coulait vers l'Océan, une bouteille capable d'attirer l'attention de quelque navigateur; mais, c'était là une chance de salut bien puérile. La pensée de construire un bateau s'empara ensuite de lui et le remplit d'une telle ardeur, qu'il fut sur le point d'abandonner toute autre occupation pour se mettre à l'œuvre. Il comptait employer, pour ce dessein, des bois amenés du continent, et que le flot avait jetés sur la côte; mais, en examinant ces morceaux d'arbres et le petit nombre de planches à moitié pourries, — débris de quelque affreux naufrage, — il les trouva si défectueux et si insuffisants, qu'il comprit bien vite qu'il allait entreprendre un travail au-dessus de ses forces et de ses moyens; et il se décida, quoique à regret, à abandonner ce projet ou au moins à l'ajourner à un moment plus favorable.

Bien résolu cependant à faire quelque tentative pour appeler l'attention sur sa triste position, il imagina de faire un mât de signal avec un pin déraciné que les vagues avaient poussé près de l'endroit où était dressée sa tente.

Quelques efforts lui suffirent pour s'en emparer; il le planta dans le sol en creusant la terre avec sa hache, en consolida le pied avec des pierres; puis, coupa la tête de l'ours et la plaça au sommet de ce mât: de telle sorte qu'il était impossible à un baleinier de passer aux environs sans apercevoir ce signal d'une nouvelle espèce. Après avoir accompli cette tâche, Henry remit sa destinée future aux mains de la Providence et tourna son attention vers le présent.

Son premier soin fut de découper la chair de l'ours, puis de la faire sécher et fumer près de son feu, jusqu'à ce qu'il la crut en état de se conserver facilement; après quoi, il la plaça soigneusement dans sa hutte souterraine, dont il ferma l'ouverture du mieux qu'il put avec de grosses pierres. Ensuite, il se servit de la jarre pour fondre la graisse, qu'il prévoyait lui devoir être d'un grand secours pour divers usages, et surtout pour la lampe qu'il espérait se fabriquer : il comptait, à l'aide de cet éclairage, s'occuper à créer différents objets utiles à ses besoins et peut-être même à ses plaisirs, si toutefois le plaisir pouvait jamais approcher de cette plage désolée.

Henry se prit à penser et à agir comme s'il eût été complètement familiarisé avec l'idée de passer le reste de sa vie dans cette triste région; il comprit qu'il n'avait pas de plus sage parti à prendre.

Lorsqu'il eut séché la chair de l'ours et fondu la graisse, — dont une petite partie lui servit pour frotter et assouplir la peau de son ancien ennemi, — il s'aperçut que les heures avaient passé plus vite qu'il ne l'avait cru. La journée était trop avancée pour qu'il pût commencer l'excursion projetée, et il se mit à ramasser sur le rivage plusieurs morceaux de bois de différentes grandeurs : c'était une ressource bien précieuse dans une contrée qui produisait à peine quelques buissons rabougris; et Henry sentit son cœur pénétré de reconnaissance pour ce nouveau bienfait de la miséricorde divine. Quoiqu'il se trouvât très fatigué, il ne voulut pas terminer sa journée sans avoir été chercher, avec un traîneau, une provision de ce charbon dur et pierreux qu'il avait déjà rencontré. Ce charbon, mélangé de scories volumineuses, n'avait qu'un poids léger, et par conséquent était facile à transporter.

Après avoir achevé ce travail, il alluma son feu, prit quelque nourriture et se retira dans sa hutte, où il porta des cendres rouges pour y répandre un peu de chaleur. Afin d'intercepter l'humidité, il avait eu soin d'étendre la peau de l'ours sur le haut du toit, et n'y avait laissé d'ouverture que juste ce qu'il fallait pour respirer. Ces préparatifs terminés, notre héros passablement casé, mais en revanche horriblement fatigué, se coucha et dormit plusieurs heures sans interruption.

Il s'éveilla plus reposé, et reconnut en sortant de son abri que le moment de se remettre à l'ouvrage était arrivé. En dépit de sa fatigue, il s'était aperçu de l'inconvénient de dormir sur la terre, et il résolut de préparer la peau de l'ours de manière à s'en faire un matelas, ou au moins une sorte de couverture dans laquelle il pût s'envelopper.

Quoiqu'il fût peu expérimenté dans l'art du tanneur et du mégissier, il ne s'en mit pas moins à gratter avec soin l'envers de la fourrure, qu'il frotta ensuite avec de la graisse. A sa grande satisfaction, il réussit par ce moyen à l'adoucir et à la rendre assez souple pour la plier en un paquet qu'il emporta dans sa hutte.

Ce travail l'occupa jusqu'à l'heure du déjeuner, après quoi il prit ses armes et se prépara pour son voyage. Le désir de renouveler sa provision d'oseille figurait au nombre des principaux motifs de cette promenade; car, il éprouvait beaucoup de répugnance pour une nourriture exclusivement animale, qu'il jugeait en outre, et avec raison, devoir être très nuisible à sa santé : il savait aussi que cette plante était un antiscorbutique très actif, et cette vertu préservatrice en augmentait encore le prix à ses yeux.

Il se rappela en même temps qu'il avait trouvé cette oseille au milieu d'herbes de différentes espèces, et il se demanda s'il ne pourrait pas aussi tirer quelque parti de ces végétaux, dussent-ils même ne lui être d'aucune utilité comme aliment : il n'y a rien qui profite mieux que les leçons du malheur et de la nécessité! Ceux-là seuls, qui ont souffert de la faim et de la soif, connaissent tout le prix d'un morceau de pain et de quelques gouttes d'eau.

Henry espérait, en prenant une route intermédiaire entre la première qu'il avait suivie et celle qui conduisait à la *vallée des Rennes*, trouver quelque position favorable à la construction d'une maison d'hiver; il lui fallait un lieu protégé contre le vent du nord, qui chasse la pluie d'une manière si terrible dans ces régions, et en même temps à l'abri de la fonte des neiges accumulées pendant la mauvaise saison. Il en vint à penser qu'une grotte serait probablement pour lui la demeure la plus sûre, la plus confortable, et peut-être la plus facile à arranger dans un terrain de formation volcanique. Ces réflexions retracèrent à son esprit les leçons du pauvre Stop, et ses larmes coulèrent en abondance au souvenir des êtres si chers dont il était séparé.

— Il faut chasser leur souvenir, s'écria-t-il, ou je suis perdu! Allons, allons, en route, l'activité et le travail peuvent seuls calmer mon pauvre cœur!

Cette île, où la Providence l'avait conduit, était peu étendue : il put en juger promptement toutes les ressources; cette connaissance ajouta à son inquiétude; rien ne lui faisait entrevoir quels moyens lui seraient offerts pour rendre sa vie plus douce et plus supportable, et c'était avec peu d'espoir qu'il entreprenait sa promenade.

Toute la neige avait disparu de l'île; la mer seule balançait encore sur ses flots quelques restes de ces glaces, au milieu desquelles Henry et ses compagnons avaient vécu si longtemps; l'herbe croissait presque à vue d'œil; et de petites fleurs, encore bien frêles et bien timides, il est vrai, commençaient à se montrer. Il ne tarda pas à découvrir un champ d'oseille, et il se mit en devoir de remplir sa gibecière; il en mâcha aussi quelques feuilles, et les trouva très rafraîchissantes; il lui sembla même, — tant est fort le pouvoir de l'imagination, — qu'il se sentait après ce repas plus alerte et plus vigoureux. Il ne jouit pas longtemps de ce moment de bien-être : un horrible spectacle vint appeler son attention et le glaça d'épouvante.

A quelque distance de lui, entre la plaine et la montagne, s'ébattait sur le gazon une ourse femelle en compagnie de deux oursons, qu'elle semblait contempler avec orgueil et délices. Les petits se jetaient sur leur mère, sans doute pour lui témoigner leur amitié, et elle répondait à leurs gambades en s'amusant de temps à autre à les envoyer rouler loin d'elle. A peine âgés d'un mois, ces petits animaux se montraient déjà pleins de malice et de vivacité; de leur part, il n'y avait rien à craindre : la mère seule était à redouter.

Tout à coup, ces animaux cessèrent leurs jeux, et l'ourse bondit en poussant un affreux hurlement : elle venait d'apercevoir Henry! Celui-ci se mit à opérer sa retraite, tout en disant qu'il ne pouvait y avoir pour lui ni repos ni sécurité tant qu'il ne serait pas parvenu à détruire la mère et les petits; heureusement, son fusil était chargé à balle, et il se tint prêt à tirer au moment opportun.

L'ourse marcha vers lui en grondant jusqu'à ce qu'elle se trouva à une cinquantaine de pas de ses oursons; alors elle s'arrêta et se mit à branler la tête d'un côté, puis de l'autre, d'une façon toute particulière : c'était une sorte de mouvement lent et régulier, comme si elle eût voulu battre la mesure ou imiter le balancement d'une pendule. Cette façon d'agir de la mère, parut intimider les petits, qui se rapprochèrent d'elle. Celle-ci reprit alors sa marche vers son adversaire. Henry ne courait pas; il connaissait trop bien le danger d'une semblable fuite; il se retirait doucement, suivant des yeux ses ennemis, qu'il prenait soin de conduire du côté opposé à sa demeure.

Les ours le suivaient en continuant le même manège, la mère avançant, puis remuant la tête et attendant que les petits fussent près d'elle pour se remettre en route. Au bout de vingt minutes environ, Henry se trouva sur le bord d'un petit ruisseau, qui se jetait en bouillonnant dans une espèce de réservoir ou étang. A son grand étonnement, l'eau de cet étang lui parut chaude; elle dégageait une forte odeur de soufre; malgré sa surprise, Henry remit à un autre moment l'examen de ce phénomène; les émanations sulfureuses qui l'entouraient lui faisaient bien un peu deviner la nature de cette source; mais il ne s'en inquiéta pas davantage, toutes ses idées étant occupées à chercher le moyen d'échapper à la poursuite obstinée de ses terribles ennemis.

Il profita du moment où l'ourse était arrêtée et occupée à remuer la tête, pour regarder autour de lui et juger sa position. Il se trouvait à soixante pas d'un rocher escarpé attenant à la montagne, et que les oursons seraient sans doute incapables d'escalader. C'était de ce rocher que jaillissait le petit courant qui alimentait l'étang sulfureux dont l'eau était extrêmement limpide; on ne voyait pas un seul brin d'herbe sur les bords de l'étang ni sur ceux du ruisseau, particularité qui était une nouvelle preuve du caractère minéral de cette eau, que Henry appelait déjà son *bain chaud*. Il n'eut pas le temps de faire un plus long examen des lieux, car un rugissement féroce, suivi de deux gémissements plaintifs, l'avertit que sa position devenait de plus en plus dangereuse.

L'ourse, comme si elle eût craint de laisser échapper sa proie, s'avançait avec rapidité; et en quelques minutes elle atteignit le bord de l'étang, où elle s'arrêta, évidemment fort étonnée de la soudaine disparition de Henry, qu'elle n'apercevait plus nulle part.

Voici ce qui était arrivé :

Henry, qui était entré précipitamment dans l'étang, — dont la chaleur augmentait à mesure qu'il avançait, — se trouva bientôt au pied du rocher, en face d'une étroite fissure à peu près haute de cinq pieds et large d'un pied et demi, d'où sortait par un petit canal la source sulfureuse. Cette ouverture laissait entrevoir un grand espace vide éclairé par en haut; il se glissa dans la fente, et se mit à regarder ce qui se passait au-dehors.

L'ourse était toujours arrêtée sur le bord de l'étang; elle y plongea d'abord une patte, la retira avec surprise, l'éleva en l'air pour l'examiner, et se mit à la lécher à la manière des chats.

Sur ces entrefaites, un des petits sauta bravement dans l'eau et se mit à nager dans la direction de Henry, qui, étonné de la hardiesse de cet animal, fit feu sur lui, sans prendre le temps de la réflexion.

L'ourson poussa un gémissement plaintif et tomba mort.

Henry se repentait déjà de ce qu'il avait fait; mais il était trop tard; la scène qui suivit ne fit qu'augmenter ses regrets.

Au bruit de la détonation, l'ourse tressaillit : elle jeta un regard farouche autour d'elle, entra dans l'eau pour retirer son petit qu'elle rapporta sur le rivage, et se mit à le retourner dans tous les sens, sans doute pour lui faire reprendre ses ébats. Lorsqu'elle vit l'inutilité de ses efforts, elle poussa des cris perçants.

Ce fut alors qu'elle découvrit la blessure par laquelle la balle avait pénétré jusqu'au cœur, et après l'avoir léchée quelque temps, elle sembla comprendre enfin que l'ourson était mort. De ce moment, elle changea de conduite.

Tout en continuant à pousser de sourds gémissements, elle rapprocha d'elle le petit qui restait en vie, puis s'arrêta de nouveau près du corps de l'autre, et recommença ses balancements de tête en se plaignant et en jetant autour d'elle des regards tout à la fois pleins de colère et de terreur, comme si elle eût craint qu'on ne lui dérobât son autre enfant.

Puis, soudain, elle poussa un hurlement terrible; et, soulevant le cadavre dans sa puissante mâchoire, elle s'éloigna rapidement, suivie de l'ourson qui avait survécu.

Henry respira.

Il ne perdait cependant pas de vue ses ennemis, et son cœur battit encore avec une nouvelle violence, lorsqu'il vit l'ourse revenir vers lui, mais seule cette fois.

Elle avait déposé à quelque distance le corps de l'ourson, et l'avait apparemment confié à la garde de son second enfant.

Quoique le péril, auquel il s'était trouvé exposé, expliquât suffisamment son action, Henry ne pouvait s'empêcher d'être touché de la vivacité de ces manifestations de douleur maternelle de la part d'un animal qui semblait en ce moment éprouver un sentiment supérieur à celui de l'instinct.

Henry se sentait sous le coup d'une lutte terrible. Il se demandait avec inquiétude si l'issue en serait aussi favorable pour lui que celle de son premier combat.

Toutes ses facultés, toutes ses pensées étaient absorbées par ce sentiment de la conservation si puissant dans le cœur humain.

Sur cette plage aride et désolée, Henry se rattachait à la vie avec toute la ténacité de la jeunesse et de l'espérance.

L'animal y passa la tête ; aussitôt, je lui jetai mon nœud coulant autour du cou (page 94)

IX. — Duel à mort. — La grotte chaude. — Premier dimanche.

Henry regarda vivement autour de lui, afin d'examiner la nature du lieu qui lui servait de refuge avant d'engager la lutte avec un animal dont le naturel féroce était encore exalté par la mort de s   petit. L'étroit passage, dans lequel notre héros s'était glissé, s'élargissait sensiblement vers l'extérieur et conduisait à une grotte de plus large dimension, éclairée par une fissure qui se trouvait au plafond; Henry comprit, à cette vue, que s'il   rvenait à échapper au danger qui le menaçait, son logis étai tout trouvé.

L'ourse continuait d'avancer, mais avec lenteur, et tournait à chaque pas la tête pour voir si son ourson était en sûreté; Henry eut donc le temps de se préparer à un combat dont le résultat lui semblait fort douteux; car, l'ourse était dans un état de fureur difficile à décrire.

Le point important était de savoir s'il serait possible à l'ourse
de pénétrer dans la grotte. En attendant la solution de ce problème, Henry, qui avait encore quelques instants devant lui,
les employa à examiner rapidement l'intérieur du lieu dans
lequel il se trouvait, et y constata la présence d'un petit réservoir d'eau chaude dont la vapeur rendait l'atmosphère du sou-
terrain fort agréable. Autour de ce réservoir, le sol était de roc ;
les parois de la grotte en étaient aussi, à l'exception de celle
adossée à la montagne, qui semblait être de terre.

Henry voyait donc là une résidence d'hiver très convenable,
même en dépit des vapeurs sulfureuses qu'elle renfermait ; mais
cette pensée, rassurante pour l'avenir, fut bientôt troublée par
un affreux hurlement. Le jeune homme s'élança vers l'ouverture
de la grotte et saisit convulsivement son fusil ; l'ourse était sur
le bord de l'étang ; debout sur les pattes de derrière, elle jetait
un dernier coup d'œil sur ses petits. Henry fit feu, l'animal
tourna sur lui-même avec un cri si formidable que notre héros
en frémit d'horreur ; ce n'était pourtant pas le moment de manquer de courage, car l'ourse revenait bravement à l'attaque.
Henry rechargea son fusil, qui était à deux coups, et les tira
successivement sans réussir à arrêter la marche de son adversaire, qui était cependant blessé grièvement, hurlait de douleur
et ne se remuait plus qu'avec peine. Henry laissa son fusil déchargé pour prendre son pistolet d'une main et sa hache de
l'autre ; l'ourse arrivait près de l'ouverture qui, heureusement,
se trouvait trop étroite pour lui livrer passage ; et l'intrépide jeune
homme lui déchargea son pistolet, presque à bout portant, et lui
asséna en même temps un coup de hache qui parut produire si
peu d'effet que, bien qu'il ne lui restât que peu de poudre, Henry
s'apprêta à reprendre son fusil. L'ourse, de son côté, faisait des
efforts désespérés pour se frayer un chemin à travers l'ouverture qui arrêtait son élan ; mais, bientôt elle sentit ses forces
s'épuiser, changea de tactique et retourna du côté de ses petits.

D'après la manière dont elle marchait, Henry jugea que les
balles avaient porté ; et, désireux de respirer le grand air, il
suivit à petits pas l'animal, qui se traînait en criant. Le dernier
ourson vint au-devant de sa mère qui, bientôt, s'affaissa sur

elle-même, incapable d'aller plus loin; le petit tournait autour
d'elle d'un air alarmé; et, comme s'il eût voulu essayer de la
relever, il léchait les blessures de la pauvre bête; mais, tout fut
inutile, quelques minutes après elle rendit le dernier soupir.

Henry ne savait que faire du petit, qui était trop jeune pour
se suffire à lui-même, et qui, d'un autre côté, s'il lui laissait la
vie, pouvait devenir plus tard un ennemi dangereux; le tuer
semblait le seul parti à prendre, et pourtant il avait de la peine à
s'y décider. D'abord, il regrettait la dépense de sa poudre, qui
était son seul moyen de défense assuré; puis il lui répugnait de
sacrifier une pauvre créature qui n'était pas en état de l'attaquer, et dont la mort ne pouvait lui être d'aucune utilité; enfin,
après avoir contemplé quelque temps cette malheureuse bête
privée tout à coup de son seul soutien, il résolut de l'abandonner
à son sort.

Plus tranquille désormais, il retourna vers sa grotte, qu'il
désirait examiner à loisir. Tout ce qu'il y vit lui fit craindre
qu'elle ne reposât sur un volcan mal éteint. D'ailleurs, la chaleur de l'eau qui en jaillissait le témoignait d'une manière posi-
tive; mais, en même temps, il réfléchit que, dans le cas d'une
éruption, il ne serait pas plus en sûreté dans toute autre partie
de l'île, et observa que la caverne était située sur le versant
opposé aux dernières coulées de laves rejetées par le cratère. Il
se décida donc à explorer en détail sa nouvelle découverte.
L'élévation de la température lui paraissait surtout bien précieuse, et il se mit à songer au moyen d'affaiblir les émanations
sulfureuses qui, du reste, devaient être moins fortes pendant
l'hiver, lorsque la température de l'eau était plus basse.

Il rentra donc dans sa grotte. L'odeur de soufre lui sembla
plus supportable qu'il ne l'avait cru d'abord, et il lui vint à l'esprit un expédient au moyen duquel il espérait obvier à cet inconvénient : c'était d'enfermer la source et le réservoir à l'aide
d'une clôture faite avec les bois trouvés sur les bords de la mer,
et de les recouvrir de peaux de bêtes. Il comptait, par ce moyen,
parvenir à se soustraire complètement aux exhalaisons désa-
gréables du soufre.

Ce premier projet arrêté, Henry résolut d'éclaircir un doute

qui occupait son esprit. Nous avons dit que le côté de la caverne
adossé à la montagne avait attiré son attention; il voulait essayer d'y faire des fouilles, et comme un grand nombre de travaux réclamaient son temps, il comprit la nécessité de se mettre immédiatement à l'œuvre; car, bien que la grotte fût d'une
grande dimension, elle n'était pas cependant assez vaste pour
suffire à tous ses besoins.

Ici, seulement, commence le journal de notre ermite polaire;
le récit précédent ayant été extrait de notes détachées. Désormais, c'est lui qui parle :

— Je ne pouvais m'empêcher de jeter un regard d'effroi sur
ces neuf mois d'hiver, et je cherchais dans mon esprit par quel
moyen je pourrais en tromper la durée; il me semblait, par
exemple, que ma captivité s'adoucirait si je pouvais trouver quelque compagnon parmi les animaux de l'île : l'isolement où
j'étais m'inspirait une telle horreur que je pensais presque à
garder l'ourson pour l'apprivoiser. Mais, je réfléchis aux inconvénients d'une telle société, et je me dis qu'il serait plus sage de
choisir quelque autre animal, tel qu'un renne, un oiseau, ou
même un renard, auquel je pusse m'intéresser. Je me rappelais
la merveilleuse industrie de Robinson, et je songeais à me composer, comme lui, un troupeau capable de me fournir des ressources comme nourriture.

Ces réflexions faites, je me mis à sonder avec un pieu la
muraille de terre; elle était molle jusqu'à une hauteur de cinq
pieds environ. De tous les autres côtés, je rencontrai la pierre
sèche du roc. Je fus donc amené à penser qu'il y avait, peut-être,
moyen de pratiquer une ouverture et d'arriver par cette voie à
quelque grotte plus éloignée; je pris ma hache; et, m'en servant comme d'une pioche, je commençai à abattre la terre; je
travaillai ainsi pendant une heure. Au bout de ce temps, sentant
la faim arriver, je jugeai à propos de me reposer et de dîner;
ce que je fis en plein air avec un morceau d'ours et une poignée
d'oseille crue.

L'ourson était toujours à gémir près du corps de sa mère; je
lui jetai des pierres afin de l'éloigner et de profiter de son
absence pour écorcher la malheureuse bête. Cette tâche ache-

vée, à ma grande satisfaction, je me mis en devoir d'étendre sa
peau au fond de l'étang, où je la maintins avec des pierres, de
peur qu'elle ne devint la proie des loups ou des renards, qui
infestaient l'île.

Je retournai ensuite vers ma demeure, toujours suivi du pauvre ourson, qui continuait à se plaindre d'une façon tantôt
menaçante, tantôt chagrine; il paraissait très malheureux; et
bien que je fusse au regret de ne l'avoir pas tué dans ma première colère, je ne me sentais plus le courage de l'immoler : je
recommençai donc à lui jeter des pierres en criant pour l'effrayer. Mes projectiles ne l'empêchèrent pas de continuer à
venir sur moi en hurlant, et je me vis forcé de le frapper à la
tête, puis de l'achever avec ma hache.

J'étais triste et contrarié de tant de massacres; mais, comme
je ne m'y étais décidé qu'à contre-cœur, je tâchai de n'y plus
penser et de tirer le meilleur parti possible des dépouilles que
le hasard mettait à ma disposition. Je résolus aussi de diviser
mon temps de manière à mener de front le plus de travaux possible : en conséquence, je fixai la matinée pour la recherche
des provisions d'hiver, et je réservai la soirée pour les arrange-
ments de ma grotte, dans laquelle, en faisant du feu, je pouvais
aisément travailler à la lumière.

Tout à coup, je me rappelai que le lendemain était un dimanche, et je pensai que je devais le sanctifier par le repos, afin de
prouver à Dieu ma reconnaissance pour la protection qu'il m'a-
vait accordée dans de si terribles circonstances. La nuit approchait; et, après avoir soupé et rassemblé autant de bois que le
traîneau pouvait en contenir, je me retirai dans ma hutte.

Lorsque je me réveillai, le lendemain matin, mon sommeil
avait été si profond que j'avais oublié mes projets de la veille.
Je m'interrogeais pour savoir par lequel de mes importants travaux je commencerais ma journée, quand il me revint alors à
l'esprit que c'était dimanche, mon premier dimanche passé
dans l'île de la *Désolation*. Hélas! ce n'était pas ce radieux jour
de fête, si plein de calme et de joie dans ma chère patrie, mais
un jour de solitude assombri par la crainte de la mort et par
toutes les terreurs de l'isolement et de l'abandon!

Comme on le voit, mes premières pensées furent amères ; une morne tristesse brisait mon cœur, je maudissais la vie et la destinée qui m'était faite ; mais, je réprimai bientôt ce mouvement coupable ; mon âme passa de l'abattement du désespoir à la reconnaissance, et je remerciai ce Dieu dont la main tutélaire m'avait préparé un abri à cette extrémité du monde. Mon inquiétude devint une prière, mon espoir une action de grâces ; des sentiments plus doux et plus justes me firent humblement repentir de la lâcheté impie avec laquelle j'avais un instant douté de la Providence. Nul chant d'oiseau n'égayait ma solitude ; nulle cheminée ne fumait au-dessus des arbres ; nul foyer ne m'offrait les joies de la famille ; nulle tombe ne s'élevait autour de moi entretenue et parée par une main amie ; pourtant, dans cette région de neiges éternelles, je comprenais que je n'étais pas seul et que Dieu veillait sur moi. J'étais, il est vrai, séparé des amis de ma jeunesse, loin de mon père, dont la main peut-être ne devait plus presser la mienne ; loin de ma mère, qui, dans son inaltérable tendresse, versait sans doute sur moi des larmes amères ; loin de Fanny, qui conservait mon nom parmi ses plus chers souvenirs. Mais « l'esprit de Dieu planait sur les eaux », et la brise murmurait à mon oreille cette divine promesse : « Bienheureux ceux qui souffrent, parce qu'ils seront consolés ! »

Ces pieuses méditations me laissaient de nouveau regretter d'être privé d'un livre de prières. Assis auprès de mon triste foyer, je cherchais à me rappeler les principaux préceptes de l'Evangile ; et, lorsque ma mémoire me faisait défaut, je contemplais l'immensité de l'Océan, la lumière éternelle du firmament, les fleurs sauvages qui croissaient à mes pieds ; j'écoutais le murmure des eaux, la voix mourante du vent ; et c'était là comme autant de pages du livre sublime de la nature, écrit de la main de Dieu, toujours à ma portée, et plein des nombreux témoignages de sa puissance et de sa bonté.

Ce dimanche-là fut ma première journée de calme, je dirai presque de bonheur. J'errais à petits pas en occupant doucement ma pensée du ciel, de mon pays, de moi-même, de mes amis absents et de mes espérances de salut.

Au bout de quelque temps, ma promenade me conduisit sur le bord d'un nouveau ruisseau, plus éloigné que ceux que j'avais déjà rencontrés. Le long de ses rives, je remarquai quelques herbes et quelques maigres buissons, qui semblaient prospérer en dépit de l'aridité du sol.

J'avais, dès les premiers jours, supposé que cette île avait dû être, antérieurement à la dernière éruption, fréquentée par des Esquimaux. Je trouvai bientôt la confirmation de mes soupçons sur les bords du ruisseau, où j'aperçus quatre huttes, dont deux étaient défoncées et entièrement comblées; les autres me semblèrent en bon état. En les examinant, j'y découvris un certain nombre de peaux de renard bien conservées, et que je jugeai pouvoir m'être très utiles, ainsi que les herbes qui bordaient le ruisseau. Cette découverte appela tout naturellement mes réflexions sur la race étrange des habitants de ces tristes contrées : je me demandais comment ils y passaient l'hiver, et je ne perdais pas l'espoir de rencontrer quelque lieu mystérieux, quelque sauvage Pompéi, dont les trésors enfouis m'offriraient des ressources inattendues.

La nuit, ou plutôt l'heure de la nuit, s'approchait; car, à cette époque de l'année, le jour ne s'assombrit jamais, excepté quand les orages chargent le ciel de nuages : je revins vers ma demeure avec des pensées bien différentes de celles qui m'avaient occupé depuis mon naufrage. J'étais beaucoup plus soumis, plus résigné et plus croyant que je ne l'avais jamais été.

Je m'assis près d'un bon feu, et je m'apprêtai à souper; quoique mon repas se composât de chair d'ours et d'oseille, je me sentais un appétit tout nouveau : ma tristesse s'était changée en mélancolie; je pensais aux milliers de malheureux plongés ici-bas dans la souffrance, et je me trouvais presque satisfait de mon sort. Aussi, ce fut avec l'esprit tranquille et le cœur content que je me couchai pour me livrer au sommeil. J'étais couché depuis environ quatre heures; et, fatigué de ma longue promenade, je dormais profondément, quand je fus éveillé tout à coup par une sorte de cri sourd et sauvage, qui se faisait entendre au-dessus de ma tête; saisi de frayeur, je me relevai vivement, et j'écoutai.

Je distinguai bientôt un souffle bruyant, qu'accompagnait une

sorte de trépignement. Evidemment, on cherchait à ébranler
la pierre avec laquelle je fermais l'entrée de ma hutte; et
l'idée me vint que j'avais affaire au mâle de l'ourse, qui
venait venger le meurtre de sa famille : un instant de réflexion suffit pour me faire comprendre le peu de fondement de
cette supposition. Revenu de ma première stupeur, je repris courage et appliquai l'œil à une petite fente; mes regards se croi-
saient avec les regards sauvages et flamboyants d'un loup de la
plus grande taille; en examinant mieux, j'en aperçus un second
derrière le premier. J'étais assez embarrassé sur le parti que
j'avais à prendre, car je trouvais la charge de mes pistolets
chose trop précieuse pour la risquer en cette occasion; je résolus d'essayer de la ruse. Je nouai mon ceinturon à la bandoulière de ma gibecière; j'y ajoutai une petite corde, je fis un
nœud coulant, et je me préparai à agir.

L'horrible loup grinçait des dents, soufflait et grattait la terre.
A tout événement, j'armai un pistolet que je plaçai à côté de
moi, et poussai légèrement la pierre de côté; l'animal y passa
la tête : aussitôt, je lui jetai mon nœud coulant autour du cou.
La bête poussa un cri affreux; d'une main, je serrai la courroie,
et de l'autre je me servis de ma hache pour dépêcher le loup,
pendant que son compagnon s'enfuyait.

Après cette expédition, je me barricadai de nouveau pour essayer de me rendormir; mais, mon esprit avait perdu toute sa
tranquillité. Pour en finir avec les loups, je dois dire que je
n'entendis plus parler du survivant, tandis que la peau de l'autre
me fut d'une aussi grande utilité que celle des autres animaux
que je m'étais déjà procurées. Il en était une pourtant que je
contemplais avec un intérêt tout particulier : c'était celle du
grand ours qui avait été la cause première de ma singulière position, position de Robinson, qui, en dépit de tout, m'eût paru
supportable si j'eusse eu l'espérance de rencontrer un Vendredi.

Mais, ingrat que j'étais, je ne connaissais pas alors toutes les
consolations que la bonté du ciel me réservait.

Je poussai un grand cri de joie : je venais d'apercevoir un feu (page 100)

X. — Inquiétudes et tribulations. — Un bateau. — Une voile! une voile!

Je me levai ce jour-là entièrement reposé de corps et d'esprit, et je pensais qu'il était sage de continuer mes recherches commencées, pour découvrir une seconde caverne. En conséquence, après avoir pris quelque nourriture, je partis armé comme de coutume; car, je craignais toujours de rencontrer le mâle de l'ourse, qui devait être dans l'île, à moins que la femelle et ses petits n'y eussent été amenés par quelque glaçon flottant.

J'atteignis bientôt la caverne sulfureuse, en tournant l'étang au lieu de le traverser; quoique les eaux fussent chaudes, ce passage n'en était pas moins désagréable à effectuer. J'arrangeais déjà dans ma tête tous les usages auxquels me servirait une seconde grotte, tant est fertile l'imagination de l'homme, même au milieu des plus grandes perplexités.

Je me mis donc à piocher courageusement, avec l'espoir que cette terre avait comblé, en s'écroulant accidentellement, quelque passage conduisant au centre de la montagne. Je ne m'étais pas trompé, et ce ne fut pas sans une sorte de crainte et d'inquiétude que je vis tomber, sous les coups répétés de ma pioche, le dernier rempart de terre qui s'élevait entre moi et un vide dans lequel mon instrument s'enfonça. Une bouffée de vapeurs méphitiques me frappa le visage et me força de chercher le grand air; je retournai en toute hâte au rivage, où je confectionnai une sorte de torche avec du bois et de la graisse; j'allumai ce flambeau et m'avançai pour visiter ma nouvelle découverte. C'était, en effet, une grotte, plus spacieuse que la première, et assez grande pour répondre à tous mes besoins. Il me semblait difficile de penser à la chauffer; mais, d'un autre côté, la température n'en pouvait jamais être très froide. Cette caverne avait trente pieds de long sur quinze de large et vingt de haut; le sol était formé d'une espèce de roche assez friable, mais qui devait devenir extrêmement dure au contact de l'air. Cette particularité me sembla une bonne fortune de plus, et je me promis d'en tirer parti; ainsi, de toutes façons j'étais fort satisfait.

Le lendemain, je me dirigeai vers l'est de l'île; et, à ma grande consternation, j'y trouvai des signes incontestables d'une nature fortement volcanique, tels que des crevasses et des monceaux de soufre et de cendre; plus j'avançais, plus ces signes se multipliaient : les fissures devenaient plus profondes et plus dangereuses, au point que je redoutais de les franchir; je rencontrais à chaque pas des sources d'eau chaude chargées d'alun, de soufre et d'autres matières analogues, qui exhalaient des odeurs très fortes; j'envisageais avec effroi la possibilité d'une nouvelle éruption. L'air était chaud et calme ; il n'y avait pas un souffle de vent; en sorte que je me crus un instant transporté dans les régions infernales, tant j'avais l'imagination frappée des objets sinistres qui m'entouraient.

Par un singulier accident, dont la cause était sans doute la direction du vent, les cendres étaient toutes confinées dan cette partie de l'île, qui semblait avoir un caractère beaucoup plus volcanique que l'endroit où j'avais choisi ma résidence ; en poursuivant mes recherches, j'acquis la certitude que la dernière éruption ne devait pas remonter plus haut que le commencement de l'hiver précédent.

Je commençais à être sérieusement alarmé, et je pensais à regagner ma demeure, lorsque du sein de la montagne silencieuse s'échappa tout à coup un sourd murmure, suivi d'une secousse de tremblement de terre. Je me jetai avec effroi sur le sol mouvant, et j'y appliquai mon oreille : dans l'intérieur, le bruit continuait, semblable au craquement d'une pile de bois qui s'écroulerait, ou plutôt au mugissement d'une cataracte. Les secousses se renouvelaient à de courts intervalles, le ciel se chargeait d'épais nuages, des éclairs sillonnaient l'horizon, et le sommet de la montagne lançait une colonne de flamme et de fumée ; la mer s'agitait avec fureur ; d'énormes vagues venaient se briser contre le rivage et menaçaient de submerger l'endroit où j'étais, sinon même d'engloutir l'île entière.

J'avais pris ma course pour regagner ma demeure, et je me retrouvai avec bonheur loin de cette scène horrible, qui laissa dans mon esprit une vive impression d'effroi. La journée était trop avancée pour me permettre d'entreprendre quelque travail ; je me bornai donc à préparer les peaux d'ours qui me servaient de lit ; puis je soupai, et je me retirai pour aller chercher quelque repos. Mais, mon sommeil fut agité, et je n'y trouvai point l'oubli des sinistres impressions que l'éruption m'avait causées.

Le jour était maintenant de vingt-quatre heures, le soleil ne descendant jamais plus bas que l'horizon. J'étais dans cette partie des régions du Nord où les nuits polaires durent trois mois, et où les jours sont de la même durée. J'avais conservé ma montre, que j'avais soin de monter tous les matins ; en observant la hauteur du soleil, je la maintenais assez exactement à l'heure. Vers la fin de la belle saison, il y a trois heures de nuit ; mais, de la mi-juin au commencement de septembre, le jour ne tombe jamais. Quand je quittai ma hutte, j'aperçus à une certaine distance, sur le bord de la baie, une troupe d'oiseaux qui me firent l'effet d'arriver d'un long voyage. Leur aspect fatigué m'encouragea à courir sur eux; et, comme ils étaient incapables de fuir, je n'eus pas de peine à en tuer un grand nombre. Je les fis fumer au-dessus d'une brassée de bois vert, que je jetai sur un bon feu; puis, avec l'aide du traîneau, je les transportai dans la grotte, que j'appelai mon magasin, et les y arrangeai avec soin.

J'avais à peine achevé ce travail, que je fus frappé de l'idée qu'il serait complétement inutile si je ne parvenais pas à mettre mes provisions à l'abri des renards et des loups, qui non seulement m'avaient déjà attaqué, mais qui encore avaient dévoré plusieurs morceaux d'ours laissés à leur portée, sans en excepter les os, que je destinais à différents usages.

A part l'étroite fissure que la nature avait pratiquée dans la montagne, et d'où sortait la source, il n'y avait d'autre ouverture à ma grotte que celle par laquelle j'y avais pénétré; momentanément, je la fermai avec des broussailles et des blocs de charbon, dont je comptais me servir plus tard. Le jour suivant, à ma grande satisfaction, je trouvai les moyens d'établir une barrière plus sûre dans une grande pile d'os de baleines que je découvris dans un petit enfoncement de la baie, où ils avaient évidemment été laissés par des pêcheurs.

Cette découverte ranima mon courage. Si des baleiniers avaient déjà pris terre sur ce rivage, pourquoi n'y aborderaient-ils pas de nouveau? Peu de temps après, je fis une autre découverte qui raviva dans mon esprit des pensées que je désirais sérieusement oublier : c'était une ancre de canot, qu'on avait sans doute abandonnée dans le désordre d'un embarquement causé peut-être par la vue d'une éruption subite du volcan. Je soupirai profondément à la pensée que l'île avait été visitée avant mon arrivée; puis, je m'occupai de mettre en sûreté ma précieuse découverte.

Je vivais dans une continuelle appréhension d'une rencontre avec le mâle de l'ourse que j'avais tuée, et je résolus de prendre contre lui d'actives précautions. Je n'avais pour toutes armes que ma hache, mon couteau de chasse et mon fusil, que je ne pouvais plus charger; je pensai donc qu'il était prudent de fabriquer une sorte de pique avec un bâton et un os de baleine aiguisé; en outre, j'élevai près de l'endroit que j'avais choisi pour ma pêche, une espèce de palissade en bois très solide, de douze pieds de long sur six de haut; et, au centre de ce retranchement, je ménageai une ouverture par laquelle je pouvais passer, mais par laquelle l'animal que je redoutais eût en vain essayé de pénétrer.

C'était là un mode de fortification aussi nouveau qu'étrange, dont je comptais obtenir plusieurs résultats. Cette tâche terminée, je m'occupai de la pêche. Je m'étais fabriqué des filets et des hameçons qui réussirent si bien, qu'en quelques jours j'eus une provision de poisson qui, jointe aux oiseaux dont j'ai fait mention plus haut, devait m'être d'une grande ressource. Je creusai ensuite dans ma grotte un trou assez profond, étroit à l'orifice, mais qui allait en s'élargissant, et dans lequel je comptais conserver mon huile. Ce réservoir achevé, je songeai à me procurer l'huile qui devait le remplir, et servir non seulement à ma nourriture, mais aussi à mon éclairage.

Le projet que je formai pour m'emparer des animaux marins qui devaient me la procurer, s'il n'était pas très ingénieux, avait du moins le mérite de l'originalité.

Je connaissais l'horreur que le soufre inspire aux cétacés, et j'avais remarqué que les veaux marins avaient l'habitude d'entrer dans la baie avec la marée montante, et d'en sortir au moment où la mer se retirait. Un matin, à l'heure où ces animaux songeaient à abandonner le rivage pour regagner la baie, je me munis d'une certaine quantité de soufre, dont on ne trouvait que trop abondamment dans mon île; j'entrai dans l'eau jusqu'aux genoux et je gagnai un courant transversal. A chaque pas, j'avais soin de répandre le soufre à pleines mains. Leur ayant ainsi coupé la retraite, je revins à terre; et à la marée basse, je m'emparai facilement de tous les phoques dont j'avais besoin. Je me procurai ainsi une grande quantité d'huile, dont je déposai une partie dans mon réservoir, et je conservai le reste dans des outres de peau que je fabriquai. Je m'occupai ensuite de compléter ma provision de poisson, d'oiseaux et de combustible.

Après avoir ainsi pourvu à mes besoins les plus pressants, je me permis enfin de songer aux moyens d'effectuer ma délivrance. Quoique je n'eusse pas beaucoup d'espoir dans la réussite de ce projet, j'avais néanmoins rassemblé dans ma résidence d'été tous les matériaux nécessaires à la construction d'un bateau capable de me porter, et de contenir la quantité de provisions nécessaires à ma subsistance durant un voyage jusqu'au continent américain, que je jugeais peu éloigné.

Mon île était située par 75° de latitude et 85° de longitude; et, d'après ma connaissance de la côte américaine, j'avais tout lieu d'espérer que je trouverais les moyens d'atteindre les parties habitées du nouveau monde.

Mon bateau devait être construit en bois et en peau. Je tenais fort peu à l'élégance, et ne m'inquiétai que de la solidité. Je comptais, après avoir construit mon canot, le renfermer dans ma hutte jusqu'au printemps; c'était alors seulement, et quand j'aurais tout l'été devant moi, que je tenterais de traverser le bras de mer qui séparait mon île de la terre ferme.

Au bout de dix jours, j'eus achevé ma petite barque; je l'ornai même d'une paire de rames, d'un mât et d'une voile.

De sombres nuages obscurcissaient le ciel, et une nuit factice se répandait sur la nature au moment où je mettais la dernière main à mon travail. Je pensai d'abord qu'un orage se préparait; mais, je me trompais, c'était simplement un amas de nuages venant du nord-est. J'étais si habitué au jour perpétuel, que je fus tout étonné de cette brusque transition; bientôt pourtant l'obscurité se dissipa, et je pus tirer mon petit bâtiment sur le rivage. Je le lançai à l'eau, il flottait admirablement.

Tout à coup, je poussai un grand cri de joie. O mes amis, il y avait de quoi me réjouir : je venais, en effet, d'apercevoir quelque chose d'extraordinaire à l'horizon. C'était un feu !

Je tombai à genoux, incapable de maîtriser mes émotions.

Lorsque je fus en état de réfléchir, je calculai que ce feu devait se trouver à peu près à huit milles de distance, et qu'il provenait sans doute de l'incendie d'un vaisseau ou d'un de ces grands brasiers que les baleiniers français allument sur le pont de leur navire pour faire fondre la graisse des baleines.

Une grande confusion régnait dans mes idées; la mer était calme, le vaisseau stationnaire, mon bateau prêt, quelques heures devaient me suffire pour atteindre cette arche de salut. Comment pourrai-je décrire les douces visions qui traversèrent alors mon imagination! La patrie, la maison paternelle, les êtres chéris qui visitaient mon sommeil et dont le souvenir peuplait chaque recoin de mon île, passaient tour à tour devant mes yeux. Mes mains tremblaient en saisissant les avirons; et, sans prendre le temps de m'approvisionner d'eau et de nourriture, je me mis à ramer de toutes mes forces vers le vaisseau, dont le feu brillait à mes yeux.

J'appréciais vivement alors le bonheur providentiel qui m'avait jeté sur une île située dans une partie de l'Océan complètement libre de glace durant l'été, et dont les abords faciles invitaient les pêcheurs à s'y arrêter.

Avec quelle joie ineffable je me sentis balancé sur cet Océan sans bornes, dans ces régions désolées, où tant de mes braves et dévoués compatriotes devaient, quelques années plus tard, trouver la renommée et la mort!

Mes jours n'étaient pas menacés; mais, j'étais seul, et la solitude n'est-elle pas une mort anticipée?

Je ne prévoyais guère alors la manière presque miraculeuse, dont la Providence allait pourvoir à ce besoin d'affection que mon cœur éprouvait si vivement.

Mais, n'anticipons pas sur les événements. Mon histoire est trop étrange en elle-même pour qu'il soit besoin d'y ajouter l'attrait du mystère. Je reprends mon récit.

Le ciel est pur, la mer calme et tranquille, et j'aperçois dans le lointain le navire vers lequel tendent toutes les forces de mon être, tous les élans de mon cœur.

J'étais à peine sur la terre ferme que je tombai d'épuisement et d'inanition (page 110)

XI. — Tentative de fuite. — L'île du Désespoir.

Je n'ai jamais pu me rappeler l'heure à laquelle je commençai mon périlleux et étrange voyage. Tout ce que je sais, c'est que, s'il y eût eu la moindre brise, mon bateau, tout laid et informe qu'il fût, eût facilement rejoint le navire en vue, qui se trouvait à une distance de huit ou neuf milles. Du moins, telle était mon impression au moment où je me mis en route.

Je m'assis, et je me mis à ramer avec une grande énergie dans la direction du bâtiment. Quoique mon esprit fût loin d'être dans son état normal, je me commandais assez pour diriger ma route autant que possible en ligne droite. J'avais, avant de partir, allumé sur la plage un grand feu qui, bien qu'il pût au besoin servir à me guider, ne paraissait guère devoir attirer l'attention des personnes habituées à ces mers; car, connaissant la nature volcanique de l'île, elles regarderaient sans doute mon signal comme un simple phénomène naturel.

En fixant les yeux sur le point que je venais de quitter, et en me retournant de temps à autre pour examiner la position du navire, je réussis à faire quelque chemin sans m'écarter de la ligne que je voulais suivre.

Je ne tardai pas à être singulièrement intrigué et à ne plus me rendre compte de la situation; car le navire, bien que je gouvernasse toujours droit sur lui, paraissait continuellement s'avancer vers le sud. Je cessai de ramer pendant quelques minutes, et je découvris tout de suite que je subissais l'influence d'un des nombreux et capricieux courants qui se croisent dans les mers polaires; ce courant m'entraînait dans une direction diamétralement opposée à celle que j'avais en vue.

Je changeai immédiatement de tactique; et, au lieu de gouverner droit vers l'ouest, comme je l'avais fait jusqu'alors, je biaisai un peu. Le courant avait tant de force, la forme de mon canot était si peu propre à une navigation rapide, et moi-même j'étais si agité, que je ne pus guère faire plus de deux milles par heure.

Je n'en continuai pas moins à ramer avec courage. C'est qu'aussi ma vie était en jeu. Puis, j'avais un autre but, plus précieux et plus cher encore que la vie : le foyer domestique, un père aimé, une tendre mère, le sourire d'une fiancée, tout ce qui fait le bonheur et la joie sur la terre.

Bientôt, le soleil radieux s'éleva au-dessus de l'horizon, un soleil qui répandait la lumière et la chaleur, et il me fut possible d'examiner ma position. Je me trouvais à environ six milles de l'île, située au sud-est, et à une distance presque égale du navire, que je voyais au sud-ouest.

Je dis du navire, car c'était bien un navire. Il était là immobile et les voiles serrées; une épaisse colonne de fumée s'élevait de son pont : c'était à mes yeux une espèce de paradis terrestre, un autre Eden auquel je priais Dieu de m'admettre.

Avec le jour s'éleva une légère brise dont je m'empressai de profiter, car elle m'était des plus favorables. Aidé par ma petite voile, et ramant avec vigueur, j'avançai beaucoup plus rapidement que je ne l'avais fait jusqu'alors. Mais une crainte, qui m'avait assailli dès que la brise avait commencé à fraîchir, ne tarda pas à se réaliser; car, m'étant retourné un instant pour contempler le baleinier encore fort éloigné, je vis déferler les voiles l'une après l'autre, le bâtiment se mettre en mouvement et se diriger vers le sud. Il s'éloignait doucement, il est vrai, mais beaucoup trop rapidement néanmoins pour ne pas m'enlever tout espoir de le rattraper.

Je ne maudis pas mon sort; mais, je ressentis une profonde défaillance de cœur, un immense désespoir s'emparer de mon âme en voyant l'heureuse vision se fondre et disparaître devant mes yeux.

J'eus une nouvelle lueur d'espérance lorsque je remarquai que les vergues du brick étaient brassées au plus près, et qu'il semblait vouloir remonter dans ma direction. M'avait-on aperçu? un hasard bienheureux avait-il engagé quelque marin de l'équipage à interroger l'horizon, et son téléscope avait-il rencontré ma coquille de noix au moment où quelque vague la soulevait? Je ne pouvais répondre à ces questions mentales, mais j'entendais une voix intérieure qui me soufflait des paroles de confiance et d'espoir.

Je reconnus bientôt, cependant, que le brick suivait un canot qui, naviguant sous deux grandes voiles à livarde, s'était approché si près de moi, qu'il me semblait distinguer les rameurs sur leurs bancs. Telle est la puissance de l'imagination, que je croyais même reconnaître mon brick bien-aimé dans ce bâtiment, dont la proximité me faisait endurer le supplice de Tantale.

Je cessai de ramer, et je hélai le canot. J'aurais pourtant dû savoir que, puisque j'apercevais à peine ses voiles, les miennes devaient être complétement invisibles pour lui. Cette réflexion ne me vint que lorsque je me fus fatigué à crier, et alors je me mis à ramer avec une ardeur fiévreuse.

Le canot avait tout à coup abaissé ses voiles et avait disparu; tandis que le brick, brassant ses vergues carrées, le suivait en toute hâte. Je compris qu'on avait harponné une baleine, dont on suivait la trace. Mon rêve s'enfuit aussi rapidement, et je vis s'écrouler tous les châteaux en Espagne que je venais de bâtir.

Et, cependant, je ne me décourageai pas tout à fait. Je n'ai jamais pu me croire perdu sans ressource, même alors qu'il ne me restait plus de raisons d'espérer.

J'avais déjà souffert, beaucoup souffert; et, cependant, jamais, même durant les plus rudes épreuves, mon cœur ne s'était fermé aux visions brillantes d'un heureux avenir.

Mais, maintenant, j'avais faim, j'avais soif, j'étais seul au milieu de l'Océan, dans un bateau ouvert qui n'était pas de force à affronter le plus léger orage, et moins encore à résister à ces terribles ouragans qui se déchaînent parfois avec une violence inouïe dans les régions glaciales. Je n'avais rien à manger, rien pour apaiser ma soif; mes poignets commençaient à me refuser leur aide; j'avais des douleurs dans les bras; mon front était brûlant; je crus que j'allais mourir!

Je me levai dans le canot, et je contemplai d'un œil égaré le navire, qui venait une seconde fois de rebrousser chemin, et se dirigeait de nouveau, toutes voiles dehors, dans ma direction. Je respirai plus librement; mais, sachant que tout effort de ma part serait inutile, je me contentai de gouverner ma petite embarcation de façon à rencontrer le brick.

Vaine attente! Vers midi, le navire vira encore de bord, ferla ses voiles et parut s'occuper à tirer parti d'une prise récente, c'est-à-dire à dépecer la baleine que le canot poursuivait sans doute au moment où je l'avais entrevu pour la première fois. J'aurais presque pleuré de rage et de désespoir! Néanmoins, je réprimai une pareille faiblesse, — j'allais dire cette faiblesse de femme — : mais, j'ai appris depuis que les femmes supportent souvent les plus rudes épreuves avec plus de courage que les hommes les mieux trempés. J'eus moi-même, d'ailleurs, à quelque temps de là, trop à me louer de la présence d'esprit, du dévouement et du courage d'une jeune fille sauvage et sans éducation, pour avoir le droit de médire d'un sexe qui mérite tout notre respect et tout notre amour.

La brise était trop faible pour me permettre de faire des progrès bien sensibles. En effet, c'est à peine si j'avançais. Ma langueur augmentait à chaque instant. La fièvre s'empara de

moi, mon esprit commença à battre la campagne, et je tombai
enfin complétement indifférent à ce qui se passait autour de
moi, au fond du canot, conservant à peine assez de présence
d'esprit pour attacher mon gouvernail de façon à empêcher ma
légère embarcation de chavirer, dans le cas où la brise viendrait à fraîchir.

Non seulement, j'étais faible et épuisé, mais j'éprouvais des
douleurs aiguës et intenses, qui, jointes à un accès de délire
qui se déclara, me mirent dans un tel état, que je m'étonne
que je n'aie pas commis en ce moment quelque imprudence
fatale et irréparable. Pendant quelque temps, je perdis connaissance; mais, il s'éleva vers le soir une légère brise du
nord, dont la fraîcheur me rendit, dans une certaine mesure,
l'usage de mes facultés.

Jamais je n'ai souffert les horreurs de la faim et de la soif
avec une angoisse pareille à celle que j'éprouvai en revenant à
moi. Je parvins à peine à me redresser et à rester assis. Ma
vue s'était obscurcie; mon estomac se tordait au-dedans de
moi : une horrible douleur, que je ressentais au sommet du
crâne, produisait une espèce de torpeur; j'avais comme un
poids immense sur la tête. Je voyais une foule de visions étranges... et là-bas, dans le lointain, j'apercevais encore... quoi?... le
vaisseau-fantôme!

Je poussai un éclat de rire.

— Ce n'est pas un navire, c'est un mirage, un feu follet qui
m'a conduit à une mort inévitable! Rendez-moi mon île, ma
caverne, mon foyer! Ah! ah! où suis-je? sur le vaste Océan?
Oui, sur la mer immense et profonde où je deviendrai la proie
des requins et des baleines!... En avant! si je pouvais seulement rejoindre ce navire, je leur apprendrais à me traiter de la
sorte!... Arrière! vision chimérique, trompeuse illusion,
arrière! te dis-je, je ne veux point te voir! . . . .

J'ignore combien de temps je divaguai de la sorte. Je me
souviens seulement que je chantai un grand nombre de chansons, des rondes enfantines, pour la plupart, des fragments de
vieux refrains que je n'avais pas entendus depuis mon enfance,
et que je me rappelais tout à coup. Cela me fit du bien appa-

romment, car je versai d'abondantes larmes, qui calmèrent un
peu mon cerveau malade et me donnèrent la force de prier.
Mais, je voyais toujours devant moi le spectre du navire; je
distinguais clairement les feux; ils étaient en train de faire
fondre le lard d'une baleine; cependant, il me semblait que je
ne me rapprochais pas du brick. Cette pensée me fit délirer de
nouveau.

Je ne me rappelle pas les paroles que je prononçai alors;
mais je suis certain que je dis et que je fis des choses qui ne
peuvent trouver leur excuse que dans les terribles épreuves
auxquelles j'étais soumis.

Dans mon égarement, j'apercevais des navires partout ; les
uns touchaient presque les bords de mon canot; les autres
étaient dans l'éloignement; je voyais des flottes entières qui
semblaient narguer mes efforts insensés. Je saisis à deux mains
mes cheveux, et je les arrachai par poignées.

Il me semblait que l'humanité entière était liguée contre moi.
Je maudissais surtout avec rage l'équipage de ce bâtiment qui
m'avait attiré et trompé.

Je m'accusai de la sottise que j'avais commise en m'éloignant de terre sans nourriture et sans eau; je m'adressai les
épithètes les plus injurieuses : je me conduisis, en un mot,
comme un enfant faible et privé de tout bon sens.

Enfin, sans trop savoir ou ni comment, je tombai dans un
long et profond sommeil. Lorsque je me réveillai, la fièvre
m'avait quitté. Tout mon corps était trempé ; et, après avoir bu
quelques gouttes d'eau, recueillies dans le creux de ma main
au fond du canot, je reconnus que c'était une pluie abondante
qui m'avait ainsi rafraîchi. L'eau que j'avais bue acheva de dissiper les derniers symptômes de ma fièvre, et je m'assis faible
et tremblant de tous mes membres, mais avec la conscience de
ce qui se passait autour de moi, et sachant que j'avais vu la
mort de près.

Je n'aperçus le navire nulle part; mais, je distinguai vaguement, à l'horizon lointain, le faîte de la colline qui formait le
trait caractéristique de cette île qui, hier encore, me semblait
une si triste demeure, et que je brûlais de regagner. Le vent

avait changé de direction pendant mon sommeil, et mon
canot voguait presque en ligne droite vers l'île de *la Désolation*.
Tout ce que je pouvais faire, c'était de gouverner. J'essayai
de naviguer au plus près, mais je ne pus y réussir, car mon
grossier bateau n'était qu'une espèce de tonneau qui filait avec
vent arrière, mais qu'on ne pouvait faire marcher autrement.

Je bus autant d'eau que j'en pus ramasser dans le creux de
ma main; mais, je n'éprouvai qu'un soulagement passager.
D'ailleurs, la brise semblait sur le point d'augmenter; et si,
en effet, elle venait à souffler avec plus de force, je sentais
qu'il ne me restait aucune chance de salut. Mon canot devait
chavirer aux premières bouffées d'un vent d'orage. Et puis,
chose étrange! il faisait chaud, ce qui ne pouvait manquer
d'exciter en moi une certaine alarme. Petit à petit je repris
courage, lorsque j'eus remarqué que le vent se maintenait
dans la même direction, et que les contours de mon île se
dessinaient d'une façon plus nette à l'horizon.

Mais, l'horrible fièvre parut s'emparer de nouveau de mon
être affaibli, et la faim me fit endurer des tortures encore plus
atroces que celles que la soif m'avait précédemment infligées.
Néanmoins, j'essayai de gouverner de mon mieux sur l'île;
mais, je la perdis de nouveau de vue dans la demi-obscurité qui
succéda à la clarté du jour. Ce fut alors qu'épuisé de fatigue
et de douleur, et dans un état de prostration complète, je me
rejetai au fond du bateau pour y mourir ou pour aborder le
point de la côte où il plairait à la Providence de me conduire.

J'y restai étendu sur le dos, contemplant le ciel, et ne reconnaissant qu'à la position des étoiles que je suivais la bonne
direction. De combien de visions je fus alors assailli! D'étranges
pensées et de fantastiques hallucinations se disputaient mon
cerveau affaibli, et me faisaient passer des plus affreuses terreurs aux rêves les plus doux de joie et de bonheur.

Au point du jour, je ne me trouvais pas à plus d'un mille de
mon île; bientôt je pus reconnaître, à un léger bouillonne-
ment, l'endroit où les deux courants se divisaient. Je n'étais
donc pas à plus de cent mètres d'une force qui m'eût conduit
sain et sauf dans ma petite baie.

Mais, hélas! bientôt ce signal disparut à mes yeux; j'avais dépassé l'îlot Ce fut alors que je sentis que j'étais perdu sans retour. M'allongeant dans mon canot, je me résignai à ma triste destinée; car, il était clair que, quelle que fût la côte sur laquelle mon embarcation me jetterait, elle ne m'y jetterait pas vivant. Encore une nuit semblable à la dernière, et j'aurais cessé de vivre. Je présume que j'étais trop faible et trop épuisé pour devenir fou, car jamais mes idées n'avaient été plus nettes. Non seulement, je n'espérais pas conserver la vie, mais je ne tenais plus à la conserver. Mon âme se dévoila à moi en un instant. Je me vis tel que je suis en réalité. Mes bonnes et mes mauvaises qualités m'apparurent comme reflétées dans un miroir.

Aucun de ceux qui lisent au coin d'un bon feu l'histoire de malheureux naufragés sauvés par miracle, ne peut concevoir ce qu'éprouve le marin infortuné qui se voit abandonné au milieu de ce vaste Océan où la quille des vaisseaux ne trace qu'un sillon passager, où l'homme est englouti sans qu'une pierre indique l'endroit où reposent ses ossements blanchis. J'en parle par expérience, et je ne raconte que ce que j'ai éprouvé pendant chaque seconde de cette terrible nuit; chaque pensée, chaque prière, chaque désir, chacun des panoramas que l'espérance déroulait devant mes yeux sont encore aussi présents à ma mémoire que s'il s'agissait d'une aventure arrivée hier.

On était à la fin de cette longue saison où le jour dure trois mois; néanmoins, comme le soleil ne descendait pas complètement au-dessous de l'horizon, la nuit n'était pas réelle.

Jamais cette continuité, non interrompue du jour, ne me parut aussi fatigante. Dans mon île et à bord du navire, je trouvais des abris où reposer mes yeux de l'éclat de la lumière, et où je pouvais à mon gré créer une nuit artificielle. Mais, sur les vagues glacées des mers polaires, je ne pouvais échapper à cet éternel soleil; le matin, à midi, le soir, il était là, toujours là; il devenait, il est vrai, moins brillant quand arrivait minuit; mais, on l'apercevait encore aux limites de l'horizon.

Mais, que m'importait tout cela? J'étais exténué, inerte, à

moitié mort, je flottais au gré des vents, sans espoir, sans
lueur morale qui vînt relever mes esprits abattus. Une chose
me consolait cependant : la mort approchait à pas lents, et je
sentais que je ne tarderais pas à aborder aux rives éternelles
où les âmes fatiguées trouvent le calme et le repos. Quelques
légères rafales, qui survinrent, faillirent me précipiter dans la
mer. Le canot éprouva de violentes secousses, et il eût chaviré,
si je m'y fusse trouvé assis ou debout. Mais, par la façon dont
j'y étais allongé, je remplaçais en quelque sorte le lest.

Dans ces moments, le souffle de la brise me caressait le
visage, ce qui me procurait un soulagement sensible ; car,
depuis le commencement de ma malencontreuse expédition,
l'atmosphère était devenue d'une lourdeur étouffante.

Mais les tortures physiques que j'endurais étaient peu de
chose comparées à l'agonie morale que je souffrais. Je voulais
donner chasse au *Vaisseau-Fantôme*, dans l'intention d'y faire
une voie d'eau afin de le couler avec son équipage, dont je
croyais avoir à me venger. Mais, je m'arrête ; il serait aussi
oiseux que difficile de récapituler tous les projets insensés que
forgea mon cerveau malade.

Tout à coup je tressaillis. Un bruit étrange arrivait jusqu'à
moi. C'était celui des vagues qui se brisaient sur un rocher.
Allais-je toucher un récif ou aborder une plage hospitalière ?
Je soulevai mon corps défaillant, et je vis que j'étais emporté
par le flux de la mer dans une rivière qui prenait sa source au
sein d'une île d'une étendue assez considérable, vers laquelle
mon ange gardien avait dirigé mon embarcation. Bientôt mon
canot échoua sur la vase non loin du rivage, vers lequel j'eus
beaucoup de difficulté à me traîner ; et encore, pour que je
fusse capable de cet effort, il avait fallu qu'un éclair de courage
fût réveillé en moi par l'heureux événement qui servait de dénouement à ma folle tentative.

A peine eus-je mis le pied sur la terre ferme que je tombai
d'épuisement et d'inanition.

Une légère colonne de fumée s'élevait de l'endroit où j'allumais mon feu (page 110)

XII. — Mes aventures sur la nouvelle île et mon voyage de retour. — Découvertes extraordinaires.

Lorsque je me réveillai sur la plage, je crus n'en avoir plus pour longtemps à vivre. Je me demandai si j'aurais la force de me relever. Mais, à l'âge où j'étais, la nature est puissante, et je réussis après quelques efforts à me placer sur mon séant. Je me trouvais au bord d'un petit ruisseau qui allait tomber dans la rivière dont j'ai déjà parlé. L'eau claire et limpide de ce ruisseau coulait sur un fond de sable. On voyait flotter à la surface les larges feuilles de quelques plantes aquatiques, et sur les bords quelques saules rabougris, aux feuilles longues et minces, et une espèce de ronce qui produisait des baies assez pareilles à des mûres, mais très petites et d'un goût un peu âcre.

J'en cueillis quelques-unes, je bus un peu d'eau fraîche et je me sentis ranimé. J'étais bien, comparativement à ce que j'avais

éprouvé depuis que j'avais quitté mon île qui était pour ainsi
dire ma demeure, tandis qu'en ce moment je me trouvais sur
une terre étrangère.

Oui, c'était ma demeure, mon chez moi ; et, il est singulier de
remarquer l'effet magique de ces mots dans des circonstances
pareilles à celles où je me trouvais. Je n'avais qu'une île aride,
une cave, quelques objets grossiers mais utiles, avec quelques
provisions de bouche, et pourtant je regrettais mon foyer arctique ; et, j'eusse été heureux d'y pouvoir retourner et d'y résider, tellement j'étais fatigué de mes efforts infructueux pour
échapper à l'isolement et à la solitude. Je regrettais si vivement
mon domaine perdu, que je doutais alors si, même dans les circonstances les plus favorables, je chercherais une seconde fois
à fuir.

Pendant plusieurs jours, je demeurai très faible, ne me nour-
rissant que de mûres et de quelques coquillages que je ramassai dès que je pus me traîner sur la plage. Je mangeai aussi un
peu de chicorée sauvage, que je découvris sur les bords du
ruisseau. Je dormis sous une petite hutte que je me construisis
avec des branches de saule. Parfois je songeais aux bêtes féroces dont cette île pouvait être le refuge. Mais, cette pensée ne
me troubla que médiocrement, car j'étais dans une de ces situa-
tions d'esprit où la peur devient un sentiment sans puissance.

L'île, ainsi que je le découvris en m'y promenant le troisième
jour après mon naufrage, était abondamment pourvue de cette
riche végétation arctique qui a si souvent depuis excité l'admiration et l'étonnement des hardis explorateurs qui visitèrent
après moi ces régions merveilleuses. On ne voyait, il est vrai,
ni arbres ni arbustes ; mais une magnifique verdure formée par
les herbes, les broussailles, quelques petits saules et une multitude de mûriers sauvages.

Le quatrième jour, me sentant un peu plus fort, je songeai
à reprendre encore une fois la mer pour regagner l'île où j'avais
élu domicile ; et, je résolus, en attendant une brise favorable,
de parcourir mon nouveau territoire, que je commençais à considérer comme une espèce de colonie que je pourrais visiter de
temps à autre afin d'établir des relations entre elle et la mère

patrie. D'autres fois, je me demandais s'il ne vaudrait pas mieux rester au lieu où les flots m'avaient jeté. Le grand obstacle à ce dernier projet consistait dans la difficulté d'y construire une habitation pour l'hiver.

Un rapide examen me démontra que la nouvelle île ne me convenait nullement comme résidence d'hiver. Elle était sablonneuse, on n'y voyait aucun rocher, et je reconnus à des signes infaillibles qu'elle devait à certains moments se trouver complètement ensevelie sous l'eau. En outre, le sol était marécageux, humide, et par conséquent malsain.

Cependant, l'endroit me paraissait si agréable que j'hésitais à le quitter, et je me promis d'y retourner le plus tôt et le plus souvent possible.

Il y avait un grand nombre d'oiseaux sur l'île. J'en tuai une certaine quantité avec mes rames, et je trouvai en outre une quantité considérable d'œufs. Cette découverte me fut d'un grand secours et me procura un plaisir véritable. Je reconnus à plus d'un signe la présence d'une espèce de lièvre ou de lapin sauvage; mais, ces animaux sont trop défiants et ont de trop bonnes jambes pour qu'il me fût possible d'en attraper ou même d'en voir un seul. Ce fait, néanmoins, ajouté au soupçon que je conçus de l'existence d'une colonie de castors dans l'île, éveilla au plus haut degré mes instincts de chasseur, et je résolus d'y renouveler ma visite dans le plus bref délai.

L'île était également le rendez-vous de plusieurs familles de grands phoques; ce qui était un motif de plus pour stimuler mon ardeur. Je résolus donc, à part moi, de consacrer une bonne partie de l'hiver à construire un canot plus commode et plus solide que le premier, dans lequel je pourrais faire le trajet d'une île à l'autre en une seule matinée, la distance n'étant pas de plus de vingt milles.

Cependant, je réfléchis avec calme aux travaux que j'avais à accomplir dans mon ancienne île, et principalement à mes préparatifs pour l'hiver. C'était par là qu'il était urgent de commencer. Il y avait du poisson à prendre et à faire sécher, du gibier à tuer et à préparer, du bois et du charbon à rassembler, la grotte à mettre en état, et bien d'autres choses encore.

8

Je n'avais pas de temps à perdre. Je fis sécher mes oiseaux ; je rassemblai des œufs que je chargeai sur mon bateau ; puis j'attendis qu'un vent favorable me permît de m'embarquer. Je ramassai également de l'herbe, dont je recouvris mes œufs.

Vers le dixième jour de mon séjour, je fis une agréable découverte. L'île renfermait des rennes. Je vis une mère et ses petits, qui, sans jamais se séparer, se tenaient toujours à une distance respectueuse de moi ; sans doute ils étaient effrayés de ma figure ; peut-être avaient-ils déjà essuyé quelques coups de fusil ! Je les suivis patiemment ; je leur tendis des pièges fabriqués avec des branches de saule, mais le tout inutilement. Ils étaient trop rusés pour se laisser prendre.

Une fois, je fus sur le point de saisir un des jeunes faons à l'improviste ; mais, je faillis payer cher ma témérité, car la mère s'élança bravement à ma rencontre et commença à me menacer avec ses cornes. Je fus obligé de me défendre avec une de mes rames, et je ne fus débarrassé de mon dangereux adversaire que lorsque la mère vit son faon à l'abri de mes coups. Une autre fois, j'essayai de l'attaquer avec mon couteau de chasse ; mais, le prudent quadrupède refusa de se laisser approcher.

Environ une heure plus tard, la brise que j'appelais de tous mes vœux commença à souffler ; et, après une prière fervente, je me mis en route pour l'île de *la Désolation*. La mer était libre et unie. Le soleil répandait de vives lueurs sur la surface de l'Océan, et je me sentais plein de courage. Je fus un peu ballotté, attendu que ma coquille de noix était secouée par les moindres vagues ; mais, je ne courus point de grands dangers. Malgré le brouillard, je pus bientôt apercevoir l'île et reconnaître en même temps que je m'y dirigeais en ligne droite.

Je ne saurais décrire les sensations que j'éprouvai en me rapprochant de mon foyer solitaire. Ce n'était pas de la joie que je ressentais : c'était plutôt un sentiment de soulagement et de quiétude d'esprit. Ici, au moins, j'allais retrouver bien des choses qui m'étaient utiles et même indispensables : un abri contre ce long hiver qui ne tarderait pas à se faire sentir, et dont la seule pensée me faisait malgré moi trembler et frémir par anticipation. Je puis avouer qu'au fond du cœur, je ne conservais pas grand espoir de survivre à un second hiver; mais, je m'étourdissais dans la crainte de me laisser abattre par un pareil pressentiment.

Bientôt, je pus distinguer mon signal, mon mât surmonté d'une tête d'ours, l'entrée de la baie, l'emplacement de ma hutte, et dans l'éloignement la source sulfureuse, au-dessus de laquelle planait un léger nuage de vapeur.

Je pénétrai dans une petite crique où l'eau était assez profonde. Je poussai mon canot à terre et je sautai sur mon île.

Je ne comprends pas comment mon cœur ne se brisa pas, comment mon cerveau résista à la secousse qu'il reçut en ce moment... Un navire avait visité l'île pendant mon absence! Je voyais sur le sable du rivage l'empreinte de la proue d'un grand canot et celle des pieds de l'équipage. Plus loin, je vis les traces d'un feu que les visiteurs avaient allumé, et les restes d'un daim qu'ils avaient tué et mangé. Il y avait de quoi devenir fou! Durant mon absence, les secours si longtemps attendus étaient arrivés; on avait visité l'île, on m'y avait cherché, — ou du moins on était venu voir ce que signifiait cet étrange signal planté sur la rive, — et je n'y étais pas! j'avais quitté l'île; et sans doute, en s'éloignant, ils avaient emporté la conviction que quelqu'un avait fait naufrage sur cette côte et y avait péri.

Ils s'étaient éloignés!... Ils feraient un rapport, un compte-rendu de leur exploration, et personne désormais ne se donnerait la peine de visiter cet endroit sauvage et désolé. Ils raconteraient qu'ils avaient trouvé les traces de quelque infortuné marin délaissé sur une île volcanique, et tout serait dit. Les livres, les journaux répéteraient cette histoire; et à dater de ce jour, les vaisseaux qui visiteraient ces parages éviteraient de s'approcher d'une île réputée dangereuse, et considéreraient toute nouvelle recherche comme complètement inutile! Je crus que ma raison n'y résisterait pas.

Néanmoins, je mis mes provisions à terre; je tirai mon canot sur le sable, et je me préparai à parcourir l'île, dans l'espoir d'y découvrir quelque souvenir, quelque trace des gens qui avaient visité ma solitaire retraite. Mon cœur battait avec violence; ma tête était en feu. Je m'avançai vers ma hutte, et je la

trouvai fermée comme à l'ordinaire, tandis que ma provision de
bois n'avait été que faiblement entamée... Mais... non, ce n'était
pas un rêve... une légère colonne de fumée s'élevait au-dessus
de l'endroit où j'allumais habituellement mon feu.

Les visiteurs ne pouvaient être bien loin de moi; leur navire
était probablement encore en vue de l'île. Si j'étais revenu un
jour plus tôt, je serais parti avec eux.

Les plaintes et les gémissements ne remédient à rien, je le
savais; pourtant, ce ne fut pas sans difficulté que je parvins à
faire prendre un autre cours à mes idées. Je savais que je n'avais
que peu de temps à perdre, que l'hiver arrivait à pas de géant,
et pourtant j'étais presque disposé à tout abandonner au hasard
et à ne rien faire pour ma préservation ou ma sûreté.

Cependant, je fis rôtir de la chair d'ours, que je mangeai avec
accompagnement de quelques œufs; après ma longue abstinence de toute nourriture animale, ces mets me parurent très
délicats, et je sentis mon inertie disparaître pour faire place à
une nouvelle vigueur. Je résolus de visiter la grotte où se trouvaient rassemblés mes trésors et d'examiner mes provisions,
afin de calculer, en me basant sur cet examen, ce qu'il m'y faudrait ajouter afin de pouvoir passer l'hiver.

Je pris donc mes armes, que j'avais laissées accrochées dans
la hutte, emportant aussi mon fusil, mécaniquement et par
habitude, puisque l'absence de poudre ne devait pas me permettre de l'utiliser; et je dirigeai mes pas vers l'étang sulfureux.

Toute trace du passage des matelots dans l'île cessait à ma
hutte, autour de laquelle le sol était couvert de pierres, qui, naturellement, n'avaient pu conserver l'empreinte des pas. Cependant, je n'avais pas fait un quart de lieue que mes yeux s'obs-
curcirent, mes genoux ployèrent sous moi, tout mon corps
trembla, et mon esprit fut tellement affecté, que d'abondantes
larmes, qui venaient du cœur, inondèrent mon visage. Je ne savais que penser; j'ignorais même ce que signifiaient mes propres larmes et ma singulière émotion; mais, je demeurais immobile, le regard fixe, les mains jointes, et contemplant, comme
Robinson Crusoé, l'empreinte d'un pied!

Remarquez que je dis l'empreinte *d'un pied;* et, cependant, ce pied se répétait nettement dessiné sur le sol, le long de la route jusqu'à la grotte. On eût dit que quelqu'un avait fait ce trajet à cloche-pied pour gagner un pari ou pour s'amuser. C'était un grand pied, large et lourd, et il n'y en avait qu'un. Mais, qu'était-ce donc que ce singulier petit trou rond que je voyais se dessiner partout à côté de cette empreinte, comme si le promeneur en question se fût lourdement appuyé sur un gros bâton?

J'avais vu cette marque bien des fois déjà; mais non, c'eût été de la folie que d'entretenir une pareille idée. Comment serait-il ici? comment se trouverait-il sur cette île déserte? C'était incroyable, c'était impossible!

Et, néanmoins, c'était étrange. Je commençais à sentir que mes idées s'embrouillaient complètement. Etais-je donc sur une île enchantée, entouré de fantasmagories et de visions, ou bien étais-je en train de perdre la raison? Non, je voyais bien devant moi ce pied et l'empreinte de la canne sur laquelle le promeneur paraissait s'être appuyé; mais, la trace que je voyais n'était-elle pas plutôt celle d'un vieillard dont la démarche m'était familière? J'en étais sûr, ce ne pouvait être que lui; mais, encore une fois, comment serait-il parvenu jusqu'à moi? pourquoi aurait-il accompagné ces gens? D'ailleurs, lui aussi avait dû s'éloigner convaincu que j'étais irrévocablement perdu, et qu'il fallait désormais renoncer à tout espoir et se borner à prier Dieu pour moi.

Ah! pourquoi avais-je quitté l'île? A l'heure où j'écris, j'éprouve encore toute la confusion, tout l'étrange bouleversement de ce moment d'anxiété. Un pressentiment inexplicable me disait que mon vieil ami avait visité mon domaine, que l'empreinte familière de ce pied et de cette jambe de bois marquait .le passage d'un visage plus familier encore... Mais, à quoi bon rêver de la sorte! Je poussai un profond soupir, et je continuai ma route.

En devais-je croire mes yeux! Non loin de moi, et me tournant presque le dos, se trouvait un homme occupé à rattacher sa chaussure. Il était vêtu de fourrures et portait un étrange chapeau pointu: mais c'était un homme! J'eus de la peine à comprimer les battements de mon cœur. C'était un homme, un de mes semblables; qu'il fût sauvage ou civilisé, peu m'importait, j'allais de nouveau serrer la main à un être appartenant à la même famille que moi ; j'allais encore entendre une voix humaine! Je ne savais que faire. J'avançai, je trébuchai sur une pierre, et je tombai la face contre terre.

L'homme se lève avec une sorte de bond disloqué, tressaille, arme une carabine et m'ajuste. Je lève les mains pour montrer que je suis sans armes ; j'avais, en effet, laissé tomber mon fusil dans mon agitation.

— Qui va là? Parlez, camarade, qui êtes-vous, d'où venez-vous? demanda en très bon anglais l'homme à l'aspect sauvage.

Oui, c'était lui ; c'était sa jambe de bois; c'était sa voix si connue; il n'y avait pas à douter. Je m'élançai vers lui en ouvrant les bras, et je m'évanouis.

— Stop, Stop, est-ce bien vous? murmurai-je à voix basse lorsque je revins à moi, mais sans ouvrir les yeux, tant je craignais de reconnaître que je n'avais fait qu'un rêve.

— Oui, monsieur Henry, c'est bien moi! Mais, au nom du ciel, dites-moi quelle idée vous avez eue de venir jouer au Robinson Crusoé dans cette contrée?

— Dites-moi plutôt quelle idée vous avez eue de m'y venir chercher, mon vieux Stop?

— Je n'en sais trop rien ; seulement m'y voilà, et j'y reste, à moins que nous ne trouvions le moyen de nous éloigner ensemble. Mais, relevez-vous et ayez bon courage... Encore une fois, comment vous trouvez-vous ici?

Je ne pus encore lui répondre, j'avais trop de plaisir à l'entendre parler pour vouloir l'interrompre; et, d'ailleurs, j'osais à peine croire à mon bonheur. Entendre une voix humaine résonner sur l'île de *la Désolation*, et la voix d'un ami encore! Il ne fallait rien moins qu'un miracle pour amener une pareille rencontre.

— Parlez, Stop, parlez, que j'entende le son de votre voix! Il y a plusieurs semaines que je n'ai entendu que la mienne!

— Pauvre jeune homme! murmura le vieillard en essuyant une larme.

— Ainsi, c'est bien vous, Stop?

— Moi-même en chair et en os, solide au poste, nouveau Vendredi tout prêt à remplir son devoir.

— Seigneur miséricordieux, grâces vous soient rendues pour les nombreux bienfaits dont vous m'avez comblé!

— Levez-vous, dit Stop d'un ton affectueux, et racontez-moi tout. Je ne vois pas encore comment vous êtes arrivé ici; j'ai beau chercher, je ne fais que m'embrouiller davantage.

Je me levai; et, ramassant mon fusil, je repris lentement le chemin de la hutte, le cœur trop plein pour parler, mais ne pouvant me lasser de contempler mon compagnon, qui m'avait si miraculeusement retrouvé sur cette plage déserte et écartée, au moment où je me croyais abandonné du monde entier. Toutes mes idées de fuite, tous mes projets d'avenir, tous mes rêves de bonheur domestique se réveillèrent soudain en moi. Seul, j'étais faible et incapable de rien entreprendre; mais avec un compagnon à mes côtés, j'étais prêt à affronter les plus grands périls.

— Asseyez-vous, dit Stop en remuant le feu et en y jetant du bois, et racontez-moi tout.

— Lorsque vous serez venu vous asseoir auprès de moi.

— M'y voici.

Secouant enfin ma torpeur, je regardai Stop avec curiosité, comme si ce n'eût été qu'une vision; je craignais de prendre pour une réalité le rêve d'une imagination malade. Si j'allais me réveiller et ne plus le voir, et me retrouver seul, complètement seul, sur cette île aride des mers arctiques!

— Ne me regardez pas ainsi, monsieur Henry, dit le digne marin, dont le costume contribuait beaucoup à entretenir mes craintes.

Il portait un habit de fourrure, des pantalons d'une largeur exagérée, et un chapeau pointu de fourrure comme son habit. Il avait passé, dans sa ceinture, une paire de pistolets d'arçon, une hache et un couteau. Il avait aussi un grand fusil à deux coups, une cartouchière et une énorme poire à poudre d'une capacité fabuleuse.

— Ne me regardez pas ainsi, répéta-t-il, je ne suis pas un spectre, allez! Racontez-moi votre histoire, et puis nous causerons, nous formerons nos plans pour filer notre nœud le plus tôt possible; à moins pourtant que vous ne teniez à habiter éternellement cette délicieuse retraite.

— Quand avez-vous quitté l'Angleterre?

— Au mois d'avril.

— Comment allait mon père?

— A merveille.

— Et ma bonne mère? continuai-je d'une voix émue.

— Elle était inquiète, mais encore pleine d'espoir, en disant toujours que vous ne tarderiez pas à revenir!

— Le ciel la protège!... Et ma cousine, ma chère Fanny, comment va-t-elle, comment allait-elle?

— Assez bien.

— Pensez-vous que nous revoyions jamais notre patrie?

— Et, pourquoi ne la reverrions-nous pas?

— En vérité, Stop, je suis prêt en ce moment à tout croire, à tout espérer. Vous voir, vous entendre, vous parler de ceux que j'aime, c'est là quelque chose de si incroyable, de si inattendu, que je ne sais comment remercier le ciel de tous les bienfaits que j'en ai reçus, si ce n'est en apprenant à ne désespérer jamais.

— Eh bien! maintenant, monsieur Henry, vous allez me raconter votre histoire?...

Je la racontai lentement et avec calme. Je ne craignais plus d'être la dupe d'une cruelle illusion : c'était bien mon vieil ami, mon vieux Vendredi, que je voyais assis à mes côtés. J'ignorais comment il m'avait rejoint, et ne m'en inquiétais pas; je me contentais de le savoir là.

Je lui dis toutes mes aventures depuis mon départ de Plymouth, sans omettre le plus petit détail. Le bon vieillard m'écouta jusqu'à la fin sans m'interrompre. Enfin, j'arrivai au dernier chapitre de mon roman : ma rencontre avec lui.

— Ce sont bien là les aventures les plus extraordinaires que je connaisse! Je crois tout ce que vous m'avez lu de Robinson Crusoé après cela. On a beau dire que ce ne sont que des voyages pour rire, je soutiens qu'ils sont vrais d'un bout à l'autre. Pourquoi ce qui vous arrive à vous ne lui serait-il pas arrivé?

— A votre tour maintenant de me raconter vos faits et gestes. Comment avez-vous fait pour parvenir jusqu'ici? demandai-je en lui donnant une vigoureuse poignée de main.

— Eh bien! monsieur Henry, voici toute l'affaire : Quand vous êtes parti, voyez-vous, cela m'a paru tout drôle de ne plus vous voir. J'étais comme un poisson qu'on vient de tirer de l'eau; je n'avais plus de cœur à rien; je ne songeais pas même à ma pipe; j'étais inquiet, malheureux, et je me mis à chiquer d'une façon dégoûtante... « Ah çà! que je me dis, est-ce que tu crois que cela peut durer longtemps? Si tu ne te réveilles pas, mon vieux, tu n'iras pas loin. » Pour lors, je me suis mis à penser et à réfléchir, et j'ai fini par découvrir la cause de tout le mal.

— Et cette cause, Stop? interrompis-je doucement.

— C'était la paresse, et pas autre chose, monsieur Henry. « Vois-tu, Tim, me dis-je encore, cela ne marche pas bien. Tu n'as pas suspendu ton hamac au bon endroit. Ta place est à côté de ton jeune maître. — Mais, me répondis-je, tu es trop vieux, et tu ne pourras jamais le retrouver. » Malgré cela, ma conscience m'a soufflé que je devais partir, et je me suis décidé à partir.

— Le ciel vous récompense! murmurai-je en essuyant les larmes qui m'inondaient le visage.

— Il n'y a pas de quoi s'affecter ainsi, monsieur Henry... Pour lors, je me dis : Il ne s'agit pas de vouloir une chose, il faut la faire. Et, dame! je ne savais pas trop comment m'y prendre! Enfin, je m'arrête à une grande résolution, et je m'en vais à l'auberge des *Trois joyeux Matelots*, où je rencontre un vieux camarade à moi. Il avait fait son chemin; il commandait un baleinier. Fallait voir comme il a ri lorsque je lui ai dit que je voulais aller à la pêche à la baleine! « Quoi! aller là-bas avec une jambe en manche à balai! me dit-il. — Vous y allez bien, vous, qui n'avez qu'une nageoire! lui répondis-je. — Oh! moi, qu'il me dit, c'est bien différent; je suis patron, et je n'aurais pas de bras du tout que cela ne m'empêcherait pas de commander la manœuvre. — Et, quand je n'aurais pas de jambes du tout, est-ce que cela m'empêcherait de faire un voyage d'agrément dans les glaces? — Si c'est comme ça, mon vieux, c'est une autre histoire; mais, je croyais d'abord que vous vouliez faire partie de l'équipage en qualité de mousse. Puisque vous

voulez payer votre passage, vous pouvez envoyer votre coffre à
bord; vos rations ne vous coûteront qu'un schelling par jour, et
vous suspendrez votre hamac où vous pourrez. Quant au rhum,
je n'en bois pas moi-même, et je n'encourage pas les autres à
en boire... »

— Ça doit être un brave homme, remarquai-je vivement intéressé.

— En effet, un de ces dignes cœurs comme on en rencontre
fort peu, un peu grognon, mais ferme, sobre et économe; aussi
avait-il amassé de l'argent et acheté une moitié du navire qu'il
montait. « Alors, lui dis-je, si vous ne buvez jamais de rhum,
pourquoi êtes-vous venu vous installer à l'auberge des *Trois
joyeux Matelots?* — C'est que je puis surveiller mes hommes
étant au milieu d'eux; et depuis que j'y suis, on y boit moitié
moins qu'autrefois. Ils prétendent que ma présence les empêche de s'amuser; mais, cela m'est égal, car je parierais que les
familles de mes matelots ne s'en plaignent pas. »

— Je le crois sans peine. Il avait bien raison d'empêcher ses
gens de boire. Depuis que j'habite cette île glaciale, j'ai reconnu
que de bons vêtements et une nourriture suffisante entretien-
nent mieux la chaleur que toute autre chose. Mais, continuez.

— Pour lors, nous avons mis à la voile, gouvernant sur le
nord, afin d'arriver au pays des baleines, et je vous réponds que
j'étais aux aguets pour ne pas laisser passer la *Belle Fanny.*
J'avais déjà visité les mers polaires dans ma jeunesse, de façon
que je ne me trouvai pas complétement dépaysé. Par ainsi, c'est
moi qui ait conduit le vieux Spithead de ce côté, et il y a deux
mois nous avons fini par rencontrer la *Belle Fanny.* Je n'ai pas
besoin de vous dire, monsieur Henry, l'émotion que je ressentis. Vos anciens compagnons vous avaient cherché pendant
longtemps, mais ils n'avaient pas réussi à vous trouver. Ils
avaient bien aperçu un volcan; mais, ils n'avaient pas jugé à
propos de l'approcher de trop près, et ils s'en retournaient avec
une mauvaise nouvelle. Ils voulurent m'emmener avec eux,
mais je refusai; je n'osais pas me présenter devant vos parents
sans être en état de leur apprendre ce que vous étiez devenu.
Pour lors, nous nous sommes frayés, tout en pêchant, un che-

min à travers les glaces, et enfin une baleine que nous poursuivions nous a menés jusqu'à votre île. Une vigie a aperçu votre tête d'ours fixée au haut de la perche, et nous avons navigué vers votre domaine. Nous avons découvert que vous aviez habité cet endroit, mais que vous aviez récemment changé de domicile. Pour lors, les autres n'ont pas voulu attendre; il m'a bien fallu rester tout seul. Je leur ai dit de me reprendre ici quand ils repasseraient, ou bien de venir m'y chercher au printemps prochain. Ils ont prétendu que j'étais une vieille bête: mais, bah! je les ai laissé dire. Pour lors, ils m'ont donné mon coffre, de la poudre, du plomb, quelques provisions, et puis bonsoir! Enfin me voici, et je remercie le ciel de m'avoir si bien inspiré, puisque j'ai retrouvé mon jeune maître.

— Comment pourrai-je jamais reconnaître un pareil dévouement?

— En ne vous laissant pas décourager. Voyez-vous, monsieur Henry, c'est le découragement qui a perdu la moitié de ceux qui ont visité cet étrange pays. Quand même ils ne viendraient pas nous chercher, nous nous échapperons d'ici. Je ne suis pas encore comment; mais, nous nous échapperons, et nous arriverons à bon port : c'est moi qui vous le dis.

— Dieu le veuille, Stop !

— *Aide-toi, le ciel t'aidera*, répondit sentencieusement le vieux marin.

Nous terminâmes enfin cette longue conversation pour aviser aux préparatifs de notre dîner.

— Mais, il n'y a pas grand mal, maître Robinson, répondit Stop faiblement (page 131)

XIII. — Stop et l'ours.

Il me serait impossible de décrire les émotions diverses qui m'assaillirent lorsque je fus complètement convaincu que je n'étais plus seul, que j'avais auprès de moi mon vieil ami Stop, et que je possédais d'amples provisions de poudre et de plomb, du biscuit, du thé, et une foule d'autres objets dont j'avais été privé depuis si longtemps. Et puis, Stop était si patient, si laborieux et si habile! Il savait tout, et il pouvait tout faire.

— Que pensez-vous de ma cave? lui demandai-je au bout de quelques jours, lorsque nous eûmes chassé, pêché et rassemblé du bois et du charbon.

— Fameuse!

— Pensez-vous que nous puissions y passer l'hiver?

— Pourquoi pas?

— Mais, l'odeur du soufre nous incommodera, dis-je.

Et, je lui expliquai comment je comptais obvier à cette difficulté et rendre la cave habitable.

— C'est très bien vu. Voilà ce que c'est que de jouer à Robinson Crusoé; cela vous a appris quelque chose.

— En effet, Stop, j'ai acquis une expérience que je ne croyais guère être un jour à même d'utiliser.

— On ne sait jamais ce qui peut arriver. Nous verrons peut-être arriver les Esquimaux un de ces matins avec leurs chiens, leurs traîneaux, et cætera... Nous monterons dedans, et fouette cocher !

— Je crains que le volcan ne les ait effrayés.

— C'est possible, mais ils reviendront. Vous dites que l'île est remplie de gibier?... bon! ces gaillards-là le savent mieux que vous, et ils reviendront, soyez-en sûr. Si nous chassions un peu aujourd'hui? Deux de ces rennes dont vous m'avez parlé nous feraient une bonne provision de venaison.

— De tout mon cœur. Il y a un troupeau qui se tient dans la vallée, où, pas plus tard qu'hier, j'ai aperçu un couple de rennes accompagné de deux petits.

— Faudra tuer les vieux et prendre les jeunes... voilà notre affaire...

Après déjeuner, nous nous mîmes en route; Stop trottait sur sa jambe de bois avec toute l'énergie d'un jeune homme ; nous eûmes bientôt gagné la petite colline à l'entrée de la vallée.

— Holà! monsieur Henry, voici une montée assez roide. Comment vais-je me tirer de là?

— Je vais passer le premier, et je vous aiderai.

Je gravis la pente avec agilité. Lorsque je fus parvenu au faîte, je tendis ma corde à Stop, qui la saisit et qui monta sans difficulté.

Nous nous séparâmes en cet endroit. Je pris à gauche, en traversant le courant au moyen d'un pont que la nature y avait jeté, tandis que Stop longeait la vallée à droite. Nous avancions avec la plus grande prudence, car au fond de la vallée, dont la riche végétation m'étonna, nous apercevions distinctement un petit troupeau de rennes. Nous nous approchâmes à pas lents et en nous courbant le plus possible. Enfin, nous nous arrêtâmes comme d'un commun accord. Nous n'étions plus qu'à fort peu de distance de ces timides animaux, qui, entendant un léger bruit, levaient la tête en reniflant.

— Feu ! cria Stop pressé d'abattre un si précieux gibier.

Nous tirâmes en même temps, et nous vîmes tomber deux grands rennes.

— Bravo, maître Henry ! cria Stop à travers la vallée. Voilà un joli coup. Il s'agit maintenant d'attraper les jeunes ; j'aurais besoin de votre corde pour cela.

Je le rejoignis, et je lui donnai ma corde.

— Qu'allez-vous faire ?

L'air solennel de mon vieux Vendredi m'amusait considérablement.

— Je vais essayer s'il n'y aurait pas moyen de lancer un lasso, répondit-il gravement.

Les deux jeunes faons ne s'étaient pas éloignés des cadavres de leurs père et mère, et nous regardaient d'un air indécis.

Si nous pouvons faire prisonnière cette intéressante progéniture, nous ne serons pas à plaindre, car ces jeunes quadrupèdes nous tiendront compagnie pendant l'hiver ; et peut-être, si le gibier devient rare, ne serons-nous pas fâchés de les transformer en provisions de voyage.

— Mais, Stop, je ne vois pas trop comment nous parviendrons à les retenir.

—Attendez un peu, et vous allez voir.

Alors, il se mit à marcher de la façon la plus singulière en se rapprochant doucement des faons.

Je m'assis, et je le regardai faire. Les pauvres bêtes ne parurent pas s'effaroucher ; elles étaient pour ainsi dire étourdies ; et, lorsque Stop poussa un cri étrange, qui imitait le cri de la femelle du renne, les deux petits levèrent la tête et se tinrent immobiles. Stop profita de ce moment pour lancer sa corde. A mon grand étonnement, les deux faons, qui jusqu'alors s'étaient tenus pressés l'un contre l'autre, tombèrent en même temps à terre. La corde les avait entourés et les avait renversés.

— Bien joué ! fit Stop.

Je me levai alors, et je l'aidai à attacher les prisonniers, de façon qu'ils pussent marcher, sans qu'il leur fût, cependant, possible de s'échapper.

— Qu'en ferons-nous maintenant? demandai-je tandis que nous commencions à dépecer les morts.

— Eh bien! l'endroit où nous sommes leur servira de pâturage, et la seconde cave servira d'écurie. Mais, en attendant, ne perdons pas notre temps. Voici deux quartiers de venaison qui ont une fière mine! Ils ne pèsent pas moins de soixante-dix livres chacun.

— Il faut les transporter à la côte.

Stop fut du même avis; nous attachâmes par les pieds une de nos victimes que nous suspendîmes à nos fusils, qui avaient nos épaules pour point d'appui. Nous nous dirigeâmes ainsi vers l'entrée de la vallée. Nous fîmes alors rouler l'animal le long de la pente, et nous ne tardâmes pas à suivre, mais d'une manière moins brusque et moins rapide. Arrivés au bas, nous reprîmes notre fardeau, que nous transportâmes jusqu'à ma hutte souterraine. Il s'agissait de préparer la viande de façon à pouvoir la sécher et la conserver. J'étais assis au bord de la hutte. Stop avait choisi une grande pierre. Nous étions là coupant, grattant, divisant la chair.

— Je n'avais jamais pensé que je deviendrais boucher, dis-je d'un ton assez triste; car, le métier me plaisait peu.

— Ni moi non plus; mais, il ne faut jamais jurer de rien dans ce monde. Il nous faudra bientôt devenir tailleurs, cordonniers, architectes et laboureurs, pour peu que nous habitions longtemps ce délicieux endroit.

— Qui sait? nous y resterons peut-être assez longtemps pour être forcés de nous faire fossoyeurs.

— Quant à cela, non. M'est avis qu'on doit se conserver longtemps sous ce climat. L'air y est froid et imprégné de sel. Mais, qu'est-ce que ceci? ajouta-t-il en prenant un petit sac qui glissait à ses pieds.

— C'est un mélange de soufre et de charbon de bois.

Et, je lui expliquai, en riant, l'usage auquel ces substances étaient destinées.

— C'est une drôle d'idée ! fit Stop. Mais, nous en inventerons bien d'autres ici ! Il faut visiter le pôle arctique pour trouver ces choses-là. Qui donc eût songé à se servir de soufre comme amorce dans un pays civilisé ?

— Personne... Le ciel nous préserve ! m'écriai-je, en me levant d'un bond et en sautant sur mon fusil.

Malheureusement, en faisant ce bond, je m'étais foulé le pied et je ne pouvais plus avancer d'un pas.

— Eh bien ! eh bien ! qu'y a-t-il, qu'avez-vous ?

Et, Stop s'élança vers moi pour me relever.

— Un ours ! répondis-je, tandis que la douleur me faisait fermer les yeux.

— Eh bien ! c'est moi qui le recevrai, répliqua tranquillement le vieux marin.

Mais, au moment où j'ouvris les yeux, je le vis tressaillir à l'aspect du terrible animal qu'il venait d'entrevoir.

Il m'aida à me relever ; mais, je ne pus me soutenir, et je fus forcé de rester assis, spectateur inutile de la terrible lutte qui allait s'engager. L'ours, véritable monstre, et probablement le mâle qui avait abandonné l'autre extrémité de l'île et qui arrivait à la recherche de sa famille, marchait lentement et n'était pas à plus de trois cents mètres de nous ! Stop ramassa tranquillement son fusil, saisit le sac de soufre et de charbon, s'assura que son couteau et sa hachette n'avaient pas quitté sa ceinture, puis se dirigea vers l'ours en sautillant d'une façon comique. Mais, loin d'avoir envie de rire, je tremblais que mon vieil ami, incommodé par sa jambe de bois, ne fût incapable de lutter avec avantage contre un ennemi aussi formidable que l'ours polaire.

Je ne compris pas, au premier abord, pourquoi il s'était éloigné de mon voisinage ; mais, bientôt, je découvris le motif de sa conduite ; il voulait se servir de la petite palissade, que j'avais élevée, comme moyen de protection dans la lutte inégale qui allait s'engager. Il atteignit bientôt cette espèce de barricade ; et, suspendant son sac, il arma son fusil et attendit.

L'ours paraissait fort indécis. Tantôt il s'avançait à quatre pattes, biaisant de droite et de gauche ; tantôt il arrivait en ligne droite ; puis, il s'arrêtait en grondant, se mettait sur son

derrière et regardait autour de lui. Bientôt, l'énorme quadrupède ne se trouva plus qu'à une faible distance de Stop, et
poussa un affreux grognement.

— Tirez! criai-je, effrayé de la perspective d'une lutte désormais inévitable.

Mais, je ne connaissais pas Stop.

— Silence! me répondit-il en me montrant le poing, et continuant à tenir les yeux fixés sur l'ours.

L'animal, qui, en ce moment, était assis, leva la tête et se retourna pour s'assurer sans doute d'où venait ma voix ou pour
flairer peut-être le gibier que nous avions dépecé. Stop déchargea alors contre lui un des canons de son fusil.

L'ours poussa un hurlement terrible et fit un bond prodi-
gieux du côté de la palissade, où Stop l'accueillit par une seconde décharge qui, autant que j'en pus juger, blessa l'animal
à la tête. Celui-ci arriva derrière les pieux, et les tourna si rapidement, que Stop eut à peine le temps de s'esquiver par l'étroit
espace que j'avais ménagé à cet effet.

Stop, au moment où son ennemi avançait le museau dans
l'ouverture en question, lui asséna sur la tête un violent coup
avec la hache qu'il tenait des deux mains; mais, au même moment, il trébucha et tomba à terre. Je poussai un cri d'horreur.
En quelques secondes, le vieux marin fut sur ses pieds; et,
plongeant le bras dans son sac, il lança à la figure de son ennemi une poignée du mélange corrosif qu'il contenait.

L'ours, blessé et aveuglé, poussa un cri effroyable. Il fit craquer sous ses dents une des poutres de la palissade, se secoua
avec rage, puis s'élança de nouveau de l'autre côté des pieux,
derrière lesquels Stop s'efforçait de recharger son arme. Je ne
pus voir s'il y avait réussi ou non, car l'ours le rejoignit en un
clin d'œil.

C'était une lutte terrible et effrayante. Stop sautillait sur sa
jambe de bois avec une énergie dont je ne l'aurais pas cru capable; il profitait de la moindre occasion pour asséner un coup de
hache ou pour lancer des poignées de soufre, et continuait de
charger son fusil. L'ours, de son côté, chercha à l'atteindre
par tous les moyens, vola d'un côté de la barrière à l'autre,

grimpa par-dessus, gronda, hurla, et parut en proie à un excès de folie furieuse.

Enfin, Stop put tirer de nouveau. L'ours, blessé une seconde fois à travers la barrière, se rua avec rage contre la palissade, qui tomba en entraînant mon pauvre Stop dans sa chute. Malgré la souffrance que j'endurais, malgré l'impossibilité où j'étais de lui porter secours, je me traînai vers le lieu du combat, mon fusil sur le dos, mes pistolets à la ceinture.

Stop, en tombant, avait saisi le sac d'une main, tandis que de l'autre il tenait encore sa hache. L'ours s'avança vers lui; mais, ayant reçu dans les yeux une poignée de la poussière corrosive, il se dressa sur ses pieds, hurla et commença à se secouer d'une façon qui ne présageait rien de bon. Si mon courageux ami n'eût pas été privé d'une de ses jambes, il eût facilement pu profiter de ce moment pour s'échapper de mon côté et pour viser l'animal à son aise. Malheureusement, avant que Stop eût eu le temps de retrouver son équilibre, l'ours était à ses côtés; le vieux matelot l'attira de propos délibéré dans une direction opposée à la mienne. L'animal était dangereusement blessé et perdait beaucoup de sang; sans cette circonstance, le drame se fût vite terminé. Stop, vu l'état de son ennemi, put encore lui échapper, et continua à lui lancer dans la bouche et dans les yeux des nuages de poudre. En même temps, il lui donna plusieurs coups de hache, qui n'eurent d'autre résultat apparent que d'augmenter la fureur de ce terrible adversaire. Le quadrupède se roula enfin sur le sol comme pour fermer ses blessures ou pour calmer ses souffrances.

Cependant, je continuais toujours à me traîner vers les combattants. La lutte se poursuivait. Stop frappait toujours, mais on voyait qu'il était fatigué, tandis que l'ours, de son côté, paraissait avoir besoin de se reposer. Tout à coup, il poussa un hurlement qui me fit tressaillir, et s'élança sur le vieux matelot. Stop souleva sa hache des deux mains, et lui en asséna un coup vigoureux. Le coup porta; mais, en le donnant, mon fidèle compagnon perdit l'équilibre et tomba sous la dangereuse étreinte du monstre arctique !

Je laissai échapper un cri et je fermai les yeux.

Lorsque je les rouvris, tout était fini. Ils étaient là étendus tous deux, immobiles tous deux; Stop était tombé sous l'ours. J'entendis un faible et horrible murmure. Mais, ce murmure venait de l'ours. Comment je parvins à me traîner, et combien de temps il me fallut pour arriver jusqu'au théâtre de cette lutte effrayante et inégale, je ne saurais le dire. Le choc était trop fort, la transition trop soudaine. Mon ami, mon compagnon, je le voyais là, faible, mutilé, écrasé sous le poids du corps sanglant de ce gigantesque animal.

— Stop! Stop! mon cher Stop! m'écriai-je en sanglotant.

— Mais, il n'y a pas grand mal, maître Robinson, répondit-il faiblement. Je lui ai fait son affaire tout de même, quoique ce soit un rude gaillard. Il n'y a pas grand mal; seulement, je ne suis pas tout à fait à mon aise, car il est diablement lourd.

Je ne pus répondre : la joie succédait trop rapidement à la douleur. J'étais comme un enfant, et je le contemplais stupidement, tandis qu'il se dégageait du poids de l'ours. Ce ne fut que lorsqu'il vint s'asseoir à mes côtés, pâle, couvert de sang et déchiré, que je pus ouvrir la bouche.

— Etes-vous réellement sorti sain et sauf de cet affreux combat! lui demandai-je alors en lui tendant la main.

— Il n'y a pas d'os cassés, Dieu merci! C'est égal, il m'a donné une fière embrassade; mais, il était affaibli, et mon couteau est long et affilé. Sapristi! il m'a joliment serré les côtes tout de même! C'est une rude besogne, monsieur Henry, et je ne voudrais pas rencontrer tous les jours un de ses parents ou amis.

Je souffrais trop pour parler; mais, je l'aidai de mon mieux, et ce fut avec un véritable bonheur que je le vis bientôt se lever pour aller se laver, et revenir quelques instants après, toujours pâle et fatigué, mais sans autres blessures que quelques égratignures.

— Maintenant, monsieur Henry, allons dîner. Cela me fera du bien de manger un morceau.

— Mais, je ne puis marcher, dis-je en montrant du doigt mon pied gonflé.

— Et le traîneau donc! répondit-il d'un ton joyeux.

Il me plaça dedans; et, bien qu'un pareil effort fût presque au-dessus de ses forces, il me traîna jusqu'à la hutte, où nous pénétrâmes après avoir pris quelque nourriture; puis nous nous allongeâmes sur nos lits de peaux, sentant que nous étions incapables de tout travail durant le reste de cette journée. Je ne me réveillai que six heures après, et je me trouvai seul.

— Stop! criai-je.

Personne ne répondit.

Je ne bougeai pas, car je devinai le motif de son absence. Au bout d'une demi-heure environ, il était de retour. Ainsi que je l'avais supposé, il avait été s'occuper à attraper les faons et à les enfermer dans la cave, où il leur avait laissé quelques poignées d'herbe et de sel. Il me rapporta en même temps quelques feuilles de chicorée et d'oseille, qu'il fit bouillir et attacha autour de mon pied. Il se coucha ensuite auprès de moi, et garda pendant quelque temps le silence. Je crus qu'il s'était endormi, et je ne le dérangeai pas.

— Maître Robinson? dit-il enfin.

— Eh bien?

— C'est une terrible journée que celle-ci, n'est-ce pas? continua-t-il, ayant plutôt l'air de se parler à lui-même que de m'adresser la parole. Est-ce que nous ne devrions pas rendre grâce au ciel, ou quelque chose de ce genre-là?

— Je l'ai déjà fait, mon cher Stop, j'ai rendu grâce à Dieu...

— C'est que moi, voyez-vous, je... je n'ai jamais appris à prier.

Ce n'est pas possible!

— Non, je n'ai jamais rien appris. Je ne suis l'enfant de personne, pas de mère, pas de père, pas d'amis! Je me suis un beau jour trouvé à Portsmouth sans savoir comment. J'y ai fait des commissions, et l'on m'a mis en prison pour avoir mendié quand j'avais faim. Puis, je me suis sauvé et embarqué à bord d'un vaisseau marchand, de sorte que je n'ai pas eu le temps d'apprendre à prier. Mais, maintenant, je me fais vieux, maître Henry, et il est temps que je sache un peu des choses de la religion.

J'avais donc une tâche à accomplir, et quelle tâche glorieuse!

— Voulez-vous que je vous enseigne une prière? lui demandai-je.

— De tout mon cœur, car je n'ai jamais éprouvé le besoin de prier autant qu'aujourd'hui.

Je répétai la simple et magnifique prière qui convient le mieux aux esprits ignorants et aux âmes aimantes. Stop l'apprit facilement; c'est-à-dire qu'au bout de deux ou trois leçons il savait le *Pater* par cœur, et le redisait tous les soirs. Lorsque nous fûmes arrivés à ce point, je commençai à lui parler de la religion en général; mais, je reconnus que le bon vieillard était aussi fort que moi sous ce rapport, ayant, dans le cours de son existence aventureuse, ramassé par-ci par-là des notions très nettes et très arrêtées de ses devoirs et de ses espérances.

À la suite d'une de nos conversations sérieuses, Stop s'arrêta court. Je le laissai à ses réflexions.

— Monsieur Henry? reprit-il tout d'un coup.

— Qu'est-ce qu'il y a? demandai-je.

— Rien; seulement, je voulais vous adresser une question.

— De quoi s'agit-il?

— C'est à propos de ces rennes, continua-t-il d'un ton pensif.

— Eh bien?

— Ne les attelle-t-on pas quelquefois à des traîneaux?

— Certainement! répondis-je avec vivacité.

— Alors, je ne vois pas pourquoi mon plan ne réussirait pas. Pourquoi ne gagnerions-nous pas le continent de cette façon-là? Il faudra les soigner et leur faire prendre un peu d'exercice; ensuite nous fabriquerons un véhicule, et nous nous exercerons à devenir bons cochers. La chose est faisable... oui, elle est faisable.

— Je le crois comme vous, Stop. C'est la plus brillante idée que nous ayons eue jusqu'à présent. Il faut soigner nos bêtes.

— Je m'en charge, et elles n'auront pas à se plaindre de leurs rations... Si nous ne dînons pas chez votre père le jour de Noël de l'année prochaine, je ne m'appelle pas Stop, voilà tout.

— Je prie Dieu que ce souhait s'accomplisse!

— Bonsoir, maître Robinson.

— Bonsoir, Vendredi.

Encouragés et égayés par ce rayon d'espoir qui venait illuminer notre sombre existence, nous allâmes nous reposer. J'étais trop occupé de l'idée émise par Stop pour ne pas avoir quelque peine à m'endormir; mais, le sommeil visita enfin mon chevet, et je ne me réveillai que lorsque mon fidèle compagnon vint m'appeler pour déjeuner. Je trouvai que ce long repos avait presque guéri ma foulure. Je pus même marcher dans le courant de la journée; et le lendemain, je repris mes occupations habituelles; car, l'hiver ne devait pas tarder à se montrer, et il allait devenir impossible de travailler en plein air.

Nous allâmes à la pêche, nous salâmes nos prises, nous ramassâmes du bois et du charbon, nous retirâmes les provisions que contenaient les huttes d'Esquimaux, nous fîmes du foin à notre façon; en un mot, nous travaillâmes avec ardeur jusqu'au moment où la neige et le froid s'annoncèrent d'une façon qui nous força à chercher un refuge dans notre cave, qui, à vrai dire, n'était guère préparée pour nous recevoir.

Nous nous mîmes gaiement à l'œuvre pour rendre notre maison habitable.

Il y avait environ une douzaine d'Esquimaux rassemblés autour d'un petit feu (page 143)

XIV. — Dans la caverne. — Occupations diverses. — Les Esquimaux.

L'interminable et éblouissante clarté, qui avait duré presque sans interruption pendant trois mois, touchait à sa fin. Nous nous préparâmes donc pour la saison ténébreuse qui allait succéder à ce jour monotone, et devait nous causer des ennuis plus grands encore. Nous avions cependant quelque temps devant nous; car, la longue nuit commence au mois de novembre et se prolonge jusqu'au mois de février, et nous n'étions encore qu'en septembre.

La neige commençait à tomber, la mer devenait immobile, et l'hiver arrivait avec une rapidité surprenante. Heureusement, nous n'avions rien négligé pour notre logement, ainsi que pour nos provisions de combustibles et de vivres. Dans les loisirs que nous avaient laissés la chasse, la pêche et la recherche des

combustibles en question, nous avions préparé notre cave tant
bien que mal. La fissure du toit avait été bouchée en partie, et
le reste avait été recouvert de façon à donner issue à la fumée,
sans laisser pénétrer la neige.

Les oiseaux vinrent visiter notre île en quittant le nord;
mais, ils s'y arrêtaient à peine, et repartaient comme des gens
affairés. Il était pénible de voir ces heureuses créatures abandonner notre région inhospitalière pour un climat plus doux,
tandis que nous étions obligés de nous creuser un trou dans la
terre, sans avoir même la certitude de résister aux rigueurs
de l'hiver arctique.

— Ne vous laissez pas abattre, monsieur Henry, me disait
Stop, ce n'est rien. Ces oiseaux ont de la chance, et nous n'en
avons pas, voilà tout. Mais, courage, nous partirons au printemps, c'est une affaire décidée.

— Je l'espère, Stop; et, je ne devrais pas murmurer, puisque
j'ai retrouvé un ami tel que vous. Mais, il est triste de songer
que nous allons rester enfermés pendant des mois entiers
dans cette horrible cave.

— Bah! je compte bien que nous pourrons, de temps à autre,
faire une culbute sur la neige; et peut-être rencontrerons-nous
un ours qui nous empêchera de nous ennuyer.

— La chasse aux ours ne me sourit plus guère, répondis-je.

— Mais, moi, j'en veux encore. Qu'ils y viennent, je ne crains
pas le plus gros d'entre eux.

Qu'on n'aille pas croire au moins qu'en causant de la sorte
nous perdions notre temps. Au contraire, nous étions activement occupés à approvisionner et à arranger nos quartiers
d'hiver.

Nous enfermâmes nos jeunes rennes dans notre seconde
cave. Les pauvres bêtes s'apprivoisèrent en fort peu de temps,
et nous ne nous sentîmes plus le courage d'en égorger une,
comme nous en avions d'abord eu l'intention.

— Voyez-vous, me disait Stop, je ne pourrais jamais tuer
cet animal, qui me regarde d'une façon si plaisante; il a l'air
de me dire : « Mon vieux, tu m'as pris, il faut me garder. »
Faudra tâcher de les laisser vivre le plus longtemps possible.

— De tout mon cœur.

Notre humanité reçut plus tard sa récompense, car les rennes nous aidèrent à passer agréablement plus d'une heure. Ils devinrent en quelque sorte nos compagnons, et furent pour nous la source de nombreuses distractions. En ce moment, cependant, d'autres considérations nous empêchaient de penser au résultat probable de notre abnégation.

Des ermites tels que nous avaient autre chose à faire que de songer à se procurer des délassements.

Il était fort possible que, dès que la mer ne formerait plus qu'un immense champ de glace, nous fussions visités par quelques animaux rôdeurs. Cette appréhension nous décida à fortifier notre demeure.

En élargissant la fissure par le haut, j'arrangeai la porte de telle façon qu'il fallait monter une dizaine de marches pour y arriver. Une nécessité impérieuse avait exigé ce dernier changement, car autrement la neige amoncelée nous eût confinés dans notre cellule souterraine jusqu'à la fin de l'hiver.

La porte elle-même, formée de planches et de fortes lanières, était disposée de telle sorte que plus la pression venant du dehors était forte, et plus la porte résistait. Lorsque la neige menaçait de devenir trop épaisse nous sortions, et nous déblayions l'entrée de notre domicile. Cette porte était basse et étroite, ce qui devait en même temps nous préserver contre le froid et faciliter les moyens de défense.

Nous avions établi un bon et solide plancher, et dressé dans un coin un lit de peaux, chaud et confortable. Quelques fourrures nous servirent également à former une espèce de portière que nous suspendîmes à l'entrée pour empêcher les courants d'air. Nous en employâmes d'autres non moins utilement à construire une sorte de cheminée : ce ne fut pas sans peine ; mais, comme nous ne faisions jamais de grands feux, nous réussîmes, après plusieurs tentatives, à fabriquer une sorte de manche en peau qui nous servait de tuyau de cheminée.

Lorsque le temps était très mauvais, nous ne mettions le nez dehors que pour ramasser une certaine quantité de neige, car nous n'avions pas d'autre moyen de nous procurer l'eau dont nous avions besoin pour boire ou pour faire la cuisine. Nous en faisions fondre autant qu'il nous en fallait pour les besoins de la journée.

Après avoir fait notre provision d'eau, nous déjeunions; et, malgré l'extrême rigueur de la saison, nous ne manquions presque jamais de faire une promenade sur la neige. Nous restions rarement bien longtemps dehors, car la température était trop rigoureuse.

Nous fûmes obligés, au bout de quelques jours, de planter une perche au-dessus de notre cheminée, afin d'empêcher la neige d'en boucher l'orifice. La fumée montait le long de cette perche; mais quelquefois, néanmoins, nous étions tellement gênés par elle, qu'il nous fallait, bon gré mal gré, ouvrir la porte.

La chaleur qu'exhalait l'eau de la source sulfureuse contribuait sans doute à rendre la cave habitable. Sans cette circonstance, nous n'aurions certainement pas résisté à un pareil hiver, car nous étions obligés d'être fort économes de nos combustibles. Nous avions laissé un trou au milieu du plancher qui recouvrait la source; nous y adaptâmes un grossier ustensile oublié par les Esquimaux, et qui nous servait à faire fondre la neige et à préparer une partie de notre nourriture. La source thermale nous servait ainsi de bain-marie.

Nous divisâmes notre cave en deux appartements : l'un devait servir de salle à manger, l'autre de salon et de chambre à coucher.

Nos provisions de bouche, ainsi que le foin, le bois et le charbon, étaient emmagasinés dans la seconde cave; nous y avions aussi de l'huile en abondance; circonstance qui nous permettait de garder une lampe constamment allumée. Nous visitions fréquemment nos magasins et notre écurie, où nous jouions avec les rennes, que nous menions aussi de temps à autre courir sur la neige dans l'intérêt de leur santé; car, nous avions remarqué qu'une captivité trop prolongée faisait dépérir ces animaux.

Dès le commencement, nous divisâmes l'emploi de notre temps avec le plus de régularité possible. Le matin était consacré à préparer nos repas, à ajouter au comfort de notre demeure, à courir sur la neige lorsque le temps le permettait, et à visiter nos bêtes. Nous dînions vers midi; et, ensuite nous nous mettions à l'œuvre pour terminer notre grande tâche, le canot, qui, nous l'espérions, devait nous emmener au printemps.

Notre bois n'était guère propre à un pareil emploi, et nous ne possédions qu'un fort petit nombre d'outils : deux haches chacun, deux couteaux et une scie microscopique. Mais, notre intention n'était pas de nous préparer pour un voyage au long cours. Je pensais que la côte de l'Amérique ne pouvait être fort éloignée, et j'étais convaincu que si nous réussissions seulement à atteindre cette côte, quels que fussent les dangers et les difficultés à surmonter, nous finirions par regagner le monde civilisé.

C'était donc avec un bonheur extrême que je travaillais en compagnie de mon vieil ami à la construction de ce canot, que nous comptions doubler avec des peaux cousues ensemble, et recouvrir d'une couche de colle forte fabriquée avec les intestins des phoques et d'autres animaux amphibies de la baie. Nous nous livrions six heures par jour à ce travail, sans en ressentir ni l'un ni l'autre la moindre fatigue.

Nous étions tous deux si persuadés de la réussite de notre projet de fuite, que nous négligeâmes bien des points auxquels nous eussions dû accorder toute notre attention. Nous ne pouvions admettre la possibilité de nous voir condamnés à passer encore un hiver sous ce climat implacable. Depuis l'arrivée de Stop, j'éprouvais la conviction que je ne tarderais pas à revoir mon pays natal et les amis dont j'étais séparé depuis si longtemps.

Je pus, pendant ce dur et interminable hiver, appr   r les bienfaits de la société. Je crois fermement que si je   fusse trouvé seul du matin au soir, dans cette sombre cave, j'eusse fini par succomber sous le poids insoutenable d'une pareille existence.

Il serait aussi fatigant qu'inutile de raconter jour par jour les épisodes peu variés de notre vie durant cette horrible captivité. Cette nuit sans fin était d'une monotonie insupportable; mais, bien que le soleil restât au-dessous de l'horizon, nous voyions assez distinctement à midi. C'était un jour froid, faible, qui ressemblait plutôt à un clair de lune; mais, je suis persuadé qu'il

m'eût permis de lire. Et même, je m'en souviens, je lus en effet
à la lueur de ce soleil invisible. Stop avait apporté avec lui deux
ou trois vieux journaux qui servaient à envelopper quelques-
uns des objets renfermés dans son coffre; ils étaient incomplets
et en partie déchirés; n'importe, je les lus et relus si bien,
qu'au bout de peu de temps je les connus par cœur.

Je parcourais les annonces, les premiers-Londres, les faits
divers. Je les lisais d'abord pour moi, puis je les relisais à haute
voix pour Stop, qui m'apostrophait avec son originalité habituelle lorsque j'oubliais de lui faire la lecture accoutumée.

— Dites donc, monsieur Henry? Il paraît qu'on a oublié d'apporter le journal... ce porteur n'en fait jamais d'autres.

— Vous l'accusez à tort : le journal est là.

— Alors, si c'était un effet de votre complaisance de me lire
les dernières nouvelles?

Et, je lisais avec une gravité convenable un ou deux para-
graphes que nous avions déjà épelés trente fois; mais, vers le
milieu du mois de janvier, nous fîmes une découverte qui jeta
de la défaveur sur nos journaux.

Le coffre de Stop renfermait des vêtements et des provisions.
Il y avait des biscuits, de la farine et un peu de thé et de sucre,
objets aussi précieux à mes yeux que le tabac l'était à ceux de
mon vieil ami; car, fidèle à ses habitudes de marin, il ne pouvait se passer de fumer. Un jour, nous retirâmes toutes les
provisions que contenait le coffre, dont nous avions l'intention
d'utiliser le bois pour compléter notre canot. Au fond de la
malle, sous une pile de biscuits, nous trouvâmes un paquet
enveloppé dans un vieux journal.

— Qu'est-ce que cela? demandai-je vivement à Stop.

Je vis briller ses yeux, au moment où il levait la tête, et me
regardait d'un air affectueux.

— Qu'est-ce donc, Stop? répétai-je le cœur rempli d'un soudain espoir.

J'ouvris alors le paquet avec un sentiment de vénération.
C'était un bon livre de prières.

Désormais, plus de soirées monotones; dès que les travaux
de la journée étaient terminés nous nous asseyions, Stop me

demandait la permission de fumer, permission que je m'em-
pressais d'accorder; puis, je prenais le livre saint et je lisais
pendant une heure environ. J'aurais pu continuer pendant trois
ou quatre heures, mais je préférais faire durer le plaisir. Je fermais alors le volume, et nous causions de ce que nous venions
de lire. Peu à peu, la conversation revenait aux choses profa-
nes : nous nous entretenions de la patrie, de nos amis et de nos
chances de réussite dans notre prochaine tentative. La bien-
heureuse découverte causait chaque jour, à chacun de nous,
un plaisir plus vif.

Ce fut le 2 février que, cherchant un matin au loin l'astre
dont nous attendions la présence, nous l'aperçûmes enfin à
l'horizon après une absence de quatre-vingt-quatre jours. Nous
le saluâmes avec un enthousiasme qui eût fait honneur à des
adorateurs du feu.

Il nous avait fallu employer de nombreuses précautions pour
n'avoir pas les mains ou les pieds gelés. Le froid devint si
excessif, qu'il nous fut impossible de rester dehors plus de dix
minutes par jour. Pendant le mois de février, Stop éprouva de
fortes douleurs dans sa jambe amputée. Il se plaignait sérieusement des souffrances qu'il ressentait dans les doigts du pied,
qui, depuis longtemps, avait été détaché de son corps. Du reste,
c'est là un phénomène qui se représente à chaque instant dans
les annales de la chirurgie. Je le soignai de mon mieux. Mon
digne compagnon se faisait vieux, et je n'en appréciais que
davantage son admirable et intrépide dévouement. Cependant,
il avait une merveilleuse constitution, un corps de fer, et il ne
fut pas longtemps à se rétablir.

Je ne vous fatiguerai pas, en vous racontant les détails de ma
campagne d'hiver; j'arrive au mois de mai, où il survint des
événements d'une nature sérieuse et émouvante.

Le temps s'était considérablement adouci ; le soleil était visible à midi, et tout annonçait que l'hiver allait bientôt faire place
à une saison moins rigoureuse. Nous pouvions faire des
courses et nous éloigner davantage de la cave, en ayant toujours
soin d'être aux aguets, afin de n'être pas surpris par quelques-
uns des animaux carnivores qui ne pouvaient manquer de

rôder, vers cette époque, autour des résidences de la terre ferme. Pendant quelques jours, nous ne vîmes rien d'extraordinaire.

Mais, le 5 mai il arriva une circonstance qui nous troubla et nous surprit tellement, que je crois devoir la raconter.

Par une brillante matinée, Stop était allé se promener dans l'île et chercher quelques indices de la fonte prochaine des neiges, afin de pouvoir profiter des maigres produits de ce sol aride. Il faisait peu de vent, mais le froid était très vif. Ne me trouvant pas bien, je n'étais pas sorti aussitôt que Stop; mais, j'allai à sa rencontre environ une demi-heure avant le dîner.

Je le trouvai qui revenait d'un pas paresseux, enfonçant sa jambe de bois si avant dans la neige, qu'elle paraissait ne plus vouloir en sortir. Il s'amusait à regarder à droite et à gauche, et s'arrêtait de temps à autre, comme pour se reposer.

Il était trop éloigné de moi pour que ma voix arrivât jusqu'à lui; mais, je lui fis signe de se dépêcher. A ce moment, mes regards s'étant dirigés du côté de mon ancien campement, je poussai un cri de surprise, je me mis à courir vers Stop aussi vite que mes jambes purent me porter.

— Pourquoi vous essouffler ainsi! demanda-t-il.

— Regardez !

Il dirigea ses regards du côté que je lui indiquais, et il ne sembla pas moins ému que moi.

— Qu'est-ce que cette vapeur? lui dis-je à voix basse.

— De la fumée.

— Il n'y a pas de fumée sans feu, répliquai-je.

— C'est mon opinion. Soyons prudents, car nous ne savons pas à qui nous avons affaire.

— Il y a bien, certainement, des hommes là-bas.

— Je le crois comme vous; mais, Dieu sait quelle espèce d'hommes.

— Des indigènes, sans doute.

— Alors, il y a du danger pour nous.

— Peut-être; mais, s'ils sont bien disposés, ils pourront devenir nos sauveurs.

— Mais, comment sont-ils venus ici?

— Sur des traîneaux.

— Alors, au nom du ciel! allons vers eux.

Armés jusqu'aux dents comme nous l'étions, nous n'avions pas grand'chose à redouter; nous nous avançâmes donc vers la côte. Pour moi, je n'avais qu'une seule idée, qu'un seul espoir : c'était de quitter notre île à l'aide de ces sauvages.

Nous eûmes bientôt parcouru l'espace qui nous séparait de la colline, derrière laquelle nous avions vu s'élever la fumée, et de là nous embrassâmes la scène d'un coup d'œil.

Il y avait environ une douzaine d'Esquimaux rassemblés autour d'un petit feu, non loin d'une hutte de neige qu'ils avaient élevée sur le rivage. Ils tenaient sans doute conseil, car au bout de quelques instants nous les vîmes se lever et se diviser en trois bandes; la première parut se diriger de notre côté, la seconde s'éloignait dans une direction opposée, tandis que la troisième, composée de femmes et d'enfants, rentrait dans la hutte.

— Allons-nous-en, maître Robinson, dit Stop. Ces messieurs nous feront notre affaire, s'ils nous aperçoivent.

Nous nous hâtâmes de battre en retraite avant d'avoir été aperçus par aucun de ces sauvages difformes et repoussants. Une course rapide nous mit bientôt à l'abri des regards des Esquimaux, et nous pûmes continuer à nous éloigner d'un pas moins pressé.

— Que faire, Stop? demandai-je avec anxiété.

— Eh bien! j'ai plusieurs plans à vous proposer, et si vous voulez nous allons les discuter.

— Soit; seulement, ne perdons pas de temps; car, si nous ne profitons pas de la visite de ces Esquimaux pour nous échapper, Dieu sait quand nous aurons une autre occasion de nous éloigner.

— Je vous arrête là! cria Stop. J'ai l'intention de m'en aller sans le secours de ces petits sauvages. Cependant, si nous pouvons nous servir d'eux, je ne demande pas mieux. Mais, nous sommes à la source; asseyons-nous et causons.

Je m'assis, bien que je ne fusse pas aussi recueilli et aussi tranquille que mon méthodique camarade, qui, avant de délibérer sur une question vitale pour nous, alluma gravement sa pipe.

— Vous me comprenez donc ? vous savez que nous sommes des amis (page 147)

XV. — La jeune Indienne.

La chaleur du soufre avait déjà agi sur une petite portion de la neige qui bordait le bassin, et avait ainsi laissé un certain espace libre, dans un coin duquel nous nous assîmes. Nulle part on n'apercevait le moindre signe de végétation. La terre était partout cachée sous une couche de neige éblouissante, qui couvrait la plaine et les collines d'un manteau lugubre. Le ciel était clair et lumineux, et nous n'étions pas très éloignés de cette morne époque où règne un jour sans fin et que je ne voyais pas approcher sans effroi ; car, quelque belle que paraisse une telle saison dans une description poétique, elle est d'une monotonie désespérante dans la réalité. Elle a, cependant, ses avantages aux yeux des voyageurs, dont elle facilite les recherches.

Stop fumait sa pipe avec la solennité d'un philosophe musulman, tandis que je cherchais à dissimuler mon impatience.

Au bout de dix minutes, je ne pus me contenir plus longtemps.

— Eh bien! Stop, que faut-il faire? demandai-je avec vivacité.

— Etes-vous prêt à vous battre? répliqua Stop en retirant sa pipe de sa bouche.

— Oui, si la chose est absolument nécessaire.

— Eh bien! capitaine, à nous deux, à l'aide de nos fusils et d'un peu de plomb, nous viendrons facilement à bout de toute cette racaille.

— A quoi bon?

— Je ne dis pas que nous y serons forcés, je vous donne seulement mon idée. Eh bien! supposez que nous les tuions les uns après les autres, nous pourrions nous emparer de tout ce qu'ils possèdent...

— Stop!

— Attendez, et suivez bien mon raisonnement... M'est avis que ces sauvages sont arrivés ici d'une façon ou d'une autre.

— C'est évident.

— Et, je crois que leur façon a été de s'y faire transporter en traineau.

— Fort probablement.

— Eh bien! pour lors, nous tuons les sauvages, nous prenons leurs chiens... Nous les attelons aux traineaux, et nous nous dirigeons vers la mer...

— Nous n'arriverons jamais.

— C'est ce que je crains. Nous ne sommes pas habitués à ces chiens, et ces chiens ne sont pas habitués à nous... et puis, nous ne sommes pas assez sanguinaires...

— En effet, le moyen me répugne. Y en a-t-il un autre?

— On pourrait se faire bien venir de ces créatures, capitaine. Il faut commencer par leur donner une haute idée de notre puissance, c'est-à-dire leur montrer ce qu'on peut faire avec un fusil. Ensuite nous tenterons de nous faire piloter par eux jusqu'au continent.

— C'est à quoi je songeais justement.

10

— Eh bien! je propose de tomber sur les femmes à l'impro-
visto, d'en prendre une ou deux prisonnières...

— Ce ne serait pas le moyen de nous concilier ces sauvages...

— Attendez... Quand nous nous sommes emparés d'une
femme ou deux, nous les amenons ici, nous les traitons avec
douceur, nous leur donnons, s'il le faut, les deux rennes et
d'autres cadeaux, et nous les renvoyons à leur tribu ainsi chargées et disposées à faire notre éloge.

— Votre plan est excellent, Stop, je l'adopte.

— Très bien, capitaine! Alors, c'est une affaire arrangée...
Chut! chut! continua-t-il en se jetant à plat ventre.

— Qu'y a-t-il?

— Je ne sais pas encore au juste... C'est un de ces diables
d'Esquimaux.

— Gardez-vous de bouger, au nom du ciel!

— Tout dépend de vous, capitaine. Vous êtes jeune et agile.
La créature n'est pas armée, je crois, et suit notre piste. C'est
probablement une femme : les femmes sont si curieuses! Si
elle vient de ce côté, montrez-vous et empoignez-la.

Je lui fis un signe que j'approuvais ce projet; je posai mon
fusil à terre ainsi que ma hachette, afin de ne pas être gêné
dans mes mouvements.

Nous étions cachés derrière deux grandes pierres qui se
trouvaient sans doute là depuis la création. Elles étaient séparées d'un côté, mais se rapprochaient à l'autre extrémité de
façon à former un angle droit, ne laissant qu'une étroite fissure
à travers laquelle nous pouvions voir sans être vus.

— Silence! fit Stop à voix basse.

Je retenais mon souffle, car j'entendais distinctement un
pas léger qui semblait s'avancer, en hésitant, sur la neige
encore dure. Je regardai par l'étroite meurtrière.

Ma surprise fut plus grande que je ne saurais le dire, en
apercevant l'hôte qui nous arrivait.

C'était une femme. Autant que ma connaissance des races me
permettait d'en juger, elle n'appartenait point à la famille des
Esquimaux, et devait être une Indienne du territoire aride sur
lequel chasse la compagnie de la baie d'Hudson, et appartenir

à cette tribu que son ardeur pour la chasse entraîne parfois jusqu'au lac du Grand-Ours.

Comment décrire mes sensations? Si je ne me trompais, cette fille était une prisonnière, par conséquent une amie; et, si elle appartenait à la tribu que je soupçonnais, elle ne pouvait manquer de comprendre quelques mots d'anglais.

Je savais qu'il existe une implacable animosité entre cette tribu et les Esquimaux, attendu que les Indiens entreprennent souvent de très longs voyages vers le nord afin de combattre piller et scalper les infortunés Esquimaux, qui, probablement, n'ont été repoussés si loin vers les régions septentrionales que par suite de cet état d'hostilité.

L'étrangère était fort jeune; et, bien qu'elle se distinguât par plusieurs des traits caractéristiques de sa race, elle avait, à cause de la rigueur du climat, plus de vêtements qu'elle n'en eût porté dans son propre pays. Elle était coiffée d'un bonnet terminé en pointe; sa tunique était formée d'un tissu épais et cachait d'autres vêtements. Aucune partie de son corps, — excepté le visage, — n'était exposée à l'air, contrairement à la mode de sa tribu sous un ciel plus chaud. Elle avait une physionomie agréable, surtout en ce moment.

La jeune fille regarda attentivement autour d'elle, contempla les indices certains d'une habitation voisine, et sourit en remarquant la faible colonne de fumée qui s'élevait au-dessus de la perche plantée au sommet de notre caverne. Elle se retourna alors d'un air craintif, — comme pour s'assurer que personne ne la suivait, — puis elle s'avança résolûment vers notre habitation souterraine. Je me redressai avec la rapidité d'une bête de proie, et d'un bond, je fus à ses côtés.

— Ugh! fut le seul mot qu'elle prononça.

— Pas de bruit! lui dis-je, certain qu'elle me comprendrait.

Je n'ai jamais vu un rire plus doux ou plus joyeux que celui qui s'échappa des lèvres de la jeune fille. Elle riait de tout cœur, comme si elle se fût sentie trop heureuse pour réprimer sa joie.

— Vous me comprenez donc? vous savez que nous sommes des amis?

— Visages pâles, tous bons, je les connais! répondit-elle d'un ton de voix à la fois doux et fier.

— Au nom de mes plus chères espérances, entrons dans la cave, et causons avec cette jeune fille. C'est une *Chippewaw*, dis-je en m'adressant à Stop.

— Oui, le Visage pâle est jeune, mais il a une vieille tête; il dit que sa visiteuse est une Chippewaw, et il a raison.

— Eh bien! dit Stop, qui s'empressa de ramasser les fusils, ceci passe tout ce que j'ai jamais vu.

Et alors, au grand amusement de la jeune Indienne, il nous précéda en se dandinant sur sa jambe de bois, chose qu'elle voyait probablement pour la première fois. Dès les premiers mots, j'avais lâché l'Indienne, convaincu qu'elle ne chercherait nullement à nous quitter à l'improviste. Nous entrâmes dans la cave; nous allumâmes deux lampes, et nous fîmes signe à l'Indienne de s'asseoir. Afin de lui prouver nos bons sentiments envers elle, j'étalai devant elle nos meilleures provisions et nous offrîmes de les préparer à son intention. Elle secoua la tête en signe de refus et se leva.

— N'avez-vous point faim? lui demandai-je, ne comprenant rien à ses manières.

— Si, l'Indienne a faim; elle n'aime pas la nourriture des Esquimaux; elle préfère la viande de daim; mais, Wah-pa-nosh servira le jeune guerrier, le jeune guerrier doit manger d'abord.

— Quelles drôles de pratiques que ces Chippewaw! dit Stop en riant; et ces Esquimaux, dont vous m'avez parlé, doivent être plus drôles encore! S'ils se bourrent de graisse de baleine de la façon que vous m'avez décrite, leur ordinaire ne doit guère aller à une jeune fille habituée à une meilleure chère. Et, comme elle a reconnu de suite que cette viande séchée était de la venaison, hein?

— Les Indiens sont très fins, répondis-je tandis qu'elle faisait rôtir une tranche de viande séchée sur une espèce de gril improvisé avec les baguettes de mes pistolets.

— Je le crois sans peine, monsieur Henry.

Et, le vieillard se mit à rire de quelque idée qui lui passait par la tête.

— De quoi riez-vous ? lui demandai-je machinalement.

— Je pensais aux fameuses histoires que nous aurons à raconter quand nous serons de retour.

— Nous ne sommes pas encore chez nous, mon pauvre Stop !

— Pas encore, c'est vrai ; mais, nous y arriverons. J'en suis aussi sûr que si la chose était faite.

— Puisse votre prédiction s'accomplir !... Mais, parlons à la jeune fille.

Après nous avoir servis, elle s'était assise auprès de nous et mangeait tranquillement.

— Depuis combien de temps êtes-vous prisonnière, Wah-pa-nosh ? lui demandai-je.

— Un, deux étés ; un, deux hivers.

— D'où venez-vous ?

— Ma tribu habite près la Saskatchawan. Elle chassait autrefois au lac du Grand-Ours : elle rencontra les Esquimaux. Mes guerriers sont très braves ; ils détestent les Esquimaux, et ils en ont scalpé. Les Esquimaux se sont sauvés ; ils ont rencontré Wah-pa-nosh dans la forêt et l'ont emmenée.

— Voudriez-vous rejoindre votre tribu ?

— Si je ne la rejoins pas bientôt, je mourrai ; il fait toujours froid ici. Wah-pa-nosh n'a pas de *wigwam ;* mais, elle épousera l'*Elan qui bondit* dès qu'elle aura retrouvé sa tribu.

— Alors, Wah-pa-nosh, vous consentirez à nous aider à nous échapper de cette île, à rejoindre vos amis ?

L'Indienne fit entendre de nouveau ce jeune et joyeux éclat de rire qui nous avait paru de si bon augure.

— Les Visages pâles ramèneront Wah-pa-nosh à son père et à sa mère, et ensuite les amis de Wah-pa-nosh conduiront les Visages pâles au grand lac Salé.

— C'est convenu, Wah-pa-nosh ; et, lorsque j'aurai rejoint mon père et ma mère, Wah-pa-nosh recevra de riches couvertures, et l'*Elan qui bondit* aura le plus beau fusil de mon pays.

— Comment le Visage pâle se trouve-t-il ici ? Pourquoi a-t-il quitté sa jeune épouse, son vieux père et sa vieille mère ?

Je lui racontai mon histoire brièvement et simplement. Elle me comprit d'autant mieux qu'elle avait visité le fort York, qu'elle avait vu des navires, et avait une vague idée de la pêche aux baleines. Elle me parla ensuite, en phrases courtes et saccadées, de quelques Visages pâles qui s'étaient dirigés par terre vers les montagnes de glace. Cette dernière révélation excita ma curiosité au dernier degré.

J'appris plus tard, par les habitants du fort Cumberland, qu'elle faisait allusion au voyage de Franklin vers la rivière Coppermine et la mer Arctique.

— Puisque vous connaissez ce pays mieux que nous, Wah-pa-nosh, indiquez-nous comment nous pourrons nous échapper.

— Tuez tous les Esquimaux, répondit l'Indienne d'un ton irrité, Wah-pa-nosh vous guidera vers le pays du soleil.

— Un moment, ma jeune sauvage, je ne veux pas les tuer.

— Le Visage pâle n'aime pas à scalper. Alors, qu'il fasse des cadeaux aux Esquimaux : un Esquimau mange beaucoup, autant que six pourceaux.

— C'est cela, dit Stop en riant, ce sont de vrais pourceaux. Que faudra-t-il leur envoyer?

— Il faudra leur donner presque toutes nos provisions si nous voyageons avec eux, dis-je.

— Du tout, monsieur Henry; nous avons un long voyage devant nous. Je vote pour que nous gardions la viande et les biscuits; nous leur donnerons l'ancre, l'huile et nos deux rennes.

— Des rennes vivants! fit l'Indienne en regardant autour d'elle d'un air curieux.

— Ah! vous ne connaissez pas encore la moitié de nos secrets, dit Stop en allumant une torche.

La jeune fille la lui prit des mains, et se mit à examiner la caverne. Elle tressaillit en apercevant nos fusils.

— Des arcs à feu! dit-elle, les Esquimaux auront peur; ils ne toucheront pas les Visages pâles! continua-t-elle en battant des mains. Les visages pâles sont adroits. Ceci est un bon wigwam, solide comme la montagne. Les rennes seront un bon présent pour les Esquimaux. Les Tuski ne valent pas mieux que des pourceaux, et les mangeront en quelques bouchées.

— Faut-il donc sacrifier les pauvres bêtes? demandai-je à Stop.

— Il n'y a pas moyen de faire autrement. Nous allons partir, et ces animaux ne seraient pas capables de pourvoir à leur nourriture. D'ailleurs, il est absolument nécessaire de donner quelque chose à ces Tuski, comme elle les appelle, et les rennes produiront un grand effet sur ces gloutons.

— Eh bien! Stop, attachez-les de façon que la jeune fille puisse les emmener. Le mieux serait de l'envoyer en avant afin de nous préparer les voies.

— C'est cela, monsieur Henry.

— Wah-pa-nosh attend, dit la jeune fille.

Nous attachâmes les rennes ensemble, et nous les lui remîmes, après leur avoir lié les jambes, de façon qu'ils ne pussent pas échapper à celle qui allait les conduire au sacrifice.

— Allez, lui dis-je à voix basse, et rappelez-vous, Wah-pa-nosh, que nous nous fions entièrement à vous. Agissez loyalement envers nous, et vous n'aurez pas à vous en repentir.

— Wah-pa-nosh l'a dit, elle le fera; les Visages pâles et Wah-pa-nosh sont amis.

Elle posa gracieusement sa main sur son cœur, laissa de nouveau échapper son joyeux et charmant éclat de rire, prit la corde de mes mains, et s'en fut gaiement.

— Maintenant, il s'agit de faire nos paquets et d'emballer ce dont nous aurons besoin, dit Stop en rentrant vivement dans la caverne. Ces sauvages voudront tout prendre.

— C'est juste. Mais, avant de les laisser arriver jusqu'ici, nous ferons bien de leur montrer ce que c'est qu'un fusil.

— J'appuie la motion. Voyez-vous, ce sont de mauvais coucheurs que les sauvages. Règle générale, s'ils vous croient forts, ils vous traiteront avec respect: mais, s'ils se figurent que vous êtes faibles, ils tomberont sur vous.

— Il n'y a pas que les sauvages qui agissent de la sorte, Stop, et c'est un malheur. Les gens riches, puissants et hardis sont assez bien traités partout; mais, soyez pauvre, faible et timide, et vous êtes à peu près sûr d'être foulé aux pieds.

— Naturellement... Toutes ces peaux sont précieuses et nous

en aurons besoin; je propose donc que nous en entourions
notre pain et notre viande. Nous allongerons nos provisions en
chassant et en pêchant le long de la route. Nous pourrons
donner aux Esquimaux l'huile, les vieilles peaux de renard et
le poisson.

— C'est justement ce à quoi je songeais. Serrez bien notre recueil de prières, Stop... Et, tenez, voici la poudre et les balles.

— Et notre pauvre canot! c'est cela qui va les ravir de joie!
Je leur apprendrai à en rassembler les pièces, ou plutôt l'Indienne leur expliquera la chose, attendu qu'elle doit parler leur
langue mieux que nous.

— Le canot ne pourrait-il pas nous servir?

— Non, cette embarcation ne conviendrait pas à la navigation
des rivières; j'en aurai bientôt creusé une plus légère dans un
tronc d'arbre quand le moment sera venu; c'est un métier que
j'ai appris autrefois à la Nouvelle-Orléans.

Tout en causant et devisant de la sorte, nous emballâmes nos
effets, que nous laissâmes, tout prêts à être emportés, dans un
coin de notre demeure. Alors, nous nous armâmes jusqu'aux
dents, et nous sortîmes avec nos fusils, nos haches et nos couteaux de chasse, sans oublier même nos pistolets, dont nous
avions nettoyé les baguettes.

— La première chose à faire, c'est d'en imposer à ces sauvages et de leur montrer ce qu'on peut faire.

— Surtout, dis-je, de la prudence; et, si nous sommes obligés de faire feu, tirons l'un après l'autre.

— Convenu. Ah ! voici nos grédins!

Au même instant, nous aperçûmes les Esquimaux, qui,
groupés autour de W'ah-pa-nosh, écoutaient avec avidité le
récit de leur prisonnière.

Nous apprîmes plus tard que les deux détachements que
nous avions vus s'éloigner, venaient à peine de rentrer au camp,
lorsque Wah-pa-nosh s'y présenta à son tour. En ce moment,
elle terminait le récit de sa rencontre avec deux êtres merveilleux qui commandaient aux éclairs et qui, prenant en pitié le
dénuement des Esquimaux, leur avaient envoyé deux rennes.

— Attention, monsieur Henry! ils nous aperçoivent; ils ont l'air de fameux garnements.

En effet, les Esquimaux nous avaient vus; mais, au lieu de s'élancer vers nous, comme je m'y attendais, ils restèrent immobiles et nous examinèrent avec défiance. Wah-pa-nosh tenait toujours les rennes en laisse, et continuait à pérorer en gesticulant beaucoup.

Au même instant, un oiseau, un épervier, — le premier que j'eusse aperçu de la saison, — vint planer au-dessus de nous, à portée de mon fusil. J'épaulai mon arme; et, ajustant avec soin, je fis feu. L'oiseau, frappé à mort, alla tomber à quelques pas des Esquimaux qui paraissaient transformés en autant de statues.

— Le coup a porté, dit Stop en riant. Les voilà satisfaits; ils en ont assez.

— Avançons, Wah-pa-nosh nous fait signe d'approcher, dis-je après avoir tranquillement rechargé mon fusil.

Et le digne vieillard, la tête droite et l'arme au bras, passa devant moi et s'avança à la rencontre de ces sauvages émerveillés que Wah-pa-nosh dépassait de toute la hauteur de la tête. En quelques secondes, nous nous trouvâmes au centre de ces étranges habitants des régions glaciales.

Tous les Esquimaux étaient debout et dansaient d'une manière étrange et désordonnée (page 153)

XVI. — Le traineau.

Les Esquimaux nous examinèrent avec un mélange de surprise et d'admiration. Ils contemplèrent avec terreur les armes que nous tenions à la main; puis, ils ramassèrent l'oiseau, se montrèrent la blessure, et le secouèrent en le tenant par les ailes. Comme la balle ne tomba pas, leur étonnement augmenta d'autant, car la cause directe de la mort de l'épervier demeurait un profond mystère pour eux. Les Visages pâles, — ou du moins leurs fusils, — étaient évidemment chose toute nouvelle pour eux.

Ils causaient entre eux, se mettaient à danser en rond autour de nous, et tâtaient nos vêtements. Tout à coup, ils aperçurent le bout de la jambe de bois qui faisait partie du costume de Stop, ils le regardèrent avec encore plus de surprise qu'auparavant. Ils se baissaient, passaient les mains du haut en bas de l'appendice ligneux, et recommençaient chaque fois à bavarder en poussant de grands éclats de rire.

Wah-pa-nosh se tenait modestement à l'écart. En présence des Esquimaux, sa démarche était celle d'une jeune fille fière de sa tribu et de sa supériorité; elle ne cherchait pas à cacher le mépris que lui inspiraient les sauvages dont elle était entourée. Mais, ce qui attira surtout notre attention, ce fut les traîneaux et les chiens. Ces derniers rôdaient en aboyant autour des rennes effrayés, et les eussent dévorés sans la voix et les fouets de leurs conducteurs.

— Que pensez-vous, Stop? Ces sauvages ne sont-ils pas les envoyés du ciel, qui viennent nous aider à gagner la terre ferme?

— Quant à être les envoyés du ciel, ils sont trop malpropres et sentent trop mauvais. Mais, pour les traîneaux, ils me semblent très bien faits; j'ai grand plaisir à les voir. Tenez, il faut nous dépêcher, car l'été approche.

— Vous avez raison, Stop.

Puis, j'ajoutai en m'adressant à Wah-pa-nosh :

— Ma sœur voudra-t-elle bien traduire au chef des Esquimaux ce que je vais lui dire?

— Ils n'ont pas de chef! répondit la jeune fille avec une expression de dégoût, mais Wah-pa-nosh leur dira ce que le Visage pâle désire qu'elle explique.

Elle fit alors signe aux Esquimaux de se tenir tranquilles, attendu qu'on avait des propositions à leur adresser. Une de ces petites créatures décrépites s'avança tout près de moi, et m'indiqua par gestes qu'elle était prête à m'écouter. La jeune Chippewaw nous servant d'interprète, nous échangeâmes la conversation suivante :

— Pourquoi avez-vous visité cette île éloignée?

— Pour chasser, pour pêcher et pour nous assurer des provisions pendant l'été. Quand l'hiver aura de nouveau solidifié la mer, nous retournerons chez nous.

— Quel est votre pays?

— Akkoolee.

— Et, où se trouve Akkoolee?

L'homme, qui avait pris la parole, leva le bras et indiqua le sud-ouest; Wah-pa-nosh nous apprit par un signe de tête que ce renseignement était exact.

— Consentiront-ils, demandai-je à notre interprète, à nous ramener de suite sur le continent, à condition qu'ils recevront en payement de ce service le contenu de notre cave, hormis, bien entendu, ce qui nous est indispensable?

Wah-pa-nosh se redressa de toute la hauteur de sa taille, et parla avec une certaine animation aux Esquimaux, que nous observions curieusement.

C'était une race peu favorisée par la nature. Les vieilles femmes, surtout, étaient hideuses à voir avec leur peau ridée, leurs yeux rouges et leurs dents noires, le tout mis en relief par un costume qui les faisait ressembler à des paquets animés. En un mot, je n'avais jamais vu un échantillon plus affreux et plus dégradé de notre pauvre humanité.

— Elle ne paraît pas s'entendre très bien avec ses créatures, reprit Stop. Voyez cette vieille qui lui montre son poing noir...

— C'est vrai, répliquai-je, mais attendons un instant, et Wah-pa-nosh nous expliquera tout.

Au même instant, la jeune Indienne se tourna vers nous.

Ils étaient venus avec l'intention de pêcher tout l'été, attendu qu'ils savaient que le poisson et le gibier abondent dans l'île, et ils n'avaient nulle envie de s'en retourner avant le commencement de l'hiver. Si nous jugions à propos d'attendre jusqu'à cette époque, ils s'engageraient à nous aider à gagner le Sud. Ils ajoutaient qu'ils étaient bien décidés à ne pas quitter l'île avant le moment qu'ils venaient d'indiquer.

Je répondis gravement à ces observations que nous désirions nous éloigner sans perdre de temps; que nous ne demandions pas mieux, dès que nous aurions gagné la terre ferme, que de chasser pour eux pendant quelques jours avec nos flèches de feu; mais que s'ils s'obstinaient à passer tout l'été dans l'île, non seulement nous ne leur procurerions aucune espèce de provisions, mais que nous les empêcherions même de chasser ou de pêcher sur un domaine dont nous revendiquions la possession.

Ils répliquèrent à ce discours qu'ils prendraient en considération ce que je venais de dire, et qu'ils verraient ce qu'ils avaient à faire. Puis, ils entourèrent les rennes, qu'ils abattirent et dépecèrent en quelques instants, et dont ils dévorèrent jusqu'au dernier morceau, sans autre préparation gastronomique qu'une exposition de sept ou huit minutes devant le feu. On jeta les intestins aux chiens affamés.

Wah-pa-nosh nous rejoignit alors, car nous nous étions éloignés de quelques pas; elle nous dit que les Esquimaux n'avaient évidemment aucune envie ni aucune intention de partir. Quelques mots, qu'elle avait saisis au passage, lui donnaient à croire que ces rusés sauvages cherchaient à gagner du temps, et voulaient nous bercer d'un vain espoir jusqu'au moment où les glaces, en se rompant, formeraient un obstacle insurmontable à notre départ. Alors, en effet, la mer serait devenue impraticable pour les traîneaux et les chiens.

— Ah! dit Stop, il n'y a pas de temps à perdre, et il faut arrêter de suite une décision.

— Wah-pa-nosh, demandai-je, vous connaissez mieux que nous ces créatures avilies, que faut-il faire?

— Les Esquimaux ont mangé comme des pourceaux, ils vont dormir comme de grands boas, pendant quatre ou cinq heures. Faites-les manger encore, ils dormiront tout le jour. Pendant leur sommeil, les Visages pâles prendront un des traîneaux, Wah-pa-nosh conduira alors les Visages pâles à la grande terre.

— C'est cela, s'écria Stop, on ne peut mieux imaginé. Wah, je suis votre homme.

— Et moi aussi, continuai-je. Puisque ces sauvages refusent de nous aider, nous agirons sans eux.

— Hourra et bonne chance! cria Stop enchanté. Maintenant, Wah, pouvez-vous nous indiquer le moyen d'entortiller ces pourceaux?

— Wah ira parler aux Esquimaux. Un d'eux n'a pas mangé assez. Wah lui demandera s'il veut goûter le poisson des Visages pâles. Il répondra oui. Alors, Wah lui dira d'atteler les meilleurs chiens pour aller chercher des vivres. Il reviendra; il mangera. Alors, les Visages pâles prendront le traîneau pour rapporter de nouvelles provisions; ils les chargeront de vivres pour eux-mêmes, et partiront sans les réveiller.

— Bravo! fit Stop en se frottant vigoureusement les mains.

Wah-pa-nosh se prit à rire de son rire tranquille. Elle alla ensuite se mêler à la troupe des Esquimaux, qui s'étaient construit une espèce de tente dans laquelle ils entraient pêle-mêle après leur repas.

Ainsi que l'avait remarqué la jeune Indienne, un des Esquimaux avait fait moins bonne chère que les autres; aussi, au lieu de s'allonger à côté de ses compagnons abrutis, il s'était assis à l'écart sur une pierre, rêvant peut-être aux hommes étranges avec lesquels le hasard l'avait mis en contact. La Chippewaw lui demanda s'il désirait aller voir la cave des Visages pâles et en rapporter du poisson.

Le sauvage fit signe qu'il ne demandait pas mieux.

— Alors, attelez les chiens, et montrez aux Visages pâles comment vous savez conduire : ils n'ont jamais vu marcher un traîneau. Nous ramènerons une bonne charge de poisson et de viande.

L'Esquimau la regarda; puis, il se leva lentement, et se mit à atteler les chiens. La façon paresseuse, dont il accomplit cette tâche, fit qu'elle exigea beaucoup de temps. Enfin, quand tout fut prêt, il nous conduisit vers la caverne.

Ce fut avec le plus grand étonnement qu'il contempla les nuages de vapeur qui s'élevaient de la source sulfureuse. Il s'arrêta un instant au bord de cette source, et y plongea la main pour en goûter l'eau. Les grimaces qu'il fit nous prouvèrent qu'il ne connaissait pas l'île, pas plus que ses compagnons, qui, en effet, la visitaient pour la première fois.

Arrivé devant notre demeure, il descendit une seconde fois de son traîneau, et nous rejoignit, guidé par Wah-pa-nosh, dans la caverne où Stop avait fait un éclairage magnifique en son honneur. Le bonheur, la joie, la surprise du sauvage, ne sauraient se décrire. Il regarda autour de lui, les yeux tout grands ouverts et la bouche béante; puis, il se mit à examiner chaque objet avec une curiosité enfantine des plus amusantes.

Je lui donnai un biscuit qu'il dévora avec avidité; ensuite, dès que Stop eut rassemblé et mis de côté tout ce dont nous avions besoin, je déroulai toutes nos provisions aux yeux de l'Esquimau, en lui faisant signe qu'il pouvait en disposer. Il témoigna sa joie par des sauts et des danses.

Wah-pa-nosh réprima gravement cette joie exubérante en lui disant qu'il devait s'empresser de faire jouir ses compatriotes de la vue de quelques-uns de ces trésors. Elle appuya son conseil en le chargeant d'une masse de poisson; et, prenant elle-même une quantité d'autres provisions, elle quitta la caverne en lui faisant signe de la suivre. J'allais les accompagner avec Stop, qui s'était également muni de divers cadeaux destinés aux sauvages, mais le vieux marin m'arrêta :

— Restez, je vous en prie, maître Henry, et préparez tout pour notre départ, tandis que Wah et moi nous amadouerons ces mangeurs de graisse. Nous ferons bien la chose, allez!

— Je n'en doute pas, Stop, répliquai-je en souriant.

Ils s'éloignèrent, et je rentrai dans la cave.

Depuis bien des semaines, je ne m'étais jamais trouvé seul, et j'éprouvai une émotion solennelle en contemplant, pour la dernière fois peut-être, l'asile qui m'avait si longtemps abrité.

Je remerciai avec ferveur le Tout-Puissant des nombreux bienfaits dont je lui étais redevable, et je lui adressai une fervente prière, afin qu'il voulût bien me continuer son appui et sa protection dans la périlleuse entreprise que j'allais tenter.

Je me promenai de long en large dans la cave; j'en visitai tous les recoins; puis, je sortis et m'avançai jusqu'à un endroit d'où je pouvais apercevoir le camp des Esquimaux. Le spectacle, qui s'offrit alors à moi, était bien fait pour exciter ma surprise.

Tous les Esquimaux étaient debout et dansaient d'une manière si étrange et si désordonnée, que je ne pus m'empêcher de rire. Ils gambadaient; ils se lançaient des coups de pied, sautaient et se roulaient à terre, tandis que Stop faisait des efforts pour les imiter, au grand amusement des sauvages.

Bientôt, à l'instigation du vieux matelot, ils se donnèrent la main, formèrent un cercle, et se mirent à tourner avec une agilité dont leurs membres trapus et leurs vêtements incommodes semblaient devoir les rendre incapables. Stop les encourageait par ses cris dès qu'ils ralentissaient le pas; et, chaque fois qu'ils s'arrêtaient, il faisait circuler un bol qu'il avait placé près du feu et dans lequel les Esquimaux puisaient avec avidité.

Je reconnus du premier coup d'œil où il voulait en venir.

— Pauvres créatures, me dis-je, vous prenez votre première leçon d'intempérance et d'ivrognerie; mais, je doute que le résultat vous laisse l'envie d'en recevoir une seconde.

Stop avait ramassé, dans un coin, deux bouteilles de rhum qu'il avait trouvées dans son coffre; et, après avoir amplement régalé nos visiteurs de poisson salé, il leur distribuait avec non moins de générosité la perfide liqueur.

Wah-pa-nosh, cependant, était demeurée tranquillement assise sur le bord du traîneau, uniquement occupée en apparence à contempler ce spectacle étrange, mais ne songeant, en réalité, qu'à tenir les chiens tranquilles en leur jetant des morceaux de viande. Néanmoins, elle ne quittait pas des yeux ses ennemis, dont la conduite paraissait lui inspirer un dégoût qu'elle ne cherchait pas à dissimuler.

Bientôt la scène changea. Les malheureux sauvages tombèrent à terre les uns après les autres, incapables de se relever. Au bout de quelque temps, il n'en restait pas un seul debout.

Alors, Stop s'avança vers l'Indienne, monta dans le traîneau à côté de la jeune fille, qui donna le signal du départ aux chiens, et je les vis se diriger de mon côté. Lorsque le véhicule fut arrivé à l'endroit où j'étais, on fit halte, et j'y montai à mon tour. Je grondai doucement Stop de ce qu'il venait de faire.

— Voyez-vous, répliqua mon vieux compagnon en cherchant à se donner un air contrit, il faut absolument que ces gaillards-là se tiennent tranquilles pendant quelque temps. D'ailleurs, il n'y a guère de chance, dans le cas où mon grog leur aurait donné le goût de l'ivrognerie, qu'ils puissent doubler la dose. Cela ne leur fera pas d'autre mal que de les endormir pour trois ou quatre heures, ce qui nous évitera le chagrin d'en tuer un ou deux pour une mauvaise voiture sans roues.

— Eh bien! Stop, vous avez agi pour le mieux, et je ne vous gronderai pas... Maintenant, Wah, arrêtez...

A la voix de notre conductrice, l'attelage s'arrêta immédiatement. Elle savait les noms de chacun des chiens, et elle les gouvernait si bien que nous commençâmes à espérer que notre fuite serait moins difficile que nous ne l'avions cru d'abord. Il n'y. avait pourtant pas de temps à perdre. Si les Esquimaux venaient à se réveiller assez à temps pour nous rejoindre, la lutte serait d'autant plus à craindre que le naturel féroce de ces sauvages se trouverait surexcité par la boisson. Et puis, la saison était déjà avancée, et le passage des glaces offrirait des dangers presque insurmontables si nous nous laissions surprendre par l'été.

Stop et moi, nous nous hâtâmes d'apporter nos paquets et de les emballer avec la plus grande précaution, tout en ayant soin de regarder de temps à autre du côté des Esquimaux abrutis. Un traîneau, douze chiens et une jeune fille destinée à devenir la femme de l'un d'entre eux, étaient des trésors qu'ils ne seraient guère disposés à se laisser enlever sans combat. Mais, avec l'aide de notre nouvelle et intelligente amie, en moins d'une demi-heure nous eûmes terminé nos préparatifs, examiné nos armes et dit adieu à la grotte.

Le soleil n'allait pas tarder à disparaître de l'horizon; mais, avec un guide aussi prudent et aussi courageux que la jeune Chippewaw, nous ne craignions pas de nous aventurer la nuit sur des routes que la neige recouvrait de son blanc manteau, dans une région où le ciel conserve, même à minuit, un faible reflet du jour.

On attacha la dernière courroie; les chiens dévorèrent leur dernière bouchée : Wah-pa-nosh saisit les rênes; Stop et moi nous prîmes place sur nos bagages, nos fusils dans nos mains gantées de fourrures; il n'y avait plus rien qui nous retînt.

— Tout va bien! dit Wah, qui paraissait affectionner cette locution.

— Tout va bien! répéta gaiement Stop, dont les traits se dilatèrent. Maintenant, au nom du ciel, partons, ma chère.

— Le jeune chef est-il prêt? demanda Wah.

— Il est prêt, répondis-je gravement. Et, que Dieu nous soit propice dans notre hasardeuse entreprise.

Les chiens partirent au galop; et, suivant le chemin que nous avions tracé vers la mer, ils arpentaient le terrain comme s'ils n'avaient eu que quelques centaines de mètres à parcourir, au lieu d'avoir devant eux un voyage de plusieurs milles.

— Dites donc, Wah, fit Stop, est-ce que nous ne nous rapprochons pas trop de ces sauvages?

— S'ils s'éveillent, dit Wah en riant, ils ne pourront rien faire. L'eau de feu leur a coupé les jambes.

— Ah! ah! s'écria Stop, voilà ce qui prouve que j'ai bien fait. C'est égal, je ne vois pas pourquoi nous allons si près d'eux, ajouta-t-il en épaulant son fusil.

— C'est la meilleure route vers la mer. Il faut suivre la trace jusqu'à Akkoolee. En allant tout droit, nous ne nous perdrons pas.

— Mais, Akkoolee est justement l'endroit d'où viennent ces gaillards-là... nous courons de grands risques.

— Aucun. Toute la tribu est partie pour la chasse ou pour la pêche.

— Très bien; mais tirez un peu à droite, Wah; voilà un ivrogne qui se réveille, et les chiens vont aboyer.

A ce moment, plusieurs Esquimaux, ayant entendu du bruit, se soulevèrent lourdement; et, s'apercevant de notre fuite, se levèrent précipitamment. Il paraît que la perspective de la perte de leurs chiens et de leur prisonnière dissipa les fumées bachiques; car, les uns commencèrent l'attaque en nous lançant une grêle de flèches, tandis que d'autres s'empressaient d'atteler des chiens aux traîneaux qui leur restaient, et qui, n'étant pas chargés comme le nôtre, l'emportaient de beaucoup en légèreté. On les voyait frapper du pied et gesticuler avec colère.

— Oh! oh! fit Stop en voyant la pointe d'une flèche entamer son habit de fourrure, cela ne peut pas marcher ainsi. Vous voulez un combat? eh bien! vous l'aurez.

— Stop, interrompis-je en posant la main sur son épaule, tandis que nous continuions à avancer rapidement vers la baie, ne tirez pas sur ces malheureuses créatures, à moins que notre propre vie ne soit en danger. Nous leur avons déjà fait assez de tort.

— Dans tous les cas, capitaine, nous n'allons pas nous

laisser prendre et ramener par eux. Je ne leur ferai point de
mal s'ils ne cherchent pas à nous en faire... Mais, voyez ces
rusés coquins, ils n'étaient nullement ivres, car ils n'auraient
pas pu se dégriser si vite... Regardez comme ils courent sur la
neige! A ce train-là, ils nous auront bientôt rejoints!

— Tirez! cria Wah.

— Ecoutez, Stop, faisons une expérience avant de tuer un de
ces infortunés. Arrêtez le traîneau, Wah, et laissez-les approcher.
Tirons sur le premier chien, et je crois que cela suffira pour les
arrêter. Si, contre mes prévisions, ils continuent à nous poursuivre et menacent nos jours, alors nous nous défendrons.

Wah arrêta à l'instant le traîneau; nous nous levâmes, nous
ajustâmes, visant tous les deux le même chien.

Un des traîneaux se trouvait à environ vingt mètres en avant
de l'autre lorsque nous tirâmes. Notre coup avait porté. Un des
chiens tomba, et les autres commencèrent à faire de vigoureux
efforts pour se dégager de l'attelage.

Notre but était rempli. Les Esquimaux parurent tout à coup
se rappeler le pouvoir surnaturel dont nous étions doués, ce
que les fumées de l'ivresse et la rage leur avaient d'abord fait
oublier. Nous repartîmes au galop, et cette fois nous ne fûmes
pas poursuivis.

Nous reconnûmes bientôt l'importance de la recommandation, que nous avait faite la jeune Chippewaw, de suivre la route
tracée par le passage des Esquimaux. La trace conduisait vers
le sud, en faisant vers l'ouest une légère courbe qui devenait
plus sensible à mesure que nous avancions.

En avant! en avant! par les collines en pente, à travers la
neige et la glace. Nous voyagions avec une telle vitesse, que
nous eûmes bientôt perdu notre île de vue. Les chiens, qui
avaient joui d'un long repos et avaient été bien nourris, ne
paraissaient éprouver aucune fatigue. Parfois, il est vrai, ils
semblèrent vouloir s'arrêter quelques instants; mais, Wah-pa-
nosh les encourageait alors de la voix, et faisait un si bon usage
d'une longue courroie qui lui servait de fouet, qu'ils repartaient
avec un nouvel entrain.

En avant! en avant! tandis qu'une demi-obscurité couvre la

plaine jusqu'à ce qu'enfin notre attelage commence à donner des signes évidents de fatigue. Nous avions voyagé pendant près de huit heures, et cependant rien n'annonçait encore le voisinage de la terre. Nous avions bien cru apercevoir quelques montagnes; mais, dès que nous en approchions, nous reconnaissions que ces montagnes étaient de glace. La dernière moitié de notre voyage s'était effectuée sur une neige molle et fondante qui harassait beaucoup les chiens.

La neige avait recommencé à tomber en épais flocons qui nous aveuglaient, et qui effacèrent en moins de dix minutes tout vestige de la trace que nous suivions.

Combien nous désirâmes alors voir renaître ce jour sans fin dont nous nous étions plaints tant de fois, et qui, maintenant, nous eût guidés dans notre course périlleuse.

Mais, hélas! le ciel est sombre, une obscurité presque complète enveloppe la terre, et Wah est enfin obligée d'avouer qu'elle s'est égarée au milieu de ce désert de neige.

Les chiens s'allongent pantelants sur le sol, muets et immobiles, la langue hors de la gueule, et lèchent la neige pour calmer leur soif.

En avant! en avant! Ils se redressent tout à coup, et les voilà repartis sur la plaine de cristal. Nous entendons la glace craquer sous le poids de notre traîneau. Notre course est si effrénée, que, d'après mes calculs, nous nous sommes avancés de deux degrés vers le sud depuis notre départ.

Mais, quelle cause inspire cette nouvelle ardeur à notre attelage?

— Les chiens ont flairé du gibier, dit Wah.

— En effet, il m'a semblé tout à l'heure voir passer un renard, ajouta Stop. Il n'était pas à plus de dix mètres de nous; mais, doucement, mes enfants! Le voilà là-bas, c'est vrai, mais il court plus vite que nous. La meilleure chose que nous puissions faire, c'est de lui adresser une balle, car autrement ces animaux vont mettre notre équipage en morceaux.

Le renard polaire, que nos chiens poursuivaient, était sans doute égaré et brisé de fatigue. Bientôt nous fûmes assez près de lui pour que Stop pût le tirer. Quelques instants après, les chiens l'avaient mis en pièces et dévoré, après quoi, dociles à la voix de la jeune Indienne, ils s'allongèrent de nouveau sur le sol.

— Il faut camper ici, dis-je.

— Capitaine, répliqua Stop, il me semble que nous n'avons pas autre chose à faire.

— Non, non, fit Wah, la neige tombe avec trop d'abondance, elle nous ensevelirait.

— Wah a raison, trop raison ! s'écria Stop. Ah ! Dieu merci, voilà le soleil qui se montre et la neige qui cesse, repartons gaiement... *Gooh... mosh... squatoo !* continua-t-il en essayant d'imiter les cris que l'Indienne employait pour animer les chiens.

Le soleil venait de se montrer à l'horizon, et la neige cessa de tomber au moment où nous nous mîmes en route. Notre marche ne fut pas très rapide d'abord; mais, peu à peu, les chiens pressèrent le pas et ne tardèrent pas à galoper aussi vite qu'auparavant.

Les rayons de l'astre qui nous éclairait produisirent bientôt les effets les plus désastreux. La pluie succéda à la neige; la neige commença à fondre, la glace à se rompre; et, après un pénible et fatigant voyage de quatre heures, nous fûmes obligés de nous arrêter au bord d'un grand lac formé au milieu des champs de glaces, et à la surface duquel flottaient çà et là d'énormes rochers de glace.

A ce moment critique, notre sort semblait fixé.

Comment échapper à une semblable position?

Aussi loin que portaient nos regards, nous voyions l'eau qui s'étendait à droite et à gauche, et nous étions menacés à chaque pas de tomber dans quelque fondrière ou d'être engloutis par les vagues.

— Dites donc, capitaine, cria Stop, j'ai mis toutes voiles dehors ! (page 169)

XVII. —La fonte des glaces.

Notre situation était des plus pénibles. La fonte des glaces s'effectuait avec une telle rapidité que je m'attendais, dès que les chiens s'arrêteraient d'épuisement, à voir la glace se briser sous notre poids et à être nous-mêmes précipités dans la mer. Cependant, nous avancions toujours, trop émus pour songer à manger, n'osant nous arrêter pour chercher une flaque d'eau douce, côtoyant toujours le lac dont j'ai parlé, et au milieu duquel les toroses s'entrechoquaient avec un horrible fracas.

Nous arrivâmes enfin à l'endroit où paraissait finir ce dangereux lac. Sans perdre de temps, nous reprîmes la direction de la terre, que nous distinguions parfaitement à l'ouest. Les chiens, exténués et haletants, mais animés par l'extrême terreur à laquelle ils étaient en proie, firent un dernier effort; puis,

se trouvant sur un champ de glace assez solide, ils se couchè-
rent complètement épuisés, et fermèrent les yeux.

— Nous voici dans une jolie passe, s'écria Stop; nous sommes encore à cinq milles de la terre! Pour ma part, je suis
comme ces pauvres bêtes, je n'en puis plus.

— En effet, notre position semble désespérée, répliquai-je.
Pour le moment, néanmoins, il n'y a aucun danger, et les
chiens vont retrouver quelques forces dans le repos.

— Mangez! dit Wah avec son laconisme habituel.

— Voilà une femme de bon conseil! reprit Stop; mais, elle
ne songe jamais à elle-même, cette jeunesse! Voyez-la, elle
examine les pattes des chiens, essuie leurs museaux et leur
donne à manger, comme si elle n'était pas à moitié morte elle-
même, de faim et de fatigue. Mangez un morceau de venaison,
capitaine, c'est moins salé que le poisson... Et bon, voici une
flaque de neige fondue; en ne la remuant pas trop, on peut
l'avaler. Allons, Wah! mangez donc aussi; nous aurons besoin
de toutes nos forces.

— Bien dit, répliqua Wah-pa-nosh, le vieillard à la jambe de
chêne est un sage, et il se ferait écouter dans les conseils.

Ces paroles, accompagnées d'un petit rire moqueur, renfer-
maient une allusion à la loquacité de mon vieux compagnon,
qui ne comprit pas la raillerie.

— La faim est une fameuse sauce, capitaine. Cette viande se
laisse joliment manger... C'est égal, je commence à en avoir
assez... Si nous tenions maintenant un conseil? comme dit cette
jeune habitante du Nord.

— Le vieux sage a raison, répliqua la jeune fille, qui, connaissant le pays mieux que nous, sentait assez sa supériorité pour
prendre l'initiative dans cette espèce de conseil de guerre.

— Les chiens seront reposés dans deux ou trois heures; et,
alors, il faudra regagner la terre ferme à toute bride, remarquai-je.

— Je suis complètement de votre avis, capitaine, ajouta
Stop.

— Mauvais conseil, dit Wah-pa-nosh en se levant avec vivacité. La glace va fondre rapidement; dans une heure ou deux,

ceci, ajouta-t-elle en indiquant le sol qui nous soutenait, sera
de l'eau, et la mer nous engloutira. Les chiens sont fatigués;
ils ne bougeront pas à moins d'y être forcés. Il faut les y obliger, bon gré mal gré.

J'allais répondre à la jeune Indienne et le remercier de ses
avis, lorsque survint un événement qui rendit toute conversation impossible. Un effroyable bruit retentit tout à coup, pareil
au fracas du tonnerre joint à celui d'une immense cataracte. Je
tombai, et je me trouvai étendu de mon long dans une mare
d'eau glacée et profonde. Dans ma chute, ma tête rencontra un
bloc de glace et je perdis connaissance. Heureusement, le coup
n'avait pas été bien violent, et je ne demeurai pas longtemps
insensible. Je me relevai à tâtons, sur mes genoux, et je regardai autour de moi. La mer était encore si agitée, qu'il m'eût été
impossible de me tenir debout.

Les chiens restaient accroupis, dans une terreur évidente.
Stop s'efforçait de se traîner vers moi, tandis que Wah-pa-nosh
retenait le traîneau, qui avait glissé à quelques mètres de sa
position première.

Le champ de glace, sur lequel nous avions fait halte, avait
été violemment et subitement détaché de la grande masse qui
s'avançait vers le nord. Cette brusque secousse avait fait perdre
l'équilibre à un torose fort lourd, qui était retombé sur la surface unie où nous reposions, et l'avait enfoncé assez profondément dans l'eau, vers son extrémité méridionale. Cette subite
rupture des glaces nous avait plongés dans les eaux glacées
de la mer, récemment délivrée. Le torose avait imprimé à notre
dernier refuge des oscillations violentes et dangereuses.

— C'en est fait, capitaine, s'écria le pauvre Stop, ce bain
glacé a fait mon affaire; je tremble comme une feuille, et je ne
puis pas me relever. Après tout, autant vaut rester où je suis
que de me relever pour être noyé.

— Du courage, lui criai-je toujours à genoux, nous nous
tirerons de ce mauvais pas comme des autres.

— Cela me donne du cœur de vous entendre parler ainsi,
monsieur Henry. Si nous en réchappons, je jure bien de ne

plus revenir dans ces parages. M'est avis qu'il vaut encore mieux être rôti que gelé...

Tandis que le vieillard maugréait, le radeau de glace reprenait peu à peu son aplomb; bientôt les vagues ne l'agitèrent plus que très légèrement. Stop faisait de grands efforts pour se lever, mais sa jambe de bois rendait la tâche difficile. Je m'empressai, dès que je pus me tenir debout, d'aller le remettre sur ses jambes, ce qui ne s'effectua pas sans maint gémissement, attendu que mon compagnon avait été cruellement meurtri dans sa chute.

— C'est une drôle de chose tout de même, dit-il en se redressant, que l'eau puisse devenir si dure! Oh! la, la!... C'est que, voyez-vous, mes vieux os ne supportent pas toutes ces secousses comme les vôtres; et, je ne serais pas étonné si j'allais avoir une attaque de rhumatisme... Ce serait quelque chose de joli !

— J'espère bien qu'il n'en sera rien, mon vieux Stop, dis-je en l'aidant à s'asseoir. Mais, comment sortir de cette terrible position? Le traîneau est inutile désormais; la glace est rompue, et cette île flottante descend vers le sud.

— La glace n'est pas brisée partout, dit Wah; sur les côtes, elle reste encore attachée à la terre.

— Quel trésor que cette fille! s'écria Stop; je vois où elle veut en venir : il faut faire un radeau de notre champ de glace... Mais, il me serait impossible de me servir d'une perche.

— N'importe, Stop, nous sommes encore solide !

Je tirai du traîneau deux longs morceaux de bois; j'en donnai un à Wah, puis j'essayai de diriger le radeau.

L'entreprise était difficile. Le courant était rapide, les blocs de glace à éviter étaient nombreux, et notre esquif ne brillait pas plus par la solidité que par la légèreté. Néanmoins, nous avancions vers le sud, gouvernant toujours vers la côte.

— Dites donc, capitaine, cria Stop d'un ton triomphant, nous allons marcher maintenant: j'ai mis toutes voiles dehors!

Je me retournai, et je vis que le vieux matelot avait pris la couverture; et, à l'aide de nos fusils et de quelques bâtons, avait tant bien que mal dressé une voile qui, gonflée par une bonne brise, donna une impulsion nouvelle à notre hasardeuse embarcation.

Wah-pa-nosh applaudit des deux mains à cette ingénieuse et utile invention.

Nous n'avions plus qu'à guider le radeau, à éviter les montagnes de glace qui flottaient auprès de nous, et à nous pousser, lorsque cela se pouvait, au moyen de nos perches.

— Tenez-vous prêt, dit Wah, qui s'était rapprochée de moi.

— A quoi? demandai-je.

— Nous approchons de la glace qui tient au rivage; il faut remonter sur le traîneau; que le jeune Chef aide le vieux Chêne à descendre la voile.

— Rentrez la voile! criai-je à Stop.

— C'est fait, capitaine, répondit celui-ci.

— Voilà la terre! dis-je.

— Dieu merci! s'écria Stop, qui parut respirer plus librement.

A ce moment, Wah-pa-nosh s'élança vers l'extrémité du glaçon; et, par un habile emploi de sa perche, elle arrêta presque le progrès de l'étrange esquif sur lequel nous voguions. Nous continuâmes à glisser doucement pendant une dizaine de minutes, puis notre radeau aborda la glace solide en grinçant, mais sans choc violent.

— Vite! vite! cria Wah revenant vers nous avec l'agilité d'une biche... Glouk! glouk! glouk!

Les chiens furent sur pied en un instant; ils flairèrent la brise, qui, sans doute, leur apporta des nouvelles de la terre, car ils repartirent avec une vigueur nouvelle.

Nous avions séjourné quatre heures sur notre périlleux esquif, et, pendant ce temps, notre vie avait été mille fois menacée.

— Bravo! cria Stop. Ils y vont comme des enragés! Allez, allez, mes enfants, vous serez bientôt arrivés.

En effet, nous nous avancions rapidement vers le rivage, qui était bas, aride et d'un aspect lugubre. Partout de la neige, rien que de la neige! Cependant, il nous semblait apercevoir dans le lointain quelque chose qui ressemblait à des buissons. Les chiens ne procédaient pas avec cette étonnante rapidité qui avait caractérisé leur course lors de notre départ de l'île. Néanmoins, en peu de temps, nous arrivâmes à quatre cents mètres environ du rivage.

— Doucement, Wah, dis-je en sentant la glace se briser de nouveau sous notre poids avec une rapidité alarmante.

En même temps, des détonations indéfinissables, qui se firent entendre dans diverses directions, nous apprirent que le même fait se répétait tout autour de nous.

Wah secoua la tête et anima les chiens de la voix et du fouet. Bien leur en prit, car l'arrière-train du traîneau plongeait dans l'eau à mesure que nous avancions, tellement la glace était devenue mince et faible.

— En avant, ma brave fille! m'écriai-je en reconnaissant la sagesse de sa conduite. Vous étiez née pour être un guerrier.

Wah se mit à sourire avec orgueil, malgré le danger; puis, elle parut rassembler toute son énergie pour un dernier effort.

La glace, qui attenait au rivage, s'était détachée de la terre et se balançait paresseusement, tantôt touchant la rive, tantôt s'en éloignant et laissant un vide de quatre ou cinq pieds de large. Wah, malgré l'obscurité qui régnait toujours, avait remarqué cette particularité au premier coup d'œil. Stop, qui avait retrouvé toute son activité, protégea les fusils en les roulant dans une épaisse couverture, et mit aussi notre provision de poudre à l'abri de l'eau.

— Guerriers, tenez ferme! dit Wah à voix basse à travers ses dents serrées.

Elle avait bien choisi son temps. Lançant ses chiens au moment où le vaste morceau de glace qui couvrait la surface de la mer se retirait du rivage de façon à arriver au bord à l'instant où la réaction inévitable nous ramènerait vers la terre, elle poussa l'attelage haletant sur la pente légèrement escarpée du continent.

Cet instant était décisif. Nous plongeâmes dans l'eau, qui rejaillit autour de nous; mais, l'énergie et la force de nos petits coursiers infatigables nous amenèrent sains et saufs sur la côte neigeuse. Mis en contact avec un des buissons que je crois avoir déjà signalés, le traîneau fut renversé. Wah fut lancée à terre d'un côté du véhicule, tandis que Stop et moi nous allions tomber de l'autre.

— Eh bien ! dit Stop, voilà ce qui enfonce les courses et autres divertissements de ce genre ! C'est égal, les chiens ne sont pas nés pour servir de chevaux !

— Ne nous plaignons pas, répliquai-je en me relevant sans m'être fait le moindre mal, grâce à la neige. C'est à ces animaux que nous devons de fouler en ce moment le sol de l'Amérique...

— Si c'est ici l'Amérique, ça ne ressemble guère à l'Amérique que j'ai vue, grogna Stop en se frottant. Quand j'y suis venu autrefois, j'y ai trouvé un tas de maisons et de bâtiments Hélas ! comme tout change !

— Mon cher Stop, dans l'Amérique, on trouve tous les climats. Ce vaste continent commence aux dernières limites de l'univers au nord, et atteint presque l'extrême limite méridionale. C'est un merveilleux pays, Stop, et nous en foulons le sol.

— Oui, c'est une grande contrée, ajouta Wah-pa-nosh, qui s'était relevée avec une légèreté tout indienne; reposons-nous un peu, nous repartirons après pour trouver les wigwams des Visages blancs.

— Mais, comment nous reposer ici, ma bonne Wah? demandai-je.

— Relevez le traîneau et faites une tente à côté ; les chiens dormiront, et demain ils courront vite.

Stop se mit à rire d'une façon singulière, mais sans nous expliquer le motif de son hilarité.

Il nous aida à relever le traîneau, ce qui ne fut pas bien difficile ; et, à l'aide des couvertures et de quelques peaux nous dressâmes une espèce de tente et des lits où nous étendîmes, avec un plaisir infini, nos membres fatigués. Wah nous distribua de la viande, puis se glissa sous la tente, où nous la suivîmes. Nous étions tous si fatigués, que nous nous endormîmes en moins de cinq minutes. Je crois même que personne ne prononça une parole.

Il me semblait que je n'avais dormi qu'un quart d'heure à peine, lorsque je fus réveillé en sursaut par quelqu'un qui me tirait par le bras. Wah était debout à mon côté et me montrait du doigt le soleil, dont la position annonçait que la journée était déjà avancée. Je me secouai et me levai. A ma grande surprise, je m'aperçus qu'elle avait déjà allumé un grand feu, devant lequel elle faisait rôtir quelques tranches de viande.

— Pas de temps à perdre, me dit-elle ; la neige va fondre, et alors il faudra marcher.

— Marcher ! répéta Stop en montrant piteusement sa jambe de bois.

Je ne répondis rien : cette idée me rendait muet. Je savais qu'à son âge, et avec son infirmité, il serait impossible à mon pauvre compagnon de nous suivre à travers la vaste solitude qu'il nous faudrait franchir d'un pas qui nous permît d'atteindre avant l'hiver le fort le plus voisin. Pourrions-nous attendre à mi-chemin la fin de l'hiver ?

— Hélas ! pourquoi suis-je venu au monde ! s'écria l'infortuné Stop les yeux remplis de larmes. Mais, j'espère que je ne tarderai pas à mourir.

— Voulez-vous bien ne pas avoir des idées pareilles ! répondis-je.

— La barbe grise est un ami sincère, nous ne l'abandonnerons pas ; nous trouverons des arbres, nous creuserons un canot : la Jambe de Chêne s'assiéra dedans.

— C'est facile à dire, jeune Chippewaw, et la Jambe de Chêne vous remercie ; mais, nous allons marcher comme des tortues : est-ce qu'on ne pourrait pas garder les chiens ?

— Non, il leur faut beaucoup à manger ; quand nous n'aurons plus de quoi les nourrir, ils nous mangeront. Nous les garderons tant que la neige durera, jusqu'à la grande mer.

— Quoi ! m'écriai-je avec angoisse, encore une mer à traverser ?

— Oui, répondit Wah en me regardant d'un air surpris.

— Mais, comment la passer ?

— Nous trouverons un canot d'Esquimaux, nous le prendrons et nous laisserons le traîneau et les chiens en échange, répliqua l'Indienne en riant.

— Encore une mer ! murmura Stop.

— Nous sommes sur une grande terre entourée d'eau. A un endroit, l'eau n'a que peu d'étendue, c'est là que nous traverserons.

— Avec quoi ?

— Nous ferons un canot avec les peaux, si nous n'en trouvions pas un tout fait.

Ma pensée se reporta au but primitif de mon voyage. Je présumai que nous étions sur la terre qui côtoie la baie de Baffin ; et si, en effet, cette terre était une île, il devenait très probable que le canal, qui sépare cette île du continent, était ce même passage nord-ouest à la recherche duquel je m'étais embarqué. Mais, en ce moment, je ne formais d'autre vœu que celui de retrouver le foyer que je me reprochais d'avoir abandonné.

— Vous avez déjà traversé en canot à cet endroit?

— Oui, deux fois. Les Esquimaux ont fait un long voyage jusqu'au pays où le soleil se couche ; ils sont allés voir la grande rivière, où il y a une tribu puissante.

— Vous allez donc nous mener vers l'ouest? ajoutai-je.

Elle fit un signe affirmatif.

— Pourquoi?

— Là, il n'y a rien que des pierres, répondit-elle en montrant le sud, rien à manger.

— Vous connaissez mieux le pays que nous ; je vous laisse la direction de ce voyage. Vous comptez rencontrer une rivière?

— Oui, une grande rivière. Nous ferons un canot... peut-être en trouverons-nous un tout fait. Gardez bien vos fusils... les Esquimaux se battent bien... ils sont nombreux... ils tuent et mangent leurs prisonniers...

— Nous voilà dans de jolis draps! s'écria le vieux marin. Encore une course sur la neige, puis une mer à traverser en canot, puis une marche forcée vers l'ouest, ensuite une tribu à combattre, et, pour finir, une rivière à descendre. Si ma jambe de chêne met moins de cinq ans à accomplir cette besogne, je consens à la manger.

— Allons donc, mon brave Stop, c'est l'affaire d'un hiver, je ne dis pas non, mais voilà tout. D'ailleurs, s'il plaît à Dieu de nous conduire sains et saufs hors de ces régions désertes, nous n'aurons pas le droit de nous plaindre du temps que nous y aurons mis.

— Le Jeune Chêne a raison : avant l'hiver nous serons au lac du Grand-Ours; nous nous y reposerons, nous pêcherons, et alors nous repartirons pour le lac des Bois, ma demeure, ajouta-t-elle en posant la main sur son cœur pour exprimer que nous serions les bienvenus dans sa patrie.

— Les chiens ont fini de manger, à ce que je vois, dit Stop. Sommes-nous prêts?... Je dois avouer que je désire aller le plus longtemps possible en traîneau.

A ces mots, Stop s'avança vers le traîneau, monta, et m'engagea à suivre son exemple; ce que je fis avec le plus grand plaisir. Cinq minutes après nous partions au galop dans la direction du sud-ouest. ..

Nous fîmes halte, pour la nuit, dans un village esquimau abandonné, où nous découvrîmes quelques restes de graisse de baleine qui serviront à nourrir les chiens; mais, nous n'y trouvâmes aucun canot. Nous nous reposâmes longuement, d'après les conseils de Wah-pa-nosh, et nous repartîmes le lendemain matin avec le même entrain.

Nous continuâmes notre route à travers une plaine marécageuse, jusqu'à ce qu'enfin, après avoir effectué la partie la plus pénible et la plus dangereuse de notre voyage, nous arrivâmes en vue des feux d'un grand camp d'Esquimaux, qui, au dire de Wah, se trouvait au milieu d'une île.

Trois Esquimaux mordirent la poussière, tandis que le quatrième s'enfuyait à toutes jambes (page 181)

XVIII. — Igloolik.

Nous fîmes une nouvelle halte à une distance respectueuse de l'île, et Wah-pa-nosh nous annonça qu'il y avait dans le camp cent vingt feux environ, et que les Esquimaux qui le formaient étaient les amis de ceux que nous avions rencontrés.

— Le Jeune Chêne est encore solide, mais le Vieux Chêne est fatigué et a besoin de repos; que tous deux se rendent au village. Les Esquimaux ont grand'peur des arcs à feu, et d'ailleurs ils aiment les Visages pâles : un grand canot est déjà venu ici. Les Visages pâles n'ont rien à craindre d'eux, mais Wah-pa-nosh ne visitera pas les tentes des petits hommes rouges; elle terminera son voyage seule.

— Eh bien! Wah-pa-nosh, je déclare que vous n'avez pas le sens commun, dit Stop. Si je ne suis pas un vieux soldat,

je suis un vieux marin, et je connais la discipline; or, vous
êtes notre commandant en chef, et je prétends ne pas vous
abandonner.

— Oui ! m'écriai-je à mon tour, nous vous défendrons jusqu'à notre dernier soupir; nous mourrons ou nous nous échapperons ensemble !

L'Indienne m'adressa un regard de bonheur et de remer-
ciement, tandis que je prononçais ces paroles; puis, elle laissa
échapper ce joyeux éclat de rire qui nous faisait tant de plaisir
à entendre.

— Le jeune Visage pâle est un homme. Un oiseau chante
dans les bois appelant Wah-pa-nosh vers son nid, et sa voix est
douce à l'oreille de Wah-pa-nosh. Mais, elle voit loin devant
elle, et n'oubliera jamais son frère au visage pâle qui l'a enlevée du wigwam des Esquimaux. Maskwash est un grand guerrier, son wigwam est vide; quand sa tente sera habitée, son
cœur sera joyeux; il n'y aura plus de nuage devant ses yeux,
et il verra avec plaisir son frère blanc. Wah-pa-nosh a écouté
les paroles de son frère, et ce qu'il a dit est bien dit.

Tout cela fut débité dans un mélange d'anglais et de français.
J'avais assez de peine à la suivre; mais, néanmoins, je saisis-
sais parfaitement le sens de ses phrases.

— Je suis charmé que Wah soit contente.

— Non, non, répliqua-t-elle en rougissant, non, l'oiseau qui
chante pour le Jeune Chêne est bien loin d'ici, dans le pays du
soleil.

— Merci, Wah, répliquai-je; alors, je vous appellerai ma
sœur.

— Oui, Wah-pa-nosh sera la sœur du Visage pâle... Que
faut-il faire maintenant ?

— C'est à nous de vous demander cela.

— Et, que dit le Vieux Chêne ?

— Je suis toujours de l'avis du capitaine.

— L'île des Esquimaux est vaste. On peut facilement s'y
cacher. Bientôt il ne fera plus bien jour; pas de lune. Nous resterons sur l'île une heure, deux heures. Alors nous partirons.
Si les Esquimaux nous surprennent, nous combattrons.

— Comme vous voudrez, Wah; parlez, et nous obéirons, répondis-je d'un ton calme.

Elle profita immédiatement d'un amas de neige qui s'était formé contre une inégalité de la glace, et conduisit les chiens par une route détournée jusqu'à ce que nous eussions perdu de vue toute trace du village. Alors, elle reprit la direction du sud, et nous avançâmes rapidement jusqu'à ce que nous eussions atteint une longue et étroite langue de terre couverte de plaques de verdure et complètement libre de neige à son extrémité méridionale.

A notre grand désespoir, nous vîmes que le canal entre Igloolik et le rivage sur lequel nous nous trouvions, était également libre de glace. Des vagues menaçantes se brisaient sur la côte, apportant avec elles des blocs énormes qui allaient se fondre sous une atmosphère plus tempérée dans les eaux tièdes de l'océan Atlantique, qu'ils devaient finir par rencontrer.

— Nous pouvons dire adieu à notre traîneau, dit Stop de fort mauvaise grâce, et nous voilà arrêtés pour tout de bon!

— Non, répliqua Wah-pa-nosh, les canots abondent ici; le village est à une lieue, Wah ira chercher un *kayac*; prêtez-moi un fusil...

— Voulez-vous que je vous accompagne? demandai-je. Stop restera pour garder le traîneau et les chiens.

Wah répondit par un signe de tête affirmatif, et prit le fusil sans ajouter un mot.

Nous fîmes, dans un silence non interrompu, un trajet d'environ deux milles; enfin, Wah s'arrêta.

—Pstt! fit-elle en posant un doigt sur ses lèvres et en se redressant.

— Qu'y a-t-il?

— J'ai vu quelque chose... baissez-vous, rampez comme un serpent, et suivez Wah.

Nous nous trouvions au bas d'une légère pente qui s'avançait comme un glacis vers l'ouest. Elle était tapissée d'une molle verdure, courte et maigre, mais très agréable à l'œil. Wah se glissa comme une couleuvre, plutôt qu'elle ne marcha, sur cette pelouse, tenant toujours son fusil devant elle, et s'avançant d'un pas lent, mais sans hésitation aucune. Au bout de quelques minutes, elle s'arrêta de nouveau.

— Ugh! fit-elle doucement en me faisant signe de me rapprocher d'elle.

Mon cœur palpita d'émotion, et ma vue s'obscurcit; mais, obéissant à son signal, je fus bientôt à ses côtés.

— Voyez, me dit-elle en levant le bras.

J'aperçus une rivière d'une largeur considérable, qui serpentait au-dessous de nous, et sur la rive opposée de laquelle, — assez haut et dans l'éloignement, — on découvrait un grand nombre de huttes d'Esquimaux. Nous n'en apercevions que les toits, mais cela suffisait pour nous indiquer l'emplacement du village. De notre côté, nous étions protégés par quelques buissons rabougris, à travers les branches desquels nous pouvions voir être sans vus.

Plusieurs *kayacs* (canot d'homme) et plusieurs *comiaks* (canot de femme) flottaient sur la rivière, mais dans un dangereux voisinage du village. Il y avait peut-être en tout une douzaine de canots, les uns grands, les autres petits; un seul eût fait notre affaire. Cependant, je ne voyais pas comment nous pourrions nous en rapprocher sans être découverts et sans provoquer une lutte terrible. Les Esquimaux, étant de grands voleurs eux-mêmes, n'en seraient probablement que plus prompts à punir ceux qui suivaient leur mauvais exemple.

Je vis alors combien était parfaite, au point de vue sauvage, l'éducation de ma compagne, et combien elle avait conservé de tranquille courage et de sûreté de jugement, délivrée qu'elle était des remords de conscience par lesquels j'étais troublé. Déposant son fusil auprès de moi, elle se débarrassa d'une partie de ses vêtements, à commencer par ses mocassins; puis, après avoir pris mon couteau à ma ceinture, elle allait partir sans prononcer une parole, les yeux toujours fixés sur les canots.

Imitant sa prudence, j'allais la laisser partir sans ouvrir la bouche, lorsque j'aperçus, au bas de la pente, le dos d'un homme ou d'une femme, je ne savais au juste. Je la retins, et je lui indiquai du doigt la présence d'un ennemi.

— Ugh! s'écria la jeune fille étonnée.

Mais, bientôt elle se mit à rire, et ajouta à voix basse :

— C'est une vieille femme, très vieille, bonne à rien ; on ne lui donne pas à manger, et elle pêche pour ne pas mourir de faim.

Elle brandit alors son couteau, fit un pas en avant, et se prépara à se glisser vers la vieille.

— Wah ! lui dis-je.

— Wah écoute, répondit-elle sans quitter des yeux la vieille pêcheuse.

— Il ne faut pas la tuer ! m'écriai-je d'un ton de demi-reproche.

— La tuer ! Pour qui prenez-vous Wah?... Wah est chrétienne !

Et, elle s'éloigna sans ajouter une syllabe, me laissant tout étonné d'une subite révélation qui, comme je l'appris plus tard, n'avait pas, après tout, une aussi grande portée que je le pensais d'abord. En effet, Wah, ayant été élevée dans un fort, avait cédé aux instances d'une dame anglaise, qui l'avait fait baptiser ; et la jeune Indienne s'était alors engagée à faire tous ses efforts pour empêcher ceux de sa tribu de massacrer les femmes et les enfants : là, se bornait son christianisme.

Elle avançait lentement et avec une insouciance affectée, de façon à ne pas causer une trop grande surprise à la vieille Esquimau, si par hasard celle-ci se retournait brusquement. Mais, sans doute la vieille était sourde ou bien trop absorbée dans sa tâche pour entendre et remarquer la présence de l'Indienne, qui, d'ailleurs, s'avançait avec tant de précaution, que sa marche ne devait pas être plus bruyante que celle des insectes rampants de la forêt.

Elle arriva juste au-dessus de la vieille, sur la bouche de laquelle elle posa les mains avec une si merveilleuse rapidité, que le faible murmure que l'Esquimau eut le temps de faire entendre, ne parvint pas jusqu'à moi. En une seconde, je me trouvai auprès de ma courageuse compagne, et je l'aidai à bâillonner et à attacher l'horrible créature, qui était certes la plus hideuse antiquité que j'aie rencontrée de ma vie.

Wah désigna silencieusement un très petit canot qui ne pouvait contenir qu'une seule personne, et dans lequel notre prisonnière avait traversé l'île jusqu'à l'endroit où nous l'avions trouvée, lequel, – à en juger par le grand nombre de poissons qu'elle avait pris à l'aide d'une ligne et d'un hameçon d'un modèle tout primitif, — devait être abondamment peuplé.

Sans perdre un seul instant, Wah s'élança dans le canot et quitta le rivage.

—Ah! s'écria-t-elle ne pouvant réprimer un mouvement de surprise, lorsqu'elle se sentit entraînée par le courant; car, elle n'avait jamais été à même de faire connaissance avec le phénomène de la marée.

Mais, à part cette exclamation, elle ne donna aucun cours à son étonnement, et elle se mit à pagayer vigoureusement vers la rive opposée, qu'elle atteignit en quelques minutes. Alors, elle sauta à terre, attacha le canot, et commença à se rapprocher, avec toutes sortes de précautions, de l'endroit où se trouvait la flottille des grands canots.

Les Esquimaux étaient partis, pour la pêche, dans leurs petites embarcations.

Elle continua à s'avancer d'un pas furtif, jusqu'à ce qu'elle fût parvenue à un endroit où la rivière faisait un détour; et alors, je la perdis complètement de vue.

Grande était mon anxiété. Je m'attendais, à chaque instant, à entendre ses cris, et à la voir s'enfuir vers moi poursuivie par les gens auxquels elle avait récemment échappé, ce qui m'obligerait à la protéger en faisant feu sur ses persécuteurs. Je me livrais à de tristes pressentiments, assis auprès de mon antique prisonnière, dont les yeux rouges et chassieux me lançaient des regards irrités qui indiquaient toute l'intensité de la rage et du dépit qu'elle éprouvait. Elle s'attendait probablement à être massacrée, ou tout au moins à se voir enlever son poisson et son canot.

Je remarquai avec une vive satisfaction qu'au bout de dix minutes, la marée descendante avait atteint son dernier point, et que si elle ne montait pas encore, elle demeurait stationnaire. Je pus constater ce fa't par la position du canot attaché à la rive opposée, qui, après s'être avancé au milieu de la rivière et y être resté quelque temps, venait d'être ramené à terre par l'action du changement de marée.

A ce moment, Wah apparut au tournant de la côte, debout dans un grand kayac qu'elle ramenait vers l'endroit où je me trouvais; elle pagayait avec une extrême rapidité. Le vent, la marée et l'impulsion qu'elle lui imprimait, s'unissaient pour la faire avancer avec une très grande vitesse. A peine quelques minutes s'étaient-elles écoulées, qu'elle abordait au-dessous de moi, et me faisait signe d'entrer dans le canot.

— Et la vieille? demandai-je: car, il me répugnait de la laisser ainsi bâillonnée et liée.

— Dépêchez-vous; laissez-la comme elle est, les Esquimaux ne la délivreront que trop tôt.

Je ne fis aucune observation, et je montai d'un pas prudent dans l'embarcation, qui, malgré sa capacité, me parut tant soit peu frêle. Je posai au fond nos fusils, puis je pris une rame que je manœuvrai avec toute l'énergie et toute la science dont j'étais capable. Nous étions à environ un demi-mille de la mer, et nous avions encore deux milles à faire le long de la côte, avant de rejoindre Stop.

Durant notre absence, mon vieil ami s'était allongé le plus commodément possible à l'abri de nos bagages; et, après avoir posé une hache à portée de sa main et une seconde au-dessus de sa tête, il avait allumé sa pipe, qu'il fumait avec la volupté solennelle d'un vieux matelot. Il était pourtant agité et peu rassuré quant au résultat de notre expédition; et, en outre, les étranges aventures, par lesquelles il avait passé, commençaient de produire une certaine impression sur son esprit.

Le vieux matelot se mit à rire, et ferma les yeux; lorsqu'il les rouvrit, il tressaillit, et regarda devant lui saisi d'un muet étonnement.

Quatre Esquimaux, armés de javelots, d'arcs, de flèches, et de couteaux formés avec les cercles de fer enlevés d'un baril qu'ils avaient sans doute reçu de quelque baleinier, se dressaient menaçants devant lui, brandissant leurs javelots, apprêtant leurs flèches, et dansant d'une étrange et sauvage façon.

Ils montraient du doigt les chiens, le traîneau; puis, ils indiquaient le nord et faisaient plusieurs signes que Stop comprit facilement.

— Vous êtes un tas de menteurs! Comment osez-vous dire, vilains petits buveurs d'huile que vous êtes, que j'ai tué un des vôtres, pour voler le traîneau? Je n'ai tué personne, entendez-vous! Et, si j'ai enlevé le véhicule, vilains singes manqués, eh bien! j'ai laissé en échange haut comme cela de provisions?

Les Esquimaux secouèrent la tête, et l'un d'eux avança assez près pour s'emparer de la hache qui se trouvait au-dessus de la tête de Stop. Il se tourna alors vers ses compagnons, qui se mirent à examiner l'outil avec curiosité et intérêt. Stop saisit l'autre hache, regarda si ses pistolets étaient en état, ramena son bonnet sur son front afin de se garantir contre les flèches, et attendit.

— Quand vous aurez fini de regarder ce joujou, vous me le rendrez, dit le vieillard, qui connaissait le prix d'un pareil instrument pour des gens dans notre situation.

Les Esquimaux s'avancèrent vers Stop; et l'un d'eux commença un discours en s'expliquant autant que possible par signes.

Il indiqua de nouveau le traîneau et les chiens, et il donna à entendre qu'ils appartenaient à sa tribu. Il montra le nord, et chanta un air lugubre qui devait être un chant de mort; puis, il désigna la hache, la plaça sous ses vêtements, et tendit la main à Stop.

— Très bien, c'est clair comme A B C. Vous m'offrez une poignée de main? Bon. J'ai volé votre bien, tué vos amis, et le reste; mais, vous voyez une hache qui vous tente, et vous consentez à tout oublier pourvu que je vous fasse cadeau de l'outil... Voilà une jolie passe, et point de capitaine!... Je ne vois pas comment refuser... Je voudrais voir arriver les amis, car je ne tarderai pas à avoir toute la tribu sur le dos.

Il fit signe aux Esquimaux de garder la hache. Mais, au même instant, un des sauvages, ayant aperçu entre les mains de Stop une seconde hache pareille à la première, fit un effort pour s'en saisir. Stop se leva, et la brandit autour de lui en poussant un cri de colère.

— Non, petits brigands ratatinés, vous ne l'aurez pas ! Cette hache est à moi et je la garde. Eloignez-vous, ou je vais essayer le tranchant sur un de vos crânes.

Les Esquimaux hésitèrent ; mais, ils étaient quatre contre un, et cet unique adversaire était un vieillard, qui ne paraissait pas avoir à sa disposition une de ces armes terribles qu'ils avaient récemment vues dans les mains de l'équipage de l'*Hécla* et de la *Fury*, ainsi que je l'appris plus tard. Ils préparèrent donc leurs arcs, levèrent leurs javelots, et l'un d'eux se disposait même à lancer la hache à la tête de leur malheureuse victime afin de s'emparer de l'objet de leur convoitise.

Dans l'empressement qu'il avait mis à se lever, Stop n'avait pas usé de sa circonspection ordinaire relativement à sa jambe de bois, qui s'était engagée dans les rênes des chiens endormis. Aussi, tandis qu'il brandissait sa hache d'une main et tirait son pistolet de l'autre, il tomba en arrière contre le traîneau.

Les Esquimaux s'élancèrent en avant en poussant un horrible cri de colère et de triomphe.

Stop ne perdit pas sa présence d'esprit. Il se redressa de suite, s'appuya contre le traîneau, ajusta et fit feu. Deux autres détonations se firent entendre, et deux jets de flamme jaillirent presque au même moment. Trois Esquimaux mordirent la poussière, tandis que le quatrième s'enfuyait à toutes jambes.

— Vous êtes arrivés à point nommé ! s'écria Stop.

— Vite, pas de paroles, dit Wah, travaillons.

Et, elle fit lever les chiens, qu'avaient réveillés les coups de fusil. Elle acheva ensuite très tranquillement les Esquimaux vaincus, et les scalpa avant que j'eusse eu le temps d'intervenir.

— Et voilà une fille qui s'appelle chrétienne ! m'écriai-je sans pouvoir réprimer un sentiment de dégoût.

Je savais cependant que, pendant près d'un siècle, des hommes, des hommes blancs, — qui auraient dû rougir d'une pareille action, — tiraient gloire du nombre de chevelures qu'ils avaient enlevées à leurs ennemis.

Mais, je n'avais pas le temps de réfléchir ou même de penser.

L'heure était venue où il fallait agir sans hésitation, et nous nous mîmes tous à l'œuvre sans prononcer une parole. Nous transportâmes dans le canot le contenu du traîneau. Pour ma part, je tremblais tellement, j'étais en proie à une telle agitation nerveuse que je ne pus pas me rendre bien utile. J'avais, dans tous les cas, blessé un des hommes que Wah avait achevés. Il est vrai que je n'avais pas le choix, puisque les Esquimaux tenaient entre leurs mains l'existence de Stop; et, tout bien considéré, j'étais plus à plaindre qu'à blâmer.

Nous avions chargé notre canot de toutes nos provisions. J'avais posé une des haches sur les cadavres de ceux que nous avions tués, donnant à entendre par là que j'offrais cette arme aux Esquimaux en payement de leur kayac. Stop et moi nous étions déjà dans le canot, et Wah se trouvait encore sur le rivage en train de détacher la courroie qui nous retenait, lorsque je m'aperçus que nous étions poursuivis des deux côtés. Sur le rivage, nous vîmes s'avancer vers nous une foule de sauvages hurlant, criant et gesticulant d'une façon vraiment effrayante. A une distance d'environ deux cents mètres en mer, se trouvait une flottille de canots qui cherchaient évidemment à nous rejoindre à temps pour empêcher notre départ, et dont quelques-uns étaient montés par des femmes.

Wah sauta dans le canot, s'empara d'un aviron et se mit à ramer avec vigueur. Il s'agissait de notre vie, qu'il nous fallait disputer non seulement à la fureur des vagues, mais encore à ces sauvages irrités. Il était clair, cependant, que les kayacs et les comiaks nous rattraperaient, et il était également facile de deviner quel sort nous attendait après ce qui venait de se passer sur cette île où nous avions apporté la rapine et la mort.

— Il faut combattre : impossible de fuir, dit Wah.

— Nous combattrons! répondis-je résolûment, car je voyais l'imminence du péril.

Nous étions à environ cent mètres du rivage, à l'abri des flèches ou des pierres de la foule sauvage qui hurlait et dansait dans le but d'encourager à l'attaque les gens de la flotte, dont les premiers canots ne se trouvaient guère plus qu'à soixante mètres de nous. En fort peu de temps, ils allaient nous aborder.

Nous rentrâmes nos avirons. Stop et moi nous saisîmes nos fusils, Wah prit l'arc et les flèches qu'elle avait enlevés à l'un des Esquimaux que nous avions tués, et chacun de nous se prépara à affronter courageusement cette terrible et décisive épreuve. Nous étions décidés, dans tous les cas, à vendre chèrement notre vie.

— Capitaine! me dit Stop à voix basse.

— Eh bien?

— Ma vue n'est plus aussi bonne qu'autrefois...

— Où voulez-vous en venir, mon ami?

— Il faudra viser vite et juste. Ne vaut-il pas mieux que vous tiriez seul? Moi, je chargerai les fusils et je vous les passerai... Il ne faut pas jeter notre poudre aux moineaux... chaque charge doit tuer son homme!

J'inclinai la tête et j'abaissai rapidement mon fusil; mais, je le relevai non moins rapidement.

Une circonstance imprévue, qui m'empêcha de tirer, sauva probablement la vie à un homme.

Nous demeurâmes immobiles et nous attendîmes.

Je tirai quatre fois. Alors les assaillants firent un... *e* va (page 181)

XIX. — L'armistice.

Les kayacs avaient aussi cessé de faire usage de leurs rames, et une barque légère, montée par un seul homme, se détacha de la flottille et se dirigea vers nous. Les signes que nous adressait le plénipotentiaire des Esquimaux annonçaient, selon Wah, des dispositions pacifiques. Stop et moi nous posâmes de suite nos fusils sur nos genoux, et nous attendîmes que le messager fût assez près de nous pour que sa voix parvint à notre oreille.

Il nous adressa la parole dans le langage de sa nation.

Je lui indiquai Wah, qui regarda fixement le petit sauvage et prononça deux ou trois mots.

L'homme hésita; puis, fit un discours qu'il prononça avec une grande rapidité. Dès qu'il eut cessé de parler, la jeune Indienne interpréta tranquillement ses paroles.

— Les Esquimaux, avait-il dit, regrettaient qu'il fût survenu
un différend de nature à troubler les sentiments bienveillants
qui existaient entre les Anglais et eux ; ils avaient été bien traités par les hommes des grands vaisseaux, et ils étaient tout
prêts à oublier et à pardonner ce qui s'était passé, à deux conditions : la première, que nous ferions des cadeaux aux veuves
des hommes que nous avions tués, et la seconde, que nous leur
rendrions la jeune fille appartenant à leur tribu et que nous
avions enlevée à une troupe de chasseurs dont elle faisait partie.
Ils ne parlaient pas du traîneau et des chiens qu'ils avaient re-
trouvés et qu'ils rendraient à qui de droit.

Je répondis par des gestes irrités que je n'acceptais pas la
seconde condition, et j'ajoutai que j'étais trop pauvre pour accé-
der à la première.

Wah traduisit ma réponse. Le parlementaire fit alors un signe
rapide à ses compatriotes, qui y répondirent par de formidables
vociférations suivies d'une nuée de flèches, et se préparèrent à
nous aborder. Il n'y avait plus à hésiter : je t' ai eu plus épais
de la foule ; je passai mon fusil à Stop qui m'en donna un autre,
et continua à charger les canons, de façon que les Esquimaux
ne pussent pas deviner ce qu'il faisait.

Je tirai quatre fois. Alors, les assaillants firent une halte. Au
même moment, ayant senti une brise plus fraîche nous caresser le visage, nous dressâmes à la hâte une petite voile, nous
saisîmes nos rames, et nous commençâmes notre voyage sur
cette mer agitée. Les kayacs, cependant, avaient cessé de faire
usage de leurs avirons ; et, bientôt, ils se dirigèrent vers la côte
en poussant des cris lamentables, qui nous apprirent que nos
coups avaient porté.

Nous nous trouvions de nouveau en pleine mer. Nous nous
dirigions vers la terre sans savoir si cette terre était une île ou
le continent, que nous appelions si ardemment de nos vœux.
No're seule ressource, au milieu de tant de difficultés, était la
jeune Indienne.

Nous perdîmes bientôt de vue Igloolik. Trois heures plus
tard, nous aperçûmes un autre rivage, et nous fûmes bientôt
abrités dans une baie auprès d'une côte bordée de rochers, au-

dessus desquels s'élevait une plaine unie couverte d'herbes épaisses et de plantes en fleur.

Nous mîmes immédiatement pied à terre; et, après avoir pris quelque nourriture, nous avisâmes à arrêter un plan de conduite.

Nous nous trouvions alors, ainsi que je l'appris plus tard, sur la péninsule Melville.

— Étes-vous déjà venue dans ce pays? demandai-je à Wah. Elle fit un signe de tête affirmatif.

— Quand cela?

— Lorsqu'on m'a fait prisonnière, on m'a conduite ici.

— Comment voyagiez-vous?

— En canot.

— Le long de cette côte?

— Non, on a transporté le canot par terre; il y a encore de l'eau là-bas, répondit-elle en indiquant l'ouest.

— Je vais vous dire mon opinion, capitaine, interrompit Stop. Nous naviguons en aveugles : m'est avis que nous sommes au milieu d'un millier d'îles, et qu'il nous faudra à peu près un demi-siècle pour sortir de ce pays. Qu'allons-nous devenir? on ne trouve pas de matériaux de construction par ici.

— Que conseillez-vous, Wah?

— Portez le canot à terre, faites-en un traîneau en le posant sur des bâtons; nous le tirerons jusqu'à la grande rivière, et ensuite nous le lancerons à l'eau et nous suivrons la côte.

— Voilà la navigation la plus drôle que j'aie jamais vue, dit Stop. Il nous faudra donc traîner notre bateau à la remorque par monts et par vaux!... Mais, que comptez-vous faire de ces deux os de baleine?

— Ils serviront à faire rouler le traîneau, dit Wah, qui avait pris deux longs os de baleine trouvés au fond du canot, et était en train de les placer sous la frêle embarcation. Nous nous levâmes pour l'aider, après quoi nous nous disposâmes à prendre un repos dont chacun de nous avait grand besoin.

Après un sommeil qui dura plus longtemps que nous ne l'aurions voulu, nous nous levâmes et nous déjeunâmes; nous chargeâmes le petit canot; et, précédés de Wah, nous continuâmes notre voyage en le traînant après nous au moyen de longues courroies. Wah et moi, nous nous y attelions chacun à notre tour, Stop, à cause de son infirmité, ne pouvant nous remplacer. Cette manière de voyager fut assez tolérable pendant les premières heures; mais, bientôt, l'aspect du terrain changea, et des rochers, des pierres, un sol inégal et de profondes vallées succédèrent au terrain uni que nous avions foulé jusqu'alors. Ici, notre tâche devint très difficile, et pendant quatre jours notre marche fut vraiment pénible. Nous avions à franchir des collines sauvages, manquant le plus souvent d'eau, n'en trouvant quelquefois dans un trou qu'au moment où nous étions sur le point de périr de soif, obligés parfois de porter le canot que nous avions déjà tant de difficulté à traîner, voyant nos provisions diminuer sans espoir de les remplacer, tremblant de voir l'été s'enfuir avant que nous eussions atteint le but.

Nous formions un groupe lugubre et silencieux. Je crois voir encore le triste tableau que nous présentions. Le pauvre Stop, chargé d'un lourd havresac, le fusil en bandoulière, gravissait péniblement la colline en s'aidant de son couteau, qu'il plantait dans les crevasses du rocher. Wah et moi nous traînions le canot, que la jeune Indienne poussait par derrière, tandis que, pour lui faire franchir les saillies trop élevées, je le tirais au moyen de solides courroies fabriquées avec des peaux de rennes.

Enfin, en nous traînant sur les mains et les genoux, nous parvînmes à amener le bateau au sommet de l'éminence, où nous nous arrêtâmes pour respirer.

A peine avions-nous regardé autour de nous, qu'un triple cri de joie s'échappait de nos poitrines.

Au-dessous de nous, à une distance de mille mètres à peine, s'étendait la mer, où venait se jeter un fleuve dont les rives étaient ornées d'herbes et d'arbustes. Nous nous empressâmes de descendre, malgré notre fatigue extrême, les brusques déclivités de la montagne; nous gagnâmes le rivage, où nous lançâmes notre canot; et, nous longeâmes la côte doucement et en pagayant jusqu'au fleuve, sur les bords verdoyants duquel nous allongeâmes nos membres fatigués.

Je m'endormis immédiatement.

Je fus enfin réveillé par Wah, qui me poussa doucement vers l'endroit où se trouvait Stop.

Il avait déposé auprès de moi son fusil, sa hache, son havre-sac et sa poudrière. Puis, ôtant sa jambe de bois, il l'avait placée sous sa tête en guise d'oreiller, et s'était endormi ainsi. Selon toute apparence, il était mort ; un faible gémissement était le seul signe auquel on pût reconnaître qu'il vivait encore.

J'essayai de me lever, mais je n'y réussis pas : tout ce que je pus faire, ce fut de me traîner vers mon vieux camarade... Était-ce donc là le résultat de tant d'efforts et de tant de persévérance ? Devions-nous mourir ainsi après être parvenus si près du port ?

— C'est fini, je ne puis faire un pas de plus, murmurait Stop. J'ai ôté ma jambe, et je sens que je vais mourir. Monsieur Henry, continuez votre voyage sans moi, je vous en conjure.

— Stop, lui répondis-je d'une voix faible, ne me rendez pas plus malade que je ne le suis. Je me sens mourir déjà, et si vous continuez à parler sur ce ton-là, je ne me relèverai plus.

— Quoi ! s'écria le vieillard, qui commença à rattacher les boucles de sa jambe de bois, quoi ! le capitaine est malade ? Eh bien ! pour lors, Stop attendra : un peu plus tôt, un peu plus tard, cela ne fera ni chaud ni froid. Mais vous, monsieur Henry, c'est différent, entendez-vous ? Pas de bêtise, hein ! Si vous veniez à trépasser, qu'est-ce que je dirais à votre mère et à votre père ?... et à la pauvre Funny ?...

Et, le digne vieillard versa d'abondantes larmes, jusqu'à ce que son état de faiblesse le contraignît à s'étendre de nouveau sur le sol.

J'expliquai alors à Wah que notre maladie était causée par l'usage continuel de provisions salées, par les fatigues surhumaines que nous avions endurées en gravissant l'âpre montagne de la péninsule Melville, et surtout par le manque d'eau. J'ajoutai que nous ne pouvions pas espérer continuer notre voyage avant deux ou trois jours d'un repos complet, et encore à la condition de ne manger, durant cette halte forcée, que de la viande fraîche et des légumes rafraîchissants. J'ajoutai que, même en suivant un pareil régime, je n'étais nullement certain de sortir vivant de ce triste désert; et, finalement, je l'engageai à monter dans le canot, à reprendre le chemin de son pays, et à nous abandonner à notre triste sort.

La jeune fille s'agenouilla auprès de moi, me prit la main, plaça la sienne sur mon front brûlant, contempla mes lèvres desséchées, et secoua la tête.

— Le Jeune Chêne est malade, c'est vrai, dit-elle, mais deux ou trois jours de repos le guériront. Tenez-vous tranquille, Wah ira à la chasse et à la pêche; elle cherchera de l'oseille. Ne dites pas à Wah de partir. Qu'a-t-elle donc fait pour que le jeune chef lui parle ainsi? Elle ne quittera point son frère au visage pâle. Wah ne peut mourir qu'une fois, et le grand Manitou se-couerait la tête et la chasserait si elle abandonnait ses amis. Que le Jeune Chêne se tienne tranquille, et qu'il ne parle plus de renvoyer Wah!

Elle prit mon fusil, quelques hameçons, sauta dans le canot, et disparut bientôt.

— Voilà ce que c'est que d'être trop curieux et de fourrer le nez dans un pays que personne ne peut habiter! murmura Stop. Je voudrais bien savoir ce que nous sommes venus faire au milieu de ces blocs de glace et de ces rochers, où il n'y a rien à attraper, ni gloire, ni gibier... Si, seulement, il y avait du plai-sir! mais non, c'est tout le contraire... Oh! là, là!

— Qu'y a-t-il, Stop?

Je ne pouvais encore parler, mais je tremblais comme une feuille sous mes peaux d'ours.

— Je ne sais pas, répondit mon vieil ami, j'ai des douleurs partout, et puis j'ai envie de dormir.

Il s'endormit, en effet, d'un sommeil agité. Je ne tardai pas à en faire autant. Je fus réveillé par le pas léger de Wah, qui pa-raissait toute triste de revenir les mains vides.

— Pas de gibier, pas de poisson! fit-elle en s'asseyant auprès de moi d'un air découragé. Voilà tout ce que j'ai trouvé.

Et, elle me montra une poignée d'oseille. J'en portai avide-ment quelques feuilles à ma bouche, et j'en donnai à Stop, qui, ayant toujours un peu de délire, demanda une nourriture plus solide et refusa d'écouter mes explications.

Nos provisions étaient complètement épuisées; il ne nous restait pas une miette à manger, pas un os à ronger.

Je vivrais cent ans qu'il me serait impossible d'oublier le dévouement dont la bonne Indienne fit preuve durant cette terrible nuit où Stop et moi faillîmes rendre le dernier soupir.

Elle baigna nos fronts brûlants, fit bouillir de l'oseille dans un petit vase qui provenait des Esquimaux, et nous en fit manger. Sa main essuyait nos yeux chaque fois que la souffrance y amenait des larmes involontaires. Elle supportait, avec une patience à toute épreuve, les plaintes et les récriminations du vieux Stop. Elle refusa de se reposer un seul instant; et, lorsque enfin Stop se fut endormi de nouveau, elle prit mon fusil et se dirigea vers le rivage.

Je réfléchissais à ces choses, lorsque je vis Wah-pa-nosh descendre la pente de la colline en bondissant comme un élan; elle portait sur ses épaules le cadavre d'un jeune daim. Elle ne s'arrêta dans sa course rapide que lorsqu'elle fut parvenue jusqu'au feu. Alors, elle jeta le gibier à terre, et se mit à l'ouvrage. Elle le dépeça sans perdre un instant, puis elle en coupa plusieurs tranches, qu'elle mit devant le feu. Cela fait, elle brisa les os à moelle, dont elle fit une espèce de soupe fort appréciée par les trappeurs et les chasseurs des montagnes Rocheuses. Elle y ajouta quelques poignées d'oseille et un morceau de viande salée que nous avions refusé de manger ; puis elle nous fit boire. Nous avalâmes avec plaisir ce potage d'un nouveau genre, qui nous fit tant de bien que nous pûmes bientôt nous tenir assis et faire honneur au gibier de Wah.

— Où avez-vous été, enfant? demanda Stop dès qu'il eut apaisé sa faim, en indiquant les pieds de la jeune Indienne, qui saignaient à travers ses mocassins usés.

— Pauvre Wah! m'écriai-je, pourquoi ne vous soignez-vous pas, vous qui soignez si bien les autres?

Elle me regarda en souriant, se leva et alla baigner ses pieds, qu'elle frotta ensuite avec de la graisse de renne, puis elle raccommoda ses mocassins et les remit.

Ce ne fut qu'alors qu'elle s'étendit sur le sol, et s'endormit, complètement épuisée.

13

Lorsque je me réveillai, Wah et Stop dormaient encore profondément. Je ne les dérangeai pas, mais je me levai doucement, car je me trouvais beaucoup mieux, et je sentais renaître mes forces. Je remuai le feu, et je fis rôtir une quantité suffisante de venaison.

J'étais ainsi occupé lorsque Wah se réveilla.

— Pourquoi faire cela ? demanda-t-elle d'un ton presque irrité en se levant d'un bond. C'est aux femmes de travailler.

— Vous étiez fatiguée, ma bonne Wah, et je n'ai pas voulu vous réveiller.

— Cela ne me fait rien ; ce n'est pas la besogne d'un guerrier.

Et, elle m'enleva la baguette de fusil dont je m'étais servi pour attiser le feu.

— Eh bien ! comment allez-vous, capitaine ? Cette petite fille est une fière nourrice. Cette soupe m'a ranimé et réchauffé ; je crois que je pourrais marcher un peu.

— Non, il ne faut pas marcher, nous irons en canot, interrompit Wah.

— Cela vaut mieux. Ainsi, vous vous sentez plus fort aussi, capitaine ? Cela me fait plaisir... Est-ce que ma tête ne commençait pas à déménager tantôt, hein ?

— Un peu, mais c'est fini maintenant.

Au bout d'une demi-heure, nous nous éloignâmes de cette baie, que nous appelâmes la *Baie de la Maladie*.

———

Stop était renversé sur le dos ; Wah était également tombée (page 507)

XX. — Combat contre les Esquimaux.

Notre voyage devint dès lors très pénible. Il fallait constamment porter le canot. La rivière, resserrée entre des bords élevés, roulait impétueusement, et nous étions souvent obligés de quitter le fleuve et de transporter notre embarcation le long d'une rive rocailleuse et escarpée. Enfin, nous arrivâmes à un endroit que Wah déclara être le dernier où nous serions contraints de nous charger du kayac. Stop, qui avait retrouvé ses forces, portait un lourd fardeau sur ses épaules, tandis que Wah et moi, nous tirions le canot.

Nous escaladâmes un bord assez escarpé ; nous traversâmes une plaine ; puis, nous gravîmes la côte d'une montagne aride et rocheuse. Arrivés au sommet, la fatigue nous obligea de nous y reposer pour le reste de la nuit. Depuis quelques jours, nous n'avions mangé que du poisson, ce qui ne nous permettait pas de supporter la fatigue aussi longtemps que si nous avions pu nous nourrir de viande.

Au point du jour, lorsque nous nous remîmes en route, nous distinguâmes clairement, à une certaine distance, les eaux d'une grande rivière. C'était la rivière Coppermine, ainsi que je le reconnus plus tard. Nous y arrivâmes vers la fin du jour, et Wah nous prévint que nous aurions encore à descendre ce fleuve.

Mais, cette rivière nous ramènera à la mer, dis-je à Wah d'un ton inquiet.

— Nous n'irons pas si loin. Nous passerons le village des Esquimaux, puis nous aborderons, et nous porterons le canot...

— Voilà une drôle de façon de naviguer, dit Stop en remuant gravement la tête. Nous ne faisons que porter notre navire sur nos épaules, et puis nous le lançons à l'aveuglette. Je ne sais pas où nous allons. Mais Wah le sait, me direz-vous; bon. Si le capitaine est satisfait, je n'ai rien à dire.

La rivière n'était ni très large ni très profonde, et nous trouvions très agréable de pouvoir la descendre en pagayant au lieu de transporter le kayac par monts et par vaux.

— Si ce n'était le canotage, Stop, je doute fort qu'il nous fût possible de continuer le voyage.

— Moi, je n'ai aucun doute à cet égard; je sais parfaitement que je resterais en route.

Stop était assis à l'avant du canot, Wah au centre avec une des pagaies, tandis que je tenais l'autre, ce qui ne m'empêchait pas de diriger en même temps le gouvernail. La rivière coulait entre deux murs de roc, et l'on y rencontrait de nombreuses chutes. Il fallait, pour la descendre, un canot ne tirant que quelques pouces d'eau, encore était-il nécessaire de transporter fréquemment ce canot par terre, afin d'éviter les obstacles qui se présentaient à chaque détour.

Nous voyageâmes ainsi pendant quelques jours, jusqu'à ce que nous eussions atteint un endroit où Wah nous conseilla de nous tourner vers le lac où nous nous proposions de camper pendant l'hiver. Comme il nous fallait passer par des localités où les Esquimaux campaient ordinairement en grand nombre,

Wah nous recommanda d'employer les plus grandes précautions, afin de ne pas être découverts par ces sauvages.

Il n'était pas loin de l'heure où nous faisions habituellement notre halte du soir. La rivière s'élargit considérablement et ressembla bientôt à un petit lac; et, en pénétrant dans cet espace, nous distinguâmes, sur une colline un peu élevée, une longue ligne de huttes d'une forme cônique. Nous aperçûmes également des groupes d'Esquimaux qui se promenaient paresseusement parmi les tentes.

— Ugh! s'écria la jeune Indienne en indiquant la foule qui occupait le camp.

— Capitaine, voilà toute une armée! ajouta Stop. Je crois que ce que nous pouvons faire de mieux, c'est de nous sauver.

— Non, interrompit Wah; si nous fuyons, les Esquimaux nous rattraperont. Il faut tirer sur eux, et leur faire peur. Tâchons d'abord qu'ils ne nous voient pas.

Le lac, dont j'ai parlé, avait environ trois milles de longueur. Sur le rivage opposé à celui où se trouvait le camp des Esquimaux, on voyait quelques buissons, et plus loin une chaîne de collines. C'est là que nous devions aborder et transporter par terre notre canot. Wah nous indiqua le seul endroit où le canot pût aborder en sûreté, et nous nous dirigeâmes vers ce point avec des précautions inouïes.

— Je vais rafraîchir mon amorce, me dit Stop à voix basse.

— Vous ferez bien, lui répondis-je, car la nécessité de répandre le sang me causait une invincible répugnance.

Nous continuâmes à traverser les eaux du lac : nous fûmes ensablés plusieurs fois, ce qui rendit notre marche fort lente. Au bout d'une heure, nous nous trouvions à trois cents mètres de l'endroit où nous comptions aborder, et à trois quarts de mille du camp ennemi.

— Ils nous ont vus! cria Stop en brandissant son fusil.

— Ramez! commanda Wah avec calme.

Elle redoubla d'énergie pour faire avancer rapidement le canot, et j'imitai son exemple. Mais, les Esquimaux gagnaient insensiblement sur nous. Ils arrivaient en grand nombre, hommes et femmes, les uns dans l'eau, les autres dans des bateaux plats, tous criant et hurlant d'une façon effrayante.

— Criez, criez tant qu'il vous plaira! cela ne vous avancera à rien. Nous n'allons pas nous laisser effrayer comme des enfants. Ramez ferme, capitaine.

— Arrêtez! cria tout à coup Wah au moment où nous glissions doucement vers le port que nous avions choisi.

C'était vraiment chose merveilleuse que de voir cette jeune fille guider si habilement notre frêle embarcation, et la conduire à un point de la côte où nous pûmes sauter à terre et décharger nos provisions avec la plus grande facilité.

Nous nous trouvions à environ quatorze pieds au-dessus du niveau de la rivière, qui, dans une partie de son cours, était bordée par des rochers escarpés d'un accès fort difficile ; il n'y avait de praticable que l'endroit où nous avions abordé. Deux taillis assez épais, formés par des arbustes sauvages, marquaient de chaque côté la place où commençaient les rochers. Je me cachai dans un de ces taillis, tandis que Stop prenait position dans l'autre. Wah-pa-nosh se tenait debout sur le sommet de la berge, faisant signe aux Esquimaux de ne pas avancer.

Ceux-ci n'en continuèrent pas moins leur poursuite. Ils étaient au moins trois cents, armés de javelots et d'arcs. Ils dirigeaient et poussaient leurs canots, trop petits pour contenir plus d'une personne, au moyen de longues pagaies doubles. Quelques-uns de nos assaillants s'avançaient dans l'eau. Tous criaient et brandissaient leurs javelots. Déjà, ils n'étaient plus qu'à cent mètres du rivage.

— Vous êtes plus près d'eux, dis-je à Stop. Tirez au-dessus de leurs têtes, cela suffira peut-être pour les arrêter.

— Ne craignez rien, répliqua-t-il, je leur ferai voir que le fusil est chargé.

Ils avançaient toujours. Enfin, le voisinage devint dangereux.

A ce moment, je me sentis pris de cette horrible soif de sang, maladie inexplicable qui s'empare de l'homme à certains moments de sa vie : je voyais rouge. Je présume qu'en pareille circonstance c'est la frayeur qui gouverne nos sentiments, et que nous ne pouvons plus contrôler nos idées ni même commander à nos sens.

Stop ajusta et tira. C'était un adroit tireur, et il fit sauter la pagaie que tenait le rameur assis dans le premier canot. Une halte succéda à cet événement, et on vit les embarcations se rapprocher les unes des autres comme pour tenir conseil. Je remarquai alors que les Esquimaux possédaient des haches et des couteaux. Cette découverte me rendit inquiet, car ils devaient penser que nous avions à notre disposition un grand nombre d'objets de nature à tenter leur cupidité.

Wah élova alors la voix :

— Qu'avez-vous à demander aux Visages pâles ?

— Qui êtes-vous ? répliqua un des Esquimaux étonné de s'entendre adresser la parole dans sa propre langue.

— Une amie des hommes venus dans les grands navires.

— Où sont les grands navires ?

— Bien loin d'ici.

— Qu'est-ce que les blancs viennent faire chez nous ?

— Ils sont en chasse.

— Eh bien ! nous chasserons pour eux. Venez dans nos tentes ; nous avons un grand canot et une grande tente blanche que les hommes des grands navires nous ont laissée.

— Les Visages pâles sont pressés ; ils veulent rejoindre leurs amis ; ils ne peuvent rester avec les petits hommes du Nord.

Une pause assez longue s'ensuivit, durant laquelle les Esquimaux parurent se consulter. Les uns indiquaient le haut de la rivière, d'autres le bas, d'autres enfin l'endroit où nous étions.

— Ils vont nous livrer combat, dit Stop, mais notre position est tenable.

— J'en doute, mon ami ; mais, puisque nous ne pouvons pas éviter la lutte, il faut nous défendre jusqu'au dernier soupir. Mieux vaut mourir de suite que de périr lentement et misérablement dans cet affreux pays.

Les Esquimaux se divisèrent en trois groupes. Dès que deux de ces groupes se furent détachés, le troisième, le plus nombreux, s'élança, pour aborder. Nous tirâmes et nous rechargeâmes nos armes, sans prendre le temps de regarder si nos coups avaient porté.

Quelques-uns de nos assaillants, effrayés par le bruit de la double explosion et par la mort de deux d'entre eux, s'arrêtèrent. Mais, les autres continuèrent à s'avancer. Je sentis le cœur me défaillir. J'avais peu d'espoir d'échapper. Quand même nous réussirions à repousser l'attaque, ce ne pouvait être qu'au moyen d'un massacre dont l'idée seule me faisait frémir. Je regardais l'existence comme une chose sacrée, aussi précieuse pour l'être grossier qui habitait ces solitudes arides que pour l'homme qui vit au milieu du luxe et de la mollesse. Mais, l'instinct de la conservation me rendit cruel, et je résolus de ne pas me laisser prendre vivant.

Une vingtaine de ces horribles petites créatures avaient sauté à terre, brandissant leurs javelots et se préparant à nous lancer des flèches. La pente était difficile à gravir, surtout lorsqu'il s'agissait de disputer la passe à deux hommes armés. Les deux Esquimaux, qui se trouvaient en tête, tombèrent sous nos balles et furent emportés par les flots.

— Chargez, dis-je à voix basse à mon compagnon.

— Je suis prêt ! dit Stop avec une intonation qui annonçait une profonde émotion.

J'étais en train d'enfoncer la balle dans le canon de mon fusil, lorsque Wah, — dont nous n'avions pas remarqué les mouvements depuis quelque temps, — se dressa devant moi. Elle s'était d'abord tenue couchée à plat ventre sur le sol, regardant ce qui se passait au-dessous, abritée par une grande pierre. Cette pierre, ou plutôt ce rocher, était soutenue en-dessous par quelques pierres plus petites, que Wah avait ébranlées. Les Esquimaux escaladaient la côte escarpée, s'accrochant par les mains et les pieds aux aspérités du terrain. Wah se leva, tira la hache de sa ceinture, et, s'en servant comme d'un levier, essaya de soulever le rocher. Je devinai son projet, et je frémis. Mais, fermant les yeux, je continuai à charger mon fusil. Les Esquimaux poussèrent un cri d'horreur et d'angoisse. Que Dieu me préserve d'en entendre jamais un semblable ! Je rouvris les yeux. La pierre avait disparu, et Wah se tenait debout sur le bord du rivage, contemplant avec un air d'orgueilleux triomphe les terribles conséquences de son sauvage exploit.

On n'apercevait plus un seul Esquimau sur le rivage. Tous luttaient contre les flots, au milieu d'un tourbillon d'eau et de boue; la pierre ayant emporté dans sa chute une véritable avalanche de terre. Trois cadavres, qui descendaient le courant, témoignaient des ravages causés par la jeune Indienne.

— C'est le moment de fuir et de quitter cet horrible spectacle! m'écriai-je.

— Chut! fit Wah en se rapprochant de moi.

— Qu'y a-t-il? demandai-je.

— Regardez.

Je regardai. Sur le bord de la pente, à quelque distance de l'endroit au-dessous duquel était posté Stop, je vis distinctement quatre hommes qui montaient en se glissant sur les mains et les genoux, tantôt s'arrêtant et tantôt continuant leur ascension, mais toujours avec plus de précautions que n'employaient ordinairement les Esquimaux. Je communiquai à voix basse ce fait à Stop.

Une vive lueur et une détonation succédèrent immédiatement à ma confidence. Trois des hommes que nous observions se levèrent d'un bond. Le quatrième ne bougea plus. Nos nouveaux assaillants poussèrent des cris terribles, puis se mirent à courir vers nous. Je suivis avec répugnance l'exemple de Stop; mais, je ne réussis qu'à arrêter la marche d'un seul des hardis petits guerriers de la tribu.

— Ugh! dit Wah s'élançant la hache à la main à la rencontre des deux hommes que nos balles avaient épargnés, et qui se trouvaient à environ vingt pieds de notre embuscade.

— Arrêtez, cria mon vieux compagnon en se redressant et en déposant son fusil, dans le canon duquel il venait de glisser une balle, cela me regarde!

Il tenait d'une main un pistolet et de l'autre un couteau de chasse, et il avait l'air pour le moins aussi sauvage que ses assaillants. Je n'eus pas le loisir d'observer tous les étranges détails de la scène, car le combat s'engagea immédiatement.

Celui que Wah attaqua était armé d'un javelot, tandis que

l'autre, auquel Stop avait affaire, portait une hache de fabrique européenne. L'ennemi, que Stop avait entrepris, brandissait son arme d'une façon assez maladroite, il faut en convenir; mais, néanmoins, c'était un rude adversaire pour un vieillard affaibli, et je m'élançai au secours du vieux marin, chargeant mon fusil tout en courant. Je ramassai, en passant, le fusil de Stop, et j'achevai également de le charger, puis je le remis à sa place.

Lorsque je pus de nouveau donner toute mon attention au drame qui se passait si près de moi, je sentis mon sang se glacer dans mes veines... Stop était renversé sur le dos, ainsi que son adversaire; ni l'un ni l'autre ne remuaient. Wah était également tombée, et son adversaire balançait son javelot et paraissait sur le point de le lancer. Il s'arrêta, cependant, pour ramasser la hache brillante qui gisait à ses pieds. Wah avait voulu ancer cette dernière comme si c'eût été un *tomahawk* indien, et cette tentative avait causé sa chute.

L'hésitation ou la convoitise de l'Esquimau lui coûta la vie. Lorsqu'il se releva et se prépara de nouveau à lancer son arme formidable, je le visai; il tomba pour ne plus se relever. Je vis Wah faire des efforts pour se relever, mais mon premier mouvement fut de courir vers Stop.

— Parlez-moi, mon ami! m'écriai-je avec inquiétude.

— Nous sommes vainqueurs! répondit-il. Ah! voyez-vous, capitaine, les invalides ne devraient jamais se mêler de combattre. C'est cette malheureuse jambe qui a failli me coûter la vie. J'ai tué cette pauvre brute que voilà avec ce pistolet de rien du tout, et au même moment j'ai reçu sa hache dans les jambes. Heureusement, le coup a porté principalement sur la quille de bois, et j'en suis quitte pour une chute. Eh bien! combien de morts et de blessés?

— Il y en a que trop, Stop... Mais, il faut profiter de ce moment de répit pour nous éloigner au plus vite.

— Oui, vite, vite! répéta Wah. Ils vont s'arrêter un moment, mais ils nous poursuivront tantôt.

Stop se leva, prit son fusil, ramassa la hache de l'Esquimau; puis, nous regagnâmes notre canot, que nous chargeâmes sans perdre de temps sur nos épaules, et nous nous dirigeâmes d'un

pas assez rapide vers la colline. Nous trouvâmes la première
assez escarpée, et il nous fallut bientôt ralentir le pas, bien que
notre désir de gagner le plus de terrain possible fût considérablement augmenté par la vue d'une troupe d'Esquimaux, dont l'intention était évidemment de tirer vengeance du meurtre des leurs.

Un chemin, tracé par les Esquimaux et par les rennes, nous
conduisit le long d'une colline au bas de laquelle se trouvait une
plaine bornée, — tellement notre route était pleine de détours, —
par le plateau qui dominait la rivière que nous venions de quitter. Malgré la fatigue que nous éprouvions, nous parvînmes à
l'extrémité de cette plaine unie, jusqu'à l'endroit où le terrain
redevenait onduleux. On comprendra quel fut notre étonnement
de trouver là, à l'entrée d'un petit bouquet d'arbres, les restes à
moitié décomposés d'un bateau construit par des gens de mon
pays, un sac contenant une espèce de farine complètement
pourrie, et cinq fusils.

— Qu'est-ce que cela, au nom du ciel ? m'écriai-je en me tournant vers Stop. Quelques-uns de nos aventureux compatriotes
ont-ils donc péri en cet endroit ?

— Cela m'en a bien l'air, répondit Stop contemplant les preu-
ves irrécusables du passage des hommes de notre race... Mais,
comme ces vilains petits êtres s'obstinent à nous harceler, je
suis assez d'avis de faire une halte sur la tombe de nos frères et
de donner une nouvelle leçon à ces enragés.

J'y consentis. J'examinai rapidement les vieux fusils. Ils
avaient été protégés par le canot et par le sac de farine, qui les
recouvrait ; et quoique rouillés à l'extérieur, ils semblaient encore en état de servir. Ils étaient chargés, et nous nous conten-
tâmes de renouveler l'amorce et de déboucher les lumières.
Nous les posâmes l'un auprès de l'autre sur un tronc d'arbre
renversé, auquel nous les attachâmes avec des branches de
saule et des lanières de cuir, le canon tourné et incliné de façon
à balayer le chemin que les Esquimaux devaient nécessairement suivre. Nous arrangeâmes alors une traînée de poudre, et
nous nous éloignâmes, fort peu rassurés, sur les conséquences
que l'explosion de notre batterie pourrait avoir pour nous-
mêmes si nous demeurions trop près des fusils.

Au bout d'une demi-heure, une troupe d'Esquimaux parut. Ils s'avançaient rapidement, parlant et gesticulant avec fureur. Plusieurs chiens les accompagnaient. Ils étaient armés de javelots, de haches et d'arcs, tout comme s'il se fût agi d'une expédition dirigée contre les Dog-Ribs, les Loucheux ou les Indiens Athabasca.

Lorsqu'ils ne furent plus qu'à quarante mètres, Stop déchargea un pistolet sur la traînée, puis nous visâmes et nous fîmes feu en même temps. La batterie partit presque au même instant; une épaisse fumée s'éleva, et lorsque la vapeur et le bruit eurent cessé, nous cherchâmes en vain nos assaillants. Trois d'entre eux étaient morts. Les autres s'étaient enfuis.

Nous découvrîmes, après examen, qu'un des fusils avait éclaté et qu'un second n'était point parti du tout, tandis que les trois autres paraissaient en bon état. Nous les essayâmes de nouveau et nous donnâmes le meilleur des trois à Wuh, qui n'eût pas hésité à livrer combat à une tribu entière.

Nous ne pouvions plus songer à camper en cet endroit; nous continuâmes donc à nous avancer, et notre infatigable compagne ne tarda pas à abattre un renne, ce qui nous fit d'autant plus de plaisir que le gibier était extrêmement rare.

Nous allions toujours en avant, nous construisant chaque nuit un abri au moyen de grosses pierres entassées, et allumant des feux avec le lichen noir. Enfin, nous arrivâmes à la rivière Dease. Un court trajet en canot nous conduisit à une des baies du lac du Grand-Ours, qui, pour le moment, était le but de notre expédition. Nous avions mis deux jours à accomplir ce voyage, à partir de notre combat avec les Esquimaux aux chutes de la rivière Coppermine.

Wah enfonce le couteau dans son cœur et lui ferme la bouche avec sa main (?!!)

XXI. — Le lac du Grand-Ours, les Dogs-Ribs. — Fort Franklin.

Ce fut avec un plaisir impossible à décrire, que nous nous retrouvâmes sur les eaux du lac. Le pauvre Stop se sentait plus souffrant, et je commençais à douter qu'il pût jamais atteindre les contrées civilisées ; la fatigue, le manque de nourriture et de repos réguliers, joints aux infirmités de son âge, rendaient son état des plus alarmants ; il me semblait si accablé et si changé, que je croyais déjà voir s'approcher l'heure terrible où nous nous quitterions pour ne plus nous retrouver que dans l'éternité. Je fis part de mes soupçons à Wah ; mais, elle mit en usage pour me rassurer tant de douce persuasion, et me donna de si bonnes raisons, que je sentis mon cœur se rouvrir à l'espérance.

Le temps était beau ; une douce brise agitait les eaux du lac ;

de petites collines s'élevaient sur la rive droite, tandis que nous laissions à gauche d'innombrables îlots. Nous abordâmes sur l'un d'eux pour passer la nuit, et nous ne nous remîmes en route qu'o le lendemain matin ; le vent étant très frais, nous jugeâmes à propos de longer le rivage. Vers l'après-midi, nous fîmes halte dans une baie profonde, où Wah réussit à prendre plusieurs poissons, qui, grillés, nous procurèrent un repas délicieux.

Le soir du troisième jour, nous arrivâmes en vue du cap Macdonnel, et nous pûmes apercevoir au loin le *Cloutsang-Eesa*, ou la *Colline aux herbes odoriférantes*; mais, après quelque réflexion, nous nous décidâmes à attendre le lendemain matin pour traverser le lac. Nous nous mîmes donc à souper; puis, après nous être arrangé une tente, nous restâmes environ dix heures stationnaires. Quand le jour parut, je remarquai dans les eaux du lac une agitation qui me fit craindre pour la solidité du kayac; mais Wah m'assurant qu'il n'y avait aucun danger, je poussai en avant, ne me servant que de la voile pour avancer et mettant de côté nos rames, ce qui fut un grand soulagement pour nous. Après une traversée périlleuse, nous atteignîmes enfin la montagne dont j'ai parlé plus haut. Nous n'étions plus qu'à un demi-mille du rivage, et nous nous apprêtions à l'aborder, le pauvre Stop dormait dans une position incommode, qui me faisait presque craindre de toucher terre, lorsque Wah posa brusquement la main sur mon épaule.

— Qu'y a-t-il, Wah-pa-nosh? lui dis-je tout bas, bien que j'ignorasse le motif qui la faisait agir.

— Les Peaux Rouges! répondit-elle.

J'avoue que mon cœur battit violemment, lorsqu'en suivant la direction de son doigt j'aperçus, au-dessus des arbres, une colonne de fumée.

— De quelle race sont-ils? lui demandai-je.

— Je ne sais; peut-être sont-ce des *Dog-Ribs*, peut-être des Indiens Lièvres, ou des Loucheux, ou bien des Chippewaw; et, en prononçant ce dernier mot, son regard devint étincelant.

— Si ce sont les Dog-Ribs, qu'avons-nous à faire?

— Fuir ou combattre, répliqua Wah avec un regard de haine

et de profond mépris; les Dog-Ribs haïssent mon peuple; prenez Wah pour guide, Wah saura mourir la première.

— Alors, nous n'avons plus qu'à fuir, dis-je en carguant la voile et en saisissant mes rames.

— Bien, répliqua Wah, qui prit les siennes avec joie.

Nous nous rapprochâmes en silence du rivage, à l'extrémité duquel se trouvaient le bouquet d'arbres et le feu que l'œil perçant de Wah avait découvert : notre projet était de tourner ce point, de manière à gagner le rivage, où nous pourrions échapper aux recherches de ces Indiens.

J'espérais qu'en serrant la voile nous pourrions passer inaperçus et échapper aux Dog-Ribs. Mais, je me trompais. A peine étions-nous à la hauteur de leur feu, que nous entendîmes un grand tumulte et que nous vîmes deux canots se détacher du rivage pour nous barrer le passage ; ces deux barques étaient remplies d'Indiens armés. Wah déclara que l'un d'eux avait un fusil.

— Est-ce bien sûr? demandai-je. Il faut alors que ces sauvages soient en relations avec des marchands européens. Mais alors, ne sont-ils pas les amis des blancs? ne trafiquent-ils pas avec eux? ne leur rendent-ils pas de bons offices?

— Oui, quand les blancs en ont tué quelques-uns, reprit-elle : les Chippewaws sont amis; ils vont au fort Normand et au fort Cumberland; mais, les Dog-Ribs sont lâches et méchants.

La pauvre fille semblait si évidemment alarmée à la pensée de tomber entre les mains des Dog-Ribs, que je résolus de tenter tous les efforts possibles pour leur échapper.

— Stop! dis-je tout bas.

— Me voici à vos ordres, capitaine, répondit-il en se réveillant en sursaut. Qu'y a-t-il?

— Les pirates! répondis-je en souriant; je crois qu'il nous faut prendre la rame.

— Où sont-ils? exclama le digne vieillard.

Je lui montrai du doigt les deux canots.

— Ah! ces brigands de Dog-Ribs! Ramons bien, et je pense que deux blancs et une bonne fille comme Wah seront capables de leur apprendre des choses qu'ils ne savent pas.

Nous étions devenus des rameurs si habiles dans notre voyage, que notre léger kayac semblait voler sur l'eau, et il n'était pas difficile à un œil exercé de reconnaître que nous l'emportions en vitesse sur ceux qui nous poursuivaient. Ils le comprirent bientôt, et abandonnèrent la chasse. Cédant pourtant aux sollicitations de Wah, nous avançâmes encore, jusqu'à ce que nous fussions arrivés vis-à-vis de *Narra-Ella* ou Baie des Rennes, dans laquelle nous entrâmes. Bientôt nous atteignîmes le rivage, et Wah, ayant découvert un petit ruisseau, se mit dans l'eau jusqu'au cou pour remorquer le bateau, tandis que je partais pour la chasse. J'eus assez de bonheur pour blesser un daim, que je rapportai en triomphe; lorsque j'arrivai, Wah avait caché le bateau près d'un endroit escarpé en le recouvrant avec des broussailles, et elle avait choisi le lieu de notre campement avec l'œil exercé d'un guerrier indien.

Au milieu du petit bois, dans lequel nous nous trouvions, était couché un vieux pin qui avait entraîné plusieurs autres arbres dans sa chute, de sorte que nous nous trouvions posséder une provision de bois sec; Wah ne fit pourtant que juste le feu nécessaire pour cuire notre nourriture, après quoi elle couvrit les cendres de manière à conserver la braise, tout en arrêtant la fumée. Des branches, coupées à la hâte et posées sur deux jeunes pins, nous avaient servi à étendre une couverture et à former une sorte de tente. Du côté opposé se trouvait l'arbre mort, qui n'était pas entièrement renversé, et derrière lequel Wah avait établi son domicile. Pour plus de sûreté, nous gardions toujours auprès de nous nos fusils et nos munitions.

Nous mang'ons en silence, car les façons inquiètes de Wah réagissaient sur nous; de temps en temps, elle examinait le bois avec attention; enfin, nous souhaitant une bonne nuit, elle se glissa derrière les arbres, et nous ne l'entendîmes plus.

— La pauvre fille est terriblement inquiète, me dit Stop tout bas en s'enveloppant de sa peau d'ours.

—Très inquiète, répétai-je, si bien que, — connaissant son expérience de cet affreux pays, — je ne demande pas mieux que de m'en éloigner dès le matin; mais, pour le moment, nous n'avons pas autre chose à faire qu'à dormir, afin de nous réveiller le plus tôt possible. Si ce n'était la fatigue qui nous accable, je voudrais fuir à l'instant.

Je m'étendis donc sur le gazon; je me mis à regarder les étoiles et la lune qui brillaient au ciel, je rêvai ainsi jusqu'à ce que les nuages et la nuit eussent obscurci les dernières lueurs du jour; alors, la lune me sembla se doubler, les grands arbres qui m'entouraient s'évanouirant; je me crus transporté dans ma chère Angleterre.

Tout à coup, les arbres reparurent, le ciel étoilé brilla de nouveau pour moi, et j'aperçus distinctement une, deux, trois, quatre et cinq figures se glissant dans notre camp; puis, je vis un homme remuer avec un long couteau les cendres du feu. Je respirais à peine, j'essayai de croire à un songe; mais non, la réalité était palpable : nous étions entourés par les Dog-Ribs, et de plus nous étions leurs prisonniers, à moins qu'un miracle ne vînt nous arracher de leurs mains.

— Aux armes! m'écriai-je en bondissant sur mes pieds et sachant à peine ce que je disais.

Mais, il était trop tard : les sauvages se précipitèrent sur nous et nous renversèrent, tandis que l'un d'entre eux jetait du bois sur le feu; puis, apercevant le daim, ils se mirent à pousser des cris de joie en le tirant vers le foyer.

Ils parlaient un hideux jargon qui me semblait à peine humain; l'un d'eux compta trois sur ses doigts, puis nous montra, faisant signe que nous n'étions que deux, circonstance qui parut vivement les étonner; après un conciliabule, il me parut qu'ils remettaient la recherche de notre bateau et de notre compagnon au lendemain matin.

J'avais souvent entendu parler de la cruauté de ces sauvages; je savais jusqu'à quel raffinement atroce ils peuvent pousser leurs tortures. Triste et résigné, je m'attendais à tout de leur part. Je ne me doutais point, pourtant, de l'épreuve immédiate à laquelle ils allaient soumettre mon courage. Les Dog-Ribs semblaient exaspérés de la chasse inutile qu'ils nous avaient donnée, et l'un d'eux, dont je n'oublierai jamais les traits hideux et féroces, fit en nous désignant un signe que je compris aussitôt.

14

Les cheveux blancs de Stop et sa jambe de bois leur inspirèrent sans doute un peu de compassion, car ils se contentèrent de le lier à un arbre. Quant à moi, j'étais jeune et capable de supporter la torture, et j'eus bientôt un avant-goût de leur horrible férocité.

Ils prirent deux jeunes pins, qu'ils plièrent de toutes leurs forces pour les rapprocher; puis, m'attachant par les pieds et par les poignets à chacun d'eux, ils laissèrent les arbres se redresser.

Jamais je n'oublierai l'affreuse douleur que je ressentis à ce moment : une sueur froide couvrit mon corps, mes yeux sortirent presque de ma tête; de hideuses visions se dressèrent devant moi, et je finis par m'évanouir. Quand je revins à moi, le pauvre Stop était assis contre son arbre, jetant sur moi des regards d'angoisses indéfinissables, tandis que les sept Dog-Ribs dévoraient le daim avec une affreuse voracité; ils n'en dédaignèrent aucun morceau, et ne laissèrent que les os. Ma gorge était desséchée, et j'éprouvais une soif qui me semblait le prélude d'une mort bien lente à venir, quoique malgré tout j'espérasse encore en la protection divine.

Le daim achevé, les sauvages se jetèrent sur les poissons et les restes de viande sèche que nous avions apportés avec nous. Puis, engourdis sans doute par les suites de leur gloutonnerie, et nous voyant hors d'état de fuir, ils ranimèrent le feu, et mirent fin à leur orgie en s'endormant.

—De l'eau! dis-je faiblement, et sans avoir presque conscience de mes paroles.

— Je ne peux pas remuer, répondit le pauvre Stop, Wah est disparue, tout est fini pour nous. Ces affreux brigands nous tueront; je voudrais pouvoir vous serrer la main avant de mourir, mais cela m'est impossible.

—Stop, répliquai-je en forçant ma voix en dépit de mes souffrances, cette brave fille prépare quelque chose pour notre délivrance, soyez-en sûr.

— Il faut l'espérer, dit-il.

Et, nous retombâmes dans le silence.

C'était un affreux spectacle pour nous que ces êtres horribles

couchés sur le gazon, et auxquels les vives clartés du feu donnaient une apparence plus formidable encore.

Mais, qui donc vois-je paraître, semblable au génie de la
vengeance, derrière le pin renversé? C'est Wah, tenant à la
main le long couteau de Stop. Elle rampe doucement sur ses
genoux; son regard est fixé sur l'un des dormeurs; c'est en vain
que je veux fermer les yeux; elle s'arrête devant le hideux sauvage qui a proposé notre torture: et, au même moment, elle enfonce le couteau dans son cœur, lui ferme la bouche avec sa
main, puis elle disparaît. Un des Dog-Ribs relève la tête,
éveillé par le faible cri de son compagnon; mais, n'entendant
plus rien, et nous voyant tranquilles, il retombe endormi.

Alors, Wah se lève de nouveau. Elle marche hardiment sur
l'arbre, avec moins de bruit que n'en font les dormeurs en res-
pirant. Dans sa main, sont les trois fusils, elle s'approche de
moi, cache les fusils derrière un buisson; puis, lentement et
avec calme, coupe mes liens; mais, tel était mon engourdissement, que je fusse tombé comme une masse inerte, si elle ne
m'eût d'abord soutenu, puis laissé glissé doucement sur la terre.
Elle alla ensuite délivrer Stop; et, nous recommandant un quart
d'heure de patience pour donner le temps à notre sang de reprendre sa circulation naturelle, elle alla chercher nos fusils.

Au bout de vingt minutes, nous étions sur pied; et, me sentant de force à me traîner jusqu'au bateau, je tournai mes pas
de ce côté.

— Où allez-vous? dit Wah en frappant du pied et en me désignant les Dog-Ribs.

Elle lut dans ma physionomie combien j'étais peu disposé à
une scène de carnage; et, rapide comme la pensée, elle ajusta
son arme et fit feu. Les Indiens, éveillés en sursaut, jetaient
des regards effarés autour d'eux, en recevant coup sur coup la
décharge de Stop et la mienne, car maintenant je n'avais plus le
choix. A peine avais-je posé mon fusil, que Wah le rechargea
pour viser de nouveau les ennemis; au comble de l'épouvante,
les Dogs-Ribs prirent la fuite vers la montagne, laissant trois
des leurs étendus sur la place.

Le premier soin de Wah fut de rallumer un feu à cinquante vergues de l'autre.

— Maintenant, plus de Dogs-Ribs, dit-elle en reprenant son joyeux rire, ils en ont assez comme cela.

Elle avait tué trois hommes! Je regardais avec admiration cette fille sauvage, qui nous avait sauvé la vie quand tout espoir semblait perdu; et, quoique les moyens employés par elle eussent été terribles, j'aurais eu mauvaise grâce à les désapprouver. Stop n'avait qu'un regret : c'était que toute la bande n'eût pas eu le même sort. Quant à moi, mes souffrances avaient été si affreuses que j'étais insensible à tout.

Je bus un peu d'eau et du bouillon chaud, que Wah avait préparé quelque temps auparavant. J'en éprouvai un grand soulagement, et je pus dormir jusqu'au lendemain matin assez tard. Ce qui me parut étrange, c'est qu'à part la roideur et l'engourdissement de mes membres je me sentais beaucoup moins endolori que je ne m'y attendais, après un supplice comme celui que j'avais enduré.

Nous regagnâmes à la hâte notre bateau; et, après un nouveau voyage de trois jours sur les eaux du grand lac de l'Ours, nous atteignîmes le but temporaire de notre traversée.

Nous étions encore sur le lac, Wah occupée à ramer, Stop profondément endormi, tandis que le kayac filait rapidement, grâce au secours de la petite voile. Je réfléchissais aux terribles scènes qui, déjà, avaient agité ma vie, aux vagues espérances qui soutenaient mon courage quand, soudain, en levant les yeux, j'aperçus un spectacle qui fit bondir mon cœur de surprise et de bonheur.

Un groupe de maisons, ou du moins de bâtiments, s'offrit à nos regards sur le rivage; j'abordai aussitôt, et m'élançai à terre pour mieux jouir de la vue d'une habitation européenne.

C'était un long bâtiment, peu élevé, d'environ quarante pieds de long sur vingt de large, en assez bon état de conservation; à droite et à gauche se trouvaient deux autres petits pavillons, beaucoup moins bien conservés, mais qu'il était facile de réparer avec un peu de travail.

Le terrain était sec et sablonneux, assez élevé au-dessus du niveau du lac. Derrière cette construction, se trouvait une chaîne de collines, couverte de petits arbres qui nous promettaient d'amples provisions de bois de chauffage.

Des collines bornaient la vue au nord; à l'ouest, la perspective embrassait un petit lac et l'embouchure d'une rivière; au sud-ouest, se découvrait une grande étendue du lac de l'Ours, et l'on pouvait apercevoir une montagne éloignée au moins de trente milles.

Autour du rivage, nous remarquâmes des blocs de pierres granitiques et plusieurs arbres de différentes espèces, entre autres des larix, dont quelques-uns avaient atteint la hauteur de soixante pieds.

Telle était la situation du FORT FRANKLIN.

C'était là que notre aventureux compatriote, qui, je l'espère, erre encore dans les régions glacées du Nord, avait passé l'hiver de l'année précédente avec les hardis compagnons qui n'avaient pas craint de partager les périls de son voyage scientifique.

J'étais tombé en arrière, et mon ennemi baissait la tête pour m'attaquer (page 220)

XXII. — L'hiver.

Nous nous étions déjà décidés à hiverner en cet endroit, malgré le voisinage des différentes tribus indiennes. Nous ne pouvions espérer atteindre une des stations de la compagnie de la baie d'Hudson avant le commencement de l'hiver, et il était plus facile et plus prudent de passer la mauvaise saison dans le fort Franklin, que de risquer de nous enterrer sous la neige dans quelque désert sauvage.

D'ailleurs, il nous était matériellement impossible de continuer notre voyage sans prendre un peu de repos. Stop était fatigué et épuisé. Moi-même, j'étais malade et découragé. Quant à Wah, elle avait conservé toute la vigueur de sa race indomptée; mais, il était plus que probable qu'elle ne tarderait pas à subir les effets d'un pareil voyage.

Nous débarquâmes donc nos provisions, et nous choisîmes une des salles du grand bâtiment que nous nous empressâmes d'arranger le plus commodément possible. Nous enlevâmes les cendres du foyer, et nous divisâmes la chambre en trois compartiments, dont l'un devait servir de salle de réunion et les deux autres de chambre à coucher, et qui étaient disposés de façon qu'aucun ne fût privé de la chaleur du foyer.

Nous réparâmes aussi de notre mieux deux salles extérieures, afin de pouvoir y prendre de l'exercice lorsque la température nous empêcherait de nous promener au-dehors.

Dès que nous eûmes terminé ces préparatifs, Wuh nous engagea à construire deux petits radeaux avec des branches d'arbre, tandis qu'elle fabriquait, avec des tendons de rennes et de la corde, un filet de pêche qui ne devait pas tarder à nous servir. Dès que les radeaux furent terminés, la jeune fille se mit en devoir de nous procurer du poisson. Elle réussit à prendre une quantité assez considérable de harengs, de saumons, de truites et de carpes.

Stop l'aida à ouvrir le poisson et à le mettre sécher au soleil; de mon côté, sans oser toutefois m'éloigner à une distance considérable du fort, je devins le Nemrod de la troupe. Mais, j'avais tant de difficulté à me traîner, que je ne me rendis pas très utile. Je tremblais à chaque instant de voir apparaître ces horribles sauvages dont les cruels traitements avaient, — du moins je le craignais, — affecté mes facultés intellectuelles.

Pendant quatre jours, nous fûmes obligés de nous confiner et de travailler à l'intérieur du fort, à cause d'une pluie incessante. Vers la fin de la quatrième journée, quelques rennes se montrèrent dans les environs, et je réussis à en tuer trois.

Bientôt, une tombée de neige vint nous annoncer que la mauvaise saison allait commencer; en effet, dix jours plus tard, une légère couche de glace couvrit le lac. Dès le 17 octobre, tous les oiseaux s'étaient éloignés, hormis quelques canards qui se montraient de temps à autre. Nous regardâmes tous ces indices comme les avant-coureurs de l'hiver. Il faisait très froid, et nous commençâmes à allumer de grands feux, ayant eu le soin de profiter du beau temps pour amasser le plus de bois possible. Nous rentrâmes notre kayac dans le fort; c'était pour nous un objet trop précieux pour négliger de le mettre à l'abri de tout accident.

Wah nous annonça que cette saison était favorable à la pêche, et nous résolûmes par conséquent de tenter la fortune. Nous fîmes des trous dans la glace, et nous y introduisîmes deux des grossiers filets fabriqués par Wah. Notre pêche fut abondante, et tout le poisson, dont n'eûmes pas besoin ce jour-là, fut gelé et se conserva parfaitement jusqu'au printemps.

A plusieurs reprises, nous fûmes retenus à la maison par la neige, qui tombait de façon à obscurcir l'atmosphère. Cependant, dès que la neige avait cessé de tomber, sa présence sur le sol nous était fort agréable, car elle nous permettait de nous servir d'un rude traineau pour transporter des charges de bois, dont nous faisions une très forte consommation dans les vingt-quatre heures.

Nous remarquâmes qu'un grand nombre d'animaux se rapprochaient de notre habitation, lorsque le froid eut atteint son plus haut degré d'intensité. Nous aperçûmes des loups, des renards, des martres, des lièvres, des souris et des rennes, tandis qu'au-dessus de nos têtes passaient des corbeaux, des *fringilla nivales*, des martins-pêcheurs, des tanagras, des choucas rouges, des condors, des perdrix, et enfin quelques hiboux et quelques éperviers. Nous vîmes plusieurs quadrupèdes et d'autres oiseaux dont les noms m'échappent.

Nous nous levions vers neuf heures ; nous déjeunions; puis, nous partions pour la pêche si le temps ne s'y opposait pas, et nous rentrions dîner vers une heure. Ce repas terminé, nous allions nous promener sur la neige jusqu'à quatre heures, toujours armés de nos fusils, et nous revenions souper au fort. Dans la soirée, je lisais, je priais ou je donnais des leçons de lecture à Wah; cette dernière tâche était facile, car la femme de son maître avait commencé autrefois à lui apprendre à lire.

Je m'efforçai surtout de lui inspirer des idées religieuses. La chose n'était pas aisée, car les notions qu'on lui avait inculquées s'étaient profondément gravées dans sa jeune tête, et rien n'est plus difficile à détruire que l'effet des premières leçons. Néanmoins, je ne me rebutai point, et je crois que je réussis à lui donner quelques notions justes sur le bien et le mal, sur le ciel, sur Dieu, sur ses devoirs.

Stop ne partageait pas mon opinion à cet égard.

— Voyez-vous, maître Henry, me dit-il un jour, vous perdez votre temps. A quoi bon parler de toutes ces choses à une pauvre sauvage qui doit épouser, — n'oubliez pas ce point-là, — un sauvage comme elle, un païen, qui serait fier et heureux de nous scalper s'il pouvait tomber sur nous à l'improviste?

— Mon cher Stop, je crois accomplir un devoir. Dans la position où je suis, je me croirais coupable si j'agissais autrement que je ne le fais.

Vers la fin du mois de novembre, j'étais assis dans le fort, raccommodant mes chaussures, tandis que Stop se taillait une jambe neuve dans une bûche qu'il venait d'équarrir à sa grande satisfaction. Il plaisantait à propos de sa trouvaille et de la forme artistique qu'il avait donnée à son ouvrage; car, après avoir dégrossi le bois à coups de hache, il était en train de le polir et de l'arrondir.

— Ce travail vous fera honneur, Stop.

— On ne pourra pas dire que je n'ai pas une jambe bien tournée, n'est-ce pas, monsieur Henry?

J'allais répondre gaiement à ce propos, lorsque Wah se précipita dans la chambre.

— Les Dogs-Ribs! s'écria-t-elle avec angoisse et en me regardant avec une expression de douceur que je n'avais jamais auparavant remarquée chez elle.

— Qu'ils viennent, ces maudits mécréants! nous les recevrons comme ils le méritent, lui répondis-je.

En une seconde, je fus debout. Nous nous armâmes, et nous descendîmes à l'entrée du fort. Ils étaient là, une trentaine à peu près, à trois cents pas environ, et rangés à la file les uns des autres. Nous les couchâmes en joue en leur faisant signe de se tenir à distance, et criant en même temps à des amis imaginaires de se tenir prêts. Les Dog-Ribs s'arrêtèrent et tinrent conseil. Enfin, ils députèrent vers nous un seul homme, qui s'avança en nous priant, par signes, de ne lui pas faire de mal.

Il s'adressa à Wah, mais elle secoua la tête, ce qui indiquait qu'elle ne le comprenait pas. Alors, il prononça quelques paroles dans un langage qui ne lui paraissait pas familier, car il hésitait souvent, et cette fois Wah comprit ce qu'il disait.

— Ils demandent du poisson, de la viande. Ils veulent vivre avec nous dans le fort, dit la jeune fille en se tournant vers moi.

— Non, jamais! m'écriai-je avec colère. Dites-leur que chaque Dog-Rib, qui s'approchera à portée de mon fusil, tombera pour ne plus se relever.

Les yeux de Wah brillèrent de plaisir en communiquant ma réponse à l'Indien.

L'orateur leva les bras en signe de surprise; et, s'approchant un peu, il dit que lui et les siens avaient chassé pour les chefs blancs qui avaient élevé le fort, et que ces derniers les avaient récompensés par de nombreux cadeaux.

J'ordonnai alors à Wah de raconter la scène qui s'était passée au défilé des Ronnes.

J'observai l'ambassadeur des Dog-Ribs, tandis que la jeune fille parlait; et, je lus dans ses traits une expression de rage et d'angoisse qu'il cherchait en vain à dissimuler, tandis que la jeune fille racontait d'une voix triomphante le massacre que nous avions fait de nos ennemis. Je fus convaincu, dès ce moment, qu'ils étaient venus dans l'espoir de se venger, et je leur ordonnai à l'instant même de se retirer, et de ne pas s'approcher de notre habitation sous peine de mort.

A peine Wah eut-elle traduit cet ordre, qu'un cri de désespoir se fit entendre. Ce cri me fit tressaillir et craindre que mes soupçons ne fussent mal fondés; car, enfin, il n'était pas impossible que nos visiteurs fussent attirés par la faim.

Je leur fis dire que la prudence me défendait de les laisser approcher du fort avant le retour de mes amis; mais que, s'ils consentaient à s'éloigner, je chasserais pour eux pendant toute une journée et tâcherais de leur procurer autant de gibier que possible. Ils se retirèrent immédiatement, et je me mis en devoir d'exécuter ma promesse. Grâce à ma persévérance, je réussis, en moins de deux jours, à abattre cinq daims, avec les-

quels nos visiteurs s'éloignèrent en me témoignant beaucoup
de reconnaissance. Je ne les revis plus.

Au mois de décembre, les journées devinrent si courtes que
nous avions à peine le temps de chasser, de sorte que nous
fûmes obligés de nous contenter de la pêche. Nous pêchions au
filet et au javelot; mais, avec moins de succès que lors de notre
première tentative.

Nous reçûmes la visite de plusieurs Indiens isolés ou égarés, entre autres celle de deux chasseurs appartenant à la tribu
des Louchoux. Ils étaient armés de fusils et très paisiblement
disposés. Mais, nous nous gardâmes bien de les admettre dans
notre demeure, car la vue de Wah n'eût pas manqué d'éveiller
leurs mauvais instincts.

Un matin, le soleil ne se leva pas avant onze heures; ce fut
notre plus courte journée, car elle ne dura que cinq heures. Les
nuits, cependant, étaient brillamment éclairées par les rayons
de la lune et par de fréquentes aurores boréales.

Nous n'oubliâmes pas de célébrer la Noël. Le matin, je lus
quelques chapitres de l'Evangile, et j'engageai avec Stop et Wah
une conversation religieuse. Ensuite, nous prîmes un peu
d'exercice; et, au retour de notre promenade, nous nous mîmes
gaiement à table. Notre repas se composait d'un gigot de renne
rôti et d'une excellente friture, le tout arrosé de neige fondue
en guise de champagne. Le banquet était frugal; mais, il nous
parut délicieux, car nous songions au joyeux repas que nous
comptions bien faire à la même époque de l'année suivante.

Le poisson frais devint de plus en plus rare, et notre santé
commençait à souffrir de l'absence de toute autre nourriture
que le poisson sec auquel nous étions condamnés. Aussi, lorsque Wah vint m'annoncer qu'elle avait découvert les traces
d'un renne d'Amérique, je n'hésitai pas à me mettre à la poursuite de ce gibier. Les journées étaient courtes, et l'animal pouvait se trouver à une très grande distance du fort; mais, nous
avions tellement besoin de quelques provisions fraîches, que je
ne songeai ni au temps que demandait une pareille chasse ni
aux dangers auxquels elle nous exposait, et je me mis en route,
un matin, accompagné de Wah.

La neige était épaisse; mais, le froid ne l'avait point encore durcie, ce qui rendait notre marche laborieuse et fatigante. Mais, l'objet que nous avions en vue possédait une grande importance. Pour donner une idée des fatigues et des privations que nous eûmes à endurer, il suffira de dire que nous voyageâmes ainsi pendant quatre jours de suite, passant les nuits sans feu, enveloppés dans nos peaux d'ours et nous abritant derrière un mur de neige; le matin même du cinquième jour, nous n'avions pas encore atteint l'animal. Néanmoins, la neige indiscrète annonçait la direction qu'il avait suivie; et, après avoir dévoré un morceau de viande salée et un ptarmigan, nous continuâmes notre chasse. Je vis que Wuh était épuisée de fatigue. Pour ma part, j'avais de la peine à me traîner; mais, nous n'en poursuivîmes pas moins notre course, jusqu'à ce qu'enfin nous aperçûmes notre gibier debout auprès d'un taillis. Il était à portée de nos fusils, et nous tirâmes en même temps.

L'animal était blessé, et grièvement blessé; car, au lieu de chercher le salut dans la fuite, il s'élança vers nous en se livrant à des bonds furieux. La jeune Indienne se plaça derrière un arbre et put recharger son fusil. Embarrassé par mes lourdes chaussures, je n'eus pas le temps de trouver un semblable abri. L'animal blessé m'eut bientôt atteint et renversé. J'étais tombé en arrière, les pieds en l'air, et mon ennemi baissait la tête pour m'attaquer avec ses cornes formidables, lorsqu'il reçut dans la tête la charge de la carabine de Wuh, qui l'acheva d'un coup de couteau.

Débarrasser de la neige un espace circulaire et allumer un grand feu, fut l'affaire de quelques instants. Nous fîmes un excellent repas, que nous avions certes bien gagné. Nous abattîmes ensuite quelques petits arbres, principalement des pins, qui nous permirent d'entretenir un bon feu. Ceci fait, nous construisîmes des huttes avec des branches et de la neige, où nous nous disposâmes à prendre le repos dont nous avions tant besoin. Le lendemain matin, nous fabriquâmes un traîneau sur lequel nous plaçâmes notre gibier, et nous nous mîmes en route pour regagner le fort. Notre absence avait duré huit jours; et le pauvre Stop, qui nous croyait perdus, nous fit un accueil chaleureux, et nous félicita sur le succès de notre entreprise.

Vers le mois de février, il y eut de nouveau grande abondance de poisson, et malgré les loutres qui attaquaient parfois nos filets, nous fîmes d'excellentes pêches.

Au milieu d'avril, le dégel commença, et la température s'adoucit suffisamment pour nous permettre de songer à nos préparatifs de départ. Malheureusement, malgré nos provisions, l'amélioration fut de courte durée; et, lorsque arriva le mois de mai, nous habitions encore le fort. Les oiseaux commençaient à se montrer; et, bientôt, je remarquai quelques fleurs, entre autres l'anémone blanche.

Par une belle matinée, dans la première semaine de juin, tandis que le soleil nous envoyait quelques rayons plus chauds, le kayac flottait sur le lac, ayant sa petite voile dehors, Stop se reposait dans la maison, et je contemplais Wah, qui était occupée à pêcher.

Bientôt, elle tira une belle truite du lac, et s'avança lentement vers l'endroit où j'étais assis sur un tronc d'arbre abattu non loin du fort. Elle posa la truite à mes pieds, et s'assit auprès de moi.

Nous emballâmes ce soir-là nos effets, et nous commençâmes notre voyage vers Cumberland-House.

Elle était morte aussi doucement qu'un enfant qui expire sur le sein de sa mère (page 239)

XXIII. — Tristes événements.

Dès le point du jour, nous nous mîmes en route. Nous devions nous rendre par le lac du Grand-Ours et la rivière Mackenzie dans le lac Athabasca, pour de là nous diriger sur Cumberland-House, puis à travers le lac Winnipeg et le lac des Bois, jusqu'au fort William sur le lac Supérieur. C'était une formidable entreprise qu'un pareil voyage. Mais, je ne désespérais pas d'arriver enfin à bon port.

Wah était toujours la même, gaie et souriante. Elle déployait, en toute occasion, le courage et la constance dont elle avait fait preuve dès notre première rencontre. Elle avait mis le plus grand soin à recharger le canot. Tout semblait nous favoriser. Stop paraissait complètement rétabli. Son activité et son ancienne vigueur semblaient revenues. Pendant l'hiver, on lui avait épargné toute fatigue; et, à son insu, il avait été nourri de nos meilleures provisions. Lorsque je contemplais son teint florissant et son regard brillant de santé, je me flattais de le voir arriver sain et sauf au bout de nos pérégrinations.

Hélas! combien est vain l'orgueil que donne le jeunesse!

Durant la première journée, nous eûmes sous les yeux un charmant paysage : nous avions devant nous de verdoyantes collines, dont la pente assez douce était couverte de pins et de mélèzes, excepté vers leur sommet, que tapissait seulement une couche de gazon. Le courant était rapide, surtout vers le canal où le lac se jette dans le Mackenzie. Parfois le courant devenait si impétueux, que nous fûmes obligés de gagner la terre, afin de décharger le kayac et de le porter en longeant la côte. Nous nous remettions à flot avec un grand plaisir, car le canot ne paraissait pas des plus légers à nos épaules endolories.

Néanmoins, nous avancions toujours; nous glissions sur l'onde. Stop était au gouvernail, tandis que Wah et moi nous tenions les rames. Il eût été imprudent de naviguer à la voile sur cette rivière, dont le cours capricieux est plein de sinuosités. Nous avions d'abord eu l'intention de suivre la route tracée par Franklin et sa suite, qui, suivant la ligne droite par terre, avaient gagné la rivière en quatorze ou seize jours; mais, je craignais, pour Stop, les fatigues d'une si longue marche. Il eût mieux valu s'en tenir à notre première résolution, au risque de prolonger de deux ans notre voyage. Pour ma part, j'aurais volontiers sacrifié une année ou deux de mon existence pour changer le cours des événements.

Deux heures environ avant le coucher du soleil, nous nous arrêtâmes pour préparer notre repas, notre intention étant de faire une halte plus longue après avoir dépassé les rapides, qui commençaient à un mille de l'endroit où nous nous trouvions. Prévoyant que nous aurions à transporter de nouveau le canot, nous jugeâmes qu'il était nécessaire de nous préparer aux fatigues qui nous attendaient.

L'endroit où nous stationnâmes présentait un aspect pittoresque. La rivière s'élargissait considérablement à mesure que les collines s'abaissaient. L'emplacement, sur lequel nous allumâmes notre feu, était une petite pointe de terre aussi nue et dépouillée que possible. Derrière, à une distance de cent mètres environ, était un épais taillis d'arbres; le même passage se reproduisait du côté opposé à un endroit où commençait une longue ligne de forêt qui bordait le rivage. Le courant devenait très rapide vers le bord opposé, contre lequel la force des flots se trouvait dirigée, grâce à des rochers qui leur faisaient faire un détour subit. En tournant ce point, nous avions été entraînés par le courant, et nous n'avions été sauvés d'un naufrage imminent que par la présence d'esprit de Wah, qui, sautant dans l'eau jusqu'à la ceinture, avait tiré le canot à terre.

Nous fîmes un grand feu, devant lequel Wah se réchauffa et fit sécher ses vêtements. Ensuite, nous procédâmes à notre repas avec un appétit difficile à décrire.

— Le soleil va baisser bientôt, dit Wah, dont la voix avait une intonation solennelle et sérieuse.

Existe-t-il un instinct du malheur, un pressentiment, une voix mystérieuse que l'âme seule peut entendre, et qui nous arrive d'un autre monde?

— C'est vrai, il est temps de repartir, répondis-je en la regardant doucement et en l'aidant à se lever.

Elle saisit ma main avec empressement et la pressa entre les siennes; puis, se dressant sur ses pieds avec son agilité habituelle, elle prit son fusil et se dirigea vers le canot.

— Ugh! s'écria-t-elle en portant sa carabine à son épaule.

Je suivis la direction qu'elle lui donnait, et j'aperçus distinctement une tête qui se mouvait avec précaution sur l'eau. Elle se dirigeait vers notre canot, et l'intention évidente du nageur était de nous voler cet objet si précieux pour nous.

Le coup partit; le misérable voleur fit un bond dans l'eau en élevant les bras, et disparut emporté par le courant.

— Au canot! cria l'Indienne en descendant la pente et en rechargeant son arme.

— Au canot! répéta Stop. Et, au même moment, le hideux cri de guerre d'une douzaine de sauvages Dog-Ribs, qui, étant en guerre avec les Loucheux, venaient d'organiser une expédition, se fit entendre derrière nous.

Je me retournai pour couvrir notre retraite. Les Indiens descendaient au pas de course du taillis dont j'ai parlé plus haut, et où ils s'étaient cachés; mais, ils s'arrêtèrent à la vue de mon fusil, avec lequel je les couchais en joue. En tournant la tête, je vis que Wah aidait Stop à monter dans le canot. Je me disposai lentement à les suivre; mais, j'eus à peine fait un pas que les Dog-Ribs firent un mouvement en avant. Je lâchai la détente; un homme tomba; les autres s'élancèrent dans notre direction, criant et hurlant avec une férocité extrême. Jamais leurs horribles cris ne m'avaient aussi vivement impressionné.

J'avançai à reculons vers le bateau, tout en rechargeant mon fusil. Mais, l'ennemi s'approchait à grands pas, et j'allais leur tourner le dos, lorsque Wah et Stop élevèrent en même temps la voix. Ceci causa une diversion à la faveur de laquelle je pus gagner le canot, qui s'éloigna au plus vite.

Les Indiens, — qui avaient perdu plusieurs des leurs, — se mirent à courir le long du rivage avec des gestes menaçants. On voyait clairement qu'ils étaient résolus à nous couper la retraite, en gagnant avant nous l'endroit où nous comptions débarquer au-dessus de la chute.

Notre position devenait inquiétante, car les rochers, qui bordaient chaque côté, étaient inabordables au-delà du point en question. Cependant, notre seule chance de salut consistait à gagner le port indiqué par notre jeune compagne. On ne pouvait, nous dit-elle, y arriver du côté de la terre que par un sentier étroit qu'il serait facile de défendre, attendu qu'il était impossible à deux hommes de s'y présenter de front; ou bien nous pouvions traverser le courant et nous réfugier parmi les rochers, d'où il nous serait facile d'abattre nos ennemis les uns après les autres.

Nous vîmes, après y avoir mûrement réfléchi, que cette dernière tactique était de beaucoup la plus prudente, bien que dans l'exécution elle présentât de grandes difficultés. Néanmoins, nous eussions sans nul doute affronté de face les sauvages, si un terrible incident ne fût venu nous forcer de prendre une autre détermination.

Nous nous trouvions à cent mètres environ de la chute, et il

15

avait été convenu que nous viserions l'un après l'autre les Indiens, qui continuaient à suivre la côte en courant et en poussant des cris affreux. Nous avions, à cet effet, armé nos fusils, lorsque, par malheur, Wah imprima au kayac un mouvement qui l'envoya en plein dans le courant. Dès ce moment, toute notre énergie et toute notre attention devinrent nécessaires pour échapper à une mort certaine. La lutte fut effrayante, et le résultat longtemps douteux ; cependant, nous déployions toute la vigueur dont nous étions capables. Wah ne pouvait prononcer une seule parole, elle indiqua seulement du doigt un rocher couronné d'un buisson, juste à l'endroit où commençait la chute, et au-dessus duquel j'aperçus les visages peints de trois guerriers qui nous contemplaient avec la joie d'une panthère guettant une proie qui ne saurait lui échapper. Ils attendaient tranquillement l'instant où nous allions être à leur merci.

—Comment nous tirer de là ? m'écriai-je avec l'accent du désespoir.

— Le Seigneur ait pitié de nous ! fit Stop.

— Wah, que faut-il faire ? continuai-je.

— Nous laisser emporter par le courant, répondit-elle.

Je la regardai dans un silencieux étonnement. Ses grands yeux lançaient de rapides éclairs.

— Couchez-vous au fond du bateau et tenez-vous tranquille, dit-elle à Stop ; si vous bougez, nous périssons tous.

Le vieillard obéit machinalement.

— Vous, Jeune Chêne, restez immobile comme une pierre ; ne tournez ni à droite ni à gauche, autrement nous nous noyons tous. Moi, je conduis.

Elle se leva, et fit faire un tour à la barque, qu'elle dirigea en ligne droite vers la chute.

Un cri sauvage retentit sur la rive ; il était poussé par les hideux ennemis qui observaient nos mouvements. Il nous fut renvoyé par les échos de ces collines ; mais, Wah ne bougea pas ; on ne vit pas remuer un seul muscle de son visage.

A un signe d'elle, j'avais bouché ma poudrière et enveloppé les chiens des fusils d'une peau légère destinée à les protéger contre l'humidité.

Puis, je demeurai immobile, les yeux fixés sur notre guide.

D'abord, le courant ne me sembla pas aussi rapide que je l'aurais cru; mais, bientôt nous fûmes emportés avec une vélocité qui m'étourdit. Les rochers avaient l'air de danser autour de moi. Le ciel, les collines, les pierres, les arbres ne formaient qu'une masse confuse. Tandis que nous étions ainsi emportés avec une vitesse impossible à décrire, Wah, toujours debout, paraissait grandir, prendre des proportions surhumaines : ce n'était plus une jeune fille, mais une géante.

Il me sembla apercevoir les têtes hideuses de nos ennemis, entendre leurs cris diaboliques... puis, un coup de fusil retentit non loin de nous!... Qui l'avait tiré?... Contre qui était-il dirigé?... Je ne vis, je n'entendis, je ne sentis plus rien.

Le kayac pivota sur lui-même, chavira, et je fus précipité dans un tourbillon d'eaux bouillonnantes. Mille bourdonnements confus m'assaillirent, mes yeux à moitié fermés apercevaient tous les monstres chimériques dont l'imagination se plaît à peupler le fond des mers; enfin, je me retrouvai haletant et étourdi sur une berge basse et sablonneuse.

Je me soulevai à grand'peine, et je vis que le soleil couchant dorait de ses derniers rayons la terrible cataracte que nous avions traversée. J'étais seul. Je frissonnai, et je jetai les yeux autour de moi.

A environ une centaine de mètres plus bas, je reconnus Stop, qui se traînait sur les mains et sur les genoux dans à peu près six pouces d'eau, vers quelque chose que je ne reconnus pas au premier abord. Il me sembla bientôt, cependant, que cet objet était le canot renversé.

Où donc était Wah?

Je ne pus découvrir nulle part le moindre signe qui annonçât la présence de la jeune Indienne, dont le dévouement, le courage et la douce résignation m'avaient inspiré une si vive sympathie. Je saisis mon fusil et je m'avançai vers Stop.

— Où est Wah? demandai-je avec inquiétude.

Le vieillard se leva, et répondit en fixant sur moi un regard effaré :

— N'est-elle pas avec vous?

— Non.

— Je le craignais, je le craignais, répéta-t-il en gémissant...
Alors, c'est elle qui cherche encore à s'accrocher au canot.

Je m'élançai vers la barque ; et là je vis, en effet, que notre
intrépide compagne était étendue sous le canot, auquel elle se
retenait avec une étreinte convulsive.

— Wah ! Wah ! m'écriai-je.

Elle ouvrit lentement les yeux.

— Défendez la passe, dit-elle d'une voix affaiblie. Wah ne
mourra pas si vite. Que le Jeune Chêne prenne trois fusils, il en
aura besoin pour défendre la passe.

— Mais, mon enfant, où sont les autres fusils ? demandai-je
en détachant doucement ses doigts du canot.

Elle fit un signe que je compris aisément. Les armes étaient
attachées au fond du bateau.

— Soulevez-moi, me dit-elle.

Je la soulevai ; puis, l'adossant contre une grande pierre, je
l'enveloppai de mon manteau.

— Maintenant, allez... dépêchez-vous... il n'y a pas de temps
à perdre... Wah veut voir le Jeune Chêne combattre comme
un vieux guerrier.

Je pris les trois fusils, et je me dirigeai vers le seul sentier
que les Dog-Ribs pussent prendre pour arriver jusqu'à nous.
Wah avait raison : il n'y avait pas de temps à perdre. J'avais à
peine gagné l'entrée du défilé que je les vis arriver. Ils étaient
onze en tout, ayant à leur tête un chef qui tenait une carabine à
la main. Je compris bien alors la fatale détonation de tantôt.

Je me plaçai le plus avantageusement possible ; et, posant
deux de mes fusils à mes pieds, j'ajustai l'Indien à la carabine
et je lâchai la détente.

Ils nous avaient crus tous morts, probablement, car ils arrivaient à la file en suivant une projection du rocher au-dessous
de laquelle se trouvait un gouffre béant d'au moins trente pieds
de profondeur. Le Dog-Rib que j'avais visé tomba en arrière,
saisit de ses bras mourants le guerrier qui se trouvait près de
lui, et tous deux roulèrent dans l'abîme. Je tirai de nouveau
sans miséricorde, déchargeant mes deux armes coup sur coup,

et chaque fois avec le même succès. Les Indiens, que mon plomb n'avait pas atteints, saisis de frayeur, se ruèrent les uns sur les autres dans l'agonie du désespoir. Comme la projection dont j'ai parlé n'avait que douze pouces de largeur, aucun d'eux n'échappa; tous furent précipités dans les eaux du torrent, auquel nous venions d'échapper si merveilleusement.

Je redescendis lentement vers le rivage où j'avais laissé Stop et la jeune blessée. Je n'éprouvais aucun remords, aucun regret; je ne plaignais pas même mes victimes, tant était grand l'état d'exaspération dans lequel je me trouvais.

Un regard de Stop m'annonça que Wah se mourait. La balle était entrée par l'épaule, et avait pénétré dans les poumons. Elle était assise dans la position où je l'avais laissée, enveloppée de fourrures et buvant avec avidité l'eau que lui avait apportée Stop. C'était là un indice trop certain de sa mort prochaine.

— Le Jeune Chêne est le bienvenu, dit Wah d'une voix douce. Combien de Dog-Ribs a-t-il envoyé chasser dans les prairies empestées de leur nation?

— Tous! répliquai-je avec solennité.

Puis, tombant à genoux auprès de la mourante, je continuai :

— Wah, ne pensez pas à cela; vous avez peu de temps, vous avez peu d'heures à vivre. Eh bien! à ce moment suprême, vous écouterez les paroles qui sauvent l'âme immortelle.

Le regard ardent de la jeune fille s'adoucit.

— Henry, nous rencontrerons-nous dans votre ciel?

— Oui, je l'espère, je prierai Dieu pour cela.

— Alors dites-moi tout; parlez-moi de Celui qui est mort, à ce que vous assurez, pour tous les hommes.

Je tournai les yeux vers Stop : des larmes brûlantes inondaient son visage; ses mains étaient jointes comme pour la prière. Il tomba à genoux, et demeura les regards fixés sur la pauvre Wah.

Pendant plus d'une heure, je lui expliquai tout ce que je savais moi-même, dans un langage simple et sans apprêt, aidant enfin de mon mieux à faciliter un départ paisible à cette âme pure, innocente et naïve. Ensuite, je m'arrêtai un moment; je me recueillis et je priai intérieurement.

— Henry, dit Wah, qui me donnait pour la première fois ce nom, apprenez-moi à prier.

Je priai tout haut, et Wah répéta chaque mot après moi.

Au même instant, le courant apporta dans la petite baie et déposa sur le sable à quelques pieds de nous les cadavres des Indiens qui nous avaient poursuivis. J'observai avec inquiétude le visage de Wah; je n'y lus pas le moindre sentiment de joie ou de vengeance satisfaite.

— Pauvres gens! dit-elle, personne ne leur avait appris à aimer leurs semblables.

Je regardai Stop, et j'éclatai en sanglots en voyant combien il avait fallu peu de temps pour dompter les sauvages instincts de cette enfant de la nature.

— Posez votre tête sur mon épaule, continua-t-elle.

J'obéis.

— Adieu, Henry... adieu, Stop... ne pleurez plus. Où donc est le ciel, je ne le vois plus?... Je ne puis vous voir non plus, Henry... Dieu vous bénisse!

Elle était morte aussi doucement qu'un enfant qui expire sur le sein de sa mère, sans secousse, sans gémissement, sans soupir.

— Hélas! hélas! fit Stop, nous ferons bien de nous arranger nous-mêmes, car nous avons perdu notre meilleure amie.

— En effet, nous avons perdu une bonne, fidèle et noble amie, dont le souvenir ne s'effacera pas de ma mémoire. Nous l'enterrerons demain, ainsi que doit être une chrétienne.

J'examinai le canot; il n'était plus en état de nous rendre le moindre service. Restaient nos fusils et nos peaux d'ours. Nous prîmes une de ces dernières, dans laquelle nous enveloppâmes Wah comme d'un linceul funèbre; puis, nous allumâmes un grand feu, afin de tenir à distance les loups, et d'effrayer les vautours qui planaient déjà au-dessus de notre camp.

Nous nous reposâmes un moment; puis, nous prîmes place devant le feu pour veiller la pauvre morte. Ensuite, nous entassâmes le bois sur le feu, et nous nous endormîmes.

Je me réveillai au point du jour, et je jetai les yeux autour de moi, n'ayant qu'un souvenir confus des événements de la veille.

Je me levai; et, m'agenouillant auprès du cadavre de Wah, je priai avec une ferveur que je n'ai jamais pu retrouver depuis.

Un grand pin s'élevait isolé à dix pieds de l'endroit où Wah avait succombé. Je creusai sa tombe au pied de cet arbre. Nous fîmes cette fosse aussi profonde que possible; nous plaçâmes notre compagne dans sa dernière demeure terrestre, et nous posâmes au-dessus le canot renversé. Nous élevâmes un mausolée de pierres au-dessus de ce simple tombeau, pour empêcher les loups et les ours de violer l'asile de la morte; puis, nous nous remîmes en route.

Puis-je raconter ce qui se passa, pendant les trente jours qui suivirent? Dirai-je comment nous errâmes le long du rivage, mourant de faim, épuisés de fatigue, tristes, abattus, désespérés? La pénible impression, produite par la mort de Wah, ne devait ni ne pouvait s'effacer de sitôt. Nous chassâmes : nous longeâmes les bords du fleuve, nous avançant fort lentement et nous arrêtant des journées entières pour nous reposer. Pendant près d'une semaine, nous pensâmes périr d'inanition. Enfin, lorsque nous nous repentions de ne nous être pas couchés dans la tombe de notre pauvre Wah pour partager son sort, nous aperçûmes le drapeau de l'Angleterre flottant sur les tours d'un fort. Nous nous y traînâmes, et il est inutile d'ajouter qu'on nous fit un accueil dont je conserverai une reconnaissance éternelle. On nous donna des provisions, des vêtements et un abri, sans même nous demander d'où nous venions.

Ce ne fut que dix jours après notre arrivée, et lorsque le repos et une nourriture abondante eurent réparé nos forces épuisées, que nous racontâmes notre étrange et aventureuse épopée. Alors, ils nous conseillèrent de prendre encore huit jours de repos, puis ils offrirent de nous conduire à Fort-William, et de nous procurer un passage pour la vieille Angleterre.

J'y consentis; et, au moment où ma main trace ces lignes, je compte avant trois mois embrasser ceux que j'aime et fouler le sol de ma chère patrie.

La porte s'ouvrit; et, debout sur le seuil, elle aperçut le capitaine Shipton (page 234)

XXIV. — Petershill.

Pendant tout ce temps, il y avait à Plymouth une maison pleine de deuil et de douleur. Ce fut un coup terrible que le départ de Henry pour ce long et périlleux voyage que devaient bientôt entreprendre d'autres hardis explorateurs dont les noms appartiennent à l'histoire. Cependant, bien qu'il fût parti pour une expédition qui devait laisser, pendant bien des années, un grand vide dans la demeure de Petershill, on y conservait l'espoir de le voir revenir pour ne plus jamais s'en éloigner.

M. Maynard montait à cheval chaque matin pour se rendre à son bureau, mais ses traits étaient empreints d'une gravité qu'on n'y avait jamais remarquée avant ce fatal départ. Il interrogeait souvent la direction du vent, et prenait note de tous les baleiniers qui arrivaient ou qu'on annonçait comme étant en

232

partance; il faisait demander aux premiers si par hasard on ne
leur avait pas confié des lettres pour lui, et il chargeait les derniers de messages pour son fils, dans le cas où l'on rencontre-
rait la *Belle Fanny*.

A Petershill, madame Maynard et la pauvre Fanny parlaient
à voix basse du cher absent, frissonnant lorsque le vent gémis-
sait et sifflait autour de la maison. Elles demeuraient toujours
graves, inquiètes et soucieuses, car elles songeaient sans cesse
aux dangers qui menaçaient l'être qui leur était si cher.

Assises l'une auprès de l'autre, elles lisaient, causaient fréquemment, et travaillaient avec une ardeur fiévreuse à quelque
objet de toilette qui devait orner le trousseau du marié.

Bien des jours s'écoulèrent de la sorte, tristement, mais sans
toutefois amener le désespoir dans ces cœurs confiants. On
compta d'abord les mois, puis les semaines, puis les heures, et
enfin les minutes, à mesure que s'approchait l'époque fixée
pour le retour tant désiré. L'été se passa et l'hiver lui succéda,
puis survint un autre été qui s'écoula non moins rapidement.

Une seule fois, on reçut des nouvelles du brick. Un navire
avait parlé à la *Belle Fanny*, et les paroles « *Tout va bien* » qu'on
leur rapporta, résonnèrent à leurs oreilles comme le refrain
d'une mélodie aimée.

Pendant longtemps, les deux dames se consolèrent en se
livrant avec Stop à de longues causeries sur son jeune maître.
Elles l'écoutaient avec respect, parce qu'il avait navigué et connaissait tous les périls que doit braver un marin. Les récits
qu'il leur faisait étaient de nature à rassurer leurs âmes en
peine. Mais, bientôt, cette consolation leur fut refusée; car, un
beau matin, Stop disparut mystérieusement, sans laisser le
moindre indice qui pût les mettre sur sa piste.

Elles devinèrent, elles pensèrent toutes deux qu'il avait
formé quelque grand projet, et qu'il était allé à la recherche du
jeune explorateur; cependant, aucun fait ne vint les confirmer
dans cette conviction.

La famille était rassemblée dans la bibliothèque. Un grand
feu de charbon pétillait joyeusement dans l'âtre et jetait des
lueurs et des ombres fantastiques dans tous les coins de la salle,

tantôt éclairant le plafond et les murs, et tantôt les plongeant dans l'obscurité.

M. Maynard, assis dans un fauteuil en face de sa femme, regardait tristement le feu; tandis que Fanny, qui venait de sonner afin qu'on apportât le thé et les lumières, regardait par la croisée et semblait interroger l'obscurité du parc.

A cet instant, un pas lourd, indécis, se fit entendre dans le couloir qui conduisait à la bibliothèque. Evidemment, le visiteur, quel qu'il fût, après avoir fait plusieurs pas en avant, s'arrêtait comme irrésolu, ne sachant pas sans doute s'il devait s'avancer ou retourner en arrière.

Le cœur de Fanny battit à lui briser la poitrine. Elle eut un funeste pressentiment qu'elle tenta en vain de maîtriser. Cependant, elle s'efforça de comprimer les battements de son cœur, et se retourna.

La porte s'ouvrit; et, debout sur le seuil, elle aperçut le capitaine Shipton, dont les bougies apportées par un domestique éclairaient la personne, sans néanmoins permettre de lire l'expression de son visage. Il tenait son chapeau à la main, et on voyait dans sa démarche quelque chose d'embarrassé qui ne présageait rien de bon.

—Où est mon fils? demanda M. Maynard en se précipitant vers la porte.

—Mon enfant! cria la mère, qui voulut se lever, mais qui retomba sans force dans son fauteuil.

—Où est Henry? dit en même temps Fanny, qui s'avança avec un calme héroïque vers le patron.

Celui-ci leva sa main rugueuse et essuya une larme.

M. Maynard poussa un gémissement plaintif, la mère se trouva mal, Fanny se laissa tomber sur un siége et fixa sur le vieux marin des yeux si égarés qu'il en fut alarmé. Mais, bientôt, ses larmes coulèrent abondamment, la jeune fille se sentit soulagée, et elle demeura quelques moments immobile et silencieuse.

— Capitaine Shipton, dit M. Maynard dès qu'il eut réussi à faire cesser l'évanouissement de sa femme, quelles nouvelles nous apportez-vous? Mon fils est-il mort?

— Pas que je sache, je vous l'affirme.

Le marin s'assit, et raconta, non sans être interrompu mainte et mainte fois, tout ce qui était arrivé depuis son départ jusqu'au moment où Henry avait disparu.

— Mon brave Stop! murmura Fanny au milieu de ses larmes, lorsque le capitaine lui eut dit qu'il avait accosté un baleinier à bord duquel se trouvait le vieux matelot, mon brave Stop, il est allé où je devrais être.

— Je comprends vos sentiments, mais je regrette que la franchise m'oblige à vous dire que je crains que le dévouement de Stop ne soit inutile : autant vaudrait se mettre en quête d'un homme dont on sait, pour toute adresse, qu'il habite l'univers. Si M. Henry existe, ce qui est très possible, il traverse l'Amérique en ce moment, et doit être en route pour vous rejoindre.

— C'est possible, mais voilà tout, dit M. Maynard d'un ton solennel : nous prierons nuit et jour pour l'accomplissement de votre prédiction. Shipton, vous n'avez guère envie de retourner là-bas, je présume?

— Je suis venu chez vous, monsieur Maynard, pour vous prier de me procurer les moyens d'y retourner le plus tôt possible. Avec des vivres pour deux années et une partie de mon équipage, — dont on allongerait un peu la paye, — je pourrais visiter de nouveau les parages que nous venons de quitter.

— Vous irez, Shipton, et les hommes auront double solde et doubles rations. Engagez-les tous de suite.

— Pas tous, s'il vous plaît, répliqua le patron en hésitant.

— Pourquoi pas?

— Eh bien! voici pourquoi. L'équipage prétend (et je crois qu'il a raison) que si Williams avait voulu retrouver M. Henry, pendant cette terrible nuit dont je vous ai parlé, il lui eût été possible de le rejoindre et de le ramener.

— Mais comment, au nom du ciel, expliquez-vous une pareille conduite?

— Votre fils avait su s'attirer l'affection et la confiance de l'équipage. En outre, il possédait des talents et des connaissances dont Williams était jaloux.

Le rude marin se tut. Il sentait qu'il en avait dit assez.

— Shipton, s'écrie M. Maynard indigné, pour la première fois de ma vie je sens naître en mon cœur le désir de la vengeance. Puisse Williams n'avoir jamais faim, et ne venir me demander un morceau de pain, car je le lui refuserais !...

— Non, mon ami, dit madame Maynard d'une voix à moitié étouffée par l'émotion, si Williams avait faim et qu'il vous tendît la main, vous ne le repousseriez pas, vous ne le laisseriez pas mourir... Mon pauvre Henry, mon pauvre enfant !

— Vous avez raison, toujours raison. Mais, qu'il ne mette plus les pieds à bord d'un de mes navires. Shipton, vous allez bien vous reposer ; mais, qu'au printemps tout soit prêt pour le départ ; en attendant, vos appointements courront toujours.

— Merci, monsieur Maynard ; j'ai une femme et quatre enfants, et je vous remercie pour eux, en leur nom et au mien. Avez-vous d'autres recommandations à me faire ?

— Voulez-vous souper avec nous et coucher ici ? ajouta tranquillement le négociant. Il est tard déjà, et nous avons bien des détails à vous demander ; dites-moi la vérité : conservez-vous quelque espoir ?

— Il y a là-haut un Dieu qui sait tout, moi je ne sais rien. De nombreuses tribus passent l'hiver dans ces régions, et il a pu en rencontrer une. C'est là mon espoir ; je dirai même plus : c'est là ma conviction.

— La chose est possible, elle est probable, dit M. Maynard. Mon pauvre enfant a beaucoup lu, trop lu sur ces pays inhospitaliers... Hélas ! c'est moi qui suis la cause de ce qui arrive !

L'habitation de Petershill devint triste. L'hiver s'écoula lentement et lugubrement, sans un rayon de soleil qui vînt réchauffer ces cœurs attristés. Ce fut une longue saison morne et solitaire, froide et désolée.

Enfin, un matin, — et comme d'un commun accord, — tous descendirent en grand deuil dans la salle où l'on se réunissait pour déjeuner. Depuis quelques jours, on ne se cachait plus qu'on avait presque renoncé à la pensée de revoir jamais celui qui faisait la joie et l'orgueil de la famille.

Cependant, madame Maynard ne put s'empêcher de tressaillir et de fondre en larmes à la vue de la sombre toilette de sa nièce.

— Mon enfant, mon unique enfant désormais, s'écria-t-elle en la serrant dans ses bras par une étreinte convulsive; eh! quoi, toi aussi tu as perdu toute espérance?

— J'ai trouvé ces vêtements dans ma chambre, et je les ai mis, répliqua la jeune fille en sanglotant.

— Voyons, s'écria M. Maynard, qui s'efforça de cacher son émotion, nous ne désespérons pas encore; mais, le deuil convient à des gens aussi rudement éprouvés que nous le sommes.

Des nouvelles vagues arrivaient à de longs intervalles pour rouvrir une blessure qui semblait ne devoir jamais se cicatriser. Cette malheureuse famille semblait condamnée à flotter éternellement entre la désolation et l'espérance.

Le navire, sur lequel Stop s'était embarqué, revint. On apprit alors que quelques matelots de ce bâtiment prétendaient avoir découvert sur une île les traces d'un homme, mais qu'ils n'avaient pas réussi à découvrir cet homme. Cependant Stop, convaincu que l'habitant solitaire n'était autre que son cher Henry, avait déclaré qu'il ne voulait pas abandonner l'île, et on l'y avait laissé. Il avait été impossible au baleinier de revisiter l'endroit où il avait débarqué, car l'hiver, qui se déclara subitement, l'avait forcé à retourner vers le sud.

Néanmoins, les parents du jeune marin ne désespérèrent pas encore.

Puis, le capitaine Shipton revint à son tour, rapportant une étonnante nouvelle : il avait, lui aussi, visité l'île, sur laquelle il avait rencontré une troupe d'Esquimaux, qui se plaignaient de ce que deux hommes blancs leur avaient enle é leurs traîneaux avec une jeune Indienne prisonnière de gue.

Ces détails donnèrent à penser que les fugitifs avaient réussi à gagner le continent américain; mais, ce furent là les dernières nouvelles qui leur parvinrent.

Les jours et les mois s'accumulèrent; enfin la dernière lueur d'espérance se dissipa à son tour. . . . .

. . . .

Par une belle soirée d'automne, la famille avait dirigé sa promenade vers les ruines de la cabane élevée par les soins du jeune Robinson. Ils tournaient souvent leurs pas de ce côté, comme on se rend auprès de la tombe d'un ami qui n'est plus.

M. et madame Maynard s'assirent sur un banc peu éloigné de la caverne, devant laquelle passait la route qui conduisait à la nouvelle habitation. La nuit ne commençait qu'à tomber, et l'on pouvait encore entrevoir les murs blancs de la maison.

Tout à coup, la jeune fille, en poussant un cri, bondit en avant et se dirigea vers la pelouse.

Les deux époux, vieillis par la douleur, se levèrent au même moment. Ils avaient compris le cri de leur nièce : c'était un cri de joie et de bonheur. Ils ne se trompaient pas.

Au haut du sentier en pente, on voyait un grand jeune homme avec un teint bruni et une longue barbe. Ils n'osaient espérer, et se refusaient à croire à tant de bonheur!... Mais, pourtant, c'était bien leur fils, leur Henry tant pleuré, tant regretté!

Le nouveau venu abandonna à mi-chemin un vieillard à jambe de bois dont il soutenait la marche chancelante, et s'élança à la rencontre de la jeune fille. Il la souleva dans ses bras au moment où elle perdait connaissance, et courut avec elle vers ses parents. Il faudrait une plume plus exercée que la mienne pour décrire les émotions d'une pareille scène.

Henry les embrassa tous. Le père et la mère se regardèrent avec des yeux rayonnants de bonheur, sentiment que leurs regards n'avaient pas exprimé depuis bien des années. Comme Henry avait grandi! qu'il était devenu brun!

— Ainsi donc, vous m'avez reconnu? dit le Robinson des régions polaires.

— Au premier coup d'œil, répondit Fanny. Vous voilà tout à fait un homme!

Tout le monde rentra à la maison, et Henry Maynard reprit sa place au foyer paternel.

On se coucha tard ce soir-là, après avoir écouté le merveilleux récit du jeune marin, qu'il lui fallut plus tard répéter une centaine de fois, car personne ne se lassait de l'entendre.

La joie était revenue. Jamais, même aux plus beaux jours, Petershill n'avait été aussi gai.

Quant au vieux Stop, proclamé héros à plusieurs lieues à la ronde, il eut à subir les inconvénients de la célébrité, et se vit plus d'une fois forcé de raconter ses aventures à un auditoire attentif et émerveillé.

Shipton reçut une pension de retraite qui le mit à son aise, et renonça à naviguer. . . . .

. . . .

Un jour, les cloches ébranlèrent l'air de leur joyeux carillon. La foule accourut gaiement au passage des jeunes fiancés, dont on allait bénir l'union. C'était un charmant couple que Henry et Fanny, lui si mâle et si fort, elle si belle et si délicate, s'appuyant avec tant de confiance sur ce bras robuste qui devait désormais la soutenir à travers les épreuves de la vie.

Ils avaient beaucoup souffert, mais leurs souffrances leur avaient profité. Ce fut une heureuse union. M. et madame Maynard vécurent bien des années encore et purent jouir du bonheur des jeunes époux. Ils virent grandir autour d'eux plusieurs petits-enfants qui ne tardèrent pas à découvrir la fameuse cave. Et, ce fut en cet endroit, et durant les belles soirées d'été, que ces derniers écoutèrent avec une attention qui, nous l'espérons, ne nous aura pas non plus fait défaut chez nos lecteurs, les étranges aventures du ROBINSON DU NORD.

FIN

TABLE

FIN DE LA TABLE.

Limoges — Imp. E. Ardant et Cie

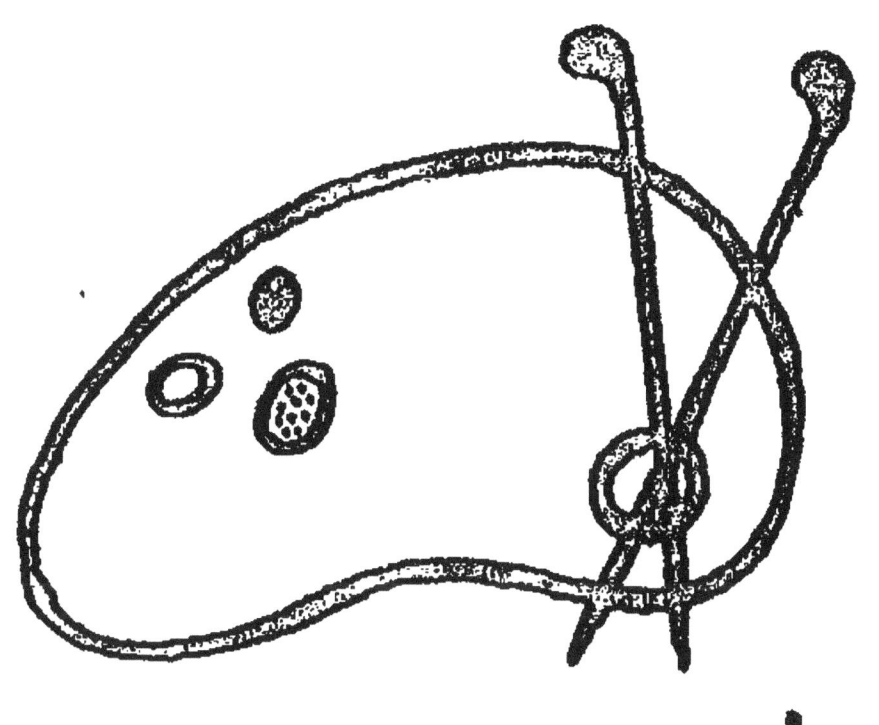

Original en couleur

NF Z 43-120-B

COL...

DE...

FAMILLE

PAR LES FRÈRES GRIMM

TRADUCTION REVUE

PAR E. DU CHATENET.

LIMOGES

EUGÈNE ARDANT ET Cⁱᵉ,

ÉDITEURS.

www.ingramcontent.com/pod-product-compliance
Lightning Source LLC
Chambersburg PA
CBHW061439030726
47503CB00005B/1486

SUPPLÉMENT

AU

DICTIONNAIRE D'ARGOT

LIBRAIRIE DE E. DENTU, ÉDITEUR

———

·DU MÊME AUTEUR

DICTIONNAIRE HISTORIQUE D'ARGOT

9ᵉ édition

DES EXCENTRICITÉS DU LANGAGE

Un fort volume in-18 jésus. — Prix : 6 francs.

Imprimerie générale de Châtillon-sur-Seine, — Jeanne Robert.

LORÉDAN LARCHEY

SUPPLÉMENT

AUX NEUVIÈME ET DIXIÈME ÉDITIONS DU

DICTIONNAIRE

D'ARGOT

AVEC UNE INTRODUCTION SUBSTANTIELLE

ET UN RÉPERTOIRE SPÉCIAL DU LARGONJI

PARIS

E. DENTU, ÉDITEUR

LIBRAIRE DE LA SOCIÉTÉ DES GENS DE LETTRES

PALAIS-ROYAL, 15, 17 ET 19, GALERIE D'ORLÉANS

1883

INTRODUCTION

———

A propos d'un article de *revue*. — Pourquoi la 9ᵉ édition n'a point différé de la 8ᵉ. — Deux importantes communications. — Comment l'ancien argot aide à comprendre le nouveau. — Additions, rectifications et réflexions diverses.

Un grand honneur nous a surpris le 15 octobre 1881. jour où la plus autorisée de nos revues consacrait un article très long à l'argot en général et à notre dictionnaire en particulier.

Etait-ce dans une intention bienveillante? Je n'oserais l'affirmer, bien qu'on en soit arrivé à ce raffinement de considérer certains réquisitoires comme d'excellentes réclames. Mais il est des critiques qu'il convient de prendre au sérieux, et la Revue en question restera certainement leur asile. Je crois donc à sa candeur lorsqu'elle flétrit l'argot au nom des bonnes lettres. On pourrait se demander ce que les bonnes lettres viennent faire dans un endroit où elles n'ont jamais été invitées. Mais le moyen pour elles de se choquer si on ne les encanaille pas un peu de parti pris! Puis, il est bon de paraître enfoncer de temps à autre quelque porte largement et perpétuellement ouverte, comme celle de l'argot.

Il n'est pas besoin d'être grand clerc pour savoir qu'un dictionnaire d'argot n'a rien à démêler avec telle ou telle règle littéraire. On y recueille des mots, on tâche de les expliquer, et c'est tout. L'œuvre est faite de patience et de conscience. Mais il fallait à tout prix que notre procureur de la république des lettres plaçât son petit réquisitoire, et comme il ne trouvait pas chez nous de tribune, il s'est juché sur notre tas d'épluchures, ce qui était en vérité nous faire trop d'honneur.

Où je l'admire moins, c'est dans les procédés par trop commodes qu'il emploie lorsqu'il veut faire suspecter la sincérité de mes citations. Je ne veux ici d'autre juge que lui-même.

J'affirme par exemple que l'abbé Desfontaines dénonce comme irréguliers, en 1726, dans son *Dictionnaire néologique,* les mots *détresse, scélératesse, encourageant, érudit, inattaquable, improbable, entente, naguères.*

Que fait mon honorable contradicteur?

Il cite mon texte entre guillemets, mais il en retranche mon renvoi au nom de l'abbé et à son *Dictionnaire néologique,* ce qui me laisse *en l'air,* comme on dit en argot stratégique... Puis, il dit de ce texte dépourvu par lui de la preuve qu'il fait alors semblant de chercher : « *Je crois que M. Larchey se trompe en nous donnant tous ces mots pour autant de néologismes.* »

N'insistons pas davantage. Peut-être le critique de la *Revue* a-t-il été victime d'une communication fautive. Je me plais d'autant plus à supposer quelque surprise de sa bonne foi que s'il avait réellement vu notre livre, il eût pu lui porter un coup plus droit, parce que là nous avions contre nous les apparences. Ainsi aurait-il pu sans peine établir que notre neuvième édition ne différait en rien de la huitième, malgré notre promesse de donner chaque fois, un supplément sérieusement revu, corrigé et augmenté. La remarque m'eût été d'autant plus pénible que la vingt-huitième page de l'introduction insistait sur les remaniements répétés que ce glossaire doit subir pour faire honneur à son titre; elle faisait remarquer que toutes ses éditions, moins une, ont présenté depuis 1860 des variantes essentielles, elle invitait même les chercheurs à s'en convaincre par la comparaison.

A la vérité, mon manque de parole n'était qu'apparent. Un contingent nouveau était prêt pour l'impression, mais ne m'avait pas été demandé.

Selon l'usage suivi en librairie, on avait fait un simple tirage sur cliché sans que l'auteur en fût avisé, et on avait donné ce tirage comme une édition nouvelle.

De son côté, l'éditeur n'y avait pas mis de mauvais vouloir. Habitué à procéder ainsi pour des œuvres courantes qui ne sont pas condamnées au supplice du remaniement perpétuel, M. Dentu ne s'était pas douté le moins du monde du préjudice ainsi porté à ses vrais intérêts. M. Dentu tient donc et non sans raison à ce que je commence par expliquer le malentendu et par déclarer en son nom qu'il ne se reproduira plus.

Je dois répondre à un dernier reproche de la *Revue*, celui de faire rentrer tous les néologismes dans le domaine de l'argot. Voici ce qu'en pensait l'auteur de *Ma Robe de Chambre ou mes tablettes du soir*. Il s'appelait Gillé et il écrivait ceci en 1825; c'était un classique, un ami des bonnes lettres, comme on dit à la *Revue* :

J'ouvre le dictionnaire de l'Académie, et j'y trouve la définition suivante du mot argot : « Certain langage des gueux et des filous, qui n'est intelligible qu'entre eux. »

Combien, de nos jours, on a donné d'extension à ce mot! Il s'est élevé de l'espèce d'abjection qui le couvrait jusqu'aux professions honnêtes qui semblaient autrefois le proscrire ; on ne peut pas dire qu'il se soit anobli entièrement, mais on ne rougit plus pour le prononcer, et il sert comme de point de ralliement pour des choses et des individus d'ailleurs fort honorables. Il a paru commode pour exprimer un principe de conduite ou un système, et il s'y trouve étroitement lié, comme une désignation juste d'intérêts et d'affections particulières.

Il y a différents argots en politique comme en littérature : chaque journal représentant une opinion, une fraction de parti, a son argot distinct ; chaque société particulière, chaque profession a son argot ; l'avocat au barreau tâche de ne point se faire entendre de tous ceux qui l'écoutent, et il n'y a guère que ses confrères qui puissent comprendre son langage. C'est l'argot de Thémis.

Le commerçant emploie, en présence de l'acheteur, un langage qui est inconnu à celui-ci, et qui lui paraît au moins amphibologique : le médecin se gardera bien de parler en bon français à un malade, mais il lui dira en grec et en latin qu'il a une obstruction au foie, ou qu'il est menacé d'attaque d'apoplexie. Le publiciste se retranche dans les abstractions morales et politiques ; le poète s'entoure d'images et d'allégories qui souvent ne sont pas poétiques ; le commis a aussi son argot bureaucratique. Enfin, il n'est pas si mince état qui n'ait son argot particulier. Si après avoir descendu si bas, on remonte vers les rangs supérieurs de l'état social, si l'on parcourt les salons de la richesse et de la grandeur, on verra que l'opulence comme la pauvreté, le vice comme la probité, ont leur argot distinct.

Puisqu'il en est ainsi, pourquoi l'Académie n'effacerait-elle pas les flétrissures qui pèsent sur un mot qui se trouve bien réhabilité ?

Bien avant Gillé, le *Sottisier de Voltaire* disait en 1778 : « Les gueux et les voleurs ont un argot; mais quel état n'a pas le sien ? Les théologiens, et surtout les mystiques, n'ont-ils pas leur argot ? Le blason n'en est-il pas un ? Et est-il plus beau de dire *gueules* et *simple,* au lieu de *rouge* et *vert,* que *pitancher du pivois,* au lieu de dire *boire du vin ?* »

Le très spirituel prince de Ligne exprimait une opinion de ce genre vers 1789, opinion qui par la suite a été justifiée pleinement :

« Les étrangers hasardent souvent des mots excellents
dans notre langue, il faudrait les garder. Qu'on cherche
aussi dans le jargon des provinces... Il y a dans les patois des mots inventés par la nature et qui la peignent à
merveille, par une sorte d'imitation de la chose qu'ils
expriment. »

Rappellerons-nous enfin ce que Saint-Edme écrivait
sous le nom de Vidocq en 1833 :

Argot, maintenant, est plutôt un terme générique destiné à exprimer tout jargon enté sur la langue nationale, qui est propre à
une corporation, à une profession quelconque, à une certaine
classe d'individus; quel autre mot, en effet, employer pour exprimer sa pensée, si l'on veut désigner le langage exceptionnel de
tels ou tels hommes : on dira bien, il est vrai, le jargon des petits-maîtres, des coquettes, etc., etc., parce que leur manière de
parler n'a rien de fixe, d'arrêté, parce qu'elle est soumise aux ca-
prices de la mode; mais on dira l'argot des soldats, des marins,
des voleurs, parce que, dans le langage de ces derniers, les choses
sont exprimées par des mots et non par une inflexion de voix, par
une manière différente de les dire; parce qu'il faut des mots nouveaux pour exprimer des choses nouvelles.

Toutes les corporations, toutes les professions ont un jargon
(je me sers de ce mot pour me conformer à l'usage général), qui
sert aux hommes qui composent chacune d'elles à s'entendre entre
eux; langage animé, pittoresque, énergique comme tout ce qui
est l'œuvre des masses, auquel très souvent la langue nationale a
fait des emprunts importants. Que sont les mots propres à chaque
science, à chaque métier, à chaque profession, qui n'ont point de
racines grecques ou latines, si ce ne sont des mots d'argot ? Ce
qu'on est convenu d'appeler la langue du palais, n'est vraiment
pas autre chose qu'un langage argotique.

Nous croyons avoir amplement démontré que le fait
d'avoir groupé tous nos néologismes sous la seule dénomination d'argot n'est ni une hérésie ni une nouveauté.

Il est grand temps de parler de notre supplément et
de sa composition. Nous avons déjà dû des renseignements précieux à M. Gustave Macé dont personne ne

met en doute la haute compétence ; ses nouvelles communications font la grande force de ce supplément. Tous les mots qui en font partie sont suivis d'une M placée entre parenthèses, comme justification.

C'est de la même source que nous provient un glossaire particulier du *langage déformé* que nous avons pris le parti de publier à la fin du volume. C'est le premier qui ait été jamais publié, je le crois du moins. La page VIII de notre introduction a déjà signalé ce procédé. Il consiste à substituer la lettre *l* à la première consonne qu'on reporte à la fin du mot. (Exemple : *lacarmevé* pour *vacarme*), ou avant la dernière voyelle. (Exemple : *alichfer* pour *afficher*).

Le report de consonnes se fait indifféremment avec accompagnement des finales *é, em, ès, oc, ique, uche.* (Exemples : *alieudé* pour *adieu*, *alocetré* pour *atroce*, *aluserbem* pour *abuser*, *lacbem* pour *bac*, *lacefem* pour *face*, *eboulercrès* pour *écrouler*, *labactès* pour *tabac*, *emloipluche* pour *emploi*, *entrelolsoc, enlonnoirtoc* pour *entresol* et *entonnoir*. On voit par *alieudé* et *lacarmevé*, que la consonne reportée sans désinence s'écrit comme on la prononce.

Quand il y a deux consonnes semblables, la lettre *l* semble ne les remplacer qu'en en supprimant une, (*alaparcer* pour accaparer, *alareilpé*, pour *appareil*). — Lorsque le mot commence par *in, en* ou *an*, c'est la seconde consonne qui est remplacée par la lettre *l* (*inlénieurgem* pour *ingénieur*). — Si la lettre *l* se trouve en présence de trois consonnes réunies, elle se reporte à la suivante (*entrelolsoc* pour *entresol*).

Par exception, la consonne transposée se reporte aussitôt après la voyelle suivante : Exemple : *alibme* pour *abîme*. — Par exception, la lettre *l* peut remplacer deux consonnes non semblables, exemple : *elamotercès* pour *escamoter*.

Le *c* reporté s'adoucit. Ainsi *écarter* se prononce *élartercès*, tandis qu'il devrait se prononcer *élarterkès;* *élolecès* devait aussi se prononcer *élolekès.*

Si la consonne à remplacer par *l* se trouve précisément être une *l*, on reporte la substitution à la seconde consonne du mot. Exemples : *enlelervem* pour *enlever, lalinpuche* pour *lapin.*

D'autres mots échappent à toute règle de composition, pour ne citer que *léselucès* (cul) et *lajemcrès* (jamais), mais ils sont en petit nombre.

Ces courtes remarques ne sauraient passer pour des indications de règle ; il est probable même que cette règle n'existe pas, et que les désinences sont la plupart du temps variées selon le caprice du parleur. Cette sorte d'argot fut d'abord connue sous le nom *d'argot des bouchers* (il aurait pris naissance dans cette corporation). On l'appelle aussi *largonji* (c'est le mot *jargon* déformé par l'adjonction de *l* et *i*.) Il a, comme le javanais, le défaut d'allonger tous les mots, et veut être débité fort vite pour être inintelligible. Sous ce dernier rapport, les enfants priment les grandes personnes.

Après M. Gustave Macé, je dois rendre grâce à M. le Docteur Lamblin, qui m'a communiqué un dictionnaire d'argot manuscrit fort curieux. D'après une note de la feuille de garde, on voit qu'il a dû être tenu à jour de 1820 à 1836 par un commissaire de police de la ville de Paris. La grande partie de ce vocabulaire se trouvait déjà dans notre œuvre, mais il est un certain nombre de mots ou de sens qui lui manquaient encore. Je n'ai pas hésité à à les placer ici, en les annotant à l'occasion, car ils ne me sont arrivés qu'après l'impression. En lexicographie comme en autre chose, il ne faut jamais remettre l'heure de donner un renseignement de plus.

AIR (Avoir de l') : Marcher avec un air inquiet. — ALLUMER a aussi le sens d'indiquer. Ex. : Allume-moi un fourgat (indique-moi un recéleur).—AMI est mis pour « voleur » dans le sens indicateur. Ex. : « C'est un ami. »—AMI DE COLLÈGE : Camarade de prison. — AMIRAL : Couteau de bagne. La cuiller y est appelée aussi *préfet*, parce que l'amiral Jurien de la Gravière, préfet maritime de Rochefort, fit rendre aux forçats les couteaux et cuillers qui leur avaient été retirés. — ARÇON : Il consiste aussi à imiter le bruit d'un crachat. (V. *Arçon*. Dict.). — FAIRE BAILLER LE COLAS : Couper la gorge (allusion à l'entaille du cou). — ÇA FAIT MA BALLE : Cela me convient. — BANCALE (Maison) : Maison de jeu clandestine.— BANQUISTE : Complice, compère. — BATON BLANC : Commissaire de police (doit être un vieux mot remontant au temps où il fallait suivre en prison le sergent qui vous touchait de sa baguette). — BELLE (Être de) : N'avoir pas de charges à redouter. — BLANCHIR DU FOIE : Avoir dessein de rompre ou de trahir. Ex : « Gardez-vous de lui, son foie blanchit. » (Jeu de mots sur *foi* et *foie*.). — BLESCHE : Apprenti voleur. Plus jeune encore, il s'appelle *mion*; le voleur est un *péchon*.). — BLER : Aller. Ex : Blons avec la rapiole (allons avec la fille.) — BONNISSEUR : avocat. — BOUCANNER : Corrompre. (V. *Boucanade*. Dict.) — BOUFFARDER : Manger. —BOUFFARDIÈRE : cheminée. — BOULIN : Trou à la muraille. — BRAC : Nom. — BRÉGUILLES : bijoux. — C LE C : Argent. — CADET (Fargué du) : Porteur du produit d'un vol. — CAYON : Caution. — CALEBASSE (Vendre la) : Dénoncer. — CAMELOTTE : C'est le butin quotidien du chiffonnier. En 1836, il rapportait 1 franc par jour et se décomposait ainsi : *Chiffons* : 10 à 20 centimes la livre; *papier* : 2 centimes; *verre blanc* : 1 à 3 centimes; *verre coloré* : 12 centimes; *os* : 2 centimes; *chat mort* (selon la peau); *chat frais* : 40 centimes la livre pour les cuisines de barrière. — CAMOUILLE : Chandelle. Pour *camoufle*. Ex. : Esquinte la camouille (éteins la chandelle). — CANTER (Faire) : Faire chanter. Ex. : Il fait chanter le pedreau (il fait chanter le pédéraste). Jeu de mots sur *perdreau* et *pedero*. *Canter* est un vieux mot. — CARREAU : Instrument de fer pour ouvrir les serrures. Il a la forme de deux Z superposés. — CARTOUCHE JAUNE : Passeport de libéré. — CERISES : Les queues de cerises, classées alphabétiquement d'après leurs dimensions et leur couleur, forment un moyen de correspondance entre détenus. — CHARMER UN CHIEN, DES VOLAILLES : Les empêcher d'aboyer, de crier. — CHARRIEUR : C'est aussi un voleur par effraction. — CHOPINER : voler. Ex. : Nous n'avons pas chopiné la récureuse (nous n'avons pas volé la toilette). — CHOUÉ : pris. (Abrév. d'*échoué*?) — CHOUETTE :

Jolie fille publique. V. Roubion, dict.—COIRE : Chef de bande.
— COMTOIS : Mensonge intéressé. (Dérivé de *conte* fait à plaisir.)
— CONTRIBUABLE : personne volée (ironie). — COQUEZ :
V. Détourne. — COSMEL : Trésorier de voleurs. — COUESU :
Montre. — COUPS FRAPPÉS : Moyen de correspondance. Ex. :
Un condamné laisse des outils dans le préau pour faciliter l'éva-
sion d'un camarade tenu au cachot sans communication. Il frappe
176 coups avec 17 repos qui veulent dire : (cherche) sous l'arbre
à gauche.

19	15	21	19	12	1	18	2	18	5
s	o	u	s	l'	a	r	b	r	e

1	7	1	21	3	8	5
a	g	a	u	c	h	e

CRAPAUD (Œil de) : Louis d'or. (Allusion à sa couleur jaune et
à sa prétendue puissance fascinatrice.) — DÉBINER : Un voleur
dira à un concurrent déloyal : « Tu débines mes pantres. » C'est-
à-dire : « Tu voles les dupes que je m'étais réservées. — DÉFI-
CHER : Bâiller. — DÉGUISER : signaler, reconnaître. — DÉ-
TOURNE (Vol à la) : Quand le complice croit avoir détourné
l'attention du commis, il avertit en crachant, ou en disant : *Coquez* (servez, prenez). Dans le cas contraire, il dit : *Rengraciez*,
(prenez garde). — Les commis qui ne s'y laissent pas tromper en
font parfois des acheteurs forcés en demandant, à la cantonade,
si on a fait la facture de *M. Détourneur* ou de *Madame Lanquil-
leuse*. — DOUZAINE (La) : Le jury de la Cour d'assises. — DRO-
GUE (Montrer) : Demander. Ex. : Montre drogue à cette largue
(demande à cette femme). — DUCHESSE : Femme dirigeant une
bande. — DUR : Bagne. Ex. : Il me renverra faucher au dur (il me
renverra travailler au bagne. — ÉCORNE (Vol à l') : Vol à l'écor-
nage. Il se fait presque toujours en introduisant la lame d'un couteau au bas de la vitre qu'on soulève en faisant levier, et qui se
brise ainsi triangulairement sans bruit. — ÉCUMER LA BOU-
TOGUE : Enfoncer la boutique. — ÉCUMOIRE (Faire l') : Faire
des trous nouveaux dans le toit qu'on est appelé à réparer. Argot
de couvreur. Cela s'appelle aussi : *se faire des pratiques*. — EF-
FAROUCHEUR : Voleur. — EMPOGNE : main. — EMPORTER :
Vivre avec, en parlant d'une femme. Ex. : J'ai tout fait pour
l'emporter. — ENFLAQUER : Faire arrêter un complice en le
dénonçant. — ÉPLUCHEUSE DE LENTILLES : Tribade. —
ESPONTON : Malfaiteur mis au ban de ses collègues. — FA-
FLARD : Billet de banque (dér. de fafiot). — FAIENCE (La) :
Ferrements des forçats. (Allusion à leur cliquetis.) — FAIRE

TRENTE ET UN : Palpiter, battre. Mot à mot : Faire trente et une pulsations à la minute. — FERLAMPIER : Détenu habile à se déferrer. — FICHER : Bâiller. — FIL BIS : Cheveu gris. — FLAN (C'est du) : Cela est permis. — FLAN (Inspecteur à la) : Officier de paix. — FLANCHET : Lot. — FLAQUET : Plancher. — FLOPPER : Battre. — FLOU (Faire le) : Ne rien trouver. — FOIE BLANC : Peureux, disposé à dénoncer. — FOUAILLER : Reculer au moment d'agir. — FOURAILLIS : Lieu de recel. — FRANC : Affilié à une bande, homme à qui on peut se fier. — FRIAUCHE : Assassin. — FRIME (Tomber en) : Rencontrer. — GOSSELIN : Camarade. — GOUTTE (Faire boire la) : Voler après avoir endormi sa victime en mêlant à sa boisson une pincée de datura en poudre. — GRATTER LE PAVÉ : Vivre misérablement. — GRINCHIR A L'AMOUR : Donner rendez-vous à une bonne en l'absence des maîtres, et commencer par lui dérober la clé de l'appartement qu'on envoie dévaliser par un camarade pendant l'entretien. — GRINCHIR AU BU : Voler l'ivrogne. — GRINCHIR A LA BROQUILLE : Voler en substituant des pierres fausses aux vraies que le bijoutier vous a laissé examiner. — A LA CARTE : Voler chez le bijoutier en lui montrant un dessin de bijou fait sur une carte enduite de poix et retenant le brillant sur lequel on la pose. — A LA DESSERTE : S'introduire en tenue de cuisinier dans une maison où on donne un grand dîner, et voler l'argenterie. — GRINCHIR A LA FIOLE : Voler, après avoir mis la victime hors d'état de résister, en mêlant à sa boisson du *datura stramonium*. — GRINCHIR A LA LIMONADE : Se faire apporter du café et disparaître avec l'argenterie. — GRINCHIR A LA LOCATION : Voler dans les appartements à louer qu'on visite. — GRINCHIR AU RAT : Voler les rouliers et marchands forains qui viennent se coucher plus ou moins ivres dans une chambre d'auberge à plusieurs lits. — GRINCHIR AU REBOURS : Voler le propriétaire en déménageant furtivement. — GRINCHIR AU VOISIN : Aller en robe de chambre acheter des objets et se les faire apporter par un commis auquel on les enlève avant d'avoir passé la porte. — GRINCHIR AUX DEUX LOURDES : Prier un commis d'attendre, et disparaître avec sa marchandise par une autre issue. — JEAN (Faire le Saint-) : Oter son chapeau, signal convenu pour que les camarades sortent pour aller au lieu convenu. — JEAN DE LA VIGNE : Crucifix. — JEU (Grand) : Assassinat. — JOUER DE LA HARPE : Scier des barreaux, tromper au jeu. (Dans le premier sens, la grille est comparée à l'instrument de musique; dans le second, c'est une allusion à l'agilité des doigts du grec.) — LANGUE VERTE (Professeur de) : Joueur ruiné s'offrant comme conseil et empruntant aux gagnants. — LENTILLE : Volée de coups. — LÉSINER : Hésiter. — LIMASSE : Lime sourde. — MANGEUR DE CHOUX : Voleur qui n'est d'aucune bande. Mot à mot : Vivant seul, aux champs. — MANQUE (A la) : Sur lequel on ne peut compter, indiscret. — MARTIN-ROUAUT : Gendarme. — MASQUE : Passeport. — MEC (le) : Le chef de la police de sûreté. — MEC DES MECS : Préfet de police. — MEUDON (Grand) : Officier de paix, mouchard. — MIOCHE : Voleur de race. — MISTICH : Voleur étranger. — MISTICHER : Voler à l'étranger. — MISTON (Allumez le) : Commencez l'action, en parlant d'un complot. (Sens en contradiction avec l'exemple cité dans le Dict., p. 8. — MOMON : Prostituée de 12 à 15 ans. — MOUILLÉ : Connu à la police. — NIET : Rien (abrév. de l'italien *niente* ?) — NOZIÈRES, NOZIGUE : Nous. — ŒIL : La police. — ŒIL AMÉRICAIN (Faire l') : Suivre en regardant de côté. Terme de police. — ORANGES (payer des) : Battre à coups de poings. — PAMPELUCHE : Paris. — PANTINOIS : Voleur de Paris, condamné à Paris. — PANTLE : Volé (forme de *pantre*). — PASSE A LA ROUSSE : Escarpin. — PATRE : Dupe (forme de pantre). — PATTE CASSÉE (Tu as la) : Tu es découvert, on sait tout. — PAVILLON : Mensonge fait à plaisir. — PÉCHONNER, PÉCHONNERIE : Voler, vol. — PÉDREAU, PÉDRO : Pédéraste (pour *pédéro*). — PÉGRIOT : Voleur maladroit. — PIGER : Frapper. (Ex. : Pige ce long-là : tape cet imbécile). — PLOYANT : (Faire le) : Payer des marchandises avec des valeurs qu'on sait mauvaises. — POSEUSE : Fausse veuve à marier, louée à la séance par les agences matrimoniales véreuses. — PRUNEAU : Chique de tabac. Mot ancien datant du premier Empire. — QUASI MORT : Détenu au secret. — QUEUE DE POÊLE : Sabre de grosse cavalerie. — QUEUTER : Suivre. (Mot à mot : Aller à la queue.) — QUOQUE : Aussi (latinisme). — RAFFALAUD : Banquier de maison de jeu (il raffale les joueurs). — RAIDE : Faux rouleau d'or à l'usage des charrieurs. — RAMASSEUR DE MARRONS : Pédéraste. — RAPIOLE : Fille publique. — RAT (Vol au). V. Grinchir. — REBONNETER : Confesser. — REBONNETEUR : Confesseur. Il vous rebonnete (raccommode) avec Dieu. — RECOQUEUR : Dénonciateur. — RÉCUREUSE : Toilette. (On s'y récure le visage.) — RÈME (1) : Fromage. — RENGRACIER : Se défier. — RIVARDE, RIVETTE : Fille publique. — ROUSPAN :

---

(1) Abréviation de *Durème.* V. le dict.

C'est le souteneur du *chanteur*. — ROUTONNER : Voler les malles derrière les voitures, sur la grande route. — ROUTON- NIER : Voleur de malles. — RUSQUIN : Écu (1). — RUSQUINER : Prendre des écus. — SALADE (Mettre en) : Cacher, enfouir. — SERPILLÈRE : Soutane. — SIMPLE : Celui qu'on doit voler. — SINVE (Faire le) : Avoir peur. — SOURDINE (Voler à la) : Voler après avoir mis le volé dans l'impossibilité de résister en mettant du *datura* dans sa boisson. — SOURIS : Baiser. — SUADER : Conseiller (abrév. de *persuader*). — SUAGE : Torture. — SUAGE (Mettre en) : Brûler les pieds. Terme de chauffeurs. — SUER (Faire) : Ne signifie tuer que s'il est suivi de *un chêne* pour régime. *Faire suer sur le grand trimard* est simplement *voler*. — TI- TINE : Botte. (Abréviation de *tinette*, avec redoublement de la première syllabe. Allusion d'odeur.) — TRAV : Cette indication trouvée sur un carnet de voleur à la suite d'une adresse veut dire que la maison est bonne à travailler (dévaliser). Le mot *niet* indi- que le contraire. — TRESSE : Cœur (il tressaute). Ex. : Le treess me faisait 31. — VEINE COUCHANTE : Coucher du soleil. — VERGNE (La grande) : Paris. — VINAIGRE (Crier au) : Crier au voleur.

Autre chose est de déterrer des mots nouveaux, autre chose est de s'en rendre compte. Celui qui fait fi de l'ar- got ancien et qui s'honore de ne pas le chercher dans les livres rend de grands services au lexicographe, mais il ne saurait le remplacer. Ainsi, croit-il avoir tout fait en donnant le mot nouveau *sans beurre* qui désigne le chiffonnier en gros. *Sans beurre*, d'où cela vient-il ? Il ne le dit point, parce qu'il lui aurait fallu connaître l'argot ancien pour se reporter à *berri* (hotte de chiffonnier) dont *beurre* est évidemment une forme altérée. Le *sans beurre* est donc le chiffonnier qui n'a pas besoin de porter la hotte, expression parfaitement motivée par son exploitation relativement plus riche. De même, si je n'avais retrouvé dans le vieux Rabelais le *landsmann zu trinken*, je n'aurais pu établir sur une base solide ma conjecture sur le terme de *mannestringue* qui a désigné d'abord le marchand de vins, et qui s'est déformé au-

(1) Abréviation de *frusquin*. V. le dict.

jourd'hui en *mannezingue* par l'effet d'une tendance eu-
phonique et toute française qui réduit toujours avec le
temps les consonnes, trop dures à nos oreilles.

Bien d'autres mots dits nouveaux ne peuvent s'expliquer si on ne recourt aux mots anciens dont ils sont des
formes plus ou moins reconnaissables. Il est essentiel
de savoir et de pouvoir remonter aux sources. C'est ainsi
que sans *valade* on ne peut se rendre compte de *vandale*
(poche), sans *verre en fleurs* on ne comprendrait pas bien
vert en fleurs, sans *reconnobler*, *pezotte*, *verser*, *thune*,
cuite, *tronche*, *jettard*, *cocange*, *rousture*, *lingrer*,
passif, on ne pourrait se faire une idée nette de *renobler*,
zozotte, *zerver*, *trune*, *tuite*, *tranche*, *schtard*, *tocange*,
romture, *relinguer*, *paffe*, (soulier). Ainsi, un journal
du 3 octobre 1882 disait que les malfaiteurs donnaient
aujourd'hui le nom de *cémaisse* au commissaire de police. *Cémaisse!* Le mot semble bizarre, et il est difficile
de s'en rendre compte, pour qui n'a pas idée de le comparer à *ces mess* (*ces messieurs*, sous-entendu *les agents*.
Voir notre supplément). *Cémaisse* ne veut donc pas
dire *commissaire;* il n'est qu'une mauvaise leçon de
ces mess, qui est déjà connu.

Les mots vont presque toujours se raccourcissant et se
déformant. Voilà le dictionnaire de Rigaud qui donne
falzar et *dalzar* pour *pantalon*. Aux bons temps de l'étymologie, il n'en eût pas fallu davantage pour faire chercher ce mot dans l'assyrien. Mais quand on se reporte à
pantalzar qui ne se dit plus, on n'a pas besoin d'aller si
loin. Pourquoi *pantalzar?* C'est tout bonnement *pantalon* avec changement de finale. Mais pourquoi *zar?*
Parce que le mot *bazar* était sans doute en ce temps-là
une nouveauté, et peut-être aussi parce que le pantalon
comme le bazar contient toutes sortes d'objets. De même
on terminait jadis les mots en *rama* lorsque les Panoramas commencèrent à être de mode.

Citerons-nous encore *sig* qui se dit pour pièce d'or. Pourrais-je faire comprendre ce mot si je n'y reconnaissais une abréviation de *cigale*, qui ne se dit plus. Et pourquoi disait-on *cigale?* — A cause du cri de l'insecte, cri métallique et saccadé comme le bruit des louis tombant un à un.

Et ainsi de beaucoup d'autres expressions dont la *clé* ne saurait se trouver ni dans les carrières d'Amérique, ni dans les compagnies qui alimentent le dépôt de la Préfecture.

Citons à ce propos un dernier exemple. Il montrera comment il est difficile de se rendre compte des mots à première vue. Notre supplément donne *berri* (hotte de chiffonnier) d'après Delvau. Toute conjecture étymologique m'avait semblé jusqu'ici impossible, mais en y réfléchissant, je vois dans *berri* tout simplement une abréviation de *cabriolet* qui a le même sens (1). Comment a-t-on pu écrire *berri* pour *bri?* Parce que l'argotier a écrit le mot comme il croyait l'entendre, sans se demander d'où il venait. M. Rigaud a bien écrit *dalzar* et *falzar* pour *talzar* (abrév. de *pantalzar*).

Au courant de l'impression de ce supplément, j'ai pour ma part commis bien des oublis. Ainsi, dans certaines régions n'appelle-t-on plus *genou*, mais *bille de billard* une tête chauve. Ainsi n'appelle-t-on plus *huître* un homme nul. On dit *moule*.

De même, je n'ai pas encore dit que le terme de *cinquième d'auteur* était connu déjà en 1753, mais dans un sens un peu différent. A cette date, l'abbé Raynal dit dans ses *Anecdotes littéraires* : « Comme Poisson (le fameux Poisson) ne faisait que des pièces en un acte, il s'appelait un *cinquième d'auteur*. » En fils dégénérés,

---

(1) *Cabriolet* était déjà une abréviation de *cabriolet d'osier*.

nous honorons aujourd'hui de ce nom celui qui a fait non un seul acte, mais le cinquième d'un acte.

Nous n'avons pas non plus donné *soigner* dans le sens de *critiquer fortement* (*alias* éreinter). Dès 1844, Paul Féval ne dédaignait pas l'emploi de cette ironie, comme nous l'apprend cette mention d'un catalogue d'autographes de Charavay :

26. FÉVAL (Paul), célèbre romancier.

> L. a. s. ; 1844. 1 p. 1/2 in-8.

> Curieuse épître relative à ses *Mystères de Londres*, qui lui ont valu un éreintement dans la *Revue des Deux-Mondes*. On a choisi pour le *soigner* un tristapatte (1) du *numéro* le plus vulgaire.

Le mot *gueule*, cet animalisme répugnant, employé par les voyous pour désigner le visage, était employé familièrement dès 1783 par une des plus séduisantes artistes de la Comédie-Française. C'est encore l'extrait d'un catalogue de Charavay qui nous viendra ici en aide :

413 *bis*. QUINAULT (Jeanne-Françoise), célèbre actrice de la Comédie-Française.   N . . . M. 1783.

> L. aut., à madame de Graffigny. Mercredi 1 p. pl. in-8.

> « Dites un peu madame comment uas uostre belle *gueule*
> » et diste le san uous tourmanter... je scai que uous aués
> » aussi mal aux yeux qu'au dents... »

Pour aller de la Comédie-Française à l'Opéra, complétons notre explication de *tutu* (2), d'après notre excellent confrère Nuitter, dont personne ne récusera la spécialité, car il est bibliothécaire de l'Académie Nationale de mu-

---

(1) *Tristapatte*, personnage comique d'un vaudeville qui eut du succès il y a cinquante ans : *l'Ours et le Pacha*.

(2) Voir *tutu* dans le Supplément.

sique : « Le *tutu* est un très court jupon cousu par l'habilleuse au moyen de quelques grandes aiguillées de fil passées entres les jambes, ce qui en fait une sorte de caleçon fait et défait à chaque représentation. D'où vient *tutu*? Est-ce de *tulle*? mais on ne sait pas même si c'était la matière première employée. Aujourd'hui on ne se sert que de *tarlatane*. Mais, dans la langue mignarde des nourrices et des nourrissons, ne dit-on pas *tutu* pour *cucu*. Le contenu aurait alors donné son nom au contenant. » L'hypothèse de M. Nuitter me paraît la plus naturelle.

Parlons maintenant du *Porte-aumusse* (qu'on écrivait autrefois *porte-aumuche*.) Ce n'est pas un maître cordonnier comme nous l'avons cru trop à la légère, mais un savetier du troisième rang : à preuve ce passage de *l'arrivée du Brave Toulousain et le devoir des compagnons de la petite manicle* : « Les porte-aumuches ont à leur devanteau (tablier) un petit morceau de cuir taillé en rond et vont par les rues, criant : *A ces vieux souliers!...* » — Il y avait encore les *Urelus* (1ʳᵉ classe) qui avaient à leur tablier une virole de cuivre et les *brelandiers*, (2ᵉ classe) un moule de bouton.

Dans les classes dangereuses, on dit maintenant *rateau* pour *ratichon*, comme le prouve ce couplet de la chanson de la bande des Casquettes noires, donné par l'*Evénement* du 25 février 1873.

> Et suriner les pantres
> A coups d'couteaux dans l'ventre,
> Et crever d'coups d'marteaux
> La Sorbonne aux rateaux.

Je remonte moins aisément à la source d'un mot nouveau dont la fortune a été rapide et singulière ; c'est *rastacouër* ou *rastaquouër*, car on écrit des deux façons. L'espagnol ne nous a rien donné, pas plus que le portugais. Cependant le mot paraît appartenir, comme le personnage qu'il désigne, à l'Amérique du sud. La prononciation même semble indiquer l'élision d'un o final.

Nous sommes plus à l'aise avec *le 6ᵉ Margouillats*, roman algérien très instructif, que vient de publier Marcel Frescaly. Le *margouillat* c'est le spahis de notre armée d'Afrique, comme le *bureau arabe* en est l'absinthe la plus corsée. Vous apprendrez là à connaître le colonel *tiqueur* et l'officier *gibernard*. Le tiqueur fait concurrence au cheval le moins commode ; le *gibernard* est un mélange de *raseur* et de *cocardier*, par parties égales.

Pour passer du domaine des mots à celui des expressions, tout le monde connaît celle-ci : *La chair est faible*, employée pour justifier ou railler quelque entraînement charnel. *La chair est faible* a paru trop théologique aux novateurs ; ils disent maintenant : *On n'est pas de bois*. Un petit journal a conté l'historiette de ce fils de famille qui, astreint par sa maman à tenir registre exact de toutes ses dépenses, et ne sachant comment qualifier une acquisition d'*amour tout fait*, avait inscrit sur son carnet :

> *On n'est pas de bois.* . . . . . 10 francs.

Cette expression, je la retrouve dans la *Muse à Bibi*, recueil de vers d'André Gill, auquel je reviendrai tout à l'heure. Un ivrogne rencontre sur le Pont-Neuf une femme enceinte prête à se jeter à l'eau ; il la retient en disant d'un ton aimable :

> On s'a fait arrondir el' globe,
> On a sa p'tite butte à ce que j' vois,
> Eh ben ! ça prouve qu'on n'est pas de bois.

Se faire arrondir le globe, avoir sa petite butte, n'ont pas besoin d'autre explication. On voit ce que c'est. — Mais quel rôle joue *Bibi* dans le titre du livre que je viens de rappeler?

Bibi ! c'est l'*ego* moderne, c'est le *moi* non haïssable, le *moi* câlin. Exemple : *Ça, c'est pour Bibi* (cela est pour moi); *on ne dit rien à Bibi* (traduction libre : on ne me fait aucune caresse). La *Muse à Bibi*, d'André Gill (publiée en 1881), c'est donc littéralement : *Ma Muse.*

C'est dans le même volume que se trouve l'illustre ballade intitulée *L'Anderlique de Landerneau ou le Préjugé triomphant* (1).

Et puisque nous touchons aux classiques d'un certain ordre, je ne dois pas négliger la *Chanson des gueux,* de Jean Richepin, publiée en 1881 ; elle est suivie d'un glossaire argotique, où je relèverai certains mots omis dans mon texte; l'auteur s'honore de les avoir recueillis « de la bouche même des gens qui s'expriment en argot. » Nos observations sont placées à la suite entre parenthèses; elles renvoient le plus souvent à notre Dictionnaire (Dict.), ou à son Supplément (Suppl.) :

Barbotin : Produit de vol. (Voyez *Barboter*, Dict.).— *Bince :* Couteau. — *Bouchon :* Bouteille de vin cacheté. (Dans l'Ouest, on dit de même : *vin bouché* pour *vin vieux*). — *Calin :* Tonnelet d'étain pour marchand de coco. — *Cambrouser :* Servir. (De *cambrouse :* Femme de chambre, Dict.). — *Chande :* Marchande (abrév.). — *Choquotte :* Chose suave (acception figurée de *chocotte,* qui est un os gras dans l'argot du chiffonnier. De même dans l'armée où les portions de viande sont le plus souvent dures, on appelle *portions grasses* les morceaux considérés comme les meilleurs.) *Chouter :* Caresser (abréviation de *chouchouter*, Dict.). — *Claquepatin :* Traîneur de savate. — *Danse :* puanteur. (V. *Danser*

_____

(1) Le héros s'appelle Jules, fils d'un père « grand bernatier, » c'est-à-dire grand vidangeur. *Bernatier* n'est ici qu'une forme de *brenatier*, c'est-à-dire videur de *bren* (bran).

tout seul, Dict.) (1)—*Déflaque* : Excrément. (V. *flaquer*,
Dict.). — *Dégueulas :* Qui fait vomir. — *Douillard :*
Cheveu. (V. *Douille*, Dict.). — *Emboucaner* : Puer.
(V. *Boucaner*, Dict.). — *Empiergeonner :* Empêtrer. —
Esbloquer : Étonner. (Même image que dans *Esblinder*,
Dict.). — *Fanande*. (Abrév. de *Fanandel*, Dict.). —*Fignole* : Jolie. (Abrév. de *Fignolée*. V. *Fignoler*, Dict.).
— *Flasquer* (forme de *Flaquer*, Dict. — *Fortifes :* Fortifications. — *Galupe :* Fille publique. — *Galupier :*
Amateur de filles publiques. — *Gargarousse :* Gosier,
figure. (La première acception procède de *gargariser*,
Dict.; la seconde est une extension du même genre que
celle qui a fait dire *gueule* pour *figure*.)— *Gave :* Estomac. (C'est un vieux mot. V. *Gaviot*. Suppl.) — *Gniasse*
(*mon*) : Je, moi, me. — *Gourer* (Se) : Se carrer. —
Gras : Latrines. — *Grubler :* Grogner. — *Housette :*
Botte (vieux mot.). — *Hurlubier :* Vagabond, idiot,
fou (semble un vieux mot comme *hurluberlu*). — *Lampagne du cam :* Campagne. — *Lancier :* Individu. —
Largonji : Jargon. (Mot déformé qui sert particulièrement à qualifier l'argot déformé dont nous avons donné
un glossaire. V. la fin de ce Supplément.)—*Louis :* Fille,
par abréviation de Louis XV, nom donné aux filles de
maisons de prostitution, dit M. Richepin, parce qu'elles
se poudrent et se posent des mouches, à la mode du
XVIIIe siècle. — *Lubre :* Lugubre (abréviation). — *Manque* (Avoir à la) : Ne pas avoir. (Ironie composée de
deux contraires.) — *Marloupatte :* Marlou. — *Marpaux :* Patron. (Vieux mot injurieux qu'on retrouve
dans le glossaire de Sainte-Palaye.) — *Maz :* Mazas
(abrév.). — *Merlifiche :* Saltimbanque, vagabond. —
Ménilmuche, Montparno : Ménilmontant, Montparnasse (changement de finales). — *Moure :* Figure gentille. — *Palas :* Beau. — *Pastille :* Pet (allusion ironique au parfum de *pastilles du sérail*). — *Pelican :*
Paysan. — *Pince :* Poigne (animalisme). — *Pomme*
(Sucer la) : Embrasser. —*Proie :* Part, écot. — *Pucier :*

---

(1) Comment *danser tout seul*, puis *danser*, en sont-ils arrivés
à vouloir dire *puer*? Pour le comprendre, il faut se reporter au
fromage décomposé, fourmillant de vers, duquel on dit : *il danse
tout seul*, par allusion au grouillement de ses parasites. L'odeur
de ce fromage étant très forte, on a pris la cause pour l'effet.

Lit (de *puces*, ce qui donnerait à penser que *poussier* vient de *poux*.) — *Radiner* : arriver, aller. — *Relever* (La) : Se faire entretenir par une femme, c'est-à-dire relever la galette (l'argent déposé par d'autres). — *Rideau* : Grande blouse (expression juste, car les blouses d'aujourd'hui sont des robes qui cachent entièrement l'individu). —*Ronfle* : Prostituée. (Il semble y avoir ici allusion de toilette. V. *Ronflant*, Suppl.) — *Ru* : Ruisseau (vieux mot qui s'écrivait *rupt* et *rut*.) — *Saucisse* (Moi) : Moi aussi (jeu de mots). — *Sonne :* Police. — *Stropiat* : Mendiant estropié. — *Tarter* : Aller à la selle. (V. *Tartir* (Suppl.) — *Tirelire* : Estomac, poison. — *Traviole* (De) : De travers (changement de finale). — *Trottignole :* pied (Dérivé de *trottinet*, Suppl.) — *Truquer* : Raccrocher un homme. — *Va-Trop* : Domestique — *Verrac* : Verrat. (De l'espagnol *verraco*.)

Je crois devoir encore rappeler ici les sources imprimées auxquelles j'ai puisé pour ce supplément : *L'Anglomanie dans le français*, par Justin Améro (Paris, Baudry. 1878), *Le Sublime*, par Denis Poulot (Paris, Lacroix, 1872), *Argot et Jargon*, par Alexandre Pierre (Paris, Bonaventure, placard non daté), le *Dictionnaire d'Argot moderne*, par Lucien Rigaud (Paris, Ollendorff, 1881) ; le *Dictionnaire de la langue verte*, par Delvau (Paris, Dentu, 1866) ; les articles publiés, par M. Désiré Lacroix dans le *Moniteur de l'année ; le Nouveau dictionnaire de l'argot*, par Halbert d'Angers, (Paris, Le Bailly, sans date), les *Etudes philologiques* sur l'argot par Francisque Michel (Paris, Didot, 1856) ; *La langue verte typographique*, par Boutmy, (Paris 1878). — Les journaux nous ont donné comme toujours, une part considérable, sans excepter les journaux politiques les plus graves. Le 4 décembre 1881, l'*Estafette* accusait encore M. Clémenceau de rêver un *chambardement général*.

C'est au journalisme que nous sommes généralement redevables des néologismes nouveaux ; il est friand de telles actualités ; il sait les prendre au passage et les servir à l'occasion. Malheureusement, quand la matière fait défaut, certains veulent inventer, et là ils manquent essentiellement à leur mission. Le journaliste consacre les mots nouveaux, mais il ne doit pas les créer, à moins que ce ne soit dans la langue politique. Ainsi l'*Intransigeant* du 4 juillet 1882 parle de *stranguler un ara* pour *boire un verre d'absinthe*. Stranguler un ara, n'est qu'une contrefaçon de *étrangler un perroquet ;* sans être grand prophète, je suis sûr que le terme ne fera pas fortune, parce qu'il ne répond pas aux lois de formation des néologismes populaires. *Etrangler un perroquet,* cela est vite compris par le premier venu ; le vert du perroquet saute aux yeux, comme celui de l'absinthe ; on le voit saisir par le cou comme on saisit le cou du verre à patte (sans jeu de mots, croyez-le bien). Mais *stranguler* est un terme scientifique, il n'est pas mot courant; *ara* ne se dit point dans le peuple. *Stranguler un ara* n'est donc pas un néologisme sincère. Il ne vient pas de la barrière, mais de l'hôtel de Rambouillet. D'autres journalistes créent des sens nouveaux sans le savoir, en se servant mal à propos de termes populaires qu'ils ne comprennent point. Ainsi M. de Pontmartin dit-il dans les *Jeudis de madame Charbonneau* (page 120) : « Il avait encore crédit chez tel restaurateur, mais chez tel autre un œil si effrayant qu'il n'osait plus y remettre les pieds » Or, *œil* est justement synonyme de *crédit* ; un *œil* n'est jamais assez grand pour le débiteur parisien, il a beau s'ouvrir, il n'a jamais pu l'effrayer.

J'ai déjà nommé les deux correspondants auxquels je devais cette fois des additions considérables. Il nous faut citer avec une égale gratitude un officier de l'armée d'Afrique, M. Palat, qui a bien voulu nous adresser bon nombre de termes militaires. Un bienfaiteur anonyme, qui s'est cru, bien à tort, obligé de signer *un imbécile*, nous a envoyé un dictionnaire *français argot* complet. Il y a là une idée, mais la version argot-français répond davantage aux besoins du public, et notre volume, ainsi doublé, serait coté nécessairement à un autre prix. Je tiens le manuscrit à la disposition de l'expéditeur, en rendant hommage à une intention généreuse que je ne puis mettre à profit.

Enfin je dois tous mes remerciements à mon ami et collaborateur Charles Mehl ; il a bien voulu mettre son expérience et ses soins au service de cette édition nouvelle.

LORÉDAN LARCHEY.

2 décembre 1882.

SIGNES ABRÉVIATIFS

(*Dict.*) ou *V. le dict.* — Ces deux abréviations renvoient au corps même du dictionnaire, pour lequel a été fait ce supplément.

(*M.*) — Mot provenant du glossaire manuscrit communiqué par M. Gustave Macé.

DICTIONNAIRE D'ARGOT

SUPPLÉMENT

Les mots *marqués d'un astérisque* se retrouvent dans le dictionnaire; c'est un complément d'explications. — Les abréviations (*dict.*) et *V. le dict.* renvoient également au corps du dictionnaire.

A

ABAT-JOUR : Visière. — Vient de l'armée d'Afrique où la visière de képi est surtout appréciée à ce point de vue. (D. Lacroix.)

ABATTAGE : Action d'abattre son jeu au baccarat. — « Il y a abattage toutes les fois qu'un joueur a d'emblée le point de neuf ou de huit. ».(Rigaud.)

ABATTAGE : Ouvrage vivement exécuté. (*Id.*)

ABATTAGE : Sévère réprimande. — « Le patron est un bon garçon; il avait raison de lui foutre un abattage. » (*Le Sublime.*)

ABATTOIR : Cachot des condamnés à mort. — Ils y vont pour périr comme les animaux. (A. Pierre.)

ABCÈS : Homme à visage boursouflé. (Delvau.) — Allusion às on apparence malsaine.

* ABOMINER : Vieux mot employé déjà par Marot.

ABONNÉ AU GUIGNON : N'avoir pas de chance. (Delvau.) — On dit aussi plus simplement : *il est abonné* — de celui auquel il arrive à plusieurs reprises soit un bonheur, soit un accident.

ABORGNER (S') : Regarder avec attention. Argot de voleurs. (Rigaud.) — Mot à mot : se rendre borgne. — On ferme un œil pour mieux voir de l'autre.

ABOTÉ : Mal ajusté. — V. *Choufliqué.* —.Pour *saboté.*

ABOULER : Arriver. — .V. *Menesse.*

ABREUVOIR : Cabaret. (Delvau.)

ABRUTI : Élève assidu à l'étude. (*Id.*) Se dit aussi par abréviation d'un homme abruti par les excès.

1

ABS : Absinthe. (Delvau.)

ABSINTHER (S') : Boire de l'absinthe. (Rigaud.) Se dit aussi des vieux buveurs pour caractériser leur passion dominante : Que devient X ? — Il s'absinthe. — C'est-à-dire il se grise quotidiennement en buvant plusieurs verres d'absinthe.

ACCENTUER SES GESTES : Se livrer à des voies de fait. (Delvau.)

ACCŒURER : Accommoder de bon cœur. (Id.)

ACCOUCHER : Avouer à la justice. (M.) — Mot imagé.

ACCLIDENCÉ : Accident. (M.) — Mot déformé.

ACCROCHER UN PALETOT : Mentir. Argot du peuple. (Rigaud.)

ACCROCHER (S') : Se pendre. (M.)

ACCROCS : Mains. (M.) — Elles accrochent ce qu'elles peuvent, dans le monde des voleurs.

* ACHATE : Latinisme employé de très ancienne date. On l'écrivait acate; on a même dit acatesse pour amitié.

ACRÉ : Paix! silence! — Il y a de l'acré : cela va mal, le patron n'est pas content. (Rigaud.) — Forme d'acrée.

ACRÉ, NIF ACRÉTOT : Attention! (M.) — Forme d'acrée. Nifer de l'acrée, lairefem de l'acrée : faire attention. (M.)

ACRÉE, ACRIE : Le répertoire d'Al. Pierre donne A crée avec le sens de méfier; Delvau donne acrée, acrie : méfiance.

ACRÉTOT : Chut! (M.)

ACTIONNAIRE : Homme cré

dule et simple. (Id.) — Mot expressif dû aux nombreuses déconfitures de sociétés par actions.

ADROIT DU COUDE : Ouvrier buveur. (Delvau.) — Mot à mot : adroit à lever le coude. — (V. p. 120.)

AFF (Avoir ses) : Avoir ses affaires. — (V. page 3.) — Abréviation.

AFFRANCHI : Voleur qui n'en est pas à son premier coup. (M.)

AFFRANCHI, AFFRANCHIE : Homme ou femme ayant perdu sa virginité. (M.)

AFFURANT : Gagnant. (M.)

* AFFURE : Avance d'argent sur un ouvrage. On dit aussi avoir du poulet, jargon d'ouvriers. (Rigaud.)

AGATE : Faïence. (Delvau.) — Elle reluit comme l'agate et se colore souvent comme elle.

AGOBILLE : Outil. Jargon de voleurs. (A. Pierre.)

AGRÉMENT (avoir de l') : Obtenir des applaudissements. Argot théâtral. (Bouchard.)

AGRICHER : Accoster, assaillir, saisir, lier. (M.)

AGRINCHEUR : Filou. (M.)

AILES DE PIGEON (faire des) : Faire le beau danseur. (M.) — C'est-à-dire s'élever en battant les jambes et rapprochant les talons.

ALENTOIR : Aux environs. Argot de voleurs. (Vidocq.) — C'est alentour avec changement de finale.

ALLER A COMBERGÉ : Aller à confesse. (Delvau.) — Comberge est ici abréviation de combergeante.

ALLER A LA CHASSE AVEC UN FUSIL DE TOILE : Mendier. (*Id.*) — *Fusil* est ici pour *sac*, car le mendiant est un vrai chasseur de charités.

ALLER A LA COUR DES AIDES : Tromper son mari. (*Id.*) — Mot à mot : lui chercher des aides. Jeu de mots sur une ancienne juridiction. Je ne crois pas que ce mot ait encore cours. Il est donné par Leroux.

ALLER A SES AFFAIRES : Faire ses nécessités. (*Id.*)

ALLER AU CARREAU : Se faire engager. Argot des musiciens qui ont l'habitude en pareil cas de se réunir rue du Petit-Carreau. (*Id.*)

ALLER AU SAFRAN : Manger son bien. (*Id.*)

ALLER AU TROT : Aller faire le boulevard. Argot des filles. (*Id.*) — Allusion à la vitesse de leur marche.

ALLER CHEZ FALDÈS : « C'est fader, et fader, c'est partager. Lorsque deux charrieurs ont dévalisé un pante, ils vont ensemble faire un petit tour chez Faldès. » (Grison, 81.) — Même image que dans *Passer chez Poing;* on a déformé un mot (*fader*) en le personnifiant.

ALLER SE FAIRE FAIRE : Le second *faire* est ici pour *fiche*. — V. p. 7.

ALLER EN GALILÉE : Remanier. (Terme d'imprimerie.) « C'est faire des remaniements qui nécessitent le transport d'une portion de page du marbre dans la galée, sur la casse. » (Sauvestre.) — C'est un jeu de mots sur *galée*.

ALLER EN GERMANIE : Remanier. (*Id.*) — « Lorsqu'il est forcé de remanier un long alinéa, on dit qu'il va en Germanie. » (Boutmy, 1878.) — Jeu de mots. *Germanie* est ici pour *je remanie*.

ALLER POUR L'ARGENT : « Quand le propriétaire a parié pour son cheval, qui porte alors l'argent de l'écurie, *le cheval va pour l'argent. Ne pas aller pour l'argent* a une signification tout opposée. » (*Carnet des Courses*, 77.)

ALLEZ DONC VOUS LAVER : Allez-vous-en donc ! (Delvau.) — C'est-à-dire au figuré : retirez-vous, vous êtes trop sale.

ALLIANCE : Poucettes. (Delvau.) — Allusion ironique à la bague de mariage.

ALLONGE-GAMBETTE : Vélocipède. (M.) — Allusion aux mouvements de celui qui le monte.

ALLONGER (Se les) : Courir vivement. — Allusion aux jambes.

ALLUMER : Écouter. (M.)

ALLUMER DES CLAIRS : Regarder avec attention. (*Id.*) — Mot à mot : éclairer des yeux. On a dit ensuite *allumer* par abréviation. — V. *Clair*, p. 108.

ALLUMETTE (Avoir son) : Être pris de boisson. — Dans l'argot des mécaniciens cité par *Le Sublime*, on dit *avoir son allumette ronde*, ou *son allumette de marchand de vin*, ou *son allumette de campagne*, pour caractériser les trois premières phases de l'ivresse qui *allume* le visage de ses victimes.

ALPAGA : Habit. (A. Pierre.) — V. *Alpague* (dict.).

ALPION : Homme qui triche au jeu. (Delvau.)

AMACHE : Ami. (M.) — Changement de finale.

AMADOUAGE : Mariage. Argot de voleurs. (*Id.*) — Ce doit être une ironie quand on se reporte au sens argotique d'*amadouer*. Au figuré, beaucoup de nouveaux mariés se griment en effet pour tromper.

AMADOUER : Se grimer pour tromper. (Delvau.) — L'amadou était employé jadis pour jaunir la face des gueux et mieux apitoyer le passant.

AMARRE : Colle, piège. (M.)

AMARRER : Accoster, enjôler, leurrer. (M.) — C'est l'image maritime qu'on retrouve dans notre terme *jeter le grappin*.

AMAZONE : « Le Grec nomade travaille rarement seul ; il s'adjoint des compères appelés *Comtois*. Ces messieurs ont, en outre de ces compères, des auxiliaires féminins nommés amazones. » (Robert Houdin.)

AMBASSADEUR : Cordonnier. (A. Pierre.) — Souteneur. (Delvau.)

AMBES : Jambes. (*Id.*) — Vieux mot d'argot qui a fait le verbe *amber*. C'est *jambes* avec suppression d'initiale , et non une forme moderne du latin *ambo*, comme on l'a dit. On disait jadis *gambe*, et les voleurs n'ont jamais appelé le latin à leur aide pour fabriquer des mots nouveaux.

AMBULANTE : Raccrocheuse. — Elle est ambulante par métier. — « Les ambulantes sont là qui ne demandent pas mieux. » (*Le Sublime.*)

AMÉRICAIN : Même sens que *tramway*.

AMI : Voleur émérite, d'après Balzac. (Rigaud.)

AMINCHE, AMINCHEMAR, AMINCHEMINCE : Ami. — Allongements de finales. — AMINCHE D'AFF : Complice. Argot de voleur. (*Id.*) — Ce dernier terme veut dire mot à mot : *ami d'affaires* (vol).

AMOCHER : Donner des taloches. (*Id.*)

AMPHI : Amphithéâtre. — Abréviation. — Se dit aussi du cours pratiqué à l'amphithéâtre. — « C'était en plein sommeil d'un amphi de barbettes, (*cours de fortification.*) » (R. Maizeroy, 80.)

AMUNCHE : Ami. — Changement de finale. — V. *Courant d'air*.

ANASTASIE : Censure officielle. — L'*Intermédiaire* et le *Courrier de Vaugelas* ont ainsi éclairci les origines du mot : « Ceci remonte au temps où M. Ernest Picard était ministre. Il abusa du « communiqué », et, par raillerie, on fit de cette petite vexation un personnage allégorique auquel on donna le prénom du ministre lui-même : *Ernest Communiqué*. — Un petit journal illustré qui avait souvent des difficultés avec la censure des dessins, voulut la personnifier également, et il choisit le prénom d'*Anastasie*, uniquement parce que ce prénom a cours dans les vaudevilles, et qu'on est accoutumé à en rire. — Telle est l'origine d'*Anastasie*, qui, depuis, a désigné parmi les journalistes, non seulement la censure des dessins contenus dans les publications illustrées, mais encore (je devrais peut-être dire surtout) la censure de toute publication périodique imprimée. »

ANDERLIQUE : Tonneau de vidange. — V. *Bonbonnière*.

ANGE GARDIEN : Homme reconduisant les ivrognes à domicile. Ce métier se trouve détaillé dans le *Paris anecdote* de Privat d'Anglemont.

ANGLAISE (Danser à l') : Métier que font beaucoup de femmes, les soirs de bal à l'Opéra. Au lieu d'aller à l'Opéra, elles se rendent chez un restaurateur et y attendent une pratique qui fait rarement défaut. (Type dépeint par H. de Rochefort dans les *Français de la Décadence*.)

ANGLAISE (Pisser à l') : S'éloigner sous prétexte d'un besoin et ne pas revenir. — « Elle avait demandé à son vieux trois sous pour un petit besoin et le vieux l'attendait encore. Dans les meilleures compagnies, cela s'appelle pisser à l'anglaise. » (Zola.)

ANGLAISES : Cabinet d'aisances, monté à l'anglaise.

ANISETTE DE BARBILLON : Eau claire. — « Un bon zig ne se donnera pas de collège avec cette anisette de barbillon-là ! » (De Goncourt.)

ANQUILLEUSE : V. *Enquilleuse*.

APAISER : Assassiner. — Mais quand un homme les gêne ils l'apaisent suivant l'expression de Lacenaire. (Reinach, *Les Récidivistes*.)

APASCLINER (S') : S'accli-

mater. (Delvau.) — Mot à mot : se faire au pays. De Paquelin : pays.

APIC : Ail. (*Id*.) — Mot à mot : à pique. La saveur de l'ail est *piquante*... Le mot *arbif* est construit de la même façon.

APIC, ASPIC : Œil. Jargon de voleur. (Rigaud.) — *Ail* et *œil* se ressemblent si fort, typographiquement parlant, qu'il doit y avoir ici une faute d'impression.

APLOMB (D') : Solide. — Je suis un zigue... Je me flatte d'être d'aplomb.

APLOMBER : Étourdir à force d'aplomb. (Delvau.)

APOLLOTTE : Sain. (A. Pierre.) — N'est-ce pas plutôt *sein* ?

APOTHICAIRE SANS SUCRE : Ouvrier mal outillé, marchand mal fourni. (Delvau.) — Allusion au rôle essentiel du sucre dans les préparations pharmaceutiques.

APPAREILLER : Sortir. Argot des marins. (*Id*.)

APPUYER : Avoir des relations intimes. — *Je me suis appuyé cette gonzesse* : j'ai eu des relations avec cette fille. (M.)

AQUARIUM : Réunion de souteneurs. (Rigaud.) — Allusion aux poissons qui s'y promènent. — V. *Poisson*, p. 288.

AQUILIN (Faire son) : Faire la mine. (*Id*.) — *Nez aquilin* vient aussitôt en tête, mais comment font ceux qui en sont dépourvus ? Ce serait alors au figuré prendre une mine d'aigle.

ARANTEQUÉ : Deux francs. (M.) — C'est le mot *quarante*,

avec transposition du *qu* initial.

ARBIF : En colère. (A. Pierre.) — Mot à mot : *à rebiffe*. « Se rebiffer » est pris ici dans le sens de : « résister avec vigueur, se dresser haut et ferme. »

ARCASINEUR : « Ce mot désigne dans l'argot parisien les mendiants à domicile. » (*Figaro*, 77.) — Acception nouvelle d'un mot déjà connu. — V. *Arcasien*.

ARÇONNER : Faire parler. (A. Pierre.) — Mot à mot : *faire l'arçon*. On ne parle librement qu'après s'être reconnu entre malfaiteurs. — V. *Arçon*.

ARDOISE (Avoir l') : Avoir crédit chez le marchand de vin. Allusion au compte tracé sur l'ardoise. (Rigaud.)

ARDOISE : Tête, chapeau. (*Id.*) — Comparaison de l'homme à la maison dont l'ardoise peut être considérée comme la tête ou le chapeau. Cette dernière image est plus juste.

A RENAUD : Fureur. (M.) — V. *Arnaud*.

ARGOT : Bête. (A. Pierre.)

ARGOTÉ : Qui se croit spirituel. (*Id.*)

ARGOTÉ (Être) : Être dupé. (M.) — Mot à mot : être bête. — V. *Pantre argoté* (dict.).

ARGOTIER : Voleur. (Delvau.)

ARGOUSIN : Contre-maître. Argot des ouvriers qui se comparent à des forçats. (Rigaud.)

* ARGUCHE : Au lieu de *Arguche : Diminutifs*, lisez : Arguche : Argot. — Diminutifs...

ARGUCHE : Niais. (*Id.*) Péjoratif d'*argot* : bête. — V. plus haut.

ARMOIRE : Bosse. (Palat.)

ARMOIRE A PÉTARD, ARMOIRE A SCHPROUM : Violon. (M.) — V. ces mots. — Mot à mot : armoire bruyante.

ARNACQ : Agent de sûreté. (A. Pierre.) — Forme d'*arnac* (dict.). La police prémédite ses captures.

* ARNAUD, ARNAUDER : Doivent s'écrire ainsi *à renaud*, *à renauder*, c'est-à-dire : renaud à (mécontent de); renauder à (être fâché contre). — Un pareil emploi de la préposition *à* se retrouve dans l'expression *je suis fâché à Pierre* ou *à Paul*, usitée dans beaucoup de nos campagnes.

* ARNELLE : Rouen. — Du nom de La Renelle, petit cours d'eau qui traverse cette ville. On a pris la partie pour le tout.

ARRACHER DU CHIENDENT : Attendre vainement. (*Id.*) — Le chiendent est long à arracher.

ARRANGEMANER : Duper. (*Id.*) — C'est *arranger* avec allongement de finale.

ARRONDISSEMENT (Chef-lieu d') : Femme enceinte. (Rigaud.) — Elle s'*arrondit*.

ARROSAGE : A-compte payé au créancier. (*Id.*)

ARROSEUR DE VERDOUZE : Jardinier. (Delvau.) — Mot à mot : arroseur de verdure.

ARROSOIR (Se payer un coup d') : Boire abondamment. — V. *Entortiller*.

ARSENAL : Arsenic. (Delvau.) — Changement de finale.

ARSONNER : Fouiller. (*Id.*) — Devrait s'écrire *arçonner*. —

V. ce mot. C'est le sens d'*interro-ger* pris au figuré. On interroge les poches.

ARTILLEUR : Ivrogne. (*Id.*) — Il est habitué au maniement du canon. Jeu de mots.

ARTILLEUR : Refrain en vogue dans les écoles de Paris, prélude forcé de toute manifes-tation bruyante. — *L'artilleur* est la marseillaise des collégiens. On dit : « piquer un artilleur. »

ARTILLEUR DE LA PIÈCE HUMIDE : Pompier. (Rigaud.)

* ARTON : Pain. — Vieux mot qui semble venir du proven-çal *artoun* (pain).

AS DE CARREAU : Ruban de la légion d'honneur. (Delvau.) — L'image n'est pas exacte, ce qui n'est pas ordinaire en argot.

AS DE PIQUE : Anus, écus-son noir distinguant le collet des zéphyrs. (*Id.*) — V. p. 364.

ASINVER : Abêtir. (*Id.*) — Mot à mot : rendre simple. — *Sinve* est une déformation de *simple*.

ASPERGE : Géant. (M.)

ASPIC : Avare. (*Id.*) — V. *Apic*.

ASSEOIR DESSUS (S') : Écraser. — « Tous les lundis, il a un feuilleton dans lequel il en-quiquine la critique et s'asseoit dessus. » (A. Millaud.)

ASSOMMOIR : Nom d'un ca-baret de Belleville, devenu celui de tous les débits de liquides frelatés qui tuent (assomment) le peuple. (Delvau.) — Auguste Loy-nel a publié vers 1842 à la librairie chansonnière de Durand, 32 rue Rambuteau, une chanson en six couplets intitulée : « *L'assom-moir de Belleville, romance trou-vée dans les valades* de Fanfan Chaloupe, chiflerton cassé d'une apoplexie de cochon à l'âge de soixante-treize longes, à la lourde du sieur Riffaudez-nous, manne-zingue, à l'enseigne de la *Saute-relle éventrée,* barrière de la Cour-tille. »

ASTICOT : Maîtresse de sou-teneur. (Rigaud.) — Ici le *pois-son* souteneur amorce avec l'*as-ticot*. C'est le monde renversé.

ATICHER : Massacrer. (M.) — Forme d'*atiger* (dict.).

ATIGÉ : Malade. (*Id.*) — Mot à mot : frappé. — V. *Attiger*, p. 19.

ATOUT : Estomac. Argot de voleurs. (Delvau.)

ATTACHER UN BIDON : Dénoncer quelqu'un. — « Faire la *casserole* » aura paru trop connu, et on aura fabriqué ce synonyme. — V. *Gameler*.

ATTACHER UNE GA-MELLE : Quitter. (M.)

* ATTAQUE (D') : « Coupeau marchait de l'air esbrouffeur d'un citoyen qui est d'attaque. » (Zola.)

ATTIGNOLES : Tripes à la mode de Caen. — « Nous nous empâtons quéqu' fois de saucis-ses et d'attignoles. » (Richepin.)

ATTRAPE-SCIENCE : Ap-prenti compositeur d'imprime-rie. — Le nom fait image. — « L'attrape-science reçoit une banque qui varie entre 1 fr. et 10 fr. par quinzaine. » (Boutmy, 78.)

ATTRAPER LE LUSTRE : Ouvrir la bouche pour laisser passer une note qui ne vient pas. Argot théâtral. (Bouchard.)

ATTRIMER : « Des habits! Il faut les attrimer. » (*La Comédie des Proverbes*, 1714.)

AU PRIX OU EST LE BEURRE : Au prix où sont toutes choses. — La partie est prise pour le tout, parce que l'augmentation progressive du prix du beurre excitait particulièrement les doléances des ménagères. — « Au prix où est le beurre et où sont les loyers, une femme seule ne peut pas vivre de son travail. » (H. de Rochefort, 67.)

AUSEIGNOT : Auxiliaire. (M.)

AUSTO : Salle de police. — Pour *ousteau*. — « Le caporal : Allons! allons! à l'austo, et sans traîner. » (Durandeau, 78.) — V. *Lousto*, p. 224.

AUTEL DE BESOIN : Fille publique. (Rigaud.) — *Autel* doit être ici pour *hôtel* (un de ces *hôtels* ouverts à tous ceux qui payent).

* AUTOR (Prendre d') : Violer. (M.)

AUTRE (Être l') : Être dupe. (Rigaud.)

AUVERGNAT (Avaler l') : Communier. (*Id.*)

AUVERPINCHE : Gros soulier d'Auvergnat. (*Id.*) — Changement de finale.

AUVERPLIEM : Auvergnat. (M.)

AVALÉ LE PÉPIN (Avoir) : Être enceinte. Allusion à la pomme qui perdit Adam et Ève. (*Id.*)

* AVALER SA FOURCHETTE : Mourir. — Mot à mot : Ne plus manger.

Et comme on dit vulgairement,
L' pauvre homme avala sa fourchette.
(Dalès.)

AVANT-COURRIER : Mèche anglaise à percer. (A. Pierre.) — C'est effectivement elle qui fraye la voie aux scieurs de portes et de volets.

AVARO : Avarie, accident. (Boutmy, 78.) — C'est le mot *avarie*, avec changement de finale comme *sergo*, *invalo*, etc.

AVOINE : Eau-de-vie. Argot militaire. (Rigaud.) — Elle excite comme l'avoine.

AVOIR : Capturer, arrêter. (M.)

AVOIR ENCORE (L') : Avoir sa virginité. (Rigaud.) — On dit aussi par abréviation *il l'a* ou *elle l'a*.

AVOIR DES PLANCHES : Être à l'aise sur la scène. Argot théâtral. (Bouchard.)

AVOIR UNE PENTE : V. *Pente*.

Un dimanche que l' jus d' la futaille
M'avait crânement tapé l' cerveau,
J' m'en allais comm' un'franch'canaille,
Sans pouvoir trouver mon niveau.
(Loynel, ch. 44.)

B

BABA : Abasourdi. (M.) — Redoublement de la seconde syllabe d'un mot qui a paru trop long.

· BABILLARDE VOLANTE
Télégramme. (M.)

BABILLARDER : Écrire. (M.)
— V. *Babillarde* (dict.).

BABILLARDES (Porteur de) :
Facteur de la poste. (M.)

BABILLARDEUR : Écrivain,
clerc. (M.) — V. *Babillarde* (dict.).

BABILLAUDIER : Libraire.
(Delvau.) — De *babillard* : livre.

BABILLEUR : Journal. (M.)

BAC : Abréviation de *bacho*
qui était déjà une abréviation de
Baccalauréat. — V. *Piston.*

BÂCHE : Casquette. Elle couvre la tête comme la bâche couvre la marchandise. (Rigaud.)

BÂCHER : Dormir (M.) — Ex
tension du mot suivant.

BÂCHER (Se) : Se coucher.
(M.) — Mot à mot : se fourrer
sous la bâche, sous la toile. — Se
dit par extension pour *loger*,
comme le prouve ce couplet d'une
chanson fort populaire en 1881.

En sortant d'ousque j' bâche,
V'là qu' je l' rencontre au bras
D'une gonzesse à l'harnache.
    Tiens, voilà Mathieu. ·

BACHOTIER : Préparateur
au bacho ou examen de baccalauréat. (Rigaud.)

BACKER : C'est l'opposé du
bookmaker. Il ne parie que pour
un cheval. (Parent.) Anglicanisme.

BACREUSE : Poche. Jargon
d'ouvriers. (Rigaud.) — *Ba* semble une superfétation, car on
aura dit *creuse* comme on dit
profonde.

BADIGEON : Fard blanc ou
rouge. (Delvau.)

* BADIGEONNER : Se gar-

der. — *Lisez* Badigeonner : se
farder, p. 23. ·

BADIGEONNER LA FEMME
AU PUITS : Mentir. C'est-à-
dire farder la vérité. Jargon des
voleurs. (Rigaud.) — Ces voleurs ferrés sur l'allégorie de-
viendront les émules des précieuses.

BAFFER : Gifler. (M.) Pour
bafrer. — V. *Bafre* (dict.).

BAFOUILLER : Bredouiller.
(Rigaud.)

·BAFOUILLEUR : Bredouil-
leur. (*Id.*)

BAGNOLE : Petite chambre
malpropre. (*Id.*)

BAGNOLE : Chapeau de
femme ridicule. Argot du peuple. (Delvau.)

BAGOULARD : Bavard. (*Id.*)
— De *Bagoult.*

BAGUENAUDE : Poche. (*Id.*)

BAGUENAUDE RON-
FLANTE : Poche garnie d'argent. (Rigaud.) Allusion aux
murmures de la monnaie. ·

BAGUENOTTE : Portefeuille.
(M.) — Pour *baguenaude.*

BAGUETTE DE TAMBOUR :
Jambe maigre.

Une jambe faite au tour...
Qu'a-t-elle, ôtant le postiche ?
Deux baguettes de tambour.
            (Tostain.)

* BAHUTER : S'est dit autrefois pour *plaisanter, s'amuser.* —
« Philippin, à quel jeu jouons-
nous, de bon ou pour bahuter ? »
(*La Comédie des Proverbes*,
1714.)

BAIGNE DANS LE BEUR-
RE : Souteneur. Allusion au
beurre dont le maquereau est
friand. (Rigaud.)

BAIGNEUSE : Tête. Argot de voleur. (Delvau.) — Extension du sens de *chapeau* qui est le plus ancien. — V. page 24.

BAIGNOIRE A BON DIEU : Calice. (Delvau.) — Allusion à la présence de la Divinité dans le vin du calice.

BAILLER AU TABLEAU : N'avoir qu'un bout de rôle dans une pièce nouvelle. Argot théâtral. (Bouchard.) — Allusion au tableau de la mise en répétition de la pièce.

BAIN-MARIE : Personne tiède. (*Id.*) — Allusion au chauffage dit *bain-Marie* qui n'approche pas le feu.

BAISER LE CUL DE LA VIEILLE : Ne pas faire un point. Argot de joueurs. (Delvau.)

BAJAF : Gros butor. (*Id.*) — V. *Bayafe*, p. 33.

BAL : Prison. — Abréviation de *ballon* qui a le même sens. (Rigaud.) — *Poteaux de bal* : Amis de prison. (*Id.*)

* BALAI : Agent de police. (Delvau.) — Même sens que *raclette*.

BALAI : Plumet militaire. Nom donné pour la première fois à l'aigrette de crin vert qui surmontait le schako d'infanterie sous le second empire. (D. Lacroix.)

BALANCER LA TINETTE : Vider le gogueneau (V. ce mot); partir, vider les lieux, — ce qui est un jeu de mots sur le premier sens. (Rigaud.) — Le gogueneau se balance afin de donner plus de force à la projection du contenu dans la fosse.

BALANCEUR DE BRAISE :

Changeur. (Rigaud.) — Allusion aux petites balances professionnelles.

BALANÇON : Marteau de fer. Jargon de voleur. (Rigaud.) — Il est à noter que Vidocq lui donne d'autre part le sens de *barreau de fer*. — V. *Balançoir*, p. 25.

BALAYAGE : Élimination. — « Le balayage des conservateurs est complet. » (*Pays*, journal. Janvier, 79.)

* BALAYEUSE : Longue queue de robe. « Le soir elle l'attacherait plutôt à sa balayeuse. » (*Vie Parisienne*, avril 78.)

BALCON (Il y a du monde au) : Se dit d'une femme avantagée sous le rapport de la gorge. (Rigaud.) — Le balcon est le corset.

BALCONNIER : Orateur qui parle du haut d'un balcon. (*Id.*)

BALEINE : Braillard. (M.)

BALLADE, BALLADER, BALLADEUR : Voyez ces mots avec une seule *l*, page 25.

BALLE : Secret. (Rigaud.) — FAIRE LA BALLE : Suivre les instructions. (*Id.*)

BALLON : Prison. (M.) — Ainsi nommée parce qu'on y met les *emballés*. — V. le dict.

BALLON : Ventre. (M.) — Allusion de forme.

BALLON (Faire) : Avoir faim. (M.) — Le ballon est creux.

BALLON A CELLOTE : Voiture cellulaire. (M.) — Mot à mot : prison à cellules.

BALLONNEMENT : Capture. (M.)

BALLONNER : Emprisonner, enfermer. (M.)

BALLOT : Chômage. Argot de tailleurs. (*Id.*)

BALLOTER : Manquer d'ouvrage, jeter. — *Balloter un client avalant* : Jeter un homme à l'eau, c'est-à-dire en aval au cours de l'eau. (*Id.*)

BALOTS : Lèvres. — Mot de patois poitevin. — V. *Benoît.*

BALUCHON : Mot de patois berrichon. — V. le dict.

BAMBOCHE (Être) : Être en état d'ivresse. (Delvau.) — Abréviation de *Bambocheur.*

BANC DE TERRE-NEUVE : Partie des boulevards comprise entre la Madeleine et la Porte Saint-Denis. — Allusion aux *morues* (V. ce nom) qu'on y va pêcher. On dit, pour abréger, *le banc.* — « Quand on s'ennuie, on dit : Viens-tu au banc faire un tour? » (*Le Sublime.*)

BANDER LA CAISSE : Se sauver avec la caisse. (Delvau.) — Jeu de mots sur l'acte des tambours qui bandent la caisse pour taper dessus.

BANNIÈRE : Se dit de la chemise gardée pour tout vêtement. Elle flotte au vent comme la bannière. — « Elle rabattait le pan de devant. Ça c'est la bannière, dit-elle. » (Zola.)

* BANQUE : « Le prote fait la banque aux metteurs en pages qui, à leur tour, la font aux paquetiers. » (Boutmy, 78.) — V. *Salé.*

BAPTÊME : Tête. Argot de faubouriens. — Allusion à l'ondoiement baptismal de la tête. (Delvau.)

BAQUET : Blanchisseuse.

Ils nous appellent baquets,
Ces méchants freluquets.
)*La Colère des blanchisseuses.* ch. 53.)

BAQUET DE SCIENCE : Goguenot. — (V. ce mot.)

On m' prend, au violon on me lance,
J' tomb' la tète dans l' baquet de science.
(Decourcelles, ch. 41.)

BARAQUE : Armoire de collégien. Elle a remplacé l'ancien pupitre.

BARAQUE : Chevron galonné cousu sur la manche des soldats pour indiquer un certain temps accompli sous les drapeaux. (D. Lacroix.) — Allusion à l'aspect conique du chevron qui simule le profil d'une baraque. — « C'est un ancien à trois baraques, dira le jeune soldat en parlant d'un troupier à trois chevrons. » (D. Lacroix.)

BARBEAU : Souteneur. — V. *Barbillon,* p. 29.

BARBETTES : Fortifications. — « Quand on salue les fortifications en psalmodiant sur l'air des *Lampions* : Conspuez les barbettes! » (Maizeroy, 80.) — V. *Amphi.*

BARBILLON DE BEAUCE : Légume. — Mot de vieil argot qui ne semble plus usité. Il est ironique. On ne trouve guère de poissons dans le pays sec de la Beauce.

BARBILLON DE VARENNE : Navet. — *Varenne* est ici pour *garenne*, terrain *sablonneux.* Même ironie.

BARDA : Bagages. (Palat.) — Mot arabe signifiant *bât.*

BARIL DE MOUTARDE : Derrière. (Rigaud.) — L'image breneuse se devine.

BARRE (Compter à la) : Compter en traçant des barres sur une ardoise. (*Id.*)

BARRER : Réprimander. (Delvau.)

BARRES : Mâchoire. — Chevalisme. — V. *Rafraîchir* (Se).

BASANE (Faire une, tailler une) : Passer la main sur la cuisse et relever le pouce en signe de dérision. — Allusion aux basanes qui couvraient les pantalons de cavalerie. — « Je lui demandais mon argent. Un jour il me fait une basane, en me disant : Des mouchettes! voilà ce que tu auras. » (J. Moinaux, 81.)

BASCULE : Guillotine. (Delvau.) — La partie est mise pour le tout.

BAS DE PLAFOND : De très petite taille. (*Id.*) — V. *Plafond*, p. 284.

BASSE : Terre. Argot de voleur. (*Id.*) — La terre est sous nos pieds, ce qui est aussi bas que possible.

BAS OFF : Adjudant. (Palat.) — Abréviation de *bas officier*. — « On voit du matin au soir les bazofs affairés. » (Maizeroy, 80.)

BASTIMAGE : Travail. Argot de voleurs. (*Id.*)

BASTRINGUE : Scie à scier le fer. (A. Pierre.) — C'est la partie prise pour le tout. — V. le même mot, p. 31.

BATE (Être de la) : Être heureux. (Rigaud.) — Même origine que *Bath* (dict.).

BATEAU (Mener en) : Badiner. (M.) — On disait en vieux français *basteler* pour *faire des farces*. D'où notre mot *bateleur*.

BATH A FAIRE : Benêt. (M.) — Mot à mot : *bon à voler*.

BATH AU PIEU : Galant, paillard. (M.) — Mot à mot : *bon au lit*.

BATIAU (Jour du) : Jour où le compositeur arrête son compte de travail pour la semaine ou la quinzaine. — *Parler batiau* : Parler des choses du métier. (Boutmy.)

BATIMENT (Être du) : Exercer la même profession. (Rigaud.)

BATIR SUR LE DEVANT : Prendre du ventre. (*Id.*) — Expression pittoresque et assez juste. L'édifice abdominal des gastronomes est bien leur œuvre.

BATON DE CIRE : Jambe. (*Id.*) — Sans doute : jambe maigre.

BATONS DE CHAISES (Noce de) : Noce à tout casser. — V. *Luron*.

BATOUSIER : Tisserand. (Delvau.) — Allusion au battement du métier.

BATTAGE : Scène feinte. (M.) — V. *Battre* (dict.).

BATTAQUA : Femme à robe sale. (A. Pierre.)

*BATTERIE, BATTRE : *Étymologie* : Du vieux mot *baster* : tromper, qu'on retrouve dans le provençal *embastar* : charger quelqu'un d'une mauvaise chose.

BATTEUR, BATTEUSE : Normand, Normande. (M.) — La ruse normande est proverbiale. — V. *Engueuser*.

BATTEUR DE BEURRE : Agent de change. (Rigaud.)

BATTRE DES BANCS : Mentir. — Allusion aux aubades décernées par les tambours dans un but intéressé.

N' viens pas m' batte de bancs,
Ni m' tirer d' carottes.
(*Le divorce du Savetier*, ch. 183.)

BATTRE EN RUINE : Visiter. (Rigaud.) — Doit venir de l'argot des voleurs que les visites domiciliaires ruinent ordinairement.

BATTRE ENTIFLE : Faire le niais. Argot de voleurs. (Delvau.) — Pour *Antifle*, p. 12.

BATTRE JOB : Dissimuler, tromper. (*Id.*) — V. *Job* (Monter le), p. 212.

BATTRE LA COUVERTE : Dormir. Argot de soldats. (*Id.*) — *Battre* doit être une abréviation de *rabattre*. Le dormeur rabat la couverte sur lui.

BATTRE LA MURAILLE : Être complètement ivre. (*Id.*) — On connaît ces vers de Piron :

Du corps battant la muraille,
Escortés de cent canailles,
Ils regagnent la maison.

BATTRE LE BEURRE : Spéculer à la Bourse. (Rigaud.) — Mot à mot : battre l'argent. Jeu de mots. — V. *Beurre*.

BATTRE UN BAN : Nier. (M.) — V. *Batterie*.

BAUDROUILLER : Filer. (Delvau.) — De *baudru*.

BAUDRU : Fil. (*Id.*)

BAUSSE FONDU : Chef d'établissement ruiné. (Rigaud.)

BAVARD : Avocat. (Delvau.)

* BAVER : Médire. — *Baver*, toujours pris en mauvaise part, est plus une acception figurée de *baver* qu'une abréviation de *bavarder*. — « On pouvait baver sur leur compte, lui savait ce qu'il savait. » (Zola.)

BAVER (En) : Être ébahi. (M.)

— La bouche ouverte est un signe de stupéfaction.

BAVER DES CLIGNOTS : « Baver des clignots pour pleurer, n'est-il pas horrible? — Le clignot c'est l'œil. » (Grison, 81.)

BAZARDIER : « Petit commerçant qui loue à la journée le rez-de-chaussée d'un immeuble à peine achevé. » (Frébault, 72.) — Le plus souvent, il tient un petit *bazar*, d'où son nom.

BAZOF : V. *Bas off*.

BÉ : Hotte de chiffonnier. (Rigaud.) — Abrév. de *Berri*.

BÉ : Calme. (M.) — Abréviation de *béard*.

BÉ (Renvoyé) : Acquitté par le tribunal. (M.)

BÉARD (Renvoyé) : (*Id.*)

BÉARD (Rester) : Rester calme, ne pas bouger. (M.) — *Roupiller béard* : dormir tranquille. (M.) — *Veux-tu rester béard?* veux-tu finir? (M.) — *Béard* semble ici un augmentatif de *béant*.

BÉARD (Pas) : Agité, inquiet. (M.)

BEAU BLOND : Soleil. Argot de voleurs. (*Id.*) — Allusion mythologique au blond Phébus des chansons de l'ancienne école.

BÉBÉ : Femme déguisée en bébé. (Costume de carnaval.) — « Un bébé ouvre la porte d'un cabinet où siègent deux dominos. » (*Alm. des Cocottes*, 67.)

BÉCANE : Machine à vapeur. — « Il dit que c'est vexant de conduire une bécane. » (*Le Sublime.*)

BÉCHER EN DOUCE : Être ironique. (M.)

BÉCHEUR : Gascon. (M.) — On médit plus volontiers dans le Midi que dans le Nord.

BECQUANT : Poulet. Jargon de voleurs. (Rigaud)

BECQUETANCE : Nourriture. — « Quand il y en a pour le marchand de béquetance, il y en a pour le marchand de sommeil. » (A. de Lafaille.)

BÉDOUIN : Grec, voleur au jeu. « Les sept mille Grecs de France se divisent en cinq catégories dont les noms font tous plus ou moins allusion à la Grèce (ou graisse). Voici ces néologismes de l'équivoque. 1. suiffards; 2. graisseurs; 3. bédouins; 4. grecs; 5. philosophes. » (Figaro, 70.)

BÈGUE : Bezigue. (Rigaud.) — Abréviation.

BÉGUIN (à) : Capricieux. (M.)

BEIGNE: Coup. — Vieux mot. — « Oui, ma chère, plus de beignes et des pépètes. » (Huysmans, 79.)

BÉLANT : Mouton. (Delvau.)

BELGE : Pipe en terre de Belgique. (Rigaud.)

BELLE PETITE : C'est ce qu'on appelait petite dame (V. le dict.) en 1867. — « Il y a peut-être une ou deux belles petites qui se sont glissées en fraude. » (Vie parisienne, 79.) — En 1881, M. Stapleaux publiait un livre intitulé : Boulevardiers et belles petites.

BENI-MOUFFETARD : Parisien du quartier Mouffetard, spirituellement canaille. — « Le nez est franchement beni-mouffetard, camard, aux narines ouvertes, point bridé mais spiri-

tuel. » (C. des Perrières, 73.) — Le néologisme date du temps où les guerres d'Afrique ramenaient continuellement dans les journaux des noms de tribus arabes commençant par Beni.

BÉNIR BAS : Donner un coup de pied quelque part. — Ce mot me semble rentrer dans la classe des mots faux que j'ai signalée page 14. Delvau l'a donné le premier pour faire plaisir à Babou qui l'avait inventé, et depuis ce temps les glossaires le répètent.

BÉNIR DES PIEDS : Être pendu. (Delvau.) — Allusion aux derniers gigottements du suicidé.

BENOIT : Souteneur. — « Les benoits toujours lichent et s' graissent les balots. » (Richepin, 77.)

BEQ : Portion de bois à graver. Argot d'artiste. (Delvau.) — Abréviation de béquet.

BÉQUILLARDE : Guillotine. (Rigaud.) — Augmentatif de béquille (dict.) qui signifiait potence.

BÉQUILLEUR : Bourreau. (Dict. d'argot, 1844.) — V. béquillarde.

BERDOUILLE : Ventre. (A. Pierre.) — Allusion aux murmures intestinaux ou bredouillements de ventre. — Un roman de M. Huysmans (Les sœurs Vatard) décrit la berdouille d'une femme géante en exhibition à la foire de Saint-Cloud.

BERGE : Année. (M.) — Par berge : annuellement.

BERGÈRE : « Dans la langue typographique comme dans les autres argots, ce mot désigne une femme. » (Boutmy, 78.) — Allusion ironique aux ariettes pastorales du dernier siècle, où l'amante est toujours la bergère de Tircis ou de Colin.

BERLU : Aveugle. (Delvau.) — Mot à mot : qui a la berlue.

BERNARD : Postérieur. (Delvau.) — *Aller voir Bernard :* aller aux lieux d'aisances. — Allusion à saint Bernard, représenté d'ordinaire ayant en main des tablettes qui passent pour le papier de rigueur. (Rigaud.)

BERRI : Hotte. Argot de chiffonniers. (*Id.*)

BERTELO : Pièce d'un franc. Argot de voleurs. (Delvau.)

BERZÉLIUS : Montre. Jargon de collège. (Rigaud.)

BÊTE A BON DIEU : Personne réputée aussi inoffensive que l'insecte appelé bête à bon Dieu. — « Cette enfant-là lui était venue si bonne, si malléable, une vraie bête à bon Dieu ! » (Hennique.)

BÊTE A PAIN : Entreteneur. Il se charge du pain quotidien. — « On en trouve à gogo, des bêtes à pain, quand on sait s'y prendre. » (Huysmans, 79.)

BETTANDER : Mendier. (Delvau.) — Sans doute pour *battander*. Les battandiers formaient une tribu de la cour des miracles.

BEURLOQUIN : Patron d'une maison de chaussures de dernier ordre. (Rigaud.)

BEURLOT : Petit maître cordonnier. (*Id.*)

BEURRE DEMI-SEL : Fille galante mais non tout à fait perdue. (Delvau.) — Une fille perdue s'appelait autrefois une dessalée.

BEZEF : Beaucoup. (M.) — Vient d'Afrique. (Rigaud.)

BIBAC, BIBACHO : Bachelier ès-lettres et ès-sciences. (Palat.) — Abréviations de *bis-bacho* : deux fois bachelier. — V. *Bacho* (dict.).

BIBARDE : Vieille. (Dict. d'argot, 1844.)

BIBARDER : Vieillir. (*Id.*)

BIBASSIER : Radoteur, maussade, tatillon. — « Vieux bibassier, va ! » (Boutmy, 78.) — Forme abrégée de *birbassier* — V. dans le corps du Dict. *Birbasse, Birbasserie.*

* BIBELOTTER : Composer, machiner. — « Il dessine ou bibelotte une invention qui souvent réussit. » (*Le Sublime.*)

BIBI (Envoyer à) : Envoyer à la maison des fous. — Redoublement de la première syllabe de *Bicêtre.* — « On envoie à Bibi ceux dont les pallas paraissent insensés. » (Boutmy, 78.)

BIBINE : Sœur de charité, bière. (Rigaud.)

BIBINE : « Qu'est-ce qu'une bibine? Une espèce de taverne où vont manger et boire de pauvres diables qui n'ont que trois ou quatre sous... Bibine signifie débine. » (Imbert, 77.) — Ce serait en ce cas un redoublement de finale.

BIBLI : Bibliothèque. — Abréviation usitée dans les collèges.

BIBOIRE : Petit vase en cuir ou en caoutchouc dont les écoliers se servent pour boire à la fontaine en récréation. Argot des écoles.

BICARRÉ : V. *Biʒut.*

BICHE (Ça) : Cela va bien. (Rigaud.) — Pour *cela baise*. Quand on se baise, on est d'accord.

BICHON : Synonyme de *Jésus*. (Delvau.) — Allusion à sa frisure habituelle.

BIDACHE : Viande. (A. Pierre.) — Pour *Bidoche*.

BIDON : Ventre. (M.) — Forme de *bedon*, ou jeu de mots du genre de *bocal*. — V. *Attacher*.

BIEN FAIRE (En train de) : En train de manger. (Rigaud.) — On dit aussi : *cela commence à bien faire* pour : « je suis rassasié. »

BIFFE : Métier de chiffonnier. (*Id*.) — Il est à remarquer que *biffe* veut dire *chiffon* en vieux dialecte champenois. Au moyen âge c'était un nom d'étoffe, et du temps de saint Louis on vendait à Paris les *biffes rayées* de Provins.

BIFFER : Exercer le métier de chiffonnier. (*Id*.)

BIFFETON : Carte d'entrée. (M.) — Mot à mot : chiffon.

BIFFETON : Lettre. — « C'est la Louise qui fait les biffetons de Julie. » — V. l'Introduction du dict., page 14.

BIFFIN : Fantassin. (Palat.) — Comparaison de son havresac à la hotte du *biffin* ou chiffonnier.

BIFTECK DE CHAMARREUSE : Saucisse plate. (Delvau.) — Allusion à la charcuterie qui est trop souvent le rôti des ouvrières.

BIFTECK DE GRISETTE : Saucisse plate. (Rigaud.) — Extension du terme ci-dessus.

BIFTECK A MACQUART :

Sale individu. — Mot à mot : bifteck à équarisseur. (*Id*.) — C'est un équivalent de *charogne*.

BIFTECK (Faire du) : Frapper. — Allusion à la viande frappée par le cuisinier pour la rendre moins dure. — A ce sujet, rappelons que le bifteck ou beefsteak anglais veut dire tranche de bœuf tout bonnement. « Nos pères disaient *grillade*, fait observer M. Justin Améro, et ils ne se portaient pas plus mal pour parler français. »

BIFTECK (Faire du) : Monter sur un cheval qui trotte dur, c'est-à-dire qui fatigue le postérieur de son cavalier. — Même allusion que ci-dessus.

BIFURQUÉ : Collégien abandonnant l'étude des lettres pour celle des sciences.

BIGEOIS : Dupe. (Rigaud.) — Vidocq donne en ce sens *bige* et *bigeot*.

BIGORNION : Mensonge. (Rigaud.) — Dérivé de *Bigorne* qui vient de *biguer* : changer (dict.). Le mensonge est le changement de la vérité.

BIJOUTER : Voler des bijoux. (*Id*.)

BIJOUTERIE : Frais avancés, argent déboursé. Argot d'ouvriers. (Delvau.)

BIJOUTIER EN CUIR, BIJOUTIER SUR LE GENOU : Cordonnier. (*Id*.)

BILBOQUET : Menus travaux d'imprimerie. (Boutmy.)

BILBOQUET : Litre de vin. (Rigaud.) — Comparaison du bouchon de la bouteille à la boule du bilboquet.

* BILLE : Ce mot que je

croyais abrégé de *billon*, me paraît plutôt une forme du vieux mot *pille* (monnaie).

BILLE DE BŒUF : Saucisson. (*Id.*)

BILLER : Payer. (*Id.*) — De *bille* : argent.

BINOME : « Un Saint-Cyrien appelle ainsi l'élève d'une autre promotion qui est entré avec un numéro semblable au sien. » (Palat.)

BIRBASSIER : V. *Bibassier.*

BIRMINGHAM (De) : Très ennuyeux. — Les rasoirs de Birmingham sont célèbres. (*Id.*) — V. *Rasoir* et *Raseur* (dict.).

BISCUIT : Argent. (M.) — L'argent est au cuivre ce que le biscuit est au pain.

BISCUIT : Cartouche. (M.) — Elle est mangée par le fusil.

BISER : Embrasser. (*Id.*) — Élimination de l'*a*. On va encore plus loin et on dit *bise* par abréviation.

BISSARD : Pain bis. (A. Pierre.) — Augmentatif.

BISMARQUER : S'approprier par tous les moyens. — Inutile de développer son étymologie. Chose singulière, le mot paraît plus usité à l'étranger qu'en France. — « Le portugais possède à un haut degré la faculté si précieuse de s'approprier des locutions étrangères, de croître et de se développer comme un organisme vivant. M. Latouche cite le mot français *bismarquer,* bien connu, paraît-il, de ses lecteurs anglais. » (*Bibliothèque universelle et Revue suisse,* 1877.)

BIZUT : Élève de 1re année en mathématiques spéciales. —

L'élève de 2e année est le *carré*, celui de 3e le *cube*, celui de 4e le *bicarré*, on s'arrête là. — On dit de même dans un langage algébrique : « il est ennuyeux à la 15e *puissance.* » Argot des écoles.

BLAFARD : Pièce d'argent. — Allusion de blancheur. — « Un écu flambant neuf! Un blafard de cinq balles. » (Richepin, 77.)

BLAFARDE (La) : Mort. — « *La blafarde* a remplacé *la camarde* beaucoup trop connue. » (Grison, 81.)

* BLAGUE : S'il fallait remonter au delà de 1808, date de notre plus ancien exemple, nous serions presque tenté de voir dans *blague* une forme intervertie de l'ancien catalan *bagol* qui a fait notre *bagou.* Le sens est le même et les cas d'interversion ne sont pas rares.

BLAGUE A TABAC : Sein flétri. (Rigaud.) — Allusion de forme et d'inconsistance.

BLAIR, BLAIRE : Nez. (M.) — *Jacter du blaire* : Nasiller. (M.)

BLAIRE : Joue. (M.) — Doit être le même mot que ci-dessus.

BLAIREAU : Balai, conscrit. — « Le soldat appelle blaireau le balai... Il nomme encore cet instrument le pinceau du bleu (conscrit.) » (D. Lacroix.) — Les pinceaux de coloriste étant faits de poils de blaireau et le balai étant d'autre part appelé *pinceau*, on voit le rapprochement qui a formé ces deux noms. De là aussi le nom de *blaireau* donné aux nouveaux soldats qui font plus souvent que les autres la corvée du balayage.

BLANC : Eau-de-vie de marc,

(Rigaud.) — « Donnez-moi encore pour deux sous de blanc! Le blanc est une affreuse eau-de-vie. » (Imbert, 77.)

BLANC (Être à) : Avoir un faux nom. (M.)

BLANC (Jeter du) : Interligner. Terme d'imprimerie. (*Id.*)

BLANCHIR : Créer des alinéas, multiplier les tirets dans un texte. (*Id.*) — Argot des gens de lettres.

BLASÉ : Enflé. Argot des voleurs qui ont pensé à l'allemand *blasen* : souffler. (Delvau.)

BLAVIN : Pistolet de poche. Argot des voleurs. (Rigaud.).— Un revolver s'empoche en effet comme un blavin ou mouchoir, et il se *tire* pour *moucher*... les gens. — V. *Moucher*.

BLÉCHART (Devenir) : Dépérir. (M.) — Dérivé de *blèche*.

BLÈCHE : Médiocre, vilain, mauvais. — Du vieux mot *blaiche* : mou, paresseux. — *Faire banque blèche* : Ne pas toucher de banque. (Boutmy.) — *Faire blèche* : Amener un coup nul.

* BLEU : Le sens de *conscrit* donné à *bleu* remonte à la Révolution qui donna des habits bleus aux volontaires. L'infanterie portait alors des habits blancs.

BLEU : « Quand un acteur n'a pas réussi, on dit au théâtre qu'il est bleu. » (G. Gozlan.)

BLEU : Stupéfait. Mot à mot : congestionné de stupéfaction. — « Le lendemain il en était bleu quand il a vu la figure de sa femme. » (*Le Sublime.*)

BLEUE (Elle est) : Ceci est surprenant (dans le mauvais sens). — Mot à mot : c'est à vous rendre bleu, c'est stupéfiant — «. L'Académie a accordé le prix à un troisième concurrent. — Elle est bleue celle-là. » (P. Véron.)

BLÉZIMARDER : Se couper la parole. Argot théâtral. (Rigaud.)

BLONDE : Bouteille de vin blanc. (*Id.*)

BLOQUER : Consigner. (D. Lacroix.) — Terme de billard. La boule bloquée ne peut sortir.

BLOQUER : Faire défaut, faillir, dans l'argot des typographes. Acception figurée de leur *bloquer* : remplacer provisoirement un signe manquant par un autre qui ne doit pas rester. — « Bloquer le mastroquet, ne pas payer le marchand de vin. » (Boutmy.)

BLOT : Prix. — V. *Courant*.

* BLOUSER : Tromper. Dans le Nord, on dit *bleusse* pour *mensonge*.

BOB : Montre. (M.) — Abréviation de *bobe* (dict.).

* BOBÉCHON : Tête. Comparaison de la tête de l'homme à celle du chandelier. — *Se monter le bobéchon* : se monter la tête. (Rabasse.)

BOBELINS : Bottes. Argot du Temple. (Delvau.)

BOBINE (Laisser en) : Abandonner. (M.)

BOBINE (Mettre en) : Engager des effets. (M.)

BOBONNE : Bonne d'enfants. Redoublement. — « La machine tournoyait... Des bobonnes califourchonnaient des dadas peints.» (Huysmans, 79.)

BOBOSSE : Bossue. — Redoublement. — « Bobosse, elle

n'en avait pas moins su pêcher un homme du monde. » (Huysmans, 79.)

* BOCAL : Anus. (M.)

BOCHON : Coup de poing. (M.) — Forme de *pochon* (dict.).

BOCHONNER (Se) : Se battre à coups de poings. (M.)

BOCKER : Prendre des bocks, boiré de la bière. (Rigaud.)

. BOCOTTER : Grogner. (Rigaud.) — Mot à mot : bêler comme une *bocquotte* (chèvre).

BOCQUE : Montre. (A. Pierre.) — Forme de *Bogue*.

BŒUF : Roi de jeu de cartes. — Allusion à sa rotondité. — V. *Borgne*.

BŒUF : Second ouvrier cordonnier, ouvrier tailleur faisant les grosses pièces. (*Id*.) — Comme animal de trait, le bœuf a de grosses charges.

* BŒUF (Avoir son) : « Le bœuf est un degré de mécontentement plus accentué que la chèvre. » (Boutmy.) — On sous-entend probablement *bœuf enragé*.

BOIRE DANS LA GRANDE TASSE : Se noyer, être noyé. — Ironie. Voyez *Gameler*.

BOIRE DU LAIT : Être applaudi. (J. Duflot.) — C'est doux.

BOIRE UNE GOUTTE : Être sifflé. (Bouchard.) — Opposition à l'image ci-dessus. Le lait est doux, mais la goutte est raide.

BOIS : Meubles. — *Je suis dans mes bois* : je suis dans mes meubles. (M.)

BOIS (Remettre du) : Pousser à l'enthousiasme. Mot à mot : mettre du bois au feu. — « Il y en a aussi un qui fait les couloir pendant les entr'actes,... qui chauffe, qui remet du bois, en style de coulisses. » (Dumas fils.)

BOIS AU-DESSUS DE L'ŒIL, JARD : Il sait et entend l'argot. (A. Pierre.) — *Jard* est une forme de *jar* qui veut dire *argot*. — (V. le dict.) *Bois au-dessus de l'œil* fait sans doute allusion à un signe de reconnaissance.

BOISSEAU : Litre de vin. (Rigaud.) — Allusion du genre de celle qui fait donner à un verre d'eau-de-vie le nom d'*avoine*.

BOITE A BISCUITS : Pistolet. (M.) — Les biscuits sont les cartouches.

BOITE A JAUNETS : Écrin. (M.) — *Jaunet* désigne ici l'or des bijoux et non plus l'or monnayé.

BOITE A PASTILLES : Ciboire. (M.) — Allusion à la forme de l'hostie.

BOITE : Atelier. — V. *Contre-coup*.

BOITE D'ÉCHANTILLONS : Tonneau de vidange. Allusion à la diversité des provenances de son contenu. (Rigaud.)

BOITE AUX RÉFLEXIONS : « Salle de police,... séjour où tout porte aux réflexions, puisque toute distraction y est interdite. » (D. Lacroix.)

BOITE AU SEL : Tête. (Delvau.) — *Sel* est ici pris dans son acception figurée.

BOITE AUX CAILLOUX : Prison. (*Id*.) — Mot à mot : maison pavée. On y couche sur la dure.

BON ENDROIT : Derrière. Ironie. — « Elle reçut un maître coup de soulier, juste au bon endroit. » (Zola.)

BON JEUNE HOMME : Jeune homme candide. — « Il s'agit de respecter les illusions d'un bon jeune homme qui croit encore aux grisettes. » (*Vie paris.*, 79.)

BON POUR BERNARD : Bon pour le cabinet. (*Id.*) — V. *Bernard*.

BON SANG DE BON SANG! : Exclamation poussée en apprenant une nouvelle surprenante. Je ne puis la traduire qu'en l'écrivant ainsi : *bon sens!* et en faisant une abréviation de l'exclamation *y a-t-il du bon sens!* qui se dit communément. — « Le maçon gueula : bon sang de bon sang! » (Hennique.)

BONBON : Bouton au visage. (Rigaud.) — Allusion de forme.

BONBONNIÈRE : Tonneau de vidange. Ironie. — « J'étais pour la réparation des bonbonnières et des anderliques. » (*Le Sublime.*)

* BONBONNIÈRE A FILOUS : C'est là que les filous cherchent leurs bonbons dans la poche des voisins. (Rigaud.)

BONDES (Aux) : Prison centrale. (M.) V. *Centrousse*.

BONDIEUSARD : Fabricant commerçant d'objets de sainteté. (*Id.*)

BONDIEUSARDISME : Cagotisme. — « Il faut supprimer comme entachées de bondieusardisme (c'est leur mot) les rues de l'Abbaye, de l'Abbé-de-l'Épée, etc. » (*Figaro*, 76.)

BONDIEUSERIE : Objet de dévotion. Commerce d'objets de dévotion.

BONIMENT : Propos. — V. *Jardin*. — Pousser de mauvais boniments : injurier. (M.)

BONIMENTER : Complimenter. (M.)

* BONIR : Se taire. (Delvau.) — *Bonir* : Parler, étant trop connu, on lui aura donné le sens contraire, pour dérouter.

BONISSEUR : Discoureur.

BONISSEUR DE LA BATTE : Témoin à décharge. (Rigaud.) Batte doit ici être abrégé de *batterie* : mensonge (dict.).

* BONNE (Avoir à la) : Se dit aussi pour *adorer*.

BONNE PERSONNE : « Dans la bouche d'une femme une bonne personne est une autre femme qui a la bonté de n'être pas jolie. » (Marivaux.)

BONNET : Ligue secrète entre plusieurs ouvriers d'un atelier. — « Le bonnet est tyrannique, injuste et égoïste comme toute coterie. » (Boutmy.)

BONNETEAU : Jeu de trois cartes tenu par un *bonneteur* (dict.). — « La fraude augmente dans la même proportion que les champs de course suburbains. C'est presque la concurrence du bonneteau. » (*Petit Journal*, nov. 80.)

BONNETER : Amadouer. (M.)

BONNETEUR : Annonceur. (M.) — Il amadoue le public.

BONNIQUE PEAU : Bouche close. (M.) — Pour *bonnir que*.

BONNIR : Raconter. (M.)

BONNIR QUE PEAU (Ne) :

Bouder, ne rien dire. (M.) — V. *Peau.*

BONNISSEUR : Conteur. (M.)

BONNET JAUNE : Pièce d'or. Argot des filles. — Mot à mot : bonne et jaune. (Delvau.)

BOOK : Livre de courses, combinaison de Paris. (Parent.)

BORDÉ (Être) : Avoir renoncé à l'amour. Jargon des filles. (Rigaud.) — Quand on est bordé, on est couché, on ne se lève plus.

BORGNE : As. — Il est unique comme l'œil du borgne. — « Quinze et cinq, trois borgnes, trois bœufs, tierce major dans les vitriers, trois colombes. » (*Le Sublime.*)

BORGNER : Regarder. (Delvau.) — Pour mieux voir, on se fait borgne en fermant un œil.

BOSCH : Allemand, Allemande. (M.)

BOSSELARD : Chapeau haut de forme. Argot de collège. (M. Tourneux.) — C'est *bosselé* avec changement de finale. Les gamins ne ménagent guère leurs coiffures.

BOTTER : Donner la botte au derrière. — « Tous les jours avoir sa copie qui vous botte le derrière, c'est crevant. » (A. Millaud. 79.)

BOUANT : Cochon. Il se plaît dans la boue. — Argot de voyous. (Delvau.)

BOUBOUILLE : Cuisine misérable faite sur un fourneau portatif. (Rigaud.) — C'est une onomatopée du genre de *popote.* Voyez ce mot (dict.).

BOUCHON (Un) : Dix ans de prison. (M.)

BOUCLAGE : Menottes, liens. Argot de prisonniers. (Delvau.)

BOUCLER : Partir. (Palat.) — Abrév. de *boucler son portemanteau* pour le départ.

BOUCLER SANS CARMER : Faire banqueroute. (M.) — Mot à mot : fermer sans payer.

BOUFFER LA BOTTE : Faire l'amour platonique faute de mieux. (Palat.) — Allusion aux chevaux qui mangent la botte en attendant l'avoine.

BOUFFER SON CARME : Manger sa fortune. (M.)

BOUGIE : C'est la pièce de cinq francs. (Grison, 81.) — Allusion d'éclat, car on dit aussi *veilleuse* pour un *franc* et *demi-veilleuse* pour *cinquante centimes.*

BOUIF : Ouvrier cordonnier. (Palat.)

BOUIF : Faiseur d'embarras, mauvais ouvrier. (Rigaud.)

BOUILLON. Voir plus loin : *Comment trouves-tu le bouillon?*

BOUILLONNER : Ne pas vendre, manger dans un bouillon restaurant. (Rigaud.)

BOULAGE : Rebuffade, refus. (Boutmy.) — Mot à mot : action de bouler, battre. — V. *bouler.* (Dict.)

BOUL-MICH : Boulevard Saint-Michel. (*Id.*) — Abréviation. On dit aussi *boul-ger* pour *boulevard Saint-Germain.*

* BOULE DE SON : Pain de prison. (M.)

BOULE : Chien terrier. (*Id.*) — C'est le *bull* anglais.

* BOULER : Tromper. — Du vieux mot *boule* : Tromperie, astuce.

BOULET : Biscuit de mer. (M.) — Allusion de dureté.

BOULET A COTES, BOULET A QUEUE : Melon. Argot de faubourien. (Vidocq.)

BOULEUR, BOULEUSE : Acteur ou actrice jouant comme doublure. (Rigaud.)

BOULINGUER : Déchirer (argot de voleur), gouverner, conduire (argot de vagabond). (Delvau.) — Dans le premier sens, *boulinguer* dérive de *bouliner* : trouer (dict.). — Dans le second, il doit encore dériver de *bouler* : battre. Celui qui bat est maître.

BOULONNAISE : Fille publique exploitant le bois de Boulogne. (Rigaud.)

BOULOT : Haricot rond. (Delvau.) — Allusion de forme.

BOUQUET (C'est le) : C'est le comble. Se dit indifféremment d'un malheur ou d'un bonheur succédant à un autre. — Allusion au bouquet qui, termine un feu d'artifice.

BOUQUET : Cadavre. Argot de voyou. (Delvau.)

BOURDON : Femme prostituée. (A. Pierre.) — Elle bourdonne des invitations à l'oreille du passant.

BOURGUIGNON : Soleil. (Delvau.) — Il fait mûrir le vin, et le vin de Bourgogne est le vin préféré du peuple.

BOURLINGUE : Congé.

BOURLINGUER : Donner congé. — De *bouler* : refuser. Dict.)

BOURLINGUEUR : Patron menaçant toujours de congédier l'ouvrier. (Rigaud.)

BOURREBOYAUX : Gargote. (Rigaud.)

BOURREUR DE PÈGRES : Code pénal. — Mot à mot : *pousse-voleurs*. (Id.)

BOURRASQUE : Razzia de police. Argot de voleurs. (Delvau.) — Une bourrasque rase tout.

BOURRE-COQUINS : Haricots. Argot du peuple (Delvau.) — Les haricots ou fèves jouent le premier rôle dans la nourriture des bagnes.

BOURRE DE SOIE : Fille entretenue. Argot de voyous. (Delvau.) — C'est *bourdon* avec un changement de finale qui fait un jeu de mots.

* BOURRICHON : Tête. — Comparaison de la tête à une bourriche d'huîtres

BOURRIQUE : agent de la sûreté. — « Il se perdit dans le passage Vero-Dodat en criant aux autres : *voilà les bourriques!* » (*Petit Journal*, 6 avril 1879.)

BOURRIQUE : Délateur. (M.) — Allusion d'oreilles.

BOURRIQUE (Faire la) : Avouer à la justice. (M.)

BOURRIQUER : Dénoncer ses complices. (M.)

BOURSER (Se) : Se coucher. (Rigaud.) — Même image que dans *se glisser dans le portefeuille*. Ne doit se dire que des lits étroits.

BOUSILLER : Travailler vite et mal. Mot à mot : comme s'il s'agissait de bâtir avec de la boue. (Delvau.)

BOUSILLEUR, BOUSILLEUSE : Mauvais ouvrier, gaspilleuse. (Id.)

BOUSINGOT : Cabaret. Diminutif de *bousin*. — « On alla à

la Puce qui renifle, un petit bousingot où il y avait un billard. » (Zola.)

BOUT : Congé. — *Flanquer son bout :* Donner son congé. Argot de tailleur. (Rigaud.) — Abréviation. Pour *bout de service.*

BOUT DE CUL : Petit homme. « Un abominable bout de cul, coiffé d'une casquette de velours. » (Huysmans, 79.) — V. *Bout d'homme* (dict.).

BOUTANCHE, BOUTOQUE : Boutique. Argot de prison. (Delvau.) — C'est *boutique* avec changement de finale.

BOUTEILLE : Nez. Argot de faubouriens. (Delvau.) — C'est le vin bu qui vient l'empourprer.

BOUTON DE PIEU : Punaise. (Rigaud.) — Elle garnit les lits (pieux) du dernier ordre comme les boutons garnissent une robe. Et Dieu sait qu'on ne les ménage guère aujourd'hui!

BOUTON : Passe-partout. Argot de voleur. (Delvau.) — Allusion au bouton de porte qu'il suffit de tourner pour ouvrir.

BOUTONNER : Toucher un adversaire. (Palat.) — Terme d'escrime. — Allusion au bouton qui rend la pointe du fleuret inoffensive.

BOYAU ROUGE : Bon buveur. Argot du peuple. (*Id.*) — Allusion à la couleur du vin qui remplit l'ivrogne.

BOYCOTTAGE : Action de boycotter. — « Le succès du premier boycottage a engagé le paysan à adopter ce système de lutte. » (*Figaro*, janv. 81.)

BOYCOTTER : Mettre en quarantaine. — Du nom du capitaine Boycott qui dans ces derniers temps organisa la résistance de l'Irlande aux autorités anglaises. — « Dans ce comté de Mayot, la moitié de la population boycotte l'autre. » (*Figaro*, jany. 81.)

BRADER : Vendre à vil prix. Argot de marchand. (Delvau.)

BRAILLANDE : Caleçon. Argot de voleurs. (Delvau.) — Pour *braillarde* (dict.).

* BRANCHE : Peut venir aussi du vieux mot *branché* : compagnon associé dans une affaire. — Une expression peut-être un peu familière à l'égard d'un prince, mais tout à fait amicale au fond : « Ma vieille branche! » (Fr. Sarcey.)

BRANCHER : Loger. — Synonyme de *percher*. Animalisme. — « Je m'embête d'être branché en garni. » (De Goncourt.)

BRANLEZINC : Carillon. (M.) C'est-à-dire : branle métallique.

* BRAS : Grand. — C'est une importation bretonne.

BRÊME : Carte d'entrée. (M.)

BRÊME : Carte de fille soumise. (Rigaud.) — Allusion à la carte à jouer dite brème. — *Être en brème :* Être sous la surveillance de la police. (*Id.*)

BRICHETON : Pain. (M.) — « Le troupier dit aussi que son pain est du bricheton, du brignolet. » (D. Lacroix.)

* BRICULÉ : Officier de paix. (A. Pierre.) — L'accent manque dans le répertoire d'Halbert. — V. p. 61.]

BRIDAUKIL : « Chaîne d'or

qui se vend au poids et par conséquent *au kil* (kilogramme.) (Grison. 81.)

* BRIDE : Menotte. (M.)

BRIDE, VIEILLE BRIDE : Objet de rebut. — Le premier mot est une abréviation. — « Comment une bride de son espèce se permettait de mauvaises manières à l'égard d'un camarade. » (Zola.) — « Entendez-vous, vieille bride, de l'eau, c'est bon pour éteindre le feu. » (*Le Sublime.*) — Ce péjoratif doit venir, comme *schabraque,* de la cavalerie. — (V. p. 328.)

BRIFFE : Ce nom d'aliments doit être ancien, car un gros mangeur s'appelait en vieux français *briffault.*

> Nous nous empâtons
> D'arlequin, d' briffe et d' rogatons
> (Richepin.)

BRIFFER : Manger. — « A l'heure de briffer, l'estomac te gargouille. » (Bouchor, 80.)

BRIGAND, BRIGEANT. Cheveu. Argot de voleur. (Delvau.)

BRIGNOLET. V. Bricheton.

BRIGOLET : Pain. (M.)

BRIMARD : Briseur. Argot des voyous. (Delvau.) — Pour *brisemar.* V. *briseur* (dict.).

* BRIMER : *Étymologie :* En poitevin, *brimer* a le sens analogue de *rendre malade.*

* BRIOCHE : Castil Blaze a prétendu donner l'origine de ce mot par je ne sais quelle histoire de musiciens d'Opéra que je ne vois justifier par aucun texte. — Règle générale : il faut se méfier des anecdotes qui fourmillent dès qu'il s'agit d'expliquer un mot d'argot. Dans les trois expressions très populaires *faire un pâté, faire une boulette, faire une brioche,* je vois un air de parenté qui nous mène loin de l'orchestre de l'Opéra.

BRIQUES (Se coller des) : N'avoir rien à manger. (M.) — Mot à mot : manger les murs.

BRIQUEMONT : Sabre. Argot de voleur. (Delvau.) — V. *Briqmann,* p. 62.

BROBUANTE : Bague. Argot de voleurs. (Delvau.)

BROCANTE : Vieux soulier. (Rigaud.) — C'est-à-dire soulier de brocante.

BROCHES : Dents. (*Id.*) Animalisme.

BROUILLE : « En langage de palais on appelle la *brouille,* c'est-à-dire ces nombreux petits artifices de procédure qui font rendre à une affaire tout ce qu'elle peut donner de bénéfice. » (*Petit Journal,* déc. 78.)

BRULÉ : Affaire manquée. (A. Pierre.) — Mot à mot : « affaire brûlée. »

BRULER (Se) : S'approcher plus près de la rampe que le rôle ne le comporte. Argot théâtral. (Bouchard.) — Allusion aux feux de la rampe.

BUEN RETIRO : Cabinet d'aisances. — Ironie espagnole. — « Une dame sortant d'un buen retiro à quinze centimes. » (*Figaro,* 76.)

BUFFE (Envoyer une) : Souffleter. (M.) — Vieux mot.

BURETTES : Paire de pistolets. Argot de voleur. (Delvau.) — Elle sortait de la ceinture comme les burettes de leur étui.

BURLINGO : Bureau. (M.) —

Diminutif de *burlin*. — V. ce mot (dict.).

BURLINGOT : Bout. (M.) — Forme de *berlingot*, nom d'un petit bonbon du midi.

BURLINGUISTE : Buraliste. (M.)

BUTIN : « Le butin du soldat, c'est l'ensemble de ses effets d'ordonnance. » (D. Lacroix.)

BUTRE : Plat. (Delvau.)

* BUTTER. Signifie aussi *donner des coups* simplement. (M.)

BUVEUR D'ENCRE : « Par ce surnom, le troupier désigne tous les militaires employés dans les bureaux, et plus particulièrement les fourriers. » (D. Lacroix.)

C

ÇA (Il a de) : Il a de l'argent, il a du courage. — *Elle a de ça :* Elle a des appas. (Rigaud.) — *Il y a de ça :* Il y a de l'argent.

CABANDE, CABOMBE : Chandelle. — Jargon d'ouvrier. (Rigaud.) — Abr. de *calbombe*.

CABASSER : Bavarder. — CABASSEUR : Cancanier. (Delvau.)—Du vieux verbe *cabosser* : tromper.

CABOCHARD : Tête. — Augmentatif de *Caboche*. — V. *Rien*.

CABOCHON : Contusion.(*Id.*)

CABOMBE : V. *Cabande*.

* CABOT : Chien. — V. *Cab* (dict.).

CABOT DU QUART : Commissaire adjoint. (M.) — Mot à mot : chien du commissaire.

* CABOULOT : *Étymologie :* Vieux mot qui a signifié d'abord *cabane*, puis *guinguette*.

CACA : Double-quatre de dominos. (Rigaud.) — Redoublement de la première syllabe de *quatre*.

CACHE-MISÈRE : Vêtement boutonné jusqu'au menton, pour dissimuler l'absence de chemise. (Delvau.)

CACHE-FOLIE : Postiche en cheveux (Rigaud), caleçon. (M. Tourneux.)

CACHE-FRINGUES, CACHE-FRUSQUES : Armoire. (M.) — Mot à mot *cache-vêtements*.

CACHEMAR, CACHE-MINCE, CACHEMUCHE : Cachot. (Rigaud.) — Changement de finale.

CADAVRE : Corps. — Ironie philosophique et religieuse. — « *Se mettre quelque chose dans le cadavre :* Manger. » (Delvau.)

CADOR : Chien. — Du mot de langue d'oc *cadel :* petit chien.

CADOR DU QUART : Secrétaire du commissaire. Jargon de voleurs. (Rigaud.) — V. *Chien doc emmissaire, Quart d'œil.*

CADRATIN : Chapeau de haute forme. (Boutmy.)—Allusion à la forme du cadratin d'imprimerie.

2

CAFARD (Avoir un) : Avoir des idées décousues. (Palat.) — Allusion semblable à celle d'avoir une araignée dans le plafond. On sait que *cafard* est un nom d'insecte.

CAFARDER : Protéger. (Palat.) — Allusion aux apparences qu'on essaie toujours de sauver dans l'armée où le népotisme n'est pas aimé.

CAGE : « A Paris, l'ouvrier a donné le nom de cage à tout atelier recouvert de vitres. » (Ladimir.)

CAGNE : Agent de police. — Pour *cogne*. (Rigaud.)

CAHUAH : « Par ce nom, les soldats qui ont été en Afrique désignent le café. » — *Pousse-Cahuah* : Eau-de-vie. Mot à mot : pousse-café. (D. Lacroix.) — Ce doit être un équivalent du mot indigène.

CAILLASSE : Caillou. Argot du peuple. (Delvau.) — Changement de finale.

CAILLOU : Nez. (*Id.*) — Allusion de forme.

CAISSE D'ÉPARGNE : La bouche. (*Id.*) — Jeu de mot des buveurs qui y font des versements quotidiens. — On le peut prendre ironiquement aussi, car c'est là que se place tout l'argent du pauvre monde.

CALANCHER : Mourir. Argot de vagabonds. (Delvau.) — Augmentatif de *caler* : ne rien faire. La mort est le repos éternel.

CALANDE : Promenade. Jargon de voleurs. (Rigaud.) — Mot à mot : action de caler (ne rien faire). V. *Caler* (dict.).

CALANDRINER LE SABLE : Traîner sa misère. Argot de voyous. (*Id.*) — Diminutif du verbe *calandrer* : presser, lustrer. Le terme de *polir le bitume* (faire le trottoir) rappelle exactement la même image.

CALBOMBE : Bougie, chandelle, flambeau. (M.)

CALÈCHE DU PRÉFET : Voiture cellulaire. (M.)

CALENCE : Manque d'ouvrage. Jargon d'ouvrier. (Rigaud.) — Mot à mot : action de ne rien faire, de caler.

* CALER : Rester sans ouvrage par nécessité, et non par paresse. (Boutmy.) — Du vieux mot de langue d'oc *calar* : discontinuer.

CALER DES BOULINS : Faire des trous. V. *Bouliner*.

CALER SA BITTURE : Faire ses besoins. — Mot à mot : donner congé à sa nourriture. — *Se caler les amygdales* : Manger. (Rigaud.)

CALETER : Décamper. (*Id.*) Dérivé de *caler* (dict.).

* CALEUR : Ouvrier sans travail. (Boutmy, 78.)

CALEUR : Ouvrier paresseux. (Rigaud.) — V. *Caler* (dict.).

CALEUR : Garçon. De l'allemand *Kellner*. (*Id.*)

CALIGULER : Ennuyer. — Allusion à la chute du *Caligula* de Dumas père au Théâtre-Français. (Delvau.)

CALOT : Coiffure militaire de petite tenue. (Palat.)

CALOT : Œil saillant. — Acception figurée de *calot* : coquille de noix.

CALOTTÉE : Boîte à asticots. Argot de pêcheurs à la ligne. (Privat d'Anglemont.)

CAMARO : Camarade. — Abréviation. — « Amusez-vous. Je reste de cœur avec les camaros. » (Zola.) — « C'est comme ça qu'on arrange les camaros. » (Pollet, *Figaro*, 59.)

CAMBRIAU : Chapeau. (A. Pierre.) — Forme de *Combriau.*

CAMBRIOTTE : Chambre. — Forme de *Cambriolle* (dict.); je la crois inventée pour la rime dans ce passage d'une chanson argotique citée par B. Maurice, (Audience. 6 septembre 57).

> Travaillant d'ordinaire
> La sorgue dans Pantin,
> Dans mainte et mainte affaire
> Faisant très bon chopin,
> Ma gente cambriotte
> Rendoublée de camelotte
> De la dalle au flaquet,
> Je vivais sans disgrâce,
> Sans regout ni morace,
> Sans taf et sans regret.

CAMBROUX : Fille. — Voir *Camperoux* (dict.).

CAMBRURE : Savate. (Rigaud.) — Ironie.

CAMÉLIA, DAME AUX CAMÉLIAS : « Quand la lorette arrive à la postérité, elle change de nom et s'appelle *dame aux camélias*. Chacun sait que ce nom est celui d'une pièce de Dumas fils, dont le succès ne semble pas près de finir au moment où nous écrivons. » (E. Texier, 52.)

CAMELOTE : Prostituée de bas étage. (Rigaud.) — Mot à mot : mauvaise marchandise.

CAMOUF : Chandelle. (A. Pierre.) — Flambeau. (M.) — Abréviation de *Camoufle.*

CAMOUFFLÉ : Homme portant fausse barbe. (A. Pierre.) — De *Camoufler* (Se) : se déguiser.

CAMOUFLE : Signalement — V. page 13 de l'*Introduction.*

CAMOUFLER LA BIBINE, LE PIVE : Falsifier, mot à mot : déguiser la bière, le vin. (Rigaud.)

CANAPÉ : Lieu public fréquenté par les pédérastes. (Vidocq.) — Allusion ironique aux parapets des quais et aux bancs de certains boulevards.

CANARD : Gravure sur bois destinée à un journal. — « Je ne peux pas, j'ai mon canard à tirer. Le *Monde illustré* se tire demain. » (Carjat, 1859.)

* CANARD : « Nom familier par lequel on désigne les journaux quotidiens. » (Boutmy.)

CANARDER : Plaisanter. (A. Pierre.) — Mot à mot : conter des canards.

CANARDER SANS FAFIAU : Braconner. (M.) — Mot à mot : tirer sans port d'armes.

CANARDIER : Compositeur de journal. (*Id.*)

* CANASSON (Vieux) : Mot d'amitié. — « Tu vas venir avec nous, mon vieux canasson. » (Huysmans, 79.) — On prononce *can'son.*

CANER : Faire ses nécessités. Argot du peuple. (Delvau.) — La peur produit parfois ce résultat, et *caner* c'est *avoir peur*. La cause est prise ici pour l'effet.

CANETON : Petit journal sans importance. (*Id.*)

CANFOUINE : Chambre. (M.)

CANNE (Flanquer sa) : Congédier. — La canne est un objet

qu'on reprend à l'instant de partir. — « M. de Villemessant s'écriait un matin : Décidément, ce R. n'a rien dans le ventre, je vais lui flanquer sa canne. » (Rude, 76.)

CANNER : Condamner à la surveillance de la police. (M.) — V. *Canne* (dict.).

CANONNER : Boire beaucoup de canons. (M.)

CANONNEUR : Buveur. (M.)

CANTOCHE : Cantine. (M.) — Changement de finale.

CAPISTON : Capitaine.

CAPISTON BÊCHEUR : Capitaine adjudant-major. (Rigaud.) — Ce dernier a la police de son bataillon et *bêche* par devoir.

CAPITAINE : Capitaliste, agioteur. Argot des voleurs. (Delvau.) — C'est *capitaliste* avec changement de finale.

CAPITONNÉE (Elle est) : Se dit d'une femme assez grosse.

CAPITONNER (Se) : Garnir sa robe d'*avantages* en coton. (Delvau.)

CAPITOLE : Nom donné aux arrêts ou au cachot, qui est souvent un grenier. — Allusion à la citadelle romaine du Capitole. On dit : monter au Capitole. — Argot des écoles.

CAPOTE : Situation du joueur qui est capot. — *Il cherche la capote* : il cherche à faire capot son adversaire.

CAPOULS : Coiffure féminine à bandeaux en cœur, inaugurée par le ténor Capoul, adoptée par les élégants et les commis qui visent à l'élégance. (Rigaud.)

CAPRE : Chèvre. (*Id.*) — Vieux mot.

CAPSULE : Schako d'infanterie. (D. Lacroix.) — Allusion de forme.

CARABINER : Jouer timidement. Argot de joueurs. (Delvau.) — Allusion aux tirailleurs qui ne risquent qu'à bon escient leur coup de carabine.

CARAFE : Gosier. Jargon de voyous. — On y verse l'eau et le vin, comme dans la carafe. — *Fouetter de la carafe* : Avoir l'haleine infecte. (Rigaud.)

* CARAPATA : Pour comprendre son étymologie il faut se reporter à *Carapater* : Courir. (V. plus bas.) — Le carapata court à pattes en effet. Allusion au va-et-vient qu'il exécute en appuyant sur sa perche pour faire avancer son bateau. De même dans l'artillerie, les servants à cheval appellent *court à pattes* un servant à pied.

CARAPATER : Courir. Mot à mot : courir à pattes. — « Dans mon Paris j' carapate comme un asticot dans un mort. » (Richepin, 77.)

CARAPATIN : Fantassin. — Dérivé de *carapata*. — « Ils répètent le chœur en cadence et répètent avec les vieux carapatins. » (R. Maizeroy, 79.)

CARAVANES : Aventures galantes. Argot du peuple. (Delvau.) — On a cru qu'il y avait ici un rappel de la *Fiancée au roi de Garbe*, mais je crois que le peuple a fait tout bonnement allusion aux chameaux de caravanes. — V. *Chameau*, p. 91.

CARCASSE (États de) : Reins. Jargon de voleurs. (Rigaud.)

CARCASSIER : Habile dramaturge. (Delvau.) — Mot à mot :

homme habilé à établir la carcasse ou scénario d'un ouvrage dramatique.

CARDER : Gratigner. Argot du peuple. (Delvau.) — Comparaison des ongles aux pointes des peignes à carder.

CARE (Mettre à la) : Économiser de l'argent. (M.) — Mot à mot : mettre dans le coin.

CARÉE : Logement. (M.) — V. *Carrée.*

CARER : Conserver, placer. (M.)

CARER (Se) : S'abriter, se cacher. (M.) — V. *Carrer.*

CARISTADE : Secours en argent. (Boutmy.) — C'est une forme méridionale qui se rapproche du *caritat* (charité) provençal.

CARME A L'ESTORGUE : Fausse monnaie. (Rigaud.) — V. *Carme,* p. 81.

CARMER : Donner de l'argent, payer une dette. (M.)

CARMEUR : Payeur. (M.)

CARNAVAL : Catin. (M.)

CARNE : Coquin, coquine. (M.)

CAROTTE (Cheveux) : Cheveux très roux. (Rigaud.)

CAROTTE DANS LE PLOMB (Avoir une) : Chanter faux, avoir l'haleine infecte. (Delvau.) — Une carotte suffisant à boucher le canal d'eaux ménagères dit *plomb,* il en résulte une injection qui a tenté les chercheurs d'images.—V. *Plomb* (dict.).

CAROTTE DE LONGUEUR :

Il sait au naïf voyageur
Tirer d'ordinaire
Une carotte de longueur.
(*Bohémiens de Paris*, ch. 1844).

CAROTTEUR : « Au Palais-Royal, il se joue assez gros jeu ; on y fait néanmoins la partie de 3 francs, on appelle ceux-là *carotteurs* ; ceux qui jouent 5o et 100 louis d'un coup s'appellent des *brûleurs.* » (*Voyage de Paris*, 1821.)

* CAROUBLE : Passe-partout, clé. (M.)

CAROUBLE : Soir, nuit. Jargon de voleur. (Rigaud.)

CARRE (A la) : Mettre de côté. (A. Pierre.) — Déformation de *mettre à l'écart.*

CARRÉ : Voyez *Bizut.*

CARRÉ DES PETITES GERBES : Police correctionnelle. Mot à mot : chambre des petits jugements. (Rigaud.)

CARRÉ DU REBECTAGE : Cour de cassation. Mot à mot : chambre de la médecine. (*Id.*) — La médecine est faite pour les *malades* (prisonniers).

CARREAUX BROUILLÉS : Maison de tolérance de dernier ordre. — Les fenêtres sont dépolies par ordre de police. — « Il va aux carreaux brouillés. C'est son pain quotidien. » (*Le Sublime.*)

CARRÉE : Chambre. (M.) — On s'y carre. — V. *Carrer* (dict.).

CARRELURE DE VENTRE : Réfection plantureuse. Argot du peuple. (Delvau.) — Comparaison du ventre plein au soulier carrelé. Les marins disent de même : *se radouber l'estomac.*

CARRER Cacher. (A. Pierre.) — Mot à mot : mettre à la carre. — V. *Carre.*

CARREUR : Recéleur. (A. Pierre.) — Il cache les objets volés.

2.

* CARTAUD (page 83) : Lisez *Cartaude*.

CARTE (Piquer la) : Marquer la carte pour les reconnaître. Argot des Grecs. (Rigaud.)

* CASCADE : Le mot ne s'emploie plus seulement au théâtre. — « La plume gâtait beaucoup de choses en châtiant les licences et en tarissant les cascades du monologue. » (Rude, 76.) — V. *Être à la cascade*.

CASOAR : Oiseau quelconque, plumet. (Palat.)

CASQUE (Avoir du) : Avoir la faconde du saltimbanque. — Allusion au casque d'un marchand de crayons en plein vent nommé Mangin, qui eut de 1850 à 1861 son heure de célébrité à Paris. (Rigaud.)

CASQUE (Avoir le) : Avoir la tête lourde un lendemain d'ivresse. (*Id*.) — Allusion au poids du casque.

CASQUE (Avoir le) : Avoir un caprice. Argot de filles. (Delvau.) — C'est l'équivalent de *être coiffé*.

* CASQUER : Donner dans un piège. — *J'ai casqué pour le roublard* : Je l'ai pris pour un malin. (Delvau.)

* CASQUER (Ne pas) : Refuser. (M.)

CASQUEUR : Payeur. (M.)

CASSANT : Noyer, biscuit de mer. (*Id.*) — V. *Cassante* : noix (dict.)

CASSE-GUEULE : Eau-de-vie de première force. Elle emporte la bouche, comme on dit familièrement. — « Il était trop pochard... il prenait trop de casse-gueule. » (A. de Pontmartin.)

CASSE-MUSEAU : Coup de poing. Argot de faubourien..(Delvau.) — Coup destiné, bien entendu, au visage.

CASSE-VITRE : Diamant. (M.) — Il sert aux vitriers pour cela.

CASSER LA MARMITE : S'enlever tout moyen d'existence par une folie. Argot de faubourien. (*Id.*) — C'est-à-dire *de souteneur*. Pour comprendre le terme, voyez *Marmite* (dict.).

CASSER SA FICELLE : S'évader. Argot de voleur. (*Id.*) — V. *Ficelles* : Menottes (dict.).

CASSER UNE ROUE DE DERRIÈRE : Entamer une pièce de cinq francs. (Rigaud.) — V. *Roue* (dict.).

* CASSEROLE : Agent de police. (*Id.*) — Le sens primitif est *dénonciateur*. — V. *Casserole*, p. 86. — V. *Gameler*.

CASSEROLE : Conteur. (M.)

CASSEROLE : L'hôpital du Midi, à Paris. Argot des faubouriens. (Delvau.) — On y soigne les vénériens. V. *Casserole* (dict.).

CASSEUR DE SUCRE A QUATRE SOUS LE MÈTRE : Prisonnier des compagnies de discipline. Il est employé en Algérie à l'empierrement des routes. Les pierres cassées lui sont payées à quatre sous le mètre cube. (D. Lacroix.)

CASSICO : Mélange de cassis et de cognac. (Palat.)

CASSIN : Petite maison, petite boutique. — Abréviation de *cassine*. — « Il est bien avec la bourgeoise du cassin, il a l'œil là-dedans. » (*Le Sublime*.)

CASSINE : Mauvaise maison pour un domestique.

Cù j'suis, c'qui m'enrage,
C'est qu'l'on ne fait qu'un repas.
A la cassin' c'est l'usage.
(*Victoire la Cuisinière*, ch. 183).

CASSOLETTE : Pot de chambre, tombereau de boueux. (Delvau.) — Allusion ironique aux parfums de cassolette.

CASTOR : « Le soleil couché, toutes les nymphes descendent dans le jardin du Palais-Royal, au nombre de plusieurs centaines divisées en trois classes. Celles qui se promènent sous les galeries de bois et dans les petites allées du jardin s'appellent les *demi-castors ;* celles des galeries sont·les *castors*, et celles de la terrasse du caveau sont les *castors fins.* » — (*Voyage de Paris*, 1821.)

CATAPLAMIER : Infirmier. (D. Lacroix.) — Mot à mot : poseur de cataplasmes.

CATHOLIQUE A GROS GRAINS : Catholique peu pratiquant. Argot de bourgeois. (Delvau.) — Mot à mot : ne disant de prières qu'aux gros grains de son chapelet.

CAUCHEMARDER (Se) : S'inquiéter, se tourmenter. — «Hein ! est-elle assez canulante! Il faut qu'elle se cauchemarde. » (Zola.)

CAVALER APRÈS : Poursuivre. (M.)

CAVALER AU REBEC-TAGE : Se pourvoir en cassation. Mot à mot : courir au raccommodement. (Rigaud.)

CAVALER CHER AU RE-BECTAGE : Se pourvoir en grâce. (*Id.*) — *Cher* est ici pour *rude, raide.* — V. ci-dessus.

CAVALER DESSUS : Assaillir. (M.) — Mot à mot : courir sus.

CAYENNE : Atelier, cimetière *extra muros.* Argot du peuple. (Delvau.) — Allusion au Cayenne de la Guyane qui passait pour un vrai cimetière. Pour le premier sens, c'est une assimilation de l'ouvrier au condamné aux travaux forcés.

CELLOTE : Cellule. (M.) — Changement de finale.

CENDRILLON : Jeune fille sacrifiée dans l'intérieur de sa famille. — Allusion à Cendrillon du conte de fées. (*Id.*)

CENTOCHE : Centime. (M.) — Changement de finale.

CENTRAL : Détenu de maison centrale. (Rigaud.)

CENTRAL : Élève de l'école centrale. — « Avec Juliette nous croisions toujours par hasard un central, un petit brun. » (Alid, *Revers de la médaille*, 79.)

* CENTRE A BLANC, CENTRE SOUS LA NEIGE : Faux nom. (M.) — Mot à mot : nom caché. — *A blanc* doit être un équivalent de *sous la neige.*

CENTRÉ (Être) : Avoir fait de mauvaises affaires. Argot d'ouvriers du fer. (*Id.*)

CENTRE DE GRAVITÉ (Perdre son) : Être ivre, gris. — Mot à mot : être assez ivre pour ne plus se tenir bien droit. — « Après le dîner, il perd ses belles manières et souvent son centre de gravité. » (*Vie parisienne*, 77.)

CENTROUSSE, CENTROUSSE AUX BONDES : Prison centrale. (M.) — Chang. de finale.

CEP : Nez. (M.) — Allusion au cep chargé de raisins, car on dit : *il a un cep de vigne* pour *il a le nez culotté*.

* CERCLE (diction.) : Lisez *Cerclé*.

CÈS : Canaille. (M.)

CES MESS : Agents de police. (M.). — Abréviation ironique de *ces messieurs*.

CES MESSIEURS : La police. (M.)

CHABIER : S'évader. — V. page 13 de l'*Introduction*. — Verbe construit sur les expressions *faire M. Chibis*, voir *M. Chibis*, qui ont le même sens.

CHACAL : Zouave. « Le chacal, animal rusé et maraudeur, a été pris comme type par le zouave qui s'est donné à lui-même ce surnom. » (D. Lacroix.)

CHAFFOURER (Se) : S'égratigner. (Delvau.) — Allusion aux griffes du chat.

CHAMBARD : Tumulte, bruit. (Palat.) — Abréviation de *chambardement*.

CHAMBARDEMENT : Bousculade. — V. *Chambarder* (dict.).

CHAMBERLAN, CHAMBRELAN : Ouvrier en chambre. (Rigaud.) — Deux formes anciennes du mot *chambellan* qui signifiait bien *officier de la chambre*.

CHAMBRE A LOUER (Avoir une) : Être fou. (Delvau.) — Mot à mot : avoir une case vide dans le cerveau.

CHAMBRELAN : V. *Chamberlan*.

* CHAMEAU : Homme rusé exploitant ses compagnons. — (Delvau.) — C'est le sens du *chameau* femelle appliqué au masculin. Les prostituées sont des exploiteuses.

CHAMPÊTRE : Comique, bouffon. (M.) — L'homme de campagne paraît souvent ridicule au citadin. D'où cette ironie que les champs rendent à la ville dans le mot *Parisien* (dict.).

CHANDELIER : Nez. — Il en sort des chandelles. (Rigaud.)

CHANDELLE : Agent de police, espion. (M.) — Il se tient droit comme une chandelle et il éclaire la voie. Même image dans *cierge*. — V. page 107.

* CHANDELLE : Mucosité. — Allusion à la chandelle qui coule. —«Celui-ci reniflant de merveilleuses chandelles, celui-là sa chemise au vent. » (Hennique.)

* CHANDELLE : Bouteille. *Étymologie* : elle éclaire l'ivrogne et lui fait voir... en dedans. — V. *Voir* (dict.).

CHANGER (Ne pas) : Changer. (M.) — Emploi du contraire. Ironie.

CHANGER D'EAU SON POISSON, SON CANARI : Uriner. (Palat.)

CHANGEUR : Marchand d'habits fournissant aux voleurs de quoi se déguiser. (Delvau.)

CHANGEUR : Filou prenant les pardessus neufs dans les cafés en échange des vieux dont il fait tout exprès collection. (Rigaud.)

CHANTEUR : Voleur spéculant sur l'humanité. (A. Pierre.) — Allusion aux faux chanteurs qui mendient dans les cours.

CHANTIER : Embarras, complication. — Allusion à l'encombrement des chantiers.

Minuit sonnait. Ah! quel chantier!
Mon épouse va gronder peut-être.
            (Guy Marie, chans.)

CHAPARDEUR : Mari qui
trompe sa femme. (Rigaud.) —
Il chaparde l'amour conjugal.

CHAPELLE : Comptoir de
marchand de vins. (*Id.*) — Les
burettes n'y manquent pas. Puis
il y a presque toujours une niche
figurée au fond.

CHARCUTIER : Chirurgien.
(Delvau.) — Ouvrier estropiant
l'ouvrage. (Rigaud.)

CHARENTON : Absinthe. —
Elle trouble la raison de ses fidèles. (Rigaud.)

* CHARGER : Avoir trouvé
un galant. Argot de filles qui se
comparent aux cochers. (*Id.*)

CHARMER LES PUCES :
Être ivre. (Delvau.) — Mot à
mot : ivre à griser ses puces.

* CHARRIER : Calomnier.
(M.)

CHARRIEUR-CAMBROU-
SIER : Voleur à l'aide de moyens
chimériques. (A. Pierre.) — Mot
à mot : voleur campagnard, voleur naïf.

CHARRIEUR DE VILLES :
Voleur appelant la chimie à son
aide. (*Id.*)

CHARRON : Voleur. (Vidocq.)
— V. *Charon* (dict.).

CHASSE-COQUIN : Bedeau.
(Rigaud.)

CHASSE-MARAIS : Chasseur
d'Afrique. (*Id.*) — Pour *chasse-
mar.* — V. *Mar* (dict.).

CHASSELAS : Vin. — Le
fruit est pris pour son produit.
— V. *Dalle.* — « Garçon, donne-
nous un coup de chasselas. » —
(*Le coup du Chasselas*, ch. 1841.)

CHASSES (Entre quatre) : En
tête-à-tête. (M.) — Mot à mot :
entre quatre yeux. — V. *Chasse*
(dict.).

CHASSIS : Œil. — V. *Chasse*
(dict.).

CHAT : Couvreur. Il court les
toits comme le chat. (Rigaud.)

CHAT : Enrouement subit.
(*Id.*) — On ne peut alors chanter, on miaule. De là, l'expression *avoir un chat dans le gosier.*

* CHAT (Mon) : « Pourquoi
en même temps le nom d'un animal, qui passe pour l'image des
hypocrites et des courtisans, de
celui qui ne s'attache qu'à la
maison, celui du chat, est-il devenu un terme d'amitié? Les
amants n'emploient guère d'autres expressions pour se témoigner leur tendresse : chat, raton,
minette, et tous les mots qui
servent à désigner la race des
matous, sont prodigués dans les
douces étreintes de l'amour, et
s'il arrivait à un amant d'appeler
sa maîtresse chienne, il serait
sûr de la voir rougir et pâlir de
colère. (C. Gillé, 1825.)

CHATEAUBRIAND : Beefs-
teak cuit entre deux autres,
d'après une recette de Chateaubriand. (Delvau.)

CHATTE : Pièce de cinq
francs. Argot de filles. (*Id.*) —
Nom d'amitié.

CHAUFFER : Châtier. (M.)

CHAUSSON : Escrime à coups
de pied.

Pour les coups de chausson
Je ne suis pas en arrière,
Pour rigoler, montons
Montons à la barrière.
(*Allons à la barrière*, ch. 1844.)

* CHAUVIN : Cette épithète a passé de France en Europe, s'il faut en croire le *National* du 26 avril 1881, qui cite un extrait de la *Gazette allemande* parlant des « vues politiquement bornées et chauvines de l'Autriche. »

CHEMIN DE FER : Baccarat où chaque joueur tient à son tour les cartes. Cela va plus vite. (Rigaud.)

CHENILLON : Avorton. Diminutif de *chenille*. — « Veux-tu décaniller de là, bougre de chenillon! » (Zola.)

CHER : Beaucoup. (Rigaud.) — On dit de même *il est richement laid* pour *très laid*. La richesse devient un superlatif général.

CHERCHER : Chicaner. (M.) — Abrév. de *chercher chicane*.

CHERCHEZ LE BULGARE : devinez! — Allusion à la légende d'une des premières *questions* qui furent à la mode vers 1877, au moment où les affaires d'Orient entraient dans la période militante. La *question* consistait, à retrouver certaines figures dans un dessin qui paraissait contenir autre chose au premier coup d'œil. Ainsi une gravure représentait un jardin, avec un arrosoir au premier plan. Au-dessous, cette légende : « Voici l'arrosoir, où est le jardinier? » (De là, le mot *question*.) En cherchant dans les arbres qui ornaient le jardin, on retrouvait un profil d'homme figuré tant bien que mal par le contournement des branches. Ce n'était pas en proportion. Rien n'annonçait un profil de jardinier plus que celui de tout autre. Mais le public ne critiquait pas; il devinait et il était heureux.

CHERCHEUR DE RENARD : Batailleur. (M.) — Dérivé de renaudeur (dict.)

CHÉRER : Châtier. (M.)

CHEROT : Couteux. (M.) — Dérivé de *cher*, et pris adverbialement dans *Carmer trop cherot* : payer trop cher. (M.)

CHÉTIF : Enfant de Limousin, apprenti maçon. (Rigaud.)

CHEULARD : Licheur.. — C'est le mot *léchard* (lichard) interverti. « Ah! les cheulards! dit-il... J'ai senti ça. Hein? Qu'est-ce qu'on mange? » (Zola.)

CHEVAL DE TROMPETTE (Bon) : Aguerri. — « Moi, d'abord, je suis bon cheval de trompette. Le bruit ne m'effraie point. » (H. Monnier.)

CHEVALIER DE LA GRIPPE : Filou. (Rigaud.) — Lisez *de l'agrippe* (d'*agripper* : prendre.)

CHEVANCE : Ivresse. (Id.) — Vieux mot qui signifiait *gros bien, richesse*. L'ivrogne a toutes les richesses de la terre en imagination.

CHEVEU : Caprice amoureux. On dit *avoir un cheveu pour un homme*. (Delvau.) — Variante de *être coiffé*.

CHEVEU : « Travail difficile, ennuyeux et peu lucratif. » (Boutmy.)

CHEVEUX (Trouver des) : Trouver à reprendre à tout. (Rigaud.) — Allusion aux vétilleux qui cherchent des cheveux dans le potage.

* CHÈVRE (Gober sa) : En 1660, Molière dit déjà :

D'un mari sur ce point j'approuve le
[souci,
Mais c'est prendre la chèvre nn peu
[bien vite aussi.

CHEVROTIN : Irascible, mécontent. (Boutmy.) — Mot à mot : qui a souvent sa chèvre. — V. page 99. (Dict.)

CHIADE : Bousculade. — Argot des écoles.

CHIALER : Beugler, pleurer. (M.) — Dérivé du verbe *chier*, qui ici, comme dans *chiarder*, s'applique à toute émission forcée.

CHIALLEUR : Pleureur. (M.)

CHIARDER : « Cette inscription était ainsi conçue : « *Vénérables antiques, chiardez la prolonge et la levée des colles.* » Les élèves nous en ont donné la traduction suivante :
« Vénérables anciens, demandez avec instance la prolongation de la sortie de ce soir et la levée des punitions. » (Art. du *National* du 21 déc. 80, sur l'École Polytechnique.)

CHIASSE : Chose sans valeur, marchandise avariée, maîtresse. Argot du peuple. (Delvau.)

CHIBIS (Faire), voir *M. Chibis* : S'évader. — Argot des voleurs de province. — V. l'Introd. p. 13 et 14. (Dict.).

* CHIC (V. p. 100) : Je dois tenir note de l'étymologie qui en fait une forme du *schick* allemand (tournure, talent), qui est lui-même une abréviation du mot ancien *geschick* (même sens.) Comme nous usions déjà du mot *chic* dans l'armée, sous le premier empire, ce serait, en ce cas, un mot qui aurait repassé le Rhin avec les armées républicaines.

CHICHE : Constant. (M.)

CHICORÉE · Réprimande. (Rigaud.) — La chicorée est amère.

CHIÉ (Tout) : Tout à fait ressemblant. (*Id.*)— Cette grossièreté date du moyen-âge, car le dictionnaire de Sainte-Palaye en donne un exemple pris dans Eustache Deschamps.

CHIEN : Mordant artistique ou littéraire. « C'est moi qui fais l'article modes sous le nom de la chevalière de Rocquepompon, et avec un *chien!* » (V. Sardou, *la famille Benoiton.*)

CHIEN (Avoir un) : Avoir un caprice pour un homme. (*Id.*)

CHIEN (Faire du) : Faire un ouvrage payé d'avance. (*Id.*)

CHIEN (Faire le) : « Dans l'argot des cuisinières, *faire le chien*, c'est suivre Madame avec un panier. (*Figaro*, mars 82.)

CHIEN DE FUSIL (Se tenir en) : Se replier sur soi-même. — Allusion au profil du chien de fusil. — « Sur le tas de paille, Gervaise, tout habillée, se tenait en chien de fusil. » (Zola.)

CHIEN PERDU : On appelle ainsi un *fait divers* de journal. — « Le metteur en pages a besoin d'un chien perdu pour boucher un trou quand les rédacteurs n'ont pas fourni assez de copie. » (Boutmy.)

CHIENLIT : Hurleur. (M.) — V. ce mot (dict.)

CHIER : (*Envoyer*) : Éconduire. — *Faire chier* : Obséder. (Rigaud.)

CHIER DANS LA MAIN : Être trop familier.

CHIER DANS LE PANIER DE QUELQU'UN : Lui jouer un tour impardonnable. — On dit : « il a chié dans mon panier jusqu'à l'anse. » — « Par le corps bleu, il a chié au panier pour moi. » (*Mémoires de Sully.*)

CHIER DUR : Travailler ferme.

CHIEUR D'ENCRE : Employé de bureau, homme de lettres. (*Id.*) — Même genre de plaisanterie que dans *buveur d'encre*.

CHIFFARD : Pipe. (A. Pierre.) Pour *Chiffarde*.

CHIFFE : Langue. Abrév. de Chiffon rouge. (*Id.*) — (V. dict.).

CHIFFON : Fille à minois chiffonné. (Delvau.)

CHIFFONER : Contrarier. — Vieux mot qui s'est dit en langue romane *achaifonner*. — « On ne peut plus faire de farces à sa Nini ; c'est ce qui vous chiffonne. » (Gavarni.)

CHINE (Aller à la) : Crier dans les rues : vieux habits, vieux galons ! (Rigaud.) — Pour « aller en Chine. » — Allusion à la longueur des tournées quotidiennes des marchands d'habits.

CHINER : Aller à la chine. (*Id.*)

* CHINEUR : Mot à mot : allant à la chine. Voyez *Chine*.

CHIPE : Action de chiper. (Rigaud.)

CHIQUE (Avoir sa) : Être de mauvaise humeur. (*Id.*) — Allusion à la moue que produit une chique logée dans la bouche.

CHIQUE (Avoir une) : Être saoul. (Delvau.) — Pour avoir chiqué (mangé et bu) outre mesure.

CHIQUÉ : Scène feinte. (M.) — L'origine de cette acception est artistique. (V. *Chic*, dict. col. 101, ligne 1 et s.) Il est curieux que le monde des malfaiteurs l'ait emprunté. C'est ordinairement le contraire qui a lieu.

* CHIQUER : Manger. Vieux mot.

* CHIQUER : Faire de chic, c'est-à-dire sans les études nécessaires. « Voyez ces deux fragments... Comme c'est négligé, comme c'est chiqué ! Ne dirait-on pas une gravure à deux coups. » (V. Bouton.)

CHIQUEUR DE BLANC : Souteneur : (Rigaud.) — Même étymologie que mangeur de blanc. — V. *Mangeur*.

CHIRURGIEN EN VIEUX : Savetier. (Delvau.) — Il travaille la peau comme le chirurgien.

CHOCOTTE : Os gras. Jargon de chiffonnier. (Rigaud.)

CHOIMBRE, CHOUINE : Tabac à priser. (Palat.)

CHOLÉRA : Zinc, zingueur. (*Id.*) — Viande malsaine. (Delvau.)

CHOLET : Pain blanc délicat. — Du vieux mot de langue d'oïl *chollat* qui a le même sens.

CHOQUOTTE : Doit être une forme de Chocotte.

Tout cela s'rait de la choquotte,
Mais c' qu'est triste, hélas !
(Richepin, 77.)

CHOUFFLIC : Mauvais ouvrier. (Boutmy.) — Forme française de l'allemand *schuflicker* : savetier.

CHOUFLIQUÉ : Mal fait. Mot à mot : saveté. — « C'est tout des bons à rien. Comme c'est choufliqué, saboté ! » (Le Sublime.)

* CHOURIN : Dans l'argot des bohémiens du pays de Bitche, (Voir la statistique de Creutzer), on dit chouri pour couteau, ce qui semble déterminer la provenance de Chourin.

* CHTIBBE. — Germanisme. Déformation de l'allemand Stiefel : botte, qui se prononce schtiffle.

CHURLER : Hurler. (M.) Adjonction d'initiale.

CHYLE (Se refaire le) : Faire un bon dîner. (Rigaud.) — Si le mot est populaire, il doit avoir un point de départ scientifique. On dit aussi faire du chyle.

CIERGE : espion. (M.)—Même allusion que dans Chandelle. — L'espion a aussi pour mission d'éclairer.

CIGALIER : Membre d'une société poétique du Languedoc nommée La Cigale. — « Cigalier de cœur et d'âme. » (Bardoux, 78.)

CINGLER LE BLAIR (Se) : Se souler. (Rigaud.) — Mot à mot : se piquer le nez. — V. Nez (dict.).

CINQ CENTIMADOS : Cigare de cinq centimes. (Id.) — Ironie à l'adresse de la Havane.

CINQ ET TROIS FONT HUIT : Boiteux. (Id.) — Mot à mot : faisant cinq pas d'un pied et trois de l'autre pour arriver à huit.

CIPIGE : Cigarette. (Palat).

CIRARD : Élève de Saint-Cyr. Palat.) — Allusion au nom de Cyr et à la nécessité qui s'impose aux élèves de cirer eux-mêmes leurs chaussures.

CIRÉ : Nègre. (Rigaud.) — Mot à mot : noirci au cirage.

CISEAUX (Travailler à coup de) : Compiler. — C'est fait à coups de ciseaux : Il n'y a rien de neuf.

CISEAUX (Tenir les) : Tenir le poste de secrétaire de rédaction dans un journal. Il coupe les extraits.

CITRON : Tête. Argot de voleurs. (Rigaud.) — Allusion de forme.

CIVADE : Avoine. (Vidocq.) — C'est le mot de langue d'oc civada.

CIVARD : Pâturage. (Id.). — De Cive.

CIVE : Herbe. (Id.) — Vieux mot. La cive était une ciboule ; de là notre mot civet (ragoût aux cives).

CLABAUTAGE : Nourriture. (M.)

CLABAUTER : Dévorer, manger. (M.) — Forme de Clapoter.

CLAMART : Cimetière des suppliciés. — « L'hippodrome désormais destiné à devenir le Clamart, le champ des navets de la musique. » (Vie parisienne, 79.)

CLAPOTER : Manger. (Rigaud.) — Allusion au bruit de la mastication.

CLAQUE, MAISON DE CLAQUES : Maison de tolérance. (M.)

CLAQUE (En avoir sa) : En être repu, las. — Mot à mot : plein à claquer, à éclater. —

3

» Toujours la même rengaine...
Je finis par en avoir une claque. »
(Durandeau, 78.)

CLAQUE-DENTS : « Il fut introduit par quelques amis dans les cercles appelés vulgairement claque-dents. » (*National*, janv. 79.) — Est-ce parce qu'on y claque (mange) son argent, ou parce que la fièvre du jeu vous y ruine. Avoir la fièvre c'était jadis *aller au pays de Claquedent*. Allusion au frisson qui commence l'accès.

CLAQUER : Vendre. (Delvau.) — Acception figurée de *manger*.

* CLARINETTE : Fusil. On a dit d'abord *clarinette de cinq pieds*. La baïonnette figurait le bec, et la crosse s'évasant figure le pavillon.

* CLÉ : — « *Il y a des femmes à la clé, il y a des côtelettes à la clé* : Il y aura des femmes à la réunion, il y aura des côtelettes au repas. » (Delvau.)

CLICHE : Diarrhée. (Rigaud.)

CLIENT : Individu volé ou à voler. A remplacé *pante*. (*Id.*) — Ironie. Les voleurs ont suivi la mode des boutiquiers qui appellent *clients* tous ceux qui leur font gagner de l'argent.

NOT : Œil.CLIG — Il cligne. — Voyez *baver des clignots*.

CLOQUE : Pet. Rigaud.) — Onomatopée.

CLOQUER : Péter. (*Id.*).

CLOU : « Le soldat appelle clou sa baïonnette. (D. Lacroix.) — Allusion de forme.

CLOU : Ouvrier travaillant mal. (Rigaud.) — Le clou accroche et déchire.

* CLOU : On possédait déjà cinq sens néologiques pour *clou* (mont-de-piété, prison, baïonnette, mauvais ouvrier, outil de graveur). Le critique musical de l'*Événement* (31 octobre 1879) en donne un sixième dans ce compte rendu d'opérette : « C'est le clou de la partition, comme on dit aujourd'hui. C'en est le bijou, aurait-on écrit autrefois. » — *Clou* désigne ici une partie remarquable, digne de *fixer l'attention*. Mais *fixer* aura paru faible, car en France on roule toujours sur la pente des superlatifs, et on aura dit *clouer*, ce qui est fixer forcément et pour longtemps. — « Le clou de la soirée est un tableau vivant représentant Victor Hugo. » (*National*, déc. 80.)

* CLOU (Mettre au) : Dans une lettre du 22 juillet 1842 à Léon Noël, Murger parle « de son état de détresse qui l'a obligé de mettre ses habits au clou. »

CLOUS : Outils. (M.)

COCARDE : Excès de boisson. Il rougit et bleuit le visage comme une cocarde. — « On était bien venu à lui reprocher une cocarde prise de temps à autre. » (Zola.)

COCARDER : Avoir sa cocarde. — V. ce mot. — « On était gai. Il ne fallait pas maintenant se cocarder. » (Zola.)

*COCHONNERIE : « L'amour ! L'amour ! ne me parlez jamais de cette cochonnerie-là. » (Hennique.)

COCO : Mauvaise eau-de-vie. — *Marchand de coco* : Mauvais marchand de vin. (Rigaud.) — Ironie. Le coco est une boisson d'eau et de réglisse.

COCO : Soulier. Argot du peuple. (Delvau.) — Se trouve déjà au dernier siècle dans le *Monsieur Nicolas*, de Rétif.

* COCO (Monter le) : Monter la tête, exciter. — « Ça te chatouille les belles frusques. Ça te monte le coco. » (Zola.) — V. *Coco*.

* COCODETTE : « La cocodette est un type féminin du second empire, comme la *merveilleuse* le fut du Directoire, et la *lionne*, de la monarchie de juillet. Semblable à la courtisane par son faste et ses allures, elle en diffère par la régularité de sa position sociale. Son existence est une pose incessante. » (*Souvenirs d'une cocodette*, 78.)

CŒUR (Par) : Pour mémoire. Ironie. — « Dîner par cœur, c'est dîner en esprit, immatériellement, c'est-à-dire négativement. — V. *Danse devant le buffet*.

COFFIN : Table volante pour le travail, en souvenir du général Coffinières qui a donné ce meuble aux polytechniciens. (Rigaud.)

COFFRE : Corps. — Tous deux emmagasinent bien des choses. — « Tu n'as pas soixante-cinq ans dans ton coffre. » (G. Sand, *Corresp. inan.* 66.) — *Le coffre est bon* : le corps est solide.

COGNER : Emprunter. (M.). Augment. de *taper* (dict.)

GOGNGI : Eau-de-vie. — C'est *Cognac* avec changement de finale. — « Du cogngi si tu veux. » (Bouchor. 80.)

* COGNE : Agent de police. (M.)

COGNERIE : Combat. (M.)

COLLARDÉ : Prisonnier. (*id.*) — Augmentatif de *Collé* : emprisonné.

COLLE : Punition. — V. *Chiarder*.

COLLE (Vivre à la) : Vivre en concubinage. (M.)

COLLER : Vivre en concubinage. (M.) — V. Collage. (Dict.)

* COLLER : Punir. (Argot des écoles.)

* COLLER (Se) : manger. (M.)

COLLEUR : Homme qui se lie trop facilement. (Delvau.) — Mot à mot : qui se colle volontiers. — V. *Coller*. (Dict.)

COLLIGNON : Mauvais cocher. — Allusion à un cocher de fiacre qui tua son voyageur dans un accès de colère, il y a vingt ans environ.

COLO : Colonel. — Abrév. (Rigaud.)

COLOMBE : Dame de jeu de cartes. Jeu de mots. *Colombe* désigne aussi une femme aimée. — V. *Borgne*.

COLONNE (Avoir chié la) : Être adroit dans son métier. (Rigaud.) — Mot à mot : faire une chose jugée impossible. Ce terme s'emploie plutôt négativement) « *il n'a pas chié la colonne* » il n'est pas fort). Il s'agit ici de la colonne Vendôme, autrefois fort admirée par le peuple.

COLONNE (Monter une) : Conter une histoire interminable comme le défilé des bas-reliefs de la colonne vendôme), infliger une corvée ennuyeuse. (Pallat.) — « On ne monte pas de ces colonnes-là au commandant. » (Maizeroy, 80.)

COLTIN : Fort de la halle.
Partie prise pour le tout. — V.
Colletin. (Dict.).

COLTIN, COLTINER : — V.
Colletin, Colletiner.

COLTINEUSE : Ouvrière de
gros ouvrage. — « Ma sœur n'est
pas une coltineuse..., elle fait les
travaux délicats. » (Huysmans,
79.)

COMBERGE : Confession.
Abrév. de *Combergeante*.

COMBLE : Jeu de mots fort
à la mode en l'année 1879. Voici
deux exemples des oppositions
d'idées qui en font le charme. —
« Le comble de la gourmandise,
c'est de dévorer un affront. —
Le comble de l'habileté pour un
pêcheur à la ligne, c'est d'accrocher son hameçon à une ligne
d'omnibus. » — On est parti de
là pour dire : *un comble*. « M. P.
poussant les gens à la modestie.
Cela ne semble-t-il pas un comble ? » (Fr. Sarcey. *Le XIX siècle* du 15 octobre 1879.)

* COME : Abrév. de *Comite* :
officier de galères. Vieux mot.

COMÉDIE (Envoyer à la) :
Faire chômer. — Quand on va
au théâtre, on ne travaille pas.
— « C'est-y pas vexant d'envoyer
comme ça les ouvriers à la comédie ! » (*Le Sublime.*)

COMÈTE : Jettatore. — Argot
de joueurs. (Rigaud.)

* COMFORT : Vieux mot plus
français qu'il n'en a l'air. —
« Tout le monde sait que nous
avons repris aux Anglais les termes autrefois français de *comfort, comfortable*; mais nous
avons laissé entre leurs mains
celui de *discomfort*. Pourtant
discomfort, (malaise, désagré-

ment), se trouve dans nos anciens poètes, notamment dans
Charles d'Orléans. » (J. Amero.)

COMMANDITE : Association
d'ouvriers pour un travail quelconque. (Boutmy.) — Ironie,
car c'est le contraire de la commandite.

COMMAGNO (C'est) : c'est
comme ça. (M.)

COMMODE (La) : la Commune
de 1871. (M.) Changement de
finale.

COMPOSE : Composition.
Argot des écoles. — Abrév.

COMPRENDRE (La) : Voler.
(Rigaud.) — Jeu de mots sur les
deux dernières syllabes.

COMPLET : Habillement complet taillé dans le même drap.

L'homme actuel, sublime à la fois et
[mesquin,
Est vêtu d'un complet comme un Amé-
[ricain.
(De Banville, 1879.)

COMPTE : Comptoir de mar-
chand de vin. (*Id.*) — Abrév.

COMTOIS : scène feinte. (M.)
— V. *Comtois*. (Dict.)

* COMTOIS : Compère, affidé.
(M.) — V. *Amazone*.

CONASSE : Fille publique.
(M.) — De leur côté, les filles
donnent le même nom à celles
qui leur font concurrence sans
être inscrites à la police.

CONDITION : Chambre. (M.)
— *Changer de condition* : déménager. (M.),

CONDITION (En) : « Le *cheval en condition* est dans un haut
état de santé, il n'a ni chair, ni
graisse superflues. » *Carnet des
courses*, 77.)

CONDUITE (Acheter une) :

Mener un nouveau genre de vie. (Rigaud.) — Se dit surtout des fous auxquels il en coûte d'être sages.

* CONDUITE DE GRENO-BLE : « Jérôme prend un bâton et fait la conduite à l'exempt, conduite que le vulgaire appelle *de Grenoble*, » (P. 21, 2ᵉ partie, *Paulin ou les aventures du comte de Walter*. Paris, Desenne, 1792.)

CONFIRMER : Souffleter. (Rigaud.) — Allusion à la petite tape de la confirmation.

CONFRÈRE DE LA LUNE : Mari trompé. (Delvau.) — Allusion aux deux cornes de la lune.

CONI : Mort. — V. *Trimballeur*. (Dict.) — Dans le Midi on dit *caunit* pour *trépassé*. En Savoie (Tarentaise), on appelle le fossoyeur *croque-conna* (croque-mort.)

CONILLER : Chercher à se soustraire. (Rigaud.) — Du vieux mot *conil* : lapin. On connaît l'adresse avec laquelle cet animal fuit le chasseur.

CONNAITRE dans les coins : être malin, connaître parfaitement. (M.) — Extension de cette expression familière : « Si je la connais ! Il n'est pas un coin que je n'aie visité. » (en parlant d'une contrée ou d'une maison.) Cette expression a passé dans l'armée. On l'abrège souvent en disant : *il la connaît*, pour : *il est très fort* sur telle ou telle chose.

* CONNASSE : Femme stupide. (Rigaud.)

CONNOBRE : Connaître. (*Id.*) — Abrév. de *Connobrer*. — (V. dict.).

CONSCIENCE (Homme de) : Ouvrier typographe payé à la journée et non aux pièces. — Allusion à la conscience nécessaire dans un travail aussi libre.

CONSERVATOIRE : Mont de piété. (Michel.) — On y conserve les effets engagés.

CONSERVES : Pièces du vieux répertoire. Argot théâtral. (Rigaud.) — Ce ne sont pas des primeurs dramatiques.

CONSIGNE : Tisonnier de poêle. Argot militaire. (*Id.*) — Ainsi nommé parce qu'il est terminé par un crochet; on dit *accrocher* pour *consigner*.

CONTRE-COUP : Contremaître. — « C'est vous qu'êtes le contre-coup de la boîte. » (*Le Sublime.*)

COMMENT TROUVES-TU LE BOUILLON ? : Que dis-tu de ce désastre? (Voir *Bouillon*). (Dict.)

> Ma cousine Véronique,
> D'un grand chasseur d'Afrique,
> Qu'est arrivé d'Oran,
> Elle a fait son amant.
> J' lui dis : Ma chère, que diantre!
> J' connais ta position,
> T'as un bédouin dans le ventre.
> Comment trouves-tu le bouillon?
> (Colmance, ch. 184.)

CONTREMARQUE DU PÈRE LACHAISE : Médaille de Sainte-Hélène. (Delvau.) — Les vétérans qui la reçurent sous le second Empire approchaient de la tombe.

COP : Copie. Argot de typographe. (*Id.*) — Abrév.

COPIE SUR QUELQU'UN (Faire de la) : « C'est au figuré dire du mal de lui ou médire » (Boutmy.) — Allusion aux arti-

cles méchants des petits journaux.

COPINE : Amie. (M.) — V.
Copain. (Dict.)

COQUARD : Œil bleu. (M.)

COQUARD : Œil. (M.) — Mot
à mot : œil à la coque, gros œil
bouffi, comme le prouve l'expression, *pocher un coquard :*
pocher un œil. (M.)

COQUARDEAU : Mari imbé-
cile, mari trompé, entreteneur
ridicule. — Surnom ravivé par
la vogue des caricatures de Gavarni où *Mosieu Coquardeau*
joue un rôle constamment ridicule. Au moyen âge, le coquardeau était un jeune fanfaron
d'amour, un *gâteux*. On connaît
ces *vers* du *Blason des fausses
amours :*

> S'un (si un) coquardeau
> Qui soit nouveau
> Tombe en leurs mains,
> C'est un oiseau
> Pris au gluau.
> Ne plus ne mains (moins.)

COQUILLARD : Œil. (Ri-
gaud.) — Diminutif de *coquard.*

COQUILLARD : Pèlerin. Ar-
got de faubouriens. (Delvau.) —
Je ne crois pas toutefois ce mot
connu des faubouriens de notre
siècle qui n'ont jamais vu de pè-
lerins (à pèlerines garnies de coquilles, d'où le vieux nom de *coquillard*.) Le coquillard était le
faux pèlerin de la cour des miracles.

* CORBEAU : Se prend aussi
pour *prêtre* en général. — « Six
francs ! le prix d'une messe à
l'autel des pauvres. Certes, il
n'aimait pas les corbeaux. »
(Zola.)

> Aux urnes, citoyens !
> Contre les cléricaux

> Votons (*bis*), et que nos
> Dispersent les corbeaux !
> (Léo Taxil, ch.)

CORBUCHE LOF : Ulcère
factice. (Delvau.) — *Lof* est évidemment l'adjectif *faux* écrit *fo*
et soumis à un procédé de déformation en *l*, qui consiste à
remplacer par *l* la première lettre
du mot qu'on rejette à la fin. *Fo*
fait ainsi *lof*. —Voyez à la fin de
ce supplément.

CORDE (Dormir à la), coucher
à la corde : Passer la nuit au cabaret. (Delvau.) — S'est dit d'a-
bord d'un marchand de vins de
dernier ordre qui faisait payer à
ses dormeurs le droit de s'accou-
der sur une corde.

CORDER : S'accorder. (*Id*.) —
Abrév.

CORDES (faire des) : Être
constipé. (*Id*.) — Mot imagé.

CORNAGE : « Respiration
bruyante et difficile : le cheval
est dit *corneur, joueur de flûte*. »
(*Carnet des Courses*, 77.)

CORNARD : Marchand de
gâteaux, boue, fondrière, embarras quelconque. (Palat.)

CORNET D'ÉPICES : Capu-
cin. (Vidocq.) — Allusion au ca-
puchon et au papier brun de l'é-
picerie. Le mot est donné de nos
jours comme appartenant à l'argot des voleurs, mais il a disparu
dès 1789.

CORNICHERIE : Niaiserie.
Abréviation de Cornichonnerie,
mot à mot : acte de cornichon.
— V. ce mot (dict.).

CORVÉE (Aller à la) : Se livrer au travail professionnel.
Argot des filles. (Rigaud.) —
Faire passer à la corvée se dit
de plusieurs hommes réunis,

traitant, de gré ou de force, une femme en prostituée.

CORVET (dict.) : Lisez *Corvette*.

COSAQUE : Poêle à chauffer. (Rigaud.)

COSMO : Cosmographie. — Argot des écoles.

COSTIÈRE : Poche secrète à l'usage des grecs, sa destination est la même que celle de la tinette. Elle est pratiquée sur le devant du gilet. « Elles se nomment costières, sans doute parce qu'elles sont placées sur les côtés un peu au-dessus du cœur. L'habit les cache. » (R. Hardin.)

COTE (Frères de la) : Commis d'agent de change. (*Id.*). — Jeu de mots qui fait allusion à la cote de la bourse et au roman populaire consacré par Emmanuel Gonzalès aux boucaniers gentilshommes appelés Frères de la côte.

* COTE (G). Lisez *Cote G*.

COTÉ COUR : Coulisses de droite.

COTÉ JARDIN : Coulisses de gauche. Argot théâtral. (Bouchard.)

COTELARD : Melon. — Allusion à ses côtes. Argot du peuple. (Michel.)

COTELETTE DE PERRUQUIER, COTELETTE DE VACHE, COTELETTE DE MENUISIER : Morceau de fromage de Brie. (Delvau, Rigaud.) — La facétie peut s'appliquer de même à tous les corps de métier, ce qui promet encore bien des pages aux dictionnaires spéciaux.

COTERIE : Assemblée d'ouvriers. (Rigaud.) — Désigne aussi l'ouvrier seul. « Hé ! la coterie ! » dit un maçon à un autre maçon.

COTILLONNEUR : Danseur de cotillon.

Et, les premiers coups d'archet,
Tous les cotillonneurs sont prêts!
(Lhuillier, ch. 187.)

COTON (Donner du) : Donner de la peine. — « Ça ne fait rien, il lui a donné du coton. » (*Le Sublime.*)

COTRETS : Jambes. Argot de faubouriens. (Delvau.) — Comparaison d'une jambe maigre à un brin de fagot dit cotret. — V. son synonyme *Fumeron* (dict.)

COUCHE (Il y) : Se dit de quelqu'un qui se trouve continuellement dans une maison, sans y passer toutefois la nuit.

COUCHER DEHORS (A) : Indigne d'être reçu sous n'importe quel toit. — On dit beaucoup dans l'armée : « il a une tête à coucher dehors. » — On ajoutait dans l'origine : « avec trente-six billets de logement. »

* COUENNE : Joue pendante. Argot du peuple. (Delvau.)

COUILLE (Etre à la) : être malin. (M.) — Pour *être à la coule*. (Voir le dict.).

COUINER : Parler en larmoyant. (Rigaud.) — Abrév. de *Couyonner*.

COULE : Abrév. de *Coulage*. — V. ce mot (dict.)..

COULE (Mettre à la) : Mettre au courant. — « Ça commence à venir. On les a mis à la coule. » (*Le Sublime.*)

COULER (En) : Mentir. Mot à mot : couler des mensonges. (Delvau.)

COULER DOUCE (La) : Vivre sans souci, couler une douce existence. — « La vérité est qu'il la coulait douce. » (Zola.)

COULEUR (Être à la) : Être convenable, faire bien les choses. Mot à mot : offrir la couleur qu'on désire. — « Vous n'êtes pas rat, vous êtes chouette et à la couleur. » (*Le Sublime.*)

COULEUR : Soufflet. — Il colore la joue. — « Je vous ficherai une couleur sur la figure. » (Huysmans, 79.)

COULEUVRE : La couleuvre se chauffe au soleil.

> Couleuvre d'caractère
> J'aime assez ne rien faire.
> (*Les bains à 4 sous*, ch. de Maignand, 1848.)

COULEUVRE : Femme enceinte. (Delvau.) — Allusion d'ondulation.

COUP : Manœuvre faite dans le but de tromper. On dit : *il m'a fait le coup* (il m'a trompé); *c'est le coup du suicide* (c'est un faux suicide annoncé pour attendrir la dupe).

COUP D'ACRÉ : Extrême-onction. Argot de voleurs. (Rigaud.) — Mot à mot : coup du *défions-nous.* — Voyez *A cré.* Les plus braves n'ont pas leur confiance entière au dernier moment.

COUP D'ANATOLE, COUP DU PÈRE FRANÇOIS : Voyez *La faire au père François*, page 182 du dict. — Le nom d'Anatole comme celui du père François est probablement celui d'un spécialiste fameux en ce genre. J'en ai interrogé deux en 1868 sans obtenir sur ce point aucun éclaircissement.

COUP D'ARROSOIR : Verre de vin bu sur le comptoir. (Delvau.) — Il arrose le gosier.

COUP DE BOUTEILLE (Avoir son) : Être ivre. — « Il avait son coup de bouteille comme à l'ordinaire. » (Zola.)

COUP DE CABOCHE : Coup de tête. (M.) — V. *Coup de Garibaldi* (dict. p. 189). — « Il faut parer le coup de tête en levant le genou le plus promptement possible. L'adversaire vient se frapper la tête contre, et si on est renversé, celui qui a voulu frapper reste de son côté étendu sur le pavé. » (*Notes d'un agent*, 1868.)

COUP DE CANIF : Voyez *Canif*, (dict.).

COUP DE CASSEROLE : Dénonciation. (A. Pierre.) — V, *Casserole*, (dict.).

COUP DE CHANCELLERIE : Coup de lutteur qui consiste à tenir sous le bras la tête de l'adversaire. (Rigaud.) — On fait ainsi chanceler son homme. Jeu de mots sur *chanceler* et *chancellerie.*

COUP DE CHASSE : Coup d'œil. (M.)

COUP DE CHASSELAS : Demi-ébriété. (Delvau.) — Mot à mot : coup de vin.

COUP DE FEU, COUP DE PICTON (Avoir un) : Être allumé par l'ivresse. Jeu de mots sur *coup* (blessure) pris au figuré. — « Le coup de feu est la barbe commençante. » (Boutmy, 78.)

COUP DE FIGURE : Repas soigné. (Rigaud.) — Jeu de mots. Un bon repas porte à la tête comme le coup d'escrime appelé coup de figure.

COUP DE FOURCHETTE : Vol à l'aide de deux doigts. (A. Pierre.) — Mot ancien qui doit remonter au temps où la fourchette n'avait que deux pointes. — On appelle aussi *coup de fourchette* un coup consistant à pointer deux doigts dans les deux yeux de l'adversaire.

COUP DE FOURCHETTE (Avoir un joli) : Bien manger.

COUP DE FUSIL : Mauvais dîner. (Palat.) — V. *Fusiller* (dict.).

COUP DE MANCHE : Mendicité à domicile. (Rigaud.) — Le mendiant tend la main, et la main sort de la manche. Voir manche (dict.).

COUP DE MARTEAU : Folie. On sous-entend : *Coup de marteau sur la tête.* — « Elle finit par oser lui parler de son coup de marteau, surprise de l'entendre raisonner comme au bon temps. » (Zola.)

COUP DE PICTON : V. *Coup de feu.*

COUP DE PIED : (Donner un) : Demander une avance d'argent. (Rigaud.) — Jeu de mots, car « donner un coup de pied » se dit aussi pour *avancer.*

COUP DE POUCE : Effraction. (*Id.*)

COUP DE QUINQUET : Coup d'œil. (M.)

COUP DE RAGUSE : Défection. — Allusion à celle qui fut reprochée au duc de Raguse. (*Id.*)

COUP DE RIFLE : Ivresse. (*Id.*) — Mot à mot : coup de feu. L'ivresse enflamme. — V. *Riff* (dict.).

COUP DE SABRE : Fesses. (M.) — Allusion à la raie profonde simulée par leur séparation. — C'est aussi une grande bouche.

COUP DE SERRE : Œillade. (M.) — Serre est ici pour *ser.* — V. ce mot plus loin et dans le dict.

COUP DE SIFFLET : Couteau. (Rigaud.) — Pour *coupe-sifflet.* — V. dict.

COUP DE SIROP (Attraper un) : Se soûler. — « S'il a attrapé un coup de sirop, c'est que le torchon brûlait. » (*Le Sublime.*)

COUP DE TORCHON, COUP DE VAGUE : Voyez *Torchon* et *Vague.*

COUP DE TRONCHE : Coup de tête. (M.) — V. plus haut *Coup de caboche.*

COUPE-CUL (A) : Sans revanche. Argot de faubouriens. (Delvau.)

COUPÉ : Sans argent. (A. Pierre.) — Mot à mot : ayant les vivres coupés.

COUPELARD : V. *Couplard.* (Dict.).

COUPER (Ne pas) : Refuser, douter. (M.)

COUPER (Se) : Se contredire en faisant un récit mensonger.

COUPER-CUL : Abandonner le jeu. Argot de joueur. (Delvau.)

COUPER DANS LA POMMADE : Se laisser abuser. (M.) — V. *Pommader* veut dire *frauder* dans le commerce de l'ébénisterie.

3.

COUPER LA QUEUE A SON CHIEN : Se faire remarquer par quelque excentricité. (*Id.*) — Allusion au chien d'Alcibiade.

COURANT (Montrer un) : enseigner un tour, une façon d'agir :

Biffins qui n'avez que dix rades,
J'vas vous montrer un chouett'courant
Pour abreuver les camarades,
Au plus bas blot, c'est délirant.
(Loynel, ch. 184...)

COURANT D'AIR (Se pousser un) : Partir vivement. — « Je m' pousse un courant d'air et j' visite les amunches. » (A. Loynel, 79.)

COURER (Se) : Se garer. Jargon de voleur. (Rigaud.) — Forme de *se la courir* (dict.). — Le voleur court quand il veut se garer. — *Tu me la coures* : Tu m'ennuies. (*Id.*)

COUREUSE : Machine à coudre. (*Id.*) — Allusion à sa rapidité.

* COURIR (Se la) : « Je m'ai mis à pleurer, ça l'a embêté, et il se la court encore. » (Durandeau, 78.)

COURT A PATTES : Artilleur à pied, fantassin.

COUSIN DE MOISE : Mari de catin. — Allusion aux cornes flamboyantes de Moïse. (Delvau.)

COUSINE : Synonyme d'*Être* (en). — V. le dict.

COUTURASSE : Couturière, femme grêlée. (Michel.)

COUVRANTE : Casquette. (Rigaud.) — C'est revenir à notre vieux mot : couvre-chef.

COUVRE-AMOUR : Chapeau d'homme. Argot de bourgeois. (Delvau.) — Ironie.

CRAC : Dans le XIXᵉ *Siècle* du 11 novembre 1879, je vois M. H. Fouquier noter *Crac*, comme un néologisme frais éclos dans le monde financier. (« Le dernier mouvement de la Bourse, ce qu'on appelle si pittoresquement le crac, — je francise le mot. ») — A première vue, ce *crac* semble une onomatopée française, caractérisant un écroulement. *Crac!* est plein d'harmonie imitative. On entend l'édifice doré qui s'écroule, mais M. Fouquier dit que le mot est francisé, et Fleurichamp, le chroniqueur financier du même journal, parle à propos de la même catastrophe du « *Petit air de Krach* qu'on vient de jouer à la Bourse. » *Crac* est donc un germanisme. — V. *Krach*.

CRACHER : Faire des aveux en justice. (Rigaud.) — V. *Cracher* (dict.).

CRACHER BLANC, CRACHER DU COTON, DES PIÈCES DE DIX SOUS : Avoir soif. (Delvau.) — Allusion aux petits crachats écumeux de l'assoiffé qui n'a plus de salive.

CRACHER DESSUS (Ne pas) : En user avec plaisir. — Ironie.

CRAIE D'AUVERPIN : Charbon (M.) — Mot à mot : blanc de charbonnier. — Allusion facétieuse à son visage noirci.

CRAMER UNE SÈCHE : Fumer une cigarette. Argot de collégiens. (Rigaud.)

CRAMPTON : Wagon. — Du nom de l'inventeur de la locomotive. — « Messieurs les anciens, en crampton, s'il vous plaît. » (Maizeroy, 80.) — *M'sieu Crampton* : employé au chemin de fer. — « Il va de wagon en wagon, interpellé par les élèves qui l'appellent *M'sieu Crampton.* » (*Id.*)

CRAMSER : Mourir. (M.) — Forme de *crapser.*

CRAN : Consommation. (Palat.) — Allusion à l'ancien usage de marquer les consommations prises à crédit.

CRAN (Être à) : Se vexer, se tourmenter. (M.) — Mot à mot : n'avoir pas une existence unie.

CRAN (Se mettre à) : S'échauffer. (M.) — Même allusion raboteuse.

CRANER : Faire le crâne, poser. — « Sans chercher à crâner il entendait agir en homme propre. » (Zola.)

CRANEUR : Fanfaron d'audace. (Delvau.)

CRAPAUD : Petit garçon. (Delvau.)

CRAPAUDER : Brailler. (M.) — Mot à mot : crier comme les enfants.

CRAPOUSSIN : Petit homme. (*Id.*) — Dérivé de *crapaud.*

CRAPSER : Mourir. — « A Cayenne-les-Faux, v'là dans le bataillon de la guiche comment crapsent les dos. » (Richepin, 77.)

CRAVATE DE CHANVRE : Corde. Argot du peuple. (Delvau.) — Se disait au temps où on pendait.

CRAVATE DE COULEUR : Arc-en-ciel. Argot de faubouriens. (*Id.*) — Mot imagé.

CREDO : Crédit. (M.) — Changement de finale.

CRÉPINE : Cordonnière. (M.)

CRESSON : Chevelure. (M.)

— Allusion aux filaments longs et mêlés. — *Il n'a plus de cresson sur le caillou* ou *sur la fontaine* : il est chauve. (M.) — Cette expression a passé dans l'armée. En Afrique, on varie en disant : *il n'a plus d'alfa sur les hauts plateaux.* Qu'on vienne dire encore que la poésie est morte !

CREVAISON : Mort. Animalisme. — « Le long du corridor, il y avait un silence de crevaison. » (Zola.) — *Faire sa crevaison* : Mourir.

* CREVANT : Qui fait crever de rire. (Palat.)

CREVARD : Enfant mort-né. Argot de voyous. (Delvau.)

CREVÉ : Homme ruiné de corps et d'âme. (*Id.*)

CREVER L'ŒIL AU DIABLE : Réussir malgré les envieux. (*Id.*) — Le diable aveugle est supposé inoffensif.

CRIARDE : Poule. (M.)

* CRIBLER A LA GRIVE : Crier à la garde. — V. *Servir.*

CRIBLEUR DE FRUSQUES : Marchand d'habits. (Rigaud.) — C'est-à-dire : crieur d'habits. — Allusion au cri qu'il pousse pour annoncer sa présence.

CRIBLEUR DE LANCE : Porteur d'eau. (Delvau.) — C'est-à-dire : crieur d'eau. — Leur cri : *à l'eau ! à l'eau !* s'entendait jadis dans tout Paris.

CRIBLEUR DE MALADES : Celui qui appelle des détenus au parloir. (Delvau.) — C'est-à-dire : crieur de prisonniers.

CRIBLEUR DE VERDOUZE : Marchand de légumes. (Rigaud.) — C'est-à-dire : crieur de pommes.

CRIN : Homme irritable et irrité. — Mot à mot : raide et piquant comme le crin. — « Tous les trois restaient pareils à des crins, avec de la haine plein les yeux. » (Zola.)

CRINOLIER : Boucher. — V. *Criollier*. (dict.).

CRINOLINE : Dame de cartes. (Rigaud.) — Sa jupe est raide.

CROASSEUR : Corbeau. (M.)

CROCHER : Crocheter. (Delvau.) — Abréviation.

CROCODILE : Homme avide et fourbe, créancier. (*Id.*) — Usurier. — Allusion à la voracité des crocodiles.

CROCODILE : Étranger suivant les cours de l'école Saint-Cyr. (D. Lacroix.) — Sans doute parce qu'il y eut dès l'origine plusieurs Égyptiens dans ce contingent exotique.

CROCS : Moustaches. (M.) — Abréviation de *moustaches en croc*.

CROMME : Crédit. (M.) — V. *Crome* (dict.).

CROQUENEAU : Soulier.

CROQUENEAU VERNEAU : Soulier verni. — Ils craquent en marchant. (Delvau.)

CROQUER : Craquer, crier. (*Id.*)

CROSSEUR : Sonneur. (Delvau.) — V. *Crosser* (dict.).

CROTTARD : Trottoir. (Grison, 81.) — On s'y crotte cependant moins qu'ailleurs.

CROUME : Crédit. (Rigaud.) — Pour *crome*. — V. dict.

CROUPIR DANS LE BATTANT : Ne pas se digérer, incommoder. (*Id.*) — Mot à mot : croupir dans le cœur.

CROUTÉUM : Collection de croûtes (mauvais tableaux). — « Bientôt la boutique, un moment changée en croutéum, passe au muséum. » (Balzac.)

CRUCHE, CRUCHON : Épais de forme et creux d'esprit. — Allusion de forme. — « Il est assez cruche, pour ne pas comprendre. » (E. Sue.)

CRUCIFIÉ : Décoré. — Jeu de mots sur la croix d'honneur et la croix du Christ. — « La foule des titrés ne peut être comparée à celle des crucifiés. » (Boucher de Perthes, 1814.)

CUBE : V. *Bizut*.

CUCURBITACÉ : Imbécile. Synonyme de melon. (Delvau.) — Rentre dans la famille trop nombreuse d néologismes prétentieux.

CUEILLIR UNE PÊCHE : Aller à la selle. (Palat.) — Allusion de posture.

CUILLER : Main. (M.) — Elle sert à puiser.

* CUIR : Peau. Cet animalisme est du moyen âge. En décrivant une bataille, Guillaume Guiart dit :

Coustiaux trespercent armeures,
Sanc saut de cors et de visages,
Là où li cuir et la char s'euvre.

(... Le sang saute des corps et des visages là où le cuir et la chair s'ouvrent.)

CUIR DE BROUETTE (Escarpins en) : Sabots. (*Id.*) — C'est-à-dire souliers de bois.

CUIRASSÉ : Urinoir parisien. Modèle de 1876. (Rigaud.) — Allusion aux énormes remparts de tôle placés là pour protéger la pudeur publique.

* CUIRASSIER : « Veux-tu savoir ta langue et l'ostographe? Prends-moi z'un cuir, prends-moi z'un cuirassier. » (Festeau.)

CUIRE DANS SON JUS : Étouffer de chaleur et de transpiration. Le mot est ancien. On connaît la repartie de Piron suant au parterre et entendant ses voisins chuchoter : « Voilà Piron qui cuit dans son jus. — Ce n'est pas étonnant, s'écria-t-il, je suis entre deux plats. »

CUITE (Avoir une) : Être ivre. — « La parole d'un homme ivre est sans valeur. On ne doit pas être cru quand on a une cuite. » (*Tam-Tam*, 76.) — Allusion à la quantité de liquide qui chauffe l'estomac de l'ivrogne.

CUITE (Prendre une) : S'enivrer. — « Comme à l'occasion de la paye, il avait pris une cuite énorme. » (*Petit Parisien*, 77.)

CUIVRE : Monnaie. Argot du peuple. (Delvau.)

CUIVRES : Instruments de musique en cuivre. On dit d'une partition bruyante : *qu'il y a trop de cuivres*.

CUL (Montrer son) : Faire faillite. (Rigaud.) — Jeu de mots. Le failli n'a rien pour se couvrir, financièrement parlant.

CUL DE PLOMB : Homme sédentaire, peu alerte. (Dhautel, 1808.)

CUL GOUDRONNÉ : Matelot.

CUL ROUGE : Soldat porteur du pantalon rouge d'uniforme. Autre temps, autres culottes. Au xviiie siècle, on disait *cul blanc*, témoin ce passage des *Mémoires* de Bachaumont : « Le 27 janvier 1774, il est encore arrivé à Marseille à la Comédie une catastrophe sanglante. Un officier du régiment d'Angoulême était dans une première loge; il s'était retourné pour parler à quelqu'un. Le parterre, piqué de cette indécence, a crié *à bas, cul blanc!* (le blanc est le fond de l'uniforme de l'infanterie), etc., etc. »

CUL TERREUX : Paysan. (Delvau.) — Jardinier. (M.)

CULOT : Cadet de famille, dernier de promotion, et en général, dernier dans n'importe quel ordre d'idées. (Palat.)

CULOTTE (Grosse) : Maître ivrogne, se donnant habituellement de grosses culottes. — V. ce mot. (*Le Sublime.*)

CULOTTER : Travailler avec patience et suite. On dit par exemple *je culotte le baccho*, pour « je prépare mon examen de baccalauréat. » — Allusion à la persévérance des culotteurs de pipe. (Palat.)

CULOTTE ROUGE (Donner dans la) : Avoir un ou plusieurs militaires pour amoureux. — « Elle fut la maîtresse du prince de L... En ce moment, donne dans la culotte rouge. » (*Cancans du boudoir*, 77.)

CYCLOPE : Derrière. (Rigaud.) — L'anus compte ici pour un œil, et on sait que le cyclope de la fable n'en avait pas davantage.

CYCLOPE : Chapeau de haute forme. (*Id.*)

CYMBALES : Panonceaux de notaire ou d'huissier. (*Id.*) — Ils sont jaunes et accouplés comme les cymbales.

CYMBALE : Lune. (*Id.*) — C'est la pleine lune qui doit être ici désignée.

D

* DABE : Ce mot entre dans la composition de dix autres (Voir dict.) avec le sens de *maître* ou *maîtresse*. Il est probablement une forme du vieux mot *damp* : seigneur.

DABE : Fille soumise. « Ils ont un domicile certain, celui des dabes dont ils sont les souteneurs. — (Reinach. *Récidiviste.*)

DABICULE, *Dabmuche* : Fils du patron. (Rigaud.)

DABUCHE : Nourrice. (Delvau.)—C'est une seconde mère.

DABUGE : Dame, bourgeoise. (Rigaud.) — Pour *dabuche*.

DACHE : Diable. — Envoyer à Dache : envoyer au diable. (Palat, Delvau.) — *Dache* est ici pour *diache*, vieux mot de nos patois du Centre. Dans le Nivernais, on dit : *dache à toi!* (le diable avec toi !)

DALLE : On a commencé par dire *dalle du cou*, ce qui confirme notre étymologie,

Arrosons-nous, frères,
La dalle du cou.
Pas d'histoire!
Il faut boire.
(Ch. pop.)

DALLE : Argent. — Forme de *dale* (dict.). — V. *Cambriotte.*

DALZAR : Pantalon. (Rigaud.) — Abréviation de *pantalᵹar.*

DAME DE PIQUE (la) : Le jeu — *courtiser la dame de pique* : aimer le jeu.

La dame de pique, il paraît,
Bien plus que nous a de l'attrait.
(Lhuillier, ch. 187..)

DAMER : Séduire une fille, la rendre dame. (Delvau.) — Jeu de mots ironique.

DANAÏDES (Faire jouer les) : Battre une femme. Argot de voleurs. (Rigaud.) — Allusion à la fameuse parodie des *Petites Danaïdes*, de 1819, qui représentait les épouses coupables battues et tourmentées par les furies.

* DANDILLON (Taquiner, pincer le) : Tirer la sonnette. (*Id.*)

DANDINETTE : Correction. (Delvau.) — On se dandine pour échapper aux coups.

DANSE DEVANT LE BUFFET : Jeûne forcé. Celui qui danse devant le buffet ne l'ouvre point. — « Arrivaient avec la pluie et le froid les danses devant le buffet, les dîners par cœur, dans la petite Sibérie de leur cambuse. » (Zola.)

* DANSER : Payer. — « On dit d'un homme entré dans une méchante affaire *qu'il en dansera*, c'est-à-dire, qu'il lui en coûtera bon. » (Leroux, XVIIIᵉ siècle.)

DANSEUR : Dindon. (Dhautel.)

DARBE : Père, mère. (M.) — Moins ancien que *dabe*, ce mot ne peut être que sa déformation. *Grand darbe* : aïeul. (M.) — Pour *aïeule*, on dit *grande darbe*. — *Sans darbe* : orphelin. (M.) — *Beau darbe* : beau-père.

DARBE DES DARBES : Dieu. (M.)

DARBE DES RENIFLEURS : Préfet de police. (M.) — V. *Reniflette.*

* DARDANT : Liaison amoureuse. — V. *Manger sur l'orgue* (suppl.), et *Dardant* (dict.).

* DARON : Se trouve dans le dictionnaire comique de Leroux (xviiie siècle). — Est usité dans le Nord avec le sens de *mari.*

DAVONE : Prune. (Delvau.) — Pour *Daronne.* — V. dict.

DÉ : Oui. — Ce doit être une forme de *dà* (*oui-dà*).

DÉ, DÉ A BOIRE : Verre. (Rigaud.) — Ironie. Les buveurs trouvent toujours les verres trop petits.

DÉBACLE : Accouchement.

DÉBACLER : Accoucher.

DÉBACLEUSE : Sage-femme. (*Id.*) — De *débacler* : ouvrir.

* DÉBALLAGE : Linge sale. (*Id.*)

DÉBALLER : Déshabiller. (*Id.*)

DÉBALLER : Faire ses besoins. (*Id.*)

DÉBALLONNER (Se) : S'évader. (M.). — On dit de même *se pousser du ballon.* Par la pensée, les prisonniers se font volontiers aéronautes.

DÉBARBOUILLER (Se) : Se sauver, se tirer d'affaire. (*Id.*)

DÉBARBOUILLER A LA POTASSE : Frapper au visage. (*Id.*) — La potasse entame la peau.

DÉBARQUER (Se) : Renoncer. (*Id.*)

DÉBAUCHER : Congédier. (Boutmy.) — C'est le contraire de *embaucher.*

DÉBOUCLANT : Ouvrant. (M.)

DÉBOUCLER : Ouvrir. (M.)

DÉBOULONNER : Vendre. (Rigaud.) — Mot à mot : débouillonner. — V. au dict. le mot *Bouillon* (de libraire).

DÉBOURRER (Se) : Faire ses nécessités. (M.) — L'image se comprend.

DÉBRIDER : Manger avec appétit. (*Id.*) — On débride le cheval pour le faire manger.

DÉCADENER : Déchaîner. — V. *Cadenne* (dict.).

DÉCALITRE : Chapeau de haute forme. (Rigaud.) — Grand schako d'ancien modèle. (D. Lacroix.)

DÉCARADE : Libération. (M.) — Mot à mot : sortie de prison.

DÉCARÉ : Libéré. (M.)

DÉCARCASSÉ : Sans charpente, sans solidité, en parlant d'une pièce dramatique. — « La pièce de *Koriki* est de toutes les rengaines du théâtre moderne la plus usée, la plus décarcassée. » (*Figaro*, 76.)

DÉCARRADE : Sortie, fuite. (Michel.)

* DÉCARRER DE BELLE : Synonyme de *décarrer de la geôle* (dict.).

DÉCARTONNER (Se) : S'affaiblir, devenir poitrinaire. Terme emprunté aux relieurs. (Boutmy.) — C'est le carton qui protège les plats du volume.

* DÉCATI : « Quelques cocottes séculaires et décaties prennent leur nourriture chez Clémence. » (*Alm. des cocottes*, 67.)

DÉCEMBRAILLARD : Partisan du coup d'État de décembre 51, bonapartiste. (Rigaud.)

DÉCHASSE : Yeux. (A. Pierre.) — Il faut lire je crois *des asses* (des yeux).

DÉCHIRER LA CARTOUCHE : Manger. (Delvau.) — On la déchirait jadis avec les dents.

DÉCHIRER LA TOILE : Péter. (Rigaud.) — Il s'agit ici de la toile de la chemise.

DÉCHIRER SON TABLIER : Mourir. (Delvau.) — Mot à mot : abandonner le travail, car c'est du tablier de travail qu'il s'agit ici.

DÉCHIREUR : Débardeur. Ces bateaux sont vendus à des industriels de Bercy connus sous le nom de *déchireur* qui les délissent. (*Voltaire*, 24 oct. 81.)

DÉCLANCHER (Se) : Se démettre l'épaule. (*Id.*) — Animalisme.

DÉCLAQUER : Dire ce qu'on a sur le cœur. (Rigaud.)

DÉCOGNOIR : Nez. — Comparaison du nez au décognoir ou morceau de bois à bout aminci qui sert à chasser les coins dans les imprimeries. (Boutmy.)

DÉCOLLER : S'en aller, quitter. (Delvau.)

DÉCONNER : Radoter. (M.)

DÉCOUVRIR LA PEAU : Faire avouer. (Delvau.) — Allusion anatomique.

DÉCROCHER SES TABLEAUX : Fouiller dans son nez. (Rigaud.) — L'image n'a pas besoin d'être expliquée.

DÉCROCHEZ-MOI ÇA : Boutique de fripier. — *Acheter au décrochez-moi ça* : acheter d'occasion, au Temple ou chez le revendeur. (*Id.*) — V. dict.

DÉCULOTTER : Faire faillite. (Grison, 81.)

DÉDIRE CHER (Se) : Être à l'agonie. Jargon des voleurs. (Rigaud.) — *Cher* veut dire ici *rude*.

DÉFARGUER : Pâlir. (*Id.*) — C'est le contraire de *farguer* (dict.).

DÉFARGUÉ : Condamné par le tribunal. (M.) — Ce devrait être *fargué*, car *défargueur* se dit d'un témoin à décharge.

DÉFARGUER : Céder. (M.) — *Se défarguer* : Se débarrasser. (M.)

DÉFORGUEUR : Plaideur. (M.)

DÉFOURGUER : Racheter. — V. *Fourguer* (dict.).

DÉFRINGUÉ : Débraillé. (M.)

DÉFRINGUER : Prendre des vêtements. (M.)

DÉFRUSQUER : Prendre des vêtements. (M.)

DÉFILER (Aller voir) : N'avoir pas d'argent pour manger. — Abréviation d'*aller voir défiler les dragons* qui a le même sens. (Rigaud.)

DÉGELER : Se déniaiser, recouvrer sa liberté d'esprit. (Delvau.) — C'est une variante de *se dégourdir*.

DÉGLINGUÉ : Chiffonné, fripé. (M.)

DÉGLINGUER : Arracher (M.)

DÉGOTTAGE : Trouvaille. (Rigaud.)

DÉGOTTER : Chercher. Aller trouver quelqu'un. (M.)

DÉGOTTÉ : Découvert. (M.)

DÉGOUTATION : Personnification dégoûtante. — « Ah! bien, ce n'était pas Eugène : cette dégoutation d'homme, qui lui aurait jamais donné un ruban. » (Huysmans, 79.)

DÉGRAISSER : Voler. (Leroux.) — Mot à mot : enlever l'argent. — (V. Graisse.)

DÉGRIMONNER (Se) : S'agiter, se tourmenter. Argot de bourgeois. (M. Tourneux.)

DÉGRINGOLADE : Vol. (Rigaud.) — Le voleur fait dégringoler ce qu'il prend; il n'a pas de temps à perdre.

DÉGRINGOLADE A LA FLUTE : Vol commis par une fille publique sur un client. (Id.)

DÉGRINGOLER : Voler. (Id.)

DÉGROSSIR : Découper de la viande. (Delvau.)

DÉGUEULAS, DÉGUEULATIF : Dégoûtant. (Rigaud.)

DÉGUEULER : Dénoncer ses complices. (M.)

DÉJETÉ : Mal venu. Se prend au figuré : — « Une vie aussi décousue, aussi dégommée, aussi déjetée. » (Ph. Chasles, 76.)

DÉJETÉ (N'être pas) : Avoir bonne mine. On dit d'une fille bien faite : « Elle n'est pas déjetée. »

DÉJEUNER DE PERROQUET : Biscuit trempé dans du vin. (Delvau.)

DÉLICAT ET BLOND : Gandin, douillet. (Id.)

DÉMÉNAGER PAR LA CHEMINÉE : Brûler ses meubles. (Id.)

DEMI-KILO : Chopine. (M.) — C'est le poids du liquide.

DEMI-MONDAINE : Femme du demi-monde. — Voir ce mot (dict.).

DEMI-PILE : Cinquante francs. (M.) — V. Pile.

DEMI-VERTU : Fille qui a déjà faibli. (Id.) — Ironie.

DEMOISELLE DU PONT-NEUF : Prostituée. (Leroux.) — Tout le monde y passe.

DÉMORFILLAGE : Action de démorfiller.

DÉMORFILLER : Démarquer une carte morfillée ou marquée par un grec. (Rigaud.) — De Morfiler : mordre, manger. La marque d'une dent peut faire reconnaître une carte.

DÉNICHEUR DE FAUVETTES : Coureur de filles. (Delvau.)

DENT (Avoir de la) : Être bien conservé. (Id.) — Mot à mot : avoir toutes ses dents et les avoir belles.

DÉPAGNOTER (Se) : Se quitter. (M.) — Mot à mot : Ne plus coucher ensemble.

DÉPENSER SA SALIVE : Parler. (Delvau.)

DÉPÉTRI : Démoli. (M.) — Mot à mot désassemblé, puisque pétrir, c'est amalgamer.

DÉPIAULER : Découvrir le domicile. (M.) — V. Piaule (dict.).

DÉPIAUTER : Déshabiller. (Id.) — Acception figurée de dépioter (p. 140.)

DÉPLUMÉ : Chauve. (Id.)

DÉPORTER : Mettre à la porte. (M.) — Jeu de mots.

DÉPOTOIR : Confessionnal,

pot de chambre. (Rigaud.)—Là, vont les ordures morales et matérielles.

DÉSARGOTÉ : Malin. (A. Pierre.) Voyez *Argoté*.

DESFOUX : La casquette de soie bouffante et molle particulière aux souteneurs. (Rigaud.) — Nom de vendeur donné à la chose achetée. Un grand débit de ces casquettes eut lieu d'abord chez un chapelier nommé Desfoux qui est voisin du Pont-Neuf. — La mode s'en est généralisée, à la ville et à la campagne, et, comme la casquette est haute, on l'appelle aussi *trois-ponts*. — Allusion maritime.

DÉSLASÉ : Dessoulé. (M.) — On dit *slasé* et *slasique* pour *soulé*. *Slasé* doit être une abrév. de *soulassé*.

DÉSOLER : Jeter. Forme incorrecte de *Dessaler* : jeter à l'eau. — *Désoler un saint* : jeter à l'eau. *(Id.)*

DÉSOSSÉ : Homme maigre. (Delvau.) — Ironie.

DESOSSER : Taper à grands coups de poings. (Rigaud.) — Allusion de boucher.

DESSALER : S'acquitter, se mettre au pair. (Boutmy.) Pour comprendre, voyez *Salé*.

DESSUS DES CHASSES : Front. (M.) — Il s'étend au-dessus des yeux.

DÉTACHER LE BOUCHON : Aller à la selle. (*Id.*) ; couper la chaîne de montre, prendre la bourse. (Delvau.)

DÉTECTIVE : Agent de la police de sûreté (argot anglais). — « Le commissaire Breitenfeld qui était allé avec deux détectives. » *(Figaro,* 76.)

* DÉTELER : Le mot est du XVIIIe siècle. Effrayé dès le début de sa dernière maladie, Louis XV disait à La Martinière : « Je le sens, il faut enrayer. — Sentez plutôt qu'il faut dételer ! » répondit brusquement le docteur. — Le mot est authentique. Je l'ai retrouvé dans une relation contemporaine.

DEUIL (Il y a du) : Ça va mal, il y a du danger. (M.) — « S'il y a du deuil, ce ne sera pas long. » (*Le Sublime*.)

DEUX SŒURS (Les) : Les deux fesses. (Delvau.)

DÉVOYÉ : Acquitté en justice. (Rigaud.) — Jeu de mots sur *relâché* (de prison), car on dit *dévirement* comme *relâchement* de ventre.

DIAMANT : Pavé. (A. Pierre.) — Allusion de dureté.

DIEU TERME : Jour du terme d'une location, auquel on paie son loyer. (Delvau.) — Jeu de mots mythologique.

DIGUE-DIGUE (Tomber en) : Se pâmer. (M.)

DILIGENCE DE ROME : Langue. (Michel.) — On dit proverbialement qu'*avec sa langue on peut aller à Rome* (en demandant le chemin.)

DIMASINE : Chemisette. (Delvau.) — Ce doit être *limasine*. — V. *Limace* (dict.).

DINER EN VILLE : Manger un petit pain dans la rue. (*Id.*) — Jeu de mots.

DIRE QUELQUE CHOSE : Éveiller la sensualité. Jargon de libertin. (Rigaud.)

DISQUE : Postérieur. (*Id.*) — Allusion de rondeur.

DISQUE : Pièce de monnaie. — Allusion de rondeur. — V. *Siffler au disque*.

DIXIÈME MARQUET : Octobre. (M.) — C'est-à-dire : dixième mois.

DOCHE : Mère. (Rigaud.) — C'est *dauche*, forme de *dabuche* avec élision du *b*.

DOCK : « On donne en France le nom de *dock* à de grands magasins, à de grands entrepôts, et l'on croit en faisant ainsi, ne faire que suivre l'exemple des Anglais. C'est une erreur. En Angleterre, le terme « dock » désigne les *bassins* où les navires demeurent à flot, à marée basse. » (J. Amero.)

* DODO : Lit. « Le dodo avait filé chez les revendeurs du quartier. — (Zola.)

* DODO (Faire son) : Dormir. — « Popol qui boira du lolo, qui fera son dodo pour ne point avoir du bobo. » (E. Bourget, ch.).

DOIGT DE MORT : Salsifis. (Rigaud.) — Allusion de forme et de couleur.

DON CARLOS : Entreteneur. (Halbert.) — Jeu de mots sur *carle*, (écu) et sur le nom de l'ancien prétendant à la couronne d'Espagne.

DONNE : Regard. Jargon de voleur. — *La donne souffle mal:* le regard n'est pas franc. (*Id.*)

DONNER (Se la) : Se battre. (*Id.*) — Mot à mot : se donner une volée.

DONNER CINQ ET QUATRE : Donner deux soufflets, dont l'un, le soufflet de revers, avec les quatre doigts de la main, pouce en dehors. (Delvau.)

DONNER SUR LE BIFFE-TON : Lire l'acte d'accusation. (Rigaud.) — Mot à mot : donner sur le chiffon de papier, le lire.

DONNER UN REDOUBLE-MENT DE FIÈVRE : Révéler un nouveau méfait à charge. (Delvau.)

DOS (Être dans le) : Être enfoncé. (M.)

DOS : Souteneur. — Abréviation de *dos vert*. — V. le dict. — « Jadis on l'avait vu vivre pendant trente ans de marmite en marmite. Plus d'un des jeunes dos et des plus verts l'imite. » Richepin, 77.) — V. *Crapser*.

DOUANIER : Absinthe. — Allusion à l'uniforme vert des douaniers. (Rigaud.) — Ce doit être l'absinthe pure.

DOUBLE : Se dit aussi pour *brigadier* (M.)

DOUBLE-SIX : Poseur. — Celui qui a le double six aux dominos pose le premier au commencement de la partie. (Rigaud.)

DOUBLÉE (Donner une) : Donner une correction, mot à mot : une doublure de coups, frapper toute la surface du corps.

DOUBLURE SE TOUCHE (la) : Il n'y a pas d'argent. On dit de même : « Les toiles se touchent! » Allusion à l'aplatissement des parois de la poche.

Le soir, la doublure se touche,
En vérité j'nai jamais l'sou.
    (*Je n'ai pas le sou*, ch. 184...)

DOUCE (Se la passer) : Même sens que le précédent. — « Un bon zig qui se la passe douce. » (Goncourt.)

DOUCEUR (Le mettre en) :

Tromper ou voler en flattant. (Rigaud.)

DOUILLES (Se faire des) : S'attrister, se tourmenter. (M.) — Mot à mot, se faire des cheveux. Pour comprendre, il faut regarder cette expression comme un synonyme de *se faire vieux* et penser que les cheveux poussent avec le temps. On dit aussi *se faire des douilles*.

DOUILLET (jamais), JAMAIS DOUILMINCE : Innocent. —Argot de voleur. (*Idem.*)

DOUILLETTE : Figure. (*Id.* — Elle est molle.

DOUILLURE : Chevelure Delvau.)

DRAG : Course où tous les cavaliers suivent un chef de file, qui attache n'importe quoi à la queue de son cheval. En Angleterre, on ne dédaigne pas d'y mettre un hareng, mais le hareng se prêterait mal à la *curée chaude* de cet exemple. — De l'anglais *drag* : traîner. — « Fontainebleau, 27 juillet 1879. Les officiers du 11e hussards ont couru un drag avec l'équipage de M. Servant... La curée chaude a eu lieu dans la vallée de la Solle. » *Figaro*, août 79.)

DRAGUE : Fonds de commerce de saltimbanque. (*Id.*) Pour *drogue*. — V. *Drogueur* (dict.).

* DRAGUEUR : Saltimbanque. (Michel.) —Pour *drogueur*.

* DRINGUE : Pièce de cinq francs. (M.)

* DROGUE : « Vieille drogue, tu as changé de litre... Tu sais, ce n'est pas avec moi qu'il faut maquiller ton vitriol. (Zola.)

* DROMADAIRE : On appelait ainsi les vétérans ayant fait la campagne d'Égypte. (D. Lacroix.)

DUC DE GUICHE : Guicheter. (Delvau.) Jeu de mots.

DUMANET : Cette qualification vient de la *Cocarde tricolore*, vaudeville en trois actes, par les frères Cogniard, dont il fut le début au théâtre (19 mars 1831.) *Dumanet* est un personnage de cette pièce, représentant un jeune soldat très crédule ; et comme ladite pièce, épisode de notre guerre d'Afrique, eut pendant longtemps une vogue extraordinaire (elle fut réimprimée plusieurs fois), ceux qui fréquentaient le théâtre à l'époque où elle fut jouée ont fait de Dumanet un sobriquet, encore en usage, pour désigner un fantassin. Notez que c'est le même vaudeville qui nous a valu *Chauvin*, nom resté également depuis dans la langue, mais plus sérieux, pour désigner celui qui pousse l'amour de son pays jusqu'à s'en laisser aveugler dans ses jugements. (*Courrier de Vaugelas*, 1er octobre 80.)

DUR A AVALER : Dur à croire. (*Id.*)

DURE : Maison centrale. (*Id.*) — On sait que son régime paraît plus dur aux détenus que la déportation.

DURE : Planche. (M.) Mot parti des corps de garde où on couche sur un lit de camp.

DURE (Voler à la) : Voler après avoir frappé la victime pour l'étourdir. (*Id.*)

ÉBOUFFER (S') : Rire aux éclats. (Delvau.) — Abréviation du vieux mot *s'ébouffer de rire*. De *bouffer* : (Souffler, enfler.)

ÉCACHER : Écraser. (*Id.*) — Vieux mot.

ÉCARBOUILLER : Aplatir. (*Id.*) — On dit plus souvent *écrabouiller*.

* ÉCARBOUILLER (S') : Se sauver. Acception étendue du verbe précédent. On s'aplatit, on se réduit à rien pour mieux se dérober.

ÉCHAUDÉ (Être) : Être exploité par un marchand. (Delvau.) Son synonyme *être écorché* est une image du même genre.

ÉCHINEUR : Journaliste échinant d'habitude. V. *Échiner*, (dict.).

ÉCHOPPE : Atelier. V. *Sabourin*.

ÉCLUSER : Pisser. (Delvau.) — Pour *lâcher l'écluse* (dict.), bien qu'il ait par le fait un sens contraire, car *écluser*, c'est retenir l'eau dans certaines conditions.

ÉCOPAGE : Choc, coup, réprimande, petit profit, art d'arriver tard dans une maison pour s'y faire inviter à dîner. (Rigaud.)

* ÉCOPER, ÉCOPPER : Avoir la mauvaise part. — Allusion à l'ennui causé par la corvée de canotage qui consiste à écoper (vider l'eau d'un bateau au moyen d'une écope). — « La banque de Paris a écopé de 52 francs. » (*Moniteur du bibliophile*, 1er juin 80.)

ÉCOPER : Boire. (Rigaud.) — Le gosier joue ici le rôle de l'écope.

* ÉCORNÉ : On appelle ainsi l'inculpé parce qu'il est maltraité (écorné) par le ministère public (écorneur.)

ÉCORNER LES BOUCARDS : Fracturer les vitres de boutiques. (Halbert.)

ÉCOUTE S'IL PLEUT : Silence ! (Rigaud.)

ÉCRACHE : Passeport. (Delvau.) Pour *escrache*. Voir dict.

ÉCRACHER : Exhiber son passeport. (*Id.*) — Nous avons vu que *escracher* signifiait *demander le passeport*.

ÉCRASER DES TOMATES: Avoir ses menstrues. (*Id.*) — Allusion de couleur.

ÉCREVISSE : Cardinal. Argot de voleurs. (*Id.*) — Allusion à un costume que les voleurs ont bien peu occasion de rencontrer. Aussi était-ce un mot de la bonne société du XVIIIe siècle; M. Fr. Michel en donne un exemple. Il va sans dire que l'écrevisse était cuite, comme le *cardinal des mers* si injustement reproché à J. Janin, qui ne pensait qu'au homard cuit.

ÉCURER LE CHAUDRON : Aller à confesse. (*Id.*) Mot à mot: nettoyer son for intérieur.

ÉDREDON (Faire l') : Voler un étranger. Argot des filles. (Rigaud.) — Mot à mot : exploiter sur le lit.

EF : Effet. — Abréviation. — *Faire de l'ef* : Briller. (Delvau.)

EFFACER un plat, une bouteille : manger un plat, boire une bouteille. (Rigaud.) — Mot à mot: effacer ce qui les colorait.

EFFET DE BICEPS : Exhibition de force musculaire. (Delvau.)

EFFETS DE POCHE : Étalage d'argent. (Id.) — L'argent se tire de la poche.

ÉGNAFER : Écraser de surprise, émerveiller. Jargon des ouvriers. (Rigaud.)

ÉGOUT : Bouche. (M.) — Même allusion que dans *plomb* (dict.).

ÉGYPTIEN : Mauvais acteur. — Ironie à l'adresse des troupes dramatiques de l'Orient. (*Id.*)

ÉLIXIR DE HUSSARD : Eau-de-vie. (Michel.) — Eau-de-vie inférieure. (Delvau.)

EMBALLEMENT : Emportement. « De cette vie furibonde que nous menons, ô mangeurs de nez, éreinteurs et tombeurs, c'est à cause de nos duels stupides, de nos pères ridicules, de nos emballements tintamarresques. » (Bergerat, 80.)

*EMBALLES: (Faire des) : Employé avec le même sens dans le patois manceau. En patois poitevin *emballe* veut dire *orgueilleux*.

EMBALLEUR : Agent de police. (Rigaud.) — Il vous arrête. — (V. *emballer* (dict.).

EMBALLEUR DE REFROIDIS : Croque-morts. (*Id.*) — Mot à mot : metteur de morts en bière.

EMBALUCHONNER : Empaqueter. (Delvau.)

EMBARBÉ : Cerné. (M.)

EMBARBEMENT : Accès. (M.) — Allusion à la bave.

EMBARBER : Entrer, rentrer. (M.)

EMBAUDER : Prendre de force. Argot de voleur. (*Id.*) — Pour *emblauder*. De *embler* : voler (vieux français).

EMBOÎTER : Entrer, pénétrer. (M.) — Ce qui emboîte entre.

EMBOUCANER : Agacer, ennuyer, irriter. (M.) — Même image que dans *puer au nez*. (Dict..)

EMBOUCANER : Sentir mauvais. (Rigaud.) — Mot à mot : sentir la viande boucanée.

EMBROUILLARDER (S'), S'EMBROUILLER : Sentir les premiers effets de l'ivresse. (Delvau.)

EMMAILLOTER UN MOME : Combiner un vol. Variante de *nourrir un poupard*. (Rigaud.)

EMMAILLOTEUR : Tailleur. (*Id.*) — Ironie.

EMMASTOQUER : Se bien nourrir. Mot à mot : se rendre mastoc, s'engraisser. (Delvau.)

* EMMERDEMENT : « Gervaise si gonflée d'emmerdement qu'elle se serait volontiers allongée sous les roues d'un omnibus. » (Zola.)

EMPÊCHEUR DE DANSE EN ROND : Trouble-fête. — Mot à mot : qui empêche les rondes, c'est-à-dire les danses auxquelles tout le monde prend part. — « Un empêcheur de danse en rond, l'expert, prétend que le tranchelard est postérieur au XIIIᵉ siècle. » (*Tintamarre*, 76.) — Je ne crois pas le mot ancien, car il a commencé à circuler vers 1860.

EMPEREUR : Vieux soulier. Du nom du savetier qui les revendait près des Halles. (Rigaud.)

EMPLATRE : Portée de cartes glissée par le grec au baccarat ou au lansquenet ; cravate. longue. (*Id.*)

EMPOISONNEUR : Marchand de vins frelatés, gargotier. (*Id.*) — Le mot est de Boileau.

* ENCARADE : Porte d'entrée. (Michel.)

ENCEINTRER : Rendre enceinte. (Delvau,) — Abrév. *d'enceinturer* qui se disait au xviiie siècle. — (V. le dict. de Leroux.)

ENCLOUÉ : Mou, sans énergie, pédéraste. (Rigaud.) — La double étymologie se devine.

ENDOS : Échine. Argot des voyous. (Delvau.)

ENDOSSE : Épaule. (Michel.)

ENFIGNEUR : Pédéraste. (Rigaud.) — De *fignard.*

ENFILER (S') : Manger. (M.) — Mot à mot : se passer au travers du corps. L'image est assez juste pour un glouton.

ENFILER DES BRIQUES (S') : Jeûner. (*Id.*) — Mot à mot : manger les murs. — Ironie.

ENFILER DES PERLES : Travailler avec nonchalance. (*Id.*) — Une perle est souvent longue à enfiler.

ENFLANELLER DE (S') : Boire chaud. (*Id.*) — C'est une flanelle liquide qu'une boisson chaude.

ENFLAQUER : Revêtir, endosser. (Delvau.) — Mot à mot : se flaquer dans.

> · En faisant nos gambades,
> · Un grand messière franc,
> Voulant faire parade,
> · Sert un' bogue d'Orient.
> Après la gambriade,

> Et filant sur l'estrade,
> D'esbrouf je l'estourbis,
> J'enflaque la limace,
> Son bogue, ses frusques, ses passes.
> J' m'en fus au fouraillis.
> (Chanson argotique citée par B. Maurice. (*Audience* 6 sept. 57).

ENFLÉE : Vessie. (Michel.)

ENFLER : Boire. — Effet pris pour la cause.

ENFRAYER : Enchanter (M.)

ENGUEULAGE : Série d'injures. (Rigaud.)

ENGUEUSER : Caresser, enjoler.

> Au lit v'là qu'elle m'engueuse
> Croyant que ça m'ferait de l'effet.
> Je lui réponds : Tais-toi, batteuse.
> (Decourcelle, ch. 41.)

ENLEVER (S') : Souffrir de la faim. (Colombey.) — S'enlever, c'est être léger, c'est-à-dire n'avoir rien dans le corps.

EMMÊCHER (S') : S'enivrer. (M.)

EMMENER (S') : Arriver, venir. (M.)

ENMOUTARDER : Enm-der. On saisit l'allusion. — « Qu'est-ce qui nous enmoutarde donc, celui-là, avec sa cloche. » (*Le Sublime.*)

ENPLAQUE (La rousse) : La police vient. (A. Pierre.) — Pour *la rousse emplanque.* — V. p. 152,

ENRAYER : Renoncer à l'amour. — V. *Dételer.*

ENRHUMER : Ennuyer. (Rigaud.)

ENROSSER : Dissimuler les vices d'un cheval. (Delvau.) — Repasser un mauvais cheval. On dit : *il m'a enrossé*, en parlant d'un maquignon peu scrupuleux.

ENTERREMENT : Morceau de viande ou de charcuterie enterré dans un morceau de pain, *sandwich* populaire. (Delvau.)

ENTERREMENT : Ouvrage abîmé par un ouvrier. (Rigaud.)

ENTERREMENT DE PREMIÈRE CLASSE : Critique faite sur le ton d'un faux attendrissement. (*Id.*)

ENTIÈRE : Lentille. (Michel.) — Elle sort souvent, comme elle rentre, sans être digérée.

ENTIFFER : Enjôler. (Delvau.) — Forme d'*antiffer* (dict.).

ENTONNOIR : Gosier. (*Id.*) — Ne se dit que pour les grands buveurs. (*Quel entonnoir!*)

ENTORTILLÉ : Maladroit. — Quand on est entortillé, on n'a pas les mouvements bien libres. — « Je lui garde un chien de ma chienne, à votre entortillé de singe (patron). » (*Le Sublime.*)

ENTORTILLÉ : Pédéraste, polisson. (Rigaud.)

ENTORTILLER : Ennuyer.
Quand votr' gonzess' vons entortille,
Filez à gauch' de la Courtille
Vous payer un coup d'arrosoir
    A l'assommoir.
            (Lyonet, ch. 184 ..)

ENTOURBER : Embrouiller. (M.)

ENTRAINEMENT : « L'entraînement a pour but de développer, chez le cheval, des qualités extraordinaires de vitesse et de fond. » (*Carnet des courses,* 77.)

ENTRAVERSE : Aux travaux forcés à perpétuité. (Michel.) — Pour *en traverse.* — V. (dict). Ce mot doit venir de la traverse à laquelle les pieds des forçats sont attachés pendant la nuit. — On a dit d'abord *en traverse à perte de vue.*

ENTRECOTE DE BRODEUSE : Morceau de fromage de Brie. (Delvau.)

ENTRECOTE DE LINGÈRE : Morceau de fromage (Rigaud.) — Même plaisanterie que dans *bifteck de chamarreuse, côtelette de perruquier,* etc.

ENTRELARDÉ (Un) : Un morceau de bœuf maigre avec un peu de gras. On dit de même *un maigre* et *un gras* dans l'argot des bouillons et des crèmeries.

ENTREPRENDRE : Entreprendre une suite d'attaques contre. — « Il avait dans son dernier numéro, entrepris M. Boucher. » (*La Paix,* oct. 79.)

ENTRER AUX QUINZE-VINTGS : Dormir, c'est-à-dire fermer les yeux, comme les aveugles des Quinze-Vingts. (Delvau.)

ENTRE-SORT : Baraque, théâtre de foire. — Allusion aux fournées de spectateurs qui s'y succèdent. (Rigaud.)

ENVOYÉ : Bien dit, bien répliqué. Se dit surtout d'un propos contenant une allusion. — « On applaudit, on cria bravo, c'était envoyé. » (Zola.)

ENVOYER A CHAILLOT : Envoyer paître, repousser. — Voir *Chaillot* (dict.). — « S'il me fiche un abattage, je l'envoie à Chaillot. » (Zola.)

EPATANT : Ébouriffant, merveilleux. (M.) — Mot à mot écrasant. Cet adjectif reste si goûté qu'un confectionneur d'habits de la rue de Rivoli, l'avait pris en 1872 pour baptiser un paletot de nouvelle coupe. (*L'Épatant.*)

ÉPATAROUFLER : Augmentatif de *épater*. — « Voici la chose. C'est machiavélique autant qu'épatarouflant. » (*Tam-Tam*, 75.)

ÉPATER (Ne pas s') : Conserver son sang-froid. (M.) Mot à mot : ne pas se laisser imposer.

ÉPICEMAR : Épicier : (M.) — Changement de finale.

ÉPILER LA PÊCHE : Raser. (Rigaud.) — Allusion à la rougeur et au duvet de la joue.

ÉPINARDS (Aller aux) : Recevoir de l'argent d'une fille publique. (*Id.*) — Jeu de mots.

ÉPINARDS (Plat d') : Paysage verdoyant et mal peint. (*Id.*) — Allusion de couleur.

ÉPITONNER (S') : Avoir du chagrin. (*Id.*) — Pour *se pistonner*.

* ÉPONGE : « Tiens, que je te fasse voir mon éponge, poursuivit-il en tirant à lui Céline. » (Huysmans, 79.) — V. *Linge*.

ÉPONGE : Ivrogne. (Delvau.) — Il absorbe comme elle les liquides. Scarron donne déjà cette image.

ÉPOQUES (Avoir ses) : Avoir ses menstrues. (*Id.*)

ÉPOUSER LA CAMARADE : Mourir. — Mot à mot : épouser la mort.

ÉPOUSER LA VEUVE : Être guillotiné. (Colombey.) — Mot à mot : épouser la guillotine.

ERGOT (Se fendre l') : Fuir. Michel.) — Animalisme.

ERNEST : Communiqué officiel. Argot de journaliste. (*Id.*)

ESBALONER (S') : S'évader. — Mot à mot : s'en aller en ballon. — V. p. 13 de l'*Introduction.*

* ESBROUF, ESBROUFFE (Estourbir d') : Assassiner dans la rue. Mot à mot : l'éclabousser. Du vieux mot italien *sbruffo* : éclaboussure. De même, le verbe italien *sbruffare* (éclabousser) semble avoir fait notre mot provençal *esbroufer* (ébrouer, en parlant des chevaux, c'est-à-dire souffler avec force en éclaboussant, dict.) Ce mouvement aura été pris au figuré pour caractériser les vaniteux trop pleins de leur importance, et il est à remarquer que *piaf* qui les désigne également (V. le diction.) est aussi d'origine *chevaline.*

ESBROUFFE (Vol à) : Vol commis dans la rue sur le gousset d'un passant qu'on feint de heurter par mégarde. (Rigault.)

ESBROUFFEUR : Voleur à l'esbrouffe. (*Id.*)

ESBROUFFEUR, ESBROUFFEUSE : Qui fait de l'esbrouffe. — « D... est un homme important, un esbrouffeur. » — (V. Bouton.)

ESCAFFE : Coup de pied au derrière. Vieux mot. (Michel.)

ESCAFFER : Donner un coup de pied. (*Id.*)

ESCAFIGNON : Soulier. (*Id.*)

ESCALE : Trois francs. (M.) — Ce doit être un abrégé du vieux mot *escalin* (monnaie d'argent.) — *Demi-pile et escale* : cinquante-trois francs. (M.)

ESCANNER : Fuir. — *A l'escanne* : Fuyons. (*Id.*)

ESCARE : Contre-temps. (*Id.*)

ESCARRER : Empêcher. (Rigaud.) — Halbert donne *esca-ver*.

ESCARGOT : Lampion, sergent de ville. (*Id*) — Homme vilain d'aspect. (Delvau.) — Comme l'escargot, l'argent passe le long des murs.

ESCARPINS DE CUIR DE BROUETTE— DE LIMOUSIN : Sabot. (Delvau.) — Facéties. La dernière fait allusion aux maçons que le Limousin envoie chaque année à Paris.

ESCARPIN RENIFLEUR : Soulier prenant l'eau. (Rigaud,) — Allusion au bruit de son aspiration.

ESCARPOLETTE : Charge. Argot de théâtre. (Delvau.) — C'est une variante de *balançoire*.

* ESCRACHER : Injurier. (M.)

* ESCRACHER (S') : Se chamailler. (M.)

* ESCRACHER : Exhiber le passeport, montrer ses papiers. (Rigaud.)

ESPADRILLE : Soulier de n'importe quelle forme. (A Pierre.) — Extension du sens connu.

ESPAGNOL : Pou. (Michel.) — L'Espagne passait pour être trop bien partagée sous ce rapport.

ESQUINTE : Abîme. Argot de voleur. (Delvau.) — Il me semblerait plus rationnel de lire ici *esquinté : abîmé*. Il doit y avoir une faute d'impression donnée d'abord par M. F. Michel, et reproduite après par ses successeurs.

ESSENCE DE CHAUSSETTES : Sueur de pieds. (*Id*.)

ESTABLE : Poule (Rigauld.) — Forme de *estable*.

ESTAFFIER : Chat.(Rigaud.)

ESTAFFION : Chat, taloche. (Michel.) — Notre mot d'*estafilade* semble bien près de celui-là, de toutes façons, car le chat est un maître *estafileur*.

ESTAMPER : Carotter tricher, filouter. (M.) — Acception figurée de l'estampage qui est un procédé imitant la ciselure.

ESTAMPEUR: Tricheur. (M.)

ESTAMPEUSE : Fille publique (M.) — Mot à mot: tricheuse d'amour.

ESTAPHE : Taloche. (*Id*.)

ESTAPHLE : Poule. Jargon de voleur. (*Id*.) — V. *Estafon* (dict.).

ESTOMAC : Courage. (*Id*.) — *Il a de l'estomac* : il est hardi au baccarat, à la Bourse, etc. On sait que la peur influe défavorablement sur l'estomac. Donc *avoir bon estomac*, c'est être courageux. — V. *Foirer* (dict.).

ESTRADE : Chemin, rue. — Vieux mot de langue d'oc. Voyez *Enflaquer*.

ETALER : Terrasser. (M.) — *S'étaler* : tomber, rester étendu par terre.

ESTROPIER : Manger. (Delvau.) — C'est-à-dire manger cuisse ou aile.

ÉTATS (Être dans tous ses) : Être fort surexcité. (M. Tourneux.)

ÉTEIGNOIR : Grand nez.

Rien que de l'apercevoir,
On s' dit : Dieu! quel éteignoir!
        (*Ah ! quel nez !* chans. 185...)

ÉTOUFFER : Cacher ses bénéfices de jeu. (Rigaud.) — C'est une forme d'*estouffer* (dict.) — L'acte s'appelle aussi *étouffage*, et le joueur qui le commet *étouffeur.*

ÉTOUFFEUR : Éditeur manquant la vente de ses livres, faute de réclames. (Rigaud,)

ÉTOURDISSEMENT : Demande de service. (*Id.*)

ÉTOURDISSEUR : Solliciteur. (Michel.)

ÊTRE A LA CASCADE : Dans le *Voyage en Suisse*, qui a fait la fortune des Variétés pendant l'automne de 1879, un voyageur de chemin de fer s'écrie : « *Je vais voir si ce mécanicien est à la cascade.* » Gar-dez-vous de penser aux nécessités hydrauliques de la machine, et traduisez : « Je vais voir si ce mécanicien entend la plaisante-rie, veut m'aider à faire une charge. » — V. *Cascade* (dict.)

EXAM : Examen. — Argot des écoles.

EXCELLENT BON : Jeune gandin. — Superlatif de *bon jeune homme.* — Voir ce mot. — « Ne vous laissez pas distraire par la foule des excellents bons qui sont debout dans les portes, ne dansent jamais, gênent tout le monde, s'ennuient à périr. » *Vie parisienne*, avril 77.)

F

F (Être de l') : Être perdu, ruiné. — Abréviation de : être fichu, etc. (Rigaud.)

FABRIQUER : Voler. — Variante de *travailler*, qui a le même sens. — « J'aurais voulu fabriquer jusqu'au bout cette vieille tête de veau (voler ce vieux chauve.) — *Petit Journal*, 78.

FACTIONNAIRE (Relever un) : S'échapper de l'atelier pour aller boire un verre de vin déjà versé sur un comptoir des environs. (Rigaud.) — Allusion au verre qui attend.

* FADE : Part quelconque. — V. *Ménesse.*

FADE. (Avoir son) : Être bien servi dans une distribution. (Boutmy.) — Mot à mot : avoir sa part. — V. *Fade* (dict.)

FADE (Mettre son) : Se cotiser (M.) — Mot à mot : mettre sa part. On dit aussi *carmer son* fade pour *payer son écot.* (M.)

FADÉ (Être.) Être soûl. — Mot à mot : avoir sa part de boisson. (Rigaud.) — V. *Fader* (dict.). — On dit aussi : *Avoir son compte*, ce qui présente exactement la même allusion.

FADER chérot : Coûter cher (M.)

* FAFIAUX FAFIOT. Livret (M.) — Partie prise pour le tout.

FAFIOT A PARER. Certificat (M.) — Mot à mot *papier à parer ou prévenir les recherches.*

FAFIOT A PIPER : Mandat d'amener. (M.) — Mot à mot : papier pour prendre.

FAFIOTEUR : Savetier. (*Id.*) — Banquier, écrivain. (Delvau.) — Triple allusion au papier ou *fafiot*.. Il entre du carton dans les mauvaises chaussures; le banquier manie les billets et l'écrivain se sert de papier. *Fafiot* est un vieux mot signifiant *fanfre-luche*. — On appelle aussi *fafiot* un soulier d'occasion.

FAFLARD : Passeport. — *Fa flard d'emballage* : Mandat d'a-mener. (Rigaud.) — C'est *fafiot* avec changement de finale.

*FAGOT : Forçat. — Le fa-got est lié par le milieu comme un forçat l'est par sa ceinture porte-chaîne.

FAINE: Sou. — *Fainin:* Liard. — Argot des ouvriers. (Delvau.)

* FAIRE : Mettre en arresta-tion. (M.)

FAIRE BELLE (La): Être heu-reux. (Rigaud.) *Vie* est sous-entendu.

FAIRE DESSOUS (Se): Tom-ber en enfance. (*Id.*) — Variante de l'expression *il fait sous lui*, c'est-à-dire : *il est gâteux.*

FAIRE DES YEUX DE HA-RENG : Crever les yeux. (Mi-chel.)

FAIRE DU SUIF : Tricher. Argot de grec. (Rigaud.)

FAIRE GODARD : Crever de faim. Variante de *s'enlever.* — (V. ce mot.) Double allusion au ballon de Godard et au vide de l'estomac. (*Id.*)

FAIRE LA PAIRE : Se sau-ver. — De *Jambes* est sous-en-tendu. (*Id.*)

FAIRE LA SOURIS : Dévali-ser. Argot des filles. (Delvau.) — La souris se fourre dans tous les trous (poches).

FAIRE LE PAYSAN : Voler au jeu dans un cabaret. — Argot de grec (R. Houdin.)

FAIRE L'HOMME: Se prosti-tuer par métier. (M.)

FAIS (J'y): J'y consens, j'ap-prouve. (Boutmy.) — Mot à mot: je fais comme vous.

FAISANT : Camarade de col-lège. (Michel.)

* FAISEUR : Le mot est plus ancien qu'on ne le croit : « Il y a quelques faiseurs très igno-rants qui se mettent sans cesse en évidence. (Victor Jacquemont 1832) — En général ceux que l'armée appelle des faiseurs étaient sans le savoir de vérita-bles instigateurs de la Révolu-tion. » (*Journal politique natio-nal*, n° 2, 1789.)

FAISEUSE D'ANGES : Fem-me pratiquant des avortements. (Rigaud.) — Terme à la mode depuis le procès d'une sage-femme avorteuse du Midi, qui était appelée ainsi. On sait que les morts nouveau-nés sont re-gardés comme acquis au ciel.

FALZAR : Pantalon de tra-vail. (Rigaud.) — Forme altérée de *Dalzar* qui est une abrévia-tion de *pantalzar.*

FANTABOSSE : Fantassin. — Toujours la facétie du sac qui fait la bosse sur son dos. (Palat.)

FARFOUILLER DANS LES TYMPANS (Se le) : Se commu-niquer. (*Id.*) — C'est-à-dire se chuchoter à l'oreille.

FARGUEMENT : Témoigna-ge à charge. (Rigaud): charge-ment. (Michel.)

* FARGUER : Avouer à la justice (M.) — Acception figurée du mot *farguer* : charger; celui qui avoue charge souvent un complice.

FARIDON : Misère. (Rigaud.) — Abréviation de *faridondaine*. (dict.) « Etre à la faridon c'est subir la dèche. » (Grison. 81.)

FARINEUX : Excellent. (Delvau. — Même pensée que dans l'expression populaire : *bon comme le bon pain.*

FAUBOURG : Derrière. — Il est éloigné de la place d'armes. — V. ce mot : « Je vous détruirai le faubourg à coup de bottes. » Huysmans, 79.)

FAUCHÉ : Pauvre (M.) — Mot imagé, *être fauché* n'avoir rien dans ses poches. (M.)

FAUCHER : Tromper, voler. (Michel.) — Mot à mot : couper la vérité, couper la bourse. — V. *Fauché* (dict.).

FAUCHEUSE : Guillotine. (Rigaud.) — V. *Faucher* (dict.).

FAUCHURE : Coupure. (Delvau.)

FAUSSE-COUCHE : Homme nul, embryon moral. Voici, comme exemple, l'extrait d'une dispute entre ouvriers : — « Vos coups de pointeau sont trop forts. — Et mon nœud de cravate est-y trop fort, espèce de fausse-couche? » (*Le Sublime.*)

FAUSSES DOUILLES : Faux cheveux. (M.)

FAUTER : Perdre sa virginité, faire une faute. (Delvau.)

FAUVETTE A TÊTE NOIRE : Gendarme, (Rigaud.) — Allusion au jaune des buffleteries.

FAUX COL : Place occupée par la mousse au détriment de la bière d'un bock, qu'elle surmonte comme un blanc faux-col. — « Et le buveur, tendre et fol, demande : un bock sans faux-col. » (Monselet, 80.)

FAUX PLUMET : Perruque (M.) — On sait que *plumes* veut dire *cheveux.*

FAUX QUINQUET : Lorgnette (M.) — Mot à mot : faux œil.

FAYOT : Légume sec. Argot de marine. (Delvau.) — Du mot provençal *fayol* : haricot.

FÉE : Maîtresse. (*Id.*) — Mot à mot : amour. — V. le dict.

FÉLIBRE : Membre d'une société poétique provençale qui a pour chef Mistral. — Dans *le Courrier de Vaugelas*, de 1877 (septembre), M. Garnier établit que *félibre* est un vieux mot provençal signifiant *téteur, nourrisson*, et raconte comment Mistral l'adopta en entendant chanter une vieille provençale. — « C'est bien à Fontségugne, le 21 mai 1854, que les poètes d'Avignon adoptèrent le nom de félibres. » (G. Garnier.)

FÉLIBRESQUE : Qui concerne le félibrige. Mistral écrivait le 6 juin 81 à M. Burgues, directeur du *Journal officieux :* « Votre beau compte rendu du dernier dîner de la Cigale, encore tout chaud d'enthousiasme et tout fumant de poudre *félibresque.* »

FÉLIBRIGE : Genre des félibres. — « Si le Félibrige devenait étranger dans la Cigale, votre Société perdrait certainement. » (Mistral.)

FELOUSE : Prairie. (Delvau.) — Pour *Fenouse.* — V. dict.

FENIN : Centime. (Rigaud.) — Delvau écrit *Fainin.* — De l'allemand *pfennig* (denier), que les Français prononcent *pfenniis.*

FER A CHEVAL : Favori, barbiche (M.) Allusion à sa forme fourchue,

FERLOQUE : Mauvaise loque.

FIG   — 66 —   FIN

FERMER MAILLARD, Être terrassé par Maillard : dormir, avoir envie de dormir.

FERMETURE-MAILLARD : Sommeil. — Allusion au nom de l'inventeur des fermetures de fer à coulisses. (Rigaud.) — Chaque soir, on voit en effet ces rideaux de fer (sur lesquels était d'abord le nom de Maillard, leur premier fabricant), descendre comme d'immenses paupières sur les magasins de Paris.

FERRAILLE : Monnaie de cuivre. (Id.)

FERRÉ A GLACE : Sachant parfaitement ce qu'il doit savoir. (Delvau.) — Mot à mot : incapable de tomber.

FÊTRÉ (Être) : Être bon à mettre en prison. (Demarquay.) — C'est évidemment le même mot que faitré (dict). Le sens est un peu différent.

FICELER : Suivre. — Allongement du mot filer. (Rigaud.)

* FICHANT : Extrêmement contrariant. Ce mot et ce sens sont déjà donnés dans le Glossaire du patois normand de Duméril (1849). De même pour le dictionnaire provençal d'Honnorat (1846).

FICHE DE LA FIOLE (Se) : Se moquer. (M.) — C'est-à-dire se moquer de la figure.

FICHER LA PARESSE : Ne rien faire. — « Je fiche la paresse, je me dorlote. Vous voyez... » (Zola.)

FIFERLIN : Soldat. Jargon de voyous. (Rigaud.) — Mot à mot : petit fifre. On appelait ainsi les gardes suisses avant 1830.

FIGER (Se) : Avoir froid. (Delvau.)

FIGNARD : Anus. (Id.) — Abréviation de troufignard.

FIGNEDÉ : Anus. (M.) — Déformation de finale.

FIGNOLADE : Roulade. (Id.)

FIGURANT DE LA MORGUE : Suicidé. (M.)

FIL (Un verre de) : Un verre d'eau-de-vie. — Abréviation de fil en quatre. (Rigaud.)

FIL A COUPER LE BEURRE (Il n'a pas inventé le) : Il est borné d'esprit. — « C'est pas qu'il eut jamais inventé le fil à couper le beurre. » (Alis. Revers de la médaille.)

FILER : Faire ses besoins. (Delvau.) — Abréviation de filer la mousse. (Dict.).

FILER (Faire) : Dérober. (Rigaud.) — On dit par abréviation filer. (Dict.).

FILER LA COMÈTE : Concher en plein air. (Id.) — Mot à mot : suivre des yeux la comète.

FILLE (Grande) : Bouteille de vin.

FILLE (Petite) : Demi-bouteille. (M.)

FILLETTE : Demi-bouteille. (Id.)

FILSANGE : Filoselle. (Delvau.) — Changement de finale comme dans boutanche : boutique.

* FINE est un vieux mot. On lit dans le Cabinet satirique. — (xviie siècle.)

Et dit-on que de la plus fine
Son brun visage fut lavé.

FINE PEGRAINE (Être en) : Être à toute extrémité. (Delvau.) — Variante de casser sa pégreme : mourir de faim. (Michel.) — Colombey met caner.

FINETTE : Poche secrète. — Du nom de l'étoffe dite *finette*. — « Le Grec a dans son habit au dos de son pantalon, une ou plusieurs petites poches dites *finettes*, dans lesquelles sont placés les jeux qu'il doit substituer à ceux de la maison. » (Robert Houdin.)

FINI (Homme) : Homme n'ayant plus de valeur physique ou intellectuelle. — « Il souffle comme un phoque, homme marié, fini. » (*Cancans du boudoir*, 77.)

FIQUER : Frapper. (Michel.) — C'est une forme de *ficher* : planter, faire pénétrer.

FISH : Souteneur. (M.) — Mot anglais signifiant poisson. — V. ce mot. (Dict.)

FIVE O CLOCK : Le *five-ô-clock-tea* (thé de cinq heures) est entré tout à fait dans les mœurs françaises. Des sandwichs, du caviar, des petits fours, une tasse de chocolat, un dé de malaga, c'est le lunch, mais le lunch rajeuni. On dit couramment : « J'ai mon *five o clock*. Madame X. a son *five o clock*. » (Claretie, 1881.)

FLAC : Argent. — Abréviation de *flacul* : sac d'argent. (Dict.)

FLAC : Lit. (Rigaud.) — Abréviation de *flacul*. (Dict.)

FLAC : Sac. (Michel.) — Abréviation de *flaque*. (Dict.)

FLACHER : Plaisanter. (A. Pierre.) — Pour *flancher*.

FLACON : Soulier, savate. — Onomatopée. Ils font *flic flac*. (Delvau.)

FLAGEOLETS : Jambes mai-

gres. (Dhautel, 80.) — Allusion de forme.

FLAMBEAU : Affaire, métier. (M.) — Aventure. (M.) — *Bath flambeau* : belle invention. (M.) — *Il a le flambeau* : avoir le talent de faire une chose. (M.) — « Avec cela, joyeux compagnon, beau danseur, bon lutteur, sans pareil pour conter des contes salés... un flambeau, comme il s'appelait. » (Paul Arène, 81.) — Il y a évidemment ici la même allusion qui a fait dire ailleurs : *Il brille dans la bonne société*.

FLANCHE : Affaire, métier. (M.) — « J'ai été sapé pour ce flanche à deux berges que j'ai tirées à Tazas : j'ai été condamné pour cette affaire à deux ans de prison que j'ai fait à Mazas. » (M.)

FLANCHER : Abandonner une affaire. (Palat.) — Mot à mot : tourner par le flanc, ne plus faire face. — Allusion à une manœuvre militaire bien connue. — « Et tirant un couteau de sa poche il dit : Si tu flanches, je te saignerai » (*Gaulois*, 7 novembre, 81.)

FLANCHER : Jouer. (M.)

* FLANCHER A LA RESAUTE : Jouer à la balle. (M.)

FLANCHET : Part de vol. (Rigaud.) — C'est aussi un lot quelconque bon ou mauvais, comme le prouve ce couplet argotique.

Ma langue n' sera plus gironde,
Je serai vioc aussi,
Faudra pour plaire au monde,
Clinquant, frusques, maqui.
Tout passe dans la tigne,
Et quoiqu'on en jaspine,
C'est un fichu flanchet,
Douz' longes de tirades,

Pour une rigolade,
Pour un moment d'attrait.

Le dernier vers qui ne contient pas un mot d'argot est là pour la rime. Cette chanson est donnée par B. Maurice dans l'*Audience* (6 septembre 57).

FLANDRIN : Flamand. (M.) — Vieux jeu de mots sur Flandret.

FLANÉ : Flânerie. (*Id.*) — Abréviation.

FLANQUE : Plaisanterie. (A. Pierre.) — Pour *flanche*.

FLAQUER : Mentir. (*Id.*) — Pour *flanquer*.

FLAQUET : Gousset. (Michel.) — De *flac* : sac. — V. *Cambriotte*.

FLÉCHARD, FLÈCHE : Sou. (M.)

FLÉMARD : Atteint de la flemme. (Boutmy.)

FLÉMER : Avoir la flemme. (*Id.*)

* FLEMME (envie de ne rien faire) est une forme ancienne de notre *flegme*. Ce n'est pas douteux quand on voit dire en Berri *flême* pour *manque d'énergie* ; en Normandie et en Suisse, *fleume* ; en provençal et en italien, *flemma*. Sans compter le *Trésor* de Brunetto Latini qui dit dès le xiiie siècle : « *Flemme est froide et moiste.* »

FLEMME : Paresseux. (Rigaud.)

FLEUR DES POIS (C'est la) : C'est l'homme à la mode.

FLIBOCHEUSE : Soupeuse affamée et rapace. (Rigaud.) Composé de *flibustière* et de *rigolbocheuse*.

* FLINGOT : Ventre. (M.) — Allusion à ses flatuosités.

^ FLINGOT : Fusil de boucher. (*Id.*) — De là est venu, par un jeu de mots, le surnom plus nouveau du fusil d'infanterie. — *Petit flingot* : pistolet. (M.)

FLIPPE : Mauvaise compagnie. — Abréviation adoucie de *fripouille*. (Dict.) — « Sans reproches, dans les derniers temps, tu fréquentais de la flippe. » (Durandeau, 78.)

FLIQUART : Agent de police. (M.)

* FLIQUE : Agent de police. (M.)

* FLIRTATION : « Observations analogues au sujet de *flirt*, qui se prononce *fleurte*, lequel mot est une contraction de *fleurette*. — *To flirt* signifie *conter fleurette*. — De *flirt*, les Anglais ont fait aussi *flirtation* que nous avons commencé à employer pour en plaisanter. » (J. Améro.)

FLIRTEUSE : N'a plus seulement le sens originaire de *coquette*. C'est aussi une lorette. — « De ces eaux-fortes, l'une est ravissante, elle représente trois flirteuses aux Folies-Bergère et un vieux monsieur. » (*Figaro*, 20 octobre 76.)

FLOTTANT : Bal de souteneurs. (Rigaud.) — Mot à mot : bal de *poissons*. En argot *poisson* se dit pour souteneur, et *flottant*, pour *poisson*. — La partie est prise pour le tout.

FLOTTANTE : Vaisseau, barque. (M.)

FLOTTARD : Élève se préparant à l'école navale. Argot des écoles.

FLOTTE : Bain. (M.)

* FLOTTE : Réunion d'individus. (M.) — C'est une expres-

sion du XVI° siècle; elle abonde dans la *Vie de Bayard,* par le loyal serviteur.

* FLOTTER (Se faire) : Se baigner. (M.)

FLOTTES (En avoir des) : En avoir beaucoup. C'est un vieux mot. On dit aussi *en avoir des bottes.* Argot des écoles.

FLOTTEUR : Baigneur. (M.)

FLOU-CHIPE : Floueur-chipeur. (Rigaud.)

FLUTE : Clystère. (Delvau.)

FLUTENCUL : Apothicaire.

FLUTER : Donner un clystère. (Delvau.)

FLUTES : Jambes. (M.) — Allusion de forme.

FLUX (Avoir le) : Avoir peur. (Rigaud.) — C'est-à-dire *avoir le flux du ventre. — V. Foirer.* (Dict.)

FLUXION : Peur. (*Id.*) — Dérivé de *flux de ventre.*

FOND DE CALE (A) : Sans le sou. (*Id.*) — Terme de marine. Quand on voit le fond de la cale, le chargement a disparu.

FONTS DE BAPTÊME (Se mettre sur les) : Être engagé dans une affaire dont on voudrait bien sortir. (*Id.*) — Semble signifier mot à mot : être cité comme témoin (en argot *parrain*).

FORAGE (Vol au) : Vol à la graisse. (Rigaud.) — V. *Graisse.* (Dict.)

FORTANCHE : Fortune. (*Id.*) — Changement de finale.

FOU : Foutu, perdu. — Abréviation. (*Id.*)

FOUAILLER : Reculer. (Boutmy.)

FOUATAISON : Canne. Argot de voleur. (Rigaud.) — Elle peut fouetter l'air ou l'individu au gré de celui qui la manie.

FOUATAISON LINGRÉE : Canne à épée. (*Id.*) — Mot à mot : canne à couteau.

FOUATAISON MASTARÉE : Canne plombée.

FOUATTER : Puer. (*Id.*) — Pour *fouetter* qui est ici un synonyme de *couper.* — V. Dict.

FOUETTANT : Puant. (M.) — V. ci-dessus.

FOUETTEUR (Oiseau) : Faisan. (M.) — Allusion à la longueur de sa queue.

FOUGUEUR : Homme qui vend au recéleur. — Du verbe *fourguer.* (Dict.) — « Cela ne m'embarrasserait pas, vu que j'avais des fougueurs (recéleurs) à Londres et à Bruxelles. (*Gil Blas,* mai 82.)

FOUILLES (Des) : Non, jamais. (M.) — Abréviation de : *tu peux te fouiller.* (Dict.)

FOUINARD, FOUINE, FOUINEUR : Poltron, rusé. (*Id.*) — Double allusion à la fouine qui entre dans un poulailler comme elle s'en dérobe, avec une ruse et une rapidité particulières.

FOULAGE : Travail pressé. (Delvau.)

FOULER (Ne pas se) : Travailler mollement. Ironie. — Abréviation de *ne pas se fouler le poignet.* On dit d'autre part : *se la fouler* pour *être laborieux,* ce qui est une abréviation de *ne pas se fouler la rate.* L'homme qui se foule la rate est pressé d'arriver.

FOUQUER : Donner. (Halbert.)

c

* FOUR : Insuccès dramatique. Semble avoir quelque relation avec le vieux terme *envoyer au four* (envoyer promener) qui se trouve dans le dictionnaire de Leroux (1787). Les *fours* étaient autrefois des casemates où on enfermait les vagabonds. Aussi disait-on : *envoyer au four* pour se débarrasser.

FOURAILLIS : Recéleur.

* FOURBI : Commerce. (M.)

FOURCHETTES : Doigts. (A. Pierre.)

FOURGATURE : Objet volé à vendre. (Rigaud.)

* FOURLINE : D'après A. Pierre, la *fourline* serait le fourlineur femelle. (Dict.)

FOURMILLON AU BEURRE : Bourse. (Rigaud.) — Mot à mot : marché à l'argent.

FOURNEAU : Vagabond, mendiant. (M.) — Mot à mot : habitué de fourneau de charité. (*Id.*)

FOURNEAUTER : Mendier. (M.) — C'est-à-dire hanter les fourneaux de charité.

FOURNIL : Lit. (Delvau.) — On s'y enfourne et on y a chaud comme *au fournil*.

FOURNIR MARTIN : Porter une fourrure. (Rigaud.) — Facétie. C'est avoir de la fourrure à en revendre aux ours, à fournir l'ours Martin, qui fut célèbre entre tous.

FOURRER (S'en) : Être goinfre. (Delvau.)

FRACASSÉ : Vêtu d'un paletot. Tout ce qui n'est pas blouse est *frac* pour les voleurs. (Rigaud.)

FRAIS (Être) : Être dans une mauvaise situation. (Dhautel 80.) — Ironie. Pour *n'être pas frais*. Ce qui n'est pas frais sent mauvais, va se perdre.

FRANC : Se dit d'un homme qui fréquente les voleurs ou d'un lieu fréquenté par eux. (*Id.*) — Dans le premier sens, c'est une abréviation de *affranchi* : perverti. (Dict.) — Dans le second, c'est une abréviation de *tapis franc*. (Dict.)

FRANC BOURGEOIS : Escroc du grand monde. (Rigaud.) — C'est par le fait un bourgeois *affranchi*, c'est-à-dire perverti. (V. le Dict.)

FRANC DE CAMPAGNE : Affilié de voleurs. (*Id.*) — Il fait l'office de *nourrisseur* (Dict.), et son nom vient évidemment de ce qu'il est un *affranchi* qui bat la campagne pour les autres.

FRANC DE MAISON : Recéleur, logeur de voleurs. (Michel.)

FRANC-FILEUR : Homme valide ayant quitté la France en 1870 pour échapper au service militaire. Par opposition à franc-tireur. (Rigaud.)

FRANCILLON : Français. (Halbert.)

FRANGIN, FRANGINE : Frère, sœur. (*Id.*) — V. *Servir, Altèque*. (Voir le Dict.) — *Beau frangin* : beau-frère. (M.) — *Ils ne sont pas frangins* : ils sont ennemis. (M.)

FRAPPER : Emprunter. (M.) — V. *Taper* (Dict.).

FRATERNEL : Frère. Argot des écoles.

FRÈRES DE L'ATTRAPE : Agents de la sûreté. — « Les frères de l'attrape leur mettaient

la serrante sur la porteuse. »
(Cavaillé.)

FRÈRE TUNARD : Pièce de cinq francs. (M.) — V. *Tune.* (Dict.)

FRÉROT DE LA CUQUE : Filou. (Michel.)

FRIAUCHE : Condamné à mort pourvu en cassation. (Delvau.)

* FRICASSER : Dans son histoire écrite par le loyal serviteur, Bayard cerné en 1513, à Rebecco, dit au capitaine Lorges : « Lorges, mon ami, nous sommes fricassés. »

FRIMAGER : Passer devant les autorités. (A. Pierre.) — On compose alors sa figure (frime).

* FRIMER : Faire figure. — « Notre argent vaut bien celle des autres et je frime aussi bien que sa demoiselle. » (Durandeau, 78.)

FRINGUER : Vêtir, costumer. (M.) — C'est un vieux mot, car nous voyons dans les textes du xve siècle parler de *modes fringantes.*

FRINGUEUR : Costumier, tailleur. (M.)

FRIOD : Froid. (M.) — Interversion de lettres. — *Ne pas avoir friod aux chasses* : avoir de l'audace. — Mot à mot : ne pas avoir froid aux yeux.

FRIPE, FRIPPE : Nourriture. (Delvau.) — Du vieux mot *fripper* : manger goulument. Les goinfres s'appelaient autrefois *fripe-sauce.*

FRIQUET : Mouchard. (Michel.)

FRIRE DES ŒUFS : Préparer un méchant tour. (Rigaud.)

FRIRE UN RIGOLO : Voler en faisant semblant d'embrasser une personne qu'on s'excuse ensuite d'avoir prise pour une autre. (Rigaud.) — Mot à mot : Servir une fausse risette.

FRISCO : Froid. (M.) — C'est frisquet avec changement de finale.

FRISÉ : Juif. (Michel.) — Les têtes de race juive sont souvent frisées.

FROMEGIE : Fromage. (M.) — En patois lorrain, on dit *fromegée.*

* FROTTIN (Jeu de) : Jeu de billard. (M.)

FROUFROU : Passe-partout. Onomatopée. (Delvau.)

FRUGES : Argent prélevé sur la vente par les commis en nouveautés. (*Id.*)

FRUSQUÉ : Laquais. (M.) — Allusion à son habit de livrée.

FRUSQUER : Vêtir. (M.)

FRUSQUEUR : Tailleur. (M.)

FUMELLE : Femme. (*Id.*) — Pour *femelle.*

FUMERON : Hypocrite. (Rigaud.)

* FUMISTE : Mauvais farceur. — Ce serait une allusion ironique à l'exploitation des propriétaires par les ouvriers fumistes, si j'en crois cette citation d'un vaudeville de 1840, intitulé *La famille du fumiste* faite par le *Courrier de Vaugelas* (15 janvier 1881.)

La fumée est ma bienfaiteuse,
C'est ell' qui m' nourrit censément,
Puisque, sans c'te pauvr' malheureuse
Pas besoin d' nous. Naturellement,
L' métier aurait peu d'agrément ;
Et j' fais à cell' par qui qu' j'existe

Un' guerr' à mort... (C est mon état).
Alors je suis donc un ingrat.
C'est une *farce de fumiste.*

* FUMISTE : Bourgeois. Argot des militaires qui font allusion au chapeau de haute forme dit *tuyau de poêle* à la mode depuis 80 ans.

FUMISTERIE : Mauvaise farce. — « Toutes ces promesses qu'on fait aux masses sont de véritables fumisteries. » (Chapron, 81.)

FUSAIN : Ecclésiastique. — Son aspect est allongé et noir comme le fusain de dessinateur. — « Tu n'es qu'un jésuite, un ratichon, un fusain. » (Bouchor, 80.)

FUSIL : Estomac. — Allusion de tube et de chargement par la bouche. —.« J'ai très bien dormi avec mon perdreau dans le fusil. » (G. Sand, *Corresp. m. s.* 66.)

FUSIL DE TOILE : Sac. — Jeu de mots. L'un et l'autre se chargent. — « Quand on a cinq ou six mioches, il faut aller à la chasse avec un fusil de toile et de zinc pour le charger. » (*Le Sublime.*)

* FUSILLER : Dépenser. (Rigaud.) — Mot à mot : faire partir ses balles (francs). (Dict.)

G

GABARI (Passer au) : Perdre au jeu. Jargon des ouvriers de fer. (Rigaud.) — Et aussi des soldats employés au fascinage qui rognent toutes les branches inutiles, dépassant leur gabari ou modèle de gabion. On comprend l'allusion.

GABATINE : Raillerie. (Delvau.) — Du vieux mot *gabe.* — *Donner de la gabatine* : railler.

GACHER DU GROS : Faire ses nécessités. Argot du peuple. (*Id.*) — Allusion de mortier.

GACHER SERRÉ : Travailler activement. (Rigaud.) — Même origine.

GADIN : Vieux chapeau, soulier. (*Id.*)

GAFFE : Bouche, langue. (Delvau.) — Du vieux mot *gave* qui a fait *gavion, gaviot* (gosier); se

gaver (se gorger) qui se dit de même *se gaffer.*

GAFFE : Gardien de la paix. (M.) — V. *Gafe.* (Dict.)

GAFFE (Faire une) : « Faire une gaffe, signifie pour tout Paris, dire précisément la chose qu'il ne faut pas dire. » (*Figaro,* 25 septembre 79.)

* GAFFE A GAIL : Garde à cheval, gendarme. (Michel.)

GAFFE DES MACHABÉES : Gardien de cimetière. (Rigaud.) — Selon Delvau, on dit *gaffe* tout simplement.

GAFFE DE SORGUE : Gardien de nuit. (*Id.*)

GAFFER : Apercevoir, épier, surveiller. (M.)

GAFFER LA MIRETTE : Ouvrir l'œil. (*Id.*) — Mot à mot : surveiller de l'œil.

* GAFFEUR : Éclaireur. (M.)

* GAGA : Gâteux.—Redoublement de la première syllabe. Ceci est à retenir pour les arriérés, qui ne connaissent sous ce nom que les habitants de St-Étienne. V. Gagat. (Dict.) Sans cela, que deviendraient-ils en lisant ce passage : « Il vaut mieux qu'elle meure au combat que de finir dans un fauteuil de gaga. » (A. Daudet.)

GALBEUX : Qui a du galbe. — « Je suis galbeux autant qu'un autre et je ne vois pas pourquoi je resterais dans mon fiacre. » (Durandeau, 78.)

GALERIE (Pour la) : Dans le but unique et plus ou moins dissimulé de faire de l'effet sur le public. — Allusion théâtrale.

GALETTE : Argent. (M.)

GALETTE : Mauvais soulier. (Rigaud.)

GALETTE (Boulotter de la) : Faire de l'argent. — « Boulottes-tu toujours de la galette avec le grand Simon? » (Cavaillé.)

GALFATRE : Goulu. — « Ça lui crevait le cœur de porter ses six francs à ce galfâtre qui n'en avait pas besoin pour se tenir le gosier frais. » (Zola.) — C'est évidemment une forme abrégée du galioufard provençal. — V. ci-dessous Galifard.

GALIFARD : Apprenti. (Rigaud.) — Cordonnier. (Delvau.) — En provençal galioufard veut dire goinfre.

GALIFARDE : Fille de boutique. (Id.)

GALIPETEUR : Clown. (M.) — Mot à mot : cabrioleur. — V. Galipette.

GALIPETTE : Cabriole. (M.) — Doit venir de galoper.

GALLETAUSSE :. Gamelle. (M.) — C'est le commencement et la fin du mot gamelle, auquel on a joint la désinence tosse ou tausse, qui rend le son métallique des gamelles de prison ou de caserne.

* GALOP : Réprimande. Mot fort ancien. On trouve dans une farce du xve siècle citée par E. Du Méril (Dict. de patois normand, 1849), au mot galop : — « Puisque pour toy suis ainssy galopée, de Dieu soys-tu maudit. »

GALOPER : Envahir au galop. Très expressif et toujours pris au figuré. — « Voilà la peur qui me galope. Qu'est-ce que je pourrai dire? » (E. Sue.)

GALOPER : « Travailler à la hâte, bousiller un ouvrage. » (Dhautel, 1808.)

GALOUBET : Voix. (Delvau.) — Se dit exclusivement de la voix du chanteur. Comparaison à l'instrument du même nom. — Il a du galoubet : il a une belle voix.

GALUPE : Femme.

Les galups qu'a des ducatons
Nous rinc'nt la dent.
                        (Richepin.)

GALURE : Chapeau. (M.) — Abréviation de galurin. — V. ce mot. (Dict.)

* GALURIN : Se dit aussi des chapeaux de femmes. — « Dis donc! eh toi! dit-elle, ne te gêne pas! Tu devrais t'asseoir sur mon galurin. » (E. Villemot, 81.)

* GALVAUDER : Signifie en patois normand travailler vite et mal. (Duméril, 49.)

5

GAMBETTE DE BOIS : Béquille. (M.) — Mot à mot : petite jambe. Terme du Midi.

* GAMBILLER : Le vieux français a ce verbe avec le sens de « remuer les jambes de côté et d'autre » qui s'applique exactement au cancan.

GAMBILLER (Se la) : S'en aller. — « Il serait temps de voir à se la gambiller. » (Huysmans, 79.)

GAMBILLEUR : Danseur. (Delvau.) — Sauteur politique. (Rigaud.)

GAMBRIADE : Cancan, danse. Argot de voleurs. (Delvau.) — Dérivé de *gambiller* (danser). — V. *Enflaquer*. — Dans le sens de *dame élégante* que j'ai donné d'après Rabasse (Dict.), *gambriade* doit être une déformation de *combriade* et dériver de *combrieu* (chapeau). — Mot à mot : femme à chapeau, femme bien mise.

* GAME : En patois normand signifie *écume* venant à la gueule d'un animal. En patois vendéen, *game* est un *accès de rage*. — Le verbe *gamer* : empoigner, saisir vivement, est encore usité dans nos patois du Centre. La rage fait tout empoigner, tout mordre.

GAMELER : Quitter, dénoncer. — Mot à mot : attacher une gamelle. (Voir le mot suivant.) Nous donnons comme exemple cette lettre du prévenu E. Chevallier, détenu à Mazas; elle est datée du 30 mai 1876 (Voir l'*Introduction* où elle est citée en entier) : — « Ma chère petite femme, j'ai appris que les idées à Marie Loudevig étaient changées à l'égard de Jean Keipp,

mais si Marie l'a gamelé, je te dirai aussi qu'il nous a attaché un bidon le jour que je t'ai vue à l'instruction, pour aller avec Henri Chevet, il nous a quittés réellement comme un petit muffe... Je te prierai de croire qu'il ne boira plus à notre table à l'avenir, ou bien, s'il y boit, ce sera vraiment dans la grande tasse. »

GAMELLE (Attacher une) : Abandonner, quitter. (M.) — On attache une gamelle de fer blanc à la queue des chiens qu'on lâche.

GANACHE : Fauteuil de forme basse. — « Puis s'étant blottie dans une ganache, elle tendit ses jambes. » (Achard.)

* GANDIN (Monter un) : Tromper. (Vauvineux.) — Vient du vieux mot *gande* : feinte, tromperie. Dans le Midi on dit *ganda*. Dans le Berri on dit : « tu nous contes des gandoises, » pour : « tu nous contes des mensonges. »

GARDE-MANGER : Watercloset. (Delvau.)

GARDE NATIONAL : Paquet de couenne. Argot des faubourgs. (Id.) — *National* doit être au féminin. Pour comprendre ce terme, voyez sa contrepartie *Paquet de couennes*.

GARDIEN : Excrément. (Delvau.) — Même allusion que pour *factionnaire*. (Dict.)

GARGARISME : Petit verre. (Rigaud.) — Allusion à la gorgée d'eau-de-vie.

GARGOTER : Cuisiner mal, travailler mal. (Delvau.)

* GARNAFE, GARNAFLE : Ferme. (Vidocq.)

• GARNAFIER : Fermier. (*Id.*)

GARNO : Garni. (Rigaud.) — Changement de finale.

GASPARD : Chat, rat. Argot de chiffonnier. (*Id.*) — Jeu de mots sur *gat*.

GAT : Chat. (Colombey.) — Vieux mot provençal.

GATEAU FEUILLETÉ : Chaussure mauvaise. (Delvau.) — Allusion aux semelles qui s'effeuillent.

GATER LA TAILLE : Rendre enceinte. (*Id.*)

GAUDISSART : Plaisant, homme jovial. (*Id.*) — En ce sens, le vieux français a le mot *gaudisserie* : plaisanterie, propos joyeux.

GAULES DE SCHTARD : Barreaux de prison. (Rigaud.) — *Gaule* est une ironie, *Schtard* est une forme de *jettard*. (Dict.)

GAVIOLÉ : Ivrogne. (*Id.*) — De *gaver* : gorger.

GAVIOT : Gosier. (Delvau.) — On disait au moyen âge *gaviou* (de *gave* : gorge).

* GAVOT : Se trouve au mot *gaveau* dans le dict. de Littré.

GAZ : Eau-de-vie. — Elle *allume l'ivrogne*. (Delvau.)

GAZ (Allumer son) : Regarder attentivement. (Delvau.) — Mot à mot : éclairer sa vue.

* GAZON : Se prend pour chevelure vraie dans cette image de l'argot faubourien : *il n'a plus de gazon sur la terrasse*, pour désigner un chauve. — *Se ratisser le gazon* : Se peigner. (M.)

GAZOUILLER : Puer. — De *gaz* pris dans le sens de puanteur. — « Oh ! là là ! ça gazouille,

dit Clémence en se bouchant le nez. » (Zola.)

GENDARME : Moisissure. (Delvau.) — Mot de patois berrichon.

GENDARME : Grande femme revêche. (*Id.*)

GENDARME : Hareng saur. (Rigaud.) — Est-ce parce que son aspect jaunâtre rappelle les buffleteries jaunes de la gendarmerie, ou parce que sa tête avec les ouïes relevées a un air de chapeau à cornes? On a, par contre, appelé *harengs* les gendarmes.

GENDARME : Breuvage de vin blanc, de sirop de gomme et d'eau. (*Id.*)

GENDARME : Cigare d'un sou. (*Id.*)

GENDARME : Fer à repasser. — Il porte la marque de la maison Gendarme. (*Id.*)

GENS DE LETTRES (Faire partie de la Société des) : Faire chanter par lettres. (Michel.) — Ce mot, reproduit comme contemporain, est de 1787 et n'a eu jamais cours qu'en ce temps-là, non à Paris, mais en Auvergne. M. Fr. Michel le prouve.

GENTLEMAN : « On ne dit plus de lui qu'il est un homme distingué, un homme du monde, un véritable gentilhomme, mais un gentleman. » — Cette anglomanie, — peu intelligente. — est si bien maîtresse de nous, que nous ne voyons plus de gentilshommes en France. En revanche, nous voyons des *gentlemen* partout. Je cite, d'après un journal : « On demandait à un Serbe s'il y avait des nobles dans son pays : « Tout Serbe est noble ! » répondit-il. « Chaque Serbe est un gentleman ! » (J. Améro.)

L'auteur de l'*Anglomanie dans le Français*, que je viens de citer, poursuit en ces termes : « Notre gentleman français vit plus ou moins à l'anglaise, et on dit de lui ou bien il dit lui-même qu'il a de « l'humour, » aime les « beefsteaks, » ne dédaigne pas un petit « lunch » entre ses repas, fréquente le « high life, » se rend aux « meetings » de n'importe quoi, évite les « pickpockets, » redoute les « questions » politiques des « reporters, » et quand il prend le « railway, » ne manque pas de demander « un ticket. »

« Ce sont là autant de termes anglais qui n'ont que faire dans le français, par cette raison que, pour chacun d'eux, nous avons au moins deux ou trois vocables correspondants. »

Qu'il nous soit permis d'ajouter un détail comique, en fait d'anglomanie. A la gare d'Amiens, en juin 1882, nous avons lu sur la porte d'une section du water-closet :

> HOMMES
> *Gentlemen*

* GENTLEMEN-RIDERS : « Reçoivent cette qualification et peuvent seuls monter dans les courses de gentlemen-riders : 1° les membres du Jockey-Club et des principaux cercles de Paris ; 2° les officiers de l'armée française, en activité de service ; 3° les personnes admises, sur leur demande, après examen et ballottage par le comité des cour-

ses. » (*Carnet des courses*, 77.)

GÉO : Géométrie. Argot des écoles.

GERBEMENT : Condamnation. (M.)

* GERBER A LA GROTE : Condamner aux galères.

GERBIERRES : Fausses clefs. (Rigaud.)

GESSEUR : Grimacier, prétentieux. (Delvau.)

GET : Jonc. (Michel.) — C'est pour *jet* qui se dit régulièrement.

GI : Certainement. (M.)

GIBELOTTE DE GOUTTIÈRE : Chat. (Delvau.) — Le chat se mange pour du lapin.

GIBERNE (tailler une) : Faire porter une giberne, raconter une histoire ennuyeuse, donner une corvée désagréable. (Palat.) La giberne devant se porter quand on est de service et le service étant regardé généralement comme peu agréable, on comprend l'allusion. — De là le verbe *giberner* et le substantif *gibernard* qui n'ont pas besoin d'explication.

GICLER : Jaillir. (Rigaud.) — Doit s'écrire *jigler*. — Vieux mot encore usité dans nos patois. On y retrouve le *jaculare* latin.

GIGOT : Certainement ! c'est compris ! (M.) — Réunion de deux affirmations *gi* et *got*.

GIGOT : Bravo ! (M.)

GIGOT : Cuisse (Delvau) ; mains larges. (Rigaud.)

GIGUE : Jambe, femme longue et maigre. (Delvau.) — Vieux mot conservé par nos patois et donné par le dict. de Littré.

* GILBOCQUE : (Transposition.) — Voyez Dict., après *Giberne.*

GILQUIN : Coup de poing. (Rigaud.)

GIROND : Beau garçon. (M.)

* GIRONDE : Fille perdue. (Halbert.)

GIRONDIN : Dupe. — Argot de camelots. (Rigaud.)

GIRONDINE : Femme très gentille. (Delvau.)

GITE (dans le) : Ce qu'il y a de mieux. — Allusion au *gîte à la noix* qui passe pour la meilleure partie du bœuf. (Rigaud.)

GIVERNER : Vagabonder de nuit. (Delvau.)

GLACE : « C'était pour un six de carreau, la glace. » (Mario Uchard, 81.) — Argot de joueurs. — Allusion de forme.

GLACE (passer devant la) : Voir une fille de maison sans payer, parce qu'on est son amant. (De Goncourt.) — Perdre des consommations au jeu dans un café. (Rigaud.)

GLADIATEURS : Souliers. — Allusion ironique au célèbre cheval de course Gladiateur. — « Lève donc tes gladiateurs pour ne pas faire de poussière. » (R. Maizeroy, 79.)

GLAIVE : Guillotine. (Rigaud.)

GLAIVER : Guillotiner. (*Id.*)

GLAVIOTER : Expectorer. (M.)

GLOCHETTE : Poche. (A. Pierre.) — Est-ce en souvenir de la clochette attachée jadis à la poche sur laquelle les tireurs apprentis se faisaient la main ?

GLOUSSER : Parler. (Delvau.) — Animalisme.

GLUANT : Enfant à la mamelle. (*Id.*)

GLUAU : Crachat. (Rigaud.)

GLUAU (poser un) : Arrêter.

* GNIAF : C'est, à proprement parler, l'ouvrier cordonnier. Voyez *Pignouf.* (Dict.) — *Gnaf* se trouve dans les dictionnaires du patois normand de Du Méril, et des patois du Centre de Jaubert.

GNON : Meurtrissure, blessure. (Delvau.) Tape. (Palat.) — S'écrivait *nion* dans le compte rendu d'un procès de parricide (mars 1879.) Semble une abréviation du genre de *gnole*. (Dict.)

GOBAGE : Amour. (Rigaud.)

GOBELIN : Gobelet, dé à coudre.

GOBE-PRUNE : Tailleur. (Michel.) — Ce vieux mot confirme notre étymologie de *pique-prune.* (Dict.) C'est bien une comparaison de mouvement.

GOBELOT : Ciboire. (*Id.*)

GOBER : Estimer. (M.)

GOBER SON BŒUF : Être furieux. (Delvau.) — Mot à mot: être comme un bœuf enragé.

GOBET : Vaurien. (*Id.*). Quartier de bœuf. (Rigaud.)

GOBET : « Il ne reste plus guère dans les boutiques que les gobets, morceaux de rebut que se disputent à vil prix les râleuses et les gargots de bas étage. » (G. Gœtschy, 80.)

GOBEUR, GOBEUSE : Auditeur bien disposé, facile à émouvoir. — « Tu es un rude gobeur comme moi ; tu écoutes et tu ne critiques pas pendant la pièce. »

— « Je n'ai pas eu un cil mouillé, et tu sais si je suis gobeuse. » (G. Sand, *Corresp. m. s.* 66.)

GOBIN : bossu. (Rigaud.) — Vieux mot qui se dit encore en patois picard. Brantôme rapporte qu'un duc de Mantoue était appelé *le gobin*, à cause de sa bosse.

* GODARD : Forme de *gaudard* qui devait être un dérivé du vieux verbe *se gaudir* : se réjouir, qui a fait *gaudissard*. Nos exemples confirment ce sens. — V. Dict.

* GODILLER. Exemple : « Plus on est de gentilshommes, plus on godille... Vous trouverez dans mes salons les plus beaux noms... en femmes, depuis la marquise de Fumeterre jusqu'à la baronne de Lune rousse. » (Faillet.)

* GODILLOT : Conscrit. (Rigaud.)

* GODILLOT : Soulier. « J'ai attendu que le carreleur ait raccommodé un de mes godillots. » (*Tam-Tam*, 76.)

* GOFFEUR : De *goff* : forgeron. (Bretagne.)

* GOGO : Semble être à proprement parler celui dont on se moque, qu'on goguenarde. Je ne crois pas que *gogo* ait ce sens dans l'exemple de Villon.

GOGOTTE : Faible, mou, niais. (Delvau.) — C'est un dérivé de *gogo*. — V. Dict.

GOGOTTE : Mauvais yeux. (*Id.*) — Corruption du mot *cocotte* qui a dû désigner d'abord des yeux gonflés, dits *à la coque.*

GOLGOTHER : Poser en martyr. — Allusion au Golgotha biblique. (Delvau.)

. . . .
Chacun gravit son Golgotha!
On ne peut pas me tirer de carotte,
Faites comme moi, cher ami, je gol-
[gothe,
Oui, tout doucement, je golgothe.
(Alex. Pothey, 1864.)

GOMBERGER : Compter. (*Id.*) — C'est une forme de *comberger.*

* GOMMEUX : Joli. C'est le substantif pris adjectivement dans le sens de *à la mode.* — « Quand il trouve une chose à son goût, il ne dit plus : elle est jolie, il dit : elle est gommeuse. » (Hennique.)

GONDOLÉ : Tordu, recroquevillé, faussé. Se dit d'un homme comme d'un chapeau. — « Quéq'qu't'as donc fait hier, t'as l'air tout gondolé. » (*Le Sublime*, 72.) En patois poitevin, on dit : *il est en gondole* d'un objet *courbé par la chaleur.* En Limousin, un *chapel de gondola* est un vieux et mauvais chapeau.

GONDOLER (se) : « C'est se reposer, image empruntée au bois qui se gondole, c'est-à-dire qui se contourne comme les lazzaroni couchés au soleil. » (Grison, 81.)

GONFLÉE : enceinte. (M.) — Allusion de forme.

GONZES (des) : Des gens quelconques. (M.)

GONZESSE : Femme, amante. (Delvau.) — *Gonzesse à l'hamache.* —V. *Bacher, Entortiller.*

GONZESSE : Maîtresse. (M.)

GONZIER : Gaillard. (M.) — *Un gonzier* est : un personnage d'importance (M.) ou un homme quelconque. — V. *Trèze.*

GORET : Premier ouvrier cordonnier. (*Id.*) — Animalisme. Déjà cité par le dictionnaire de Ménage (xviiᵉ siècle.)

▸ GORGE : Étui. Jargon des voleurs. (*Id.*) — Allusion au passage étroit dit *gorge* dans un pays de montagnes.

GORGEON (Boire un) : Boire un coup. — Mot à mot : une gorgée. — « Attends-moi pour boire un gorgeon. » (Decourcelles, ch. 41.)

GORGNIAT : Homme malpropre. (*Id.*)

GOSSEUR : Conteur de gosses. — V. Dict.

GOT : Certainement. (M.)

GOUALER : Avouer à la justice. (M.) — *Goualer en douce :* Fredonner. (M.) — Mot à mot : chanter doucement.

GOUILLE (envoyer à la) : Envoyer promener. (Delvau.) — *Gouille* se dit en patois pour *mare, bourbe* (Centre).

GOUILLON : Gamin. (*Id.*)

GOUINE A GAUCHE : Louche. (M.) — *Gouine* est une forme de *guigne.* — V. ce mot.

GOUJON : Dupe. — Elle mord à l'hameçon de ceux qui l'exploitent. (*Id.*)

GOUJON : Souteneur. (Rigaud.) — Variante de *poisson.* — V. Dict.

GOUJON (lâcher son) : Vomir. (*Id.*)

GOUJONNER : Duper. (Delvau.) — Allusion de pêche.

GOUR : Pot. (Halbert.)

* GOURBI : Ce mot n'est pas si arabe qu'il en a l'air quand on voit *gourbin* signifier *clayon-nage* en patois briançonnais, et *panier* en Provence. Et un *gourbi* n'est qu'une hutte clayonnée.

GOURD : Friponnerie. Argot de voleur. (Michel.) — Pour *goure.* C'est l'action de *gourer :* tromper. — V. Dict.

GOURDE : Boucle d'oreille. (M.) — Allusion de forme.

GOURDE, GOURDÉ : Benêt. (M.) — C'est le vieux mot *gourd* signifiant *lourd,* engourdi.

GOURGOUSSER : Se plaindre, récriminer. (Boutmy.) — C'est un équivalent du provençal *gourgoulhar, gourgoutar :* murmurer (en parlant d'un liquide) qui répond au *gargouiller* français.

GOURGOUSSEUR : Grognon. (Boutmy.)

GOURRER : Douter. (M.)

GOURRER, GOURREUR. (Michel.) — Voyez, *Gourer, Goureur.* (Dict.)

GOUSPINER : Vagabonder. (*Id.*)

GOUSSER : Manger. (*Id.*)

GOUT DU PAIN (faire passer le) : Tuer. On trouve *Perdre le goût du pain :* mourir, dans le *Dictionnaire comique* de Leroux (xviiiᵉ s.). — « Tous les jean-f... qui voulaient faire perdre le goût du pain aux braves montagnards. » (1793. Hébert.) — « V'là la guillotine qui se met à jouer. On enlève le goût du pain au monde. » (H. Monnier.)

GOUTTE (donner la) : Donner à téter. (Rigaud.)

GOUTTE MILITAIRE : Ancienne gonorrhée. (*Id.*)

GOUTTIÈRE (lapin de) :

Chat. (*Id.*) — Voyez *Gibelotte.*

GOUVERNEMENT : Épée, à l'École polytechnique. (Delvau.) — C'est l'État qui la donne.

GRAFFAGNADE : Mauvais tableau, commerce de mauvais tableaux. (Rigaud.)

GRAFIN : Chiffonnier. (*Id.*) — Il *grafigne* (gratte) avec son crochet.

GRAILLONNEUSE : Blanchisseuse par occasion. (Delvau.)

* GRAIN : Pièce de dix sous. (*Id.*)

* GRAIN : Émotion produite par un extra de boisson. — « Un petit grain de temps en temps, ça vous remet. » (*Le Sublime.*)

* GRAISSE : Pris pour *argent* semble remonter au moyen âge, si on en juge par ce passage d'une chanson gothique réimprimée en 1863, par A. Percheron. C'est une hôtesse abandonnée au quart d'heure de Rabelais qui parle :

Vecy, se dit l'hôtesse,
Vecy bon payment vrayment,
    Il n'y a pas gresse,
De loger tels marchans souvent.

GRAISSER DES BOTTES : Mourir de consomption. (M.)

GRAISSER LES ROUES : Boire. (Rigaud.) — Cela fait marcher la voix et permet la roulade.

GRAISSER LE TRAIN DE DERRIÈRE : Donner le pied au cul. (*Id.*) — Cela fait marcher plus vite, comme le graissage des roues fait rouler une voiture.

GRAISSER SES RIPATINS (se faire) : Recevoir l'extrême-onction. (M.) — Mot à mot : faire graisser ses souliers (pour le voyage du paradis.)

GRAISSEUR : Grec. — De *graisse* (Grèce, monde des Grecs). — V. *Bédouin.*

GRAND MECQUE : Président. (A. Pierre.) — Mot à mot : grand maître.

GRAOUDJEM : Charcutier. (Rigaud.)

GRAPPIN : Corps. (M) ?

GRAPPINER : Emmener, leurrer. (M.)

GRAS (avoir son) : Être tué. « Si j'ai mon gras, je ne veux pas qu'un de ces pouilleux-là me chaparde ma croix... » (A. Bouvier, 69.)

GRASSE : Coffre-fort. Argot de voleur. (Rigaud.) — Elle renferme le gras (argent). (Dict.)

GRATE : — Abréviation de gratification. (Boutmy.)

GRATIN : « Le dessus du panier du monde qui s'amuse, le gratin comme on dit. » (*Evénement*, 13 janv. 81.) — « La fleur du monde mondain, on dirait aujourd'hui le gratin. » (P. Véron, 81.)

GRATIS : Crédit. Jargon de marchand. (Rigaud.)

GRATON : Rasoir. (Delvau.)

GRATOUILLE : Gale. (*Id.*)

GRATTER : Rouer de coups. (M.)

GRATTER (se faire) : Se faire raser. (M.) — V. gratte-couenne. (Dict.)

GRAVEUR EN CUIR : Savetier. (Rigaud.)

GRELOT : Voix sonore. — Il va toujours comme le cheval de poste faisant tinter son grelot. — « Chaud là ! En triomphe l'orateur ! Quel grelot ! » (*Le Sublime.*)

* GRENADIER : Pou. — « J'sentis bien, quand nous étions couchés, qu'i n' manquait pas de négresses et même de grenadiers. » (*Une conquête au Prado*, ch. 1851.)

GRENOUILLARD : Grand baigneur, buveur d'eau. (Rigaud, Delvau.)

GRENOUILLER : Boire de l'eau. (Delvau.) — Mot à mot : faire comme les grenouilles.

GRÉS : Cheval. (Michel.)

GRIBIER : Soldat. (M.) — Forme de *grivier*. — (V. ce mot, Dict.)

GRIBLAGE : Plainte. (Delvau.) — C'est une forme de *criblage*.

GRIFFARDE : Plume. (Rigaud.) — Elle sert à griffonner.

GRIFFER : Voler. (Delvau.)

GRIGNON : Juge. Argot de voleur. (Rigaud.)

GRILLER : Fumer. (M.)

. GRILLEUR : Fumeur. (M.)

GRILLEUSE DE BLANC : Repasseuse. (Delvau.) — Allusion au fer chaud et au linge.

* GRIMÉ : Arrêté. (Halbert.)

GRIMER : Arrêter. (A. Pierre.)

GRIMOIRE : Code pénal. (Delvau.) — M. Rigaud dit *grimoire mouchique*.

GRINCHE : vol. (M.) — Abréviation de *grinchissage*.

GRINGUE : Pain. Jargon du peuple. (M.) — *Marchand de gringue* : boulanger. (M.) — Abréviation de *gringuenaude* (chose qui se grignotte).

GRISAILLE, GRISE : Sœur de charité. (Delvau.) — Abréviation de *sœur grise*.

GRONDIN : Porc. (Michel.)

GROS LÉGUME : Officier supérieur. (Rigaud.) — Allusion à la graine d'épinard.

GROS LOT : Mal de Naples. (Delvau.) — Ironie qui s'adresse à la grande loterie de l'amour.

GROSSE CAVALERIE : « C'est ainsi que s'appellent les scélérats les plus déterminés du bagne. » (Sers, 45.) — Acception figurée. Cette grosse cavalerie est cuirassée contre le remords et la crainte.

GROSSE CULOTTE : Ivrogne beau parleur. — V. *Sublime*.

GROULE, GROULASSE : Apprentie, petit souillon. (Rigaud.) — Du mot provençal *groula* qui a le même sens.

GROUPER : Arrêter, saisir. (Michel.) — Abréviation d'*agripper*.

GUANO : Excrément quelconque. (Delvau.) — Allusion au guano chilien.

GUELTER : — V. *Guelte*. (Dict.)

GUENON : Patronne. (Rigaud.) — Pendant du *singe*.

GUETTE : Gardien. (Delvau.) — Vieux mot qui voulait dire *sentinelle*.

* GUEULARD : « Génard est un Vitellius, un Lucullus, un goinfre, pour trancher enfin... un gueulard. » (*La Correctionnelle*, p. 228.)

GUEULARDE : Poche. (Halbert.) Elle bâille comme une bouche.

* GUEULE (Faire sa) : « Dis donc, Marie, bon bec, ne fais pas ta gueule. » (Zola.)

5.

GUEULE DE BOIS : Malaise d'un lendemain d'ivresse. Allusion au palais desséché des buveurs. — « Jacques le lendemain eut la gueule de bois. » (Bouchor.) — « Il prend une tasse de thé pour s'ôter la gueule de bois. » (Millaud, 80.)

GUEULE D'EMPEIGNE : Palais habitué aux liqueurs fortes. (*Id.*) — Mot à mot : gueule de cuir.

GUEULE DE RAIE : Vilain visage. (Rigaud.) La raie est un poisson d'aspect repoussant.

GUEULÉE : Repas, hurlement. (Delvau.)

GUIBOLLARD : « Guibollard, c'est Jocrisse boulevardier. Il a le bon sens de Joseph Prudhomme greffé sur la naïveté de Calino. » (P. Foucher, *National*, 12 juin 80.) — Ce naïf rajeuni n'a été guère à la mode que depuis 1875.

GUIBONNE : Jambe. — Dérivé de *guibon.* — « J' sais tirer la savate avec mes guibonnes. » (Richepin, 77.)

GUICHE : Jambes.

Quand j' veux tremper mes guiches,
J' m'en vas faire une pleine eau.
(Richepin.)

GUIGNE A GAUCHE : Borgne. (M.)

GUIMBARDE : Porte. (Rigaud.)

* GUINAL : Marchand de chiffons en gros. — *Grand Guinal* : Mont-de-piété. (*Id.*) Mot à mot : *juif* et *grand juif.*

GUINALISER : Faire l'usure. (*Id.*) — Mot à mot : faire acte de juif. — Voyez *Guinal.* (Dict.)

GUINCHE : Danse. (M.) — V. *Guincher.*

GUINCHE : Bal de barrière. — Halbert donne *guinche* avec le sens généralisé de *barrière.* — « Il fait beau, partons pour la guinche ! » (Decourcelles, ch. 41.)

GUINCHER : Danser. (M.) — Dans les patois du Centre, *guincher* veut dire *baisser la tête, se mettre de travers*, ce qui équivaut à *cancaner.* et ce qui a fait *guinche* (bal, sauterie). — Dans le Berri, on dit encore qu'on va aux assemblées, fêtes de villages pour *guinguer* : danser.

GUINCHEUR, GUINCHEUSE : Danseur, danseuse. (M.)

GUINGUETTE : Grisette. (Delvau.) — Elle *guingue* volontiers. — Voyez *Guincher.*

GUOS : Poux. (M.) — Forme de *gaux.* (Dict.)

H

HABILLER : Préparer our l'étal. — Argot de boucher. (Delvau.)

HABILLER : Médire, réprimander. (Rigaud.) — Abréviation de *bien habiller*, qui se dit ironiquement un peu parcout et presque toujours de cette façon : *il l'a bien habillé.*

HABINER : Mordre. (Delvau.) — Pour *happiner.*

HABIT DU PÈRE ADAM :

Nudité complète. (Rigaud.)

HABIT NOIR : Bourgeois. (Delvau.) — Menteur. (Rigaud.) — Le grand monde ne laisse pas aussi libre cours à la franchise que le petit.

HABITONGUE : Habitude. (Michel.) — Changement de finale.

HACHER DE LA PAILLE : Prononcer mal le français. Se dit des Allemands. (Rigaud.)

HALEINER : Respirer l'haleine, chercher à deviner. (Delvau.)

HALLE AUX DRAPS : Lit. (Id.) — Jeu de mots sur draps.

HALOTER : Souffler, souffleter. (Halbert.)

HALOTIN : Soufflet de cheminée. (Rigaud.) — Diminutif de Halot. — V. Dict.

HANCHER (Se) : Se camper sur la hanche. (Id.)

HANDICAPEUR : « C'est le handicapeur qui est chargé de la difficile tâche d'établir une échelle de poids, à chaque course, du meilleur cheval au plus médiocre. Il se base sur le pedigree (généalogie) et les performances.» (Carnet des courses, 77.)

HANNETON DANS LE PLAFOND (Avoir un) : Avoir une idée fixe dans la tête, avoir la cervelle un peu détraquée. (Boutmy.) — On sait que le hanneton vole à l'étourdie.

HANNETONNÉ : Ayant un hanneton. (Id.)

HANNETONNER : Être distrait. (Delvau.)

HARDI A LA SOUPE : Fainéant. (Id.) — Mot à mot :

n'ayant de courage que pour manger.

HARICANDER : Chamailler. (Id.)

HARNACHÉ : Mal habillé. (Id.)

* HARPE : Prison. — De harpe : grille. — « C'est lorsqu'on est nanti qu'il faut craindre la harpe. » (La Comédie des Proverbes, 1714.) Le mot doit être encore plus vieux, car harpe veut dire grille de fer dans le patois champenois.

HARPIGNER (Se) : Se battre. (Delvau.) — Le vrai mot serait se harpionner. — V. Harpion. (Dict.)

HARPONNER : Arrêter, assaillir, leurrer. (M.)

HASARD ! : Exclamation ironique, pour dire : « Cela arrive bien fréquemment. » On dit plus souvent H. (Boutmy.)

HAUS : Personne marchandant toujours et n'achetant jamais. Argot de magasins de nouveautés. (Delvau.)

HAUSSMANISATION : Démolition générale dans un but d'embellissement. — « Depuis l'haussmanisation de la capitale, les loyers sont hors de prix. » (Alm. des cocottes, 67.)

HAUTEUR (Être à la) : S'y connaître. (M.)

HAUTOCHER : Monter. Argot de voleur. (Delvau.) — Mot à mot : aller haut, se hausser.

HERBE A LA VACHE : Trèfle de cartes. (Zola.) — Jeu de mots.

HERBE SAINTE : Absinthe. (Delvau.) — Jeu de mots.

* HIGH-LIFE : Mot à mot :

haute vie, — est l'équivalent de nos expressions *haute société, grand monde, bonne compagnie;* c'est-à-dire que nous avons au moins trois manières d'exprimer en bon français ce que, communément, nous nous efforçons de dire en mauvais anglais. (C. Améro.)

HIRONDELLE : Commis voyageur, ouvrier tailleur de passage à Paris. (Delvau.)

HIRONDELLE D'HIVER : Marchand de marrons, ramoneur. (*Id.*) — L'hiver les ramène.

HIRONDELLE DE GRÈVE : Gendarme. (*Id.*) — On exécutait jadis sur la place de Grève.

HIRONDELLE DE PONT : Vagabond couchant sous les arches de pont. (*Id.*)

HISSER : Appeler en sifflant. (Rigaud.)

HISTOIRES : Menstrues. (*Id.*) — Équivalent d'*époques* (*époques historiques*. Allusion de périodicité), car on dit *avoir ses époques* pour *avoir ses règles.*

HOMARD : Soldat de la ligne (Delvau.); — spahis. (Rigaud.) Allusion au pantalon du premier et au burnous du second.

HORLOGER : Mont-de-piété. (Delvau.) — Allusion au prétexte de ceux qui ont engagé leur montre et qui disent : « elle est chez l'horloger. »

HOSTO : Prison. (*Id.*) — Forme du vieux mot *hostel :* demeure, maison. — Dans la Flandre française, on dit toujours *os tiau* pour *prison.* — « J' vois un biset qui s'absente... Il file à l'hosto vivement. « (*Le Petit tambour de la Garde nationale,* ch. 1842.)

HOTTERIAU : Chiffonnier. (*Id.*) — Nom de la hotte donné au porteur. —V. *Hoteriot.* (Dict.)

HUGREMENT : Beaucoup. (Michel.)

HUILE : Vin. (M.)

HUILE BLONDE : Bière. (*Id.*)

HUISSIER : Concierge. — Il garde l'huis. — V. l'*Introduction.*

HURE : Figure. (M.) — Animalisme.

I

ILLÉGITIME : Maîtresse de mari, amant de femme mariée. — V. *Légitime.*

IMBIBER (S') : Boire. (Delvau.) — *Être imbibé* se dit surtout pour *être ivre.* — « Ils étaient imbibés comme des éponges. » (*La Correctionnelle,* p. 238.)

IMPAIR : Insuccès. — On dit *faire un impair,* pour *échouer.*

— *Il n'y a pas d'impair* : il n'y a pas de danger. (M.)

IMPER : impériale d'omnibus. — Abréviation. — « Elle grimpe sur l'imper et si la brise indiscrète vient à découvrir la naissance de sa jambe... » (*Le Frondeur,* 2 mai 80.)

IMPRESSIONISME : École de peinture ultra-réaliste. (Rigaud.)

IMPRESSIONISTE : Peintre ultra-réaliste. (*Id.*)

INDEX (Travailler à l') : Travailler à prix réduit. On se met ainsi à l'index des compagnons. (Delvau.)

INDIGENT : Voyageur d'impériale d'omnibus. Argot des cochers. (Rigaud.) — Allusion à la modicité du prix. — Les voyageurs se vengent en appelant les cochers *Collignon.*

INFANTERIE (Dans l') : Enceinte. (Rigaud.) — Mot à mot : en situation d'infanter (enfanter).

INFÉRIEUR (Cela m'est) : Cela m'est égal. (*Id.*) — Mot à mot : cela est au-dessous de moi.

INFIRME (C'est un) : C'est un homme sans valeur. (*Id.*)

INSECTE : Volaille, oiseau. (*Id.*) — Diminutif inventé par les gros mangeurs.

INSÉPARABLE (Un) : Cigare à sept centimes et demi, appelé ainsi parce que dans les débits il ne peut s'acheter que par deux. La fabrication de ces cigares remonte à 1872 et l'administration centrale des tabacs a adopté, dans ses rapports officiels, cette appellation populaire.

INSINUANT : Apothicaire.

INSINUANTE : Seringue.
— Le second terme explique le premier.

* INTÉRESSANTE (Situation) : Mot transposé dans le Dict. V. après *in petto.*

INVALIDÉ : Député dont l'élection n'a pas été confirmée. — « L'invalidation, je ne connais que ça ! Invalidons nos confrères qui nous gênent. » (*Tam-Tam*, 76.)

ISMV : « Mot de ralliement des Grecs de tripot. I, désigne le cœur; S, le trèfle; M, le pique; V ou Y, le carreau. Un Grec veut-il donner à son compère la couleur dominante du jeu de l'adversaire, il suit une phrase commençant par une des quatre lettres du mot. Ainsi par exemple, s'il lui faut annoncer du cœur, il dit : *Il fait bien chaud;* — du trèfle : *Sapristi! qu'il fait chaud.* » (R. Houdin.) — Comme on voit, *ismv* n'est pas un mot, mais un assemblage de lettres.

ISOLAGE : Abandon. (Delvau.)

ITALIQUES (Avoir les jambes) : Être bancal. — Allusion à l'inclinaison du caractère dit italique. (Boutmy.)

J

JABLO (Le grand) : « C'est le soleil, et l'étymologie la bougie Jabloschkoff, la première lumière électrique bien connue du peuple. » (Grison, 81.)

JACQUE : Pièce d'un sou (Delvau.)

JACQUELINE : Sabre. (Michel.)

JACTAGE : Bavardage, ou

simplement conversation. (M.)

JACTEUR : Causeur, orateur. (M.)

JAFFE : Soufflet. (*Id.*)

JAFFLE : Soupe. (*Id.*)

JAMBE EN L'AIR : Potence. (*Id.*) — Allusion à ses jambages.

JAMBES DE COQ : Jambes maigres. — *Jambes de coton :* jambes molles. (Delvau.)

JAMBON : Cuisse. (*Id.*)

JAMBON (Faire un) : Casser son fusil. (D. Lacroix.) Allusion à la crosse brune qui, séparée du canon, a des airs de jambonneau.

JAMBONNEAU (Sans chapelure au) : Chauve. (Rigaud.) — Allusion à l'aspect rosé de certaines têtes chauves.

JAPPER : Crier. (Delvau.) — Animalisme.

JAQUE : Niais. (Palat.) — Doit être un vieux mot datant de l'époque où le paysan était appelé Jacques Bonhomme.

JARDIN (Faire du) : Se moquer. — « Je crois que tu ne pourras pas faire de jardin sur cette petite lettre, car il n'y a pas de mauvais boniments. » — V. l'*Introd.*

JARDINAGE : Moquerie. (M.)

JARDINEUR : Moqueur. (M.)

JASPINAGE : Bavardage. (M.)

JASPINAGE : Conversation. (M.)

JAUNIER : Débitant d'eau-de-vie. (Delvau.) — V. *Jaune.* (Dict.)

JEANJEAN : Niais. — « La blanchisseuse était allée retrouver son ancien époux aussitôt que ce jeanjean de Coupeau avait ronflé. » (Zola.)

JÉDOT : La pluie. Argot de l'École polytechnique. Ce mot doit son origine à un M. Jédot, ancien professeur de Lavis :

Non, jamais d' la vie,
J' n'avais vu pareil *jédot*,
Et comme j'étais sans parapluie,
Il m'eut plus plu qu'il plût plus tôt.

JÉROMISTE : Partisan du prince Napoléon, fils de Jérôme Bonaparte. — « La feuille jéromiste voit la décomposition faire des progrès dans le parti monarchique. » — (*Paix,* 1 oct. 79.)

JÉSUS (Petit), JÉSUS A QUATRE SOUS : Enfant nouveau-né. Les quatre sous font allusion au prix des poupards à tête rose qu'on donne aux enfants. « Ils veulent donc le faire crever ce chérubin... En voilà un de Jésus à quatre sous qui ne fera pas de vieux os. » (Hennique.)

JETER DE LA POMMADE : Amadouer. (M.) — La pommade assouplit.

JETEUR DE POMMADE : Aimable. (M.)

JETÉ : Soûl. — Mot à mot : qui s'est jeté du liquide dans l'estomac. (Rigaud.)

JETER DE LA GRILLE : Requérir au nom de la loi. — Mot à mot : jeter une grille de prison sur l'accusé. (*Id.*)

JEU (Vieux) : Vieux système, méthode surannée. (*Id.*)

JEU DE DOMINOS : Denture. (*Id.*)

JONCHERIE : Duperie. (*Id.*) — Mot à mot : *dorure.* — V. *Joncher.* (Dict.) Le mensonge est souvent doré.

JONCS (Être sur les) : Être en prison. (Delvau.) — Mot à mot : sur la paille.

J'ORDONNÉ (Faire le Mosieu ou Madame) : Se donner des allures de commandement. (*Id.*)

JOSÉPHINE (Faire sa) : Affecter un air de chasteté. (*Id.*) — On a voulu donner un féminin à Joseph. (Dict.)

JOUAILLON, JOUASSON : Joueur peu hardi, mauvais joueur. (*Id.*)

JOUER (Se la) : Décamper. (M.) — Abréviation de *jouer la fille de l'air*. —V. *Air*. (Dict.)

JOUER DU FIFRE : Se priver de nourriture. (D. Lacroix.) — Mot à mot : *siffler au lieu de manger*.

JOUER DU VIOLON : Scier ses fers. (*Id.*) — Allusion au mouvement de la lime.

JOYEUX : Soldat d'infanterie légère d'Afrique. (Palat.)

JUBILE : Peau économisée par l'ouvrier gantier (de Paris) sur celles qu'on lui a confiées pour tailler une douzaine de paires de gants. « Ils affirment que les peaux offertes à la vente sont le produit légitime de leur gain, ce que dans le langage de la ganterie on appelle *la jubile*. » (*Petit Journal*, mars 1878.)

JUMELLES : Fesses. — On dit aussi *les deux sœurs*. (Delvau.)

JUS : Vin. (*Id.*) — Abréviation de jus de la treille.

JUS (Avoir du) : Avoir du chic, de l'élégance. (*Id.*) — Comparaison de l'être vivant au fruit.

JUS DE RÉGLISSE : Nègre. (*Id.*) — Allusion à sa couleur.

JUTEUX, JUTEUSE : Qui a du chic. — V. *Jus*.

K

KIF-KIF (C'est) : C'est équivalent. Importation algérienne. (Boutmy.) — Voyez *Quif-Quif* pour l'exemple.

KILO : Litre de vin. (M.) — C'est son poids.

KILO : Faux chignon. — *Poser un kilo* : faire ses besoins. (Rigaud.) — Double allusion de lourdeur.

KNICKERBOCKER : Bas. — « Il faut la voir l'été en Knickerbocker violet laissant voir une jambe modelée. » (C. des Perrières, 72.)

KOLBAC : Grand verre de vin, quart de litre. (D. Lacroix.) — Mot à mot : verre grand comme le bonnet à poils dit Kolbac.

KRACH : Déconfiture financière générale. — D'après la chronique de l'*Illustration* du 30 octobre 81, le *Krach* serait une importation viennoise. Il signifie en effet en allemand *bruit violent*, *craquement*, et caractérisa en Autriche la déconfiture générale qui suivit naguère un mouvement financier exagéré. — V. *Crac*.

L

LABADENS (Vieux) : Ancien camarade de pension. — Depuis le vaudeville amusant de Labiche (*l'Affaire de la rue de Lourcine*) qui a mis ce terme à la mode, il a pris avec le procès Bazaine une valeur historique. Quand Regnier voulut en effet être mis en la présence du maréchal, il se fit annoncer ainsi : « Dites que c'est un vieux Labadens. »

LAC (Être dans le) : Être pendu. (M.) — Être dans une situation embarrassée. (Palat.) — *Lac* conserve ici le sens de *corde*, et de *piège*.

LACETS : Menottes. — V. *Marchand de lacets*. (Dict.)

LACHER : Se séparer d'un amant ou d'une maîtresse. — « Milie veut te lâcher. » (Monselet, *Le Musée secret de Paris*.)

LACHER (Se) : Laisser échapper un pet. (Delvau.)

LACHER LA SCÈNE : Mal jouer. — « Seule, mademoiselle A. a lâché la scène. Il est impossible de se montrer plus veule, plus molle, c'était navrant. » (Stoullig, *National*, 19 septembre 81.)

* LACHER LES ÉCLUSES : Pleurer. — « Nous avons donc fait un héritage que tu lâches les écluses! Chouette! » (Hennique.)

* LACHEUR : Ce mot a passé dans la langue politique depuis un discours de M. Estancelin, imprimé dans le *Mémorial Eudois* (juillet 1878). Voici le passage : « Nos pères, dans leur langage d'une franchise brutale, auraient pu les appeler des lâches, nous, moins sévères dans l'expression, nous les appelons *des lâcheurs!* »

LACORBINE : Mot de passe et de ralliement entre antiphysiques. — Le 23 avril 1880, le *Petit Journal* rend compte d'une tentative d'assassinat commise par un pédéraste sur un Anglais auquel il avait présenté une lettre signée Lacorbine. — L'origine du mot doit être cherchée sans doute dans le nom d'un nommé Corbin. On sait que les féminisations sont de mode dans la contrérie.

LAIGRE : Foire. (Rigaud.) — Pour *lègre*. (Dict.)

LAINE (Avoir de la) : Avoir de l'ouvrage. Argot de voleurs. (Delvau.)

LAISSER PISSER LE MÉRINOS : Attendre l'occasion. (*Id.*) — On disait auparavant : *laisser pisser le mouton*.

LANCE : Balai. (*Id.*)

LANCIER : Balayeur. (*Id.*) — Allusion à la longueur du manche du balai.

* LANDERNAU : « Il y aura du scandale dans Landernau. » (A. Duval, *Les Héritiers*, comédie.) — C'est la vogue de cette pièce qui a fait vers 1810 la fortune de l'expression.

LANDIÈRE : Boutique de foire. (*Id.*) — Souvenir de la fameuse foire du Landit.

LANGUE VERTE : Argot. — Mot à la mode depuis la publication du dictionnaire de Delvau, qui l'avait détourné de son sens ordinaire. L'expression *langue verte* ne s'applique vraiment qu'aux mots crus (ce qui est *cru* est *vert*), et non à l'argot ni aux néologismes. Le premier essai de Delvau en ce genre, fut un *Dictionnaire érotique moderne, par un professeur de langue verte. Freetown, Imprimerie de la bibliomaniac society, 1864.* En réalité, le volume fut publié à Bruxelles par l'éditeur Poulet-Malassis, chez lequel l'auteur avait trouvé un asile. Par exception, M. Fr. Michel donne à *langue verte* le sens restreint de *argot de joueurs.*

LANGUINER : Pleuvoir. (A. Pierre.) — Pour *lansquiner.*

* LANSQUINER : Mouiller. (M.)

LANTERNE : Ventre. (M.) — Nom du genre de *fanal.* — V. ce mot. (Dict.) — *Avoir la lanterne, se taper sur la lanterne* : avoir faim. (M.) — Allusion de transparence et par conséquent de vide.

LAPIN (Coller ou poser un) : Ne pas payer une femme qui a vendu ses faveurs. (Palat.) — On ne dit plus même *poser un lapin.* — « Une jeune actrice à laquelle le critique donne des leçons dit avec inquiétude : j'ai peur qu'il n'y ait du lapin là-dedans. » (*Gil Blas,* décembre 81.) — Une charge de Grévin fait répondre par une fille furieuse à sa camériste qui annonce la visite d'un galant sans argent : « Dites-lui que je n'aime pas le lapin. »

Pour comprendre le mot, il faut se reporter aux jeux de tourniquets des foires où le marchand cherche à faire tourner son aiguille, en exposant comme lot principal un lapin qu'on ne gagne jamais. On a fini par comparer cet appeau trompeur au don généreux que l'indélicat ne se fait pas faute de promettre à la femme sollicitée.

LARD (Rendre son) : Vomir. (M.)

* LARD (Se faire du) : Engraisser. (M.)

LARGUEPÉ : Prostituée. Argot de voleur. (Rigaud.) — Adjonction de finale.

LARNAC : Agent de police. (M.) — C'est le mot *arnac* auquel l'article a fini par être joint.

LARQUE : Femme en cartes. (A. Pierre.) — Pour *largue.* (Dict.)

LARTIFFE : Savonné. (*Id.*) — Il y a évidemment ici faute d'impression, A. Pierre aura voulu dire *Lartif savonné : pain blanc.* — On n'aura composé que les deux premiers mots.

LAVEMENT : Personnage canulant. — « Quel lavement quand il est paf! murmura Gervaise. » (Zola.)

LAVER (Se) : Se confesser, avouer tout. (M.) — Mot à mot : se laver de ses péchés, devenir sans tache.

LAVER LES PIEDS (Se) : Aller à Cayenne. (Rigaud.) — Allusion à la traversée.

LAVER LE TUYAU (Se) : Boire. — V. *Tuyau.*

LAVETTE : Langue. (Del_

vau.) — Elle essuie les lèvres de ceux qui n'ont pas de serviette.

LAVOIR : Confessionnal. (M.) — On y lave sa conscience.

* LAZAGNE : Mot transposé dans le dict. — V. après *lavement*. (Dict.)

LAZZI-LOFF : Mal vénérien. (Vidocq.)

LÈCHE-CUL : Flatteur. (Delvau.)

LÉCHER : Peindre trop minutieusement. (*Id.*)

* LÉGITIME : Mari. — « Vos épaules étincelantes des pierreries du légitime aimé ou de l'illégitime plus aimé encore. » (*Cancans du boudoir*, 77.)

LESÉE, LÉSÉBOMBE : Fille publique. (Rigaud.)

LESTOME : Estomac. (A. Pierre.) — Lire *l'estom.*

LEUXDÉ DU MÊME PIEU : Jumeaux. (M.) — Mot à mot : deux du même lit. — *Leuxdé* est une déformation.

LEVER : Prendre possession d'une valeur cotée à la Bourse. (Rigaud.)

LEVER LES PETITS CLOUS : Composer. (Boutmy.)

LEVEUR (Bon) : Ouvrier imprimeur composant habilement et vite. (*Id.*)

LEVEUR : Coureur de femmes, voleur à la tire. (Delvau.)

LEVURE : Fuite. (Rigaud.)

LICE : Bas de soie. (Michel.) — Il est lisse.

LICE : Société chantante populaire. — *Lice* est ici synonyme de *champ de tournoi*.

LICHADE : Embrassade. (Delvau.)

* LICHER veut dire non seulement *aimer à boire*, mais *aimer toutes sortes de friandises*.

* LICHETTE : Très petite portion. — « Et dire que je n'avais pris qu'une lichette de café depuis le matin. » (*La Correctionnelle*, p. 122.)

LICHEUSE : Femme aimant à licher. — « Madame Lorilleux la traita de licheuse. Ça se mettait quatre morceaux de sucre dans son café. » (Zola.)

LIGNANTE : Vie. (Rigaud.)

* LIGNE (Avoir la) : Avoir un beau profil. Argot de sculpteur. Mot employé par Dumas fils dans les *Idées de madame Aubray*.

LIGNE D'ARGENT (Pêcher à la) : Acheter du poisson pour faire croire qu'on en a pêché. (Rigaud.) — Ironie.

LIGOTTE DE RIFLE, RIFLARDE : Camisole de force. — Mot à mot : lien brûlant. (*Id.*)

LIMACE : Prostituée de dernier ordre. (*Id.*) — Animalisme.

LIME SOURDE : Sournois. (Michel.)

LIMONADE (Tomber ou être dans la) : Être en déconfiture. — « Ils vous mangeront comme vous les avez mangés. Vous serez dans la limonade. » (*Figaro*, 16 octobre 79.)

LIMONADE DE LINSPRÉ : Vin de Champagne. (Rigaud.) — Mot à mot : limonade de prince.

LINGE : Femme galante ayant une certaine toilette. — « Les sublimes savants se payent un linge ; les autres se payent un torchon, une éponge. » (*Le Sublime*.)

LINGE LAVÉ (Avoir son) : Être pris. Argot de voleur. (Delvau.)

* LINGRE : Canif. (M.)

LINGUE : Couteau. (M.) — Forme de *Lingre*. — V. ce mot. (Dict.)

* LINGUER : Signifie aussi *couper*. (M.) — Pour *lingrer.*

LIPETTE : Prostituée, maçon. (Rigaud.)

LIQUETTE : Chemise. (*Id.*)

LIRE LE JOURNAL : Jeûner. — Se dit surtout des chevaux qui baissent la tête sur leurs mangeoires vides. (Palat.)

LIRE LE MONITEUR : Patienter. — « Ces messieurs se mangent les poings d'impatience. — Fallait prier ces messieurs de lire le *Moniteur!* » (*La Correctionnelle*, p. 280.)

LITRÉE : Litre de vin. (M.)

LIVRE : Cent francs. *Terme de grec.* — « Ils venaient de charrier un pante, l'avaient mis dans le bal et il avait dansé d'une livre. » (Cavaillé.)

LIVRE DES QUATRE ROIS : Jeu de cartes. (Delvau.) — Jeu de mots sur la Bible et les rois des quatre couleurs.

LOCHER : Chanceler. (*Id.*)

LOFFARD, LOFFE : Même sens que *Loffiat*. — V. Dict.

LOU (Faire un) : Manquer une pièce. — *Lou* est ici pour *loup* (sottise). — « Comment, c'est vous, Auguste, qui faites un lou aussi grossier. » (*Le Sublime.*) — D'une affaire mal conçue, on dit : « il y a un loup. »

LOUAVE : Soûl. Argot de boucher. (Rigaud.)

* LOUCHER (Faire) : Donner envie. (*Id.*) — C'est à proprement parler, faire regarder de très près. — « Ces gaillards chantaient des choses qui faisaient joliment loucher la sœur de ma femme, vu que celle-ci est demoiselle. » (*La Correctionnelle*, p. 280.)

LOUF-LOUF (Mon gros) : Surnom amical. C'est le mot *fou* déformé. — « Il fit circuler la lettre de son ancienne maîtresse; elle commençait par ces mots : Mon gros Louf-Louf! » (Murger, *Scènes de la vie de Bohême*, ch. 19.)

LOUFFE : Vesse. (Palat.) — Cette onomatopée est provinciale. En breton on dit *louf*; en provençal, *loufia.*

LOUFFER : Vesser. (*Id.*)

LOUFFIAT : Crapuleux. (*Id.*)

LOUIS XV : Prostituée. (M.) — Maîtresse. (Grison.) — V. *Larnac.* — « Ma Louis XV a fait vitrine : ma maîtresse s'est parée. » (Grison, 81.)

LOUPEL : Pouilleux. (Michel.) — Interversion.

* LOUPEUR : Flâneur. — « Tu es un fameux loupeur, on ne te trouve jamais chez toi. » (G. Sand, *Corresp. m. s.* 66.)

LOUPIAU : Jeune. — Pour *pouillau.* L'enfant a des poux.

LOURDEAU : Diable. (A. Pierre.) — Le répertoire d'Halbert dit *Lousteau*. Lequel croire? On pourrait lire ainsi le premier : *l'ourdeau*, c'est-à-dire *l'ord* : le sale, le répugnant. — Vieux mot.

LOUSSE : Gendarmerie départementale, gendarme. (Rigaud.) — Pour *pousse.*

LOUSTAUD (Envoyer à) : Envoyer promener. (A. Pierre.) — C'est-à-dire envoyer au diable. — V. *Loustaud*. (Dict.)

LOUTER : Faire erreur. (*Le Sublime*.) — Mot à mot : faire un loup. On devrait dire *louper*, mais ce verbe voulant dire déjà *flâner*, on a fui l'amphibologie.

LOUVETIER : Homme endetté. (Boutmy.) V. *Loup*. (Dict.)

LUCQUE : Faux passeport. (Rigaud.) — Pour *Luque*. V. le Dict.

LUIRE : Cerveau. (M.)

LUISANT : Soulier verni. — « Il a tout lâché : les luisants, le tuyau de poêle. » (*Le Sublime*.)

LUISARDE : Jour. (*Id.*)

LUNCHER : Faire un lunch. — « Avant dîner, ils lunchent et avalent un jambon et deux livres de beurre. » (*Vie parisienne*, 78.) V. *Lunch*. (Dict.)

LUNETTE (Passer en) : Tromper, nuire. — *Être passé en lunette :* avoir fait faillite. (Rigaud.) — On disait jadis en ce sens *faire un trou à la lune*.

* LURON (Avaler le) : Communier. — « Ça avale le luron tous les matins, et le soir, ça fait des noces de bâtons de chaises. » (Huysmans, 79.)

LUSIGNANTE : Amante. (Rigaud.)

LUSTUCRU : Niais. (Delvau.) — Ce nom déjà ancien semble faire allusion à une interrogation niaisement ébahie (*l'eusses-tu cru?*)

LYNCHER : Appliquer la loi de Lynch, c'est-à-dire ne pas attendre l'arrêt de la justice pour mettre à mort un meurtrier pris sur le fait. — Américanisme. — « La foule s'est ameutée contre le meurtrier; elle a voulu le lyncher. » (*National*, 8 juin 80.)

M

MABILIEN, MABILLARD : Habitué du bal Mabile. (Rigaud.)

MABOUL, MABOULE: Folle, (M.) — *Boule* (tête) entre probablement dans la formation du mot. — « Suis-je assez maboul! Est-ce qu'on fait sauter la grenouille à mon âge pour une garce! » (Maizeroy, 80.)

MACABÉE : Cadavre de noyé, souteneur. (*Id.*) — Pour le premier sens, voyez *Machabée*. (Dict.) Dans le second sens, il ne s'agit évidemment que d'un dérivé de *Mac*. (Dict.)

MACABRE : Mort. (Boutmy.)

— C'est le vieux mot pris substantivement.

MACADAM (Faire le) : Accoster les hommes. (M.) — Voyez *Trottoir* (faire le). (Dict.) Terme éclos sous le second empire où on commença à macadamiser la voie publique.

* MACAIRE : V. le Dict. — « C'est un macaire, je ne dis pas non, mais enfin il a toujours le mot pour rire. » (Huysmans, 79.)

MACARON : Huissier. (Delvau.)

* MACARON (Dict.) : Au lieu

de *Macaron* : *dénonciation*, lisez *Macaron* : *dénonciateur*.

MACARONAGE : Dénonciation. (Rigaud.)

MACARONNER (Se) : Se sauver, filer. Allusion au macaroni qui file à sa manière. (*Id.*)

MACÉDOINE : Combustible. Argot des chemins de fer. (*Id.*) — Allusion aux briquettes d'agglomérés faites un peu de tout.

MACHABER : Décéder. (M.) — V. *Machabée.* (Dict.)

MAÇON : Pain de quatre livres. (*Id.*) — Les maçons du Limousin vont toujours prendre leurs repas en apportant leur pain.

MACROTAGE : Maquerelage.

MACROTER : Maquereler.

MACROTER UNE AFFAIRE : Servir d'intermédiaire dans une affaire louche.

MACROTIN : Apprenti souteneur. (Rigaud.)

MADELEINE (Faire suer la) : Tricher péniblement. Argot de grec. (*Id.*)

MAGASIN DE BLANC : Maison de prostitution. Même allusion que dans Mangeur de blanc. — « Désirant une maîtresse, il allait se galvauder dans les magasins de blanc du quartier Montrouge. » (Huysmans, 79.)

MAGNES (Faire des) : Faire le beau. (M.) — Abréviation de *faire des manières.*

MAGNÉE : Même sens que *Ponifle.* (Halbert.)

MAGNEUSE : Synonyme de *Magnusse.* (Michel.) —V. le Dict.

MAIGRE (Du) : Silence ! —

Formule impérative pouvant se traduire par *il n'y a pas gras pour toi.* — « Oh! du maigre! va t'asseoir sur le bouchon! Tu me gênes! » (Huysmans, 79.)

MAILLOCHER : Surveiller une prostituée. Argot de souteneur. (Rigaud.)

* MAINS COURANTES : Souliers. (D. Lacroix.)

MALHEUR (Ah!) : Formule indifféremment admirative ou lugubre, mais le plus souvent gouailleuse. Elle est fort employée à Paris, bien qu'elle soit d'origine campagnarde. « C'est une exclamation d'étonnement sans idée d'exciter la compassion, écrit le comte Jaubert dans son *Glossaire du Centre.* On dit : *Ah! malheureux! que de bestiaux dans ce pré!* Nous avons entendu un Berrichon, venu pour la première fois à Paris, s'écrier à chaque objet qui excitait son admiration : *Ah! malheureux* ¹*! c'est-il beau!* » Concurremment avec *Ah! malheur!* ou *malheur!* Le peuple parisien a dit de même : *Oh! là! là!*

MALLE (Faire sa) : Être à l'agonie. (M.) — C'est-à-dire : faire ses préparatifs de voyage pour l'autre monde.

MALDINE : Collège. (Michel.) — On y dîne mal.

MALSUCRÉ : Faux témoin. (Rigaud.)

MALTÈS : Écu. (*Id.*) — Pour *Maltaise.* (Dict.)

---

1. C'est-à-dire : « Combien je m'estime malheureux (pauvre) devant une telle magnificence! » L'admiration se manifeste ici dans un humble retour sur soi-même.

MANCHEUR : Saltimbanque exerçant sur la voie publique, sans .autre ressource que celle de faire *la manche* (quête.)

MANDARIN (Tuer le) : Commettre une mauvaise action par la pensée et avec la certitude de l'impunité. L'image date du xviiie siècle. (Delvau.)

MANDAT IMPÉRATIF : Engagement pris par un député de voter en toute occasion comme le lui prescrivent ses électeurs. — Expression souvent et ironiquement employée dans la polémique des journaux conservateurs.

MANDOLE : Soufflet. (Delvau.)

MANDOLET : Pistolet. (Rigaud.) — On doit remarquer le double sens de ces deux mots qui paraissent n'en faire qu'un (*mandole-mandolet*), car *mandolet* a un pendant exact dans *soufflant* et *bayafe* (Dict.), qui signifient chacun *souffleur* et *pistolet*.

* MANESTRINGUE : L'origine germanique que j'ai présumée se confirme par ce passage de Rabelais : « Verse tout, verse de par le diable ! Verse de ça tout plein, la langue me pelle, *lans tringue.* » Ces deux derniers mots, comme l'établit Le Duchat, sont l'abréviation d'une formule employée alors par les soldats qui demandaient à boire en disant : *landsmann, ʒu trinken !* (Pays, à boire !) Notre armée aura francisé l'expression, en réunissant les mots et le *lands* est resté en route, selon notre coutume d'abréger les mots en coupant leur tête.

MANGEOIRE : Restaurant. (Delvau.) — Animalisme.

MANGER A TOUS LES RA- TELIERS : Accepter de tous côtés. (Rigaud.) — Se prend au figuré pour *être subventionné par des partis contraires*, recevoir des deux mains.

MANGER DES PISSENLITS PAR LA RACINE : Être inhumé. (M.) — On a dit d'abord *manger de la salade.* (Palat.), *manger l'herbe*, ce qui est plus près de la réalité. — V. *Manger l'herbe.*

MANGER DU LAPIN : Aller à l'enterrement. (Boutmy.) — Même genre d'allusion que dans *manger du fromage.* (Dict.)

MANGER DU LARD : Dénoncer. (Rigaud.) Variante de *manger le morceau.* (Dict.)

MANGER DU SUCRE : Être applaudi. — V. *Sucre.* (Dict.)

MANGER LA BOUILLIE AVEC UN SABRE : Avoir une grande bouche. (Rigaud.) — Mot à mot : avoir une bouche aussi large que si on l'avait taillée d'un coup de sabre.

MANGER LE BON DIEU : Communier. — Allusion au symbole de l'hostie. Ne se dit pas toujours en mauvaise part. — « Et c'est du propre d'aller manger le bon Dieu en guignant les hommes. » (Zola.)

MANGER LE GIBIER : Ne pas faire payer un client, cacher ses profits au souteneur. Argot de prostitution. (Delvau.) — Terme de chasse. Le chien qui mange le gibier ne *rapporte* pas.

MANGER LE MOT D'ORDRE, MANGER LA CONSIGNE : Oublier le mot d'ordre, la consigne. — Mot à mot : ne plus les avoir dans la bouche, ne plus pouvoir les répéter. (D. Lacroix.)

MANGER LE NEZ (Se): Se battre avec acharnement. (Delvau.) — V. *Mangeur.*

MANGER LE PAIN HARDI : Être domestique. (*Id.*)

MANGER LE POULET : Partager en déjeunant un bénéfice illicite. Argot des entrepreneurs et architectes. (Michel.)

MANGER LES SENS (Se) : S'impatienter. (*Id.*) — M. Rigaud écrit *sangs,* ce qui vaut mieux pour faire comprendre le mot. L'impatience fait affluer le sang à la tête qui en mange alors, au figuré.

MANGER L'HERBE PAR LA RACINE : Être enterré. — Cette facétie n'a pas besoin d'explication. — « Bien d'autres encore étaient en train de manger l'herbe par la racine. » (Hennique.)

MANGER SUR. Voyez Manger sur l'orgue.

> Le quart d'œil lui jabotte :
> Mange sur tes nonneurs !
> Lui tire une carotte,
> Lui montant la couleur.
> L'on vient, l'on me ligotte.
> Adieu ma cambriotte,
> Mon beau pieu, mes dardants !
> Je monte à la cigogne,
> On me gerbe à la grotte,
> Au tap, et pour douze ans.
> (Chanson argotique, *Audience,*
> 6 sept. 57.)

* MANGER SUR L'ORGUE : Dénoncer. Mot à mot *manger sur l'homme.* La musique n'y est pour rien. — V. *Orgue.* On dit plus souvent *manger sur.*

* MANGEUR DE BLANC (Dict.) : le terme est long et cependant ce n'est qu'un abrégé.

On disait d'abord *mangeur de blanc à la cuiller.* Cette forme primitive en révèle plus long que nous ne pourrions le faire sur l'allusion contenue dans les six mots. — Allusion qui va droit aux moyens d'existence du souteneur de filles.

MANGEUR DE NEZ : On donna d'abord ce nom aux tapageurs de barrières, à la suite de quelques rixes où les visages avaient été cruellement mutilés. Maintenant, on appelle ainsi les polémistes féroces. — Voyez *emballement, manger le nez.*

MANICLE (trère de la) : Filou. (Michel.) — Pour *manique.*

MANIQUE : Pratique du métier. — Terme de compagnonnage. — « Il parle manique du matin au soir. » (*Le Sublime.*) — La manique fut d'abord une pièce de cuir destinée à protéger la main ou le poignet de certains ouvriers. Ainsi, en terme de compagnonnage, les cordonniers en vieux s'appelaient-ils *compagnons de la petite manique.*

MANNEQUIN DE MACHABÉE : Corbillard (Rigaud), c'est-à-dire : panier de morts.

MANNEQUIN DE TRIMBALLEUR DE REFROIDIS : Corbillard. (Delvau.) — Mot à mot : panier de croque-morts.

MANNEZINGUEUR : Habitué de cabaret. (Delvau.)

MANNSTRINGUE , MANS-TRINQUE : — Voyez *Manestringue.*

* MANQUE (à la) : A gauche (Colombey); mauvais, laid. (Rigaud.)

MANUSCRIT BELGE : Texte

mprimé dónné à une imprimerie comme réimpression. — Allusion au grand commerce de contrefaçons que faisait jadis la Belgique. (Boutmy.)

MAQUA, MAQUECÉE : Maquerelle. (Michel.) — *Maquecée* est une abréviation de *marque de cé.* — Voyez ce mot. (Dict.) *Maqua* date du dernier siècle.

MAQUILLÉ : Confectionné. (M.)

* MAQUILLER : Farder. — On a cité comme ancienne forme de ce mot un passage de la chanson d'Antioche (xiiiᵉ s.) : « barbe sanglente et vis masquilliés. » — Mais *masquillié* signifie *coupé, tailladé* et non *rouge*. On a cherché encore la racine de *maquiller* dans le latin *maculare :* barbouiller. Mais il ne faut pas oublier que *maculare* a toujours fait *maculer* et non *maquiller.* Mieux vaut donc se résigner à considérer *maquiller* comme une acception du vieux mot *Maquilloner (faire, tripoter, maquignonner).* — De *maquilloner* à *maquiller*, la distance est trop courte et le sens offre trop d'analogie pour qu'on aille chercher plus loin. A titre de renseignements, rappelons que le dialecte bas-limousin a le verbe *maquilhar* (brouiller) et le substantif *maquilhage* (tripotage).

* MAQUILLEUR, MAQUILLEUSE : Confectionneur, confectionneuse. (M.)

* MAQUILLEUR : Tricheur. (Rigaud.) — Voyez *Maquillage* et *Maquille.* (Dict.)

MARAILLE : Monde. Argot de voleur. (*Id.*)

MARAUDER : Prendre des voyageurs en dehors du règlement. Argot de cochers de fiacre (Delvau). — Pour éviter les stations de contrôle, ils roulent à vide, cherchent des voyageurs dans la rue, comme le maraudeur cherche des fruits aux arbres.

MARAUDEUR : Cocher qui maraude. (Rigaud.)

MARBRE : Grand comptoir d'atelier d'imprimerie, sur lequel on trouve rangées des parties composées de livre ou de journal, en attendant la mise en page. De là les expressions *avoir sur le marbre :* avoir en réserve ; *être sur le marbre :* être prêt à passer. (Boutmy.) — Allusion au marbre qui a dû d'abord recouvrir le comptoir en question.

MARCHAND D'EAU CHAUDE : Limonadier. (Rigaud.)

MARCHAND D'EAU DE JAVELLE : Marchand de vin. (*Id.*) — Allusion à la mauvaise eau-de-vie ; elle brûle comme l'eau de javelle.

MARCHAND DE CERISES : Voyez *Cerisier.* (Dict.)

MARCHAND DE CERISES : Ouvrier travaillant hors de Paris. (Rigaud.)

MARCHAND DE MORT SUBITE : Charlatan nomade. — Allusion aux débitants de mort aux rats. — « Il fait galerie devant les marchands de mort subite. » (*Le Sublime.*) — D'après l'*Assommoir*, ce nom serait donné par le peuple aux médecins.

MARCHAND DE MORT SUBITE : Maître d'armes. — Il vend le moyen de tuer d'un seul coup. « D'abord, moi je suis avec mon marchand de mort subite. » (De Goncourt.)

MARCHAND DE SOMMEIL : Logeur à la nuit. — On lui paye le droit de dormir. — V. *Becquetance*. — « Il vous amène son marchand de sommeil. » (*Le Sublime*, 72.)

MARCHE (je) : J'approuve, je suis de ton avis. (Boutmy.) — Mot à mot : je marche avec toi.

MARCHE DE FLANC : Repos sur le lit. Jargon de soldat. (Palat.) — Jeu de mots sur la manœuvre dite *marche de flanc* et sur la position du dormeur qui repose sur un côté, présente le flanc au lit.

MARCHE DE FLANC : Maraude. Argot d'Afrique. (Rigaud.) — Pour marauder, on se détache de la colonne, ce qui est marcher sur ses flancs.

MARCHEF : Maréchal-des-logis chef. Abréviation. (*Id.*)

MARCHER AU PAS : Être discipliné comme un soldat. (*Id.*)

MARCHER DANS LES SOULIERS D'UN MORT : Avoir hérité. (Delvau.)

MARCHER [SUR LA CHRÉTIENTÉ : Marcher pieds nus. (*Id.*) — Mot à mot : sur une chair de chrétien.

MARÉE : Dégoût. (M.) Allusion à l'odeur écœurante de la marée.

MARER : être blasé. (M.) De *marée*.¡

MARGOULETTE : Visage. (*Id.*) — Voyez *Margoulette*. (Dict.) Comme dans *gueule*, la partie prise pour le tout.

* MARGOULIN : Mauvais ouvrier. — « Il n'y a que des margoulins, et puis on ne gagne pas sa vie. » (*Le Sublime*, 72.)

MARI MALHEUREUX : — V. *Malheureux*. (Dict.)

MARIAGE D'AFRIQUE : union illégitime. (Palat.) — Allusion à leur fréquence de ce côté.

MARIAGE EN DÉTREMPE : Concubinage. (Rigaud.) — On dit plutôt *à la détrempe*. Ce qui est peint à la détrempe n'est pas solide. — « Elle n'était pas mariée avec Gradivaux... ça n'était qu'un mariage à la détrempe. » (*La Correctionnelle*, p. 372.)

MARIOLE : Malin. — « Je suis le plus flambant des marioles pour les farces et les cabrioles. » (*Le Roi des marioles*, ch. 183..) V. *Mariol*. (Dict.)

MARIONNETTE : Soldat. (Michel.) — Allusion à la régularité de ses mouvements.

MARLOUPIN : souteneur. — Dérivé de *marlou*. « Quand on paye en monnaie de singe, nous autres marloupins. » (Richepin, 77.)

MARLOUSIER. — V. *Marlou*. (Dict.)

* MARMITE : Femme secourant son mari en prison. (A. Pierre.)

MARMITON DE DOMANGE : Vidangeur. (Delvau.) — Domange était le nom d'un entrepreneur de vidanges.

MARMOTTE : Boîte de commis placier. (Rigaud.) — Allusion aux boîtes à marmottes montrées par les petits savoyards.

MARNER, FAIRE LA MARNE : Exercer la prostitution sur une berge de rivière. — Malgré la similitude des mots, je ne crois pas que la rivière de Marne soit ici pour rien. *Marner* et *Marneuse* ont signifié d'abord

6

voler et *voleuse*. V. le Dict. — Delvau donne aussi *marner* en ce sens, comme usité au marché du Temple.

MARNEUSE : Prostituée. — V. ci-dessus.

* MARQUE : On doit remarquer que *larque* et *marque* signifient tous deux *femme de voleur*. On dit aussi *marquise*, qui est un dérivé de *marque* et non une allusion aux manières de la femme. Pour hasarder une étymologie, il faudrait connaître le mot le plus ancien. Si *marque* a précédé *larque*, ce dernier est une forme altérée, et *vice versa*. Jusqu'à preuve du contraire, je crois *marque* préférable à *larque*, car ce mot a plus de dérivés (*marque de cé, marque franche, marquise*), et surtout il a son pendant dans *marquant* (souteneur).

MARQUÉ : De figure creusée par l'âge. — « Oh! est-il heureux d'être bel homme ! Néanmoins, il vieillit, il est marqué. » (Balzac, *la cousine Bette*, ch. 12.)

MARQUÉ : Marqué par la petite vérole.

MARQUE-MAL : Margeur, ou plutôt receveur de feuilles à la machine. (Boutmy.) — Ironie.

MARQUÉ A LA FESSE : Maniaque, ennuyeux. (Delvau.)

MARQUER (Ne plus) : Vieillir. (*Id.*) — Un vieillard ne marque plus, c'est-à-dire ne compte plus les années.

MARQUER A LA FOURCHETTE : — Voyez *Fourchette*.

MARQUER BIEN : Faire bel et bon effet. (Rigaud.)

MARQUER LE COUP : Trinquer. (Delvau.) — Allusion au choc des verres.

MARQUÉS (Douze) : Un an, c'est-à-dire, douze mois. — V. *Marqué, Marquet*. (Dict.)

MARQUIS D'ARGENTCOURT, DE LA BOURSE PLATE : Vaniteux et misérable. (Delvau.)

MARQUISE. — V. ci-dessus *Marque*.

MARRON : Brochure clandestine. (Delvau.) — Mot à mot : imprimée en contravention. — V. *Marron*. (Dict.)

MARRON : Procès-verbal des chefs de ronde. (*Id.*) — Ce mot vient de l'armée où il désignait non un procès-verbal, mais un marron jeté d'abord dans une boîte de poste par le chef de ronde pour y constater son passage.

MARRON SCULPTÉ : Tête grotesque, comme celles qu'on s'amuse à sculpter dans la pulpe des marrons. — « Quand tu donnes ce que tu appelles une soirée à tes marrons sculptés d'amis. » (Durandeau, 78.)

MARSOUIN : Homme laid. (Delvau.) — Contrebandier. (Rigaud.) — Soldat d'infanterie de marine. (Palat.) — On dit aussi *vieux marsouin* pour *vieux matelot*, par allusion au poisson.

MARTYR : Caporal. (Delvau.) — Le caporal de semaine fait le plus dur métier du régiment.

MASCOTTE : Fétiche de joueur. (Rigaud.)

MASSACRE : Gâcheur, gaspilleur. (Delvau.)

MASSAGE : Grosse besogne.

(M.) — « Je ne travaille pas par totocades, ce qu'on appelle des coups de massage, pour tirer une loupe après. » (*Le Sublime*, 72.)

MASSE : Travail. (M.)

MASSÉ : Coup de queue donné perpendiculairement à une bille de billard. (Delvau.)

* MASSER : Travailler. Mot à mot : donner des coups de masse, faire de gros efforts. — « Il y a trop à masser pour y arriver. » (M.)

MASSEUR : Ouvrier. (M.) — « Un masseur est un ouvrier laborieux. » (*Le Sublime*.)

* MASTIC : Discours confus, affaire embrouillée, désordre. — *Faire un mastic* : s'embrouiller en voulant s'expliquer. (Boutmy.) — V. *Vadrouillard*.

MASTIC : Dans les imprimerie on appelle *mastic* tout désordre de mise en pages. (*Id.*)

MASTIC : Homme. Argot de voleur. (Rigaud.)

MASTIQUER : Manger. Verbe régulier, car nous usons du substantif *mastication*. — « Si on ne parlait guère, on mastiquait ferme. » (Zola.)

MASTOQUE : Gros sou. — Allusion de lourdeur. — « Tiens la mère! voilà des mastoques! » (C. Lemonnier, *Un mâle*, 1881.)

MASTIQUER : Mastiquer, c'est masquer les avaries d'une chaussure, sans la rapiécer. (Rigaud.)

MASTIQUEUR : Le mastiqueur est à la cordonnerie ce que le *pommadeur* est à l'ébénisterie. — V. ce mot (Dict.).

MATA : Faiseur d'embarras. Abrév. de *matador*. (Rigaud.) —

On sait que le *matador* est le toréador chargé de donner le coup de grâce (*matar*) à l'animal.

MATERNELLE : Mère. Argot des écoles.

MATH : Mathématiques. (*Id.*)

MAUVIETTE : Décoration. (Delvau.) — Ne doit se dire que d'une décoration accompagnée de plusieurs autres et formant avec elles une brochette. Allusion aux brochettes de mauviettes.

MAYER : Homme qui paye les filles. (*Id.*) De l'all. *meier* : fermier.

MÉCANIQUE : Chose quelconque. — « Envoyez-moi donc votre petite *mécanique*, disait Roqueplan à Bayard. La petite mécanique eut cent représentations. A la quatre-vingt-dix-neuvième, Bayard n'avait pas digéré le mot. » (De Courcy, *Figaro*, 15 août 1850.)

MÈCHE (Demander) : Offrir ses services dans une imprimerie. (Boutmy.) — Mot à mot : demander s'il y a mèche d'être employé.

MECQ : Souteneur (M.) — Forme de *macque*. — Voyez *mac*. (Dict.)

MECQUE : Victime. (A. Pierre.)

MÉDECINE : Plaidoyer. (Michel.) — V. *Médecin*. (Dict.)

MÉFIANT : Fantassin. (Palat.) — Facétie sur la nécessité où il est de porter sur lui tout ce qu'il possède.

MÉGO : ramasseur de bouts de cigares. — V. *Mégot*. (Dict.) — « Le mégo est presque un boursier. Il a un marché clandestin place Maubert.» (*La Paix*, 80.)

MÉLASSE, MÉLASSON : *Mé-lasse* est un jeu de mots pour peindre une situation embrouil-lée, emmêlée. *Mélasson* veut dire *englué, gauche.* — « Faut-il que vous soyez mélasson pour vous être ainsi fourré la gueule dans le beurre. » (Huysmans, 79.)

MÊLÉ-CASS : Mélange de cas-sis et d'eau-de-vie. — « Voyons! un mêlé-cass, cela vous va-t-il? » (Durandeau, 78.)

MÉNAGE (Petit) : Union illé-gitime.

MÉNAGE A TROIS : Bonne intelligence du mari, de la femme et de l'amant. — « Les gens fi-nissaient par trouver ce ménage à trois naturel. » (Zola.)

MENDIANT : Fourneau. (M.) — Il demande toujours bois ou charbon.

MENDIGOTER : Mendier.(M.) — V. *Mendigo.* (Dict.)

MENER PISSER : Forcer à un duel. Jargon de troupiers. (Delvau.) — Allusion au jet de sang qui peut en résulter.

* MENESSE : Femme quel-conque.

Les méness's aboulent par douzaines
R'nifler leur petit fad' d'eau d'af.
            (Lyonel, ch. 184..)

MENOUILLE : Monnaie. — C'est une déformation du mot *menée.* (Dict.) — « Quand on dé-balle la menouille de la paie sur la table, elle calcule. » (*Le Su-blime*, 72.)

MENUISIÈRE : Redingote d'ouvrier endimanché. (Rigaud.)

MERCANTI : Vivandier pil-lard suivant les armées. (D. La-

croix.) — Mot levantin passé dans l'argot militaire.

MÈRE ABBESSE : Directrice d'une maison de tolérance. (Del-vau.)

MÈRE DE PETITE FILLE : Bouteille de vin (M.).V. *Petite.*

MÈRE D'OCCASION : Fausse mère, entremetteuse. (*Id.*)

MERINGUE (En) : En décom-position. — Allusion à la fragi-lité de la pâtisserie meringuée. — « Un vieil homme qui avait tant bu qu'il avait l'estomac en meringue. » (Huysmans, 79.)

* MERRIFLAUTÉ : Mot mal imprimé sans doute. Pour *Mouf-flauté.*

MESSE (Être à la) : Être en retard. — « Nous nous sommes mouillés et nous avons été à la messe de cinq minutes. » (*Le Su-blime.*) — Ironie anti-religieuse.

MESSIÈRE (Franc) : Escroc du grand monde. — V. *Enflaquer* et *franc-bourgeois.* En se repor-tant au dictionnaire, on verra aussi que *mezière*, qui a voulu dire d'abord *dupe, acheteur* s'est écrit ensuite *messière* et a pris le sens de *victime. Franc* qui est ici pour *affranchi* (perverti) suf-fit pour lui donner le sens con-traire.

METTRE DANS SA POCHE ET SON MOUCHOIR DESSUS : Être contraint de supporter un affront. (Palat.) — On abrège en disant *mettre en poche.*

METTRE BIEN (Se) : Ne se priver de rien. (Rigaud.)

METTRE DANS LE MILLE : Avoir grand succès. — Allusion au plus heureux coup du jeu po-pulaire du tonneau qui consiste à obtenir le numéro 1000 en lançant son palet dans le crapaud. — « Les mêmes auteurs ne mettent pas deux fois dé suite dans le mille. » (De Banville, 79.)

METTRE EN DEDANS : Forcer une porte. Argot de voleur. (Rigaud.)

METTRE UNE GAMELLE (Se) : Se sauver de prison. (Id.)

MEUBLES (Mettre dans ses) : « J'ai mis, comme on dit, dans ses meubles une petite ouvrière. » (Balzac, la Cousine Bette, ch. 2.)

MEURT DE FAIM : Pain d'un sou. (Michel.)

MICHAUD (Faire un) : Dormir. (Boutmy.)

MICHAUD : Tête. (Michel.)

MICHE : Dentelle. Allusion à la blancheur et aux trous du pain. (Id.)

MICHELET (Faire le), — LE MICHELIN : Palper les femmes dans une foule. (Rigaud.)

* MIDI (Il est) : Cela n'est pas vrai. Défions-nous! (Id.)

* MIE DE PAIN : De peu d'importance, de mince valeur. (Boutmy.)

MIEL : Merde. Argot de bourgeois. (Delvau.)

MIEL (C'est un) : C'est très agréable, et (par ironie) c'est très désagréable. (Rigaud.)

MILLET : Mille francs. (M.) — Jeu de mots. — Un millet, et demi : quinze cents francs. (M.) — Millet, cinq piles, un signe et deux points : 1522 francs. (M.)

* MINCE : Assignat, billet de banque. (Michel.)

* MINCE : Terme ironique semblable à celui de Rien qui se dit pour beaucoup. — « Les murs

de la villa pissent un peu l'humidité, mais, une fois dedans, ah! mince de confort. » (A. Millaud.) — V. le Dict. — « J'crains pas de bisbille... comme j'ai mince manqué d'en avoir l'an dernier. (Les bains à 4 sous, ch. 48.)

MINISTRE : Mulet de l'armée d'Afrique. — Jeu de mots. Il est chargé des affaires de l'Etat. (D. Lacroix.)

MINISTRE DE L'INTÉRIEUR : Doigt. (M.)—Allusion obscène.

MINUIT (Enfant de) : Voleur. (Michel.)

MINZINGO : Marchand de vin. — Diminutif de Mannezingue. — « J'ai fini mon après-midi dans la cour du minzingo. » (Le Sublime.) V. Manestringue.

MION DE GONESSE : Petit jeune homme. (Michel.)

MIRECOURT : Violon. M. Michel croit avec raison que c'est le nom de la ville de Mirecourt où se fabriquent beaucoup de violons. De même en argot on dit Lillois pour fil, lingre (Langres) pour couteau, Orléans pour vinaigre.

MIRETTES (Sans) : Aveugle. (Rigaud.) C'est-à-dire sans yeux.

MIRETTES EN CAOUCHE : Télescope. (Id.) — Mot à mot : lunette en caoutchouc. Allusion au déboîtage qui semble étirer les étuis.

MIRETTES EN GLACIS : Lunettes. (Id.) — On dit de même yeux de verre.

MIRLITON : Voix. (Id.)

MIRODÉ : Arrangé. (Id.)

MIRQUIN : Bonnet. (Halbert.)

6.

MISE A PIED : Suspension d'emploi. (Rigaud.)—C'est aussi *suppression* d'emploi.

MISE-BAS : Grève. (Boutmy.) — Mot à mot : mise à bas du travail.

MISE-BAS : Habillements défraîchis donnés par le maître à son valet de chambre. (Delvau.)

MISTI, MISTIGRI : Valet de trèfle. (*Id.*) — Se dit spécialement à un certain jeu de ce nom. Au *rams, prendre le misti* n'est pas prendre le valet de trèfle, mais un jeu abandonné sur la table.

MISTICHE : Demi-heure, demi-setier. (*Id.*)—Abrév. de *demi* avec finale allongée.

MISTOUFE : Misère. (M.)

MISTOUFIER : Chicaner. (M.) — Mot à mot : faire des mistoufles. — V. ce mot. (Dict.)

MISTOUFLE : Misère. (M.) — Changement de finale.

MISTOUFLE : Mystification. — Abréviation avec changement de finale. — « C'est des mistoufles tout ça! Qu'est-ce que vous offrez? » (Huysmans, 79.)

MISTOUFLE : (Être dans la) : Tomber dans le besoin. (M.) — V. p. 243 du Dict.

MITE-AU-LOGIS : Mal d'yeux. — Jeu de mots sur *mite* et *mythologie*. (Rigaud.)

MOCHE : Laid. (*id.*) — Forme de *Mouche*. — V. Dict.

MODISTE : Petit journaliste voué à l'actualité. (Delvau.)

MOELLEUX : Coton. (Michel.)

MOISIR (Ne pas) : Ne pas rester longtemps. (Rigaud.)

MOLÉCULE : Petit enfant.

Argot des écoles. — Allusion scientifique.

MOLLUSQUE : Homme arriéré. (Delvau.) — Inventé par les néologistes fatigués de dire *huître*.

MOME, MOMERESSE : Jeune maîtresse. Argot de voleur. (*Id.*)

* MOME (Taper un) : Commettre un vol.

MOMIGNARDAGE à l'anglaise, — en purée : Fausse couche. (Rigaud.) — V. *Momignard*.

MONDE RENVERSÉ : Guillotine. (Delvau.) — Allusion à la tête qui tombe.

MONFIER : Embrasser. Jargon de voleur. (Rigaud.) — Halbert dit *morfier* qui semble plus vrai; *embrass* serait alors *manger de caresses*.

MON LINGE EST LAVÉ : Je suis vaincu. (Halbert.)

MONSEIGNEUR : Ce qui confirme notre étymologie (V. le Dict.), est l'ancien mot de *clé le Roi* donné à la cognée qui servait à enfoncer les portes qu'on refusait d'ouvrir à la justice.

MONSTRE : Livret d'opéra. — Canevas de livre. (Rigaud.) — « Il avait mis au monde une de ces difformités que les faiseurs de libretti appellent avec raison des *monstres*, et qu'ils improvisent assez facilement pour servir de canevas à l'inspiration du compositeur. » (Murger, *Scènes de la vie de Bohême* ch. I.)

MONT (Petit) : Commissionnaire au Mont-de-piété. (Delvau.) — Le *petit mont bourgeois* cité page 245 est l'entreprise d'un simple prêteur.

MONTAGE : Abréviation de *Montage de coup.* (Boutmy.) — V. Dict.

MONTAGNARD : Partisan des doctrines de la Montagne. (Voyez ce mot.) — « Aux braves montagnards et aux jacobins. » (Hébert, 1793.)

En 1848, on donna ce nom au corps provisoire qui remplaça d'abord la garde municipale. Allusion au képi rouge, à la longue cravate rouge et à l'écharpe rouge qui composaient son uniforme avec une blouse bleue. Chenu publia un pamphlet contre les montagnards de Caussidière. C'était le nom qui était donné aussi à cette garde, à cause du nouveau préfet.

MONTAGNARD : Beignet, cheval de renfort. (Delvau.) — Ce dernier est destiné à gravir les côtes. L'autre avait ce nom parce qu'un pâtissier ingénieux lui avait donné une teinte rouge. Allusion politique.

MONTAGNE : Parti républicain avancé. — Allusion à la place qu'il occupait sur les gradins les plus élévés de l'ancienne Convention nationale.

MONTER : Préparer une pièce nouvelle. C'est aussi un animalisme introduit par l'argot de sport qui progresse en France. — « A l'Opéra, M. Halanzier vient de monter *Jeanne d'Arc...* Pas de commentaires, n'est-ce pas ? » (*Le Tintamarre*, 76.)

MONTER UN SCHTOSSE : Mentir. (Rigaud.) — C'est littéralement *monter un coup*, car *stoss* veut dire en allemand *coup de fleuret*. Germanisme.

MONTER A L'ARBRE : Attendre ce qui ne vient pas. —

« Les gens qui *montent à l'arbre*, c'est-à-dire les naïfs, les crédules à qui on fait croire que la colonne Vendôme a été élevée par les Romains et que l'obélisque compte retourner bientôt en Égypte. — L'existence des *monteurs à l'arbre* est une digestion perpétuelle du poisson d'avril. » (A. Scholl, *Échos de Paris*, *Figaro*, 6 juin 1856.) — Allusion à l'ours du Jardin des Plantes, qu'on fait souvent monter à son arbre en lui promettant une friandise qu'on ne donne pas.

MONTER A L'ÉCHELLE : Se mettre en colère. (M.) — Allusion du même genre que *s'emporter comme une soupe au lait*; elle indique la rapidité dans l'ascension.

MONTER A L'ÉCHELLE : Se mettre en évidence et faire des frais pour une chose qui ne les vaut pas. (Palat.) — Allusion autre que la précédente.

MONTER LA COULEUR : Abuser. — V. *Manger sur.* — *Couleur* est ici pour *prétexte mensonger.*

MONTRETOUT (Aller à) : Aller à la visite. Argot de fille soumise. (M.) — Jeu de mots sur le nom de lieu et sur l'examen exigé.

MONTREUIL : Pêche. — Nom du village de la Seine où la culture des pêches est si parfaite qu'on l'appelle *Montreuil aux pêches.*

MONUMENT : Chapeau de haute forme. (Rigaud).

MONZU : Mamelle. (Michel.)

MOQUE (Je t'en) : — « Quand on a de la fortune, jeune homme, on la fait valoir. — *Je t'en mo_* *que*, c'est le contraire! C'est elle qui vous fait valoir. » (Sardou, *la Famille Benoiton*, I, 12.)

MORACE : Inquiétude. Forme de *Morasse*. (Dict.) — V. *Cambriotte*.

MORBAQUE : Enfant désagréable. (Delvau.) — Même étymologie que pour *Morbec*.

MORBEC : Vermine. (Rigaud.) — C'est *morpion*, avec changement de finale.

MORCEAU DE PATE FERME : Écrit lourd. (*Id.*) — Allusion à l'aspect présenté par le texte qui n'a ni alinéas ni phrases courtes.

MORFIER, MORFILER : Manger. — Doivent être de vieux mots, à en juger par cet exemple de Rabelais : « Là! Là! c'est morfiaillé cela. *O lacryma Christi*, c'est vin pineau. »

MORESQUE : Danger. (Michel.) — Forme de *Morasse*. — V. Dict.

MORICAUD : Charbon. (*Id.*) — Allusion de noirceur.

MORLINGUE : Porte-monnaie. (M.) Pour *Morningue*.

MORNE : Manuscrit à imprimer. Argot d'ancienne librairie. (Michel.)

MORNIFFE : Soufflet. (M.) — Forme de *Mornifle*.

MORNIFFER : Gifler. (M.) — De *Mornifle*.

* MORNIFLE : Soufflet. — Vieux mot. — « Alors, il m'a allongé ce qu'on appelle une *mornifle* supérieure. » (*La Correctionnelle*, p. 36.)

MORNINGUE : Monnaie. (Rigaud.) — C'est *Mornifle* (Dict.). avec changement de finale.

MORVIAU : Nez, morve (Delvau), petit morveux. (Rigaud.)

MOU ENFLÉ : Grossesse. (*Id.*)

MOUCHARD : Portrait peint. (Delvau.)

MOUCHARD A BECS : Réverbère. (Michel.) — V. *Moucharde*. (Dict.)

MOUCHE : Espion de police. — En 1455, les gueux ou coquillards de Dijon disaient déjà *mouschier à la marine*, pour dénoncer à la justice. On connaît l'indiscrétion des mouches; elles se fourrent partout. — Dans une brochure de circonstance qui parut en 1625 (*le Marchand arrivé sur les affaires du temps*,) on enjoint aux cabaretiers de frauder les droits de perception en ayant du vin chez leur voisin et n'allant en chercher que la nuit « pour n'estre pas veuz des mouches de ce païs icy qui valent pire que des guespes d'Orléans. »

MOUCHE (la) : L'administration de la police. (Rigaud.)

MOUCHIQUE A LA SECTION : Mal noté dans son quartier. (Michel.) — Le mot de *section* semble être ici contemporain de notre première révolution. En ce cas, *mouchique* serait *mouchardé* avec changement de finale. Plus tard, par extension, il aurait signifié : laid, mauvais. — Voyez *Mouchique* et *Mouche*. (Dict.)

MOUCHOIR : Pistolet. (Michel.) — On le cache dans la poche comme un mouchoir et on s'en sert pour moucher... les autres, c'est-à-dire pour les tuer.

MOUCHOIR A BŒUFS : Pré.

— Les bœufs ont toujours le nez dans l'herbe.

MOUCHOIR D'ADAM : Les doigts des gens qui n'ont pas autre chose pour se moucher. (Delvau.) — Allusion biblique.

MOUDRE UN AIR : Jouer de l'orgue. (Rigaud.) — Allusion à la rotation de la manivelle.

MOUFFLAUTÉ : Chaudement habillé. (A. Pierre.) — Semble la forme primitive de *Merriflauté* qui ne s'explique pas, tandis que *moufflauté* peut venir de *mouffle* : gant fourré, gant chaud.

MOUFFLET : Enfant. (Delvau.) Mot à mot *moufflé* : tenu au chaud, emmaillotté. — Voir ci-dessus.

MOUFLET : Petit muffle. V. *Muffle.* (Dict.) Même animalisme.

Si près d'elle un mouflet propage
Ses faveurs.....
D'un coup d'tampon j'couvre son visage.
(*Le Roi des marioles*, ch. 183..)

MOUILLER (Se) : Se griser un peu. Même ordre d'images que dans *s'humecter.* Comparaison de l'ivrogne à une éponge. — « Si les autres sont là, on se mouille un peu. » (*Le Sublime*, 72.)

[pouille !
Un autre ivrogne vient m' chanter
J' lui dis : Vas donc t' baigner, soulard !
C'est-i-toi qui pai' quand j'me mouille ?
A bas le gueulard !
(Lyonel, ch. 44.)

MOUISE : Soupe. (Michel.)

MOULE A BOUTONS : Louis d'or. (Delvau.) — Allusion au rond de métal qui est le corps du bouton.

MOULE A CLAQUES : Figure insolente. (*Id.*)

MOULE A PASTILLES :

Grêlé. — Allusion aux plaques à cavités où se moulaient jadis les pastilles. — « Ce qui l'a surpris, c'est de voir le moule à pastilles commander des dix litres. » (*Le Sublime*, 72.)

MOULE DE PIPE A GAMBIER : Tête grotesque. (Rigaud.) — Gambier était le nom d'un fabricant de pipes à têtes grotesques.

MOULIN A CAFÉ : Mitrailleuse. — « Nos soldats les appellent moulin à café à cause du mouvement circulaire qui détermine leur décharge. » (*Moniteur*, 70.)

MOULIN A VENT : Derrière. (Delvau.) — Jeu de mots.

MOULINAGE : Bavardage. (Michel.) Comparaison du bavardage au tic-tac du moulin.

MOULOIR : Dents. (*Id.*) — Elles procèdent à la mouture des aliments.

MOULOIR : Batelier. — C'est évidemment une faute d'impression du dictionnaire d'argot qui a le premier mis au jour ce mot. Il faut lire *râtelier* (mâchoire).

MOULURE : Excrément. (Rigaud.) — La médecine se sert presque du même mot pour distinguer les excréments provenant d'une digestion régulière.

MOUMOUTTE : Expression amicale. C'est l'équivalent de *chatte.* V. *Chat.* (Dict.) — « Va donc, mon petit Agénor ; c'est ton Augusta, ta mou-moutte, ton épouse chérie, qui t'en conjure. » (*La Correctionnelle*, p. 356.)

MOUNNIN : Petit garçon. (Delvau.)

MOUNNINE : Petite fille. (Rigaud.) — Ces deux mots sont

une forme de notre vieux mot *Menin* qui se dit encore dans le Centre.

MOUSCAILLE : Excrément. (Michel.) — C'est *Mousse* (Dict.), avec adjonction de la finale *caille*, qui exprime toujours une idée de projection.

MOUSCAILLOUX : Fantassin. (Rigaud.) — M. Fr. Michel écrit *Mouscouilloux*. Il doit y avoir à l'origine quelque faute d'impression dans le texte primitif suivi par les lexicographes. Si *Mouscailloux* n'a pas été mis par erreur pour *poussecailloux*, il veut dire *merdeux* (de *mouscaille*).

MOUSQUETAIRE GRIS : Pou. (Delvau.) — Allusion de couleur.

MOUSSU : Riche, puissant. (Michel.) — C'est *Monsieur*, en gascon.

MOUSTACHU : Ayant de fortes moustaches. — « Un jeune compositeur dont la physionomie moustachue rappelle celle d'un chat ébouriffée. » (A. Second.)

MOUT : Beau. (Rigaud.) — Semble être une abréviation de *Moussu*.

MOUTARDE : Excrément. (Delvau.)

MOUTARDIER : Derrière. — L'allusion se devine. — « Eh en face ! je n'ai pas besoin de renifler ton moutardier. » (Zola.)

MOUTARDIER DU PAPE : Vaniteux. (Delvau.)

MOUTON : Matelas. — Allusion à la laine du matelas. (*Id*.)

MOUTON : Dénonciateur. — « En prison, le mouton est un mouchard dont l'habileté consiste à se faire prendre pour ami. » (Balzac.) — « On a appelé aussi mouton l'obscur délateur qui va épier les discours des citoyens. » (C. Gillé, 1825.) — Allusion à la fausse candeur de ces compères. — V. *Coqueur*.

MOUTONNAILLE : Foule. (Delvau.) — Les moutons font toujours troupe.

MOUTONNER : Dénoncer. (Rigaud.)

MOYEN-AGISTE : Admirateur du moyen-âge. — « Aussi devint-elle moyen-âgiste. » (Balzac.)

MUCHE : Excellent, parfait (Delvau); — jeune homme timide. (Rigaud.)

MUFLETON : Jeune imbécile (Delvau). Voyez *Muffeton*. (Dict.) — Apprenti maçon. (Rigaud.) V. *Mufle*. (Dict.)

MULET : Compositeur aide-metteur en pages. (Boutmy.) — Allusion à la descente des formes qu'il est chargé de faire aux machines. C'est un gros poids.

MULET : Diable. (Michel.)

MURER : Assommer, massacrer. (M.) — *Se murer* : se battre. (M.)

MUSÉE DES CLAQUÉS : Morgue. (Rigaud.) — C'est-à-dire musée des morts.

MUSELÉ : Imbécile, incapable. — Celui qui est muselé ne mord pas, et *ne pas mordre* veut dire *être sans talent*. — « Va donc, rapointi de ferraille, triple muselé. » (*Le Sublime*.)

* MUSICIEN : Dictionnaire. (Rigaud.)

* MUSIQUE : Doléances, mise

au jeu, lot d'objets de bric à brac (Rigaud); — petit pain (Michel); — assemblage de petites pièces de drap; résidu de verre, culot d'auge (Delvau); — marge d'épreuve surchargée de corrections. (Boutmy.)

MUSIQUE : Ruse. — « Comme j' vas pour lui mettre le grapin dessus, ce petit gueux-là se roule dedans le ruisseau... il était dégoûtant, quoi ! On n'aurait pas su par où le prendre. Je me dis : c'est une musique, je connais c'te corde. » (*La Correctionnelle*, p. 82.)

MUSIQUER : Marquer une carte d'un petit coup d'ongle. (Rigaud.) — Mot du Midi. V. *Maquillage*. (Dict.)

MYSTOUFLE. V. *Mistoufle.*

N

NAGEANT : Poisson. (Rigaud.)

NAGEOIRES : Bras et mains de souteneur. (*Id.*)

NARQUOIS : Gueux militaires de l'ancienne cour des miracles. (Michel.)

NASE (Friser son) : Faire son nez, être mécontent. Du mot allemand *nase : nez.*

[nase
J'en r'mouch' qui frisent pas mal leur
A caus' des propos incongrus
Qu' mon chiffon qui n'aim' pas la gare
Leur lâche en mots un peu trop crus.
(Loynel, ch. 184.)

NASI : Mal vénérien. (M.) — Altération de *lazzi.*

NATURALISME : Méthode des romanciers naturalistes. — « Notre République va avoir son expression littéraire. Cette expression, selon moi, sera forcément le naturalisme, j'entends la méthode expérimentale et analytique. » (Zola, 79.)

NATURALISTE : Contenant des études prises sur nature, ne faisant que des études sur nature. — « Aux frères d'armes Ceard et Huysmans, j'offre ce roman naturaliste. » (Hennique, 78.) — « Les romanciers naturalistes ont fait des pas de géant. *Fromont et le Nabab* d'Alphonse Daudet ont eu chacun quarante éditions. » (Zola.)

NATURE (bœuf) : Bouilli sans légumes. — On dit de même pour *veau, rôti, rosbif*, etc. Abréviation de *au naturel*, sans assaisonnement.

NATURE (Être) : Être vrai d'expression. (Delvau.)

NATURE (Faire) : Peindre avec vérité. (*Id.*)

NAVARIN : Navet. Ragoût de mouton. (*Id.*)

* NAVETS (Des) : Voici un exemple curieux de l'ancienneté de ce mot. « Combien en ay-je veu qui devoyent faire merveilles? Ouy dea, des naveaulx! ils en ont belles lettres. » (Bon. des Periers. *Cymbalum mundi*, 1537.)

* NÈFLES (Des) : Le *Courrier de Vaugelas* (mars 1878) fait remarquer à ce sujet que, de tout

temps, on a vulgairement confirmé une dénégation par l'offre dérisoire d'une chose de peu de valeur. La fève, la noix, l'ail ont eu leur moment de vogue. On en est resté aux navets, aux prunes et aux nèfles, en sous-entendant *je te paierai des navets* ou *des nèfles* quand cela sera.

NEG AU PETIT CROCH : Chiffonnier. Mot à mot : négociant au petit crochet. (Rigaud.)

NÉGOCIANT : Entreteneur. (Halbert.)

* NÉGRESSE : « Le tas de négresses mortes grandissait. Un cimetière de bouteilles. » (Zola.)

NÉGRO : Nègre. (M.)

NEZ : Mine désappointée. Abréviation de *nez long*. — « Plus de parts de gâteaux ! Il fallait voir le nez de Boche. » (Zola.)

NEZ DANS LE BLEU (Mettre son) : S'enivrer. — « Pour noyer son chagrin il a été obligé de mettre son nez dans le bleu. » (*Le Sublime*.) — *Bleu* est ici *vin*.

NEZ DUR (avoir le) : Être gris. — Allusion ironique à la facilité avec laquelle l'ivrogne tombe la tête en avant.

Puisque t'as si souvent le nez dur,
T'as bien fait de prendr' ton claque.
    (*Le Divorce du Savetier*, ch. 183...)

* NIB (Propre à) : Propre à rien, vaurien. (M.)

* NICHON. (V. Dict.) « Nana ne fourrait plus de boules de papier dans son corsage. Des nichons lui étaient venus. » (Zola.)

* NIÈRE, NIERT : Individu. (Colombey.) — De là les expressions *mon nière :* moi, (c'est-à-dire *mon propre individu*), et

mon nière bobèchon (ma tête à moi).

NIÈRE : Maladroit. (Rigaud.) — Semble être *niais* avec changement de finale.

NIF : Non, négation. (M.)

NIFER : Cesser. (M.)

NION : Coups. — V. *Gnon.*

* NIORT (Ne pas aller à) : Dire la vérité, avouer à la justice. (M.)

NIVEAU (ne pas trouver son) : Être ivre. — La perte du niveau entraîne la chute.

* NIORT (Dire à) : Nier. V. p. 14 de l'Introd.

NOBLER : Connaître. (M.) — Abrév. de *Connobler*. — V. ce mot. (Dict.)

NOBRER : Reconnaître. (Rigaud.) — Abrév. de *Connobrer.*

NOCES DE BATONS DE CHAISE (faire des) : Faire des ripailles à tout casser. — « Ça avale le luron et ça fait des noces de bâtons de chaises. » (Huysmans, 79.)

NOCHER : Sonner. (Halbert.) — (Faute d'impression.) Pour *clocher :* résonner à la cloche.

NOCTAMBULE : Parisien faisant de la nuit le jour, courant jusqu'au matin les boulevards, les cafés et les cabarets. (Rigaud.)

NOCTAMBULER, NOCTAMBULISME : Faire le noctambule, conduite de noctambule. (*Id.*)

NŒUD (mon) : Injure intraduisible proférée à propos de tout. Voyez *Fausse couche.* Dans l'exemple, « nœud » est détourné de son vrai sens qui est obscène.

NOIR : Plomb. (Rigaud.) — Il noircit les mains.

NONNANT, NONNANTE : Ami, amie. (Michel.) — Mot à mot : qui fait nonne. — Voyez le Dict.

* NONNE : Compère. (*Id.*) — Abrév. de *nonneur*.

NOTAIRE : Comptoir de marchand de vin (Delvau); — marchand de vin. (Rigaud.) — Devant lui se passent les actes des buveurs.

NOUVELLE : Nouvelle-Calédonie. — « Comme je suis en récidive, à bientôt le voyage pour la Nouvelle, j'aime autant cela. » (*Petit Journal*, avril 79.)

NOUVELLE CALÉDONIE : Nouveau cimetière de Saint-Ouen. (*Id.*) — Allusion à la longueur du voyage.

NOUVELLES COUCHES : Prolétariat appelé au pouvoir par le suffrage universel. —

Abréviation de *nouvelles couches sociales*, expression relevée dans un discours semi-officiel et devenue ironiquement proverbiale dans les journaux anti-démocratiques.

NOYADE : Baignade. (M.)

NOYAU : Nouveau venu à l'armée, à l'atelier ou à la prison. (Delvau.) — C'est par le noyau que le fruit commence.

NUMÉRO : Fille publique. (Rigaud.) — Mot à mot : Fille de gros numéro. — V. le Dict.

NUMÉRO : Valeur. — « Un homme patenté doit z'être ajouté foi plutôt que par un mufle de ton numéro. » (*La Correctionnelle*, p. 42.)

NYMPHE DE GUINÉE : Négresse; — *potagère* : cuisinière (Delvau); — *verte* : absinthe. (Rigaud.)

O

* OCCASE (d') : Se dit de tout ce qui n'est pas vrai comme de tout ce qui n'est pas neuf. Un objet d'occasion est inférieur de qualité.

OCHE : Oreille. (Colombey.)

ŒIL : Cent sous. (M.)

ŒIL (à l') : Après avoir signifié *à crédit*, cette expression s'est étendue. On dit *à l'œil* pour *gratis*. Voyez *Passe*.

ŒIL D'OCCASE : Lorgnon. (M.) — V. *Occase* (d').

ŒIL DE BŒUF : Pièce de cinq francs. (*Id.*) — Allusion de rondeur.

ŒIL QUI DIT MERDE A L'AUTRE : Œil qui louche. (Rigaud.) — Les deux yeux du louche semblent vouloir se provoquer.

ŒUFS SUR LE PLAT (elle a deux) : Elle a la poitrine peu développée. (M.)

OFFICIER : Garçon d'office. (*Id.*)

OFFICIER DE TANGO, — DE TOPO : Tricheur. (Delvau.) — Jeu de mot sur *topo* : carte géographique.

OIGNON BRULÉ : Anus, fesse. (M.)

OIGNONS (chaîne d') : Dix de jeu de cartes. (Rigaud.) — Allusion aux chapelets d'oignons.

OIGNONS (peler des) : Gronder. (Id.) — Peler des oignons fait pleurer.

OISEAU : Auge de maçon. (Id.) — Elle se perche sur l'épaule.

OISEAU (faire l') : Jouer l'ignorance. (Michel.)

OISEAU DE CAGE : Prisonnier. (Id.)

OLIVIER DE SAVETIER : Navet. (Id.) — M. Rigaud donne avec plus de vraisemblance olive de savetier. Facétie du genre de celle qui a fait appeler une oie alouette de savetier. La suite en est interminable.

OLIVES D'EAU (changer les): Uriner. (Delvau.) — M. Rigaud donne changer l'eau des olives. — Allusion testiculaire, mais non scientifique.

OMBRE (être à l') : Être en prison. Le soleil n'y donne pas. « Nous avons été détenus vingt-six sous-officiers en prison pour avoir fait une réclamation ;... douze jours à l'ombre. » (Journal du sergent Fricasse, 1796.)

OMBRE (mettre à l') : Tuer. — « Encore un à mettre à l'ombre. » (Balzac, Père Goriot.)

OMNIBUS : Verre contenant un demi-setier, résidu des liquides répandus sur le comptoir du marchand de vin ; garçon de café supplémentaire. (Delvau.)

OMNIBUS A PÈGRES : Voiture cellulaire. (M.)

OMNIBUS (attendre l') : Attendre qu'on verse à boire. (Rigaud.)

OMNIBUSARD : Faux misérable exploitant la pitié publique dans les omnibus. (Id.)

OMNICROCHE : Omnibus. (Id.) — Allusion aux accidents entre voitures.

ON PAVE : Exclamation signifiant qu'on n'ose passer dans la rue d'un créancier. (Boutmy.) — Allusion aux rues dépavées qu'on évite d'ordinaire.

ONCLE DU PRÊT : Mont-de-piété. — Variante de tante. (Rigaud.)

ORANGER DE SAVETIER : Basilic (Id.); réséda. (Delvau.)

ORANGES : Seins. (M.) — Allusion de forme.

ORANGES SUR L'ÉTAGÈRE : Belle gorge. (Rigaud.)

ORDINAIRES : Menstrues. (Delvau.) — Allusion de périodicité.

ORDRE MORAL : Nom donné au parti conservateur à la suite d'un discours politique (1874 à 1878). Il est employé exclusivement et ironiquement par les journaux démocratiques.

ORGUE : Homme. (Colombey.) — Mon orgue, ton orgue, son orgue, notre orgue : moi, toi, lui, nous. (M.) V. ci-dessous.

ORGUE : Dos. (M.) — Prendre tout sur son orgue : prendre toute la responsabilité. (M.) — Mot à mot : prendre tout sur soi, ou, comme on dit, sur son dos. Les sens d'homme et de dos ne sont pas ici absolument vrais, car orgue n'est autre chose que l'abréviation (Dict.) du vieux mot lorgue, déformation argotique du mot lui. V. Aille et Orgue.

ORPHELIN : Bout de cigare, ou de cigarette. (M.) — Il est abandonné généralement, et recueilli sur la voie publique.

ORPHELINE DE LACENAIRE : « Prostituée du boulevard. Jargon de gens de lettres. » (Rigaud.) — Il en est de ce mot comme de trop d'autres. Il me paraît n'avoir jamais été en usage.

OSANORE : Dent. (Id.) — Allusion aux réclames faites il y a une quarantaine d'années par un dentiste, inventeur des dents dites osanores.

OSEILLE (avoir mangé de l') : Être de mauvaise humeur. (Id.) — Allusion à l'aigreur de l'oseille.

OSSELET : Dent. (Delvau.)

OTAGE : Ecclésiastique. — Allusion aux otages fusillés en 1871. (Rigaud.)

OTOLONDRER : Ennuyer. (Id.)

OUATER : Peindre trop flou. (Delvau.) — Ce qui est ouaté est mou.

* OURS : Oie. Jargon des ouvriers. (Rigaud.) — Si c'était le jargon des archéologues, je dirais que c'est par allusion à la rue aux Ours, qui était jadis la rue aux Oues (oies); mais les ouvriers ne remontent pas si haut.

* OURS : Bavardage ennuyeux, compagnon gêneur. — Poser un ours : Ennuyer par son bavardage. (Boutmy.)

OURS (cages à) : Cartons. — « Une pièce longtemps oubliée dans les cartons poudreux; dans ce dernier cas, on nomme ces cartons : cages à ours. » (Alph. Karr, Guêpes, 43.)

OURSER : Faire la cour à une femme. Ce mot qui a fait fortune dans le quartier latin, ainsi que le substantif Ourserie n'est pas un animalisme comme il en a l'air. Il vient de Lourcès qui signifie cour, galanterie. — Voir à la fin du volume notre répertoire argotique en lem et lès.

OUVRAGE : Partie liquide des excréments d'une fosse d'aisance. (Delvau.)

P

PACCIN : Paquet. (Michel.) — Forme de pacsin. — V. le Dict.

PAFFE : Souiller. (A. Pierre.) — Il faut lire soulier. C'est une abréviation de passif.

PAGE BLANCHE : Innocent. (Boutmy.)

PAGNE : Lit. (M.) Abrév. de Panier. V. ce mot.

PAGNOTER (se) : Se coucher.

(M.) — Mot à mot se fourrer dans le panier. Comparaison du panier au lit.

PAILLARD : Capon. (M.) — Il va se cacher au grenier, dans la paille.

PAILLASSE (manger sa) : Prier au pied de son lit. (Rigaud.) All. à la tête penchée.

PAILLE (prendre une) : Avoir

un commencement d'ivresse. (Palat.)

PAILLON (faire un), Faire des paillons : Faire une ou plusieurs infidélités en amour. (M.) — Doit venir de *paille* (défaut de liaison dans la fusion d'une barre de fer) qui aura été pris au figuré.

PAILLOT : Paillasson. (Delvau.)

PAIN (lâcher un) : Donner un soufflet. (M.) — laisser sur la figure une marque comparée ici à celle d'un pain à cacheter rouge.

PAIN (oublier le goût du) : Mourir. — « Sans moi, cette petite fillette qui fait là ses mines, aurait *oublié le goût du pain.* » (*La Correctionnelle*, p. 90.)

PAIN SUR LA FOURNÉE (prendre un) : Prendre des arrhes (au figuré). — « La Bourguignotte est ma promise : elle a ma réciproque... J'ai déjà pris, comme on dit, un pain sur la journée. » (*La Correctionnelle*, p. 173.)

PAING (passer chez) : Battre, frapper à coups de poing. *Paing* est ici pour *poing*. C'est une personnification comme celle donnée dans *allez chez Faldès.* On dit de même *passer chez briffe* pour *manger.* — Voyez *Briffe.* « Les sal's mich'tons qu'a pas de linge on les passe chez Paing. » (Richepin.)

PAINS (faire des petits) : Amadouer. (M.) V. *Petits pains.*

PAIRE (se faire la) : Se mettre à courir, disparaître. (M.) — Allusion aux deux jambes.

PAIRES (faire des) : Faire des contorsions. (M.) — C'est-à-dire : lever à la fois les deux bras et les deux jambes. — Mot imagé.

PAIX-LA : Huissier-audiencier. (Michel.) Vieux mot. — Montmaur fut un jour persiflé dans une maison. Dès qu'il parut sur le seuil, un des convives se mit à crier : *Guerre! Guerre!* C'était un avocat dont le père avait été huissier. Montmaur n'eut garde de l'oublier en lui répondant : « Combien vous dégénérez, monsieur, car votre père n'a jamais dit à l'audience que : *Paix! Paix!* »

PALETOT : Cercueil. (Delvau.) — C'est le dernier habit.

PALETTE : Guitare. (*Id.*) — Allusion de forme.

PALLAS : Discours emphatique. (Boutmy.) — Pour *parlasse.* — V. *Pallasseur.*

PALLASSER : Faire des phrases. (*Id.*)

PALLASSEUR : Faiseur de phrases. (*Id.*) — Je me suis abstenu précédemment de conjecture étymologique à propos de *pallas.* Je crois cependant qu'il ne faut pas chercher l'origine de ce mot dans la Pallas antique. J'y verrais plus simplement une abréviation de notre mot familier *parlasserie* qui a le même sens et qui correspond au *parladissa* provençal. — Le pallasseur serait donc un *parlasseur* tout simplement.

PALMIPÈDE : Imbécile. — Mot à mot : bête comme une oie.

PALOTTE : Lune. Argot de voleur. (Rigaud.) — Elle est pâle.

PAMEUR : Poisson. — Il se pâme hors de l'eau. — (Delvau.)

PAMURE : Grand soufflet. — Il fait pâmer. (*Id.*)

* PAMPINE : Sœur de charité. Jargon de voleurs. (Rigaud.) — Me semble un dérivé du mot méridional *pampa* : poupée.

PAMPINE : « Les bouchers de la halle ont un mot particulier pour désigner cette viande de qualité inférieure. Ils l'appellent pampine. C'est je ne sais quoi de visqueux, de coriace, de sans saveur et de sans couleur. » (G. Goetschy, 80.) Quand il est employé comme injure, *pampine*, (V. le Dict.) est certainement une acception figurée du mot ci-dessus.

PANACHE (avoir le) : Être gris. (Delvau.) — Variante de *plumet*. V. ce mot.

* PANADE : Femme vilaine, sale. (Michel.) — Du vieux mot *panne* : haillon.

PANADE : Misère. (M.) — C'est-à-dire *état de pane*. — V. ce mot (Dict.).

PANADE : Rôle insignifiant. — « Les directeurs ne m'ont presque jamais forcé à apprendre que des panades. » (Monselet, *le Musée secret de Paris*.)

PANAILLEUX : — Voyez *Panas*. (Dict.)

PANAIS (en) : En chemise. (Delvau.) — Du vieux mot *panne*: lambeau d'étoffe.

PANAMA : Bévue énorme nécessitant un carton ou un nouveau tirage à l'imprimerie. (Boutmy.)

* PANIER : Lit. (Rigaud.) — Allusion de forme.

PANIOTTER : Mettre au lit. (*Id.*)

PANNE : Mauvais tableau. (*Id.*)

PANOTEUR : Braconnier. (*Id.*) — De *panneau* : filet à prendre le gibier.

PANTALON GARANCE (donner dans le) : Aimer les militaires. (*Id.*) — V. *Pantalon rouge* (Dict.).

PANTALZAR : Pantalon. (Delvau.) Changement de finale.

PANTIÈRE : Bouche. — Abréviation de *pannetière* : endroit où on met le pain. (Michel.)

* PANTRE : Payeur. (M.)

PANTRE : Entreteneur de femmes. (M.) — Il est souvent dupé, d'où ce nom. — (V. le Dict.)

PANTRIOT : Payeur. (M.) — Dérivé de *Pantre*.

PANUCHE : Femme de maison de tolérance. (Rigaud.) — Mot à mot : *guenille*. Même dérivé que *Panade*.

PAPE : Imbécile. (*Id.*) — Abréviation de *papa*. On dit *à la papa* pour *bourgeoisement*.

PAPE : Verre de rhum. — Jeu de mots sur *Rome* et *pape*. (*Id.*)

PAPER-HUNT : « Chasse aux papiers. Un cavalier part en avant bon train, en semant des morceaux de papier sur sa route, et sautant les obstacles qu'il rencontre. Les autres cavaliers relèvent les traces et passent par le chemin qu'il a suivi. Ce genre de sport devient à la mode parmi nos officiers de cavalerie. » (*Carnet des courses*, 77.)

PAPIER A DOULEUR : Billet protesté. — « Tous savent ses affaires : le billet en retour, le papier à douleur. » (*Le Sublime.*)

PAPILLON D'AUBERGE : Assiette. (Rigaud.) Allusion de rondeur et de blancheur.

> Bientôt au deffaut de flamberges,
> Volent les papillons d'auberges,

dit un poème burlesque sur les Porcherons cité par M. Fr. Michel. Il est évident qu'il s'agit ici d'assiettes jetées à la tête ; mais je ne pense pas que ce mot ait été employé par d'autres que par un poète en quête de rimes.

PAQUELIN : Flatteur. (A. Pierre.) — Pour *Patelin*.

· PAQUELIN : Ville. (M.).

PAQUELINER : Flatter.(*Id.*)— Pour *pateliner*. De même on dit en argot *Paquelin* pour *flatteur* (patelin).

* PAQUET (Avoir son) : Être ivre. (Delvau.) — Mot à mot : être chargé de boisson.

PAQUETS (Faire des) : Commérer, médire.

PAQUET (Lâcher le) : Tout révéler (Rigaud); abandonner.

PAQUET DE COUENNE : Garde national. (*Id.*) — Ne serait-ce pas plutôt *garde nationale*? En mettant *couennes* au pluriel (V. *Couenne*, p. 120), nous pouvons traduire ainsi : assemblage de maladroits.

PARADE : V. *Défier* (Dict.).

PARADOUZE : Paradis. (Michel.) — Chang. de finale.

PARANGONNER(Se) : Se consolider en s'appuyant. Acception figurée de parangonner : aligner ensemble des caractères d'imprimerie de force différente. (Boutmy.)

PARAPHE : Soufflet. (Delvau.) — Il signe la joue.

PAREIL AU MÊME : Semblable. (*Id.*)

PARER (La) : Secourir. (Rigaud.) — Mot à mot : parer la botte, parer le coup.

PARFAIT AMOUR DE CHIFFONNIER : Eau-de-vie. (Michel.)

PARFONDE : Cave, poche. (*Id.*) — Vieux mot qui veut dire *profonde*.

PARISIEN : Tricherie au jeu de dominos (Rigaud); cheval bon pour l'abattoir. (Delvau.)—Paris tue les chevaux.

PARLOIR DES SINGES : Parloir de prison. (Rigaud.) — Il est grillé comme le palais des singes du Jardin des Plantes.

PARMEZARD : Pauvre. (Michel.) — Pour *Pannezard* : déguenillé.

PARRAIN : Juge assistant le président. (A. Pierre.) — Nous avons déjà vu (Dict.) que le même mot signifie encore *témoin* et *avocat*.

PAS DE BESOIN : Veut dire au contraire *besoin de*. Ironie parisienne.

PASSADE : Secours pécuniaire donné par les ouvriers d'un atelier à ceux qu'on ne peut y embaucher. (Boutmy.)

PASSADE : Plongeon forcé. (Rigaud.) — All. au nageur qui vous fait plonger en passant.

* PASSE (Écornifler à la) : Tuer. (*Id.*) — C'est la passe de la vie à la mort. On dit aussi : *il l'a passée*, pour *il est mort*.

* PASSE : Soulier. — V. *Enflaquer*. — Abrév. de *Passant*. (Dict.)

* PASSE : Permis de passage

gratuit délivré par une compagnie de chemin de fer. — « Tâche de nous avoir des passes pour que nous puissions voyager à l'œil. » (G. Sand, *Cor. m. s.* 67.)

PASSER A LA FABRICATION : Être volé. (Rigaud.) — Voyez *Fabriquer*. C'est une variante de *faire*.

PASSER A LA LUNETTE : Être guillotiné. — Allusion à la lunette de la guillotine. — « Si je ne passe pas à la lunette, j'en aurai pour la vie. » (*Audience*, 6 sept. 57.)

PASSER CHEZ BRIFFE : — V. *Briffe*.

PASSER CHEZ PAING : — V. *Paing*.

* PASSER LA JAMBE A THOMAS : « La jambe est sans doute ici le bâton passé par les hommes de corvée dans les anses du Thomas ou goguenot. » (D. Lacroix.)

PASSEUR : Homme payé pour passer des examens sous d'autres noms. (Delvau.)

PASSIONNÉ : Coureur de filles, homme à passions. (M.) — V. *Passions* (Dict.).

* PATAFIOLER : On dit « rapatafioler » dans le patois du Nord. (Voir le dictionnaire de M. Louis Vermesse.)

PATAGUEULE : Ennuyeux. (Rigaud.)

PATATROT (Se faire le *ou* faire) : Fuir, partir, courir. (M.) — Mot à mot : mettre les pattes à trot, c'est-à-dire, *au trot*. Onomatopée.

PATE : Patron. Abréviation. (Delvau.)

PATÉ : Mauvaise besogne. Terme d'imprimerie. (Michel.)

— De *mettre en pâte* qui veut dire, renverser des paquets de caractères composés.

PATÉ D'ERMITE : Noix. (*Id.*) — Allusion à la vie frugale des ermites et au fruit contenu dans la coque comme la viande dans la croûte.

* PATÉE (Donner une) : Battre. Mot à mot : mettre en pâté. Le mot est depuis longtemps en circulation, car, dès le xiiie siècle, on voit crier par un personnage du *Roman de la Rose* : « Qui me tient que je ne vous froisse les os comme à poucin en paste (poulet en pâté) ! »

* PAQUELIN, PASQUELIN : Semblent des dérivés familiers de *Payias*, *Pasquier*, qui signifiaient *pâturage* en vieux français.

PATELIN : Bercail, pays natal. (M.) — Altération de *paquelin* (Voir le Dict.). — *Le patelin* : la patrie. (M.)

PATINER : Galoper. (M.) — « Le patineur va vite. *Patinons*-nous : pressons-nous. » (M.)

PATERNEL : Père. Argot des écoles.

PATOUILLER : Forme de *Patrouiller*. — V. p. 270.

PATRON-MINETTE : Société de malfaiteurs, 1830-1840. (Delvau.)

PATROUILLE (se mettre en) : S'enivrer. — Allusion aux promenades des ivrognes s'arrêtant à tous les comptoirs de marchands de vins.

Hier au soir vraiment
Tu t'es mis en patrouille.

(*Le Plaisir de la barrière*, ch. 185..)

PATTE DE LAPIN : Favori. (M.) — C'est le petit favori; le grand s'appelle *cotelette* ou *nageoire*.

PATTE D'ÉLÉPHANT (Pantalon) : Pantalon évasé par le bas. — « Pourquoi existe-t-il? Pour commander au tailleur des pantalons patte d'éléphant. » (*Cancans du boudoir*, 77.)

PATTE D'OIE : Carrefour. (*Id.*) — Allusion à son aspect palmé.

PATTES (Se tirer les) : Voyez *Pattes* (Dict.).

PAUME : Perte. (M.) — De *Paumer* : perdre (Dict.), expression qui ne peut s'expliquer que par une contradiction voulue, puisque *paumer* signifie en même temps *prendre*.

* PAUMÉ DANS LE DOS : Flambé, perdu. — De *Paumer* (arrêter), ou du vieux mot *paumer* (tomber en défaillance) qui a fait *pâmer*.

* PAUMER (Se) : S'égarer. (M.)

* PAUMER : Arrêter. (Dict. d'argot, 1847.) — Du vieux mot *paumoier* : saisir.

PAUMER SES PLUMES : S'ennuyer. (M.) — Mot à mot : perdre ses cheveux. On les perd généralement en vieillissant et on dit d'autre part *se faire vieux* pour *s'ennuyer*.

PAUSES (Compter des) : Dormir. (Rigaud.) — Allusion au bruit scandé de la respiration.

* PAVÉ : « Les fâcheux et les créanciers, ce qu'en argot parisien on appelle les *pavés*, c'est-à-dire des personnes ou des choses qui gênent la circulation. » (A. Daudet, 1878.) — Vers 1840, les débiteurs forcés d'éviter une rue, disaient : « On pave, c'est-à-dire : *Il y a des créanciers ici, il n'y faut point passer.* » — C'était une double allusion aux embarras de la circulation et aux prétextes allégués pour éviter toute fâcheuse rencontre.

PAVÉE (Rue) : Rue évitée par crainte des créanciers. (Rigaud.) — Le vrai sens est *rue qu'on est en train de paver*.

PAYER : Faire, accomplir. — V. *Marquet* (Dict.).

* PAYER (Tu vas me le). On a publié, après 1870, une ronde intitulée : *Tu vas me l'payer, Aglaé*. (Paroles de J. Renard et Delbès, musique de Systermans.)

PAYOL : Faute d'impression du Dict. — Lisez *Payot*.

PAYSAGE (Faire bien dans le) : Produire bon effet n'importe où et n'importe comment. (Rigaud.)

PEAU : Rien, zéro. (M.) — V. *Bonnir*. — La peau est ce qui a le moins de valeur dans la bête, sauf des exceptions bien connues. — *Il n'y a que la peau* : il n'y a personne. (M.) — C'est-à-dire, il n'y a pas un être en chair et en os.

PEAU (Pour la) : Gratis. (M.) — C'est-à-dire sans viande, sans avoir de quoi manger.

PEAU D'ANE : Tambour. (Michel.) — Il est recouvert de peau d'âne.

PEAU DE BALLE (Revenir) : Revenir sans avoir rien fait. (M.) — V. *Bonnir*.

PEAUFINER : Parfaire une chose. (Palat.) — De *Peau-fine* (Dict.).

PECCAVI : Péché. (Halbert.) — Latinisme.

PÊCHON, PESCHON DE RUBY : Enfant, apprenti gueux. (Michel.) — *Pechin* signifie *petit* en provençal.

PEDIGREE : « Chaque cheval de pur sang a un certificat d'origine, appelée *pedigree*, indispensable à produire lors de son premier engagement. » (*Carnet des courses*, 77.) — Anglicanisme.

PÉGOLE (Mettre au) : Engager ses effets. (M.)

PÉGRAGE : Vol. (M.)

PÉGRER : Dérober. (M.) — V. *Pègre* (Dict.).

PEIGNER : Battre. — Dans les *Nuits de Straparole* (XVIᵉ siècle), il est déjà question d'un personnage qui en peigne un autre à coups de bâton.

PELAGO : Prison de Sainte-Pélagie. (M.) — Changement de finale.

PELÉ : Grand chemin. (Michel.) — Le va-et-vient n'y laisse rien pousser.

PÈLERIN : Inconnu. On dit : « Quel est ce pèlerin-là? » (Rigaud.) — Le mot pèlerin rentre ici dans sa signification première qui est *étranger, voyageur* (du latin *peregrinus*, qui nous a laissé *pérégrination*).

PELOT : Sou. — « Croyait-il pas qu'on avait assez de pelots pour lui offrir un fonds de boutique assorti. » (Hennique.) — On écrit aussi *pello*. V. le Dict. Il est à noter que *pelote* signifiait autrefois *bourse* en argot.

PÉLOTER LE CARME : Lorgner les sébiles de changeurs. (Rigaud.) — Mot à mot : caresser l'argent du regard.

* PELOTEUR : Libertin. (*Id.*)

PENDULE (Remonter la) : V. *Remonter.*

PELOTON DE CHASSE : Peloton de punition. — Les soldats punis qui le composent manœuvrent quatre heures par jour. (D. Lacroix.)

PÉNICHE : Galoche. (M.) — Allusion de forme. — Un sabot a la forme d'un petit navire.

* PENTE : La poire est ainsi nommée parce qu'elle *pend* à la branche.

* PÉPETTE : « Plus de beignes et des pépettes! » (Huysmans, 79)

PÉPIN : Caprice, passion. (M.) — Le pépin grandit. — On dit : *j'ai un pépin pour elle.* (M.)

PERCHE : Personne longue et mince.

PERCHE (Être à la) : Crever de faim. (Rigaud.) — Allusion à la maigreur de l'homme qui ne mange pas.

PÈRE DES RENIFLEURS, PÈRE LA RENIFLETTE : Voir ces mots.

PÈRE LA TUILE : Dieu. (Delvau.)

PÈRE NOIR (Petit) : Litre. (Michel.)

PERLOT : Tabac. (M.) — Dérivé de *Semper.*

PERLOTTE : Boutonnière. (Delvau.)

PERMISSION DE DIX HEURES : Gourdin, canne à épée. (Rigaud.) — Elle donnait la permission de rentrer chez soi sans crainte d'attaque, au temps où on attaquait à dix heures dans la rue.

PERROQUET : « Voilà le douanier qui à cause de son habit vert remplace le perroquet. » (Grison, 81.)

*PERRUQUE(Faire en): Faire en fraude. — « Le patron croit qu'il ne paye pas nos outils, mais les trois quarts sont faits en perruque. » (*Le Sublime.*)

PERRUQUEMAR : Perruquier. (Michel.) — Voyez *Mar* (Dict.). Tous les noms de métiers pourraient y passer.

PERSIENNES : Lunettes. (Delvau.) — C'est l'œil qui est la fenêtre.

*PERSIL, PERSILLER : Dans le sens de *raccrocher*, *Persiller* est une déformation de *Pessiller*, *prendre*, mot à mot : *pêcher*, *hameçonner*. Le sens des deux verbes est en effet le même. La femme qui raccroche est une pêcheuse d'hommes. Au moyen-âge, on disait *pescaille* pour *poisson péché*.

Aller au persil et *persil en fleur* seraient alors des formations postérieures en date, comme *dos* et *barbillon*, qu'on a donnés pour synonymes à *maquereau*, parce que celui-ci semblait un poisson, tandis que son étymologie nous donne plus logiquement le sens de *maquignon*, courtier de femmes. Voir *Mac* et *Pesciller* (Dict.)

PESSE : Argent. (M.) — V. *Pèse* (Dict.).

*PESSIGNER : Recevoir, etc., V. le Dict. — Il doit y avoir ici une leçon défectueuse. *Pessigner* n'est évidemment que le verbe *Pessiguer*. L'exemple prou-

ve aussi qu'il doit avoir le sens de *mettre en pièces*, et non celui de *recevoir*.

PESSIGUER : Mettre en pièces, maltraiter. Du vieux verbe provençal *pessigar* : mettre en pièces.

PESSILLER : Prendre. (Halbert.) — Forme de *pesciller*.

PET A VINGT ONGLES : Nouveau-né. (Delvau.)

PET HONTEUX : Pet silencieux. (Rigaud.)

PÉTARD : Bagarre. (M.)

PÉTARDER : Faire du bruit. (M.)

PÉTARDIER, PÉTARDIÈRE : Tapageur, tapageuse. (M.)

PÉTASSE : Fille publique. Pour *putasse*. (*Id.*)

PÉTER SUR LE MASTIC : Renoncer au travail. (Delvau.)

PÉTEUR, PÉTEUSE : Plaignant, plaignante. (Michel.)

PÉTEUX : Qui se sent fautif. (Rigaud.) Timide. (Delvau.)

PETIT : Amant de cœur. (Rigaud.) — Employé aussi généralement comme terme amical ou méprisant, ou simplement familier, sans portée précise et vis-à-vis des hommes de toute taille. — « Essaie d'en faire aller d'autres que Florine, mon petit. » (Balzac.)

PETIT POT : Concubine. — « Une femme légale ou au petit pot, ainsi que l'on nomme les concubines dans ce pays. » (Vallès, *Gil Blas*, mai 82.)

PETITE : Maîtresse. — « Mon maître, répondit M. Alphonse en rougissant de nouveau, il est chez sa petite. » (A. Dumas fils, la Vie à vingt ans.)

PETITE FILLE : Demi-bouteille de vin. (M.) En Bourgogne on appelle *fillotte* et *fillette* un demi-muid de vin, mais le rapprochement n'est qu'apparent, c'est une forme de feuillette.

PETITE MAIN : Fleuriste apprentie. (Rigaud.)

PETITS PAINS (Faire des) : Cajoler. (M.) — Le petit pain est une friandise dans le peuple qui mange du pain à la livre.

PETRA, PETROUSQUIN, PETZOUILLE : Derrière. (Delvau.) — Dérivés de *péteur*.

PÉTROLEUR : Mauvais marchand de vin. (Rigaud.) — Il incendie l'estomac de ses clients.

PEU (Un) : « Il y a un cercle de collégiens? — un peu ! » (Sardou, la Famille Benoiton.)

PHILANTROPE : Filou. (Michel.) — Changement de finale. — Balzac n'aimait pas les faux humanitaires et trouvait qu'ils prenaient trop de place dans le monde officiel. Aussi appelait-il les philanthropes des *filous-en-troupe*.

PHILISTIN : Vieil abruti. (Delvau.)

PHILO : Philosophie. Argot des écoles.

* PHILOSOPHE : Grec opérant sans compère. La solitude n'effraie point la philosophie.

PHILOSOPHE : Misérable. (Delvau.) — Ironie.

PHILOSOPHIE : Misère. (*Id.*)

PIANISTE : Valet de bourreau. (Rigaud.) Comparaison de l'échafaud au piano.

PIANO (Jouer du) : Trotter irrégulièrement. Jargon de maquignons. (*Id.*)

PIAU : V. *Piaux* (Dict.).

PIAULE : V. *Piole*.

PIAUSSEUR : Conteur de piaux. (Boutmy.) — V. le Dict.

PICCOLET, PICCOLOT, PICHENET : Ne viennent pas de *picton* comme je l'ai cru d'abord, mais de *piccolo* et *pichoun* qui signifient *petit* en Italie et en Provence.

* PICTON, PIQUETON : Ces mots s'appliquent aussi à la piquette. « Ce sont bien des bouteilles à vin de Bordeaux... mais on a mis dedans du piqueton à quinze sous. » (Alph. Karr, les Guêpes, nov. 1841.)

PIE : Vin. (Michel.)

PIE (donner à manger à la) : Économiser. « Donner à manger à la pie signifie en grec mettre de l'argent de côté. » (J. Noriac, 58.) — On sait que la pie prend volontiers l'argent et le cache dans son nid.

PIÈCE : Lentille. (*Id.*)

PIÈCE DE DIX : Anus. (M.) — Allusion de rondeur et de sonorité crépitante. Jeu de mots sur *pièce de dix* (sous) et *pièce* (canon) de dix.

PIÈCE DE RÉSISTANCE : V. *Pièce de bœuf* (Dict.).

PIED : Sol. (Halbert.) — On y a pied.

PIED (En avoir son) : En avoir assez. (Rigaud.) — Abréviation de *en avoir son pied au dessus des oreilles*.

PIED (Être) : Étaler sa bêtise. (*Id.*) — Abréviation de *être bête comme ses pieds*, qui se dit souvent.

PIED DE BANC : Sergent. — Simple comparaison de ses galons à des pieds de banc; ils sont tous deux obliques et grêles. — Je ne crois pas que les soldats aient comparé, comme on l'a dit, une compagnie à un banc, dont les quatre sergents sont les quatre pieds. Je ne crois pas non plus, comme l'a dit sérieusement Delvau, que ce soit par allusion au *pied du banc sur lequel fume le sergent de garde.* Et cependant Dieu sait combien Delvau persiflait les étymologistes !

PIED DE BICHE : Outil pour forcer les portes. (A. Pierre.) — Allusion de forme.

PIED DE BICHE (Faire le) : Faire une collecte. — *Tirer le pied de biche* : mendier. (M.)

PIED DE NEZ : Sou. (Delvau.) — C'est un pied de nez pour celui qui attendait davantage.

PIEDS ATTACHÉS (Avoir les) : Ne pas pouvoir. (M.)

PIEDS DANS LE DOS (Avoir les) : Être suivi par un agent. (M.) — Allusion à l'observateur qui marche généralement derrière.

PIERRE A AFFUTER : Pain. Jargon de boucher. (Rigaud.) — *Pierre brute* : Pain. Langue maçonnique. (Delvau.) — *Pierre de touche* : Confrontation. (Michel.) Cette épreuve sert souvent de pierre de touche au magistrat instructeur.

PIÈTRE : Faux estropié. (Michel.)

* PIEUVRE : Se dit de toute femme vieille ou jeune qu'on accuse de vous exploiter. — « Je dois à madame Juscou vingt-sept sous pour mon arriéré de ménage, paye-la donc, cette vieille pieuvre. » (Durandeau, 78.)

PIF : Vin. (M.) — Forme de *pivre* (vin) ou jeu de mots sur l'expression connue *pif paf*, car le *pif paffe* (le vin grise). — V. *Paffer* (Dict.).

* PIFFE : Nez. (Halbert.)

PIFFER (Se) : S'enivrer. — Vieux mot donné par M. Fr. Michel; mais les exemples justificatifs prouvent qu'il veut dire *s'empiffrer* et non s'enivrer. C'est une abréviation.

PIGEON : A-compte. (Delvau.)

PIGEON VOYAGEUR : Fille exploitant les trains de banlieue. (Rigaud.) — Elle se pose de wagon en wagon.

PIGER LA VIGNETTE : Regarder avec complaisance une chose divertissante. (Boutmy.) — Mot à mot : considérer l'image. — V. *Piger* (Dict.).

PILE : Cent francs. (M.) — Mot à mot : pile d'écus.

PILE OU FACE ! : Exclamation saluant une chute. (Rigaud.) — Allusion ironique au jeu connu.

PILER DU POIVRE : Se tenir mal à cheval, faire faction. (*Id.*) — Médire, attendre. (Delvau.) — Allusion au mouvement du pilon, excepté pour *médire*, qui fait allusion au piquant du poivre.

* PILIER : Maître de maison de femmes. (Halbert.)

PILON : Doigt. (Michel.)

PINARD (Père) : Adroit. (M.)

PINÇANT : Ciseaux. (Halbert.)

* PINCE-CUL : « Elle ne va pas au bal Grados. C'est une infamie que ce pince-cul-là. » (Huysmans, 79.)

PINCE-DUR : Adjudant. (Delvau.) — Il a plus souvent occasion de punir que l'officier.

PINCE-SANS-RIRE : Agent de police. (Rigaud.)

PINCER : Voler. (Halbert.)

PINCETTES (Se tirer les) : S'enfuir. Comparaison des jambes à une paire de pincettes. — « S'ils ne s'étaient pas tiré les pincettes de dessous le ventre, ils étaient bath (bien, c'est-à-dire arrêtés). » (Cavaillé.)

PINET, PINO : Denier. (Halbert.) — Fait pinos au pluriel.

PINGOUIN : Public. Jargon de saltimbanques. (Rigaud.)

PIOCHE : Voleur à la tire. (Id.)

PIOCHER : Voler à la tire. (Id.) — C'est piocher les poches.

* PIOLE (Sous la) : Cave. (M.)

PIOLE A MACHABÉES : Cimetière, tombeau, caveau de cimetière. (M.)

PIOLE BLINDÉE : Fort, forteresse. (M.)

PIOLER : Loger. (M.) — De Piaule : logis (Dict.).

PIOLIER : Tavernier. (Halbert.) — De Piaule : taverne qui semble venir de Pie : vin.

PIONNE : Sous-maîtresse. (Rigaud.)

PIPÉ : Découvert. (M.) — Pipé sur le tas : pris en flagrant délit. (M.) — V. Tas (Dict.).

* PIPELET : Le surnom de pipelet donné aux concierges serait, dit-on, plus ancien que les Mystères de Paris, d'Eugène Sue. Il faudrait qu'un texte justificatif vînt le prouver.

PIPER : Mettre en arrestation. (M.)

PIPO : Polytechnicien. — Redoublement de la première syllabe avec modification du premier o. — « Le général commandant l'École polytechnique donnera quatre bals. Il va sans dire que messieurs les pipeaux seront invités. » (Gil Blas, 22 avril, 80.) — Pipeau est ici pour pipo.

PIQUER SON FARD : Rougir naturellement. (Rigaud.)

PIQUER UNE CARTE : « Lui imprimer certaines marques imperceptibles, et susceptibles de ne les faire connaître à d'autres qu'à vous. » (Morvand.)

PIQUER UNE MERDE : Rester court. (Palat.) — Celui qui reste court en est contrarié, c'est-à-dire emmerdé (Dict.). De là l'expression.

PIQUET : Livre de messe, juge de paix. (Id.)

PISSE-HUILE : Lampiste. On dit aussi sue-mèches. Argot des écoles.

PISSER A L'ANGLAISE : — V. Anglaise. — V. Mener pisser.

* PISSER DES ENFANTS : « Si nous voulions nous offrir le luxe de ne pisser que des enfants légitimes. » (Huysmans, 79.)

PISSER DU VINAIGRE : Être sévère dans le service. (Palat.) — Allusion au mordant du vinaigre.

PISSER LE MÉRINOS (laisser). Ne pas se hâter, attendre. (Delvau.) — On disait auparavant : laisser pisser le mouton.

PISSER LES POULES (mener) : Quitter le travail sous un faux prétexte. (Rigaud.)

PISSEUSE : Petite fille. — « Il y en a qui disent aux pisseuses qu'ils veulent envoyer dinguer : Je pars pour l'Algérie,... geins pas ! » (Huysmans, 79.)

PISTACHE (avoir une) : Être ivre. (M.) — *Se donner une pistache* : s'enivrer. (M.) — Allusion au visage verdâtre des ivrognes qui ont le cœur malade.

PISTACHÉ (avoir) : Être ivre. (M.)

PISTEUR : Coureur de bonnes fortunes de rue ou d'omnibus. (Rigaud.) — Il suit la piste féminine.

PISTOLE (grande) : Pièce de dix francs. La *petite* vaut dix sous. Jargon de chiffonniers. (*Id.*)

* PISTON : Recommandation puissante, haute protection. — *Avoir du piston* : être recommandé. — On dit par exemple : « Il lui a fallu un bon coup de piston pour ne pas être reculé à son bac. » — Piston fait allusion ici à l'action de *pistonner* : faire des instances répétées. — V. *Piston* (Dict.).

* PISTON : Homme protégé. — C'est-à-dire : arrivé à coups de piston.

* PISTONNER : Protéger. (Palat.) — Il est surprenant que le même verbe veuille dire *importuner* et *protéger*. Mais cette contradiction n'est qu'apparente, car

il est rare qu'un protecteur n'ait pas à son tour besoin de demander.

PIVOINER : Rougir, devenir rouge comme une pivoine. — « Tu tâches de pivoiner et de baisser les stores. Toutes les femmes font ça pour enjôler les hommes. » (Huysmans, 79.)

PIVRE : Vin. (Halbert.)

PLACEUR DE LAPINS : Appareilleur bénévole, procurant des bonnes fortunes à ses amis. (Rigaud.) V. *Lapin* (poser un.)

* PLAN (laisser en) : Ce mot vient d'avoir sa consécration politique et internationale. Je ne fais que citer. « On écrit de San Stefano, 8 mars, à la *Correspondance politique* de Vienne : « Une scène émouvante s'est passée au moment de la signature de l'instrument de paix. Savfet-Pacha éclata en sanglots convulsifs, lorsqu'il lui fallut mettre son nom au bas d'un document aussi fatal pour sa patrie. Le général Ignatieff lui dit en ce moment : « Voyez-vous, je vous ai dit tout de suite que l'Angleterre vous laisserait en plan. Les Anglais n'ont jamais su ce que c'était que de tenir leur parole. » (*Petit Journal*, mars 1878.)

PLANCHE : Tableau noir. Argot des classes de mathématiques. Pour *passer au tableau* on dit *aller à la planche*.

PLANCHE : Sabre. (Michel.)

PLANCHE : Femme plate et froide. (Rigaud.)

PLANCHE A BOUDINS : Femme facile. (M.)

PLANCHE A GRIMACES : Autel. (M.) — Allusion au cérémonial. — Dans ce mot et les suivants *planche* a le sens de *planque*. V. ce mot.

PLANCHE A LAVEMENT : Confessionnal. (M.)

PLANCHE A SAPEMENT : Tribunal de correctionnelle. (M.)

PLANCHE (faire la) : « Voilà que les amateurs qui étaient là se mettent à me dire des choses épicées et me font faire la planche, ce qui veut dire qu'ils me font poser. »(*La Correctionnelle*, p. 85.) — Le rédacteur de la *Correctionnelle* que nous citons plus haut a cru bien faire en ajoutant l'explication d'un terme, mais il ne l'a pas compris. Ici, comme partout, *faire sa planche* voulait dire *être raide, guindé*. (V. le Dict.)

PLANCHER : Quitter un ami de prison. (M.) — Mot à mot : laisser en plan.

PLANCHES (avoir fait les) : Avoir été ouvrier tailleur. (Delvau.) — Allusion à l'établi. — On sait que *avoir paru sur les planches* se dit pour avoir été artiste dramatique. — Voyez *brûler les planches*. *Planque* doit être un vieux mot; c'est une forme picarde ou flamande de *planche*. Au moyen âge, on disait *planchet* pour *petite chambre, loge de bois*. Un exemple du dictionnaire de Sainte-Palaye ne laisse là-dessus aucun doute. Dans l'Est, je connais encore une baraque, située sur le bord d'une route, appelée *la planchette*.

PLANQUE : Endroit quelconque. (M.)

PLANQUE A CORBEAUX :

Couvent. (M). — Mot à mot : logis de prêtres.

PLANQUE A FAFIOTS : Archives. (M). — Mot à mot : logis à papiers.

PLANQUE A LARBINS : Bureau de placement. — *Planque à plombes* : Pendule. — *Planque à sergots* : Poste de police. — *Planque à suif* : Tripot. — *Planque à tortorer* : Restaurant. — *Planque aux atigés* : Hôpital. (Rigaud.)

Dans toutes ces acceptions, *planque* a le sens de *lieu clos*, ce qui donne, en suivant l'ordre de nos termes : *lieu à domestiques*, — *à heures*, — *à sergents*, — *à Grèce* (assemblage de grecs. Jeu de mot. Le suif est plein de graisse). — *à manger*, — *aux malades*.

PLANQUER : Poster. (M.)

PLANQUER (se) : Se mettre à couvert. (M.)

PLANTER : Avoir des relations intimes. (M.) All. obscène.

*PLAQUER : Venir (A. Pierre); — cacher. (Halbert.) — Doit être une abréviation de *Emplanquer*.

PLAT (faire du) : Cajoler. (M.) — Mot à mot : faire des platitudes.

PLAT A BARBE : Hausse-col d'officier. — Il est échancré et se place au-dessous du menton. (D. Lacroix.)

PLATRE : Mauvais compositeur d'imprimerie. (Boutmy.) — Abréviation de *Emplâtre*. (V. le Dict.).

PLATS A BARBE : Grandes oreilles. (*Id.*) — Allusion de forme.

PLATUE : Galette. (Halbert.) — Elle est plate.

PLEINE : Enceinte. (M.) — Animalisme.

PLETTE : Peau. (*Id.*) — Pour *pelette*. Doit être un vieux mot.

PLIS (des) : Interjection négative comme *Des navets! Des nèfles!* (*Id.*) — « Aujourd'hui on nous dit : Faut les délivrer. Des plis alors! Vous ne comprenez pas? Des navets! » (*Figaro*, 16 oct. 79.)

PLOMB : « Il a été un temps où je me demandais d'où pouvait bien provenir le nom de *plomb* donné dans les restaurants à certains entremets appelés « plomb » tout court, ou « *plomb de cabinet.* »

« Je finis par découvrir que ce « plomb, » qui m'avait tant donné à réfléchir, venait tout simplement de *plum* qui en anglais se prononce *pleume*, et que ce fameux « *plum* » signifiait *prune, raisin sec, raisin de Corinthe.* Je découvris aussi que le mot *pudding* (en anglais francisé « *pouding* ») ajouté à « *plum* » désignait cette sorte de *baba* dont les Anglais ont tant raison de raffoler, — baba dont on présente à Paris la contrefaçon sous l'horrible dénomination de « *plomb.* »

PLOMB (Manger du) : Être tué d'un coup de feu. — « C'est peut-être moi qui vas manger du plomb. » (A. Bouvier, 69.)

PLOMBÉ : Ivre. « Prenez mon bras, vous dis-je, et ne le ménagez pas. Il en a supporté de plus plombés que vous. » (L. Reybaud, *Ce qu'on peut voir dans une rue.*) — L'homme ivre est lourd comme du plomb.

PLONGEUR : Laveur de vaisselle. (Rigaud.) — Ses bras plongent dans l'eau grasse.

PLOTTE : Bourse. (Halbert.) — Pour *pelote.* — V. *Pelot.*

PLOUSE : Paille. (Halbert.)

PLUC : Butin. (Michel.) — Ce doit être une faute d'impression pour *stuc.* V. ce mot.

PLUMARDE : Paillasse. (A. Pierre.) — Doit être la forme primitive de *Plumade.* (Dict.)

PLUMES : Cheveux. (M.) — Même image que dans *déplumé* : chauve. *Se faire des plumes, paumer ses plumes* : s'ennuyer. (M.) — Jeu de mots sur *cheveu* : souci. (Dict.)

PLUMET : Toupet. (M.) — *Faux plumet* : perruque. (M.)

PLURE : Manteau. (Halbert.) — Pour *Pelure.*

PLUS! (Il n'en faut) : En voilà assez. Locution mise à toutes sauces. (Rigaud.)

PLUS FINE : V. *Fine.* (Dict.)

* PLUS SOUVENT! « Vous n'iriez point, disait-il en ajoutant un mot patois qui équivaut à notre *inimitable* PLUS SOUVENT! Vous le dites, mais vous ne le feriez point. » (George Sand, *Lettres d'un Voyageur.* Lettre IIIe, 1834.)

POCHETÉ : Niais. (Rigaud.)

POCHON (Lâcher un), POCHONNER : Donner un coup de poing. (M.) — Allusion à l'action de *pocher* un œil.

* POIGNON : « Ce n'est pas trop tôt! On va donc toucher son poignon. » (Huysmans, 79.)

* POIL DANS LA MAIN (Faire pousser un) : rendre paresseux, habituer à ne rien faire.

— « Ma tâche hebdomadaire était assez consolante pour ne pas me faire pousser ce que M. de Villemessant appelle comme tous les patrons d'ateliers, un poil dans la main. » (Rude, 76.)

POIGRE : Poète. (Michel.) — Changement de finale.

* POINT : Pièce d'un franc. (M.)

* POINT DE COTÉ : Agent des mœurs. (Rigaud.) — Allusion à la gêne causée par le point de côté.

POINT DE JUDAS : Treize. (Michel.)

POINTE (Être) : Avoir sa pointe. (Rigaud.) — V. le Dict.

POIQUE : Littérateur. Jargon des voleurs. (Id.) — Ce doit être le Poigre de M. Fr. Michel.

POIRE : Figure. (M.) — Allusion de forme. Cette allusion varie dans l'expression faire sa poire (faire la moue), où la poire est figurée horizontalement par l'avancement des lèvres.

POIREAU : Sergent de ville en station. (M.) — Allusion à la tige droite du poireau. Faire le poireau : attendre. (Id.)

POIREAU : Tête. — Allusion de forme. — V. Poireau (Dict.). « Allons ! les carottes sont cuites, il faut les manger. Qu'on me fauche le poireau si on veut. » (Voltaire, 1er février 80.)

POIREAUTER : Attendre. (M.) — V. Poireau.

* POISSE : Voyoucratie. — Poisseux : Voyou. — Ce qui est sale poisse. (Rigaud.)

POISSÉ SUR LE TAS : Pris en flagrant délit. (M.) — V. Poisser et Tas. (Dict.)

POISSEUR : Attrapeur. (M.)

* POITOU : Public. (Id.)

POIVRE : Poisson (Michel); poison. (Colombey.) — Le second sens paraît être le seul admissible, car il se complète par le verbe poivrer (empoisonner). (V. le Dict.) Quant au premier sens, ce n'est qu'une faute d'impression. Il y a dans poisson un s de trop.

POIVRE : Eau-de-vie. — Allusion au poivre qu'on y met pour lui donner plus de force apparente. « Avec vingt centimes de poivre d'assommoir, il est gris. » (Le Sublime, 72.) — De là peuvent venir les mots poivreau, poivrier (ivre d'eau-de-vie). Mais alors il faudrait supposer que poivre est une abréviation de poivreau, car il signifie aussi ivre.

POIVRIER : Débit de mauvaise eau-de-vie. (Rigaud.)

POIVRIÈRE : Route. (Michel.) — Poivre veut dire ici poussière.

POLYTE : « Sous le nom de Polyte, le peuple désigne les de Marçay, les Rastignac et tous ces messieurs qui, à quelque degré de l'échelle sociale qu'ils appartiennent, vivent de proxénétisme. » (E. Siebecker, la Cloche, 22 mai 1870.)

POMMADE : Misère. (M.)

POMMADE. V. Jeter, jeteur.

POMMADE : Déconfiture. (Rigaud.) — La pommade fond. — Tomber dans la pommade : tomber dans le besoin. (M.)

POMMADER : Complimenter. (M.) Pommer.

* POMMADIN : Garçon coiffeur. (*Id.*)

POMME : Tête. — Allusion de forme et de couleur. —« Fais-moi voir ta pomme! Rapplique un peu sous l' bec de gaz. J' te gobe! Faut profiter de l'occase. » (André Gill, 81.)

POMME A VERS : Fromage de Hollande. (Michel.) — Allusion à sa rondeur et à sa croûte rouge.

POMME DE CANNE FÊLÉE (Avoir la) : Déraisonner. Mot à mot : avoir la tête fêlée.

* POMPE : Retouche à un vêtement. (Rigaud.)

POMPE (Avoir de la) : Avoir assez de travail. (Boutmy.) — A l'école Saint-Cyr, *pompe* veut dire également *travail*, et le corps des professeurs chargés d'y veiller est appelé *corps de pompe*. — « Ceux qui savent quelques bribes de dessin font la caricature du corps de pompe. » (Maizeroy, 80.)

POMPER : Travailler vite et pour peu de temps. (*Id.*)

* POMPIER : Ouvrier tailleur travaillant à la journée, c'est-à-dire à court délai. L'étymologie du mot se trouve évidemment dans le sens de *pomper* précité.

POMPIER : Refrain classique qui est le signal de tout chahut (tapage) en règle. On dit *piquer un pompier*. Argot des écoles.

POMPIER : Mouchoir. (Rigaud.) — Il pompe le nez.

POMPIER : Travailleur assidu sans succès. — « Leurs anciens avec un suprême dédain les appellent *pompiers malheureux*. » (R. Maizeroy, 80.)

PONCER : Donner une correction. (M.) — Même genre d'allusion que dans *frottée, raclée* avec un degré de force en plus.

PONDANT : Correspondant chargé de faire sortir un écolier. Argot des écoles. (Abrév.)

PONDEUSE : Femme féconde. — « Et puis, tous les ans, c'est un gosse. Quelle pondeuse ! » (André Gill, 81.)

PONEY : Billet de cinq cents francs. Argot de courses. (Rigaud.)

PONIFFE : Synonyme de *Magnusse*. (Halbert.) — Voyez *en être*. (Dict.)

* PONTE : Homme qui paraît riche et fait de la dépense. (Palat.) — Abréviation de *ponteur*. (Dict.).

PONTE : « Il y a de grandes tables ovales, autour desquelles sont assis ou debout les joueurs que l'on nomme *pontes*. Au milieu de la table est celui qui tire les cartes. On appelait cet homme-là, sur la fin du règne de Louis XIV, *coupeur de bourses*, mais on a adouci le mot : on le nomme *tailleur*. (*Voyage de Paris*, 1821.)

* POPOTE : Réunion d'officiers ou de soldats pour manger en campagne. (D. Lacroix.) — On dit se mettre *en popote*.

PORTANCHE : Portier. (Michel.) — Changement de finale.

* PORTEUSE : Main. — V. *Frères de l'attrape*.

PORTIER : Cancanier. (Delvau.) — Allusion aux cancans de la loge.

PORTION : Fille publique.

Jargon de soldats. On dit *tomber sur la portion.* (Rigaud.) — C'est mot à mot : tomber sur la viande. On appelle ainsi, dans l'armée, le morceau de viande assigné à chacun avec sa soupe.

POSITION : Malle. Jargon de voleur. (Rigaud.) — Le voyageur est jugé souvent d'après sa malle.

POSSÉDÉ : Eau-de-vie. (Michel.) — Mot à mot : *endiablé.* — Allusion à son feu.

* POSTICHE : Plaisanterie. (Boutmy.) — *Faire une postiche :* Faire des reproches. (*Id.*)

POSTIGER : Rassembler une postiche. (Rigaud.) — V. le Dict.

POSTILLON D'EAU CHAUDE : Infirmier militaire. (D. Lacroix.)

POSTILLON D'EAU CHAUDE : Mécanicien. — C'est avec la vapeur d'eau chaude qu'il fait galoper sa machine. — « Va donc, postillon d'eau chaude! » (*Le Sublime,* 72.)

POSTILLONNER : Crachoter en parlant. (Delvau.)

POSTURE (En) : Apothicaire. — Allusion de seringue. (Michel.)

POT, CUILLER A POT : Cabriolet. (*Id.*) — Les brancards figurent la queue, et la capote figure le récipient de la cuiller.

POT A TABAC : Personnage gros et court. (Rigaud.) — Allusion aux pots à tabac grotesques qui furent à la mode.

POTAGE (Il y a du) : Elle a la poitrine développée. (M.) — Mot à mot : elle a deux soupières sur l'estomac.—V. *Œufs sur le plat.*

POTASSE (Faire de la) : Faire attendre. « D'où venez-vous donc, sempiternelle? Voilà une

heure que vous nous faites faire de la potasse. » (*La Correctiondelle,* p. 320.)

POTEAU (Avoir son) : Être complètement ivre. Argot des mécaniciens. — Mot à mot : être raide comme un poteau. — On dit aussi *avoir son poteau kilométrique, son poteau télégraphique.* (*Le Sublime,* 76.)

* POTEAU : C'est plus qu'un camarade, c'est un complice, un soutien, d'où ce mot imagé.

POTÉE : Litre de vin. (Rigaud.)

POTET : Radoteur. (Delvau.) — Doit être un dérivé de *potin.* — V. ce mot. (Dict.)

POTIRON ROULANT : Cabriolet. (Michel.)

POUCE? (Et le) : Exclamation signifiant : il y a plus que vous ne l'affirmez. — Mot à mot : « et le pouce que vous oubliez dans votre compte? » Le pouce étant autrefois une fort petite mesure, on saisit l'ironie qu'on retrouve ailleurs dans *c'est un détail,* dans *il n'est rien bête,* etc. C'est l'emploi ironique des contraires.

POUCER : Assommer. (M.) — Mot à mot : donner le coup de pouce.

POUGNON : Argent. (A. Pierre.) — Forme de *poignon.*

POUIFFE : Argent. (Halbert.)

POUIFFE : Femme éhontée. (A. Pierre.)—Pour *poniffe.* (Dict.)

POUISSE : Fille. (Halbert.) — Même sens que *ponisse.* Ce doit être un mot mal écrit (*u* pour *n*). V. *Ponisse.* (Dict.)

* POULAILLER :

Quand il est de service au spectacle,
Il m' fait monter au poulailler.
(Voizot, *ch.* 42.)

POULAINTE : Vol par échange. (Michel.)

POUPÉE : Soldat. (*Id.*) — Allusion automatique.

POUPON : V. *Poupard*. (Dict.)

POUR : Peut-être, au contraire. (Michel.) ??

* POUSSE : Gendarmerie. — Abréviation de *pousse-cul* : sergent de police, aux XVIIe et XVIIIe siècles. (*Id.*)

POUSSE (Donner une) : Battre. (M.) — Variante de *poussée* (Dict.).

POUSSE AU VICE : Mouche cantharide. (Michel.) ??

POUSSE-MOULIN : Eau. (*Id.*) — Elle faisait marcher seule le moulin avant la vapeur.

POUSSÉE : Surcroît de travail. (Delvau.)

POUSSIER : Poudre. (Halbert.) — Mot à mot : poussière.

POUSSIER : Pouce, main. (Michel.) — Elle sert à pousser.

POUSSIÈRE : Eau-de-vie. (Palat.) — Elle irrite le gosier comme la poussière.

POUSSIÈRE (Faire sa) : Parader. C'est une image du même genre qu'on retrouve dans le mot *éclabousser*. — « Mario Uchard est à Blois, et il paraît y faire un peu trop sa poussière. » (Aur. Scholl, 58.)

POUTRONE : Prostituée. Argot lyonnais. (*Id.*) — De *puterie* : prostitution.

* PRATIQUE : Ligne 10, au lieu de : *Ils t'ont fait voir le*, il faut lire : *Ils t'ont fait voir le tour*.

PRÉ DES FAGOTS : Cayenne. (M.) — V. ces mots (Dict.).

PRÉFECTANCE : Préfecture de police. (M.) — V. *Préfectanche* (Dict.).

PRENDRE : Parier pour. Argot de courses. — « Le langage usité est celui-ci : je *prends Mogador* à 12 contre 1 pour 10 louis. Cela veut dire : si *Mogador* perd, je vous paierai 1 fois 10 louis; si au contraire il gagne, vous me paierez 12 fois 10 louis, soit 120 louis. Le parieur contre dira en ce cas pour engager son pari : je *donne* 10 louis de *Mogador* à 12, ce qui signifie : je parie que le champ, c'est-à-dire l'ensemble des chevaux gagnera et que *Mogador* perdra. Si je perds, je vous devrai 12 fois 10 louis, soit 120 louis; si je gagne, vous ne me devrez qu'une fois 10 louis. Comme on le voit, cela est très simple; seulement un même joueur combine ses paris pour ou contre à l'infini, comme on fait pour les primes en matière de Bourse. Le talent est d'assurer le gain et de limiter la perte en équilibrant ses forces. » (E. Paz, 67.)

PRENDRE LA VACHE ET LE VEAU : Voyez *Vache* (Dict.).

PRENDRE UN RAT PAR LA QUEUE : Couper la bourse. (Michel.) — Allusion aux lanières qui rattachaient la bourse à la ceinture.

PRÉPONDÉRANCE A LA CULASSE : Derrière proéminent. — Argot militaire.

PRÉVOT : Chef de chambrée de prison. (Michel.) — Domestique de prison. (A. Pierre.)

PRIANT : Chapelet. (Halbert.)

PRIANTE : Messe. (Id.)

PRIANTE : Église. (Michel.)

PRIE-DIEU : Code. (A. Pierre.) Cadre. (Halbert.) — Ces deux sens n'en doivent faire qu'un, et il faut lire *cadre* au lieu de *code*, car un prie-Dieu est le plus souvent surmonté d'un encadrement. On aura pris le tout pour la partie.

PRIN : Proviseur, chef d'institution, principal. Argot des écoles. — C'est un vieux mot.

PRINCIPAUTÉ : Gale. — Jeu de mots du xviie siècle sur le prince de Galles. (Michel.)

PRINE : Femme du *prin*.

PRISE : Mauvaise odeur. (Delvau.) — Abréviation de *prise de tabac* qui s'emploie également en ce sens.

PRODUISANTE : Terre. (Michel.)

PROLONGE : Prolongation. — V. *Chiarder*.

PROSE, PROUAS, PROYE : Formes de *proie*. V. le Dict. — *Proye le C :* merdeux. (Halbert.)

PROTE A TABLIER : Prote de petite imprimerie, travaillant comme un ouvrier. (Boutmy.) — *Tablier* est ici pour *blouse*.

PROUT ! : Ça m'est égal. (Rigaud.)

* PROUTER (Faire) : Vexer. (M.) — Mot à mot : faire replaindre.

PRUDHOMMESQUE : Sentencieusement creux. « De là les déclarations prudhommesques. » (Zola, 79.)

PRUNEAU : Chique de tabac, œil, excrément. (Michel.) — V. *Prune* (Dict.). — M. Fr. Michel a constaté que *pruneau* (œil) est une forme de *prunelle*. Les autres sens sont des allusions de forme. — *Avaler des pruneaux :* se suicider à coups de pistolet. (M.) — V. *Pruneau* (Dict.).

PUANT : Bouc. (M.)

PUNAISE : Lentille. — Allusion de forme et de couleur.

PURÉE : Misère. (M.) — Ce qui est en purée est réduit à rien.

PUROTIN : Misérable. (Id.)

PUYMAURIN : Ane. Ce mot, dit M. Fr. Michel, ne doit dater que de la Restauration. On peut ajouter que celui qui l'a inventé devait être un ennemi du légitimiste ardent Marcassus de Puymaurin. C'est une simple malice; ce n'a jamais été un mot en circulation.

Q

QUAMPER : Abandonner. (A. Pierre.) — Pour *camper*, qui est très régulier.

QUAND EST-CE : Bienvenue, consommation offerte par un ouvrier nouvellement embauché, à ses camarades. — Abréviation de la phrase consacrée : *Quand est-ce que tu payes ta bienvenue?* — « Pas plan! je suis du quand est-ce de la Truffe qui a été embauché hier. » (*Le Sublime,* 72.)

QUANTÈS (Payer son) : Payer

sa bienvenue. (Boutmy.) — Forme altérée de *Quand est-ce?*

QUART DES DÉGOMMÉS : Commissaire des morts. (Grison, 81.) Voyez *quart d'œil* et *dégommé*. (Dict.)

QUASI-MORT (Être) : Être au secret. (Michel.)

QUATRE-VINGT-DIX : Loterie de magasin de porcelaines dans une foire. Elle a 90 numéros. (Rigaud.)

QUESACO : Qu'est-ce que cela? — Gasconisme. — « Les journaux nous ont appris la nomination de M. Bonnet... Quesaco, Bonnet? » (F. Magnard, 78.)

QUEUE DE MOT : Queue romantique. V. ce mot. (Dict.) « Tu ne connais pas les queues de mot? J'ai eu ce tic-là un temps, j'en étais insupportable. » (Goncourt, *Rénée Mauperin*, ch. 13.)

QUEUE DE PIE : Habit. (Palat.) — Allusion à ses pans ridiculement amincis.

QUIF-QUIF : Indifférent. — « J' m' figurais que c'était un petit rouge. Enfin, qu'il soit rouge ou brun, c'est quif-quif. » (Hennique.) — Doit s'écrire *Kif-Kif.* V. ce mot.

QUIMPER : Tomber. (Halbert.)

QUIMPER LA LANCE : Uriner. (Michel.) — Mot à mot : faire tomber l'eau. Ce terme correspond exactement au terme de *lâcher l'eau* qui est souvent employé.

QUINQUETS DE VERRE : Lunettes. (M.) — Mot à mot : yeux de verre.

QUINTE ET QUATORZE (Faire) : Gagner une maladie vénérienne. — Terme de jeu de piquet. — « Et Anna? lui demandai-je... — Sidoine me jeta un regard douloureux, il murmura : — Méfie-toi des femmes! — Pour la première fois de sa vie Sidoine avait fait quinte et quatorze. » (Alis. 79.)

QUINZE BROQUILLES : Quart d'heure. (Halbert.) — Mot à mot : 15 minutes.

QUINZE CENTS FRANCS : Volontaire d'un an. — Il paie 1500 francs à l'État. — « A notre arrivée toutes ces figures inconnues sortaient des baraques pour nous regarder passer : venez voir les 1500 francs. » (Vallery Radot, 78.)

QUIPE : Homme d'équipe. (Rigaud.) Abrév.

QUIQUI, QUIQUI : Cou : (M.) — Ce nom concerne plus spécialement la partie osseuse du cou qu'on nomme familièrement *pomme d'Adam.*

QUIQUI : Abatis ramassés dans les ordures et vendus par les chiffonniers aux gargotiers qui en font, dit Delvau, « de fameux potages. » — Doit venir de *quiqui* (cou), le cou n'étant un aliment du premier choix que pour ceux qui l'aiment, et figurant d'ordinaire dans la nomenclature des pièces d'abatis.

QUITOURNE (Allumer la) : « C'est en argot de filles, mettre la lampe allumée, le soir, derrière le rideau de la fenêtre. » (Grison, 81.)

QUI VA LA (Donner le) : Demander le passeport. (Michel.)

QUOCTER : Tromper. (A.

Pierre.) — Pour *coqueter*, dérivé, de *coquer* : dénoncer.

QUOQUANTE : Armoire. (Halbert.) — Pour *coquante*. De *coquer* : mettre. On met bien des choses dans une armoire.

QUOQUARD : Arbre. (*Id.*)

QUOQUÉ : Pris. (*Id.*) — Pour *coqué* : donné, fait. V. le Dict.

QUOQUERET : Rideau. (*Id.*)

QUOQUILLE : Bête. (*Id.*) — Dérivé de *cocu*.

* QUOS EGO : Vous que je... — Latinisme souvent employé. Il sous-entend : *que je devrais punir.* — Menace interrompue. Empruntée à Virgile qui la place dans la bouche de Neptune en courroux contre les vents.

R

RABATTEUSE : Entremetteuse. (Rigaud.) — Elle chasse pour autrui le gibier d'amour.

RABIAU, RABIOT : Convalescent, durée de condamnation dans une compagnie de discipline. — *Rabiauter* : Manger et boire les restes des autres. (*Id.*) — Dans ces trois acceptions nous retrouvons le sens de *rabiot* : reste, excédent(V. le Dict.) qu'il s'agisse d'un reste de maladie, de temps de service ou de victuaille.

RABIOT : Bénéfice illicite. (Palat.) — Dans l'armée ce bénéfice résulte presque toujours d'une différence perçue illégalement, ce qui correspond encore au sens ci-dessus (reste, excédent).

RABIOTER : Faire des bénéfices illicites. (Palat.)—V. *Rabiau.*

RABLE : Dos. (M.) — Animalisme.

RABLE (Se mettre sur le) : Prendre toute la responsabilité. (M.)

RABOTER : Dépouiller, voler, filouter. (M.) — Même marque que dans *nettoyer.*

RABOBINER : Raccommoder. — « J'étais dans la cour en train de rabobiner mon jupon. » (*La Correctionnelle*, p. 329.) Dans le dictionnaire de Le Roux, on trouve : *Rabobeliner* : raccommoder.

RACCOURCISSEUR : Bourreau. (M.) — V. Raccourcir. (Dict.)

RACHEVAGE : Homme obscène. (*Id.*)

RACINE DE BUIS : Dent jaune. (Delvau.)

RACLER : Respirer. (Rigaud.) — Forme de *râler.*

RACLETTE : Ramoneur. (*Id.*) — Allusion à son outil.

RADICAILLE : Opinion radicale, parti radical. — « On ne saurait souffrir le contact des gens entachés de radicaille. » (*Tintamarre*, 77.)

RADICON : Prêtre. (A. Pierre.) — Pour *ratichon.*

RADIS NOIR : Prêtre. (Rigaud.) — Jeu de mots sur *radis noir* et *ratichon*.

RAFFE : Butin. (M.) — Forme de *rafle*. Effet pris pour la cause.

RAFRAICHIR LES BARRES (Se) : Boire. (D. Lacroix.) — Animalisme créé par la cavalerie. *Barres* veut dire *mâchoires*.

RAGOT : Quart d'écu. (Halbert.) — Allusion au *petit* sanglier dit ragot.

RAGOUT (Faire du) : Forme de *regout*. V. le Dict.

* RAIGUISÉ : Trompé. *Aiguisé* a ce sens dans nos patois du Centre.

RALER : Tromper.

RALEUR : Homme qui marchande sans acheter.

Jamais d' ta vie tu n'as eu de si bon.
    Dis-moi, vieille raleuse,
    Mais que te faut-il donc ?
        (*Le Boucher*, ch. 1851.)

RALEUR : Menteur, trompeur. (Rigaud.)

RALLIE-PAPIER : V. *Paper hunt*.

RAMAMICHER : Réconcilier. (Rigaud.) — Mot à mot : *refaire aminche* (ami).

RAMASSER des épingles, des marrons : Voyez *Etre (en)*. (Dict.)

RAMASSER QUELQU'UN : Faire des reproches à quelqu'un. (Palat.) — Variante de *relever* qui s'emploie dans le même sens.

* RAMBUTEAU : « La concurrence menace les colonnes Rambuteau qu'on n'ose pas appeler des pissotières, parce que c'est leur seul nom. » (Le Guillois, 76.)

RAMENAGE : Art de dissimuler la calvitie. — « Êtes-vous bê-tes, avec vos trois poils. Vous ne possédez pas les premiers rudiments du ramenage. » (*Figaro*, 6 mai 1858.) — Voir *Ramener*. (Dict.)

RAMENEUSE : Boulevardière. Elle ramène chez elle. (Delvau.)

RAMONA : Petit ramoneur. (*Id.*)

RAMONER : Marmotter. (*Id.*) — Pour *marmonner* qui se disait autrefois. V. *croquer le marmot*. (Dict.)

RAMOR : Imbécile. Jargon de juifs. (Rigaud.)

RAMPEAU, RAMPO : Coup nul aux billes, à la balle. (Delvau.) — Vieux mot qui se dit encore au jeu de quilles dans nos campagnes. — « Il veut repiquer de la même pour le second rampeau. » (Monselet, *les Voyous*.)

RANGRAISSER : Renoncer. (Rigaud.) Pour *Rengracier*. — V. le Dict.

RAPAPIOTAGE : Réconciliation. (*Id.*) — Mot à mot : action de se rapapilloter.

RAPAPILLOTER (Se) : Se réconcilier. (M.) — Papilloter (réunir les cheveux) est pris ici au figuré.

RAPE : Dos. (*Id.*)

RAPER : Chanter. — « Les brocheuses avaient des voix de mirlitons crevés... On râpait à cet instant :

    Rose, je t'aime
    Toujours de même,
Car en amour, il n'est pas de saison. »
        (Huysmans, 79.)

RAPIAU : Fouille. (Grandval.) — Même origine que *rapiat* : pillard. (Dict.)

RAPIOTEUR : Ravaudeur. (Rigaud.) — Pour *rapiéceur*.

RAPOINTI : Même sens que *Corvette*. (*Id.*)

RAPOINTI DE FERRAILLE : Broche faite avec le déchet du fer, et au figuré : rebut, homme sans valeur. — V. *Muselé*.

* RASER : Ennuyer par des redites. — « Tu me rases avec l'argent que tu as dépensé pour moi. » (Durandeau, 78.)

RASTACOUER, RASTA-QUOUÈRE : Aventurier de l'Amérique du Sud venant chercher fortune à Paris. — « Ceux-ci, c'est les gens du monde. Il y en a de vrais : un sur cinquante ; tous rastaquouères ou youtres étrangers. » (Richepin, 82.)

* RAT : Retardataire. — Vient de *rater* : manquer.

RAT (Courir le) : Voler la nuit. (Delvau.)

RATER (En) : Être ébahi. (M.) — La stupéfaction empêche de réussir, fait rater.

RATIBOISER : Dérober. (M.)

RATICHE : Église. (Rigaud.) De *ratichon* : curé.

RATION DE LA RAMÉE : Nourriture de prison. (Halbert.)

RAYON DE MIEL : Dentelle. (Michel.) — Allusion à l'aspect des trous du rayon qui rappelle ceux du tulle.

RAZE POUR L'AF : Acteur. (Rigaud.) — Mot à mot : raseur pour la vie (parleur éternel).

RÉAFFURER : Regagner. (M.)

REBABILLARDER : Récrire. (M.)

RÉBECCA (Faire sa) : Affecter d'être sage. — « Vous faites bien votre Rébecca !... mais vous ne dites pas que vous recevez la visite d'un clerc de notaire. » (*La Correctionnelle*, p. 272.)

REBECTAGE : Cour de cassation. (Rigaud.) — Accord, coïncidence. (M.)

* REBECTER (Se) : Se réconcilier. (M.)

REBIFFE : Révolte. — *Rebiffer au trac* : être en état de récidive. (M.) V. *Zig*.

REBIFFER : Recommencer. (M.)

REBONDIR (Envoyer) : Mettre à la porte, expulser. (M.) — Allusion au contrecoup subi par tout objet projeté violemment quand il touche le sol.

REBONISER : Remarquer. — V. *Trèpe*.

REBONNETAGE : Raccommodement. — Mot à mot : action de redevenir *bons* amis. — « Il avait rapporté du mêlé dans un carafon et nous avons trinqué à notre rebonnetage avec toi, mon Tatave. » (Durandeau, 78.)

* REBONNETER : Calmer. (M.) — Mot à mot : *refaire bon*. — *Se rebonneter*, se raccommoder. (M.)

REBONNIR : Redire. (M.)

REBOUCLER : Refermer. (M.) — V. *Boucler*. (Dict.)

REBOUIS : Cadavre. (Rigaud.) Pour *riboui* : objet remis à neuf. — Ironie.

REBOUISER : Tuer. (*Id.*) — Acception figurée de *ribouiser* : remettre à neuf, donner une autre vie. Ironie. V. *Rebouiseur*. (Dict.)

RECALER : V. *Remballer*.

8

RECHASSER : Apercevoir, contempler, remarquer. (M.) — De *chasse* : œil.

RÊCHE : Sou. (Delvau.) — Il est plus rêche au doigt que la pièce d'argent.

RECOLLER : Relever de maladie. (Rigaud.)

RECOLLER (Se) : Se raccommoder.

RECONDUIRE : Siffler. — Terme de théâtre.

RECORDER : Réconcilier. (M.) — Pour raccorder.

RECORDER (Se) : Comploter. (M.)

RECOQUER : Reprendre des forces, s'habiller de neuf. (Delvau. — De *coquer* : prendre.

RECOURIR A L'ÉMÉTIQUE : Escompter de faux billets. Mot du xviiie siècle. (Fr. Michel.)

RECUIT : Ruiné de nouveau. (*Id.*)

* RÉDAIN : Lisez *Redam*.

REDRESSE (A la) : Avec malice. (M.)

RÉEMBALLER : Réemprisonner. (M.)

REFFOLER : Voler par surprise. (Halbert.) — Pour *refouler*. C'est le vol à la rencontre.

REFILÉ (Aller au) : Vomir, payer. (M.) — V. *refiler*, (Dict.) qui a le sens de *donner*.

REFILÉ (Ne pas aller au) : Nier. (M.) — Mot à mot : ne pas donner. V. *refiler*. (Dict.)

REFILER : Suivre. (M.)

REFILER : Reperdre. (Rigaud.)

* REFILER : Rendre. (M.)

REFILER DES BEIGNES : Gifler. (M.)

REFILER LA PATÉE : Nourrir. (M.)

REFROIDISSEUR : Assassin. (M.)

REFOULER : Ne plus en vouloir, discontinuer. (M.) — *Refouler à Bondy* : Envoyer promener. (Rigaud.) — Mot à mot : envoyer au dépotoir de Bondy.

REFROIDI : Cadavre. (Halbert.)

REGATTE : Viande. Argot de chiffonnier. (Rigaud.)

* REGONSER : Suivre à la piste. (*Id.*)

* REGOUT (Faire du) : « Poissons avec adresse mezières et gonzesses sans faire de regout. » (Vidocq.) V. *Cambriotte*.

REGUISÉ : V. *Raiguisé*.

REJACTER : Redire. (M.)

RELEVEUR DE PESOCHE : Garçon de recettes. (Rigaud.) — *Pesoche* est ici pour pièces.

RELIÉ : Vêtu. — « Ah ! mon Dieu, s'écria Phémie, éblouie en voyant son amant si élégamment relié. » (Murger, *Scènes de la Vie de Bohême*, ch. 17.) — Terme inventé par l'auteur et non consacré par l'usage, comme bien d'autres qui ont été négligés ici par dessein.

RELINGUER : Recouper. (M.) — V. *lingrer*. (Dict.)

RELUQUEUR : Badaud. (M.)

RELUQUEUSE : Lorgnette. (M.)

REMARIDAT : Remarié. (M.) — Mot provençal.

REMBALLER, RECALER, REQUILLER, RETOQUER : Refuser à un examen. — Argot des écoles.

REMONTER SA PENDULE :
Battre sa femme. (Rigaud.) —
Mot à mot : la faire marcher.

REMONTER LE TOURNE-
BROCHE : Ramener à l'observation d'une règle négligée.

REMOUCHAGE : Vengeance.

REMOUCHER : Venger. (Ri-
gaud.)

REMOUCHER : Remarquer.
— V. Nase.

REMOULEUR DE BUFFET :
Joueur d'orgue. (Id.) — Allusion au mouvement rotatoire de
son bras et à la caisse de son orgue.

REMPLIE : Enceinte. (M.)

REMPLUMER : Avoir les cheveux longs après les avoir eu
courts.

* RENARD : Espion de bagne.
« Des garde chiourmes les sur-
veillent et les font espionner se-
crètement par des renards qui
les vendent. » (Moreau Christophe.)

RENACHE : V. Rousse.

RENACHÉ : Fromage. (Ri-
gaud.)

RENACLER : Crier après.
(Halbert.)

RENAUD : Reproche, esclan-
dre. (Delvau.) Chercher du renaud : provoquer. — Etre à renaud : être irrité. (M.) Du vieux
mot : renos : grondeur. V. Tintouin.

RENCHOIR : Récidiver. —
Mot à mot : choir de nouveau ou
tomber. « La courte peine d'emprisonnement pousse directe-
ment à renchoir. » (Reinach, le
Récidiviste, 1882.)

RENDE : Vol au rendez-moi.
(M.) — Abréviation.

RENDEMI (Vol au) : Vol au
rendez-moi. (Rigaud.) Voyez
rendez-moi. (Dict.)

RENDEZ : Rendez-vous. (M.)

RENDOUBLÉ : Remplie. —
Doublé équivaut à complètement
garni. V. Cambiotte.

RENFRUSQUINER : Habil-
ler à neuf. (Delvau.)

* RENGAINER : Rentrer. (Rigaud.) — Mot à mot : rentrer
dans sa gaîne.

RENIFLANTE : Botte. (Del-
vau.) — Sans doute botte percée ;
elle renifle l'eau.

RENIFLER : Moucharder.
(M.) — Renifler est pris ici dans
le sens de sentir, deviner. (Dict.)

RENIFLER : Reculer, pressen-
tir. (Delvau.)

RENIFLETTE : Agent de po-
lice. (M.) — La reniflette : la police de sûreté. (M.) Ce dernier
sens concorde bien avec celui de
renifler (deviner). Voir plus haut.
— Le père la reniflette : le chef
du service de sûreté. (M.)

RENIFLEUR : Agent de po-
lice. (M.) Le père des renifleurs :
le préfet de police. (M.)

RENOBLER : Reconnaître. —
V. reconnobler. (Dict.)

RENQUILLER (Se) : S'enri-
chir. (M.) ; — se rétablir. (Rigaud.) — On dit plus souvent se
requiller qui se conçoit mieux.
C'est se remettre sur ses pieds
après avoir été abattu, comme la
quille du joueur.

* RENQUILLER : « Le mi-
nistre de la guerre se figure peut-
être que je vais renquiller pour
mon troisième congé... mais i
peut s' fouiller. » (Durandeau,
78.)

RENSEIGNEMENT (Prendre un) : Prendre un canon sur le comptoir. (Rigaud.) — Ironie à l'adresse des ivrognes qui disent : « J'ai été là prendre un renseignement. »

REPAGNIOTER : Se moucher. (M.)

REPASSER : Battre. (Michel.) — Même sens que *brûlée*. Le repassage chauffe le linge.

REPASSER : Carotter, flouer. (M.) — « Vous allez voir comme quoi c'est moi qui l'a été repassé ! » (*La Correctionnelle*, 40.)

REPASSER : Dépouiller. (M.)

REPAUMER : Reprendre. (*Id.*)

REPERCHER : Demeurer de nouveau. (M.)

REPÉRIR : Retrouver. Jargon de voleur. (Rigaud.) — Vieux mot.

REPÉSIGNER : Arrêter de nouveau. (Michel.)

REPIOLER : Réhabiter. (M.)

REPORTAGE : Spécialité du *reporter*, métier de reporter. — « C'est un journaliste actif. Il a été un des créateurs du reportage. » (E. Abraham.)

*REPORTER : « Quelque chose, à mon sens, achève de rendre ce terme de « reporter » ridicule ; c'est de l'énoncer comme *reportair* au lieu de *riporteur* que les Anglais disent. Mais, fuir « *rapporteur* » pour tomber dans « *riporteur* » n'est-ce pas de la peine bien employée! » (J. Améro.)

REPORTÉRISME : Genre spécial aux *reporters*. V. *Reporter*. (Dict.) « Je ne serais qu'à moitié surpris de lire un de ces matins dans les racontars du reportérisme. » (P. Véron.)

REPORTEUR : Capitaliste prêtant à ceux qui se font *reporter*. — V. ce mot. (Dict.)

REPOUSSOIR : Femme assez laide pour que sa voisine paraisse belle par comparaison. — Le mot a une origine artistique bien connue. — « A côté d'elle, une amie repoussoir au teint couperosé. » (O' Monroy, 80.)

REPOSANTE : Chaise. (Rigaud.)

REQUIEM (Un) : Table d'hôte. « Madame Saint-A... tient aussi un requiem à 1 fr. 25 cent. » (A. Flan, 58.)

REQUILLER : Voyez *Remballer*, *Renquiller*.

REQUINQUER : Apercevoir, regarder fixement. (M.) — De *quinquet* : œil.

RERIFER : Rallumer. (M.)

RESTITUER : Vomir. — C. a. d. restituer son repas. On dit dans le même sens *rendre*. — « Sur six convives, il y en eut quatre qui restituèrent. » (Saint-François, *Vieux péchés*, 79.)

RÉSERVOIR : Réserviste. (Rigaud.) — Changement de finale.

RÉSURRECTION : Prison de Saint-Lazare. (Michel.) — Allusion à Lazare le ressuscité.

* RETOQUER : « J'ai besoin de me calfeutrer pour étudier... je ne veux pas être retoqué. » (Mirval, 79.)

RETROUSSEUR : Souteneur. (M.) — Allusion au côté complaisant du métier.

RETOURNER : Se produire. — Terme de jeu de cartes. — « S'il retourne des claques, nous serons deux à les donner. » (*Figaro*, 58.)

RÊVE (C'est un) : C'est supérieur. (Rigaud.) — Mot à mot : c'est au-dessus de la réalité. Terme souvent ironique.

REVENDRE : Révéler. (Michel.) — On dit déjà dans le peuple *vendre* pour *dénoncer*.

REVIDAGE : Même sens que *révision*. (Delvau.) — Mot à mot : action de *revider* les enchères.

RÉVISION : Opération secrète de marchands associés pour assister à une vente et pour y payer les choses au-dessous de leur valeur sans se faire concurrence. Après la vente, ils se réunissent dans un café voisin et recommencent la vente en y mettant cette fois le prix vrai. Les bénéfices sont répartis entre les compères dont certains empochent sans être des acquéreurs sérieux; ils touchent seulement une sorte de prime pour leur complicité. On a souvent et vainement réclamé contre une manœuvre qui fait aux vendeurs un dommage illicite et considérable. On en jugera par cette note manuscrite d'un catalogue de vente faite par Tross, le 21 décembre 1857 : (Elle est placée en marge du numéro 134 : Collection factice de 288 portraits, etc.) — « *Vendu trois cent quatre-vingt-dix francs. A la révision, cette collection a été poussée à sept cents francs.* » — Ce catalogue fait partie de la bibliothèque de l'Arsenal. — La révision est pratiquée du reste pour les ventes de toute nature. Elle s'appelle ainsi parce qu'on y révise les prix d'adjudication.

REVURE (A la) : Adieu. (M.) Mot à mot : à la re-vue! à la prochaine entrevue!

RIAULLE : Bonne chère. (Halbert.) — Pour *riole*.

* RIBOUI : Soulier neuf fait avec du vieux. Voyez Dix-huit. (Dict.).

RICHONNER : Rire. (Michel.)

RIEN : Garde-chiourme. (*Id.*)

RIEN CHAUD (Il n'est) : il est ardent. (M.) — V. *Rien*. (Dict.)

RIFFAUDANT : Cigare. (Rigaud.) — Mot à mot : *brûlant*.

RIFE : Feu. (M.) — Nous avons déjà ce mot écrit de quatre manières différentes. — (V. *Riff*, Dict.) Comme *ruffante*, *riff* et ses dérivés doivent avoir pour radical le latin *rufus* (rouge) qui a fait le verbe *rufare* (roussir, fumer, enfumer). Dans le Midi, on appelle encore *ruffian*, une torche allumée de chiffons gras. Ce qui prouve bien que l'argot a pu faire *rif* de *ruf*, c'est que le mot d'argot *rifflé*, sévère (Halbert, A. Pierre) est bien le même que le vieux mot *rufe* : bourru, encore usité dans nos patois du Centre. (V. le Dict. du comte Jaubert.) Et dans ce même patois, on dit *rufe* et *ruffe* pour *rufle*, comme on dit en argot *rif* et *riffe* pour *riffle*.

RIFFE (De) : De force, par contrainte. (M.)

RIFFER : Allumer, échauffer. (M.)

RIFFEUR, RIFFEUSE : Allumeur, allumeuse. (M.)

RIFFLÉ, RIFFLEUR : Sévère. (A. Pierre, Halbert.) — Voir *Riffe* ci-dessus.

RIFFONDANT : Cigare. (Rigaud.) — Forme de *riffaudant*.

RIFLARD : Vieux soulier. (*Id.*)

RIFLARDISE : Morgue. (*Id.*)

8.

RIFLE : Jeu. (Halbert.) — Pour *feu*. C'est une forme de *Riffe*.

RIFOLARD : Amusant. (Rigaud.) — Pour *rigolard*.

RIGADIN : Soulier. (*Id.*) — Pour *ripatin*. — Voyez *ripaton*. (Dict.).

` RIGOLARD : Amusant. « Le cortège du bœuf gras, c'est tout de même plus rigolard. » (P. Véron, *Par devant M. le maire*, ch. 7.)

RIGOLO : Attaque nocturne. (M.) — *Faire le rigolo* : Attaquer de nuit. (M.)

RINCÉ COMME UN VERRE A BIÈRE : Ruiné. « Il n'entretiendra plus ni danseuses ni femmes, il est guéri radicalement, car il est rincé comme un verre à bière. » (Balzac, *la Cousine Bette*, ch. 29.)

RIPA, RIPEUR : Voleur de Seine, pirate d'eau douce. (Rigaud.)—Ces voleurs sont de vrais latinistes, car le latin *ripa* veut dire *bord de l'eau*, mais défions-nous des étymologies séduisantes.

RIPATIN : Brodequin, galoche. (M.)

RIPIOULEMENT : Chambre. (Rigaud.)

RIPIOULER : Dormir. (*Id.*)

RIVÉ AU PIEU : Épris d'une prostituée. (De Goncourt.) — Mot à mot : rivé au lit.

RIVETTE : Prostituée. (Michel.) — Du verbe *rivancher* : se livrer à l'amour.

ROBIGNOL : Très amusant. (Rigaud.) — De *robignole*. (V. le Dict.) — Allusion aux facéties des robignoleurs qui veulent attirer les dupes.

ROGNER : Grogner. (Palat.)

— *Rognioner* (Dict.) qui a le même sens est un vieux mot.

ROGNER : Guillotiner. (*Id.*)

ROMBOINÉ : Sou marqué. (Halbert.) — *Rom* est ici pour *rond*.

ROMSTECK : Forme française de l'anglais « *rumpsteak*, » qui signifie en bon français : *tranche de culotte.*

ROMTURE : Homme en surveillance. (A. Pierre.) — Pour *rousture.*

RONCHONNER : Murmurer, grommeler. (Boutmy.) — Doit être une abrév. de *gronchonner*, par dérivation du verbe *grincer* (des dents) qui a déjà fait *grincheux*. Le *g* initial est tombé comme dans l'expression populaire *rognonner* : grogner, qui est certainement une abréviation de *grognonner*.

RONCHONNEUR : Qui ronchonne. (Boutmy.)

ROND (Faire) : Ne faire rien de vigoureux, qui ait une forme nettement dessinée. Terme d'atelier pris au figuré. — « Le flou, la douceur abondent. L'artiste fait un peu rond, comme on dit dans les ateliers. » (Ph. Chasles.)

* ROND : *Soul.* (V. le Dict.) Lisez ROND : *Sou.*

ROND (Tourner) : Ne plus avoir d'argent. (Rigaud.)

RONDIN : Excrément. (Delvau); boule. (Halbert.)— Pomme. (M.) — Allusions de forme.

RONDINE : Voyez *Rondache.* (Dict.)

RONDINER : Aller à la selle. (Rigaud.)

RONDINER : Boutonner. (Michel.) — Le bouton est rond.

RONDINET : Bague. (A. Pierre.) — Elle est ronde.

RONFLANT : Bien mis. (Rigaud.)

RONFLER THOMAS (Faire): Aller à la selle. (*Id.*) — M. Fr. Michel donne deux exemples du xviiᵉ siècle donnant les variantes *faire ronfler le bourrelet*, et *faire ronfler la chaise percée*. M. Rigaud a constaté que cette expression modifiée reparaît de notre temps. — V. *Thomas*. (Dict.)

ROQUILLE : Quart de setier. (Michel.) — Abrév. de *broquille*: petite partie de *broc*. C'est un vieux mot.

ROSSIGNOL : Hautbois. (Halbert.)

ROSTO : Bec à gaz. Argot de polytechnicien. Du nom du général Rostolan. (Rigaud.)

ROUATRE : Lard. (Halbert.)

ROUATRÉ : Lardé. (*Id.*)

ROUBIGNOLEUR : Floueur, malin. (Rigaud.) — Pour l'origine de ce mot, voyez *Robignoleur*. (Dict.)

ROUBLAGE : Témoignage. (*Id.*) — Ce mot et trois des mots suivants semblent venir de *roublard*, que nous avons déjà donné avec le sens de *roué, faiseur,* homme auquel on ne peut se fier.

ROUBLARD : Agent de police. (*Id.*)

ROUBLARD : Heureux. (*Id.*) — Mot à mot: ayant des roubles, riche.

ROUBLER : Témoigner, se plaindre. (*Id.*)

ROUBLEUR : Témoin. (*Id.*)

ROUE : Interrogateur. (Michel.) — Doit être le même mot que *roué* : juge d'instruction. Sans accent, il ne peut faire allusion qu'à l'ancien instrument de supplice appelé *roue*, comme *rouen* (officier) et *roveau* (gendarme).

ROUEN : Officier de gendarmerie. (Halbert.) — *Rouen* n'est ici qu'une forme de *rouin* qui voulait dire jadis *prévôt*. (Grandval.)

*ROUEN (Aller à) : Au lieu de *je deu mots*, lisez dans le dict. : « *jeu de mots sur* Rouen *et* ruine. » — On trouve un second exemple de ce procédé dans *nier* et *aller* à Niort.

* ROUEN (Envoyer à) : Couler. — Ce n'est pas une allusion à la Seine, mais une équivoque sur *Rouen* et *ruine* comme ci-dessus.

ROUFFLÉE : Roulée de coups de poings. (D. Lacroix.) — De *rouffle* (chaud), ce qui équivaut à notre *brûlée*. (Dict.)

ROUGEMONT (Pivois de) : Vin rouge. (Michel.) — Équivoque géographique du genre de Rouen, Niort.

ROUGOULE : Vol au rendez-moi. (Rigaud.)

ROUILLE : Bouteille. (Michel.) — Abrév. de *rouillarde*.

ROULANTE : Tambour. (M.) — Le mot *caisse* est sous-entendu.

ROULANTE (Petite) : Cabriolet. (M.)

ROULE (Ça) : Cela marche bon train. — Allusion au roulement d'une voiture.

ROULEMENT: Ardeur à l'ouvrage. (Rigaud.)

ROULEUR : Chiffonnier (*Id.*).

— Il roule (voyage) constamment. (Delvau.)

ROULOTIN : Roulier. (Michel.)

ROULOTTE A TRÈPE : Omnibus. (Rigaud.)

ROULOTTE EN SALADE (Grinchir une) : Voler sur une voiture. (Michel.) — Mot à mot : dans le pêle-mêle de la voiture. — V. *Salade.*

ROULURE : Fille perdue, mot à mot : roulant de l'un à l'autre. — « Le hasard fit qu'il n'habitât point une maison bondée de roulures ou foisonnant de gigolettes. » (Huysmans, 79.)

ROUMIE : Vieille croûte de pain. Jargon de chiffonnier. (Rigaud.)

ROUPILLON (Chatouiller un) : « Châtouiller c'est fouiller, parce que souvent on fait ainsi tressaillir l'homme qui dort, qui roupille. » (Grison, 81.) — Voler un homme endormi. — V. *Roupiller.* (Dict.)

ROUSCAILLEUR : Débauché. — Employé souvent en mauvaise part. Exemple : *c'est un vieux rouscailleur,* c'est un vieux coureur de filles. — Vient de *rouscailler,* verbe composé de deux parties. C'est une allusion testiculaire, et non un dérivé de *rousse-caigne* (chienne rousse) comme on l'a cru jusqu'ici. — La finale *cailler* qu'on retrouve dans *lanscailler* et *mouscailler,* n'a rien de commun avec *caigne.* Elle a le sens de *projeter.*

ROUSPÉTANCE : Mauvaise humeur. (Rigaud.) — Au xviiie siècle, *faire le pet* signifiait déjà *faire mauvaise mine.* — V. le Dict.

ROUSPÉTANCE : Agent des mœurs. (*Id.*) — Mot composé de *rousse* et de *pet,* qui donne au mot Rousse un caractère plus menaçant. — V. plus haut.

ROUSPETTAU : Bruit. (M.)

ROUSPETTER : Bouger, s'agiter. (M.) Ne pas rouspetter : rester coi.

ROUSPONT : Souteneur exploitant les pédérastes. (Michel.) — C'est le même mot que *rouspant* (Dict.), mais le sens est différent.

ROUSSE A LA RENACHE : Police secrète non commissionnée. (Halbert.) — Mot à mot : *police à la tromperie.* — V. *Arnache.* (Dict.) — Halbert appelle aussi *arnaque* un agent de la sûreté. M. Rigaud donne *rousse à l'arnac* : police de sûreté. — V. *Arnac.* (Dict.)

ROUSSI : Mouchard, contrôleur, inspecteur. (Rigaud.) Dérivé de *rousse.* — V. le Dict.

ROUSTANPONNE (La) : la police. (M.) — De *rousse* (police) et *tamponner* (battre).

* ROUSTI : Flambé, perdu sans espoir, usé. (M.) — Forme ancienne de *rôti.* — Coup rousti : coup manqué.

* ROUSTIR : Tirer à soi. (M.)

ROUSTISSEUR : Parasite, — carottier. (*Id.*)

ROUSTISSURE : Mauvaise plaisanterie. (Delvau.)

ROVEAU : Gendarme. (Halbert.) — Pour *roueau.* — V. *Rouen.*

RUB DE RIF : C'est-à-dire ruban de feu. — C'est ainsi qu'on

désigne le chemin de fer. (Grison, 81). — V. *Rif*. (Dict.)

RUBAN (Faire le) : Faire la queue. « Voilà huit ans à tout à l'heure qu'on y a fait le ruban à c'te bonne femme. » (*La Correctionnelle*, p. 81.) — *Ruban de queue* s'est dit aussi d'une route s'allongeant à perte de vue.

RUBIS SUR PIEU : Argent comptant. (Michel.)

RUE OU L'ON PAVE : Voir *Pave*.

* RUP : Étymologie : *Rup* semble venir du vieux français *drup*. Outre Lacombe que nous avons cité (Dict.), le glossaire de Barbazan donne à ce propos un vers de Coquillard qui ne laisse aucun doute :

Sots, singes, drups, dupes, niais.

Drup semble à Barbazan une forme de *dru* qui signifiait « gaillard, bien en point, » et qui a pu se prendre au figuré pour désigner des gens riches. — *Rup* peut aussi être plus simplement une altération de *huppé* (homme riche) qui est aussi un vieux mot.

* RUPIN : Fameux. (Halbert.) — Malin. (Rigaud.)

RUPINE : Dame bien mise. (Halbert.)

RUPINSKOFF (Être) : Être dans l'aisance. (M.)—Cette finale en *off* témoigne de la renommée financière que les voyageurs russes avaient à Paris. — V. *Rupin*. (Dict.)

RUSQUIN : Écu. (*Id*.) — Semble une abréviation du terme populaire *saint frusquin* : argent, fortune.

S

SABACHE : Simple. (A. Pierre.) — Pour *Saboche*.

SABLE (Être sur le) : Être en disponibilité. Jargon des souteneurs. Allusion à leur nom de *poisson*. (Rigaud.)

SABLENAUT : Cordonnier. (Michel.) — Pour *sabrenot*.

SABLON : Cassonade. (*Id*.) — Elle ressemble à du sable.

SABOCHE : Mauvais ouvrier.

SABOCHER : Travailler trop vite. (Delvau.) — V. *sabot*.

SABORD (Jeter un coup de) : Vérifier l'ouvrage. Jargon d'ouvriers. (Rigaud.) — Mot à mot : jeter un coup d'œil. Un *sabord* est un œil pour le navire.

SABOT : Objet démodé, vieux, hors de service (Rigaud); mauvais violon, mauvais billard : homme aimant à dormir. (Delvau.)

SABOT : Mauvais ouvrier. — « Combien gagne-t-il ? — Huit sous l'heure ! — Un sabot, quoi ! » (Huysmans, 79.) — Allusion au sabot avec lequel on marche moins bien qu'avec le soulier.

SABOURIN : Maladroit. — « Il n'y a que des sabourins dans son échoppe. » (*Le Sublime*, 72.) — Doit venir de *sabrer*. — V. *sabreur*.

SABRE (Coup de) : Grande bouche. (Rigaud.) — Allusion à l'ironie populaire : *il a la bouche fendue avec un sabre*, en parlant de ceux qui ont de grandes bouches.

SABRENAS : Gâcheur, mauvais ouvrier. (Michel.) Mot à mot *Savetier*. — V. Sabrenot.

SABRENOT : Savetier. Allusion à leur sabre ou tranchet. (Halbert.) — Sabrenauder se trouve dans le dictionnaire de Trévoux (1718) avec le sens de *travailler grossièrement*. — Dans le Midi, on appelle *Sabernau* l'ouvrier cordonnier.

SABREUR : Ouvrier travaillant vite et mal. (Rigaud.) — Du verbe *sabrer* qui veut dire mot à mot : travailler à coups de sabre, c'est-à-dire à coups pressés, sans ordre.

* SAC : Verve. — « Quel sac ! veut dire : quelle verve ! (Palat.) —Sac est pris ici au figuré pour *forte provision* d'esprit.

SAC (Affaire dans le) : Affaire conclue. « Seigneur, l'affaire est dans le sac. » (A. Karr, *les Guêpes*, janv. 40.)

SAC PLEIN (Avoir le) : Être ivre. (Delvau.)

SAC A OS : Maigre. (Rigaud.) — Le *sac* est ici la peau.

SAC AU LARD : Chemise. (Delvau.) — Le *lard* désigne ici le corps humain.

SACDOS : Décharné. (M.) Des réunions de deux mots *sac* et *os*. — V. Sac à os.

SACDOSER : Faire maigrir. (M.)

SACHETS : Chaussettes, bas. (Grison, 81.) — Allusion ironique aux sachets des parfumeurs.

SACQUER : Renvoyer, mot à mot : donner son sac à quelqu'un.— « T'es toujours noceur, tu te seras fait sacquer. » (*Le Sublime.*)

SACRISTIE : Lieu d'aisances. Jargon de voleur. (Rigaud.)

SAFFRE : Gourmand. (Michel.) — Vieux mot.

SAFRAN (Aller au) : Dissiper son bien. (Delvau.)

SAIGNEMENT DE NEZ : Interrogatoire. — *Faire saigner du nez* : interroger. (Rigaud.)

SAINT - DOME : Tabac. — Abrév. de Saint-Domingue; patrie du tabac, dit M. Rigaud. C'est une variante de *Saindomme* (Dict.). Le manque d'exemples anciens et le synonyme *Saint-père* mettent dans le doute sur la forme vraie et l'origine de cette expression. V. *Saint-père*.

SAINT JEAN : Outillage d'un compositeur. — *Prendre son saint Jean* : quitter l'atelier. (Boutmy.)

SAINT LAZO : Prison de Saint-Lazare.(M.)—Changement de finale.

SAINT LUNDI (Faire la) : Ne pas travailler le premier jour de la semaine. Ironie à l'adresse des jours fériés de l'Eglise.

SAINT PÈRE : Tabac à fumer. (M.)

SAINTE TOUCHE : Jour de la paye (Boutmy.)— Ironie voltairienne.

SALADE : Pêle-mêle. (Michel.) — Allusion au pêle-mêle de la salade.

SALADE : Rixe. — « Il paraît qu'il y avait eu des mots avant la salade... des bêtises; j' sais pas quoi ! » (*La Correctionnelle*, p. 40.)

SALADIER : Vin sucré. — Récipient pris pour le contenu. — « Il ne sortait pas du saladier, ça vous retapait un homme. » (*Le Sublime*, 72.)

SALE : Gris. (Halbert.) — Ce qui est gris paraît sale.

SALÉ : Travail payé d'avance à un ouvrier typographe. — Jeu de mots sur *salaire*. — « On dit que le salé fait boire parce qu'il n'encourage pas à travailler.» (Boutmy.) — *Salé* semble avoir un sens plus ironique dans cet exemple : « Tout ça ce n'est pas du salé. En voilà de la turbine ! On se casse les ongles sur ce papier-là ! » (Huysmans, 79.)

* SALÉ (Morceau de) : Petit enfant. — Il est blanc et rose comme un morceau de petit-salé.

SALLE A MANGER : Bouche. (Delvau.) — Les aliments y vont.

SALLE DE DANSE : Derrière. (Rigaud.) — C'est lui qui reçoit généralement la *danse*. (Dict.)

SALUER : Baisser la tête sous le feu des projectiles. (D. Lacroix.)

SANCHO-PANÇA : Juge de paix. (Michel.) — Mot douteux du genre d'*Arche de Noé*. (Dict.)

SANG (Avoir dans le) : Chérir. (M.)

SANG DE POISSON : Huile. (*Id.*) — Allusion à l'huile de poisson.

SANS BEURRE : Chiffonnier de premier ordre. (*Id.*) — Ce doit être une forme de *sans berri* : sans hotte. (V. *Berri*.) Le chiffonnier en gros ne porte pas la hotte.

SANS BOUT : Cerceau. (*Id.*) — Un cercle n'a pas de bout.

SANS CAMELOTE : Escroc solliceur de zif. (*Id.*) — V. *Solliceur*. (Dict.)

SANS CHAGRIN : Voleur. (Vidocq.)

SANS DARBE : Orphelin. (M.) — Mot à mot : *sans père, sans mère*.

SANTAILLE : Prison de la Santé. (M.) — Changement de finale.

SAOULLE : Terme de mépris employé particulièrement en prison. (Halbert.)

SAPEUR : Juge, président. (M.)

SAPEUR : Cigare presque entier. (Rigaud.) — Il marche à la tête des autres, pour les ramasseurs de bouts de cigare.

SAPIN : Plancher. — Il est en sapin.

SAPIN DES CORNANTS : Terre. Mot à mot : plancher des vaches. (Michel.)

SAPINIÈRE : Fosse commune. (Rigaud.) — Jeu de mots sur *sapin* (arbre) et *sapin* (cercueil). — V. le Dict.

SAQUÉ (Être) : Être riche, avoir le sac (Boutmy.) — Voyez aussi *sacquer*.

SARDINE : Doigt. (Rigaud.) — Allusion de forme.

SARDINÉ : Gradé. (M.) — V. Sardines. (Dict.)

SARRASIN : Ouvrier travaillant quand les autres font grève. Mot à mot : infidèle. (Delvau.)

SARTANIER : Membre d'une société poétique de Paris, appelée la Sartane (en provençal : poêle à frire). — « Les cigaliers auxquels s'étaient joints les Sartaniers ou

Vauclusiens présents à Paris... »
(*La France*, oct. 79.)

SATIN : Tribade. (M.) —
M. Zola a utilisé ce terme pour
nommer une des femmes de
Nana.

SATON : Matériel de saltimbanque.

SAUCE : Clique, bande. (M.)
— Abrév. du mot Société.

SAUCE (Faire partie de la) :
Faire partie d'une bande. (M.)

SAUCE PIQUANTE (Accom-
moder à la) : Persifler, battre.
(Delvau.) — On dit aussi *mettre
à la* sauce piquante.

SAUCE TOMATE:Menstrues.
(Rigaud.)— Allusion de couleur.

SAUCISSE : Fille publique.
(*Id.*) — Doit être un dérivé de
sauce (bande, clique), et signifier
« femme de la clique. »

SAUMON : Personne riche dé-
cédée. (*Id.*) — Jargon de croque-
mort. — Allusion aux saumons
d'argent.

* SAUTER : Puer. Doit être
une abrév. de *sauter au nez*. En
1807, on disait aussi *le cœur en
saute*, pour : cela est infect.

SAUTER : Voler. (Halbert.) —
Mot à mot : *faire sauter*. Même
image que dans *évanouir, filer*,
etc.

* SAUTEROLLE : Abrév. de
saute-rondolles.

SAUTE-RONDOLLES : Ban-
quier. (Halbert.) — Mot à mot :
voleur de sous (ronds).

SAUTEUSE : Puce. (Halbert.)

SAUTU : Santé. (*Id.*) — Pour
santu.

SAVATE : Ouvrage mal fait
(Delvau) ; homme inhabile. (Rigaud.) — *Traîner la savate* :
Être misérable. (*Id.*) — Mot à
mot : n'avoir pas de quoi s'acheter des chaussures.

SCARABOMBE:Étonnement.
Scarabomber : Étonner. (*Id.*)

SCHAKO : Tête. — Contenu
pris pour le contenant — « Est-
ce que vous vous fichez dans le
schako que vous allez nous em-
bêter plus longtemps. » (Durandeau, 78.)

SCHELINGUE (Il) : Il fait
mauvais temps. (M.) — Jeu de
mots sur le mauvais air. — V. le
mot suivant.

SCHLINGOTER : Empester.
(M.) — De *schlinguer*. — (V. le
Dict.)

SCHLOFFER : Dormir. — De
l'allemand *schlafen* : dormir. —
« J'ai filé, je suis allé schloffer
un brin. » (Zola.)

SCHNESS : Physionomie.
(M.) — Semble une corruption
de l'allemand *schnauze* : mufle,
groin.

SCHNICK : Voir Schenick.
(Dict.)

SCHPIL, SCHPILE : Bien
exécuté. — *Schpiler* : réussir un
ouvrage. (Rigaud.) — Semble
venir de l'allemand *spiegel* :
modèle.

SCHPROUM (Faire du) : Faire
tapage. (M.)

SCHTARD : Prison. (M.) —
Forme de *jettard*. V. le Dict.

SCIER DU BOIS : Jouer du
violon. — *Scieur de bois* : violo-
niste. (Delvau.) — Comparaison
de l'archet à la scie.

SCION : Canif, tranchet, stylet, couteau, poignard. (M.) — *Double scion* : couteau catalan. (M.) — Le mot doit venir de province, car en patois normand, on dit *scionner* pour *frapper*.

SCRIBOUILLAGE : Genre dramatique de Scribe. « Marivaux nous a légué marivaudage. Scribe nous léguera *scribouillage* que l'Académie finira peut-être par accepter. » (*Physiologie des noms propres*. Chambéry. 1849.)

SÉANT : Derrière. — Abrév. de *bienséant*. (Dict.) « Les sangsues polonaises ne veulent mordre que des séants russes. » (Chavette, 79.)

SEAU (Coup dans le) : Coup manqué. (M.) Mot à mot : coup noyé.

SEC : Fruit sec. (Palat.) — Abréviation. V. Fruit sec. (Dict.) — On dit aussi dans l'armée *être sec de* pour *être privé de.* (*Id.*)

SEC : Mort. (Rigaud.)

SÈCHE : Cigarette. — V. *Cramer*.

SÈCHE : Mort. (Rigaud.) — Le squelette qui la personnifie n'est pas gras.

SÈCHE (Piquer une) : Ne savoir que répondre, faire une maladresse. Avoir une mauvaise note. (Palat.)

SÉCHÉ (Être) : Avoir échoué à l'examen. (Rigaud.) — Du terme *piquer une sèche.*

SÉCHÉ (Être) : Être dégrisé. (Delvau.) — Mot à mot : n'être plus *mouillé* (gris).

SÉCHER : Vider bouteille. — « Ces buveurs de pomard disaient : séchons les litres. » (Bouchor, 80.)

SÉCHER LE LYCÉE : Ne point aller au lycée. (Rigaud.)

SÉCHER UN DEVOIR : Ne pas faire de devoir. Argot des écoles.

SÉCHOIR : Cimetière. (Rigaud.) — C'est le séjour des *secs* et la *sèche* est là sur son terrain. — V. ces deux mots ci-dessus.

SECOUER : Mettre en arrestation. (M.) — Opération qui ne se fait pas sans secousse, généralement. « J'ai été secoué sur le tas en faisant un bobino, une bride et linquecé talbins d'un millet : j'ai été pris en flagrant délit de vol d'une montre, une chaîne et de cinq billets de mille francs. » (M.)

SECOUSSE (Prendre sa) : Mourir. (Michel.) — Allusion à la dernière convulsion de l'agonie. Mot du XVIIIᵉ siècle.

SEIZE-MAYEUX : Fonctionnaire du ministère du 16 mai 1877. (Rigaud.) — Jeu de mots ironique des journaux républicains sur *mai* et *mayeux* (bossu). — La finale *eux* est un péjoratif politique employé par tous les partis. On a commencé par dire *partageux, communeux* (à l'imitation des paysans); puis est venu *bonaparteux.*

SEIZIÈME : Seizième de litre. — « Un patriarche qui l'exorcisait derrière les bocaux d'alcool, en faveur de trois seizièmes (d'eau-de-vie) de cent sept ans. » (*Intermédiaire*, 10 juill. 70.)

SEMER : Se débarrasser, terrasser. (Delvau.) — Mot à mot : éparpiller sur place. « Dis donc, Jeannette, si nous semions ces animaux-là. » (*Journal pour rire*, déc. 80.)

9

SÉMINAIRE: Bagne. (Rigaud.) — Allus. à l'absence de femmes. — Le même nom est donné dans les campagnes aux cages des poulets à l'engrais.

SEMPER : Tabac. (*Id.*) Voyez *saint père*.

SÉNAT : « Depuis longtemps, les travailleurs appellent *sénats* les boutiques des marchands de vins où ils se réunissent par spécialités. » (*Le Sublime*, 72.)

SÉNATEUR : Bourgeois bien mis. (Rigaud.)

SER (faire le) : cligner de l'œil. (M.) — *Obéir au moindre ser :* Obéir en un clin d'œil. (M.) V. *Coup de ser.* — V. *Ser.* (Dict.)

SERGENT D'HIVER : Soldat de première classe. (*Id.*) — Allusion ironique à ses galons de laine. La laine tient chaud l'hiver.

SERIN : Gendarme. — Allusion au jaune des buffleteries. (Delvau.)

SERINGUE A RALLONGES : Télescope. (Rigaud.) — Allusion à sa forme et à ses tubes s'allongeant à volonté.

SERPENT : Sergent dans les lycées. — Déformation du mot et allusion au galon serpentant sur la manche. — A l'École polytechnique, on a voulu innover, et le *serpent* s'y appelle *crotale*.

SERPENT (faire un) : Les écoliers se mettent les uns derrière les autres et courent dans toute la cour en suivant toujours leur chef de file; ils forment ainsi les anneaux d'un immense serpent. Le serpent est surtout usité en hiver pour se réchauffer. — Argot des écoles.

SERPENT : Crachat. (Michel.) — Allusion de projection.

SERPENTIN : Matelas. (*Id.*)

SERPETTE : Jambe courte. (Rigaud.) — Allusion de forme.

SERPILLIÈRE : Robe, soutane. (Halbert.) — Vieux mot qui veut dire aujourd'hui *toile*, mais qui, au XIIIᵉ siècle, voulait dire *robe*.

SERREBOIS : Sergent. — Il fait serrer les rangs. — Allusion à un écrou que les menuisiers appellent de leur côté *sergent*. (D. Lacroix.)

SERREPOGNE : Bracelet, menotte. (M.) Il serre le poignet.

SERRER : voler. V. *Enflaquer*. — On retrouve ici le sens bien connu du vieux mot *serrer* : metre de côté, à l'abri.

SERRER LE BRANCARD : Serrer la main. (Rigaud.) — Allusion à l'aspect fourchu de la main qui étreint.

SERRER LA VIS : se pendre. (M.) — V. *Vis*.

SERRER LE QUIQUE : étrangler. (M.) — V. *Quique*.

SERRER LE QUIQUI (Se) : Se pendre. (M.)

SERRER LES FESSES : Avoir peur. (*Id.*) — Celui qui foire (a peur) serre les fesses à tout moment sur le chemin de la garde-robe.

SERVIR : voler...

Par contretemps, ma largue,
Voulant se piquer d'honneur,
Craignait que je la nargue.
Moi qui n' suis pas taffeur,
Pour gonfler ses valades,
Encasque dans un rade,
Sers des sigues à foison.
On la crible à la grive !

Je m' la donne et m'esquive,
Elle est pommée marron.
(Chanson argotique, *Audience*, 6 sept.
57.)

SEUL HOMME (faire le) :
— Pour faire le seul homme, les
écoliers se tiennent un par un
très serrés l'un derrière l'autre.
C'est toujours un prétexte à désordre. Argot des écoles. — Voir
Serpent.

SIANTE : Chaise. (Halbert.)
— Du verbe *seoir.*

SIBICHE : Cigarette. (M.)

SIFFLER AU DISQUE : Demander de l'argent. — Allusion
au mécanicien du chemin de fer
sifflant au disque pour demander l'ouverture de la voie. De
plus, la monnaie est ronde
comme le disque. — « Il avait
beau siffler au disque... Rien ! »
(*Le Sublime*, 72.) — Depuis, le
sens de *siffler au disque* s'est généralisé, c'est attendre n'importe
quoi, non plus la fortune, mais
une bonne fortune. « Rien à
faire de cette femme-là !... J'ai
sifflé au disque assez longtemps...
Pas mèche! la voie est barrée, »
dit un prince facétieux dans les
Rois en exil d'Alphonse Daudet.

SILENCE : Huissier. (Michel.)
— C'est le pendant moderne de
paix-là !

SIMONNER : Escroquer. (M.)
— Vient très probablement de
notre vieux mot *simonie.*

SIMONNEUR : Filou. (M.)

SINGE (le grand) : C'est le
chef du gouvernement. (Grison,
81.) — V. *Singe.* (Dict.)

SINQUI : Cela. (Halbert.) —
Doit être un mot de nos patois
de l'Ouest.

SINVINERIE : Niaiserie. (Michel.) — De *sinve.* (Dict.)

SITRIN : Noir. (*Id.*)

SITRON : Aigre. (*Id.*) — Le
citron est acide.

SIVE : Poule. (*Id.*)

SIXIÈME : Casquette du genre
Desfoux — (V. ce nom). — « La
haute casquette de soie noire,
dite à six étages, vulgairement
nommée un *sixième.* » (Moinaux, 81.)

SIX ET TROIS FONT NEUF :
Boiteux. (Rigaud.)

SIX-QUATRE-DEUX : Boiteux. (M.) — Même genre d'allusion que pour *cinq et trois.* —
Voir ce mot.

SLASSE : Ivre. (M.) — Abrév.
de *soulasse*, considéré comme
péjoratif de *soûl.* On dit de même
bêtasse pour *bête.*

SLASSER : Soûler. (M.)

SLASSIQUE : Ivre. (M.) — Péjoratif de *slasse.*

SLASSIQUER : S'enivrer.
(M.)

* **SŒUR** (Et ta) : M. Rigaud
voit une allusion dans ce couplet d'une chanson populaire
chantée sur un air de valse de la
Fille du régiment :

Et ta sœur est-elle heureuse,
A-t-elle z'évu beaucoup d'enfants ;
Fait-elle toujours la gueuse,
Pour la somme de trois francs ?

Cette origine paraît vraisembla-
ble. Il n'y manque que la date
de la chanson.

SŒURS BLANCHES : Dents.
(Michel.)

SŒUR DE CHARITÉ : Vo-
leuse se présentant sous prétexte
de bonnes œuvres. (Vidocq.)

SOIGNER LES ENTRÉES : Être claqueur. « Il travaille aux pièces nouvelles et soigne les entrées des actrices, comme il dit. » (Balzac, *Cousine Bette*.)

SOLLICEUR DE LOFFI - TUDE : Homme de lettres. (Michel.) — Mot à mot : marchand de sottises. — *Solliceur de pognon* : Banquier (marchand d'argent).

SOMBRE (La) : Préfecture de police. (Rigaud.) — Pour les malfaiteurs, l'ancien bâtiment était très sombre, à tous les points de vue.

* SONDEUR : Questionnaire. (M.)

* SONDEUR : Avocat. (M.) *Avocat sondeur* : procureur de la République. — *Père sondeur* : Juge d'instruction. (M.) — *Les sondeurs* : la police. (M.)

SONNER (Se la) : Bien dîner. (*Id.*)

SONNER : « Le magistrat demanda ce que voulait dire le mot *sonné*. — Ah ! répondit-il sans s'émouvoir, je vas vous dire, monsieur le juge. Chez nous, là-haut à la Villette, on dit comme ça quand on a pris un homme couché par terre par les oreilles et qu'on lui a tapé le derrière de la tête contre les pavés jusqu'à ce qu'il soit achevé ! » (*Petit journal*, oct. 78.)

* SORGUE : Rue. (Halbert.)

* SORGUER : Dormir. (M.)

SORLOT : Soulier. (Rigaud.)

SORTE : Mystification, *scie* (V. ce mot) dans le langage des ouvriers imprimeurs. « Conter une sorte, c'est narrer une histoire impossible... Il y a aussi des sortes en action. » (Boutmy, 78.)

SORTI (Être) : Être distrait. (Rigaud.) — Quand on est sorti, on n'y est pas (on n'est pas à la question).

SORTIR D'EN PRENDRE : Avoir assez d'une chose déjà expérimentée. — « En fait de gouvernement constitutionnel, — pour se servir d'une expression populaire, — elle (la reine Christine) sortait d'en prendre. » (A. Karr, décemb. 40.) — On abrège maintenant et on dit : *j'en sors* pour *j'en ai assez*.

SOUCHE (Fumer une) : Être enterré. (*Id.*) — Mot à mot : fumer la terre, faire pousser les souches des arbres qu'on y plante.

SOUDEUR : Commis d'octroi. (Halbert.) — Pour *sondeur*.

SOUFFLER MAL : Avoir de mauvaises intentions. (Rigaud.) — Jeu de mots sur *avoir mauvais air*.

SOUFFLER SON COPEAU : Travailler. (Delvau.) — Allusion au sifflement du rabot de menuisier.

SOUFFLEUR DE POIREAU : Musicien. (M.) — Allusion aux enfants qui font des trompettes avec des tiges d'oignons.

SOUFRANTE : Allumette. (M.) — Partie prise pour le tout.

SOULOIR : Verre grand ou petit. (M.) — Effet pris pour la cause.

SOULOIR DES RATI- CHONS : Autel. (M.) — Ce devrait être non l'autel, mais le ciboire si on considère le sens donné ci-dessus. Le vin bu par l'officiant est ce qui frappe le plus l'imagination de la plupart des prisonniers pendant la messe.

SOULOTTEUR : Ivrogne. — « C'était peut-être un mauvais sujet, un soulotteur prompt aux disputes. » (Huysmans, 79.)

SOUPAPE (Serrer la) : Chercher à étrangler. (Rigaud.) — Mot à mot : mettre obstacle à la respiration.

SOUPAPES (Faire cracher ses) : S'enivrer. — Terme de mécanicien. Comparaison de l'ivrogne à une machine bien chauffée. C'est par les soupapes que s'échappe le trop-plein de vapeur. — « Si ses soupapes ont craché le dimanche, le lundi il a mal aux cheveux. » (Le Sublime, 72.)

SOUPÉ ! : Assez ! (M.) — Abréviation de l'expression qui suit.

SOUPÉ (Avoir) : Être blasé. (M.) — Mot à mot : avoir mangé assez. Le souper est le dernier repas. De là les expressions : J'ai soupé de ta tranche : tu m'ennuies. (Rigaud.) — J'ai soupé de ta fiole (M.) a le même sens. — Tranche est ici une altération de tronche, car fiole est ici pour figure. — V. Tranche.

SOUPENTE : Ventre. Jeu de mots sur soupente (grenier) et soupe. Le ventre est un grenier à soupe.

SOUPESER (Se faire) : Se faire réprimander. (Rigaud.)

SOUQUER : Rudoyer. Argot maritime. (Michel.)

SOURDINE : Cachotterie. (M.)

SOUS LE LIT (Être) : Se tromper. (Rigaud.) — Quand on est sous le lit, on n'y voit goutte.

SOUS-MERDE : Moins que rien, homme ou chose. (Id.) — Mot à mot : inférieur à une merde.

SOUS-OFF : Sous-officier. — Abréviation. — « L'ancien sous-off ne fera pas mal de lire le réquisitoire de l'officier. » (Savard, 76.)

SOUSSOUILLE : Souillon. — Redoublement de la première syllabe. — « Il ne pourrait aimer qu'une fille honnête... et non une de ces soussouilles. » (Huysmans, 79.)

SOUTENANTE : Canne. (Michel.) — Elle sert de soutien.

SOUTIRER AU CARAMEL : Soutirer de l'argent en employant la douceur. (Delvau.) — Le caramel est une douceur.

SPECTRE DE BANCO : Joueur ruiné. (Rigaud.) — Jeu de mots sur le Banco de Macbeth et du baccarat.

* SPORT, Sportsman : « Le terme de sports s'applique à tous les exercices, à toutes les occupations qui n'ont pas pour objet le commerce et le gain... Les jeux de mots, les railleries, les boutades à l'anglaise s'appellent aussi des « sports. » On voit que nous avons adopté ce terme de « sports » dans le sens le plus restreint possible, puisqu'il n'a chez nous qu'une seule acception. » (J. Amero.)

SQUARE : « En Angleterre, square signifie : place publique carrée, qu'il y ait du gazon, des fleurs et des arbres, ou qu'il n'y en ait pas. Si la place affecte une forme géométrique autre que le carré ou le rectangle : ronde, elle est appelée circus ; fait-elle la demi-lune, elle reçoit le nom de crescent (croissant.) Il semblerait plus logique d'appeler nos plantations *jardin* ou *parterre* au lieu de square. » (J. Amero.)

STAFER : Dire. (Halbert.)

STAND : Station, place. — Anglicanisme. — « Ce soir, clôture du grand concours ouvert par la société de tir. Toute la semaine, le Stand a été très animé. » (*Petit Marseillais*, 29 mai 1881.)

STOP : Anglicanisme employé par ceux qui ne veulent pas dire *halte!* en français. On dit *stoper* pour *faire halte.*

STORES : Paupières. — V. *Pivoiner*, *Maillard* (fermer).

STRON : Sentier. (Halbert.) — Doit être une erreur d'impression pour *stroc :* setier.

* STUC : Part de vol. — Un arrêt du Parlement de Paris contre un recéleur donne ce mot à la date du 22 juillet 1722.

STYLE : Argent. Argot d'armée d'Afrique. (Rigaud.)

STYLÉ : Bien mis. (*Id.*) — On dit aussi *il est dans le style* pour *il est élégant.* Le chemin fait dans le peuple par ce terme artistique a été rapide. Les ouvriers peintres, sculpteurs et modeleurs ont dû le propager d'abord, en entendant dire d'une œuvre de beau caractère qu'elle *avait du style.*

* SUAGE : Chauffage, assassinat. (Michel.)

SUAGEUR : Chauffeur, assassin. (*Id.*)

SUBLIMER (Se) : Tomber dans l'avilissement. (Rigaud.) — Terme ironique à l'adresse des ivrognes arrivés au *sublime* de la

soulographie. — On dit : *c'est un sublimé.*

SUBLIME : « On ne dit plus en parlant d'un travailleur paresseux, violent et ivrogne, c'est un mauvais ouvrier, on dit c'est un sublime. » (*Le Sublime*, 72.) — « Deux vrais sublimes, anciennes grosses culottes. » (*Id.*) M. Denis Poulot y voit une acception ironique de la chanson populaire de Tisserand.

Le gai travail est la sainte prière
Qui plaît à Dieu, ce sublime ouvrier.

SUCE-LARBIN : Bureau de placement. (Michel.) — On y exploite souvent les domestiques.

SUCER LA POMME, SUCER LE TROGNON : Embrasser. (Delvau.) — La *pomme* est ici la joue. *Trognon* est un diminutif de *trogne :* figure.

SUCRE (Un) : Très bon.

SUCRE (Manger du) : Être applaudi. Jargon de théâtre. (Michel.) — Souvent le sucre est fourni par ceux qui paraissent le recevoir. On se rappelle la réponse d'une cantatrice bien connue à un ami qui lui disait : « Qu'a donc X... contre vous? Son feuilleton de lundi était tout aigre. — Oh! c'est que j'avais oublié de le sucrer dimanche. »

SUER : Tuer. (Halbert.) — Pour *faire suer.* (Dict.)

SUIF : Grèce, assemblage de grecs. — Jeu de mots. Le suif est une *graisse.*

* SUIFFARD : Grec. Même équivoque que pour *suif.* — V. *Bédouin.*

SUPIN : Soldat. (Michel.)

* SURFINE : Même sens que *sœur de charité.*

SURGEBEMENT : Arrêt définitif en cassation. (Id.) — Mot à mot : sur-jugement.—V. Gerber.

* SURIN (Double) : Couteau catalan, épée. (M.)

* SURINER : Signifie aussi couper. (M.)

SUR SEIZE! : Attention ! (Rigaud.)

SURTAILLE : Agent de police. (M.) — La surtaille : la police. (M.)

SYMBOLE : Crédit. (Boutmy.) —Allusion au Credo ou symbole des apôtres. De credo à crédit il n'y a pas loin.

T

*TABAC (Fiche un) : Pousser violemment. (M.)

* TABLE (Mettre les pieds sous la) : Avouer à la justice. (M.) — C'est-à-dire : manger. — V. Table et manger. (Dict.)

TABLE (Mettre les pieds sous la) : Manger. (M.) — La position la plus ordinaire est prise ici pour l'acte.

TABLEAU ! : Exclamation souvent ironique par laquelle on exprime la joie ou la surprise générale. (Boutmy.) — Mot à mot : voyez d'ici le tableau ! « Boire tout seul... Oh! là, là! Tableau!! » (André Gill, 81.)

TABLETTE : Brique. (Michel.) — Allusion de forme.

TABLIER DE CUIR : Cabriolet. (Id.) — Partie prise pour le tout.

TAC : Supériorité. « Pour pincer ma particulière à moi le tac. » (Le Roi des Marioles, chanson 183..)

* TAF : Frisson. (M.) — De là évidemment part le sens de peur. Taf indique le frisson; trac le tremblement.

TAFFOUILLEUX : Chiffonnier des bords de la Seine. (Rigaud.) — Mot à mot : tas-fouilleur, fouilleur de tas.

TAIS-TOI, MON CŒUR : Exclamation par laquelle on accueille en riant une nouvelle présumée émouvante. C'est une ironie empruntée aux poésies romantiques de 1830. — « Delphine jalouse ! Tais-toi mon cœur ! » (A. Gill, 81.)

TAL : Derrière. (M.)

TALBIN : Huissier. (Halbert.) — De tailbin : billet à ordre.

TALBIN : Portefeuille. (M.) — De tailbin : billet de banque. (Dict.) Le contenant a été pris pour désigner le contenu.

TALBINE : Halle. (Halbert.)

TALBINER : Assigner. (Id.) — De talbin : huissier.

TALBINIER : Hallier. (Halbert.) — Marchand de la halle.

TALENT DE SOCIÉTÉ : Raffinement secret. — « Si les charmes ne peuvent plus se vendre assez cher, elles emploient leurs talents de société. » (Le Sublime

TAMBOUILLE : Ragoût, petite cuisine. (Delvau.)

TAMPONNER : Battre à coups de poing. (Id.)

TANNER LES POGNES (Se) : Applaudir. (M.) — Mot à mot se rendre les mains dures comme cuir. Effet pris pour la cause.

* TANTE : Dénonciateur. (M.)

TAP : Exposition criminelle. — On tapait autrefois l'épaule de certains condamnés en y imprimant au fer rouge un témoignage éternel de sa condamnation. — V. Manger sur l'orgue.

TAPE A L'ŒIL : Borgne. — Allusion à l'accident qui cause d'ordinaire cette infirmité.

TAPE A L'ŒIL : Chapeau. Il descend sur les yeux. — « Ils avaient des tape à l'œil flambant neufs. » (Huysmans, 79.)

* TAPETTE : Verve, entrain. (Delvau.)

TAPEUSE DU TAL : Fille publique. (Rigaud.)

TAPIQUER : Habiter. (Id.) — Dérivé de se tapir qui a fait tapinet et tapis.

TAPIS : Café. (Halbert.)

TAPIS BLEU : Ciel. (Rigaud.)

TAPIS VERT : Table de jeu, café de voleurs, prairie. (Halbert, Michel.)

TAPOTEUR : Mauvais joueur de piano. (Rigaud.)

TAPPE : Marque au fer chaud. (Halbert.) — V. Tap.

TARAUDER : Se disputer. — « La Juteau est toujours à tarauder son monde. Ça ne me convient guère.»(La Correctionnelle, 40.)

TARRE (A la) : Voler les mou-choirs de poche. (A. Pierre.) — Tarre est ici pour tire qu'on aura trouvé trop connu. — V. Tire. (Dict.)

TARTARE : Apprenti tailleur. (Delvau.)

TARTEMPION : Nom servant à désigner la première personne venue. — Date du Charivari de 1840 à 1850, où certains articles facétieux mettaient toujours en scène les personnages imaginaires de Tartempion et Barbanchu. — « Eh! chose! tu sais bien... Bibelot! Tartempion!! » (Bouchor, 80.)

TARTE, TARTELETTE : Faux. (Michel.)

TARTER, TARTIR : Aller à la selle. — Pour tartiner. — M. Fr. Michel dit tartir, M. Bouchor tient pour tarter dans ce passage. « Ah! tu me fais tarter! — Malhonnête!! » (Poésies, 80.)

TAS : Personne sans énergie. (Rigaud.) — Mot à mot : qui se tasse, qui s'affaisse.

TAS DE PIERRES : Prison. (Michel.) — On n'y voit pas de fenêtres.

TATE-MINETTE : Sage-femme. (Halbert, A. Pierre.)

TAUPIN : Soldat du génie. Il fait un travail de taupe dans les sièges. (D. Lacroix.)

TAUPINIÈRE : Cours ou école préparatoire à une école spéciale de l'Etat. (Rigaud.) Elle est composée de taupins. — (V. le Dict.)

TAZAS : Mazas, prison préventive. (M.) — C'est tas (prison) combiné avec la finale as de Mazas.

TE DEUM RABOTEUX (Faire chanter un) : Battre. — Allusion aux cris de la victime. — « Il lui a fait chanter un *Te Deum raboteux* que c'était ça. » (*Le Sublime*, 72.)

TEIGNE (Être) : Avoir mauvais caractère. (M.)

TÉLÉGRAPHE SOUS-MARIN : Se dit des signaux amoureux hasardés sous les tables par les pieds d'une ou de deux personnes. (Rigaud.)

TENDEUR : Homme passionné pour les femmes. (M.)

TEMPLE : Objet acheté au marché du Temple. (*Id.*)

TENDRESSE : Lorette — Abréviation ironique de *tendresse à prix convenu*, ce mot à la vogue depuis 1880. « Il y a brouille entre une de nos plus jolies tendresses et son seigneur et maître.» (*Gil Blas*, janvier 82.)

TERREAU : Tabac à priser. (Delvau.) — Il y a communauté d'aspect.

TESSON : Tête. (*Id.*)

TÊTARD : Homme de tête. (Halbert.)

TÊTE DE CANNE, TÊTE DE PIPE : Tête grotesque. (Palat.) — Allusion aux figures grotesques qui ornent certaines cannes et certaines pipes.

TÊTE DE VEAU : Tête complètement chauve. — Allusion à la tête de veau comestible. — « Vous avez de l'esprit, vieille tête de veau. » (Bouchor, 80.)

TÊTUE : Épingle. (Halbert.) — Sa tête était plus grosse autrefois.

* THOMAS : Pot de nuit. — « Il entrevit sous le lit un im-mense Thomas qui brillait de profil dans l'ombre. » (Hennique.) — *Passer la jambe au Thomas* : Vider le pot de nuit.

> Je ne fatigue pas,
> Il pass' la jambe au Thomas ;
> Par lui la chambre est bien faite.
> (Aubry, chanson 183..)

TICHE : Profit. (Delvau.)

TICKET : Billet de chemin de fer. (*Id.*) — Billet quelconque. — « L'exposition de 1878 laissera dans notre langue le terme de *ticket*, actuellement employé par quiconque tient une plume, — à la place de *billet*, honni et rejeté. Honte donc sur « billet » et vive le vocable anglais. » (J. Amero.) — Ajoutons que l'administration de l'Exposition universelle de 1878 a introduit *ticket* dans la langue officielle.

TIERCE (Il y a de la) : La police est en nombre. (Rigaud.) —

TIERCE : Clique, bande. (M.) — Allusion à la tierce du jeu de piquet.

TIERCE DE PÈGRES : Bande de voleurs. (M.) — Même allusion.

TIGNER D'ESBROUFFE : Violer. (Michel.)

TIMBALE (Décrocher la) : Surpasser. (Rigaud.) — Allusion à la timbale qui était le prix ordinaire placé au sommet du mât de cocagne.

TINETTES : Bottes. (Halbert.) — Allusion de puanteur.

TINTEUR : A faire rentrer dans la longue nomenclature qui finit *Être (en)*. V. le Dict.

TINTOUIN DU RENAUD : Querelle. (M.) — V. Renaud. (Dict.)

9.

TIPSTER : « Homme faisant métier d'annoncer les noms des chevaux gagnants. » — Anglicanisme.(*Carnet des courses*, 77.)

TIQUER : Secouer la tête. — Allusion au tic de certains chevaux. « Le colonel a tiqué en voyant cette punition au rapport. » (Palat.) — Se dit aussi des joueurs qui laissent voir sur leur physionomie les chances qu'ils ont en main.

TIRANT : Lacet. (Halbert.)

* TIRE : (p. 343 du Dict.) Au lieu de *voler à la tire*, lisez *voler dans la poche*.

TIREPOIRE : Photographe. (M.) — Mot à mot *tire-figure*. On sait qu'on dit vulgairement *tirer un portrait* pour *faire un portrait*.

TIRER AU MUR : Se passer, se priver. (D. Lacroix.) — Terme d'escrime. Celui qui tire au mur ne pique rien.

TIRER CHEZ LA BLAFARDE (Se) : « C'est une nouvelle manière de dire : mourir. » (Grison, 81.)

TIRER DES LONGES : Faire plusieurs années de prison. (Halbert.)

TIRER DES PLANS : Faire des projets. (M.)

TIRER DES POIRES : Faire des contorsions. (M.) On sait que *faire sa poire* veut dire *faire la moue*.

TIRER DU PLAN : Subir un emprisonnement. (M.)

TIRER LE CHAUSSON : Fuir. (Michel.) — *Chausson* est ici pour *pied*.

TIRER LES FLUTES (Se) : Fuir. (M.)

TIRER SON PLAN : Subir un emprisonnement. (Rigaud.) — Mot à mot : tirer sa prison.

TIRER UN GERBEMENT , UN SAPEMENT : purger une condamnation. (M.)

TIRER UNE DENT : Escroquer de l'argent. (Michel.) — Allusion d'extraction.

TIRETAINE : Voleur de campagne. (*Id.*) — Jeu de mots sur *tirer* (voler) et sur l'étoffe grossière appelée *tiretaine* qui est portée par les campagnards.

TIRON : Route pavée, (Halbert), petit chemin. (Michel.) — Les voyageurs y tirent la jambe.

TITI : Volaille. Jargon de chiffonnier. (Rigaud.) — Allusion au cri de *petits! petits!* poussé pour appeler la volaille à la distribution de grain.

TITI : Typographe. (*Id.*) — Redoublement de première syllabe.

* TOC : Amusant, (Rigaud.) absurde. (M.)

TOCASSE, TOCASSON : Femme laide, ridicule. (Delvau.) — V. *Toquasse.*

TOCCANGE : Coquille de noix. (Halbert.) — Pour *cocange.*

TOCCANTE : Montre. (*Id.*) — V. *Toquante.* (Dict.)

TOC-TOC : Un peu toqué. (Rigaud.) — Abrév. de toqué (original) avec redoublement des premières lettres.

TOC, TOCARD : Contrefait, contrefaçon. (M.)

TOCARD : Absurde. (M.) — *Devenir tocard* : dépérir. (M.)

TOGNE : Malin. (Michel.)

TOITURE : Chapeau d'homme. (Rigaud.) — On dit aussi *tuile* ; *toit* (pour *chapeau*) existe en fourbesque, dit M. Fr. Michel, et si la forme *comble*, qu'il donne aussi est plus ancienne que *combre* (chapeau), il n'est pas douteux qu'il faille y voir une allusion au couronnement de notre édifice humain. Le chapeau est en effet le toit, le comble, de la tête.

TOLE : Derrière, logement, maison. (Halbert.) — Pour *taule*.

TOMATE (Rester comme une) : Être ébahi. (M.) — Mot à mot rougir de stupéfaction. Allusion à la couleur de la tomate. *En être bleu*, indique une autre nuance du même état.

* TOPO : Communication écrite, mais particulière aux élèves; on la fait circuler dans les salles d'étude. — Argot des écoles.

TOQUASSE : Laide. Augmentatif de *Toc*, V. le Dict. — Devrait s'écrire *tocasse* :

Si j' guigne un beau brun qui passe,
    L.' cœur tout palpitant,
Souvent j' l'entends m' dire : toquasse,
    C'est bien embêtant.
                    (V. Vathier.)

TOQUE : Malin (Michel.) ; amusant. (Rigaud.)

TOQUE : Mauvais. — V. *Toc*. (Dict.)

TORCHECUL : Écrit ou imprimé sans valeur. (Rigaud.) — On disait autrefois : *papier bon à mettre au cabinet*.

TORCHON : Femme galante d'humble condition. La lorette élégante s'appelle *linge*, ce qui suffit pour préciser la nature de ces deux surnoms. — « Il s'est payé un torchon. On lui refuse l'entrée. » (*Le Sublime*, 72.)

TORDU : Joueur volé au jeu par un grec. — Augmentatif de pigeon (dupe); on tue le pigeon en lui tordant le cou. — « Après une demi-heure, les jeunes pigeons sont plumés... —Vous n'avez pas de chance, messieurs, s'écrie Raoul de Brisemailles, je vous propose une partie sur parole. — Alléchés, les jeunes tordus tiennent des sommes plus fortes. » (Paillet.)

TORTILLANTE : Vigne. (Rigaud.) — Allusion à sa flexibilité.

TORTILLARD : Fil de fer ou de laiton. (Halbert.) — Il se tortille aisément.

TORTILLER : Boiter. (*Id.*) — V. *Tortillard*. (Dict.)

TORTORE : Nourriture. (M.) — De *tortorer* : manger (Dict.) qui doit être *tortiller* (Dict.) avec changement de finale. — « On rappliquait, et on tortorait avec rage. Ce fut une crevaille. » (Bouchor, 80.)

TORTOUSE : Corde. (Halbert.) — V. *Tourtouse*, p. 348.

TORTUE : Femme de la dernière catégorie. — « Et ta tortue, qu'est-ce que tu en fais ? » (Huysmans, 79.)

TORTUE (Faire la) : Jeûner. (Rigaud.) — La tortue mange peu.

TOUCHE, TOUCHE DE PIANO : Dent — Allusion de forme, « Diable! ne souris pas tant: il te manque des *touches au râtelier*. » (*Lettres chinoises*, I, *Figaro*, mai 58.)

TOURLABE : Toulon. (Michel.) — Changement de finale.

TOUPIN : Boisseau. (Halbert.) — Vieux mot. *Tupin* se disait pour *pot, caisse.*

TOUPINER : Mesurer au boisseau. (*Id.*)

TOUR (La) : Palais de justice (M.) — Allusion à la tour de l'Horloge qui fait à Paris l'angle du Palais et du quai.

TOUR DE CRAVATE (Donner un) : Étrangler. — « Elle disait avec des airs équivoques et tentateurs que ça serait facile de donner un tour de cravate au cou des Pelletier. » (*Petit journal*, sept. 77.)

TOUR POINTUE : Préfecture de police. (Rigaud.) — Allusion à la tour pointue de la Conciergerie.

TOURBE : Embarras. (M.)

TOURBE (Être dans la) : Être dans la détresse. (M.) Allusion au sol dangereux des tourbières.

TOURNE-AUTOUR : Tonnelier. (Vidocq.) — Il frappe en tournant sur ses tonneaux.

TOURNER (Faire) : Attraper. (Halbert.) — Variante de *faire aller.*

TOURNEVIS : Chapeau à cornes. C'est le fond du chapeau qui représente la tête de vis ; les ailes relevées figurent la partie qui sert à la faire tourner. — Le surnom de tournevis est resté aux gendarmes en certains pays.

TOURNIQUET : Chirurgien de marine. (Delvau.) — Moulin. (Rigaud.) — V. *Torniquet.* (Dict.)

* TOURTE : Vieille ridicule. (Rigaud.)

* TOURTOUSINE : Ficelle. (Halbert.) — Allusion à la torsion du chanvre. — Dans le Midi on dit *tourtourat* pour *tordu.*

TOUT : « Espion cherchant à surprendre les secrets des écuries et les vendant aux tipster et aux book mayer. » (*Carnet des courses,* 77.) — Anglicanisme. On prononce *taout.*

TRAÎNÉE : Fille perdue. — Ce qui est traîné l'est souillé. Vieux mot resté dans nos patois.

TRAMWAY : Omnibus sur rails. — « Le chiffre des termes français exportés de Normandie en Angleterre est estimé par Thommerel à 8.489. Au nombre de ces mots était *voie* (chemin, route), que les bonnes gens de Normandie prononçaient *voué*. De *voué* les Anglais firent *way* qui se prononce *ouay*. *Tram* est une abréviation de *trammel* (traîneau). Les Anglais tronquent volontiers les mots pour aller plus vite. Ainsi disent-ils *cab* pour *cabriolet*. L'expression « tramway » signifie donc traîneau-voie, en bon français « voie-de-traîneau, chemin à traîneau. » Mais un chemin destiné à un véhicule n'a jamais passé pour être le véhicule. C'est pourtant ce que l'on a dit en appelant *tramways* les *voitures* qui circulent sur les voies à « trams. » (J. Amero.)

> V'là le tramway qui passe,
> Ernest est là-bas qui m'attend.
> (Chanson populaire, 78.)

TRANCHE : Figure, mine. (M.) — Altération de *tronche.* (Dict.)

TRAVAILLER DANS LE BATIMENT : Voler avec effraction dans les maisons. Jeu de mots. — « Il ne savait pas travailler dans le bâtiment. » (*Petit journal*, mai 1879.)

TRAVERSIN : Fantassin. (Rigaud.)

TRAVIOLE : Traverse. (Halbert.) — Changement de finale.

TREFFLIÈRE : Tabatière. (*Id.*) — V. *Trèfle*. (Dict.)

TREFOUINE : Tabatière. (*Id.*) — De *trèfle* : tabac.

TREMPLIN : La scène. (Delvau.) — Jeu de mots sur la planche du tremplin et les planches de la scène.

TRÉPAN : « Bague de grec, elle est creuse, contient de l'encre et sert à marquer les cartes ou à rayer les dominos qu'il veut reconnaître. » (R. Houdin.) — Allusion chirurgicale.

TRÈPE : Clientèle.

Faut pas blaguer, le trèpe est bath,
Dans c'taudion, i' s'trouve des rupins.
Si queuq's gonziers train'ent la savate,
J'en ai r'bouisé qu'ont d's escarpins.
(Loynel, ch. 42.)

TRESSER DE LA LISIÈRE : Être détenu dans une maison centrale. *Il a tressé de la lisière à Poissy* : il sort de la prison de Poissy—Allusion aux travaux des détenus pour l'industrie privée. « Si quelque sot vous accuse d'avoir tressé de la lisière, on n'y verra qu'envie. » (A. Gill, 81.)

TRIBU (Se mettre en) : Même sens que *popote*. Terme de l'armée d'Afrique. (D. Lacroix.)

TRICHER : Suivre l'école matrimoniale de Malthus. (Rigaud.)

TRICORNE : Gendarme. (M.)

TRIGO : Trigonomètrie. — Argot des écoles.

TRIMANCHER : Cheminer, marcher. (Halbert.) — C'est *tri-mer* avec changement de finale.

TRIMAR : Éventaire, balle. (Rigaud.) — Le petit marchand trime en les portant.

TRIMARD (Aller sur le) : Voyager. (M.)

TRIMARDANT : Touriste. (M.)

TRIMBALLÉ : Transféré d'une prison à l'autre. (M.)

TRIMBALLEMENT : Transfert d'une prison à l'autre, convoi funèbre. (M.) — V. *Trimballeur de conis* (Dict.) qui explique le mot.

TRIMER : Raccrocher dans la rue. (M.) — Se dit des filles.

TRINQUER : Recevoir des coups. (M.) — Allusion au choc du trinquage.

TRIPER : Donner le sein (tripe) à un enfant. (*Id.*)

TRIPETTE : Bagatelle. (M.)

TRIPIÈRE : Femme très avantagée sous le rapport de la poitrine. (Rigaud.)

TRIPOT : Garde municipal. (A. Pierre.)

TRIQUAGE : Triage de chiffonnier. (Rigaud.) — Diminutif.

TRIQUE : Surveillance de police. (M.) — *Casser sa trique* : rompre son ban. (Rigaud.) — C'est une variante de *Canne*. (Dict.)

TRIQUE A LARDER : Canne à épée. (*Id.*)

TRIQUER : Condamner à la surveillance. (M.) — V. *Trique*.

TRIQUER : Trier. (*Id.*)

TRIQUEUR : Maître chiffonnier. (Delvau.) — Dérivé de *trieur*, formé par l'intercalation de deux lettres.

TROLLER : Rôder (Rigaud), porter. (Halbert.)

TROLLEUR : Commissionnaire, vagabond (Rigaud),—marchand (*Id.*),—marchand de peaux de lapins.(Delvau.) Dans ces trois sens, trolleur vient de *troller*, vieux mot qui signifie *cheminer, arpenter le terrain* (dialectes de l'Est).On prononce *troiller, troilleur.*

TROMBILLE : Bête. (Delvau.)

TROMBOLER : Aimer. (*Id.*)

TROMBONE (faire) : Faire semblant de prendre dans son gousset de l'argent. Comparaison du va-et-vient des doigts au va-et-vient du trombone. (Rigaud.) — Il s'agit ici du trombone ancien modèle.

TROMPE : avocat. (M.)

TROMPE : Nez. (Delvau.) — Animalisme.

TRONE (être sur le) : Être aux lieux d'aisance. (Delvau.) — Ironique allusion aux gradins sur lesquels le siège s'élevait autrefois.

TRONQUE : Tête. (Halbert.) — Pour *tronche.*

TROQUET : Cabaret. (M.) Abrév. de *mastroquet.*

TROTTER (Se) : Se sauver. (M.)

TROTTEUR : Écuyer. (M.)

TROTTINET : Soulier. (*Id.*)

TROTTOIR (Grand) : Grand répertoire. — Argot de théâtre — « J'ai rempli quarante ans, sans qu'on y trouvât à dire, tous les rôles du *grand trottoir*, à Périgueux, Cahors, Briançon, Quimper, Vire. (*La Correctionnelle*, 40.)

TROU : Salle de police. (Rigaud.) — Se dit surtout pour *prison.* Allusion d'obscurité.

TROU : Lacune imprévue. « L'instrumentation a parfois des trous. «(De Lapommeraye, 79.) — On dit d'un homme qui passe de l'aisance à une pauvreté inexpliquée : « Il y a des trous, » (c'est-à-dire : causes de désordre cachées, trous par où l'argent s'écoule).

TROU SOUS LE NEZ (il a un) : Il boit avec excès. — Comparaison de la bouche à un gouffre.

TROUILLARDE, TROUILLE : Souillon, dévergondée. (Rigaud.) — Vieux mot de nos patois. Même origine que *trolleur.*

TROUSSE : Anus (M.) — Pour comprendre ce mot, il faut se reporter à tout ce que les malfaiteurs viennent à bout de loger en un certain endroit (V. *Bastringue.* Dict.) qui est pour eux une véritable trousse.

* TRUC : Industrie quelconque. (Halbert.) — Métier, commerce. (M.)

TRUCAGEUR : Fabricant d'antiquités. (Rigaud.) — Pour *Truqueur.* (Dict.)

TRUCARD : qui a de l'entregent. (Palat.)

TRUCULENT : Peint de vives et chaudes couleurs. « Demande... au père Barnabé ce que c'est qu'une toile *truculente* : Je gage qu'il te dira qu'il l'ignore. Probablement, il ne sait pas davantage ce que c'est que le genre *trucidaire et portenteux*... Tous ces mots ont été introduits dans l'idiôme courant d'une certaine littérature, dite coloriste, par le mandarin Théo, (Théophile Gautier) et les petits folliculaires à la suite en emplissent leurs barbouillages. » (Lettres chinoises. Figaro, 6 mai 58.)

TRUMEAU : Catin. (M.)

TRUNE : Aumône. (Halbert.) — Pour thune. De tumer : mendier.

* TRUQUER : Commerce. (Id.)

* TRUQUEUR : Commerçant. (M.)

* TRUQUEUSE : Fille publique, commerçante d'amour. (M.)

TUBE : Fusil. (Id.)

TUBE : Nez. (Delvau.)

TUBER : Fumer la pipe. (Id.)

TUÉ (être) : Rester immobile de stupéfaction. On dit aussi : il est mort. Argot de collège. (Tourneux.)

* TUER LE VER : La coutume est ancienne comme l'a fait remarquer M. du Camp dans cet extrait du journal d'un bourgeois de Paris (juillet 1519) : « Il est expédient de prendre du pain et du vin au matin, au moins en temps dangereux, de peur de prendre le ver. »

TUILE : Chapeau, casquette. (Delvau.) — Même allusion que dans Toiture.

TUILER (s') : S'enivrer. Mot à mot : s'empourprer, devenir couleur de brique. (Id.)

TUITE (prendre une) : S'enivrer. — Altération de cuite. (Boutmy.)

TUNEBÉE : Bicêtre. (Michel.)

* TURBIN : Artisan. (M.) — Abrév. de Turbineur.

* TURBIN : Emploi. (M.) — De Turbin : travail. (Dict.) Effet pris pour la cause.

* TURBINEUR : Ouvrier. (M.)

TURC : Tourangeau. (Halbert.) — Trois des premières lettres du nom ont été conservées et le c a été ajouté pour dérouter.

TURCAN : Tours. (Id.)

TURIN : Pot de terre. (Halbert.) — Pour terrin qui a fait terrine.

TURQUIE : Touraine. (Id.)

TUTU : Petite pagne en mousseline chargée de protéger ce que le jupon d'une danseuse ne peut toujours couvrir. « Une danseuse montrant avec affectation cette partie de vêtement de ballet qu'on appelle un tutu. » (Ch. Flor, 82.)

TUYAU : Jambe. (Delvau.)

TUYAU A OPÉRA : Gosier. On saisit l'allusion — « Vous venez de vous le laver, votre tuyau à opéras... Vous vous en fourrez dans le coco... » (Huysmans, 79.) — On dit plus simplement tuyau. « Le tuyau est bouché : je suis enrhumé. » (Delvau.)

* TYPO : « Le typo laborieux si prompt à soulager les infortunes imméritées. » (Boutmy.)

TYPOTE : Ouvrière typographe. « Ces jeunes filles ne manquent pas de devenir de vraies typotes, comme elles se nomment entre elles. » (Id.)

TYRAN : Roi (Delvau) ; roi de cartes. (Rigaud.)

U

UNE (en griller) : Fumer une cigarette. — Argot des écoles.

UN PEU, MON NEVEU : Beaucoup. — « Vous auriez aimé une robe ? — Un peu, mon neveu ! » (*Vie paris.*, 79.) — On dit par abréviation *un peu!*

URF (monde) : Monde élégant. — C'est le même mot que *urffe:* soigné (Dict). M. Boutmy donne aussi *urfe* : très bien, ce qui fait une troisième manière de l'écrire. —« La patrie ! Allons donc. Doit-on s'occuper d'elle chez les gens du monde urf ? » (*Tam-Tam*, 78.) Voyez *Urpino*.

URNE : Tête.—Forme de *hure*. (Dict.) — « J'y cabossai l'urne. Elle chignait roide. » (Huysmans, 79.)

URPINO : Distingué, coquet. Forme intervertie de *rupino*. (Boutmy.) — *Urpino* nous permet de penser que *urfe* (très-bien) n'est qu'une altération de *urpe*, forme intervertie de *rupe*. Voir *Urf*.

URSULE : « C'est une vieille fille. » (Grison, 81.)

UT : Formule employée par les typographes en trinquant. Elle est le premier mot de cette phrase latine : *ut tibi prosit meri potio!* oubliée par la plupart. (Boutmy.)

V

VACHE : Avachi, sans énergie. — « Quand il n'est pas trop vache, il se lève dès six heures. » (A. Millaud.)

VACHE : Dénonciateur (M.) — Vache est pris ici dans le sens de lâche. « Le voleur qui mange le morceau s'appelle une vache, d'où la devise *mort aux vaches*. » (Grison, 81.)

VACHE A LAIT : Prostituée. (M.) — Jeu de mots à l'adresse des souteneurs.

VADROUILLARD : C'est le masculin de *vadrouille*. — « Peuple ! ces vadrouillards te nomment populace. Qui sont-ils ?... Leur naissance est souvent un mastic. » (*Tam-Tam*, 78.) — *Mastic* est ici dans le sens de *mélange confus, mystère*.

VADROUILLE : Drôlesse (Delvau), prostituée de bas étage. (Rigaud.) Acception figurée de *vadrouille*, qui veut dire dans la marine *brosse à plancher*.

VADROUILLER : Flâner, mener une vie de débauches. (Palat.)

* VAGUE : Raccrochage. Argot de prostitution. (*Id.*)

VAGUE : Vol. (M.) — Abrév. de *coup de vague:* (Dict.)

VAIN, VAINE: Mauvais, mauvaise. (Halbert.)

VALADE : Bourse. (M.) — V. Valade. (Dict.)

VANDALE : Poche béante. (Grison, 81.) — Semble une forme intervertie de *valade* (Dict.).

VANÉ : Fatigué. (Rigaud.) — Forme de *vanné* — V. Vanner (Dict.).

VASE : Eau (M.) — C'est le *Wasser* allemand francisé.

VASER : Pleuvoir. (*Id.*)

VEAU (Larder son) : « V'là que je fais ma roue (j'assemble le public), et que je *larde mon veau* (débite des lazzis aux badauds). » (*La Correctionnelle*, 40.)

VEAU MORNÉ : Femme ivre. (Halbert.) — Voyez *Veau*. (Dict.) *Morné* est ici pour *mort-né*. Allusion d'avachissement.

VÉCU : C'est le contraire de *voulu* en art comme en littérature. Se dit des productions entièrement soumises à l'observation de la *vie* réelle.

VÉCULE : Voiture. (Halbert.) — Abréviation de *véhicule.*

VÉGÉTER : Exister. (M.) — Ce mot en dit long sur le dégoût de la vie dans les classes dangereuses.

VEILLEUSE : Estomac. (Rigaud.) — On dit de même *mettre de l'huile dans la lampe* pour *manger.*

VEILLEUSE : Franc. V. *Bougie.* Jeu de mots sur *éclairer.*

VÉLIN : Femme. (Rigaud.) — Allusion à la douceur de la peau ou diminutif de *veau.*

VEINE DE COCU : Bonheur au jeu. — Locution proverbiale du genre de cette autre non moins connue : *heureux au jeu, malheureux en femmes.* Inventée pour consoler les perdants. — « Balandard, disait-il, vous avez une veine de cocu. » (Alis, 79.)

VELOURS : Cuir. (Halbert.) — C'est du cuir en prononciation qu'il s'agit. — V. *Cuirasser* (Dict.). *Velours* fait allusion à la douceur des liaisons illicites. Exemple : *des-aricots* pour *des haricots*.

VELOURS (jouer sur le) : Jouer avec l'argent de son gain, sans en tirer de sa poche. (Palat.)

VELU (c'est) : Même sens que *chic.* — Argot des écoles. — Pour les jeunes gens, tout ce qui caractérise la virilité est supérieur.

VENELLE (enfiler la) : Prendre la fuite. (Michel.) — *Venelle* signifiait *ruelle :* petit chemin.

VENNE : Honte. (Halbert.) — Vieux mot.

VENTERNIER : Forme de *Vanternier.*

* VER RONGEUR : (Transposition.) — V. p. 359, après *Vermine.*

VERDOUSE : Pomme, prairie. (Halbert.) — Allusion de couleur.

VERDOUSIER : Pommier, jardin. (*Id.*) — Fruitier. (Rigaud.)

VEREUX : Sous la surveillance de la police. Jargon de voleurs. (*Id.*)

VERGNE : Ville. (Halbert.)

VERGOGNE : Colère. (*Id.*)

VERMINARD, VERMINEUX : Homme méprisable. Argot de collège. (Tourneux.).

VERMOIS : Sang. (Halbert.) — C'est *vermeil* avec finale changée. .

VERMOISÉ : Rouge. (*Id.*)

VÉRONIQUE : Lanterne. (Rigaud.) — Jeu de mots sur *verre.*

VERSER : Verser des larmes. (Michel.) — Abréviation.

VERSIGOT : Versailles. (*Id.*) — Changement de finale.

VERT (se mettre au) : Jouer. (Rigaud.) — Allusion au tapis vert.

VERT-DE-GRIS : Huissier (A Pierre), — commandant de place. (D. Lacroix.) — Tout officier dur dans le service a le même nom. Ses rappels sévères à la consigne sont comparés au poison.

VERT-DE-GRIS : Domestique de charlatan. Du sobriquet donné à son joueur d'orgue par Mangin, marchand de crayons nomade. (Rigaud.)

VERT-DE-GRIS : Verre d'absinthe. (*Id.*) — Jeu de mots sur *verre* et *vert* (couleur d'absinthe). Le vert-de-gris est de plus un poison, ce qui donne une allusion redoublée.

VERTE : Absinthe. (M.) — Gonorrhée. (Rigaud.) — Allusions de couleur.

VERT EN FLEURS : Pour *Verre.* — V. le Dict.

VERVER : Pleurer. (Rigaud.) — Pour *verser.*

VESSE! : Exclamation que les collégiens emploient pour se prévenir de l'apparition d'un surveillant. On dit aussi : *colle!*

— Argot des écoles. — Voyez *Pet.* (Dict.)

VESTE (retourner sa) : Tourner casaque. (M.)

VESTIAIRE (Laisser au) : Être dépourvu de. — Ironie que l'exemple ci-joint explique suffisamment : « Deux femmes sont sœurs, elles sont charmantes toutes deux. L'une a de l'esprit, l'autre a *laissé le sien au vestiaire.* » (E. Blum, *le Pays des biches,* Figaro, avril 59.)

VESTIGE : Vivacité, peur. (Rigaud.) — Dérivé de *Vesse.* (Dict.)

VESTIGE : Lentille, pois. (M.) — Jeu de mots sur *vesse* (légume sec) et *vesse* (flatuosité).

VESTO : Lentille. (M.) — C'est *vestige* avec changement de finale.

VESTO DE LA CUISINE : Agent de la sûreté. (Rigaud.) — Mot à mot : lentille de la préfecture. *Cuisine* se dit pour la *préfecture de police.*

VESTOS : Légumes secs. (*Id.*) — Abrév. de *Vestige.* (Dict.)

VEUVE : Corde. (*Id.*) — De *veuve* qui signifiait potence. On a pris le tout pour la partie.

VEUVE RENTRÉE (la) : Propriétaire d'un objet non adjugé aux enchères et *rentrant* chez son possesseur. On dit aussi monsieur Dufour. (Rigaud.) — De *four* : insuccès.

VEZOUILLER : Puer. (Delvau.) — De *vesse* pris dans le sens de *flatuosité.*

* VIAUPER : Pleurer comme un veau. (Rigaud.)

VICE (aller au) : Aller chez une fille de joie. (*Id.*)

VICE-RACE : Vicaire. (Halbert.)

VIDER SES POCHES : Jouer du piano. (M.) — Allusion au va-et-vient des mains.

VIEUX (se faire) : Se tourmenter. (Rigaud.) — La tristesse vieillit. — *Se faire vieux* : attendre longtemps. — Les minutes sont alors des siècles.

VINASSE · Vin. (M.)

VINGT-HUIT JOURS : Réserviste. — Allusion au temps exigé pour leur service. « Les vingt-huit jours croient déjà humer les émanations de la soupière. » (R. Maizeroy, 79.)

VIOC : Vieux. (Delvau.) — Changement de finale. — On écrit aussi, indifféremment, *vioche* et *vioque*, et on dit *se faire vioque* dans les deux sens cités plus haut. V. *Vieux, Flanchet*.

VIOLONÉ : Misérable. (Michel.) — V. *Violon*. (Dict.)

VIRO : « Vers minuit, une des dames du comptoir lui verse le verre d'honneur, une tombée de mort subite, et il est *viro*. Il est inutile, je crois, de traduire ici cette locution ; car elle est presque française, et la tête vous tourne rien qu'en la lisant ou la prononçant. » (Angelo de Sorr, *les Professeurs d'absinthe*, *Figaro*, juin 59.)

VIS : Cou. (M.) — Jeu de mots. La vis supporte la *tête* de vis. — De là l'expression *serrer la vis* pour *étrangler*.

VISCOPE : Visière, casquette. (Rigaud), bord de chapeau. — V. *Galurin*. (Dict.) — C'est *visière* avec changement de finale.

VITRIER : Carte de carreau.

— Jeu de mots. — V. *Borgne*.

VITRINE (faire) : Faire étalage de bijoux. (Grison. 81.) — Allusion à la montre des joailliers.

VOIE (fiche une) : Donner une correction. (M.) — Abrév. de *donner une voie de bois*, c'est-à-dire autant de coups que la mesure appelée *voie* contient de bûches. L'ancien terme *rondiner* (battre, c'est-à-dire frapper à coups de rondin) contient une allusion de ce genre.

VOIR (se faire) : Se faire attraper. (M.) — Abrév. de *se faire voir le tour*. — V. le Dict.

VOIR EN DEDANS : Dormir. (Rigaud.) — Allusion aux yeux fermés.

VOIR LA FARCE (en) : S'en passer le caprice. (Delvau.) — Allusion aux baraques des farceurs de foires où on se laisse aller à entrer. On dit aussi *s'en payer la farce*.

VOIR SOPHIE : Avoir ses menstrues. (*Id.*) — C'est un temps de sagesse, en grec *sophia*.

*VOLANT : Dans une statistique du canton de Bitche publiée vers 1853, Creutzer dit que les Bohémiens du pays appellent l'oiseau *un volant*.

VOLANTE : Dépêche télégraphique. (M.) — Le néologisme est ici inférieur à l'idée, car la dépêche dépasse le vol le plus rapide.

VOLANTE, VOLE AU VENT : Plume. (Michel.)

VOLIGE : Personne maigre. (M.) — On sait que la volige est une planche légère.

VOLTIGEANTE : Boue. Elle

voltige souvent sur les habits des passants. (Delvau.)

VOLTIGEUR : Apprenti maçon. Il voltige sur les échelles. (Rigaud.)

VOULU : En disant dans une de ses pièces : « C'est voulu! ce n'est pas sincère! » M. Sardou a donné la vraie disposition du mot en art et en littérature. Dans le *voulu*, il y a substitution de la volonté de l'artiste ou de l'écrivain à l'observation de la nature ou des caractères.

VOUSVOYER : Dire *vous* à quelqu'un. (Palat.) — Créé comme contre-partie de *tutoyer*.

VOUZIGAUD, VOZIÈRE, VOZIGUE : Vous. (Michel.)

VOYOUTADOS : Cigare d'un sou. — Mot à mot : havane de voyou. — « Vous mâchiez les voyoutados d'un air vainqueur. » (Bouchor, 80.)

VU (être) : Être carotté, dupé. (M.) V. plus haut *Voir* (se faire.)

W

WAGON : Grand verre de vin. (Delvau.) — Prostituée. (Palat.) — Dans le premier sens, — allusion de capacité. Dans le second, — allusion de banalité, comme dans *omnibus*.

WATERLOO : Derrière. — « Ça va gentiment et sans coup de bottes dans le waterloo. » (Huysmans, 79.)

Y

YACHTING : « La pêche ou plutôt le yachting, ce sport nautique embrassant tous les plaisirs qu'on peut se donner sur l'eau. » (*Figaro*, 1er oct. 1879.)

YACHTSMAN : Amateur de yachting. — « Les yachtsmen bordelais se préparent déjà pour les grandes régates de Nice. » (*Id.*)

YOUDI : Juif. (M.) — Semble une forme de l'allemand *iudisch*.

YOUTRERIE : Ladrerie, réunion de juifs. (Rigaud.) — De *youtre*. (Dict.)

Z

ZÉPH : Zéphir, vent. — Abrév. (*Id.*)

ZERVER : Pleurer. (Halbert.) — Interversion de *verser*.

ZIG : Si ce mot n'est pas accompagné d'un adjectif, il veut dire *mauvais ami*. (Michel.) — On dit cependant : *c'est un ʒigue*, pour *c'est un bon, un gaillard*.

* ZIG A LA REBIFFE : Récidiviste. (Rigaud.)

ZIG-ZAG : Bancal, boiteux. (Michel.)

ZINC : Argent monnayé. — Ironie. Le zinc est un métal inférieur. — « Il ne comprend pas qu'on mette son zinc dans une tirelire, ça rouille. » (*Le Sublime*, 72.)

ZINC DES RATICHONS : Autel. (M.) — *Zinc* veut dire ici *comptoir*. V. le Dict. — V. aussi *Souloir*. (Suppl.)

ZINGUER : Boire un canon sur le comptoir. (V. *Zing*. Dict.) « Zinguer tout seul, c'est pas mon blot. » (A. Gill, 81.)

ZINGUEUR : Habitué de marchand de vin, buveur. (M.) — V. *ʒinc*. (Dict.)

ZOZOTTE : Argent. (Rigaud.) — Dérivé abrégé de *peʒotte*, qui est un diminutif de *pèʒe* : argent. — V. le Dict.

* ZUT ! : Avec le comte Jaubert (*Glossaire du centre de la France*), faut-il y voir une forme de l'interjection *ut !* encore employée dans nos patois du Centre pour dire *hors d'ici ! va-t'en !* J'incline vers cette dernière origine, car il y a trente ans que j'ai entendu, à Paris même, dire *ut* pour *ʒut*. Quand on voulait compléter la phrase, on disait même pour défier quelqu'un : *Je lui dis ut en musique*. Ce jeu de mots sur *ut* (hors d'ici !) et *ut* (note de musique) vient confirmer l'emploi primitif du mot *ut*. Seulement, à force de répéter *je lui dis ut*, on aura fini par réunir à *ut* l's de *dis*, qui lui était liée par la prononciation, et qui sera devenu un *ʒ*.

RÉPERTOIRE ARGOTIQUE

LANGAGE DÉFORMÉ

A

AILABLEM : aimable.
ALABERÉ : arabe.
ALACERGEM : agacer.
ALACHERTER : attacher
ALAIRFEM : affaire.
ALANCHIFFRÉ : affranchi (récidi-
  viste).
ALANTEVÉ : avant.
ALAPARCER : accaparer.
ALAREILPÉ : appareil.
ALARVÉ : avare.
ALASOURDIBEM : abasourdi.
ALAZONEMÉ : amazone.
ALECCÈS : accès.
ALIBME, ALIMEBÉ : précipice,
  abime.
ALICHFER : afficher.
ALIETTESÉ : assiette.
ALIEUDÉ : adieu.
ALILVRÉ : avril.
ALITERGÉ : agité.
ALIVÉRER : arriver.
ALLABLERCER : accabler.

ALLÉBEM : abbé.
ALLESERPER : appeler.
ALLEMINERCHEM : acheminer.
ALLERTER : atteler.
ALLÉTITPÉ : appétit.
ALLOIRCRER : accroire.
ALLORDCÉ : accord.
ALOBATCREM : acrobate.
ALOCETRÉ : atroce.
ALOMPLÉ : aplomb assurance.
ALONCERNER : annoncer.
ALONCERNEUR : annonceur.
ALONIGIQUE : agonie.
ALUSERBEM : abuser.
ANLUILLEGUÉ : anguille.
ARLENDÉ : ardent.
ARLENTERPERM : arpenter.
ARLEURDÉ : ardeur.
ARLICHAUTÉ : artichaut.
ARLITECTECHEM : architecte.
ARLOISEDÉ : ardoise.
ARLOTGIQUE : argot.
ASLERGEPÉ : asperge, géant.

E

EBOULERCRÈS : écrouler.
ELABLOUSSERCLÈS : éclabousser.
ELAILLECÉS : écaille.
ELAIREURCLEM : éclaireur.
ELAMOTERCÈS : escamoter.
ELANCHERPEM : uriner (*épancher* l'eau.)
ELANGERCHEM : échanger.
ELARPECHEM : écharpe.
ELARTERCÈS : écarter.
ELASECRÈS : écraser,
ELAUFFERCHEM : échauffer.
ELECCHEM : échec.
ENLERFEM : enfer.
ELERVELECEM : écervelé.
ELEVISSECREM : écrevisse.
ELICIERPEM : épicier.
ELIFICEDEM : édifice.
ELIMESTEM : estime.
ELINARPIQUE,— PÈS : épinard.
ELINCREM : écrin.
ELIONSPEM, —PUCHE : espion.
ELIPSERCLÈS : éclipser.
ELLACERFEM : effacer.
ELLELCHEM : échelle.
ELÉPEM : épée.
ELLEURERFLEM : effleurer.
ELLORFEM : effort.
ELOLECÈS : école.
ELONGEPEM : éponge.

ELONTÉFKEM : effronté.
ELORCHERCÈS : écorcher.
ELOUTEGEM : égout, bouche.
ELOUTERCÈS : écouter.
ELOUTEURCEM, ELOUTEUSE CÈS : écouteur, écouteuse.
ELUDATIONCÈS : éducation.
ELUITERBREM : ébruiter.
ELUMECÈS (IL) : il écume.
ELURIECÈS : écurie.
ELUYERCEM, — CÈS : écuyer.
EMLALLAGEBEM : emballage.
EMLALLERBEM : emballer.
EMLARQUERBÈS : embarquer.
EMLASSERBREM : embrasser.
EMLIREPEM : empire.
EMLOIPLUCHE : emploi.
ENLACEFEM : en face.
ENLAILLETRÈS : entrailles.
ENLAMERTEM : entamer.
ENLANTECHEM : enchanté.
ENLASSERTÈS : entasser.
ENLELERVEM : enlever.
ENLÉTÉTÉS : entêté.
ENTRELOLSOC : entresol.
ENLEINTECEM : enceinte.
ENLOCHERPEM : empocher.
ENLONNOIRTOC : entonnoir.
ENLORCÈS : encore.

I

ILOIREVEM : ivoire.
INLÉNIEURGEM : ingénieur.
INLIRMERIFIQUE, — FUCHE : infirmerie.
INLIRMIERFUCHE : infirmier.
INLIRESCRÈS : inscrire.

INLOLENTSOC : insolent.
INLOMERFEM : informer.
INLORTUNEFUCHE : infortune.
INLULTERSIQUE : insulter.
INLUREGEM : injure.

L

LABACTÈS : tabac.
LABALCÈS : cabale.
LABANECÈS : cabane.
LABATIÈRETES : tabatière.
LABEURLUCHE : labeur.
LABITNETCÈS : câbinet.
LABLECEM : câble.
LABLETEM, — TÉS : table.
LABOTEREM : raboter (voler).
LABOURERBEM : labourer.
LABREM : bras.
LABRICANFEM : fabricant.
LABRIQUEFEM : fabrique.
LACADAMIQUE : macadam.
LACANCEVÉ : vacance.
LACARMEVÉ : vacarme.
LACARONIMIQUE : macaroni.
LACASFREM : fracas.
LACBEM : bac.
LACCARATBEM,—BÈS : baccarat.
LACCIVERNER : Vacciner.
LACEFEM : face.
LACEGLEM : glace.
LACEGREM, LACEGRUCHE : grâce.
LACELLENUCHE · nacelle.
LACEREM : race.
LACERPLEM : placer.
LACHAPEM : pacha.
LACHEBEM : bâche.
LACHERCEM : lâcher.
LACHERFEM : facher.
LACHETÉ, — TEM : tache.
LACHETTECÈS : cachette.
LACHEVEM : vache (dénonciateur).
LACHINEMIQUE : machine.
LACHMIRCEM : cachemire.
LACHOCÈS : cachot.
LACHOIREMIQUE — MUQUE : mâchoire.
LACLEQUÉS : claquer.
LACLERBEM : bâcler.

LACONFLEM : flacon.
LAÇONFOC : façon.
LAÇONMIQUE-MUCHE : maçon.
LACOTILLEPÈS : pacotille.
LACTEURFEM : facteur.
LACTIONFÈS,— FUCHE : faction.
LACTUREFÈS,—FUCHE : facture.
LADAMEMIQUE, — MUCHE : madame.
LADAUCÈS : cadeau.
LADAUDBEM : badaud.
LADAUREM : radeau.
LADÉCÈS : cadet.
LADINERBEM : badiner.
LADRANCUCHE : cadran.
LADRECEM, — CUCHE : cadre.
LADRILLEQUÈS : quadrille.
LAFÉCÈS : café.
LAFIQUERTRÈS : trafiquer.
LAFONDPLEM : plafond (cerveau).
LAGABONDVÉ : vagabond.
LAGAGEBEM : bagage.
LAGARREBEM : bagarre.
LAGATELLEBÈS : bagatelle.
LAGECEM : cage.
LAGEOLETFLEM : flageolet.
LAGEPEM : page.
LAGERNIQUE : nager.
LAGNEBEM : bagne.
LAGNIFIQUE,—MUCHE : magnifique.
LAGOTFEM : fagot, (vieux forçat).
LAGOUTREM : ragoût.
LAGUEBEM : bague.
LAGUETTEBEM : baguette.
LAGUETTEBREM : braguette.
LAGUEVÉ : vague (vol).
LAHIRTRÈS : trahir.
LAICHEURFREM : fraîcheur.
LAIDEREM : raide.
LAIDEURPLEM : plaideur.
LAHIERCÈS : cahier

10

LAIGNEURBÈS : baigneur.

LAILERIETÈS : laiterie.

LAILERSSEM : laisser.

LAILLARDGEM : gaillard.

LAILLASSEPEM : paillasse.

LAILLEPEM : paille.

LAILLETÉ,— TEM : taille.

LAILLOUCEM, — CÈS : caillou.

LAIMFÉ : faim.

LAINBEM : bain.

LAINÉANFEM : fainéant.

LAINECHÉ : chaîne.

LAINEM : nain.

LAINERTRÈS : traîner.

LAINPEM : pain.

LAINQUEURVÉ : vainqueur.

LAIREBREM : braire.

LAIRCLEM, — CLES : clair.

LAIREFEM : faire.

LAIREMEM, — MUCHE : maire.

LAIRERFLEM : flairer.

LAIRETÉ : taire.

LAIRIEMIQUE : mairie.

LACILEFEM,— FUCHE : facile.

LAIRONCLEM : clairon.

LAISANFIC : faisan.

LAISANTERPLEM : plaisanter.

LAISANTPLEM, — PLUCHE : plaisant.

LAISÉ (ÊTRE AU) : être dans l'aisance (l'article a été réuni au mot)

LAISECHÉ, LAISECHEM : chaise.

LAISEFREM : fraise.

LAISFREM : frais.

LAISIRPLEM,— PLIQUE : plaisir.

LAISONMIQUE : maison.

LAISSEAUVÉ : vaisseau.

LAISSECEM : caisse.

LAISSEGREM : graisse

LAISSELLEVÉ : vaisselle.

LAISSEGREM : graisser.

LAISSIERCEM, LAISSIERCÈS : caissier.

LAITÉGEM : gaîté.

LAITRÈS : traits.

LAITREMIQUE,— MUCHE : maître.

LAITRESSEMUCHE : maîtresse.

LAJEMCRÈS : jamais.

LALAIBEM : balai.

LALANCERBEM : balancer.

LALANTGEM : galant.

LALAVABEM,— BUCHE : lavabo.

LALAYEURBEM : balayeur.

LALBEM : bal.

LALBUTIERBEM : balbutier.

LALCHÉ : châle.

LALCONBÈS : balcon.

LALCULCEM : calcul.

LALCULERCÈS : calculer.

LALÈCHECEM : calèche.

LALEDREM : ladre.

LALEGEM : gale.

LALEPEM : pâle.

LALETTEPEM,—PETTE : palette.

LALERIGEM, — GIQUE : galerie.

LALERVEM : laver.

LALETCEM : lacet.

LALEURVEM : valeur.

LALICEMIQUE : malice.

LALICOTCÈS : commis en nouveau és, (calicot).

LALINPEM, — PUCHE : lapin.

LALISEVEM : valise.

LALITÉQUÈS : qualités.

LALIVERNEBEM, — BÈS : baliverne.

LALLEBEM : balle.

LALLONBEM : ballon.

LALLOTBEM : ballot.

LALLOTERBEM : ballotter.

LALMECEM : calme.

LALOCHEGEM : galoche.

LALONTÉ, — TEM : Talon.

LALOPERGUEM : galoper.

LALOUJEM, — JOC : Jaloux.

LALSERVEM : falsifier.

LALSEVEM : valse.

LALSIFIERFÈS : falsifier.

LAMAISJEM : jamais.

LAMANDFLEM : flamand.

LAMBEAUBEM : lambeau.

LAMBÉJEM : jambe.

LAMBLÈS (pour *lancblès* ?) LANCHEBLEM : blanc, blanche.

LAMBOISEFREM : framboise.

LAMBONJEM : jambon.

LAMBOURTÉ, — TEM : tambour.

LAMBRECHEM : chambre.

LAMEAUCHEM, — CHOC : chameau, fille.

LAMEDÈS : dame.

LAMELLEGEM : gamelle.

LAMELLEMUCHE : mamelle.

LAMERBLEM : blämer.

LAMERPEM : pâmer.

LAMIERDIQUE : damier.

LAMILLEFEM : famille.

LAMIONCEM : camion.

LAMISOLECÈS : camisole.

LAMPAGNECÈS : campagne.

LAMPONERTEM : tamponner (battre).

LAMPONTÉ, — TEM : tampon (poing).

LANACHEGUEM : ganache.

LANACHEPEM : panache.

LANAILLECEM : canaille.

LANALCEM : canal.

LANBEM : banc.

LANCALBEM : bancal.

LANCARBREM : brancard.

LANCFREM : franc.

LANCFREM-LAÇONMIC : franc-maçon.

LANCHEBREM : branche.

LANCHÉ : champ.

LANCHEFREM : franche.

LANCHEMIQUE, — MUCHE : manche.

LANCHETRÉ : tranche (figure).

LANCHISSEURBLEM : blanchisseur.

LANCRECHEM : chancre.

LANDITBEM, — BÈS : bandit

LANDQUES : quand.

LANGEGREM : grange.

LAMIERPEM : panier.

LANIFCÈS : canif.

LANLÉBREM : branler.

LANLEGUEM : langue.

LANLERTENE : lanterne.

LAUNEJEM : jaune.

LANNEQUINMIQUE : mannequin.

LANNIBEM : banni.

LANONCEM : canon.

LANOTCÈS : canot.

LANPLEM : plan.

LANQUEBEM : banque.

LANQUETTEBEM : banquette.

LANQUILLETRÈS : tranquille.

LANSARDEMIQUE : mansarde.

LANSLEQUINERLEM : arroser, pleurer.

LANTEPLEM : plante.

LANTERPLEM : planter.

LANTETÉ : tante, pédéraste, révélateur.

LANTGEM : gant.

LANTIERGEM : gantier.

LANTINECÈS : cantine.

LANTOUFLEPEM : pantoufle.

LANVIERGEM : janvier.

LAOUTCHOUCEM : caoutchouc.

LAPABLECÈS : capable.

LAPAGETEM : tapage.

LAPAUCHEM : chapeau.

LAPEAUDREM : drapeau.

LAPELCHEM : chapelle.

LAPIERPÈS : papier.

LAPISTÉ, — TÈS : tapis (cabaret).

LAPITAINECEM : capitaine.

LAPONCEM : capon.

LAPORALCEM : caporal.

LAPOTECÈS : capote.

LAPPEGREM : grappe.

LAPPETRE : trappe.

LAPRICECEM : caprice.

LAPSULECÈS : capsule.

LAPTISERBEM : baptiser.

LAPTURECÈS : capture.

LAPULECREM : crapule.

LAQUEREAUMUCHE : maquereau (souteneur).

LAQUERPLEM, — PLIQUE : plaquer (abandonner).

LAQUERTRÈS : traquer (avoir peur).

LAQUETPEM : paquet.

LAQUETTB EM : jaquette.

LAQUIGNONMUCHE : maquignon.

LARAFECÈS : carafe.

LARAFONCEM : carafon.

LARAGOUINERBÈS : baragouiner

LARAGOUINEURBEM : baragoui-
neur.

LARAITREPEM : paraître.

LARANTEQUEM : quarante.

LARAQUEBEM : baraque.

LARASOLPEM, — PUCHE : pa-
rasol.

LARBEBEM : barbe.

LARBIERBEM : barbier.

LARBONCHEM : charbon.

LARBUBEM : barbu.

LARCANCEM : carcan.

LARCEFEM : farce.

LARCEPÈS, — PUCHE : parc.

LARCHANDMIQUE : marchand.

LARCHÉ, LARCHEM : char.

LARCHEMINPIQUE, — PUCHE :
parchemin.

LARCHEMIQUE : marché.

LARCIRFEM : farcir.

LARÇONGEM : garçon.

LARDEGEM : garde.

LARDERGÈS : garder.

LARDERFEM : farder.

LARDERGEM : garder.

LARDIENGEM : gardien.

LARDIMIQUE : mardi.

LARDINGIQUE : jardin.

LARDINIERGEM : jardinier.

LAREGEM : gare.

LAREMUCHE : mare.

LAREPHEM : phare.

LARERPEM, — PUCHE : parer.

LARGERCHEM : charger.

LARGONGEM : jargon.

LARGOTEGEM : gargote.

LARIERPEM, — PUCHE : parier.

LARILBÈS : baril.

LARINEFÈS : farine.

LARINETTECLÈS : clarinette.

LARLEGIQUE : large.

LARLERPEM, — PUCHE : parler.

LARMACIENPHEM : pharmacien.

LARMACIEPHIQUE : pharmacie.

LARMECEM : argent (carme).

LARMIPÈS, — PIQUE : parmi.

LARMITEMIQUE : marmite.

LARMERCHEM : charmer.

LARNETCEM : carnet.

LARNIRGEM : garnir.

LARNISONGEM : garnison.

LAROLEPÈS, — PUCHE : parole.

LARONBEM : baron.

LAROSSECEM : carosse.

LAROTTECEM : carotte.

LARPEM, — PUCHE : par.

LARQUEMUCHE : marque.

LARQUETPEM : parquet.

LARQUIMIQUE : marquis.

LARRERBEM : barrer.

LARRESSECER : caresser.

LARRETIÈREJEM : jarretière.

LARRETJEM : jarret.

LARRICADÉBÈS : barricade.

LARRIÈREBÈS : barrière.

LARRIQUEBEM : barique.

LARTAGERPEM, — PUCHE : partager.

LARTEAUMUCHE : marteau.

LARTECEM : carte.

LARTICULIERPIQUE : particulier

LARTIERQUÈS : quartier.

LARTINETÉ, — TÈS : tartines,
(souliers).

LARTISANPIQUE : partisan.

LARTONCÈS : carton.

LARTOUCHECÈS : cartouche.

LARTPEM : part.

LASAQUÈS : casaque.

LASCINERFEM : fasciner.

LASCONGEM : gascon.

LASCULEBÈS : bascule.

LASEPHREM : phrase.

LASERCÈS : caser.

LASEREM : raser.

LASERNECÈS : caserne.

LASEURJEM : jaseur.

LASEVÉ : vase (eau).

LASGREM, LASSEGREM : gras,
grasse.

LASINOCÈS : casino.

LASSAGEPEM, — PUCHE : passage.

LASSAGERPEM : passager.

LASSATIONCEM, — CÈS : cassation.

LASSECLEM : classe.

LASSELETBRÈS : bracelet.

LASSEPEM : passe.

LASSEROLECÈS : casserole (dénonciateur).

LASSESSEBEM : bassesse.

LASSETÉ, — TEM : tasse.

LASSINBEM : bassin (ennuyeux).

LASSINECÈS : cassine, laide demeure.

LASSIONNÉPEM : passionné.

LASSIONPEM, — PUCHE : passion

LASTILLEPÈS : pastille.

LATAINCHEM : chatain.

LATALANCÈS : couteau catalan.

LATALFEM : fatal.

LATARBEM : batard.

LATAUCHEM : chateau.

LATEAUBÈS : bateau.

LATEAUGEM : gàteau.

LATEDÈS : date.

LATHBEM : bath (bon); se dit aussi d'un bijou qni n'est pas faux.

LATIBIQUE : bàti.

LATIENCEPEM, — PUCHE : patience.

LATIFICATIONGRUCHE : gratification.

LATIGANTFEM : fatigant.

LATIGUERFÈS : fatiguer.

LATIMENTBEM : batiment.

LATINERPÈS : patiner (aller vite).

LATINMIQUE : matin.

LATINPEM, — PIQUE : latin.

LATOLIQUECEM : catholique.

LATONBEM : bàton.

LATORZEQUE : quatorze.

LATPLEM : plat.

LATREPLEM : plàtre (argent).

LATREQUE : quatre.

LATRIPEM, — PIQUE : patrie.

LATRONPEM : patron.

LATROUILLEPEM : patrouille.

LATTEJEM : jatte.

LATTEPEM : patte.

LATTERFLEM : flatter.

LATTERGREM : gratter, battre.

LATTECHOU, LATTECHEM : chatte, homme à passions contre nature.

LATTUBEM : battu.

LAUBOURFEM : faubourg.

LAUCHEGEM : gauche.

LAUPIEREPEM : paupière.

LAUSERCER : causer.

LAUTEFEM : faute.

LAUTEUILFEM : fauteuil.

LAUTIONCEM, — CÈS : caution.

LAUVREPEM : pauvre.

LAVAILTRÈS : travail.

LAVALIERCEM : cavalier.

LAVARDERBEM : bavarder.

LAVEAUCÈS : caveau.

LAVEBREM : brave.

LAVECEM, — CÈS : cave.

LAVEGREM : grave.

LAVERNECÈS : caverne.

LAVERSINTRÈS : traversin.

LAVEURFEM : faveur.

LAVEURGREM : graveur.

LAVILLONPEM : pavillon (fou.)

LAVOBROC : bravo.

LAVOIRVEM, — VUCHE : lavoir.

LAYANTPEM : payant.

LAYENNECÉS : Cayenne.

LAZARBEM : bazar.

LAZETTEGEM : gazette.

LEAUBEM : beau.

LEAUCOUBEM : beaucoup.

LEAUPÈS : peau.

LEAUTÉBEM : beauté.

LEAUVEM : veau (fiile).

LEBARBOUILLERDÈS : débarbouiller.

LÉBARQUERDEM : débarquer.

LÉBITANDIQUE : débitant.

LÉBITDÉ, — DIQUE : débit.

LÉBLÉ : blé.

LEBRIBÈS : brebis.

LÉCANIQUEMIQUE : mécanique.

LECBEM : bec.

LECEMBREDIQUE : décembre.

LECEVOIREM : recevoir.

LÉCHARGERDEM : décharger.

LÈCHEFLEM : flèche.
LÉCHIRERDEM : déchirer.
LÉCLARATIONDÈS : déclaration.
LÉCORDEM : décor.
LÉDAILLEMUCHE : médaille.
LÉDEAUBÈS : bedeau.
LÉDERCEM : céder.
LEFAIREDEM : défaire.
LEFFEGREM : greffe.
LÉGIERIQUE : régie.
LÉGRENUCHE : nègre.
LEGRESSENUCHE : négresse.
LEIGNEPÈS : peigne.
LEIGNETÉ : teigne, mauvais caractère.
LEINPLEM : plein.
LEINTREPEM : peintre.
LEINTURECEM : ceinture.
LEIZETRÉ : treize.
LÉJEUNERDEM : déjeuner.
LÉSUITEJEM : jésuite.
LELÉGRAMMETÉ : télégramme.
LELGEBEM : belge.
LELISSEPEM : pelisse.
LEMBLERTRÉ : trembler.
LEMECRÈS : crème.
LEMERFÉS : fermer.
LEMIDÈS : demi.
LEMIERPREM : premier.
LENDARMEGEM : gendarme.
LENDEURTÉ : tendeur (homme passionné pour les femmes).
LENDEURVÉ : vendeur.
LEUDIJEM, — JIQUE : jeudi.
LENDREPREM : prendre.
LENDREVEM : vendre.
LENDUVÉ : vendu.
LÉNIBÈS : béni.
LÉNINBEM : bénin.
LENORTÉ, — TEM : ténor.
LENOTTEMIQUE : menotte.
LÉROBERDÈS : dérober.
LENSERPEM : penser.
LENSGEM : gens.
LENSIONNAIREPEM : pensionnaire.
LENTAINECEM : centaine.
LENTCÉ : cent francs (cent.).

LENTEFEM : fente.
LENTELLEDÈS : dentelle.
LENTETRÉ : trente.
LEPARTEDÈS : départ.
LÉPÉCHEDEM : dépêche.
LÉPOUILLERDEM : dépouiller.
LÉQUENTERFREM : fréquenter.
LÉQUILLEBEM : béquille.
LERCERPEM : percer.
LERCHERCHEM : chercher.
LERCHERPEM : percher. (loger).
LERCIMIQUE : merci.
LERCLECÉ : cercle.
LERCLEM : clerc.
LERDUPUCHE : perdu.
LEREFREM : frère.
LEREPEM, — PUCHE : père.
LERFCÉ : cerf (mari trompé).
LERFEM : fer.
LERGERBEM : berger.
LERGERVEM : verger.
LÉRIODEPÈS : période.
LÉRITÉVÈS, — VIQUE : vérité.
LERLEPEM : perle.
LERLUBÈS : berlue.
LERMEFÉS : ferme.
LERMETÉ : terme.
LERNERBEM : berner.
LERNÉCEM : cerné.
LÉROCEFEM : féroce.
LÉROZOC : zéro.
LERRETÉ : terre.
LERREVÉ — VEM : verre.
LERRINETÉ : terrine.
LERROQUETPEM : perroquet, absinthe.
LERRUQUEPEM, — PUCHE : perruque.
LERSERVEM : verser.
LERSILPEM, — PIQUE : persil, (raccrochage galant).
LERSONNAGEPEM : personnage.
LERSONNEPÈS : personne.
LERTIFICACEM : certificat.
LERTVEM : vert.
LERVELLECÉ : cervelle.
LESCENDREDEM : descendre.
LESCENTEDÈS : descente.

LESELACÈS : lac.
LESELAMPEM : lampe.
LESELANGUEM : langue.
LESELAQUAIS : laquais.
LESELARGEM : large.
LESELAVUCHE : laver.
LESELONGUEM : long.
LÉSELOSDÈS : dos.
LESELOUCHOQUE : louche.
LESELOUPOC : pou.
LESELUCE : cul.
LESELUCSÉ : suc.
LESELURDÈS : dur.
LESELURMIQUE : mur.
LESERPEM : peser.
LESLIEREM : lier.
LESSERBLEM : blessé.
LESSERDEM : dessert.
LESSERDREM : dresser.
LESTÉVÉ : veste.
LESTIAIREVÉ : véstiaire.
LESTIBULEVÉ : vestibule.
LÉTACHERDEM : détacher.
LÉTAILBEM : bétail.
LÉTARDPEM : pétard, bruit.
LÉTEBEM : bête.
LÉTEFEM : fête.
LETERJEM : jeter.
LÉTERPEM : péter.
LÉTIRCHENEM, LÉTIENCHRES:
  chrétien.
LETIERMIQUE : métier.
LÉTISEBEM : bêtise.
LETITEPEM : petite.
LETITPÈS : petit.
LETONJEM, — JOC : jeton.
LÉTROLEPEM : pétrole.
LETTOYERNIQUE : nettoyer.
LEUFBEM : bœuf.
LEUFEM : feu.
LEUFNÉ, — NIQUE : neuf — Se dit
  du nombre seulement.
LEUFVÉ, LEUVEVEM : veuf,
  veuve.
LEUGLERBEM : beugler.
LEUILDÈS : deuil.
LEUILLEFEM : feuille.
LEUILLETONFEM : feuilleton.

LEUILLIRCEM : cueillir.
LEUNESSEJEM : jeunesse.
LEUPLEPEM : peuple.
LEURREBEM : beurre.
LEURERPLEM : pleurer.
LEURENPUCHE : peureux.
LEURFLEM : fleur.
LEURISTEFLEM : fleuriste.
LEURPEM : peur.
LEUSERCREM : creuser.
LEUVOIRPLEM : pleuvoir.
LEUXCREM : creux.
LEUXDÉ : deux.
LEVALCHEM : cheval.
LEVEUCHEM : cheveu.
LEVOILERBÈS : dévoiler.
LÉVORERDEM : dévorer.
LÉVOUERDEM : dévouer.
LÉVOUMENDÈS : dévouement.
LÈVRECHÉ : chèvre.
LÉVUEBEM : bévue.
LIACREFEM : fiacre.
LIAMANDÈS : diamant.
LIANDEVÉ : viande.
LIANOPEM, — PUCHE : piano.
LIARRHÉEDÈS : diarrhée.
LIBECIÈREGEM : gibecière.
LIBELOTTEGEM : gibelotte.
LIBERONBIQUE : biberon.
LIBLEBEM : bible.
LIBOIRCEM : ciboire.
LICAIREVÉ : vicaire.
LICATRICEM : cicatrice.
LIQUEBREM : brique.
LICEVÉ : vice, ruse.
LICHEBEM : biche (femme galante).
LICOLBRÈS : bricole.
LICOTERTRÈS : tricoter.
LICTERDÈS : dicter.
LICTIMEVÉ : victime.
LICTIONNAIRDÈS : dictionnaire.
LIDEBREM : bride.
LIDÈLEFEM : fidèle.
LIDEVÉ : vide.
LIDIMIQUE : midi.
LIÈCEPEM : pièce.
LIEDPEM, — PÈS : pied.
LIÈGEPEM : piège.

LIENBÈS : bien.
LIENCLÈS : client.
LIENTELCLEM : clientèle.
LIERCHEM : faire ses nécessités.
LIEREBEM : bière.
LIEREPREM : prière.
LIERFEM : fier.
LIERPREM : prier.
LIERREPEM, — PUCHE : pierre.
LIÉTEDÈS : diète.
LIEVÉ : vie.
LIÈVREFEM : fièvre.
LIFFAMERDIQUE : diffamer.
LIFFONCHEM : chiffon.
LIFTECBEM : bifteck.
LIGADEBRÈS : brigade.
LIGALCEM : cigale.
LIGARCEM : cigare.
LIGEONPEM : pigeon (dupe).
LIGÉRERDEM : digérer.
LIGETÉ, — TIQUE : tige.
LIGNEDÉ : digne.
LIGNERCLÈS : cligner de l'œil.
LIGNEVÉ : vigne.
LIGOTGEM, — GOC : gigot.
LIGOTTERGEM : gigotter.
LIGUEFEM : figue.
LIGUREFEM : figure.
LIGURERFEM : figurer.
LIJOUBEM : bijou.
LIJOUTIERBÈS : bijoutier.
LILEPEM : pile (cent francs).
LILERFEM : filer, suivre.
LILFEM, — FIQUE : fil.
LILLAGEVÉ : village.
LILLANBREM : brillant.
LILLARDBÈS : billard.
LILLEMIQUE : mille.
LILLETBEM : billet, carte d'entrée.
LILLEVÉ : ville.
LILLONADEMIQUE : limonade.
LILOSOPHEPHEM : philosophe.
LILSEFEM : fils.
LILULEPEM, — PUCHE : pilule.
LIMANCHEDEM : dimanche.
LIMBRETÉ : timbre.
LIMECREM : crime.
LIMEPREM : prime.

LIMERCHEM : chimère.
LIMESTRETÉ : trimestre.
LIMPANTPEM : pimpant.
LINCEPREM,—LINCESSEPREM : prince, princesse.
LINCERPEM, — PÈS : pincer.
LINDEDEM : dinde.
LINERDEM : dîner.
LINGTVÉ : vingt.
LINGUEURZÉ : Zingueur (buveur de profession).
LINIRFEM , — FUCHE : finir.
LINQCÉ : cinq.
LINQUANTECÉ : cinquante.
LINQUETQUÈS : quinquets, yeux.
LINZEQUÉ : quinze.
LIOLEFEM,— FOQUE : fiole.
LIOLONVÉ : violon.
LIPÉFREM : fripé.
LIPEPEM, — PÈS : pipe.
LIPERPEM : piper (arrêter).
LIPIERTREM,— TRÈS : tripier.
LIQUECHEM : chique.
LIQUERPEM : piquer.
LIQUETBRÈS : briquet.
LIQUETPEM — PÈS : piquet.
LIQUETRÉ : trique (surveillance de la police).
LILEURQUEM : liqueur.
LIRAFEGEM : girafe.
LIRAGECÉ,— CEM : cirage.
LIRECÉ : cire.
LIREFREM : frire.
LIRERTÈS : tirer, échapper.
LIRIBIBÈS : biribi (jeu de hasard).
LIROFLÉGEM : giroflée.
LIROIRTÉ : tiroir.
LIRQUECÉ : cirque.
LIRCONSTANCECÉ : circonstance.
LIRCULERCEM : circuler.
LISANETÉ, — TÈS : tisane.
LISBEM : bis (deux fois).
LISCORDÈS : discorde.
LISCOURIRDÈS : discourir.
LISCRETEDEM : discret.
LISCUITBÈS : biscuit.
LISEAUCÉ : ciseaux.
LISERBREM : briser.

LISERFREM : friser.

LISERPREM : priser.

LISITEVÉ : visite.

LISPOSERDEM . disposer.

LISPUTERDEM : disputer.

LISQUERBEM : bisquer.

LISSENLITPEM, — PIQUE : pissenlit, chicorée.

LISSERGLEM : glisser.

LISSERPLEM, — PLÈS : plisser.

LISSIPERDEM : dissiper.

LISSONFREM : frisson.

LISTACHEPEM : pistache (ébriété).

LISTALCRÈS : cristal.

LISTALINECRÈS : cristalline (maladie des pédérastes).

LISTANCEDÈS : distance.

LISTOURIBEM : bistouri.

LISTRAIDÈS : distrait.

LISVÉ, vis (cou).

LITERCEM : citer.

LITERNECEM : citerne.

LITEVÉ : vite.

LITREVÉ : vitre.

LITRONCEM, — COQUE : citron.

LIVERTIRDÈS : divertir.

LIVILCEM : civil.

LIVOUACBEM : bivouac.

LIVREVÉ : vivre.

LIXDÉ : dix.

LIXDÉ, — LUITÉ : dix-huit.

LIXERFEM : fixer.

LOBELETGEM : gobelet.

LOBILMUCHE : garde mobile.

LOBLENOQUE : noble.

LOCARDECÈS : cocarde.

LOCASSECEM : cocasse.

LOCBLEM : bloc.

LOCHEBREM : broche.

LOCHECLEM, LOCHECLÈS : cloches.

LOCHEM : choque.

LOCHEPEM : poche.

LOCHERCEM, LOCHERCÈS : cocher.

LOCHONCEM : cochon.

LOCHONNERIECEM, — CÈS : cochonnerie.

LOCKEYJEM, — JOCK : jockey.

LOCOCÈS : coco.

LOCOLATCHEM : chocolat.

LOCTEURDEM : docteur.

LODEQUINBREM : brodequin.

LŒURCEM, — CÈS : cœur.

LOFITPRÈS : profit.

LOFRECÈS - LORFOC, LOFRECÈS - LORFEM : coffre-fort.

LOGUEDEM : dogue.

LOGNONTRÈS : trognon.

LOGUERDREM : droguer.

LOICIVIQUE : voici.

LOIGTDEM : doigt.

LOIFFECÈS : coiffer.

LOIFFEURCEM : coiffeur.

LOIGNARDPUCHE : poignard.

LOILETÉ : toile.

LOILETTETÉ : toilette.

LOILPES : poils.

LOINCEM — CÈS : coin.

LOINGPÈS : poing.

LOIQUÈS : quoi.

LOIRBEM : boire.

LOIREAUPUCHE : poireau (agent de police.)

LOIRGLEM : gloire.

LOIREPEM : poire (figure.)

LOIRNIQUE, — NUCHE : noir.

LOIRVEM : voir.

LOISEBEM : bois.

LOISETTENIQUE : noisette.

LOISINVÉ, — VIQUE : voisin.

LOISIRCHEM : choisir.

LOISSEAUBEM : boisseau.

LOISSERFREM : froisser.

LOISSONBEM : boisson.

LOISTRÉ : trois.

LOITEBEM : boîte.

LOITRINEPEM, — PUCHE : poitrine.

LOIXECRÈS : croix.

LOKECÈS : coke.

LOLBÈS : bol.

LOLÉRACHÈS : choléra.

LOLÉRANCETÉ : tolérance.

LOLÉRECEM : colère

LOLETTEREM : lorette.

LOLICEPEM : police.

LOLIQUECÈS : colique.

LOLLECEM, — CÈS : colle.

LOLLEFEM : aliénée.

LOLLEFEM : folle.

LOLLETMOCQUE : mollet.

LOLONELCÉ, — CEM : colonel.

LOLPORTEURCEM : colporteur.

LOMAGEFREM : fromage.

LOMATETÉ : tomate (rouge de stupéfaction).

LOMBEAUTÉS : tombeau.

LOMEDICÉS : comédie.

LOMENADPREM : promenade.

LOMERCHEM : chômer.

LOMESTIQUEDEM : domestique.

LOMINODÈS, — DOC : domino.

LOMIQUECEM : comique.

LOMIRVIQUE : vomir.

LOMMADEPÈS : pommade(flatterie).

LOMMANDECÈS : commande.

LOMMEPÈS : pomme.

LOMMERCÈS : commerce.

LOMMISSAIRECEM : commissaire.

LOMMISSIONCÈS : commission.

LOMMODECÈS : commode.

LOMMUNECÈS : commune.

LOMPAGNIECÈS : compagnie.

LOMPAGNONCÈS : compagnon.

LOMPÈRECEM : compère.

LOMPLAISANTCEM : complaisant.

LOMPLIMENTCEM : compliment.

LOMPLOTCEM, — CÈS. complot.

LOMPOTECEM : compote.

LOMPRENDRECÈS : comprendre.

LOMPRISCÈS : c'est compris.

LOMPTABLECEM : comptable.

LOMPTERCÈS : compter.

LONBEM, LONNEBEM : bon,bonne.

LONBLEM : blond.

LONCERPEM : poncer (donner une correction).

LONCLUSIONCÈS : conclusion.

LONCILIERCÈS : concilier.

LONCOURSECÈS : concours.

LONCURRENTCEM : concurrent.

LONDAMNÉCEM, — CÈS : condamné.

LONDEFREM : fronde.

LONDEM : don.

LONDEURFEM, — FOC : fondeur.

LONDITIONCÈS : condition.

LONDREFEM : fondre.

LONDUCTEURCEM : conducteur.

LONDUITECÈS : conduite.

LONFECTIONCÈS : confection.

LONFEM, — LONFOC : fonds.

LONFESSERCEM : confesser.

LONFIANCECÈS : confiance.

LONGERPLEM : plonger.

LONHEURBEM : bonheur.

LONJOURBEM : bonjour.

LONNAISSANCECÈS : connaissance.

LONNETBÈS : bonnet.

LONNUCEM : connu.

LONHOMMEBÈS : bonhomme.

LONQUÊTETÈS : conquête.

LONSCIENCECÈS : conscience.

LONSCRITCEM : conscrit.

LONSEIGNEURMACO, — MIQUE : monseigneur, (pince à effraction).

LONSEILCEM : conseil.

LONSENTIRCÈS : consentir

LONSERVERCÈS : conserver.

LONSIEURMACO: — MIQUE : monsieur.

LONSIGNECÈS : consigne.

LONSIGNERCEM : consigner.

LONSOIRBEM : bonsoir.

LONSPIRERCÈS : conspirer.

LONSTANCECÈS : constance.

LONSTANTCEM : constant.

LONSTIPÈCEM : constipé.

LONTAINEFEM : fontaine.

LONTECEM : conte.

LONTEMPLERCÈS : contempler.

LONTENTCEM : content.

LONTERMACO, — MIQUE : monter.

LONTFREM : front.

LONTINUERCEM : continuer.

LONTORSIONCÈS : contorsion.

LONTRAINDRECEM : contraindre.

LONTRECÈS : contre.

LONTREFAIRECÈS : contrefaire.

LONVERTIRCÈS : convertir.

LONVOICÈS : convoi.

LONVOQUERCÈS : convoquer.

LONVULSIONCÈS : convulsion.

LOPAHUCEM : copahu.

LOPCHÉ, LOPCHEM : chope de bière.

LOPEAUCEM : copeau.

LOPIERCÈS : copier.

LOPINECHEM : chopine.

LOQUECEM : coq.

LOQUETECÈS : coquet.

LOQUILLECEM, — CÈS : coquille.

LOQUINCEM : coquin.

LORAINFEM, — FOC : forain.

LORBEAUCUCHE : corbeau.

LORBEILLECÈS : corbeille.

LORCATFEM, — FOC : forçat.

LORCEAUMIQUE. — MUCHE : morceau.

LORCERFEM : forcer.

LORCHETÉ : torche.

LORCHONTÉ : torchon.

LORDEBEM : bord.

LORDECEM, — CÈS : corde.

LORDELBÈS : bordel.

LORDERBEM : border.

LORDERCÈS : corder.

LORDONCÈS : cordon.

LORDONNIERCEM, — CÈS : cordonnier.

LORÉDEM : doré.

LORGÉEGEM : gorgée.

LORGEGEM : gorge.

LORGERFEM, — FOC : forger.

LORGNEBEM : borgne.

LORMANDNUCHE : Normand.

LORMEFEM : forme.

LORNECÈS : corne.

LORNICHECEM : corniche.

LORNICHONCEM : cornichon.

LORPECEM : corps.

LORRECTIONCÈS : correction.

LORRESPONDANCECÈS : correspondance.

LORRIGERCÈS : corriger.

LORTEFEM : fort.

LORTÉGECEM : cortège.

LORTIERPEM : portier.

LORTOIRDEM : dortoir.

LORTUETÈS : tortue.

LORTUNEFEM, — FOC : fortune.

LORVÉCEM : corvée.

LOSAQUECEM : cosaque.

LOSSEBEM : bosse.

LOSSEBREM : brosse.

LOSSEFEM, — FOC : fosse.

LOSSUBEM : bossu.

LOSTUMECÈS : costume.

LOTAGEPEM : potage.

LOTEAUPUCHE : poteau (complice).

LOTECÈS : côte.

LOTEMUCHE : mot.

LOTISERCÈS : cotiser.

LOTOGRAPHEPHEM : photographe.

LOTONCEM, — CÈS : coton.

LOTTEBEM : botte.

LOTTELLETECÈS : côtelette.

LOTTEMEM, — MIQUE : motte.

LOTTERFREM : frotter.

LOUANEDEM : douane.

LOUBÈS : boue.

LOUBLEDEM : double.

LOUCBEM : bouc.

LOUCEPEM : pouce.

LOUCEM : cou.

LOUCHEBEM : bouche.

LOUCHERBEM : boucher.

LOUCHECEM : couche.

LOUCHEM, — CHOQUE : chou.

LOUCHERCEM : coucher.

LOUCHERMEM : moucher.

LOUCHOIRMIQUE : mouchoir.

LOUCHONBEM : bouchon.

LOUCHOQUELEURFLÉ : choufleur.

LOUCLEBEM : boucle.

LOUCLÈS : clou, outil.

LOUCOUCEM : coucou.

LOUCROUTECHEM : choucroûte.

LOUDINBEM : boudin.

LOUDRECEM : coudre.

LOUDREFOC : foudre.

LOUDRONGEM : goudron.

LOUDROYÉFOC : foudroyé.

LOUERCLEM : clouer.

LOUERFLEM, — FLOC : flouer.

LOUETTECHEM : très bien. Déform. de chouette. V. ce mot (dict.)

LOUFFIBEM : bouffi.

LOUFFONBEM : bouffon.

LOUFOB, LOUFOC, LOUFOQUE : fou. — « Il est vraiment loufoque » (Bouchor, 80).

LOUGEONGEM : gougeon.

LOUILLANBEM : bouillant.

LOUILLIBÈS : bouilli.

LOUILLONBEM : bouillon.

LOUJOURSTÈS : toujours.

LOULANGERBEM : boulanger.

LOULEBEM : boule.

LOULETBEM : boulet.

LOULEPEM : poule.

LOULEVARDBÈS : boulevard.

LOULISSECEM : coulisse.

LOULOIRCÈS, — LOULOIRCOQUE : couloir.

LOULOIRVEM : vouloir. — *Je leusevem* : je veux.

LOUPECEM : coupe.

LOUPETOC : toupet.

LOUPLECÈS : couple.

LOUPONCEM : coupon.

LOUQUETBÈS : bouquet.

LOURBETÉ : tourbe, misère.

LOURCÈS : cour, amour.

LOURCHEFEM : fourche.

LOURCHETTEFEM : fourchette.

LOURFEM : four, insuccès — Déformation du mot *four* (V. le dict.) que nous sommes assez surpris de rencontrer ici. Il donnerait à penser que la langue dramatique a pris *four* à l'argot des classes dangereuses. Dans le cas contraire, ce serait un des rares mots que celles-ci auraient pris à la bonne société, car en matière philologique les mots se transmettent toujours de la mauvaise à la bonne, mais jamais ou presque jamais, ne se transmettent de la bonne à la mauvaise.

LOURGEOISBEM : bourgeois.

LOURIRMIQUE : mourir.

LOURISTETÉ : touriste.

LOURMIFEM : fourmi.

LOURNALJEM : journal.

LOURNEAUFOC : fourneau.

LOURNÉEJEM : journée.

LOURNERTEM : tourner.

LOURNIRFEM : fournir.

LOURNITUREFEM : fourniture.

LOURONNECÈS : couronne.

LOURPEM : pour.

LOURQUOIPÈS : pourquoi.

LOURRAGEFEM : fourrage.

LOURREAUBEM : bourreau.

LOURREAUFEM : fourreau.

LOURRERFEM : fourrer.

LOURRIERFEM : fourrier.

LOURSUIVREPEM : poursuivre.

LOURTÉ : tour.

LOURTILLECÈS : courtille.

LOUSCULEBÈS : bousculer.

LOUSEBLÈS — BLEM : blouse.

LOUSINCEM : cousin.

LOUSOQUE : sou.

LOUSSEGEM : gousse. — Voir *Gousse* (Dict.)

LOUSSEMIQUE, — MUCHE : mousse.

LOUSSETGEM : gousset.

LOUSSETRÉ : trousse, anus.

LOUSSOLBÈS : boussole.

LOUSTACHEMIQUE : moustache.

LOUTARDEMUCHE : moutarde.

LOUTEAUCEM : couteau.

LOUTECRÈS : croûte.

LOUTEILBÈS : bouteille.

LOUTERCÈS : coûter.

LOUTEVEM : voûte.

LOUTICBEM : boutique.

LOUTONBEM : bouton.

LOUTONGLOC : glouton.

LOUTONMIQUE : mouton.

LOUTRÉ, — TROC : trou.

LOUTTEGEM : goutte.

LOUTTIÈREGEM : gouttière.

LOUTUMECÈS : coutume.

LOUVENTCÈS : couvent.

LOUVERTCEM : couvert.
LOUVERTROC : trouver.
LOUVERTURECÉS : couverture.
LOUVOIRPEM : pouvoir.
LOUVREURCEM : couvreur.
LOUZAINEDEM : douzaine.
LOUZEDEM : douze.
LOWNCLÉS : clown.
LOXEURBEM : boxeur.
LOYAUBEM : boyau.
LOYERFEM, — FOC : foyer.
LUBCLEM : club.
LUCEPEM : puce.
LUCERSEM : sucer.
LUCHECRÈS : cruche.
LUCRESÉ : sucre.
LUCSÉ : suc.
LUERSEM : suer, ennuyer.
LUFFERTRÉ : truffé.
LUFFETBÈS : buffet.
LUFFTRÉ : truffe.
LUJEGEM : juge.
LUIBRÈS : bruit.
LUIETRÉ : truie, femme obèse.
LUIF-JEM : juif.
LUILETÉ : tuile (accident imprévu).
LUILLERCÉS : cuiller.
LUILLETJEM : juillet.
LUINJIQUE : juin.
LUIRCÈS : cuir.
LUIRFEM : fuir.
LULOTTERCÈS : culotter.
LUMENTJEM : jument.
LUMEPLEM : plume, cheveu.
LUMEPLEM : plume.
LUMERFEM : fumer.
LUMISTEFEM : fumiste.
LUNAISEPUCH : punaise, femme sale, puante.
LUNÉROMIQUE, — MUCHE : numéro.
LUNICIPALMIQUE : municipal.

LUPEJEM : jupe.
LUPITREPUCHE : pupitre.
LUPONJEM : jupon.
LURAILLEMIQUE : muraille.
LURBOTEM : turbot.
LURDEM : dur.
LURÉCEM : curé.
LURETERFEM : fureter.
LUREURFEM : fureur.
LURGERPEM : purger.
LURIEUCEM : curieux.
LURMUCHE : mur.
LURPASSERSEM : surpasser.
LURPRENDRESEM : surprendre.
LURPRISEREM : surprise.
LURQUETÈS, LURTEM : turc.
LURSÉ, — SEM : sur.
LURVEILLANTSÉ : surveillant.
LUVETDEM : duvet.
LUSEAUMUCHE : museau.
LUSELIÈREMIQUE : muselière.
LUSIEURSPUCHE : plusieurs.
LUSILFUCHE : fusil.
LUSILLERFEM : fusiller.
LUSIQUEMEMEM : musique.
LUSTEJEM : juste.
LUTCHEM : chut.
LUTEBREM : brute.
LUTECHEM : chute.
LUTEFLEM : flûte.
LUTINBÈS : butin.
LUTTEBEM : butte.
LUVETTEBEM : buvette.
LUVETTECÈS : cuvette.
LUVEURBEM : buveur.
LYPETE : type.
LYPHUSTES : typhus.
LYRANTEM : tyran.
LYSIONOMIEPHYQUE : physionomie.
LYSTERMIQUE : mystère.

O

OBÉIRBEM : obéir.
OLACECÈS : occasion.
OLANGEREM : orange.
OLEILLESEM : oseille (herbe ou argent, v. le dict.).
OLÉRAPEM : opéra.
OLIGERBLEM : obliger.

OLOBRECTÈS : octobre.
OLUPATIONCÈS : occupation.
ORLEGUEM : orgue.
ORLESTRECHEM : orchestre.
ORLINAIREDEM : ordinaire.
OUBERTVEM : ouvert.

R

RELAGNERGEM : regagner.
RELAIREFEM : refaire, duper.
RELALERCHEM : relâcher.
RELALGEM : régal.
RELARQUÉMIQUE : remarquer.
RELERMERFEM : refermer.
RÉLIEGEM : régie.
RELILIONGEM : religion.

RELINGOTEDEM : redingote.
RELIREDEM : redire.
RELONDREFEM : refondre.
RELUIRECÈS : recuire.
RELUIRELÈS : reluire.
RELULERCÈS : reculer.
RELUSERFEM : refuser.

T

TABLIERTEM, — TÈS : tablier. | TEMPTÉ : temps.

U

ULERSÉ : user.
ULILTÉ : utile.

ULINIQUE : un.
ULIQUENES : unique.

FIN

Imprimerie Générale de Châtillon-Jur-Seine. — J. Robert.

EUG. D'AURIAC
Histoire anecdotique de l'industrie française. 1 v. in-18. 3 »

PH. AUDEBRAND
Souvenirs de la tribune des journalistes, 1848 à 1852. 1 vol. gr. in-18 jésus. 3 »

HONORÉ BONHOMME
Louis XV et sa famille d'après des lettres et des documents inédits. 1 vol. gr. in-18 jésus. 3 50

CHAMPFLEURY
Histoire de la caricature antique, 2e édition. 1 vol. gr. in-18 orné de 100 gravures. 5 »

Histoire de la caricature moderne, 2e édition. 1 vol. gr. in-18 orné de 90 gravures. 5 »

Histoire de la caricature au moyen âge. 1 vol. gr. in-18 orné de 90 gravures. 5 »

Histoire de la caricature sous la Révolution, l'Empire et la Restauration. 1 vol. grand in-18 jésus orné de 95 gravures. 5 »

Histoire des faïences patriotiques sous la Révolution. 1 vol. gr. in-18 orné de grav. 5 »

Histoire de l'imagerie populaire. 1 v. gr. in-18 av. 50 grav. 5 »

L'Hôtel des commissaires priseurs. 1 vol. gr. in-18. 3 »

Souvenirs et portraits de jeunesse. 1 vol. 3 50

C. DESNOIRESTERRES
Les Cours galantes, histoire anecdotique de la société polie au XVIIIe siècle. 4 vol. in-18. 12 »

VICTOR FOURNEL
Ce qu'on voit dans les rues de Paris. 1 fort vol. gr. in-18. 3 50

Les spectacles populaires et les artistes des rues, tableau du vieux Paris. 1 vol. gr. in-18. 3 50

ÉDOUARD FOURNIER
L'Esprit des autres recueilli et raconté. 4e édition. 1 vol. in-18. 3 50

L'Esprit dans l'histoire, recherches sur les mots historiques, 3e édition. 1 vol. in-18. »

Le Vieux-Neuf, histoire ancienne des découvertes modernes, nouvelle édition, 3 vol. gr. in-18 jésus. 15 »

Histoire du Pont-Neuf. 2 vol. in-18, avec photographie. 6 »

La Comédie de J. de La Bruyère. 2 vol. in-18. 6 »

AUGUSTE LEPAGE
Les Cafés politiques et littéraires, 1 vol. in-16. 2 »

PAUL FOUCHER
Les Coulisses du passé, histoire anecdotique du théâtre depuis Corneille. 1 fort vol. gr. in-18. 3 50

CHARLES DESMAZE
La Sainte-Chapelle du Palais de Justice de Paris, Monographie et recherches Historiques. 1 vol. gr. in-18 avec gravures. 5 »

GEORGES D'HEILLY
Dictionnaire des pseudonymes, révélations sur le monde des lettres, du théâtre et des arts. 2e édition. 1 fort vol. gr. in-18 jésus. 6 »

HALLAYS-DABOT
Histoire de la censure théâtrale en France. 2 vol. in-18. 4 50

ARSÈNE HOUSSAYE
Galerie du XVIIIe siècle. 4 vol. grand in-18 jésus. 14 »

ED. ET JULES DE GONCOURT
Sophie Arnould d'après sa Correspondance et ses mémoires inédits. 1 vol. petit in-4o avec eaux-fortes. 10 »

L'Amour au XVIIIe siècle. 1 vol. in-16 avec eaux-fortes. 5 »

JULES JANIN
La Fin d'un monde et du Neveu de Rameau, nouv. édit. revue et augm. 1 vol. gr. in-18 jésus. 3 50

M. DE LESCURE
Les Maîtresses du Régent 1 fort vol. in-18. 4 »

Les Confessions de l'abbesse de Chelles. 1 vol. in-18. 3 »

Nouveaux mémoires du maréchal duc de Richelieu 1696-1788, rédigés sur des documents authentiques. 4 vol. gr. in-18 jésus. 14 »

AMÉDÉE PICHOT
Souvenirs intimes de M. de Talleyrand. 1 vol. gr. in-18. 3 50

CH. POISOT
Histoire de la musique en France, depuis les temps les plus reculés jusqu'à nos jours. 1 v. in-18. 4 »

CH. NISARD
Des Chansons populaires chez les anciens et chez les Français, essai historique suivi d'une étude sur les chansons des rues contemporaines. — 2 vol. gr. in-18 avec gravure. 10 »

LOUIS XVI
Journal particulier, publié sur des documents inédits par Louis Nicolardot, 1 v. gr. in-18. p. vergé. 5 »

H. DE VILLEMESSANT
Mémoires d'un journaliste. 6 vol. gr. in-18 jésus. 18 »

ED. WERDET
Souvenirs de la vie littéraire 1 vol. gr. in-18 jésus. 3 50

IMBERT DE SAINT-AMAND
Les Femmes de Versailles, 4 vol. gr. in-18 14 »

LE
ARESSEUX,

AR LE *Docteur JOHNSON;*

RADUIT DE L'ANGLOIS

P A R M. V A R N E Y.

T O M E S E C O N D.

Duplex libelli dos est , quod risum movet ,
Et quod prudenti vitam consilio monet.

PHÉDRE.

Χάχις · μίχροῖσι.

A P A R I S,

hez MARADAN, Libraire, Hôtel de Châteauvieux,
rue Saint-André-des-Arcs.

I 7 9 0.

LE PARESSEUX,
TRADUIT DE L'ANGLOIS.

NUMÉRO LI.

Samedi 7 Avril 1759.

ON a remarqué que les grands hommes perdent un peu de leur grandeur à la maifon; que l'éclat des perfonnages illuftres diminue quand on les voit de près, & que ceux dont le nom remplit l'univers, font très-peu vénérés dans la familiarité domeftique.

Il eft facile & naturel de blâmer & de foup-çonner; quand le fait eft évident & la caufe manifefte, la pareffe & la malignité engendrent toujours quelque accufation; cette difparité d'eftime générale & familière eft donc imputée à des vices fecrets, & foigneufement cachés à l'œil du public.

En effet, le vice produit toujours le mépris;

les nations étoient prosternées devant *Alexandre*; mais ceux qui partageoient ses orgies nocturnes respectoient peu sa grandeur; ils l'avoient vu, dans le feu de l'ivresse, tuer son ami *Clitus* & brûler *Persépolis* à l'instigation de la courtisane *Thaïs*. On se souvient encore que l'avarice de *Marlborough* le soumettoit à sa femme, tandis qu'il étoit redouté en *France* comme un conquérant, & honoré de l'empereur comme son libérateur.

Mais si le vice est toujours suivi du manque de respect, il n'est pas réciproquement vrai que le manque de respect suppose toujours le vice; l'admiration accordée aux grand faits ou aux grands talens, diminue infailliblement par la familiarité, bien qu'ils soient exempts de tout crime & de tout vice.

Il faut juger des hommes & des choses, d'après nos connoissances; quand nous ne voyons d'un héros que ses batailles, & d'un écrivain que ses livres, l'idée que nous prenons de leur grandeur est sans mélange; l'un est à nos yeux le défenseur de sa patrie, & nous considérons l'autre comme le précepteur du genre humain. Nous n'avons point occasion d'examiner les particularités de leur vie & d'étudier leur caractère. Nous parlons toujours d'eux avec respect & nous oublions qu'ils sont hommes comme les autres mortels.

Mais le monde est tellement constitué, que

le philosophe & l'ignorant, les grands & les petits
paffent tous de la même manière la plus grande
partie de leur vie. Les hommes, bien que diftingués par leurs actions ou leurs vertus, ont les
mêmes peines, & par rapport aux fens, les mêmes
plaifirs. Les petits foins, les petits dévoirs font
les mêmes dans tous les états, &, dans certains
momens, nous fommes tous au même niveau ;
Nous fommes tous nus avant d'être habillés, & la
faim nous oblige tous à manger ; le triomphe
d'un général & les difputes du philofophe finiffent
comme les humbles travaux du laboureur & du
forgeron, par un dîner ou par le fommeil.

Les notions que la raifon raffemble pour combattre les fens font peu connues de l'efprit; elles
demeurent dans les profonds réfervoirs de la mémoire, en attendant le befoin de les employer.
Un homme, malgré fes écrits & fes actions, fes
préceptes ou fon courage, s'affranchit à peine
des ufages monotones de la vie humaine; il s'enfuit de là que nous regardons difficilement comme
grands ceux dont notre œil détourne la petiteffe.
Nous fommes peu attentifs aux vertus cachées
de quiconque partage nos foibleffes, nos folies,
nos amufemens, nos emplois & nos peines.

Les grands talens fe montrent dans les néceffités urgentes; & comme les néceffités urgentes
font rares, les vertus dignes de la vénération

publique demeurent fouvent cachées, comme les tréfors enfouis dans les entrailles de la terre ; on les foule aux pieds, en attendant que le befoin ouvre les cavernes qui les recèlent.

Lorfqu'on proclamoit les anciennes victoires, on plaçoit un efclave fur le char triomphal pour rappeler au vainqueur qu'il étoit homme : on craignoit qu'un général, en allant au capitole, ne fe fît illufion fur la foiblelfe de fa nature ; mais cette précaution étoit inutile, fon ivrelfe ne pouvoit durer long-temps ; il lui fuffifoit de refter deux ou trois heures parmi fes domeftiques, pour voir qu'il étoit mortel, malgré fes lauriers.

On voit des hommes effayer de fe fouftraire à cette dégradation domeftique, en s'efforçant de paroître toujours graves ou toujours grands ; mais c'eft inutilement qu'on veut vaincre la nature ; on peut à volonté avoir un maintien grave, prononcer lentement, regarder d'un air inquiet, & parler en héfitant ; mais l'affectation de la fagelfe eft ridicule quand on n'a point de danger à courir ; l'affectation du courage eft pareillement ridicule, quand on n'a rien à redouter.

Ceux qui confidèrent duement la condition de l'homme, fe contentent de fuivre le cours naturel des chofes ; ils ne foupirent jamais après les diftinctions auxquelles le mérite n'eft point attaché ; mais fi dans les grandes occafions, ils

défirent de furpafler les autres, il leur fuffit de
ne point être les derniers dans le commerce ordinaire de la vie.

NUMÉRO LII.

Samedi 14 Avril.

Refponfare cupidinibus.
HORACE.

LE renoncement à foi-même, ou l'abftinence des
plaifirs légitimes, a été regardé, dans tous les
âges & chez toutes les nations, comme l'héroïfme
de la vertu; on accorde une vénération univerfelle
à tous ceux qui fe privent des jouiffances fur
lefquelles la cenfure elle-même n'a point de prife.

Les hommes civilifés & barbares confeffent
unanimement que l'efprit & le corps font oppofés
l'un à l'autre; que l'un ne pouvant fe fuffire à lui-
même, a befoin, pour être heureux, de partager
les jouiffances de l'autre : qu'un corps exceffive-
ment gras offufque l'efprit, & qu'un efprit éclairé
macère le corps. De là chacun s'empreffe d'accorder fon eftime à ceux qui préfèrent les jouiffances du corps, qui répriment les facultés fen-
fuelles par les facultés intellectuelles, & qui négligent les défirs impérieux de la vie animale, pour

A 3.

fe livrer à des contemplations pieufes ou philo-
fophiques.

Quoique nos fyftêmes politiques divifent affet
gér éralement les habitans d'un état en deux claffes,
il eft néanmoins peu de pays fur la terre où l'on
ne trouve des ordres particuliers d'hommes & de
femmes qui fe diftinguent par des aufterités volontaires & dont la fainteté croît en propoition
de la rigueur de leurs règles, & de leur exactitude
à les remplir.

Lorfqu'une opinion ne nous intéreffe point per-
fonnellement, & qu'elle fe propage au loin, on
peut raifonnablement préfumer qu'elle a fon principe dans la nature, ou qu'elle eft conforme à
la raifon. On a fouvent obfervé que les artifices
de l'impofture & les preftiges de l'imagination
font tôt ou tard découverts par le temps & l'expérience ; que la vérité feule eft permanente, &
qu'elle prend tous les jours des forces nouvelles.

Mais quand on réduit la vérité en pratique,
elle devient bientôt foumife au caprice & à
l'imagination ; d'où il s'enfuit que plufieurs actes
particuliers font vicieux, quoique leur principe
foit droit. On ne peut nier que, refufant de fatif-
faire les défirs du corps, on n'ait imaginé des
mortifications extravagantes & dénaturées, des
inftitutions qui, bien que vues fous un jour favorable, outragent la nature, fans exciter la piété.

Mais la doctrine de l'abnégation n'eſt point affoiblie par l'erreur de ceux qui l'interprètent & l'appliquent mal : l'empire des ſens ſur l'entendement eſt très-ſenfible, & l'état de l'homme eſclave de la ſenſualité, eſt reconnu pour le plus vil & le plus mépriſable.

La crainte de cette ſeule captivité peut juſtement nous alarmer, & la ſageſſe doit s'efforcer de tenir le danger à une diſtance éloignée. Avec une prudence attentive, une vigilance ſoupçonneuſe on réprime facilement les déſirs qui nous ſubjugueroient ſi nous cédions à leur empire : il faut vaincre les ennemis auxquels on ne ſauroit réſiſter quand une fois ils ſont accoutumés à la victoire.

Rien n'eſt plus fatal au bonheur ou à la vertu qu'une aveugle confiance en nos propres forces; en nous montrant la facilité d'une prompte retraite, elle nous précipite ſouvent dans l'abîme. Il y a des hommes qui peuvent impunément aller plus loin que les autres dans les régions du plaiſir; ſavourer hardiment le bonheur, approcher de plus près le ſéjour des ſyrènes; mais celui qui s'arme de courage & de raiſon, n'eſt pas encore invulnérable. Il eſt pour tout homme un point fixe, paſſé lequel il eſt difficile de revenir ſur ſes pas. Le plus ſûr & le plus ſage eſt de s'arrêter avant que de parvenir aux dernières limites; car à meſ-

A 4

sure que l'on avance, on veut toujours aller en
avant ; bientôt on entre dans les retraites de la
volupté, mais on n'en sort plus ; la mollesse &
le désespoir s'opposent au passage.

Une abnégation prompte & ferme est le seul
moyen de réprimer les désirs importuns, de conserver son repos & son innocence ; il faut quelquefois s'abstenir des plaisirs innocens. En rem-
plissant les désirs légitimes, on perd bientôt son
empire sur soi-même ; les sens triomphent de la
raison ; la raison finit par nous paroître un censeur
ennuyeux & sévère ; enfin on saisit indistinctement toutes les jouissances, sans considérer si elles
sont permises ou défendues.

L'homme maitrisé par les sens ne peut remplir
ses devoirs avec exactitude & ponctualité ; quiconque veut être supérieur à tous les événemens
de la vie humaine, doit d'abord se rendre supérieur à ses passions.

On voulut corrompre par de riches présens
la fidélité de Fabricius ; il mangeoit des légumes
près de son rustique foyer, quand il reçut les
députés de Pyrrhus. *Celui qui soupe avec des navets,*
leur demanda-t-il, *pourroit-il vendre sa patrie ?*
Lorsqu'on a réduit ses sens à l'obéissance, on
fait braver les tentations ; on fait défendre la
vertu & exécuter ses ordres au moindre signal.

Le but de l'abstinence est de rendre l'ame

fupérieure à toutes les paffions ; ce n'eft point une vertu, comme l'obferve un des Pères, mais la bafe de la vertu. La privation des plaifirs innocens fortifie le courage & la réfolution ; elle apprend à braver les charmes & les féductions des plaifirs criminels.

NUMÉRO LIII.

Samedi 21 Avril.

AU PARESSEUX.

MONSIEUR,

« Je suis le mari d'une femme qui reçoit bonne
» compagnie ; vous savez que le mot *bon* a des
» significations diverses selon la diversité des
» personnes auxquelles on l'applique. Un savant
» homme de collége, un brave militaire, un
» riche citadin, sont gens de bonne compagnie ;
» mais dans le lieu que j'habite, pour mon mal-
» heur, nous entendons par gens de bonne com-
» pagnie, non-seulement ceux dans la société
» desquels on peut acquérir le goût de la sagesse
» & l'amour de la vertu ; mais ceux dont la
» naissance est illustre, dont les richesses sont
» grandes, ou ceux que les riches & les nobles
» admettent dans leur familiarité.

» Ma fortune est médiocre, mais elle suffit à
» tous les besoins de ma famille ; & même pen-
» dant plusieurs années elle a suffi à tous nos

» défirs. Ma femme qui n'avoit jamais été ac-
» coutumée à l'éclat, joignoit fes efforts aux miens
» pour maintenir l'économie dans la maifon ;
» nous vivions dans l'aifance & dans les plaifirs
» honnètes.

Mais les petites caufes produifent de grands
effets ; le changement de place a détruit tout mon
bonheur. Pourquoi la vertu eft-elle fi fouvent
locale ? felon les diverfes fituations : tantôt l'air
nuit au corps, tantôt il empoifonne l'efprit. Ayant
été obligé de changer de logis, mon mauvais génie
m'en a fait choifir un dans une rue où la nobleffe
réfide principalement. Nous eûmes à peine rangé
nos meubles & donné de l'air aux appartemens,
que ma femme parut mécontente. « Que diront
» nos voifins, me dit-elle, lorfqu'ils verront fi
» peu d'équipages devant ma porte » ?

» Ses connoiffances de notre ancien quartier
» la mortifièrent fouvent fans deffein, en la
» queftionnant fur les dames dont les maifons
» faifoient face à la nôtre. Honteufe d'avouer
» qu'elle n'avoit aucun commerce avec elles, ma
» femme cachoit fon embarras par des réponfes
» générales & laiffoit toujours foupçonner qu'elle
» en favoit plus qu'elle ne vouloit en dire ; mais
» elle étoit fouvent réduite aux abois, quand on
» l'interrogeoit fur l'ameublement des maifons
» voifines : faute de pouvoir répondre, elle élut

» doit habilement les queſtions & feignoit d'avoir
» oublié ce qu'on lui demandoit.

» Cependant elle réſolut de mettre fin à tous
» ſes maux: elle fit de fréquentes viſites à celles
» de ſes amies qui voyoient bonne compagnie.
» Toutes les fois qu'elle rencontroit une dame
» de] qualité, elle l'accabloit de reſpect afin de
» fixer ſon attention ; ſes avances étoient géné-
» ralement rejetées, & ſouvent elle entendoit
» dire d'elle : *que cette créature eſt impudente!*

» Elle ne ſe découragea point : au contraire
» elle devint plus intrépide qu'auparavant, &
» après une perſévérance héroïque, elle eut le
» bonheur de ſe gliſſer chez Milady *Biddy Porpoiſe,*
» fille léthargique d'environ ſoixante - ſeize ans,
» que toutes les familles du quartier viſitoient
» ponctuellement lorſqu'elle s'abſentoit de ſa
» maiſon.

» Tel fut le premier degré de ſon élévation.
» Pendant cinq mois elle n'eut d'autre nom à la
» bouche que celui de Milady *Biddy* qui, ſelon
» ſa panégyriſte, avoit un jugement ſain, & tant
» d'empire ſur elle-même, qu'elle s'endormoit
» toujours en jouant aux cartes, ſoit qu'el' per-
» dît ou qu'elle gagnât.

» Ma femme rencontra Milady *Fawdry* chez
» Milady *Biddy*, & mérita ſa faveur en eſtiman:
» ſes faux-brillans trois fois plus que des diamans

» réels. Dès qu'elle eut ses entrées dans deux
» illustres maisons, il lui fut facile de pénétrer
» ailleurs, & dans l'espace de quelques mois elle
» donna tout son temps aux promenades, aux
» petits soupers, aux assemblées de jeux, aux visites
» & à tous les plaisirs de la bonne compagnie.
» Le matin elle s'engage pour le soir, & le soir
» pour le jour suivant.

» Vous concevez sans peine qu'une pareille
» conduite nuit beaucoup à mon bonheur domes-
» tique. Je vois toujours ma femme, ou empressée
» de faire sa toilette, ou languissante de fatigue,
» s'habiller & se déshabiller : voilà, pour ainsi
» dire, toute sa besogne, & les domestiques
» profitent de son inattention pour multiplier la
» dépense. Mes soins, il est vrai, suppléent à
» son insouciance, & ce nouveau genre de vie
» me déplairoit peu, s'il ne me causoit que
» l'embarras de surveiller ma maison; mais les chan-
» gemens qu'il a produits, m'affligent réellement.
» Ma femme a perdu l'usage du bon sens; elle
» n'a plus d'autres lois que celles de la mode,
» d'autre façon de penser que celle des gens de
» qualité, d'autre langage que le jargon de la
» bonne compagnie. Par une humble & servile
» imitation, elle admire ou déteste; elle répète
» sans cesse les mots de *charmant* & d'*affreux*,
» sans consulter ses propres perceptions.

» Si nous converfons quelques minutes enfem-
» ble, elle m'entretient des réparties de Milady
» *Cackle*, de milord *Whiffler*, de Miff *Quick* ; &c.
» puis elle s'étonne que j'écoute avec tant d'indif-
» férence des propos qui ont fait rire à gorge
» deployée toute son aimable compagnie.

» Bientôt elle ne verra plus ses anciennes amies ;
» quoiqu'elle ne veuille pas les congédier toutes
» à la fois. Souvent elle eft furprife par de belles
» dames, dans une compagnie de perfonnes qu'elle
» voudroit cacher, fi elle le pouvoit. En effet,
» du moment qu'une comteffe entre, elle ne fe
» foucie plus ni de les voir, ni de les entendre.
» Celles-ci fe voyant méprifées, fe retirent auffi-
» tôt, & ma femme dit à Milady que *ce font des*
» *parentes fort éloignées & d'une fi bonne pâte, qu'elle*
» *n'ofe les recevoir impoliment.*

» L'ambition de s'affocier à des femmes d'une
» condition fupérieure à la fienne, l'expofe à des
» comparaifons qui l'affligent cruellément. Elle ne
» revient jamais des affemblées brillantes, des
» appartemens magnifiques, fans murmurer & fe
» plaindre d'être condamnée à l'indigence : lorf-
» qu'elle accompagne une ducheffe à une vente,
» elle voit toujours quelque chofe qu'elle ne peut
» acheter ; mais néanmoins, pour ne paroître entiè-
» rement mefquine, elle fait de temps en temps des
» acquifitions à un prix qu'elle ne fauroit fournir.

» Le pire de tout cela eſt que ſes dépenſes ſont
» ſans fruit, & ſa vanité ſans honneur; elle aban-
» donne des maiſons où elle ſeroit bien accueil-
» lie, pour en fréquenter où l'on daigne ſeule-
» ment la ſouffrir ; ſes égales deviennent journel-
» lement ſes ennemies, & ſes ſupérieures ne ſeront
» jamais ſes amies.

Je ſuis, MONSIEUR, &c.

NUMÉRO LIV.

Samedi 28 Avril.

AU PARESSEUX.

MONSIEUR,

« Vous entretîntes dernièrement vos admira-
» teurs de l'état où se trouve un infortuné mari;
» c'est une preuve incontestable que vous ne dé-
» daignez pas d'entendre les appels, ni de ter-
» miner les différends qui s'élèvent entre l'homme
» & la femme. Je prends donc la liberté de vous
» exposer l'outrage fait à une pauvre dame ; &
» comme c'est un point juridique, je le relaterai,
» autant qu'il me sera possible, dans les termes
» usités par les gens de loi ; soyez mon juge,
» cher *Paresseux ;* soyez mes juges, publicistes,
» avocats, & procureurs de la Grande-Bretagne.

» D'abord, (pour me servir des termes du
» contrat) un mariage fut célébré il y a six mois
» entre moi & le sieur *Savecharges*, gentilhomme
» très-riche, qui devoit (au moins je le pensois)
» améliorer ma fortune, au lieu de s'en emparer.

» Avant

» Avant la cérémonie , M. *Savecharges* avoit toujours préféré le falutaire exercice d'aller à pied au *funefte plaifir* (ce font fes propres termes) de fommeiller dans une voiture ; mais malgré les louanges qu'il prodiguoit à la promenade pédeftre, aux avantages de l'infanterie, & aux dangers qu'elle évite journellement, il s'aperçut que mes idées fur un équipage étoient bien différentes des fiennes, & qu'il n'étoit pas facile de me faire embraffer fon parti.

» Mon intention étoit d'avoir une voiture à l'époque de mon mariage, & je connoiffois trop bien la difpofition de mon futur époux, pour oublier cet article dans le contrat ; or je foutiens que M. *Savecharges* s'eft engagé folemnellement à me donner un équipage ; mais de crainte que vous ne foupçonniez de prévention une perfonne trop intéreffée dans cette affaire , je vais vous tranfcrire l'article qui m'affure la jouiffance d'un carroffe... Quel mot enchanteur pour une femme du bon ton! Eh! j'y renoncerois ! moi !..... Non.

» Plus : ledit *Salomon Savecharges* , pour raifons à lui connues, s'engage & promet de donner immédiatement après la célébration, *un certain véhicule, ou voiture à quatre roues, communément appelé* carroffe : lequel véhicule ou voiture à quatre roues, communément appelé *carroffe,*

Tome II. B

» fervira à l'ufage & aux befoins de ladite *Sukey*
» *Modish* fon époufe future, (remarquez bien ceci,
» M. le *Pareffeux*) dans le temps & de telle
» manière que ladite *Sukey Modish* fon époufe
» future le jugera bon & convenable.

　　» Telles font les promeffes folemnelles de
» M. *Savecharges;* voyons maintenant comment il
» les a remplies. Quand le contrat fut figné, & que
» tout fut prêt, excepté le carroffe, mon amant
» paffionné me fuivit comme une ombre, & ne
» ceffa de folliciter ce qu'il appeloit le complé-
» ment de fon bonheur : je me rendis à fes défirs,
» je lui donnai la main peu de jours après, & dès
» que la cérémonie fut faite, nous partîmes pour
» une de fes terres. Pendant le premier mois
» on ne fongea point aux conditions du contrat;
» mais j'efperois d'avoir une voiture à mon retour
» à la ville ; je m'abufois ; M. *Savecharges* me dit
» d'un ton mauffade, *que le crédit des actions étoit*
» *bas, très-bas, & qu'il étoit cruel d'avoir un régi-*
» *ment de domefliques dans des temps auffi durs.* Il
» étoit facile de voir où tendoit ce difcours, mais
» je feignis de ne pas l'entendre; alors il fut obligé
» de s'énoncer clairement, & de dire que la dé-
» penfe d'une voiture l'épouvantoit; il ajouta qu'il
» ne concevoit pas comment on pouvoit goûter
» un plaifir dont l'acquifition étoit fi *couteufe.* Je
» répondis avec la même clarté, que j'étois affez

» riche pour aller en voiture, que je plaignois
» le malheur des temps, que je demandois mille
» pardons à mon cher époux, & que j'infiftois
» fur l'accompliffement de fes promeffes ».

J'en appelle à vous, Monfieur le Pareffeux,
pouvois-je m'exprimer plus poliment? pouvois-je
m'attendre à la réponfe qu'il me fit quelques jours
après? «Madame, me dit-il en m'abordant d'un
» air chagrin, votre carroffe eft prêt, puifque
» vous en avez fi grande envie; mais vous vous
» chargerez d'acheter & de nourrir les chevaux;
» je vous ai promis une voiture & des bijoux,
» vous les aurez; pour les chevaux, c'eft votre
» affaire & non la mienne ». --- Traître! devois-
je efpérer d'être ainfi trompée? ---- Pardonnez-
moi, Monfieur; une pareille conduite de la part
d'un perfide mari fait bouillonner mon fang dans
mes veines.... Mais loin d'ici tout reffentiment;
je ne veux pas que la paffion m'aveugle, & je
continue avec mon fang-froid ordinaire.

« Je pourrois rejeter fes bijoux; mais en bonne
» Angloife je tiens à mes droits & priviléges;
» d'ailleurs j'aime les gens de loi; je faurai les
» intéreffer en ma faveur; s'ils veulent faire valoir
» mes prétentions, & m'aider à faire un bon
» procès à M. *Savecharges*, mon économe époux;
» je leur donnerai même tous les bijoux, s'il eft
» néceffaire.

» Mais je fuis très affurée du gain de ma caufe;
» voici une article de notre code, qui ne m'eft
» rien moins que défavorable; *fi la loi donne une*
» *chofe à quelqu'un, elle donne implicitement tout ce*
» *qui eft néceffaire à la poffeffion & jouiffance de la*
» *dite chofe.* Je voudrois favoir fi quelque dame
» du royaume trouveroit du plaifir dans *la pof-*
» *feffion & jouiffance* d'un carroffe fans chevaux.
» La réponfe eft facile: --- aucun affûrément; car
» comme l'obferve très-fagement le docteur *Ca-*
» *lyne, bien qu'une voiture ait des roues à l'aide def-*
» *quelles elle peut fe mouvoir, ces roues deviendroient*
» *néanmoins inutiles, fi elles n'étoient mifes en mou-*
» *vement par le moyen des parties vitales de l'équipage,*
» *c'eft-à-dire, par les chevaux.*

» Ainfi, Monfieur, j'efpère que vous & tout
» les docteurs en Droit, opinez à ce que deux
» certains animaux, du genre des quadrupèdes,
» communément appelés *chevaux*, foient annexés
» au carroffe & le mettent en mouvement ».

SUKEY SAVECHARGES.

NUMÉRO LV.

Sâmedi 5 Mai.

AU PARESSEUX.

MONSIEUR,

« J'OSE vous communiquer mes plaintes, &
» vous demander confidemment des confeils &
» des confolations ; il eft probable que plufieurs
» écrivains ont effuyé les mêmes outrages que
» moi ; de forte que vous & vos lecteurs re-
» garderez ma querelle comme la caufe commune
» de la littérature.

» Après avoir long-temps étudié, je me crus ca-
» pable de devenir auteur. Mes recherches avoient
» été variées & étendues, & comme mon efprit
» n'étoit point dirigé par une impulfion irréfiftible
» vers quelque objet particulier, je délibérai pen-
» dant trois ans à la fcience que mes travaux
» pourroient illuftrer. Le choix eft plus fouvent
» déterminé par le hafard que par la raifon ; un
» matin m'étant promené avec une Dame cu-
» rieufe, fes obfervations m'engagèrent à écrire
» l'hiftoire naturelle de la province où je réfide.

B 3

» L'hiftoirenaturelle n'eft pas l'étude d'un homme
» ami du repos & de la pareffe ; on peut fpé-
» culer fur le duvet , mais il faut obferver la
» Nature en plein air ; je raffemblai des matériaux
» avec une conftance infatigable ; je recueillis des
» vers luifans le matin , & des araignées le foir ;
» j'examinai la marguerite ouverte , & fermée ;
» j'entendis le cri de la chouette à minuit, & je
» cherchai des infectes pendant l'ardeur brûlante
» du midi.

» Après avoir amaffé des animaux & des vé-
» gétaux pendant l'efpace de fept ans, je trouvai
» mon travail encore imparfait ; mes yeux n'avoient
» point examiné les tréfors fouterrains & je con-
» facrai une autre année à l'examen des minéraux.
» En conféquence je vifitai les fombres habitans
» des cavernes métalliques , & bravant les moffè-
» tes dangereufes , je recueillis des foffiles dans les
» ténébreux labyrinthes de la terre.

» Enfin j'écrivis ; & dès que j'avois fini une
» fection de mon livre , je la lifois à ceux de
» mes amis qui étoient verfés dans cette matière.
» Jamais ils n'étoient contens, l'un blâmoit mon
» plan , l'autre blâmoit mon ftyle : celui-ci me
» confeilloit d'être plus prolixe , celui-là d'être plus
» concis. Je réfolus de ne fuivre que mon génie,
» car la diverfité des confeils confondoit mes
» idées, & retardoit mon ouvrage.

« Enfin je finis mon livre; je ne doutai point
» alors que le profit ne récompensât mon travail
» & que l'honneur ne satisfît mon ambition. Je
» confidérois que l'histoire naturelle eft de tous
» les temps & de tous les lieux; je confidérois
» que bien que j'eusse borné mes recherches à
» ma propre province, chaque partie de la terre
» a des productions communes à toutes les autres.
» On peut étudier partiellement l'histoire des na-
» tions; un peuple peut négliger les révolutions
» d'un autre; mais nous aimons tous l'histoire
» qui nous intéresse. Quel homme eft assez stupide
» pour ne pas examiner la terre fur laquelle il
» marche, les plantes qui le nourrissent, les ani-
» maux qui délectent ses yeux, ou qui ravissent son
» oreille? Je croyois donc que la curiosité uni-
» verselle procureroit plusieurs éditions à mon
» livre, & qu'en cinq ans je gagnerois quinze
» mille livres sterlings par la vente de trente
» mille exemplaires.

» Je pris un logement près de la société royale,
» & tous les matins j'attendois avec impatience
» la visite du préfident; je me promenois dans
» le parc, & m'étonnois que l'on n'y parlât jamais
» du grand Naturaliste. Enfin j'allai voir un
» noble comte, & lui fis mention de mon ou-
» vrage; il me répondit que jamais il ne soufcri-
» voit; je fus d'autant plus fâché d'essuyer un refus

» que je ne voulois point lui propofer de fouf-
» crire ; en forte que je lui cachai le deſſein que
» j'avois de l'immortalifer ; le lendemain j'allai
» chez un autre, & dans le reſſentiment de l'af-
» front que j'avois reçu la veille, je lui offris de
» mettre fon nom à la tête de mon nouveau livre.
» Il me répondit froidement qu'il *n'entendoit point*
» *ces choſes-là ;* un fecond me dit que *les livres*
» *étoient trop multipliés ;* un troifième *qu'il verroit*
» *après les courſes.*

  » Etonné de voir un ſavant comme moi fi in-
» décemment traité, je réfolus de vivre dans la
» retraite & l'indépendance ; je pris le parti de
» méprifer philofophiquement tous les nobles.
» J'envoyai le plan de mon livre à plufieurs des
» principaux libraires; je leur indiquai un vafte ap-
» partement dans la taverne, afin de les voir
» tous enſemble & d'être témoin de leurs débats
» lorfqu'ils fe difputeroient l'acquifition de mon
» livre; je bus mon café, & perfonne ne vint. Un
» inſtant après je reçus deux billets : l'auteur du
» premier me difoit qu'il alloit à la campagne ;
» celui du fecond me prévenoit que l'hiſtoire na-
» turelle n'étoit pas de mode ; enfin je vis entrer
» un grand perfonnage qui me pria de lui montrer
» mon livre. J'obéis; mais il ne daigna pas l'ouvrir,
» & me dit qu'un *ouvrage de cette taille ne feroit*
» *jamais fortune.*

» Je condefcendis alors à faire mention de
» mon livre dans les boutiques. Les uns n'avoient
» jamais gagné avec les auteurs ; les autres étoient
» embarraffés de manufcrits : ceux-ci n'avoient ja-
» mais vu des temps fi durs ; ceux-là avoient perdu
» fur tous les ouvrages qu'ils avoient publiés de-
» puis une année ; l'un deux m'offrit cependant
» d'imprimer le mien, fi je pouvois lui procurer
» des foufcriptions pour cinq cents livres fterlings ;
» fur quoi il s'engageoit à me donner deux cents
» exemplaires pour mon paiement ; je perdis pa-
» tience & lui donnai un coup de pied qui me
» valut une affignation.

» Il eft facile de voir que les libraires fe font
» ligués pour détruire toutes mes efpérances ; ce
» complot me paroît fi général, que je le crois
» concerté depuis long-temps ; j'imagine que quel-
» ques-uns de mes amis à qui j'ai lu la première
» partie, ont révélé mon fecret, peut-être même
» l'ont-ils rendu plus cher que les libraires n'achè-
» teront mon manufcrit ; vit-on jamais tant de
» mauvaife foi dans le commerce !

» Dites-moi, Monfieur le Pareffeux, ce que
» je dois faire, Quelle fera donc la récompenfe
» du mérite, fi les grands le négligent, & fi les
» petits l'aviliffent ainfi ? Quelquefois je forme
» le projet d'imprimer mon livre à mes dépens ;
» quelquefois je fuis tenté de le jeter au feu,

» comme *Raleigh* (1), & de dévouer cette for-
» dide génération à l'anathême de la poftérité».

Je fuis, MONSIEUR, &c.

---

(1) Auteur d'un ouvrage intitulé l'*hiftoire du monde*;
on n'en connoît que la première partie : *Raleigh* ou *Rawleg*
jeta la feconde au feu.

Numéro LVI.

Samedi 21 Mai.

Les vues des hommes font si différentes, qu'une partie des habitans d'une grande ville semble respirer uniquement pour admirer l'autre; les uns ont des espérances, des désirs, des craintes, des aversions qui ne troublèrent jamais la tête des autres; on se tourmente, on s'agite pour acquérir une chose dont on est prêt de dépouiller celui qui la possède.

Celui qui sait apprécier les choses par leur utilité; que la superfluité du temps ou de l'argent n'a point fait esclave des besoins dénaturés & des folles fantaisies; celui-là, dis-je, ne voit rien de plus bizarre, de plus extravagant que l'amour des curiosités, ou ce désir d'accumuler de précieuses bagatelles; désir qui distingue presque toujours ceux qui ne peuvent se distinguer autrement.

Quiconque a vécu sans savoir à quel point la vanité élève les désirs, avec quels transports des amateurs rivaux s'arrachent d'inutiles morceaux de pierre; combien l'ardeur de l'un enflamme l'ardeur de l'autre; comment l'acquisition d'un métal sans mérite réel en nécessite une seconde, peut, en passant deux ou trois heures dans une

vente, s'inftruire beaucoup plus que dans des volumes de maximes & d'eſſais.

L'annonce d'une vente eft un fignal qui met
mille cœurs en mouvement, & qui raſſemble une
multitude d'amateurs au lieu de la diſtribution.
Tel avoit réfolu de ne plus rien acheter, qui ſent
ſa conſtance ébranlée : le catalogue lui offre une
pièce qui complétera ſon cabinet, & qu'il n'avoit
jamais pu trouver auparavant. Celui qui, d'après
de mûres réfléxions], avoit compris qu'on ne finit
jamais en ajoutant collection fur collection, & qu'il
eft d'un ſage d'abandonner de bonne heure un
ouvrage qui doit toujours demeurer imparfait, ne
peut s'empêcher d'aller voir ce qui raſſemble tant
de curieux : a peine eft-il arrivé que ſa paſſion
dominante triomphe de ſes réfolutions ; la rareté
le charme, l'exemple le féduit, & l'émulation
l'enflamme.

Quand les tréfors de l'orgueil & du bonheur
font ouverts, chacun les dévore des yeux ; l'un
voit avec un fombre chagrin l'objet qu'il défefpère
d'arracher à l'enchériſſeur plus riche que lui ; l'autre,
plus habile que vertueux, déprécie ce qu'il eftime
le plus, dans l'efpérance de l'avoir à bon marché.

Le novice eft fouvent furpris de voir que de petites & légères différences fuffifent pour augmenter
ou diminuer le prix des objets. L'irrégulière con-
torfion d'une coquille turbinée échappe à la vue

es ignorans ; mais c'eſt un très-grand mérite aux yeux du philoſophe qui l'achète. La beauté n'agit pas ſur les curieux comme ſur les vulgaires eſprits, même quand la beauté eſt ce qui qualifie eſſentiellement l'objet. Parmi les coquilles qui plaiſent par la variété de leurs couleurs, ſi l'une ſe trouve accidentellement déformée par une tache griſâtre, elle fait l'ornement de la riche collection. Quelquefois la porcelaine s'achète preſqu'au poids de l'or, uniquement parce qu'elle eſt ancienne, car elle n'eſt ni moins fragile, ni mieux peinte que la porcelaine moderne. La griſe ſur-tout ravit les amateurs, quoiqu'on ne ſache pourquoi elle eſt préférable à nos vaſes de terre commune.

Le ſort des eſtampes & des médailles eſt également inexplicable ; on accumule des eſtampes comme des objets inappréciables, parcequ'elles ont été gravées avant que la planche fût finie. Ce n'eſt point la pureté du métal, le mérite de l'ouvrier, l'élegance de la légende, l'utilité de la chronologie, qui donnent du prix aux médailles : une pièce dont l'inſcription eſt illiſible & la figure effacée, mais dont il en reſte aſſez pour conſtater ſa rareté, ſera recherchée par les nations rivales, & ſera l'ornement d'un tréſor.

Une curioſité ſi vaine, ſi ſtérile, ſi ſujette à la dépravation, produit-elle plus de mal que de bien ? c'eſt un problème difficile à réſoudre : elle remplit le cœur d'une frivole ambition; elle fixe l'attention sur des chofes peu conformes à la fageffe & à la vertu : elle perd en miférables recherches un temps qui pourroit être beaucoup mieux employé ; enfin , elle finit par recourir à des moyens bas & déshonnêtes, quand les défirs croiffant toujours paffent la mefure des facultés.

Tels font les effets d'un exceffive curiofité ; mais quelle eft la paffion qui, portée a l'excès, ne devienne pas vicieufe ? Toutes les qualités indifférentes , font mauvaifes , quand on les oppofe aux bonnes; de même, elles font bonnes, fi l'on peut les oppofer aux mauvaifes. L'orgueil ou le plaifir de faire des collections, dirigé par la prudence, prouve une récréation agréable après les études laborieufes, un amufement utile à la portion de la vie, qui feroit abandonnée au vice ou à l'oifiveté ; il établit un commerce entre l'induftrie des pauvres & la curiofité des riches, découvre une foule d'objets qui feroient négligés, fixe les idée fur les plaifirs intellectuels, réfifte aux défirs de la fenfualité, & maintient l'efprit dans fa fupériorité légitime.

Numéro LVII.

Samedi 19 Mai.

La prudence eſt d'un uſage plus fréquent que les autres qualités intellectuelles ; on l'emploie dans les plus légères circonſtances de la vie commune.

Ce qui eſt univerſellement néceſſaire nous eſt accordé ſans peine ; or la prudence étant toujours néceſſaire, s'acquiert aiſément ; elle n'exige ni des vues profondes, ni des recherches difficiles ; mais elle pénètre d'elle-même dans toutes les têtes. Les eſprits qui ne ſont ni grands, ni occupés, les eſprits que la multitude des affaires ne diſtrait point, ont tous une doſe de prudence.

La prudence eſt dans la conduite de l'homme ce que ſont les règles dans la compoſition ; elle produit plutôt la vigilance que l'élévation ; elle prévient plutôt les pertes qu'elle ne procure des avantages ; ſouvent elle évite les mauvais ſuccès, mais rarement elle parvient à la puiſſance ou à l'honneur. Elle éteint l'ardeur de ces entrepriſes qui tendent à la gloire & à l'admiration : elle réprime cette généreuſe témérité qui ſouvent échoue & ſouvent réuſſit. La règle peut obvier à l'erreur, mais jamais elle ne donne le vrai beau ; de même la prudence veille à la ſûreté de l'homme ; mais rarement elle le rend heureux. Le monde n'admire des prodiges d'excellence que lorfque l'efprit humain franchit les règles, & que le courage audacieux méprife les loix de la prudence.

Un des hommes les plus prudens que je connoiffe eft mon ami *Sophron* ; il a toujours vécu paifiblement ; dirigé par des maximes fimples & claires, il s'étonne que les maux & les débats foient fi communs ; fa première maxime eft qu'il *ne faut point courir de hafard.* Quoiqu'il aime l'argent, il penfe que la frugalité eft une fource de richeffes plus certaine que l'induftrie ; l'efpoir d'un gain futur ne le tente point ; il fe fie peu à l'avenir, & n'aime pas perdre de vue fon argent ; car *perfonne ne fait ce qui peut arriver ;* il eft poffeffeur d'un petit bien qu'il loue à bon marché, parce qu'il *vaut mieux avoir peu que de ne rien avoir ;* mais il demande rigoureufement fon pàiement le jour de l'échéance ; car *celui qui ne peut payer un quartier, n'en peut payer deux :* quand on lui parle de perfectionner l'agriculture, il préfère toujours l'ancienne méthode ; il fait par expérience que le changement répond rarement à l'attente, & dit que nos ancêtres cultivoient auffi bien la terre que leur poftérité. Il conclut enfin, par cet argument victorieux, que la dépenfe d'une plantation ou d'une clôture eft immédiate ; mais que l'avantage eft éloigné ; il ajoute *que jamais un homme fage n'abandonne le certain pour l'incertain.*

Un autre

Une autre maxime de *Sophron* eſt de *ſe mêler
'ᵉ ſes propres affaires* ; en conſéquence il n'eſt
d'aucun parti ; il parle & entend parler des affaires
avec le même ſang-froid que de l'adminiſtration
de quelques républiques anciennes. Apprend-t-il
quelque fraude criante, quelque oppreſſion mani-
feſte, il eſpère *que tout ce que l'on dit n'eſt pas
vrai* ; ſi la corruption ou la malverſation met
l'état en flammes, il ſe flatte *que tout homme veut
le bien*. Dans les élections il ne capte point les
ſuffrages & refuſe lui-même de voter, parce que
tout candidat eſt un homme de bien qu'il ne veut
point offenſer.

S'il ſurvient des diſputes entre ſes voiſins, il
garde une inviolable & froide neutralité ; ſon exactitude lui a mérité le nom d'honnête homme, &
ſa précaution, celui d'homme ſage. Il eſt peu de
perſonnes qui ne vouluſſent s'en rapporter à ſon
jugement dans un débat quelconque. Par conſéquent *Sophron* auroit pu prévenir pluſieurs procès
ruineux, & éteindre pluſieurs querelles dans leur
premier feu ; mais il refuſe toujours le rôle d'ar-
bitre, parce qu'il faudroit prononcer contre l'un
ou l'autre.

Les affaires de famille parviennent toujours à
ſa connoiſſance ; il voit les biens achetés & vendus ;
diſſipés & améliorés, ſans louer l'économe & ſans
blâmer le prodigue ; jamais il ne courtiſe ceux

qui s'élèvent, parce qu'ils peuvent tomber ; jamais il n'insulte à ceux qui sont tombés, parce qu'ils peuvent se relever ; sa prudence se cache sous le masque de la vertu ; tous ceux qui n'ont pas besoin de son secours louent sa bienveillance ; mais si quelqu'un implore son secours, *il vient précisément de prêter tous ses fonds ;* & quand le demandeur est parti, il proteste à sa famille qu'il plaint ce malheureux, qu'il a toujours eu pour lui une bonté particulière, & qu'il lui a refusé de l'argent de crainte de rompre avec lui en employant la rigueur pour recouvrer la somme prêtée.

Il connoît peu les disgraces domestiques : lorsqu'on lui dit, pour la centième fois, que la fille d'un gentilhomme s'est mariée avec le cocher de la maison, il lève les mains avec étonnement, car il l'avoit cru la meilleure des filles : si deux époux, après avoir rempli le pays de leurs querelles, finissent enfin par une séparation, il ne peut concevoir comment cela est arrivé ; car il les avoit toujours regardés comme un heureux couple.

Quand on le consulte, il ne donne jamais d'avis directs, parce que les événemens sont incertains & qu'il craint de se faire blâmer ; mais il prend amicalement par la main celui qui le consulte, lui dit que son affaire l'intéresse autant que la sienne propre, lui conseille de ne point agir témérairement, & de peser les raisons de part &

l'autre; il lui obferve que l'homme pèche également par trop de promptitude & par trop de
lenteur, en faifant trop comme en faifant trop peu;
qu'il pourroit lui dire *ceci ou cela*, mais qu'après
tout chacun juge mieux fes propres affaires.

La plupart fatisfaits de *Sophron* s'en retournent
pénétrés de refpect pour fa fageffe; nul n'eft offenfé, parce que tous, en le quittant, ont une
entière liberté de penfer & d'agir comme ils
veulent.

Sophron n'eft ni louangeur ni critique; c'eft
en vain qu'on lui parle du vice & de la vertu;
car il a remarqué que perfonne n'aime la cenfure, & que très-peu d'hommes recherchent les
éloges d'autrui. Il ne vante jamais gratuitement
l'efprit de ceux qu'il connoît, & cependant il ne
rencontre par-tout que des perfonnes fenfibles:
felon lui, tout homme eft honnête & franc;
toute femme eft une bonne créature.

C'eft ainfi que *Sophron* paffe fa vie; il n'eft ni
aimé ni haï, ni méprifé ni méfeftimé; il n'a jamais
voulu s'enrichir, dans la crainte de devenir
pauvre; il n'a jamais obligé fes amis, dans la
crainte d'en faire des ennemis.

Numéro LVIII.

Samedi 26 Mai.

L'HOMME trouve rarement le plaifir où il le cherche; nos plaifirs les plus vifs font fouvent l'effet d'un heureux hafard ; les fleurs dont nous refpirons de temps en temps les parfums naiffent fans culture ; c'eft le hafard qui les a femées.

Rien n'eft moins sûr qu'une partie de plaifir concertée ; les beaux-efprits & les plaifans fe raffemblent de tous les quartiers ; ils viennent fuivis de leurs admirateurs préparés à la joie & aux applaudiffemens. Ils fe regardent mutuellement, rougiffent de garder le filence, & n'ofent parler ; chacun eft mécontent de foi, fe fâche contre ceux qui l'ennuient , & ne veut point contribuer à l'agrément d'une indigne fociété. Bientôt le vin enflamme la malignité générale , & change la trifteffe en pétulance, au point que toute la compagnie eft obligée de fe diffoudre. Alors nos beaux-efprits indignés, cherchent un afile plus sûr ; y font écoutés avec plus d'attention , recouvrent leur importance, & paffent la nuit dans une gaîté charmante.

Le plaifir eft toujours l'effet d'une caufe foudaine ; le plaifir attendu eft déja détruit ; l'ima-

gituation la plus active ne peut quelquefois fe
garantir de la froide mélancolie ; fouvent le plus
folàtre ne peut ni fe livrer à la joie, ni la goûter. — Le hafard fait tout le prix des bons mots
& des plaifanteries ; ainfi l'efprit, auffi bien que
la bravoure, partage l'homme avec la fortune.

Tous les plaifirs font également incertains ; le
remède général contre le mal-aife, eft le changement de place ; prefque chaque homme concerte
quelque voyage qui lui offre une perfpective de
plaifirs délicieux. Celui qui voyage par théorie
voit tout en beau ; il a l'ombre & la lumière à fa
difpofition ; il trouve par-tout tables bien fervies
& convives animés par le feu de la joie ; fes
idées durent jufqu'au moment du départ : ...... la
chaife arrive, — fon bonheur commence.

Quelques milles lui découvrent l'erreur de fon
imagination. La route eft poudreufe, l'air mal-
fain, les chevaux indolens & le poftillon brutal ;
il foupire long-temps après le dîner ; la faim le
preffe & la fatigue l'accable. Par malheur l'auberge eft pleine de monde ; on néglige fes ordres ;
il faut qu'il dévore à la hâte un morceau que le
cuifinier a fouftrait à l'avidité des hôtes. Il trouve
le foir une maifon plus commode ; mais le meilleur eft toujours pire que ce qu'il attendoit.

Enfin il entre dans fon pays natal, bien réfolu
d'égayer fon efprit dans la converfation de fes

anciens camarades & par le fouvenir des jeux fo-
lâtres de fa jeunesse; il s'arrête à la porte d'un
ami qu'il fe flatte d'enivrer de plaifir par fa vifite
inattendue:.. on ne le connoît point; il eft obligé
de décliner fon nom : après une explication gra-
duelle, le vieil ami commence à s'en reffouvenir.
Mais il eft reçu fi froidement qu'il court chez un
autre, il trouve la maifon vide ; fon ami eft
abfent. — Cruellement déçu dans fon attente, il
va plus loin, autre difgrace; il voit la trifteffe
peinte fur tous les vifages ; la maifon eft en
pleurs; on le regarde d'un mauvais œil; c'eft un
intrus fâcheux qui vient non pour confoler une
famille infortunée, mais pour infulter à fon
malheur.

Il eft rare que nous trouvions les hommes &
les lieux tels que nous l'avions efpéré. Les yeux
nous procurent peu de plaifir, quand nous avons
d'abord vu les objets dans notre imagination. Quiconque anticipe fur l'entretien d'un bel-efprit,
rougit fouvent de fon imbécile préoccupation. Cependant il eft néceffaire d'efpérer, quoique l'efpérance foit fouvent trompée.

Numéro LIX.

Samedi 2 Juin.

DANS les jouiffances ordinaires de la vie nous anticipons toujours fur l'avenir ; de forte que le plaifir actuel, s'il eût été différé, auroit pu nous fournir un antidote contre l'ennui futur. Mais le travail opiniâtre & l'étude fatigante nous promettent des plaifirs d'autant plus doux & plus purs, que nos peines paffées ne reviendront plus corrompre les plaifirs qui nous attendent. Jouir avant le temps prefcrit par la Nature, eft comme fi nous dépenfions avant l'échéance une fomme qui nous eft due : quand le jour du paiement arrive, nos créanciers viennent à la fuite du débiteur, & nous raviffent l'argent que nos mains alloient recevoir.

La réputation, comme dans toutes les autres chofes que l'on fuppofe donner ou augmenter le bonheur, eft diftribuée dans le même rapport. Au bruit des louanges fuccèdent toujours les clameurs de la critique : celui que la renommée élève trop rapidement, court le rifque de retomber dans l'oubli.

Plufieurs des écrivains qui furent les prodiges de leur fiècle, & dont les noms retentiffent dans les livres des contemporains, font maintenant

C 4.

ignorés : leurs ouvrages giffant dans le rebut c
quelques bibliothèques obfcures, atteftent les dangers de l'efpérance & la fragilité des honneurs.

On peut attribuer à plufieurs caufes le déclin
de la réputation. Communément on la perd pour
ne l'avoir jamais méritée, & fouvent elle eft
due au feul enthoufiafme de l'amitié ou à la
baffeffe de l'adulation. On donne gratuitement
des louanges aux grands & aux petits ; mais
les panégyriftes fe laffent bientôt de répéter un
nom qui n'eft connu du public que parce que
plufieurs bouches le prononcent à la fois.

Quelques écrivains ont perdu le prix de leurs
travaux en fe hâtant trop d'en jouir. Ils fe font
attachés à des faits récens, à des noms éminens;
ils ont chàrmé leurs lecteurs par des allufions &
des remarques dans lefquelles ils étoient tout
intéreffés, & auxquelles ils devoient conféquemment
être attentifs ; mais l'effet a ceffé avec fa caufe.
Bientôt de nouveaux événemens ont fait place
aux premiers : les viciffitudes du monde ont
amené de nouvelles efpérances & de nouvelles
craintes, ont transféré l'amour & la haine du
public à d'autres agens ; & l'écrivain n'ayant plus
été foutenu par la gratitude ou le reffentiment, a
été livré au froid examen de l'oifive curiofité.

L'écrivain qui répand dans fes ouvrages des
principes généraux & des vérités univerfelles ;

peut efpérer d'être fouvent lu, parce qu'il fera
également utile dans tous les temps & dans tous
les pays : mais il ne peut fe flatter d'être accueilli
avec enthoufiafme & tranfport, parce que le défir
n'a point d'encouragement particulier, & qu'un
ouvrage qui doit être long-temps chéri du public,
doit l'être avec raifon plutôt qu'avec fureur. Celui
au contraire qui confacre fes veilles à des fujets
paffagers, trouve un grand nombre de lecteurs,
& les perd promptement : car de quel prix eft
un livre quand fon fujet n'exifte plus ?

On voit par ces obfervations pourquoi le poème
d'*Hudibras* eft tombé dans l'oubli, quoiqu'il foit
rempli de fentimens délicats, d'allufions fines,
de faillies fpirituelles, & de vérités fines. L'hy-
pocrifie qu'il découvroit, & les folies qui ridicu-
lifoient, ont échappé à l'œil du public. Ceux qui
avoient effuyé les maux de la difcorde & de la
tyrannie le lifoient avec tranfport, parce que chaque
vers rappelant à leur mémoire des faits connus,
gratifioit leur reffentiment par la jufte cenfure de
ce qu'ils déteftoient. Mais ce livre que les princes
citoient autrefois, ce livre qui faifoit le charme
& les délices de toutes les affemblées, n'eft plus
guères cité ; il eft même très-peu lu par ceux
qui affectent le plus de le citer. Prodiguer l'efprit
à des fujets fugitifs, c'eft élever une fuperbe
colonne fur une bafe mal affurée.

NUMÉRO LX.

Samedi 9 Juin.

LA critique eſt une étude par laquelle les hommes deviennent importans & formidables à très-bon marché. La Nature a donné le pouvoir de l'invention à très-peu d'individus : la difficulté d'apprendre les ſciences par de laborieuſes veilles eſt trop grande pour être vaincue ; mais tout homme peut, ſelon ſa doſe de jugement, prononcer ſur les ouvrages des autres ; & celui que la Nature a rendu foible, & que l'oiſiveté tient dans l'ignorance, peut encore appuyer ſa vanité du nom de critique.

Je crois rendre ſervice à ceux qui vivent dans l'obſcurité, en leur indiquant les moyens d'acquérir des diſtinctions. Les autres branches de la littérature reſſemblent à des prudes orgueilleuſes qu'il faut long-temps courtiſer, & ſouvent ſans en obtenir aucune faveur : mais la critique eſt une déeſſe indulgente & facile ; elle flatte la lenteur & encourage la timidité ; elle ſupplée aux penſées par des mots, & à l'eſprit par la malignité.

Le talent particulier aux critiques eſt d'être méchans ſans nuire : jamais le ſouffle de la ſatyre ne ternit les vrais génies. Le poiſon qui s'il eût été concentré, auroit peut-être rompu le cœur, s'exhale en vains sifflemens, & par-tout n'est point dangereux. Le critique est le seul homme dont le triomphe ne préjudicie pas au prochain, & dont la grandeur ne s'élève pas sur les ruines d'autrui.

Il est inutile d'employer un plus long exorde pour inviter mes lecteurs à une étude si facile & si honorable, si méchante, & en même temps si peu dangereuse : il suffit de montrer, par un grand exemple, comment ils peuvent tous être critiques, s'ils le veulent.

Dick Minim, après avoir fini ses études sans beaucoup de succès, fut mis en apprentiffage chez un braffeur, avec lequel il avoit demeuré deux ans, lorsque son oncle mourut & lui laiffa pour fortune un riche fonds de boutique. Six mois auparavant, *Dick* avoit fréquenté les petits comédiens, & avoit appris d'eux à méprifer le commerce. Dès qu'il eut la liberté de fuivre l'impulfion de son génie, il réfolut d'être un homme d'efprit. Pour bien jouer son rôle, il fréquenta les cafés qui font près des théâtres ; il prêta une oreille avide à ceux qui parloient *de langage, de fentimens, d'unités, de cataftrophes,* &c. Il parvint enfin peu à peu à croire qu'il comprenoit quelque chofe au théâtre, & qu'avec le temps il pourroit en parler lui-même.

Malgré fa confiance & fa fagacité naturelle, il ne négligea point les fecours des livres. Quand les théâtres furent fermés, il fe retira à *Richemond*, avec un nombre d'amis choifis dont il recueillit les fentimens divers avec une infatigable diligence. De retour à la ville, il fut capable de converfer avec les beaux-efprits, & de dire, en phrafes techniques, que l'art confifte dans l'imitation de la Nature ; qu'il ne faut pas attendre un écrivain parfait, parce que le génie décroit à mefure que le jugement fe développe ; que le grand art eft l'art d'effacer, & que, felon le précepte d'*Horace*, il faut garder un ouvrage pendant l'efpace de neuf années avant de le produire au grand jour.

Il commença bientôt à juger les grands auteurs, avec cette maxime générale que toutes les beautés avoient leurs défauts. Son opinion étoit que *Shakefpear*, en s'abandonnant entièrement à la Nature, manquoit de cette correction que la fcience auroit pu lui donner. Il ajoutoit que *Jonfon*, fe fiant trop à la fcience, ne faifoit pas affez attention à la Nature. Il blâmoit les ftances de *Spenfer*, & ne pouvoit fupporter les hexamêtres de *Sidney*. Il regardoit *Denham* & *Waller* comme les premiers réformateurs de la poéfie angloife, & penfoit que fi *Waller* eût eu la force de *Denham*, ou *Denham* la douceur de *Waller*, cet heureux affemblage auroit complété un poète. Souvent il

gémiſſoit ſur la pauvreté de *Dryden*, & s'indignoit
contre un ſiècle qui avoit laiſſé travailler un ſi
grand homme pour ſa ſubſiſtance. Il accordoit à
Otway l'art admirable d'émouvoir les paſſions ;
mais il le blâmoit d'avoir fait un conſpirateur de
ſon héros. *Sonthern* auroit été ſon favori, ſi ce
poète, en mêlant le comique au tragique, n'in-
terceptoit le cours naturel des paſſions, & ne
rempliſſoit l'ame d'un mélange bizarre de mélancolie & de gaîté. La verſification de *Rocve* lui
ſembloit trop mélodieuſe pour le théâtre, & trop
peu variée dans les différentes paſſions. Il con-
ſidéroit *Caton* plutôt comme un poème que comme
un ouvrage dramatique. *Addiſſon*, ſelon lui, étoit
parfait dans l'allégorie & dans le genre férieux ;
mais, comme critique, il ne méritoit aucune dé-
férence. Il croyoit que le principal talent de
Prior conſiſtoit dans ſes contes faciles & dans ſes
poéſies fugitives, quoiqu'il convînt que ſon *Salomon*
renfermoit des ſentimens élégamment exprimés.
Il découvroit dans *Swift* une ironie inimitable,
& une facilité qu'il eſt impoſſible d'atteindre,
quoique tous les écrivains s'en flattent. Quant à
Pope, il lui refuſoit la qualité de poète, & ne
voyoit en lui qu'un verſificateur : ſes poéſies lui
paroiſſoient plus *fades que douces*. Il déploroit ſouvent
les négligences de *Phèdre & d'Hippolyte*, & ſouhaitoit
de voir notre théâtre ſoumis à des loix plus ſages,

Communément fes affertions n'étoient jamais contredites, & fi par hafard quelque oppofant s'élevoit contre, il étoit repouffé par tous les fuffrages de la compagnie ; de forte que *Minim* quittoit toujours le champ de bataille en vainqueur enflé de confiance & d'orgueil.

Il fentit alors l'étendue de fes talens, & parle de l'état actuel de la poéfie dramatique : il demandoit avec étonnement ce qu'étoit devenu le génie comique qui jetoit tant de grâce & d'enjouement dans les écrits de nos ancêtres ; il s'étonnoit qu'aucun de nos modernes écrivains n'osât s'élever au-deffus de la farce ; il ne pouvoit croire que la veine comique fût épuifée, attendu que nous vivons dans un pays où la liberté permet à chacun de fe montrer dans tout fon jour, dans un pays qui, par conféquent, produit plus d'originaux que tout le refte du monde enfemble. Il difoit que l'action eft l'ame de la tragédie, & néanmoins fouvent il faifoit entendre que l'amour prédomine trop fur le théâtre moderne.

Il fut alors reconnu pour un critique ; il eut un fiége dans un café, & fe mit à la tête d'une cabale au parterre. *Minim* a plus de vanité que de mauvais naturel, & cherche rarement à faire beaucoup de mal : il lui arrive quelquefois de murmurer à l'oreille de fon voifin ; mais il tâche d'entraîner l'affemblée à l'indulgence, en battant

des mains lorfqu'un acteur s'écrie : *ye Gods !*
(Dieux !) ou qu'il déplore le malheur de fon
pays.

Infenfiblement il fut admis aux répétitions, &
plufieurs de fes amis penfent que nos poëtes
actuels lui doivent leurs plus heureufes penfées.
C'eft d'après fes fages confeils que l'on fonne
deux fois la cloche dans *Barberouffe*, & que l'auteur
de *Cléone* ne termine plus fa pièce par un couplet.
« En effet, dit *Minim*, n'eft-il pas abfurde de
» rimer la fin d'une pièce, tandis que le refte eft
» en vers blancs ? Comment un auteur qui ne
» pouvoit auparavant trouver des rimes, acquiert-il
» la faculté d'en placer à la fin d'un acte ? »

NUMÉRO LXI.

Samedi 16 Juin.

MONSIEUR *Minim* paſſoit alors pour le coryphée
des critiques. Étoit-il au parterre, tous les ſpec-
tateurs des loges fixoient leurs regards ſur lui.
Entroit-il dans un café, il ſe voyoit auſſitôt entouré d'un cercle de candidats qui faiſoient leur
apprentiſſage littéraire à ſon école. Ceux qui
n'avoient point de ſentiment à eux lui deman-
doient le ſien, & néanmoins il aimoit à diſputer,
à trancher : aucune production n'étoit afſûrée de
paſſer à la poſtérité ſans l'approbation de *Minim*.

Il admire ſingulièrement la ſageſſe & la mu-
nificence de ceux qui fondèrent les académies
du Continent : il ſoupire ſouvent après quelque
école de goût, quelque tribunal auquel le mérite
puiſſe en appeler du préjugé, du caprice & de
la malignité. Il a formé le plan d'une académie
de critique où tous les ouvrages d'imagination
ſeront lus avant d'être imprimés ; une académie
chargée d'indiquer aux théâtres les pièces qu'ils
pourront recevoir ou rejeter, exclure ou reſ-
ſuſciter.

Un pareil établiſſement, ſelon *Dick Minim*,
rendroit dans toute l'Europe le nom de la littérature

rature angloife, rendroit Londres la métropole
de l'élégance & de la politeffe, le chef-lieu où
les favans & les génies de tous les pays viendroient s'inftruire & fe perfectionner, où l'on
n'approuveroit aucune production qu'elle ne fût
conforme aux rigoureufes lois de l'art, & marquée
au coin du meilleur goût.

En attendant que quelque heureufe conjonction
des planètes difpofe nos princes ou nos miniftres
à s'immortalifer par une telle académie, *Minim*
fe contente de préfider quatre fois par femaine
à une fociété critique choifie par lui-même : c'eft
là qu'il eft écouté fans contradiction ; c'eft de là
que fes jugemens fortent & fe propagent parmi
l'immenfe vulgaire des *petits*.

Lorfqu'il eft placé fur fon trône, il redemande
à grands cris la noble fimplicité de nos ancêtres,
& déclame contre les vains & frivoles raffinemens
de la génération actuelle. Quelquefois il fe livre
à tous les emportemens du défefpoir en voyant
les progrès funeftes & journaliers de notre fauffe
délicateffe. Quelquefois un rayon d'efpoir anime
fes regards.... Il prédit alors la renaiffance du
vrai *Sublime*. Tantôt il fulmine contre la barbarie
de la rime : il s'étonne que des êtres raifonnables
puiffent aimer l'uniforme monotonie de mêmes
confonances. Tantôt il fait voir qu'il eft injufte
& dénaturé de facrifier le bon fens au fon ; que

Tome II. D

souvent les plus belles penfées font mutilées par la néceffité de les renfermer ou de les étendre dans les dimenfions d'un couplet. Il eft charmé que le génie actuel ait fecoué les entraves importunes qui le captivoient depuis fi long-temps. Cependant il convient que la rime feroit quelquefois fup-portable, fi l'on rompoit fouvent les vers, & fi l'on diverfifioit fagement les paufes.

Minim ne s'en rapporte pas toujours aux règles de fon jugement; c'eft pourquoi il eft très-foigneux à prendre des renfeignemens fur les noms des auteurs qu'il critique. En général il épargne pru-demment ceux auxquels il ne peut réfifter, à moins que (ce qui arrive fouvent) le public ne foit ligué contre eux. Mais il aime fingulièrement à gourmander un nouveau prétendant à la renom-mée; il l'attaque & le pourfuit jufqu'à ce qu'il fe croye obligé en honneur de le recommander. Lorfqu'il apprend le fuccès d'un ouvrage dont l'auteur a été l'objet de fa cenfure, il fe retranche dans des termes généraux : il y a *des idées neuves, de beaux paffages*, mais l'auteur devroit rayer *beaucoup de chofes. Minim* eft en poffeffion de plufieurs épithètes favorites dont le fens eft vague, mais qu'il applique ordinairement aux livres qu'il n'a point lus ou qu'il ne peut entendre. Dans l'un il aperçoit de la *vigueur*, dans l'autre de la *fécherefe ;* celui-ci eft *dur*, celui-là eft *foible.*

Quelquefois il découvre de la *délicatesse* dans le style ; quelquefois des *expressions bizarres*.

Minim n'est jamais si grand ou si heureux, que lorsqu'un jeune homme de bonne espérance vient le consulter sur le cours d'études qu'il doit suivre. Il prend alors un air très-sérieux, conseille à son élève de lire les meilleurs auteurs, d'étudier les beautés de ceux qui lui sembleront avoir des rapports avec son génie, de voir, quand il écrira, comment son auteur favori auroit pensé dans le même temps & dans les mêmes circonstances. Il l'exhorte à saisir les momens où ses pensées seront brillantes & son génie exalté, mais à prendre garde que son imagination ne l'entraîne au delà des bornes de la Nature. Il regarde la diligence comme la mère du succès. Cependant il lui enjoint très-expressément de ne pas lire plus qu'il ne peut digérer, & de ne point jeter de confusion dans son esprit, en étudiant des sciences qui tendent à des fins différentes. Enfin il lui dit que tout homme a son génie, & que *Cicéron* ne put jamais être poëte. — L'enfant endoctriné se retire bien résolu de suivre son génie, & de penser comme *Milton* pensoit. *Minim* se repaît alors du plaisir d'avoir été utile, & attend qu'un autre élève vienne encore solliciter ses doctes conseils.

NUMÉRO LXII.

Samedi 23 Juin.

AU PARESSEUX.

MONSIEUR,

« ON penſe preſque univerſellement que le
» riche peut tout avoir avec ſon argent. Ce n'eſt
» pas un paradoxe moderne, ou le dogme de
» quelque ſecte obſcure, mais une opinion qui
» ſemble avoir dominé dans tous les âges, &
» qui eſt ſoutenue par des autorités ſi nombreuſes
» & ſi puiſſantes, que la ſeule expérience me
» donne la hardieſſe d'en diſcuter la vérité.

» L'expérience eſt la pierre de touche avec
» laquelle tous les philoſophes de nos jours con-
» viennent qu'il faut eſſayer cette théorie. Je
» puis donc douter du pouvoir de l'argent, puiſque
» ayant été long-temps riche, je n'ai point trouvé
» le bonheur dans les richeſſes.

» J'avois pour père un fermier qui n'étoit ni
» riche ni pauvre : il me fit donner une éducation
» ſupérieure à mon état, parce que mon oncle
» de Londres me déſignoit pour ſon héritier, &

» vouloit que je fuſſe élevé comme un gentilhomme.
» Les richeſſes de cet oncle étoient le ſujet per-
» pétuel des converſations de ma famille. Si nous
» éprouvions quelque accident ou quelque mor-
» tification, mon père relevoit toujours mon
» courage, en diſant que mon oncle ne ſe ma-
» rieroit jamais.

» En effet il tint parole. Ayant toujours donné
» ſon temps au commerce & au change, il ne
» ſentit jamais l'ennui de la vie, ni le beſoin
» des amuſemens domeſtiques. A la mort de mon
» père, il me reçut avec bonté ; mais quelque
» temps après nous nous ſéparâmes : nos occupa-
» tions reſpectives ne nous plaiſoient ni à l'un ni
» à l'autre. Il me fit une petite penſion avec
» laquelle je menois une vie tranquille, ſans
» ſouhaiter de devenir plus riche par la mort de
» mon bienfaiteur.

» Mais quoique je me ſois toujours garanti
» de tout mouvement d'impatience, je ne pouvois
» m'empêcher quelquefois de ſonger au plaiſir
» d'être riche ; & quand je liſois quelques deſ-
» criptions de plaiſirs, de fêtes magnifiques, &c.
» je me promettois de goûter un jour de pareilles
» jouiſſances.

» Mon oncle mourut d'une apoplexie dans
» un temps où ſes joues rubicondes & ſes muſcles
» nerveux ſembloient lui promettre une longue

D 3.

» & vigoureuſe ſanté. Sa mort ne me cauſa ni
» joie ni douleur. Il me faiſoit du bien, &
» j'étois reconnoiſſant; mais ne pouvant lui plaire,
» je ne pouvois l'aimer.

» Il avoit la politique des petits eſprits qui ſe
» plaiſent à ſurprendre : il ſe diſoit toujours moins
» riche qu'il ne l'étoit, & partageoit, ſans doute
» par anticipation, le plaiſir que j'aurois de
» trouver une ſucceſſion trois fois plus conſidérable
» que je ne l'attendois. En effet ma fortune fut
» bien ſupérieure aux projets de dépenſe que
» j'avois formés : j'étendis auſſitôt mes idées, &
» ſongeai aux moyens d'acheter des jouiſſances
» proportionnées à ma richeſſe.

» L'effet le plus frappant des richeſſes eſt l'éclat
» des habits. Un homme paré entre par-tout, &
» fixe l'attention univerſelle. Mon premier déſir
» fut donc d'acheter de beaux habits, je fis venir
» un tailleur qui travailloit pour la nobleſſe, &
» lui ordonnai un immenſe aſſortiment de vête-
» mens ſuperbes; j'avoue à ma honte que j'attendis
» avec une impatience extraordinaire le moment
» de montrer dans le monde mes galons & mes
» broderies. Enfin le tailleur arriva & remplit
» mes ardens déſirs; pendant trois jours j'obſervai
» que tous les regards ſe portoient ſur moi; mais
» ce genre de vie me convenoit peu; je n'avois
» pas des manières aſſez civiles, ni l'uſage du

» monde néceſſaire pour ſoutenir mon nouveau
» rôle; plus on m'obſervoit, plus je m'inquiétois
» de mon maintien, & le maintien affecté devient
» très-ridicule. Cependant, auſſitôt que mon amour-
» propre fut raſſaſié, mes habits ne me cauſèrent
» plus ni peine ni plaiſir.

» J'eſſayai pendant quelque temps de mener
» une vie de vaurien; mais je commençai trop
» tard; n'ayant pas naturellement le goût de la
» débauche, je courois riſque de n'être qu'un
» ivrogne : une maladie pendant laquelle je ne
» fus viſité par aucun de mes camarades, donna
» lieu à mes réflexions; je reconnus qu'il y avoit
» peu de plaiſir à caſſer les fenêtres ou à coucher
» dans une priſon, & je pris le parti d'abandon-
» ner des compagnons dont je n'avois pu me faire
» des amis, quoique je les euſſe cautionnés &
» bien traités.

» Alors la ſcène changea; j'achetai de magni-
» fiques chevaux, & j'eus la ſatisfaction de voir
» ſouvent mon nom dans les papiers publics; je
» gagnai pluſieurs paris aux courſes; mais mon
» bonheur ne fut pas de longue durée; j'avois
» peu de plaiſir à perdre & quand je gagnois,
» je ne pouvois me prévaloir du mérite de mon
» cheval; je rougis de fréquenter la compagnie
» des *Jockeis*, & je réſolus de paſſer moins de
» temps dans une écurie.

D *ij*

» On favoit que j'avois de l'argent à depenfer;
» & pendant quatre mois je fus affailli par des
» Architectes qni me preffoient de bâtir; je leur
» difois que j'avois affez d'appartemens pour me
» loger; mais je ne pus tenir contre leur impor-
» tune éloquence. Tous les matins on m'apportoit
» un nouveau plan; ma conftance fut vaincue &
» je confentis à bâtir. Cette nouvelle jouiflance
» dura peu; car bien que j'aime à dépenfer, je
» n'aime point à être dupe, & je reconnus bien-
» tôt que l'on ne peut bâtir fans être volé.

» Je vous dirai dans la fuite comment je con-
» tinue de chercher le bonheur.

Je fuis, MONSIEUR, &c.

TIM. RANGER.

N u m é r o LXIII.

Samedi 30 Juin.

ASSER de la groſſièreté à l'utilité, de l'utilité à l'élégance, & de l'élégance au raffinement; tel eſt le progrès naturel des ouvrages humains.

La néceſſité impoſe le premier travail; le ſauvage incommodé par le chaud & le froid, par la pluie ou le vent, cherche un abri dans les rochers, & apprend à ſe creuſer un antre dans les entrailles de la terre; il s'aperçoit qu'une touffe d'arbres garantit du ſoleil & du vent, & lorſque les accidens de la chaſſe le conduiſent en pleine campagne, il ſe fait un ombrage en plantant des pieux à des diſtances convenables & en y plaçant des branchages.

L'induſtrie allant plus loin, conſtruit une maiſon, la ferme & la diviſe en pluſieurs parties; bientôt les appartemens ſe multiplient ſelon les différens degrés de l'invention, & l'ouvrage ſe perfectionne peu à peu; car à meſure que l'homme s'affranchit de ſes beſoins il veut s'en affranchir encore, & cherche le plaiſir après avoir trouvé l'aiſance.

L'eſprit délivré de beſoins importuns, ſe crée des jouiſſances artificielles, & joint aux commodités de l'habitation l'agrément de la vue. La

fymmétrie commence alors à régner ; on invente les
ordres d'architecture ; il faut qu'une partie de l'édifice s'accorde avec l'autre, & cela pour ne pas
bleffer les yeux.

De l'élégance au luxe le trajet eft très-court ;
aux colonnes *ioniques* & *corinthiennes* fuccèdent
bientôt les corniches dorées, les mofaïques &
cette multitude d'ornemens frivoles qui montrent
plutôt l'opulence que le goût du propriétaire.

Le langage, comme toute autre chofe, paffe
de la perfection à la dépravation ; les brigands
qui s'emparent d'un pays, ayant peu d'idées &
fur-tout des idées peu fufceptibles de modifications,
fe contentent d'exprimer leurs fentimens par des
termes généraux & des phrafes coupées. A mefure que les mœurs s'épurent & que les propriétés
font limitées, il faut décider les débats, entendre
& calmer des plaintes ; la différence des chofes
devient plus fenfible, & la juftelle des expreffions
devient auffi plus néceffaire. Lorfqu'enfuite le bonheur & l'abondance excitent la curiofité, on cultive
les fciences pour l'agrément & pour le plaifir ; aux
arts que l'on fait déja, l'émulation ajoute l'art d'inftruire, & les favans ambitieux non contens de dif-
puter à qui penfera le mieux, difputent à qui expri-
mera fes idées d'une manière plus agréable.

Viennent alors la Rhétorique & la Poéfie, l'ar-
rangement des figures, le choix des mots, l'har-

onie des périodes, la grâce des tranfitions, la
oule des fentences, le charme du ftyle, & toutes
es fubtilités oratoires ou poétiques; ces ornemens
ont utiles tant qu'ils aident à la clarté; louables
tant qu'ils ajoutent à nos plaifirs; mais comme
ils dégénèrent trop aifément en vaine afféterie, ils
embarraffent & fatiguent plus le lecteur qu'ils ne
le charment & ne l'amufent.

La barbarie précède toujours l'ufage d'écrire ;
les premiers ouvrages d'une diction imparfaite,
paffent ordinairement avec la génération fauvage
qui les a produits. Aucune nation n'a fixé fon
langage avant le fecond fiècle de fon établiffe-
ment, & même le fecond fiècle offre rarement de
traces d'un langage bien formé.

Le fort de la langue Angloife eft comme celui
de toutes les autres; nous ignorons l'idiôme mef-
quin de nos barbares ancêtres; mais nous poffédons des chefs-d'œuvres de notre langue, lorfqu'elle
commença d'être adaptée à la politique & à la ré-
ligion ; ces chefs-d'œuvres font tels qu'on devoit
naturellement les attendre, c'eft-à-dire fimples
& fans art, d'un ftyle concis & ferré. Les écrivains fembloient ne vouloir qu'être entendus ; rarement même ils afpiroient au mérite de plaire,
& leurs vers, uniquement deftinés à tranfmettre
les actions illuftres, ne différoient de la profe que
par la mefure & la rime.

Le langage demeura dans cet état, (à quelque
variations près) jufqu'au temps de *Gower* (1) qu
Chaucer (2) appelle fon maître ; cet auteur, quoiqu'obfcur par le pédantefque étalage de fon ftyle,
mérite un honneur qu'on lui a refufé jufqu'ici ;
celui d'avoir montré à fes compatriotes que le vers
anglois pourroit fe perfectioner & parvenir à la
hauteur poétique.

Depuis *Gower* & *Chaucer* les écrivains Anglois
fe font appliqués à l'élégance , ont épuré le langage,
& ont atteint progreffivement le degré d'harmonie
& de richeffe que l'efprit humain peut atteindre.

---

(1) Le chevalier *John Gower* paffe pour le plus ancien
écrivain anglois.

(2) *Chaucer* né à Londres en 1328 , eft le *Marot* des
Anglois ; fes poéfies à la louange du duc de Lancaftre fon
beau-frère , contribuèrent beaucoup à procurer la couronne
à ce dernier. Elles furent publiées à Londres en 1721 *in-fol.;*
fes Contes pleins de naïveté , de licence & d'enjoûment,
font faits d'après *Bocace* & les *Troubadours.* L'imagination qui les a dictés étoit vive , riante , féconde , mais
très-peu réglée , & fouvent trop obfcène. Son ftyle eft avili
par un grand nombre de mots inintelligibles , & fi fon efprit
étoit agréable , fon langage ne l'étoit pas , car les Anglois
actuels l'entendent difficilement. *Chaucer* a laiffé , outre fes
poéfies, des ouvrages en profe : le *Teftament d'Amour,* un
traité de l'*Aftrolabe.* Il s'étoit appliqué à l'aftronomie &
aux langues étrangères , autant qu'à la verfification.

Ces progrès n'ont pas été les mêmes dans tous les
temps ; la négligence en a quelquefois interrompu le cours : le temps s'est écoulé sans produire
de grands changemens , ou s'il en a produit, ils
ont été peu favorables ; mais on a toujours vivement recherché l'élégance , au point que chaque
écrivain tâche maintenant de vaincre ses rivaux
par l'exactitude , ou de les éclipser par l'éclat du
style ; le danger est que les soins excessifs n'engendrent l'affectation.

_____

NUMÉRO LXIV.

Samedi 7 Juillet.

AU PARESSEUX.

MONSIEUR;

« COMME la nature a donné à l'homme le
» défir d'être heureux, je me flatte que vous &
» vos lecteurs lifez avec plaifir la fuite de mon
» hiftoire. Quoiqu'aucun de mes projets n'ait
» pu me fatisfaire, le récit de mes tentatives
» ne fera pas tout-à-fait inutile, puifque nous
» approchons d'autant plus près de la vérité que
» nous découvrons plus d'erreurs.

.» Quand j'eus vendu mes chevaux & aban-
» donné les ordres d'architecture, je réfolus d'être
» homme du bon ton, je fréquentai les cafés à la
» mode, je fis connoiffance avec les *plaifans,*
» & j'acquis le droit de faluer familièrement la
» moitié de la nobleffe. Ma grande occupation
» fut alors d'apprendre à rire ; jufque-là j'avois
» toujours confidéré le rire comme l'effet de la

» joie ; mais je me convainquis bientôt que ce
» n'étoit qu'un moyen de flatter adroitement.
» Auparavant je riois quand j'étois amusé, mais
» il me fallut rire quand je voulus plaire ; la
» chose étoit difficile. J'écoutois quelquefois une
» histoire avec une froide indifférence, & ne sa-
» chant pas exprimer ma joie par des gradations
» convenables, j'éclatois d'une manière très-
» gauche, ce qui n'étoit pas toujours interprété
» favorablement. Cependant j'imitai peu à peu les
» meilleurs modèles, & j'acquis une telle flexi-
» bilité de muscles, que je fus mis au nombre des
» agréables petits-maîtres.

» C'étoit déja quelque chose ; mais je ne méri-
» tois pas encore le titre d'homme *du bon ton.*
» Je parus à la cour les jours de cérémonie, je
» pariai au jeu, je jouai dans les brillantes as-
» semblées ; j'allai tous les soirs à l'opéra ; je pris
» sous ma protection un musicien à qui l'on con-
» testoit le mérite, je devins chef d'une faction
» musicale & j'eus souvent des concerts à mon
» hôtel. J'étois alors un homme à la mode ; mais
» mon favori le musicien s'étant fait arrêter un
» soir par son tailleur, je refusai de le cautionner
» & dès-lors je ne fus plus compté parmi les
» protecteurs de l'harmonie.

» Je me passionnai ensuite pour la peinture ; pen-
» dant un hiver entier je visitai tous les peintres

» de la capitale; je commandois à l'un mon por
» trait à demi-corps, à l'autre mon portrait en
» pied; je ne parlois que de draperies, d'atti-
» tudes, de reflets, d'ombres, &c. Après chaque
» séance je montrois mes portraits à mes amis;
» l'un louoit, l'autre blâmoit l'artiste; ils n'étoient
» jamais d'accord entre eux. Enfin, ne pouvant
» plaire à tous, je devins moins capable de me
» plaire à moi-même, & j'abandonnai la peinture
» & les peintres.

　» Il m'étoit impossible de vivre dans une oisi-
» veté totale; je cherchai de la besogne, je fré-
» quentai les virtuoses, & tout-à-coup j'eus une
» passion furieuse pour toutes les curiosités natu-
» relles; j'allai de vente en vente, je critiquai
» les coquilles & les fossiles, j'achetai un *hortus*
» *siccus* d'une valeur inestimable, & je payai fort
» cher le secret de préserver les insectes, afin
» que ma collection fît le désespoir des philoso-
» phes; mais mon plaisir fut mêlé d'un peu d'amer-
» tume. L'active malignité divulgua mes défauts
» dans tous les coins de la ville, parce que j'avois
» une teigne d'une bigarrure particulière. Ce n'est
» pas tout : on jeta des doutes sur la validité
» du testament de mon oncle, parce que je vain-
» quis tous les amateurs dans un encan, & que
» j'obtins un nautile à la barbe de tous mes ri-
» vaux; j'avoue que l'envie dont j'étois l'objet,

　　　　　　　　　　　　　　» flattoit

» flattoit mon amour-propre & mon orgueil ; mais
» avec le temps je m'ennuyai d'une fcène qui me
» faifoit haïr fans me procurer le moindre avan-
» tage. Je donnai mes coquilles aux petits enfans,
» je ceffai de deffécher des papillons, & je com-
» pris qu'il falloit être cruel & defœuvré pour
» fe plaire à leur donner la mort.

» Je fentis alors le dégoût de la vie, & je
» voulus avoir un grand nombre d'amis avec lef-
» quels je puffe paffer le refte de mes jours dans
» un commerce réciproque de bienveillance &
» de générofité. J'avois obfervé que le moyen de
» fe concilier l'eftime univerfelle, étoit de tenir
» table ouverte : en conféquence je pris un cuifi-
» nier François, j'ornai mon buffet d'une ma-
» gnifique vaiffelle, je remplis ma cave de vins
» rares & délicieux, j'achetai toutes les denrées
» qui font chères avant d'être bonnes, & j'invitai
» tous ceux qui paffoient pour bien juger d'un
» diner. Trois femaines après mon cuifinier me
» demanda fon compte, en difant que milord
» *Queafy*, l'un de mes convives, lui avoit offert
» de très-gros gages s'il vouloit entrer à fon
» fervice ; génereux par orgueil, je doublai les
» gages du cuifinier, & pour narguer milord, je
» l'invitai à un magnifique banquet.

» Mais j'aime une table fimple, & je fus bientôt
» las d'étaler des mêts que je ne pouvois parta-

» ger ; d'ailleurs je m'aperçus que mes hôtes cri-
» tiquoient mes festins & censuroient ma profusion;
» je me débarrassai donc des flatteurs qui m'envi-
» ronnoient, je fermai ma porte & pris le parti
» de vivre chez le traiteur.

» J'ai de la santé, des richesses, & je crois,
» du bon sens; mais malgré tous ces avantages,
» je n'ai jamais pu passer un seul jour sans sou-
» haiter d'en voir la fin avant le coucher du soleil.
» Dites-moi, cher Paresseux, ce que je dois
» faire.

Je suis votre humble serviteur,

TIM. RANGER.

NUMÉRO LXV.

Samedi 14 Juillet.

LA suite de l'histoire des guerres civiles, heureusement publiée, est une acquisition pour la littérature angloise, également agréable aux amis de la vérité & aux admirateurs de l'élégance (1). On peut enfin assurer affirmativement des faits douteux, & terminer plusieurs questions depuis long-temps débattues. Celui qui, comme l'auteur, (*Clarendon*) se rappelle des événemens dans lesquels il a été engagé, connoît non-seulement une foule de particularités qui échappent aux spectateurs, mais il a de plus cette énergie naturelle, cette véhémenté ardeur qui donne le souvenir d'avoir été le témoin & l'acteur des faits que l'on transmet au public.

Les difficultés que cet ouvrage a vaincues pour voir le jour, les délais, qui depuis long-temps trompent nos espérances, conduisent naturellement

---

(1) En effet cet ouvrage est un des meilleurs morceaux d'histoire que l'Angleterre ait produits ; il est intitulé *Histoire des guerres civiles d'Angleterre* depuis 1641 jusqu'en 1704 . L'auteur *Edouard Hyde* , comte de *Clarendon* , fut chancelier sous *Charles II.*

E 2

l'efprit à confidérer le fort commun des productions pofthumes.

L'auteur qui fe voit entouré d'admirateurs, & dont la vanité eft fans ceffe flattée par de pompeux éloges, fe perfuade facilement que fon empire s'étendra au-delà de l'exiftence ; que ceux qui révèrent fa préfence révèreront fa mémoire, & que ceux qui s'enorgueilliffent d'être comptés parmi fes amis, s'efforceront de juftifier fon choix par leur zèle pour fa réputation. .

Dans cet efpoir l'hiftoire des dernières années de la reine *Anne* fut confiée aux exécuteurs teftamentaires de *Swift* & à ceux de *Pope* les manufcrits qui fe trouvoient dans fon cabinet à fa mort; les ouvrages de *Pope* furent brûlés par ceux qu'il avoit vraifemblablement choifis comme plus propres à les publier; l'hiftoire de *Swift* feroit également perdue, fi des mains habiles n'en avoient fait une copie furtive.

Les héritiers de *Peirefc* (1) fe chauffèrent pen-

_____

(1) *Nicolas-Claude Fabri*, feigneur de *Peirefc*, né en Provence l'an 1580, acquit des connoiffances immenfes dans fes voyages en Italie, à Paris, en Hollande & en Angleterre; il étoit lié avec les favans de fon temps, tels que les *de Thou*, les *Cafaubon*, les *Pithou*, les *Scaliger*, les *Grotius*, les *Gaffendi*, &c. La trop vafte érudition de *Peiresc* l'empêcha de finir aucun ouvrage. On n'a de lui qu'une Differtation curieufe & favante fur un trépied ancien, impri-

dant un hiver entier avec ses manuscrits, & plusieurs des productions du savant *Lloyd* (1) furent
consumées dans la cuisine de ses descendans.

Il est vrai que quelques ouvrages ont échappé
à la destruction totale ; mais ils ont encore sujet
de déplorer le sort de leurs malheureux enfans,
de ces orphelins exposés à l'injustice de leurs infi-
dèles gardiens. Ceux qui connoissent le caractère
de *Hales* concevront facilement comment il auroit
supporté les mutilations que ses ouvrages ont souf-
fertes de l'éditeur (2).

La vanité n'est quelquefois pas moins funeste
que la négligence ou la friponnerie. Le propriétaire d'un manuscrit précieux croit lui donner un
nouveau lustre en le tenant caché ; il se glorifie

---

mée dans le tome Xme des Mémoires de littérature du père
Desmolets. Il laissa plusieurs manuscrits ; mais la plupart n'ont
pas reçu le dernier coup de plume. *Gassendi* a donné une vie
de ce savant , écrite avec beaucoup d'élégance & de pureté.

(1) *Guillaume Lloyd* , évêque de *Saint-Asaph* , fut un
des six prélats qui , avec l'archevêque de *Sancroft* , s'éleva
contre l'édit de Tolérance , publié par *Jacques II.* On a de
lui , 1°. *Description du gouvernement ecclésiastique;* 2°. *Se-
ries chronologica Olympionicarum* ; 3°. *une Histoire chro-
nologique de la vie de Pythagore.* Tous ces ouvrages annon-
cent une grande connoissance des écrivains de l'antiquité.

(2) *Matthieu Hales* étoit à la fois jurisconsulte , théolo-
gien & philosophe.

E 3

d'avoir la clef d'un tréfor dont il ne fait aucun uſage pour lui-même & pour le public; des mains de ce propriétaire il paſſe dans celles d'un autre moins vain à la vérité, mais plus négligeant, qui le regardant comme un meuble inutile s'en débarraſſe bientôt.

Mais pluſieurs écrivains, après avoir travaillé la moitié de leur vie, laiſſent leurs ouvrages au haſard ou à leurs héritiers; ils n'ont pas voulu les publier parce qu'ils étoient imparfaits, & qu'ils s'étoient propoſés d'y mettre un degré d'exactitude dont les efforts de l'homme font à peine capables. *Lloyd* (dit *Burnet*) *ne communiquoit pas ſon ſavoir avec autant de ſoin qu'il s'empreſſoit de l'acquérir;* il héſitoit toujours, diſcutoit, faiſoit des objections, les réſolvoit, & ne vouloit que des vérités lumineuſes. *Baker* (1) après pluſieurs années de recherches, laiſſa ſes manuſcrits enſevelis dans la pouſſière d'une bibliothèque, parce que des ouvrages qui ne pouvoient jamais être parfaits étoient imparfaits.

Ceux qui prétendent à la gloire de ces grands hommes doivent imiter leur diligence, & ne point

---

(1) *Thomas Baker* eſt auteur de la *Clef geométrique* & d'autres ouvrages. S'il laiſſa pluſieurs manuſcrits qui n'ont pas vu le jour, ſon nom n'eſt pas moins reſpectable parmi les phyſiciens & les géomètres les plus éclairés.

avoir leurs fcrupules. Il faut toujours fe fouvenir que la vie eft courte, que les connoiffances font fans bornes, & que tous les doutes ne méritent pas d'être éclaircis ; les génies à qui la nature & l'étude ont donné le droit d'inftruire le genre humain, doivent nous communiquer, tandis qu'ils le peuvent, les tréfors qu'ils ont acquis, & ne confier qu'à eux-mêmes le foin de leur réputation.

NUMÉRO LXVI.

Samedi 21 Juillet.

LES favans fe plaignent fréquemment des ravages que le temps exerce fur les productions de l'antiquité ; il ne refte plus que les noms de ceux qui furent les flambeaux du genre humain, & leur fouvenir fera la caufe éternelle de nos regrets & de notre défefpoir.

Si tous les écrits des anciens avoient été fidèlement tranfmis d'âge en âge ; fi la bibliothèque d'Alexandrie n'avoit été la proie des flammes , fi les dépôts du Palatinat n'avoient été falfifiés, nous connoitrions une multitude de chofes que nous fommes condamnés à ignorer ; que nous nous ferions épargné de recherches laborieufes, de conjectures obfcures, de fuppofitions abfurdes! Nous aurions connu la fucceflion des princes , les révolutions des empires , les actions des grands , les opinions des fages , les lois & les conftitutions de tous les états, les caufes de leur grandeur & de leur félicité ; nous aurions vu des colonies étrangères s'établir dans les déferts de l'Europe , & des troupes de fauvages s'affocier pour maintenir leurs conquêtes ; nous aurions fuivi les progrès de la civilifation, & éclairés du flambeau de l'hif-

toire, nous aurions débrouillé le chaos de l'antiquité.

Si les ouvrages d'imagination avoient été moins
mutilés, ils auroient vraisemblablement procuré
des amusemens inépuisables à tous les siècles futurs. Les tragédies de *Sophocles* & d'*Euripides* nous
auroient montré le jeu de toutes les passions humaines, & les comédies de *Ménandre* auroient fourni
toutes les maximes de la vie domestique. Il eût
suffi à nos modernes philosophes d'étudier les grands
maîtres; leurs lumières auroient dissipé nos doutes,
& leur autorité auroit imposé silence aux so-
phistes.

Telles font les idées qui s'élèvent dans tout
homme studieux, quand il voit ses recherches &
sa curiosité trompées; cependant nos plaintes ne
font-elles pas quelquefois inconsidérées? le mal
est-il aussi grand que nous l'imaginons? Ce qui
nous reste des anciens suffit pour exciter notre
émulation & diriger nos efforts; la plupart des
ouvrages que le temps n'a pas encore dévorés,
étoient les plus estimés & passoient pour des chefs-
d'œuvres chez les anciens; de sorte que, possédant
les originaux, nous n'avons point à pleurer la
perte des imitations; l'écrivain laborieux qui scrute
& examine tout, mérite sans doute des éloges; mais
ses erreurs méritent peu nos regrets. En effet les
vérités utiles font toujours universelles; elles ne

tiennent ni aux mœurs nationales, ni aux événemens locaux.

Mais telle est la conspiration générale des hommes contre le mérite des contemporains, que si nous avions assez hérité des anciens pour passer notre temps & amuser nos loisirs, il ne resteroit rien aux génies modernes; tous les sujets seroient employés; les premiers auroient fixé le style, & leurs successeurs les auroient suivis servilement; chaque écrivain auroit eu des rivaux, dont la supériorité seroit connue, & à la réputation desquels les ouvrages seroient sacrifiés avant d'être vus.

Nous voyons combien peu les efforts réunis des hommes ont ajouté aux caractères héroïques tracés par *Homère* : l'imagination fertile de l'Italie moderne n'a guère inventé d'incidens qui ne se trouvent dans l'*Iliade* & l'*Odissée*. Il est probable que si tous les ouvrages des philosophes d'*Athènes* avoient existé de nos jours, *Mallebranche* & *Loke* auroient été condamnés à lire silencieusement les vieux Métaphysiciens, & que le *Paresseux* n'auroit pas écrit cette diatribe.

Numéro LXVII.

Samedi 28 Juillet.

AU PARESSEUX.

MONSIEUR,

« En obſervant tous les jours les diverſes opi-
» nions & les projets reſpectifs des hommes, vous
» devez avoir remarqué dans vos converſations
» littéraires des perſonnes qui regardent la diſſi-
» pation comme le grand ennemi de l'entende-
» ment, & qui ſoutiennent qu'un homme ſtudieux
» fait d'autant plus de progrès dans la ſcience,
» qu'il ſe renferme plus ſoigneuſement dans les
» bornes de ſon plan.

» Cette opinion eſt peut-être généralement
» vraie; cependant ſi nous conſidérons la curioſité
» naturelle de l'eſprit humain & ſon averſion pour
» tout aſſujétiſſement, nous douterons que ſes
» facultés puiſſent ſupporter la gêne d'une atten-
» tion ſoutenue, & nous examinerons s'il n'eſt
» pas quelquefois à propos de préférer la certi-

» tude du *peu* à l'espérance d'avoir *beaucoup*. Les
» acquisit'ons du savoir sont fortuites comme les
» étincelles du génie; tel s'étoit proposé un plan
» méthodique de lecture qui tombe par hasard
» sur un nouveau livre : ses idées naissent tout à
» coup, sa curiosité s'enflamme, il découvre une
» route nouvelle pour aller plus sûrement au but
» qu'il vouloit atteindre.

» Pour appuyer ces réflexions par un exemple,
» je vous envoye un journal trouvé dans les pa-
» piers d'un de mes défunts amis; c'étoit, comme
» vous le verrez, un homme à grands desseins,
» à grandes entreprises, quoiqu'il projetât souvent
» une chose, tandis qu'il en exécutoit une autre.
» J'avoue que l'inimitable *Spectateur* renferme des
» productions de cette espèce qui doivent décou-
» rager tous les journalistes ultérieurs; mais le
» journal que je vous envoye est d'un genre dif-
» férent de ceux du *Spectateur*, il intéressera peut-
» être le public; au reste, c'est à vous de le pu-
» blier, ou de le rejeter, si vous le jugez à
» propos.

Nota bene. Je me propose de lire les trois jours
suivans; & (puisqu'enfin j'ai vaincu tous les obstacles qui m'ont arrêté jusqu'ici) de finir mon *Essai*
sur l'étendue des facultés intellectuelles ; de revoir mon
Traité sur la Logique ; de commencer le *Poëme épique*
que je projette depuis long-temps ; de continuer

la *Bible* avec le commentaire de *Grotius*; de me régaler, dans mes récréations, des ouvrages claſſiques anciens & modernes ; puis de finir mon *Ode à l'Aſtronomie.*

Lundi. J'avois réſolu de me lever à ſix heures ; mais par la négligence du domeſtiqu.. mon feu n'ayant pas été allumé avant huit, je ſommeillai juſqu'à neuf. Alors je me levai , & après déjeûner je me mis à l'ouvrage dans l'intention de travailler à mon *Eſſai ;* mais ayant eu beſoin de conſulter *Platon*, je parcourus ſa *République* juſqu'à midi. J'avois oublié de défendre ma porte , & par malheur je reçus la viſite de Tom *Sans ſouci* qui, après avoir babillé pendant une heure & demie, me força d'aller avec lui pour voir un certain original auquel il avoit donné rendez-vous dans un café. Nous nous amuſâmes quelque temps avec lui, & nous le quittâmes dans le deſſein de regagner nos Pénates; mais nous rencontrâmes à la brune un quidam qui nous parut être un boucher, car il portoit un grand couteau à ſon côté. Il accompagnoit une charmante petite demoiſelle à laquelle il tint le diſcours ſuivant : « Miſſ, » quoique votre père ſoit propriétaire d'un bateau » de charbon, & que partant vous ſoyiez un riche » parti, cependant je veux être coupé par quar- » tiers, ſi ce n'eſt pas uniquement l'amour, & » non l'appât du lucre, qui m'engage à vous

» faire des propofitions de mariage ». Comme cet amant continuoit d'apoftropher la Belle, nous le fuivîmes irréfiftiblement dans trois rues, ne pouvant affez admirer la vive & tendre paffion qui échauffoit le cœur du jeune boucher. Nous nous arrêtâmes dans une taverne d'où nous nous rendîmes à l'un des jardins publics. La variété des objets nous amufe fingulièrement. Nous y vînmes des perfonnes qui poffèdent de grands talens; mais fi déparés par l'affectation, qu'ils ne fervent qu'à les rendre ridicules; des êtres efféminés qui, par la diffipation continuelle, ont annihilé le peu d'idées qu'ils ont reçues de la nature, & qui cependant paffent pour d'aimables Meffieurs; des jeunes dames célèbres par leur efprit, parce qu'elles font belles; une multitude de femmes frivoles & d'hommes ignares, dont on exalte le mérite, parce qu'ils favent trancher réfolument; d'autres femmes de bon fens, mais qui, loin de plaire aux élégans millionaires, les mirent en fuite & demeurèrent feules. —— En quittant cette agréable fcène, *Tom* m'obligea de fouper avec lui, je regagnai la maifon à minuit, & je réfléchis que, bien que j'euffe obfervé plufieurs caractères, & que j'euffe augmenté par là mes connoiffances dans l'humaine nature, je réfléchis, dis-je, que j'avois négligé mes occupations projetées. En conféquence je pris mon *Traité de la Logique* pour le retou-

cher, mais je trouvai mes efprits trop agités, &
ne pus m'empêcher de faire quelques vers faty-
ques fous le titre de *Promenade du foir.*

Mardi. A déjeûner ayant aperçu mon *Ode à
l'Aftronomie* fur mon pupitre, je réfolus d'y travailler, car il me vint une foule d'idées brillantes ; je fonnai pour défendre ma porte ; mais
tout-à-coup mon domeftique ouvrit la porte &
me préfenta M. *Jeffery Gape.* Ma coupe & mon
poëme me tombèrent des mains, & j'eus à peine
le courage de prier mon vifiteur de s'affeoir ; il
me dit qu'en allant fe promener, le mauvais temps
l'avoit obligé d'entrer chez moi. Il ajouta qu'il
s'étoit d'abord propofé d'entrer chez M. *Vacant,*
mais que, ne m'ayant point vu depuis long-temps,
il avoit faifi cette occafion de me donner le bon
jour. Je lui fis une révérence, fans pouvoir le
remercier de la faveur qu'il me faifoit ; je lui demandai s'il étoit allé au café, & j'appris par fa
réponfe qu'il y avoit paffé deux heures ; cette
importune vifite me rendit ftupéfait, je promenai
mes regards fur ma pendule, & pour achever
ma détreffe, j'y lifois cette fatale infcription : *ars
longa, vita brevis.* Pendant la converfation je lui
fis fouvent entendre que le baromètre promettoit
du beau temps. — Enfin, après une heure &
demie d'ennui, M. *Gape* me dit qu'il reviendroit
dîner avec moi, & qu'il me liroit pendant la

foirée une liaffe de procédures... Je lui fignifiai
que j'avois des affaires, & il s'en alla. --- Quand
j'eus dîné, je pris *Virgile* & d'autres auteurs
claffiques pour diffiper ma mauvaife humeur; hélas!
je ne pus rendre le calme à mon efprit, ni continuer mon travail ! --- Sur les cinq heures, j'ouvris
la Bible, d'abord avec indifférence & froideur;
mais infenfiblement la morale fublime de l'Ecriture fixa mon attention; je fentis mon cœur pénétré d'une douce philanthropie & des fentimens
les plus nobles. Je blâmai ma trop grande folli-
citude, & l'accueil glacial que j'avois fait à mon
ami, à l'honnête *Gape* qui, loin de vouloir m'of-
fenfer, étoit venu me rendre fes refpectueux devoirs. Dans cette difpofition d'efprit, je compofai
un Effai fur la Bienveillance & *une Elégie fur les Contre-
temps fublunaires.* A fept heures je finis ces deux
ouvrages & je foupai; je me rappelai que j'avois
peu fuivi mon plan, & je compris combien il
eft difficile à l'homme d'exécuter les projets qu'il
forme. Cependant, loin d'être convaincu de la
vérité de ces fuggeftions intérieures, je réfolis
de pourfuivre mes travaux; la lune brilloit à travers mes fenêtres, le ciel étoit calme & femé
d'étoiles innombrables ; cette fcène magnifique
me jeta dans d'agréables méditations, & je
donnai le dernier coup de plume à mon *Ode à
l'Aftronomie.*

Mercredi

Mercredi. Je me levai à fept heures, & j'en
mployai trois à parcourir l'Ecriture fainte avec
e commentaire de *Grotius ;* après déjeûner, je
réfléchis à mon *Poëme Epique* projeté ; je confultai
Bayle & *Moréri* fur la vie des héros que je me pro-
pofo's de chanter ; je fis des recherches pendant
deux heures & j'eſſayai mon Invocation. Ma's
dès que je fus aſſis à mon bureau, & que je commençai à fentir la brillante fucceſſion de mes idées
poétiques, mon domeſtique me remit une lettre
de la part d'un homme de loi, lequel demandoit
ma préfence à l'auberge de *Gray*, pour une demi-
heure ; j'y courus en maudiſſant les fâcheux, &
je fus engagé dans une affaire jufqu'à huit heures
du foir ; j'étois trop fatigué pour me remettre à
l'étude ; je foupai, & j'allai dormir.

« Ici finit le journal de mon ami. Beaucoup
» de gens fuivent peut-être la même marche dans
» leurs travaux littéraires ; mais je vous l'envoye,
» afin que fi vous le jugez digne de voir le
» jour, quelques uns de vos lecteurs aient le plaifir
» de reconnoître le rapport de leur conduite avec
» celle de mon ami. C'eſt à M. le *Pareſſeux* à
» décider quelle eſt la meilleure méthode de s'avan-
» cer dans la littérature ; mais de ce qui précède
» il s'enfuit, je crois, que quiconque fe fent un
» penchant marqué pour une étude particulière,
» doit, même en s'éloignant de fon plan, conti-

» nuer de s'y livrer ; (fi toutefois cette étude
» n'eſt ni frivole , ni vicieuſe) puiſqu'il pourra
» parvenir avec plus d'aiſance & de promptitude
» au but où ſon inclination naturelle le porte,
» qu'à celui qu'une loi preſcrite le force d'attein-
» dre. » Je ſuis, &c.

NUMÉRO LXVIII.

Samedi 4 Août.

PARMI les objets littéraires dont les génies & les favans fe font occupés pendant plus de trois fiècles, il n'eft rien que l'on ait plus foigneufement ou plus heureufement cultivé que la traduction. La traduction écarte, en quelque manière, les obftacles qui s'oppofent aux progrès de la fcience, & par elle la multiplicité des langues devient moins, incommode.

Les anciens ont laiffé des modèles de tous les autres genres de littérature, & leurs defcendans fe font efforcé de les imiter; mais les modernes peuvent juftement s'approprier la traduction. Dans les premiers âges, l'inftruction étoit communément orale & la fcience tranfitoire ; & ce qui n'étoit pas écrit ne pouvoit être traduit, lorfque l'écriture communiqua les opinions & tranfmit les événemens d'une manière plus facile & plus certaine : la littérature ne fleurit plus que dans un pays à la fois, où les nations eurent peu de commerce les unes avec les autres, & ceux que la curiofité conduifoit chez les étrangers pour s'inftruire, difpenfoient leurs connoiffances à leur manière ; peut-

F. 2

être même défiroient-ils de paffer pour les inven-
teurs de ce qu'ils avoient appris des autres.

Les *Grecs* voyagèrent quelque temps en *Egypte*;
mais ils ne traduifirent point les livres *Egyptiens*.
Quand les *Macédoniens* eurent renverfé l'Empire
des *Perfes*, les pays foumis à la domination des
Grecs n'étudièrent que la littérature *Grecque*. Les
livres des peuples vaincus, s'ils en avoient, tombèrent dans l'oubli. La *Grèce* fe confidéroit comme
la maitreffe, pour ne pas dire comme la mère
des arts; fa langue renfermoit tout ce que l'on
fuppofoit être connu, &, à l'exception des écrits
facrés de l'ancien teftament, je ne fache pas que
la bibliothèque d'*Alexandrie* ait adopté des ouvrages
étrangers.

Les *Romains* s'avouoient eux-mêmes les difciples
des *Grecs*, & ne croyoient pas, comme il eft arrivé
depuis, que l'ignorance de la poftérité les préféce-
roit à leurs maîtres. Ceux qui vouloient fe faire
une réputation littéraire à *Rome*, fe croyoient obligés d'apprendre le *Grec*, & n'avoient pas befoin
de verfions lorfqu'ils pouvoient étudier les originaux. Cependant la traduction n'étoit pas entièrement négligée. Le peuple ne pouvant entendre
les poèmes dramatiques que dans fon propre
idiôme, les Romains jouèrent quelquefois les tragédies d'*Euripide* & les comédies de *Menandre*.
On effaya de traduire auffi d'autres ouvrages;

un ancien fcholiafte parle d'une *Iliade* latine, &
nous n'avons pas perdu toute la verfion que *Cicéron* fit du poëme d'*Aratus* : mais il ne paroît
pas qu'aucun homme fe foit rendu célèbre en in-
terprétant les autres, & fi l'on traduifoit, c'étoit
moins pour la gloire que pour fon amufement.

Les *Arabes* furent les premiers qui prirent du
goût pour la traduction ; lorfqu'ils foumirent les
provinces orientales de l'Empire *Grec*, ils trouvèrent leurs captifs plus fages qu'eux & s'empreffè-
rent de s'inftruire à leur école. Ils s'aperçurent
que le travail de peu d'hommes pouvoit en former
un grand nombre, & qu'ils feroient des progrès
rapides, lorfqu'ils auroient dans leur langue les
lumières des anciens âges. Ils fe livrèrent donc à
la Médecine & à la Philofophie & traduifirent
en *Arabe* les auteurs les plus diftingués dans ces
fciences. On ignore s'ils traduifirent les poètes ;
leur amour pour la littérature fut vif mais de courte
durée, & expira probablement avant qu'ils euffent le temps de joindre les arts d'agrément aux
arts de néceffité.

L'étude de l'ancienne littérature fut interrompue
en Europe par l'irruption des Normands qui dé-
truifirent l'Empire Romain, établirent de nouveaux
gouvernemens & de nouvelles langues. Il n'eft
pas étonnant qu'une pareille confufion n'ait fuf-
pendu l'attention des lettres. Dans le tumulte des

armes, au milieu des horreurs de la guerre, les vainqueurs & les vaincus n'avoient pas le loifir de chercher des vérités fpéculatives, de lire des avantures imaginaires & d'étudier l'hiftoire des fiècles paffés. Mais dès que le défordre eut fait place à l'harmonie, les lettres refleurirent paifiblement. Lorfque la vie & les poffeffions furent en fûreté, on chercha du plaifir & des jouiffances; les fciences firent les délices de l'efprit, & la traduction devint l'inftrument qui fervit à les communiquer.

Enfin, par le concours de plufieurs caufes l'Europe fortit de fa léthargie; les arts, cultivés depuis long-temps dans l'obfcurité des cloîtres, parurent au grand jour : les peuples fe difputèrent refpectivement l'honneur d'être favans; l'émulation épidemique fe répandit du fud au nord; & la curiofité & la traduction parvinrent jufqu'à la Grande-Bretagne.

Numéro LXIX.

Samedi 11 Août.

EN examinant les progrès de la littérature Angloise, on voit que la traduction a été cultivée de
bonne heure parmi nous, mais que des principes,
ou entièrement erronés, ou trop étendus, empêchoient toujours que le succès ne repondît à notre
zèle.

Chaucer généralement regardé comme le père
de la poésie, nous a laissé une version du traité
de *Boetius* sur *la Consolation de la philosophie* (1).
Cet ouvrage a été traduit en *Saxon* par le roi
Alfred, & de plus enrichi d'un commentaire que
l'on attribue à *Aquinas. Chaucer* auroit dû donner
tous ses soins à un auteur aussi célèbre; cepen-

(1) *Anicius Manlius Torquatus Severinus Boetius*, de
la famille des *Anicius* & des *Torquatus*, deux des plus
illustres de Rome, naquit en 425. Il fut consul en 487,
& ministre de *Théodoric*, roi des Ostrogoths, dont il
avoit prononcé le panégyrique à son entrée dans Rome.
Sur un soupçon que le Sénat entretenoit des intelligences
secrètes avec l'empereur *Justin*, le roi Goth fit mettre
en prison *Boëce* & *Symmaque* son beau-père. On le conduisit à Pavie, où après avoir subi différens supplices il
eut la tête tranchée. C'est dans sa prison qu'il composa son
beau livre *de la Consolation de la Philosophie.*

dant fa verſion eſt d'une littéralité dégoûtante ;
il a rendu en mauvaiſe proſe des beautés poétiques, afin que la gêne de la verſification ne mît
point d'entraves à ſon zèle pour l'exactitude &
la fidelité.

Caxton nous apprit la typographie vers l'an 1474.
Le premier livre imprimé en Anglois fut une
traduction. *Caxton* fut en même temps le traduc-
teur & l'imprimeur de la *deſtruction de Troye*, livre
qui, dans le berceau des ſciences, fut regardé
comme la meilleure hiſtoire des âges fabuleux ;
& quoique négligé de nos jours par les auteurs
qui ne valent pas mieux, il a été lu juſqu'au commencement de ce ſiècle. *Caxton* continua comme
il avoit commencé ; ſi l'on en excepte les poèmes
de *Gowenel*, de *Chaucer*, il n'imprima que des
traductions du François, & ſuivit les originaux
ſi ſcrupuleuſement, que ſes traductions nous firent
peu connoître notre langue ; les mots étoient
Anglois, mais les phraſes entièrement Françoiſes.

A meſure que les lettres faiſoient des progrès,
on traduiſit des ouvrages étrangers en notre langue ; mais la traduction ſe perfectionna peu, quoique les nations & les langues étrangères nous of-
friſſent des modèles de traductions bien faites.
Enfin, ſous le règne d'*Eliſabeth* les traducteurs
commencèrent à s'apercevoir qu'une plus grande
liberté étoit néceſſaire à l'élégance, & que ſans

élégance un ouvrage ne recevoit point un accueil général ; on fit alors sur les poètes quelques essais qui méritent les éloges & la reconnoissance de la postérité.

Mais l'ancien usage ne fut pas entièrement oublié : des traductions littérales inondèrent encore l'Angleterre, & ce qui est plus étrange, on traduisit les poètes avec cette servile exactitude. C'est ainsi que *Jonhson* défigura le charmant Horace ; & soit qu'il y ait plus de savans que de génies, ou que les efforts de ce temps fussent plus dirigés vers la science que vers le plaisir, le stérile *Jonhson* eut plus d'imitateurs que l'élégant *Fairfax*. *May*, *Sandys* & *Holiday* s'imposèrent la loi de rendre vers pour vers, mais non avec le même succès ; car *May* & *Sandys* étoient poètes, au lieu qu'*Holiday* n'étoit qu'un érudit & un critique.

Feltham semble établir comme loi, dans la traduction poétique, que les vers soient égaux en nombre à ceux de l'original ; ce préjugé a prévalu si long-temps, que *Denkam* vante la version de *Guarini* par *Fanshaw* comme un modèle *de bon goût*. En effet, ce fut le premier effort qui franchit les bornes de l'usage, & qui donna un libre essor à la poésie.

Dans le feu de l'émulation que produisoit la renaissance des lettres, les poètes s'affranchirent des entraves qui captivoient leur génie, & ne

regardèrent plus la traduction comme une monotone & rampante littéralité ; mais la réforme
est rarement l'ouvrage de la seule raison. La traduction se perfectionna plutôt accidentellement que
par conviction. Sous *Charles I*, les beaux-esprits,
légers & superficiels, s'efforçoient de cacher leur
ignorance sous les fleurs d'une imagination brillante. Ils traduisoient donc toujours d'une manière
libre & quelquefois licentieuse, se flattant que le
lecteur prendroit l'esprit pour le savoir, & l'erreur pour l'impatience de leur génie, dont la
bouillante ardeur ne s'arrêtoit point aux difficultés, & dont la sublime élévation ne pouvoit s'abaisser à des minuties.

Ainsi la traduction devenant plus facile à l'auteur
& plus agréable au lecteur, il n'est pas étonnant
que la liberté & le plaisir aient trouvé des par-
tisans. Les paraphrases libres furent presque univer-
sellement admises ; *Sherbourn* dont le mérite étoit
éminent, & qui n'avoit pas besoin d'excuse pour
passer légèrement sur les difficultés, est le seul
écrivain qui, dans les derniers temps, ait tenté
de justifier & de faire revivre l'ancienne sévérité.

Mais il y a sans doute un milieu à prendre ;
Dryden vit de bonne heure que le bon sens vouloit
être traduit fidèlement, & que l'esprit demandoit
plus de liberté : or celui-là mérite de grands éloges, qui réunit l'agrément & la fidelité, qui laisse

ux idées leur grâce primitive, & qui dans ſes
traductions ne change que les termes.

NUMÉRO LXX.

Samedi 18 Août.

IL eſt peu de fautes de ſtyle, ſoit réelles, ſoit
imaginaires, qui excitent plus l'animoſité des
lecteurs que l'uſage des expreſſions dures.

Si un auteur enveloppe ſes idées dans une vo-
lontaire obſcurité ; s'il embarraſſe par d'inutiles
difficultés un eſprit avide de la vérité ; s'il écrit,
non pour inſtruire les autres, mais pour s'enorgueillir de ſon ſavoir ; s'il préfère l'avantage d'être
admiré à celui d'être entendu, il s'éloigne du but
qu'un écrivain doit ſe propoſer ; il mérite toute la
ſévérité de la cenſure, & la ſévérité plus affligeante
du mépris.

Mais les expreſſions ne ſont dures que pour
ceux qui ne les entendent pas, & le critique
devroit toujours voir ſi c'eſt par la faute de
l'auteur, ou par la ſienne propre, que ſon oreille
eſt bleſſée.

Un auteur n'écrit pas toujours pour tous les
lecteurs ; il y a des queſtions telles que la portion
ignare des hommes n'a nul intérêt à les diſcuter,
& qu'il feroit par conſéquent inutile de mettre à

la portée des esprits vulgaires, par des circonlo-
cutions ennuyeuses & des développemens difficiles.
Cependant les sujets d'une utilité générale doivent
être traités différemment, attendu qu'il s'agit d'inftruire tous les lecteurs. Les développemens diffus
font nécessaires à l'instruction de ceux qui ne pouvant penser, & qui n'étant point accoutumés à
penser pour eux-mêmes, ont besoin de documens
directs ; mais ceux qui peuvent établir des paral-
lèles , découvrir les conséquences , multiplier les
conclusions, aiment à saisir le rapport caché des
idées ; ils désirent seulement de prendre les germes
de la science, de les développer eux-mêmes,
d'apercevoir le chemin de la vérité, & d'y marcher
sans guide.

Le *Mentor* (1) recommande à un de ses éléves
de penser avec les sages , & de parler avec le vulgaire.
Ce précepte est assez spécieux , mais il n'est pas
toujours praticable. Le langage prend les nuances
des pensées. Celui dont les idées font grandes a
besoin d'expressions fortes & énergiques ; celui
qui pense délicatement choisit des termes délicats
& propres à rendre ses idées. Or , puisque les mots
font les signes des choses, est-il étonnant que le
lecteur reconnoisse les copies des originaux qu'il
n'a pas vus ?

---

(1) Ouvrage dans le genre du *Spectateur* & du *Paresseux.*

Cependant la vanité nous porte à trouver des défauts par-tout, excepté dans nous-mêmes; celui qui lit sans devenir plus sage, accuse rarement son incapacité; mais il se plaint des expressions dures, des phrases obscures, & demande pourquoi l'on fait des livres inintelligibles.

Parmi les expressions dures qui ne sont plus d'usage, on a long-temps compté les termes techniques. *Tout homme* (dit Swift) *est plus capable de rendre compte d'un art qu'un professeur : un fermier vous dira en deux mots qu'il s'est cassé la jambe; mais un chirurgien après un long discours vous laisse aussi ignorant que vous l'étiez auparavant.* Swift étoit un habile observateur; mais il a voulu, par cette remarque, satisfaire sa malignité, ou montrer sa pénétration. Chaque instant nous montre la nécessité des termes techniques; la nécessité donne aux arts & aux métiers leur langue particulière. Ceux qui se contentent d'idées générales, se renferment dans des termes généraux; mais ceux que leur état ou leur art obligent à des examens plus sévères, doivent avoir des noms pour désigner les parties individuelles d'un tout, & des termes pour marquer les beautés de détail qu'un œil vulgaire ne peut apercevoir.

Les artistes supposent quelquefois que l'on n'est point étrangers aux termes avec lesquels ils sont familiarisés; ils s'expriment avec le premier queso-

tionneur comme avec un véritable adepte, & rendent leur art ridicule par des obscurités mal en-
tendues.

Il n'est point vrai que le vulgaire énonce clairement ses idées; la clarté que l'on aperçoit dans
ses termes vient, non de la facilité de son langage, mais de la fausseté de ses idées. Un observateur ordinaire dit simplement qu'il a vu un
édifice grand ou petit, simple ou magnifique;
tous ces termes sont intelligibles; mais ils n'expriment point des idées distinctes ou précises:
s'il essaye, sans employer les termes d'architecture, de détailler des ornemens particuliers, des
beautés individuelles, sa narration devient obscure
& barbare. En effet, les termes déplaisent généralement, parce qu'ils sont entendus par peu de
personnes, & rarement on les entend, parce que
peu de personnes, à la vue d'un édifice, savent
saisir les beautés de détail qui concourent à former
un bel ensemble.

Numéro LXXI.

Samedi 25 Août.

Dick Schifter naquit dans *Chéapſide*, & après avoir louablement paſſé par toutes les claſſes de l'école Saint-Paul, il étudia pluſieurs années au *Temple;* perſuadé qu'une trop grande application amortit les facultés, il croit qu'il eſt néceſſaire de tempérer la ſévérité des lois par des lectures qui charment l'eſprit ſans le fatiguer. En conſéquence il s'eſt procuré un ample collection de comédies, de poèmes, de romans, &c. aux- quels il a recours quand ſon imagination eſt laſſée d'ordonnances & de rapports.

Dick a puiſé dans la lecture de ſes auteurs fa- voris un goût décidé pour la vie rurale, & quoique ſes plus grandes excurſions n'aient point paſſé *Greenwich* d'un côté & *Chelſée* de l'autre, il a parlé pendant pluſieurs années avec toute la pompe du langage & l'élévation des ſentimens; il a parlé, dis-je, d'un état inacceſſible au mépris & ſupérieur à l'envie, d'un repos paiſible, d'une heureuſe ſimplicité, des plaiſirs & de l'innocence cham- pêtres.

Ses amis l'invitoient ſouvent à paſſer l'été avec eux à la campagne; mais il en étoit toujours empêché par quelque obftacle. En habitant la maifon d'un autre, c'étoit, felon lui s'affujétir à une efpece de dépendance peu compatible avec la vie libre à laquelle il attachoit le fouverain bonheur.

L'été dernier il réfolut d'être heureux, & prit un afile folitaire à trente milles de *Londres*, fur les bords d'une petite rivière, près de deux riantes collines, au milieu des champs enfemencés... Il cacha le lieu de fa retraite, afin que perfonne n'en violât le filence facré; il fe promettoit bien de s'enfoncer dans l'épaiffeur des bofquets, & d'y contempler à loifir les joies bruyantes & tumultueufes de la capitale.

Il monte en voiture; fon cœur palpite; fes yeux pétillent de joie; des perfpectives délicieufes, des fites charmans s'offrent à fon œil enchanté; les collines, les prairies, les champ fertiles, les gras pâturages fe fuccèdent rapidement, & lui procurent des plaifirs infinis; l'enthoufiafme s'empare de lui pendant quatre heures; il n'accufe plus les poète d'exagération; c'eft la pure vérité qu'ils ont chantée. ---- Il n'étoit plus qu'à fix milles du féjour fortuné; il n'avoit jamais éprouvé d'émotion fi vive, & défiroit déja d'être à fa deftination. --- Bref, il paffa la dernière heure à changer de chevaux & à fe quereller avec le poftillon.

Une heure peut être ennuyèufe, mais elle n'eft pas longue. *Dick* arrive enfin, & reçoit l'accueil
qu'il

qu'il attendoit : il jette ses regards sur les collines & les ruisseaux ; mais ses muscles étoient engourdis, & son premier soin fut de demander un lit.

Il dormit très-bien ; & attribua son profond sommeil à la tranquillité des lieux ; depuis ce moment il ne se promit plus que des nuits paisibles & des jours sereins ; c'est pourquoi, dès qu'il fut levé, il fit à un de ses amis la peinture de son nouvel état ; sa lettre étoit conçue dans les termes suivans.

» CHER FRANK;

» Votre sort n'avoit pas encore excité ma pi-
» tié.... Je suis maintenant (je voudrois que tout
» homme sage & vertueux fût de même) je suis,
» dis-je, dans les régions du paisible contente-
» ment & de la douce méditation. La nature,
» parée de tous ses charmes, m'invite à goûter
» mille plaisirs divers ; les oiseaux gazouillent dans
» les bocages, les fleurs embaument les prés, le
» zéphir rafraîchit les forêts, les eaux réfléchissent
» l'éclat du soleil.... Je puis dire maintenant qu'un
» homme capable de savourer le bonheur dans
» toute sa pureté, n'est jamais plus occupé que
» dans ses instans de loisir, & jamais moins so-
» litaire que dans la solitude ».

Lorsqu'il eut envoyé sa lettre, il se promena

dans le bois ; mais les ronces lui piquèrent les jambes, & les épines lui égratignèrent le visage. Enfin il s'assit sous un arbre & entendit tomber une ondée à travers les branches, sans être mouillé. » Voilà, dit-il, l'image réelle de l'obscurité ; » les vents se déchaînent, la pluie tombe, & ne » m'incommodent point ».

Ses amusemens n'étouffèrent point la voix de la nature ; car il fut obligé de quitter sa solitude pour dîner. Il savoit que la campagne fournit des mets en abondance, & s'imaginant être à la source des richesses, il résolut de se régaler à bon marché : que dis-je ? il se flattoit d'être traité gratuitement & de voir les paysans admirer sa générosité, lorsqu'il leur offriroit quelques shellings pour récompenser leur zèle hospitalier. De vingt plats qu'il croyoit avoir, il fut très-surpris de ne pouvoir s'en procurer qu'un seul ; mais quels furent son étonnement & son indignation, en apprenant que les fruits de la terre se vendoient plus cher à la campagne que dans les marchés de *Londres ?*

Après un repas court & assez triste, il se retira sous un arbre pour y réfléchir à son aise sur la cherté des vivres, incompatible avec l'abondance, & sur la fourberie des simples & naïfs paysans. Ses spéculations ne le satisfirent pas ; il revint de bonne heure à la maison, & s'aperçut qu'il lui manquoit quelque chose.

Il demanda les papiers publics ; mais il apprit que les fermiers se soucioient peu de nouvelles, & que néanmoins on pourroit les faire venir du cabaret. Il dépêcha donc un messager, qui revint très-crotté, & reçut un shelling pour son salaire. M. *Schifter* s'attendoit à des démonstrations de reconnoissance de la part du rustre, il se trompoit. Le messager lui dit que la soirée étoit pluvieuse, que le chemin étoit bourbeux, & qu'il espéroit recevoir un demi-écu de son excellence.

Après cela, *Dick* alla dormir, très-fâché que son attente fût ainsi trompée ; mais le sommeil ranime l'espérance & les désirs. Il se leva de très-grand matin, examina la beauté des paysages & parut transporté de joie. Il se promena dans la campagne sans trouver aucun chemin frayé ; il s'étonnoit de ne point voir danser les bergères & de ne point entendre la musette des bergers.

A la fin il rencontra des moissonneurs & des moissonneuses qui prenoient un repas frugal sur le verd gazon. « Voilà, s'écria-t-il de véritables » Arcadiens ». Puis il s'avança courtoisement vers eux, comme s'il eût craint de les intimider par la dignité de sa présence. Ils ne reconnurent sa supériorité qu'en lui demandant *pour boire*. Il crut avoir acheté le privilége de discourir, & voulut bien s'abaisser à des questions familières, tâchant d'accommoder ses discours à la grossièreté des rus-

tiques entendemens. Les payfans s'aperçurent
qu'il ne favoit pas diftinguer le blé du feigle, &
fe moquèrent de lui : un petit poliffon , fous
prétexte de lui montrer un nid, le fit tomber dans
un foffé; & une jeune fille confeu't à l'en retirer,
moyennant quelques shellings.

Cette promenade lui donna peu de plaifir; mais
il efpéroit de rencontrer des payfans de mœurs
plus douces. Le lendemain il fut accofté par un
procureur qui lui dit qu'il avoit ordre de l'affigner s'il ne faifoit réparation au fermier *Dobfon*
pour avoir foulé fon herbe. *Shifter* fut offenfé;
mais non pas effrayé; il répondit au procureur qn'il
étoit homme de loi lui-même ; perfiffla les chica-
neurs & l'envoya bravement à tous les diables.

Dick voyant que fes promenades étoient ainfi
interrompues, réfolut d'aller à cheval. Il voit un
beau courfier paiffant dans la prairie voifine &
offre de l'acheter : le propriétaire lui garantit l'animal , dit qu'il eft fâché de le vendre, mais qu'il
eft trop beau pour un pauvre payfan. *Dick* l'achète,
& fe promet de paffer une délicieufe foirée, &
le cheval le précipite dans une marre profonde.
On l'en retire avec peine, & comme il veut continuer fa promenade équeftre, un payfan lui f
remarquer que fon roffinante eft aveugle.
revient chez le vendeur & demande fon argent;
mais on lui dit qu'un fermier doit faire valoir de

ſon mieux la terre qu'il loue; qu'il paye ſes termes dans les années ſtériles comme dans les années abondantes; que, ſoit que ſes chevaux aient des yeux ou n'en aient pas, il les donne au plus of-frant & dernier enchériſſeur.

Shifter s'ennuya de la ſimplicité ruſtique : le cinquième jour il revint au *Temple*, après avoir fait ſes adieux aux régions *du paiſible contentemens & de la douce méditation*.

NUMÉRO LXXII.

Samedi 1er Septembre.

LES hommes se plaignent très-communément du manque de leur mémoire ; & en effet nous voyons souvent s'évanouir des idées que nous voudrions retenir. Les acquisitions de l'esprit sont quelquefois aussi fugitives que les dons de la fortune, & l'intention un peu ralentie diminue plus certainement les trésors de nos connoissances que nos richesses amassées.

On a proposé plusieurs méthodes pour suppléer à cette foiblesse de la nature ; mais toutes peuvent être justement regardées comme inutiles : l'art de se souvenir, quoique l'on en ait vanté & admiré les effets, n'a jamais produit un bien général, & ceux qui l'ont possédé, n'ont point paru savoir par excellence ou retenir les faits, ou multiplier leurs connoissances.

Il est un autre art de se souvenir dont nous sentons tous l'inconvenient, quoique le seul *Thémistocles* l'ait avoué. Le retour des images affligeantes & la disparition des idées agréables, nous causent une égale peine : c'est donc un problème si l'art de se souvenir seroit plus avantageux que l'art d'oublier.

L'oubli eft néceffaire au fouvenir : les idées fe retracent par le renouvellement de l'impreffion que le temps emporte , & que de nouvelles images effacent inceffamment. Si les idées inutiles pouvoient être chaffées de l'efprit, les connoif-fances réelles s'y graveroient mieux, & la confufion y feroit place au bon ordre. Que de chofes nous aurions acquifes ou inventées fi, dirigés par la faine raifon , nous avions fait un bon emploi de notre temps , au lieu de le perdre péniblement à rappeler des événemens dont il n'eft réfulté ni bien, ni mal, à vouloir réparer des maux fouvent irréparables , à reffentir des outrages connus à nous feuls & dont la mort nous a ravi les auteurs ?

La philofophie accumule précepte fur précepte pour nous prémunir contre les maux futurs. Se créer inutilement des maux eft une folie réelle, & quiconque éprouve des infortunes avant qu'elles arrivent, mérite d'être cenfuré; mais néanmoins il eft plus raifonnable de craindre l'avenir que depleurer le paffé. L'ordre naturel, dans cette vie, eft d'aller en avant : celui qui voit le mal dans le lointain, le rencontre dans fa route; mais jeter fes regards fur le paffé, c'eft éprouver le mal derechef. On évite quelquefois ce que l'on a redouté ; mais ce que l'on regrette aujourd'hui , on peut encore le regretter demain.

G 4

Cependant le regret a fon mérite & fon utilité ; il eft même nécefíaire, lorfqu'il tend à corriger nos mœurs, & à prévenir nos erreurs. Mais nous confacrons peu d'inftans à réfléchir fur le pafié, & par conféquent il eft rare que de falutaires douleurs nous rendent plus fages. La plupart des peines que nous avons efiuyées réfultent d'un concours de circonftances locales ou pafiagères qui ne reviendront plus ; & le temps ne nous permet point de former des efpérances femblables à celles que nos mauvais fuccès ont trompées.

Le bonheur de l'homme feroit plus parfait, fi l'on pouvoit trouver l'art d'oublier toutes les chofes dont le fouvenir eft également inutile & affligeant ; fi les peines qui ne peuvent jamais fe changer en plaifirs cefíoient entièrement de fe retracer à notre imagination ; fi l'efprit pouvoit librement remplir fes fonctions & fi le pafié ne corrompoit point nos jouifíances futures.

Oublier & fe fouvenir à plaifir font deux facultés qui ne font pas données à l'homme. Mais comme on peut afiifter la mémoire par certaines méthodes, & réparer la perte des connoifíances par des reminifcences momentanées, des même la faculté d'oublier eft fufceptible d'amélioration, & l'on peut acquérir la force de porter l'attention où le jugement la dirige.

Souvent d'importunes idées nous affiégent avec violence, & l'esprit accoutumé à leur assaut, les repousse difficilement en leur substituant des images plus agréables ; mais aussi les victoires remportées sur elles les affoiblissent plus que tout autre ennemi de notre repos : une réflexion vivement rejetée, revient rarement à la charge d'une manière formidable.

L'occupation est le grand instrument de la puissance intellectuelle. L'esprit ne sauroit entièrement triompher de son ennemi, ni quitter un objet qu'en passant à un autre. Ceux qui sont tristes & misanthropes, ne font rien ou n'ont rien à faire : nous sommes nécessairement occupés de bien ou de mal, & quand le présent ne nous occupe point, nous tournons souvent nos regards sur le passé.

NUMÉRO LXXIII.

Samedi 8 Septembre.

TOUT homme feroit riche, fi fes défirs pouvoient obtenir les richeffes : c'eft une vérité qui,
je crois, trouvera peu d'adverfaires, au moins
dans une nation comme la nôtre, où le commerce enflamme l'émulation univerfelle, où l'or
reçoit tous les honneurs dus au mérite & à la
vertu.

Cependant, malgré nos efforts infatigables pour
atteindre l'or comme le fouverain bien, malgré
les méthodes heureufement employées pour l'obtenir, nous n'avons pas encore été capables de
perfectionner l'art de nous en fervir : l'or ajoute
auffi peu à notre félicité que dans les fiècles paffés
où les philofophes déclamoient fur les effets funeftes, & enfeignoient à leurs difciples à le méprifer.

La plupart des dangers que les anciens impu-
toient à l'opulence, ne font plus à craindre. Les
riches actuels ne font ni dévalifés par des brigands,
ni épiés par de perfides délateurs ; ils n'ont ni
profcriptions, ni faifies à redouter. Depuis longtemps la néceffité d'enfouir fes tréfors n'exifte
plus. Perfonne n'a befoin de cacher fa richeffe,

d'enfevelir fa vaiffelle & fes bijoux dans de té-
nébreufes cavernes, ou de jouir en fecret d'une
obfcure fplendeur.

Dans notre fiècle le pauvre veut avoir l'air
riche, & rarement le riche défire de paffer pour
pauvre. Nous avons l'entière liberté d'étaler pom-
peufement nos richeffes : Nous rempliffons nos
maifons d'inutiles parures, uniquement pour montrer que nous pouvons les acheter ; nous couvrons
d'or nos voitures & nos ameublemens ; nous payons
des artiftes pour inventer de nouvelles manières
de dépenfer notre argent, & néanmoins nous ne
favons pas encore trouver le bonheur dans les
richeffes. L'efpoir de les poffeder vaut mieux que
la jouiffance : dans le lointain, elles nous femblent
efcortées du bonheur ; notre ardeur s'enflamme
par l'efpérance, & cette ardeur prévient l'ennui
de nous-mêmes. Mais dès que nous les avons at-
teintes, nous les trouvons incapables de remplir
le vide de la vie.

Une caufe de l'infuffifance des richeffes, caufe
qui n'a pas encore été remarquée, c'eft qu'elles
enrichiffent rarement leur poffeffeur. Etre riche,
c'eft avoir plus que les défirs & les befoins ne
l'exigent : c'eft pouvoir dépenfer fans regret,
diffiper fans remords, verfer l'or à pleines mains,
remplir les défirs du moment, & fatisfaire les
fantaifies paffagères de l'imagination,

L'avarice eſt toujours pauvre, mais pauvre par
ſa faute. Il eſt une autre pauvreté à laquelle le
riche eſt expoſé par l'officieuſe politeſſe des courti-
ſans : en cela, il faut en convenir, il eſt moins coupable. Tout homme connu par ſon opulence, eſt
environné du matin au ſoir & du ſoir au matin par
un eſſaim de flatteurs dont l'adroite adulation, eſt
d'exciter des beſoins artificiels, & d'inventer ſans
ceſſe de nouveaux moyens de profuſion.

Tom Tranquil, dès ſa première jeuneſſe, ſe
trouva maître d'une fortune dont la vingtième
partie ſuffiſoit pour le rendre riche. *Tom* eſt naturellement doux & ſenſible : il accueille ſes viſi-
teurs avec politeſſe, & les écoute avec crédulité.
Ses amis voulant l'établir, lui propoſèrent une
femme pour laquelle il n'avoit aucun penchant;
mais il l'épouſa ſans l'aimer, parce qu'on lui dit
qu'elle lui convenoit.

Tom ignore l'étendue de ſa fortune, car il ne
ſait pas calculer, & aucun de ſes amis n'eſt in-
téreſſé à le lui apprendre. Si *Tom* pouvoit vivre
à ſa manière, il laiſſeroit les choſes telles qu'elles
ſont, & ſeroit connu dans le monde par une innocente amabilité. Mais les apôtres du luxe ont
jeté les yeux ſur lui comme ſur un homme aux
dépens duquel ils pouvoient exercer leurs arts
reſpectifs. L'un deux qui ſait à peine les noms des
maîtres Italiens, court de vente en vente & achète

des tableaux que M. *Tranquil* paye fans s'inquiéter
s'ils feront l'ornement de fon falon ; un autre
remplit fes jardins de ftatues ; *Tom* s'en foucie peu ; mais il les fouffre par complaifance. Son
ami B**** lui bâtit une maifon afin d'apprendre
l'architecture ; *Tom* voit l'édifice & demande quel
en eft le propriétaire. *Diger* fon camarade a paffé
trois ans à creufer des canaux, à élever des mon-
ticules artificiels ; à couper les arbres d'une place,
à en planter dans une autre ; *Tom* regardoit tous
ces magnifiques ouvrages avec une tranquille indifférence, fans demander combien ils lui cou-
teroient. L** lui dit qu'une machine hydraulique,
comme celle de *Marly*, compléteroit les beautés
de fon château ; en même temps, il lui montre
un plan, & le lui explique en beaux termes techniques : *Tranquil*, au lieu d'objections, ordonne de
commencer l'ouvrage afin de ne plus entendre
parler de ce qu'il ne peut comprendre.

Ainfi mille bras font occupés à fon fervice ;
fans ajouter à fes plaifirs. Il fait & reçoit des
vifites : le monde & la folitude lui plaifent également. A la campagne, il parle de la ville, &
à la ville il parle de la campagne : il ignoroit
depuis long-temps que fa fortune fe diffipoit ;
mais fon intendant lui a dit ce matin qu'il falloit
ou ceffer de payer les ouvriers, ou vendre une
métairie.

NUMÉRO LXXIV.

Samedi 15 Septembre.

LA mémoire, felon les mythologiftes, eft la mère des Mufes; les fages de l'antiquité ont peut-être voulu nous montrer par là qu'il falloit orner l'efprit de connoiffances utiles avant de permettre à l'imagination de recueillir des ornemens, & d'emprunter des fictions. En effet les ouvrages d'un poète ignorant ne renferment que des fons agréables, & la fiction ne fert qu'à étaler les tréfors de la mémoire.

Tous les hommes fentent la néceffité de la mémoire, & conviennent qu'elle eft indifpenfable à quiconque, veut acquérir des connoiffances; de forte que les autres facultés intellectuelles font communément regardées comme peu néceffaires aux perfonnes ftudieufes. Celui qui admire les progrès d'un autre les attribue toujours à fon heureufe mémoire, & celui qui déplore fon peu de mérite, conclut par fouhaiter d'avoir plus de mémoire.

Il eft clair que quand la faculté de retenir eft foible, on fait de vains efforts pour parvenir à un mérite éminent, & comme peu de perfonnes veulent être condamnées à une perpétuelle igno-

rânce, je puis peut-être apporter quelque con-
folation à celles qui font tombées trop facilement
dans le défefpoir; mais comment? en leur montrant que cette prétendue foibleffe eft, felon
moi, très-rare, & que la nature eft moins avare
qu'ils ne penfent des dons de la mémoire.

Dans le commerce ordinaire de la vie, nous
trouvons que la mémoire de l'un eft comme celle
de l'autre; nous imputons les omiffions, non à
un oubli involontaire, mais à une coupable inattention; dans les recherches littéraires, l'erreur
eft imputée plutôt au manque de mémoire qu'au
manque de foin & d'attention.

Nous croyons manquer de mémoire, parce que
nous nous rappelons moins que nous ne défirons,
ou moins que nous fuppofons les autres fe fouvenir.

La mémoire eft comme toutes les autres facultés humaines; l'homme en eft mécontent en
ce qu'il les apprécie par les chofes qu'il peut
concevoir ou défirer; celui dont l'efprit eft vafte
le trouve trop étroit pour fes défirs; celui qui
fe fouvient de beaucoup de chofes, fe fouvient
de peu en comparaifon de ce qu'il oublie. Or
quiconque, après la lecture d'un livre, trouve
qu'il lui refte peu d'idées dans la tête, ne doit
point regarder cette difgrâce comme particulière
à lui feul, ni perdre l'efpérance d'acquérir dans

la fuite ; car ce qu'il n'a point retenu, l'auteur lui-même l'a peut-être oublié.

Quand on compare fa mémoire avec celle d'un autre, on eft trop prompt à fe plaindre de l'inégalité. La nature a fourni des prodiges de mémoire. *Scaliger* dit de lui-même que dans fa jeuneffe il pouvoit réciter plus de cent vers, après les avoir lus une feule fois, & *Barthicus* prétend avoir commenté *Claudien* fans confulter le texte ; mais fe plaindre de ne pas avoir une merveilleufe mémoire, eft comme fi l'on fe plaignoit de n'avoir ni la force d'*Hercule*, ni la légéreté d'*Achille*. Contentons-nous fi nous avons reçu la portion de bien égale à celle du commun des hommes.

Mais la mémoire ; quoique impartialement diftribuée, nous trompe fi fouvent, que prefque chacun tâche de fe la rendre fidelle par quelque ingénieufe méthode.

L'ufage de plufieurs lecteurs eft de noter dans les marges de leurs livres les paffages importans, les raifonnemens folides & les penfées brillantes ; par là ils fatiguent leur efprit par une attention fuperflue ; ils répriment le feu de la curiofité par d'inutiles réflexions, rompent le courant de la narration ou la chaîne des raifonnemens, puis, formant enfin leur volume, ils oublient & leurs paffages & leurs apoftilles.

D'autres

D'autres, perfuadés qu'il faut tranfcrire pour fe reffouvenir, ont paffé des femaines & des mois entiers à copier des paffages fans nombre; mais à quoi bon copier un livre que l'on peut confulter à plaifir? La main a-t-elle une correfpondance plus intime avec la mémoire qu'avec les yeux? L'action d'écrire diftrait les idées, & ce que l'on a lu deux fois fe retient communément mieux que les chofes tranfcrites; cette méthode confume donc le temps fans affifter la mémoire.

Pour bien fe reffouvenir, il faut être bien attentif: on ne lit point avec profit fi l'on ne chaffe toutes fes diftractions, fi l'efprit n'eft dégagé des foins qui l'inquiètent, & des plaifirs qui l'agitent. Quand les réfervoirs des idées font remplis, ils ne peuvent plus rien recevoir : quel avantage retire d'une lecture l'homme occupé de l'avenir ou du paffé? Ce qu'on lit avec plaifir fe retient aifément, parce que le plaifir fixe toujours l'attention; mais les livres confultés accidentellement, ou parcourus avec impatience, laiffent peu de traces dans la tête.

Numéro LXXV.

Samedi 22 Septembre.

Dans le temps que *Baffora* étoit regardée comme l'école de l'*Afie*, & qu'elle floriffoit par la réputation des profeffeurs & l'affluence des étudians, parmi les élèves qui écoutoient les leçons d'*Albumazar* étoit *Gelaleddin*, natif de *Tauris* en *Perfe*, jeune homme qui réuniffoit l'amabilité des manières & les charmes de la figure ; fa curiofité fans bornes, fa diligence infatigable, fon génie tranfcendant, fa conception vive, fa mémoire tenace, fon zèle ardent pour le travail ; tant de vertus & de talens le diftin-guoient de tous les autres ; Il paffa de claffe en claffe plutôt admiré qu'envié par ceux que fes rapides progrès laiffoient après lui ; fes camarades le confultoient comme un oracle, & les fages l'admettoient à leurs conférences comme un au-diteur compétent.

Après avoir fubi toutes les épreuves pendant plufieurs années, *Gelaleddin* fut invité chez un profeffeur, & prié d'ajouter par fon mérite à la fplendeur de *Baffora* ; il délibéra s'il accepteroit un honneur auquel, avant la propofition, il étoit très-réfolu de foufcrire ; puis fe retirant dans les jardins folitaires deftinés à la récréation des jeunes étudians, il fit de férieufes réflexions fur fa vie future.

« Puifque (dit-il) j'ai une fi grande réputation » dans l'empire littéraire, je brillerai sûrement » davantage dans une autre carrière. Si je me » dévoue à l'étude & à la retraite, je pafferai » mes jours dans l'oubli, je ne goûterai point » les délices de l'opulence, je ne connoitrai ni » l'influence du pouvoir, ni la pompe des gran- » deurs, ni les charmes de l'aifance ; je ferai » étranger aux plaifirs que l'homme envie & » défire, à tous les avantages qui le tiennent » en haleine par l'efpoir de les obtenir ou par » la crainte de les perdre. Il m'importe donc » de partir pour *Tauris*, où le monarque réfide » avec tout l'éclat de fa puiffance & de fa ma- » jefté. Ma réputation volera devant moi; mes » parens & mes amis me féliciteront fur mon » arrivée; je verrai ces yeux qui, pétillant de » joie, prédirent jadis ma grandeur future ; » ces vifages envieux qui me dédaignoient ou » qui me prodiguoient de fauffes & perfides » careffes ; je montrerai ma fageffe par mes » difcours, & ma modération par mon filence; » l'aimable douceur de mon caractère apprendra » la modeftie aux hommes, & par mes fages » mépris je faurai rabaiffer l'orgueilleufe often-

» tation; mes appartemens regorgeront de cu-
» rieux & vains perfonnages, de cliens & de
» rivaux. Mon nom parviendra promptement à
» la Cour; je paroitrai devant le trône de l'em-
» pereur; les magiftrats avoueront ma fageffe,
» & les nobles me combleront à l'envi de leurs
» magnifiques préfens. Si mon mérite, comme
» celui des autres, excite la malignité, fi je chan-
» celle au faîte des grandeurs, je me retirerai
» dans quelque obfcure Académie; le pis-aller
» fera de devenir profeffeur de *Baffora* ».

Gelaleddin communiqua bientôt à fes amis le
deffein qu'il avoit formé d'aller à *Tauris*, & vit
avec un plaifir fecret les pleurs donnés à fon
départ. Impatient de recevoir les honneurs qu'on
lui deftinoit, il s'empreffa de gagner la capitale de la *Perfe*. Il fut auffitôt confondu dans la
foule & parvint à la maifon de fon père fans
être remarqué de perfonne; on le reçut avec
bonté, mais fans aucune démonftration de tranfports ou de tendreffe exceffive. Le père, pendant
l'abfence de fon fils, avoit effuyé de grandes
pertes, & *Gelaleddin* fut regardé comme un
nouveau fardeau qui venoit accabler la défaillante famille.

Quand il eut recouvré fa furprife, il fit connoître fes talens par fes difputes & fes converfations favantes; mais l'éloquence ne charme pas

les pauvres , fa famille attriftée écouta fes argumens avec indifférence , & fes plaifanteries fans
fourire. Ses frères & fes fœurs occupés de leurs
affaires domeftiques , furent infenfibles à un mérite qui n'étoit point pour eux une reffource
contre l'indigence.

Le bruit courut dans le voifinage que *Gelaleddin* étoit de retour ; il attendit plufieurs jours la
vifite des favans & des nobles ; il fe flattoit que
les premiers viendroient pour le confulter, & les
feconds pour fe défennuyer dans fes aimables
entretiens. Mais qui voulut jamais s'inftruire dans
la maifon du pauvre ? — Alors il fréquenta les
lieux publics & s'efforça de fixer l'attention par
fa verbeufe éloquence ; les gens d'efprit fe turent,
& de retour chez eux , ils cenfurèrent l'arrogance
& le pédantifme de *Gelaleddin* ; les perfonnes
férieufes , après l'avoir écouté un inftant, s'éton-
noient qu'un homme fe donnât tant de peine
pour acquérir des connoiffances qui ne le met-
troient jamais à l'abri de la mifère.

Gelaleddin follicita de l'emploi auprès des
vifirs, croyant que fes fervices feroient chaudement agréés. L'un lui dit qu'il n'avoit aucune
place vacante dans fon diftrict ; un autre, que fon
mérite fupérieur ne pouvoit être protégé que par
l'empereur lui-même ; un troifième qu'il fongeroit
à lui ; & le principal vifir lui fit entendre que

sa grande littérature étoit inutile aux affaires publiques. Il fut quelquefois admis à leurs tables, il ne manqua pas d'y étaler toutes les richesses de son esprit; mais il fut rarement invité une seconde fois dans les maisons où il avoit le plus brillé.

Le dégoût & l'ennui le ramenèrent à *Bassora*; il se flattoit d'être professeur & de s'enivrer de louanges : mais celui que la ville de *Tauris* avoit négligé, ne fut point considéré à *Bassora*; on le regarda comme un fugitif qui revenoit parce qu'il n'avoit pu vivre ailleurs; ses camarades s'aperçurent qu'ils avoient trop exagéré ses talens, & le pauvre *Gelaleddin* demeura long-temps dans l'oubli & dans l'obscurité.

NUMÉRO LXXVI.

Samedi 29 Septembre.

AU PARESSEUX.

MONSIEUR,

« JE suis charmé du ridicule que vous avez
» jeté sur ces critiques superficiels dont le
» jugement, quoique raisonnable autant qu'il
» puisse l'être, n'aperçoit que des beautés du
» second ordre; sur ces critiques qui, ne pou-
» vant saisir l'ensemble d'un ouvrage, le jugent
» partiellement & déterminent ainsi le mérite
» des grands ouvrages.

» Il est d'autres critiques inférieurs à ceux
» dont vous avez parlé, lesquels ne jugent que
» par des règles étroites & souvent fausses; mais
» fussent elles vraies & fondées sur la nature,
» elles mènent rarement à la juste estimation
» des beautés sublimes qui se trouvent dans les
» ouvrages de génie : un ouvrage fait ou criti-
» qué selon les règles n'est plus un ouvrage de
» génie; le génie les néglige & les brave. Quant

H 4

» à moi, vrai pareſſeux, je propoſe mon juge-
» ment d'après mes perceptions immédiates, ſans
» me donner le ſoin fatigant de penſer. Je
» crois que ſi un homme n'a pas ces perceptions
» ſaines, il lui eſt inutile d'y ſuppléer par des
» règles ; avec des règles il paroitra plus érudit,
» mais non plus ſagace ni plus judicieux. Un autre
» motif qui m'inſpire du dégoût pour les critiques,
» c'eſt qu'ils ne veulent (autant que j'ai pu le voir)
» trouver aucun plaiſir dans les beaux-arts, quoi-
» qu'ils proteſtent qu'ils les aiment & qu'ils les
» admirent. Les règles toujours rigoureuſes &
» ſévères les portent tellement à blâmer, qu'au
» lieu d'abandonner les rênes de l'imagination
» aux mains de l'auteur, ils jugent ſelon les
» principes glacés de l'art.

  » Je conſeillerois à ceux qui ſont déterminés
» à être critiques en dépit de la nature, & qui,
» en même temps, n'ont pas grande diſpoſition
» pour l'étude & la lecture, je leur conſeillerois,
» dis-je, de prendre le titre de *connoiſſeurs* ;
» titre qu'ils achèteroient à meilleur marché que
» celui de *critiques* en poéſie. Il ſuffit de con-
» noître le nom des peintres, leurs caractères
» généraux, quelques principes de l'académie,
» pour être grand connoiſſeur.

  » La ſemaine dernière, un homme de ce mé-
» tier & moi, nous viſitâmes les tableaux

' *d'Hampton-court* : il revenoit précifément d'*Ita-*
, *lie :* partant il étoit connoiffeur, & partant il
» vantoit beaucoup la grâce de *Raphaël*, la pu-
» reté de *Dominiquin*, la fcience du *Pouffin*, la
» manière du *Guide*, le bon goût des *Caraches*,
» la fublimité & les grands contours de *Michel-*
» *Ange*, &c. En un mot, toutes fes remarques
» furent accompagnées du galimathias ordinaire
» aux difcoureurs qui n'attachent aucune idée aux
» mots ».

En traverfant les appartemens pour aller à la
galerie, je lui montrai le portrait en pied de
Charles I, par *Van-Dick*, lui obfervant que ce
portrait repréfentoit au naturel le caractère &
la figure du perfonnage, il convint avec moi
qu'il étoit beau, mais qu'il n'avoit ni ce feu,
ni ce deffin moëlleux qui donnent de la grâce
aux figures. A la vue du *faint Paul préchant*,
mon connoiffeur me dit : « Voilà le tableau le
» plus eftimé & le plus excellent de toute la
» galerie ; quelle nobleffe, quelle dignité dans
· la figure de *faint Paul*, cependant quelle grâce
» nouvelle *Raphaël* lui eût donnée, fi l'art des
» contraftes eût été connu de fon temps! fi fon
» deffin avoit ce *moëlleux* qui conftitue le vrai
» beau ! -- Vous n'auriez pas vu ces deux jambes
» également droites, ni ces mains tendues dans
» la même direction, ni cette draperie difpofée

» fans le moindre goût ». --- Nous paſsâmes
enſuite au *ſaint Pierre réprimandé*. « Voilà, dit-il,
» douze figures droites; c'eſt dommage que *Ra-*
» *phaël* n'ait pas connu le *principe pyramidal ;* il
» auroit placé des figures au milieu, ſur un plan
» plus élevé, ou bien il auroit baiſſé ou couché
» les figures des extrémités. Par-là ſon groupe
» auroit formé une pyramide, & les figures droites
» auroient fait contraſte avec les figures cou-
» chées. Oui, continua-t-il, j'ai ſouvent regretté
» qu'un auſſi grand génie que *Raphaël* n'eût pas
» vécu dans ce ſiècle éclairé, & qu'il n'eût pas
» été formé dans une de nos modernes acadé-
» mies où l'art eſt réduit en principes. Quelles
» merveilles on auroit pu attendre de ſon divin
» pinceau ?

   » Je ne vous fatiguerai plus par les obſerva-
» tions de mon ami ; mais une choſe digne
» d'être remarquée, c'eſt qu'en même temps que
» les critiques accordent leur admiration aux
» grands artiſtes, ils leur diſputent les talens
» mêmes qui les ont illuſtrés.

   » Les critiques ſe plaignent inceſſamment que
» le coloris & l'harmonie de *Rubens*, ainſi que
» le clair-obſcur de *Rembrant* manquent à *Ra-*
» *phaël ;* mais ces Meſſieurs ne conſidèrent pas
» que *Raphaël* auroit eu moins de dignité s'il
» eut réuni l'harmonie de l'un & l'affectation de

» l'autre. Il faut en convenir, *Rubens* mettoit
» une grande harmonie dans fes tableaux, &
» *Rembrant* entendoit fort bien le clair-obfcur ;
» mais l'excellence chez les peintres du fecond ordre
» eft une tache chez ceux du premier ; c'eft ainfi
» que les faillies fpirituelles qui donnent tant de
» grâce & de vie à l'épigramme, fiéroient mal
» à la majefté de la poéfie héroïque.

» Cependant de ce que j'ai dit il ne s'enfuit
» pas que les règles foient abfolument inutiles ;
» j'ai voulu feulement attaquer ces cenfeurs fcru-
» puleux & ferviles qui cherchent par-tout une
» minutieufe exactitude, fouvent incompatible,
» avec l'impétueufe ardeur du génie.

» J'ignore fi vous regardez la peinture comme
» un fujet digne de l'attention publique ; peut-
» être,, en inférant cette lettre encourrez-
» vous la cenfure d'un homme qui, chargé d'a-
» mufer tout un cercle, tourne le dos à la
» compagnie pour s'entretenir avec une feule
» perfonne.

Je fuis., MONSIEUR, &c.

Numéro LXXVII.

Samedi 13 Octobre.

AU PARESSEUX.

MONSIEUR,

« J'ai passé l'été dernier dans une de ces places
» où les eaux minérales fournissent aux amis
» du luxe & de la paresse l'occasion de se rendre
» tous les ans, lorsqu'ils s'imaginent que la cha-
» leur de Londres les incommode ; je n'ai jamais
» pu découvrir la cause de cette assemblée pério-
» dique. La plus grande partie de ces visiteurs
» n'est point malade & ne craint pas de l'être;
» la variété seule doit faire le charme du voyage;
» car les voyageurs sont trop nombreux pour les
» plaisirs de la société privée, & trop peu pour
» les divertissemens publics.

» Mais chaque condition a ses avantages.
» Plus les hommes sont resserrés, mieux ils s'ob-
» servent : le verre qui grossit les objets, con-
» centre en un seul point tous les rayons vi-

) fuels : l'efprit doit auffi fixer le même objet, afin d'en faifir les fingularités. Tel homme nous échappe à travers les flots de la multi-tude, & nous frappe davantage, quand nous avons occafion de l'obferver journellement. » Peut-être ai-je vu des milliers d'hommes fem-blables à mes derniers compagnons, fans les avoir remarqués ; car quand la fcène varie à plaifir, un léger dégoût s'empare de l'efprit avant qu'il ait reçu des impreffions profondes.

» Une fociété célèbre par les beaux-efprits » dont elle étoit compofée, fe raffembloit régu-» lièrement tous les foirs. On recherchoit beau-» coup l'honneur d'y être admis ; les jeunes gens » fe glorifioient d'y paroître quelquefois, & les » Dames fouhaitoient d'être hommes pour par-» tager les délices de la docte affemblée. Je ne » fais fi c'eft par mon mérite ou par ma bonne » étoile ; mais immédiatement après mon arrivée » aux eaux, je fus préfenté à ces beaux-efprits, » & je continuai de les fréquenter jufqu'à ce que » j'euffe appris l'art par lequel ils foutenoient » leur caractère.

» *Tom Steady* eft le zélé partifan des vérités » inconteftables, & comme il évite très-foi-» gneufement la contradiction, il s'eft acquis » toute la confiance que le mérite intérieur de » fes talens pouvoit lui donner. Je parlois devant

» lui d'un homme de mérite, & après avoir
» étalé toutes ses vertus, je me disposois à faire
» mention de ses défauts. Monsieur, interrompit
● *Tom Steady*, je crois aisément qu'il a des dé-
» fauts, car qui n'en a pas ? parmi les milliers
» d'êtres qui fourmillent sur la surface de la terre,
» il n'en est point, quelque sage & excellent
» qu'il soit, qui n'ait ses foiblesses. Si vous en
» connoissez un qui soit impeccable, montrez-le
» à tout le public, faites-le voir à l'univers. ...
» Mais j'ose affirmer qu'un tel homme est une
» chimère. Ne me parlez point, Monsieur, de
» perfection & d'impeccabilité ; il faut tenir de
» pareils discours à ceux qui ne connoissent point
» le monde ; j'ai vu plusieurs actions, j'ai con-
» versé avec les différentes personnes qui com-
» posent les sociétés humaines ; j'ai connu les
» grands & les petits, les érudits & les sots,
» les vieux & les jeunes, les prêtres & les laïcs,
» & je n'ai jamais trouvé d'hommes sans défauts.
» Oui, Monsieur, je mourrai dans la ferme
» opinion que la foiblesse est l'apanage de l'hu-
» manité.

· » A tout cela il n'y avoit rien à répliquer,
» j'alongeois le cou pour entendre M. *Steady*
» qui regardoit ses auditeurs d'un air triomphant
» & qui, après avoir reçu des félicitations univer-
● selles sur sa victoire, quitta l'assemblée. Le len-

» demain, il difoit d'un ton myftérieux à ceux
» de ces affociés qu'il rencontroit : le *pauvre*
» *Robin* , (c'eft - à - dire moi qui vous parle ,
» M. le Pareffeux,) *voudroit prendre des libertés*
» *avec des hommes plus fages que lui ; mais je fau-*
» *rai, par des réponfes tranchantes & des argumens*
» *décififs , le réduire au filence & à la raifon.*

» *Dick Snug* eft un fentencieux & qui fait des
» remarques très-adroites ; jamais il ne fe jette
» dans le courant d'une converfation, mais il
» épie fes camades pour s'en faifir dans le reflux,
» fouvent il réuffit merveilleufement à rompre
» le fil d'une narration, à confondre l'éloquence.
» Quelqu'un parlant d'une Dame qui avoit plu-
» fieurs amans , *Dick* l'interrompit en difant
» qu'*elle devoit être belle ou riche.* Cette obferva-
» tion ayant été bien reçue, *Dick* écouta très-
» attentivement le refte du récit, & comme on
» fit mention d'un naufrage , il remarqua encore
» qu'*on ne couroit jamais rifque d'être noyé en terre*
» *ferme.*

» *Guyot l'Étonné* eft un perfonnage d'une fen-
» fibilité exquife ; fon organifation délicate, fon
» difcernement fubtile l'expofent à recevoir de
» fréquentes impreffions : en conféquence fa vie
» eft partagée entre les agitations du plaifir &
» les convulfions du dégoût. Il y a fur-tout des
» mots qui l'émeuvent fingulièrement ; il exprime

» toutes fes idées par des exclamations ; les
» termes *vil*, *odieux*, *horrible*, *déteſtable*, ou bien
» *doux*, *charmant*, *étonnant*, compoſent preſque
» tout fon Vocabulaire; mais obſervez que *Guyot*
» parle toujours avec des geſtes & des contorſions
» qui ſeroient difficiles à décrire.

   » *Jack Solid* a beaucoup lu, & fait des citations
» à chaque minute ; mais par une aveugle con-
» fiance en ſa mémoire, il a négligé ſes livres
» depuis quelque temps, de forte que ſes maga-
» ſins s'épuiſent journellement. Quoi qu'il en ſoit,
» toutes les ſoirées il ſaiſit l'occaſion de répéter
» deux vers d'*Hudibras*, pour leſquels il a la plus
» grande affection.

   » *Dick Lourdet* joint à une immenſe érudition la
» plus pénétrante ſagacité. D'autres s'en tiennent
» aux ſimples apparences ; mais *Dick* prétend
» qu'il n'y a point d'effet ſans cauſe ; il poſsède
» le merveilleux talent d'expliquer les difficultés
» & d'éclaircir les vérités abſtraites. — Je diſ-
» putois avec quelqu'un ſur la beauté de deux
» jeunes étrangères ; M. *Lourdet* ſe tournant auſ-
» ſitôt vers moi, m'adreſſa le diſcours ſuivant ;
» Vous préférez *Amaranthe* à *Cloris*, je n'en ſuis
» pas ſurpris ; il y a dans l'homme une percep-
» tion d'harmonie, une ſenſibilité de perfection
» qui touchent les fibres délicates de la contex-
» ture intellectuelle, & avant que la raiſon puiſſe
                         » deſcendre

» defcendre de fon trône pour juger les chofes &
» les comparer, nous fommes entraînés par une
» impulfion douce, irréfiftible, vers les objets
» proportionnés à nos facultés, car le fyftême
» harmonique de l'univers , & ce magnétifme ré-
» ciproque des natures fimilaires , tendent tou-
» jours à l'union, à la conformité; or les puif-
» fances de l'ame font dans l'agitation jufqu'à
» ce qu'elles trouvent un objet fur lequel elles
» puiffent fe repofer. On n'eut rien à répondre à
» cette favante diatribe , & la palme fut accor-
» dée à la belle *Amaranthe.*

    » En attendant que je vous faffe connoître
» les membres de la docte fociété ,

      Je fuis,

        MONSIEUR,

           Votre ferviteur,
          ROBIN CLAIR-VOYANT.

NUMÉRO LXXVIII.

Samedi 20 Octobre.

AU PARESSEUX.

MONSIEUR,

« PUISQUE vous avez bien voulu recevoir
» ma lettre fur la peinture, je vous en écris
» une feconde fur le même fujet.

» Les peintres & ceux qui écrivent fur la
» peinture, admettent & prêchent continuellement
» la même maxime. *Imiter la Nature* eft un prin-
» cipe invariable; cependant perfonne n'a déve-
» loppé ce principe d'une manière bien intelli-
» gible. Il s'enfuit que chacun le prend dans le
» fens le plus littéral, & que les objets font
» repréfentés le plus naturellement poffible. Il
» paroît peut-être étrange d'entendre contefter
» le fens de ce principe; mais il faut confidérer
» que fi le mérite d'un peintre confiftoit unique-
» ment dans cette efpèce d'imitation, la pein-
» ture perdroit de fon luftre, & ne feroit plus
» regardée comme un art libéral & comme la fœur
» de la poéfie; car cette imitation eft purement

» mécanique, & les esprits les plus bornés sont
» toujours sûrs d'y réussir. Le peintre de génie
» ne cultive pas un art servile où l'entendement
» n'a point de part ; d'ailleurs la peinture seroit-
» elle alliée à la poésie, si, comme sa sœur,
» elle n'avoit les ressources de l'imagination ?
» C'est dans ce sens que le peintre de génie
» étudie la Nature, & qu'il arrive souvent à son
» but, quoiqu'il ne soit pas *naturel* dans le sens
» le plus étroit du mot.

 » Le grand style de la peinture évite l'exacti-
» tude minutieuse, comme la poésie évite celle
» de l'histoire. Les ornemens poétiques détruisent
» ce ton de vérité, cette simplicité qui caracté-
» rise l'histoire ; la poésie au contraire rejette la
» narration simple & adopte tous les ornemens
» que fournit l'imagination. Vouloir réunir les
» deux styles & confondre l'école Flamande avec
» l'Italienne, c'est vouloir allier les contraires &
» ne participer ni à l'une ni à l'autre. L'école *Ita-*
» *lienne* ne s'attache qu'à la grandeur, à la noblesse,
» à la majesté de la Nature ; au lieu que l'école *Fla-*
» *mande* s'applique, pour ainsi dire, à ses détails,
» à ses modifications, à la vérité *minutieuse* &
» *littérale.* De cette attention scrupuleuse résulte
» le naturel si vanté dans les peintures *Flamandes,*
» & si ce naturel est un mérite, il est certainement d'un ordre moyen & doit céder au mé-

» rite d'un genre supérieur, puisqu'on ne peut
» atteindre à l'un sans abandonner l'autre.

» Le genre *Flamand* donneroit - il un nouveau
» relief aux ouvrages de *Michel-Ange?* si l'on me
» faisoit cette question, je répondrois affirmative-
» ment que loin de là il les dépareroit & leur
» ôteroit les beaux effets qui frappent toutes les
» personnes susceptibles d'idées grandes & nobles.
» L'ame & le génie respirent dans ses divins
» tableaux ; en vaudroient-ils mieux si l'artiste,
» négligeant d'y répandre les richesses de l'ima-
» gination, eut adopté la manière uniforme &
» pesante des *Flamands ?*

» Si l'on attribue ce sentiment à l'extravagance
» de l'enthousiasme, je dirai pour toute justi-
» fication, que ceux qui le censurent sont peu
» familiarisés avec les chefs-d'œuvres des grands
» maîtres. Il est très-difficile de déterminer
» exactement le degré d'enthousiasme que peuvent
» admettre la poésie & la peinture. L'imagination
» trop exaltée produit des monstres, l'imagina-
» tion trop captive produit la sécheresse & l'ari-
» dité ; une parfaite connoissance des passions,
» le bon sens, mais non le sens ordinaire, la
» tiennent dans de justes bornes. On a dit, &
» je le crois avec raison, que *Michel-Ange* pas-
» soit quelquefois ces bornes; en effet, j'ai vu
» de ses figures sur lesquelles il seroit difficile

» de prononcer, elles peuvent être ou éminem-
» ment fublimes ou extrêmement ridicules; mais
» on doit regarder ces fautes comme des effer-
» vefcences du génie : au moins l'artifte doué
» de ce mérite n'eft point infipide & ne s'ex-
» pofe jamais au mépris.

» Mon but étoit de confidérer la fublimité du
» ftyle, fur-tout de celui de *Michel-Ange*, l'*Homère*
» de la peinture. Les autres genres peuvent ad-
» mettre ce naturel qui conftitue le mérite de
» peintres du fecond ordre; mais en peinture,
» comme en poéfie, le ftyle elevé franchit un
» peu les bornes de la Nature.

» On pourroit recommander davantage l'en-
» thoufiafme aux peintres modernes; car ce n'eft
» pas en cela qu'ils pèchent. Les *Italiens*, fous ce
» rapport, femblent avoir continuellement décliné
» depuis *Michel-Ange* jufques à *Carlo Maratti*;
» enfuite ils font tombés dans le pathos & l'in-
» fipidité. Il eft donc inutile de remarquer qu'en
» oppofant les peintres *Italiens* aux *Flamands*,
» je n'ai point voulu parler des modernes; mais
» des artiftes immortels qui fleurirent dans les
» écoles de *Rome* & de *Boulogne*; je n'ai point
» non plus compris fous le nom de peintres *Ita-*
» *liens*, l'école *Vénitienne* que l'on peut appeler
» l'école *Flamande* du génie *Italien* ».

Je fuis, MONSIEUR, &c.

I 3

Numéro LXXIX.

Samed' 27 Octobre.

CHAQUE jour a fes peines & fes chagrins:
l'expérience l'apprend à tous les hommes; tous
l'avouent prefque univerfellement; mais ne nous ar-
rêtons pas à des vérités trop affligeantes; fi nous
regardons autour de nous fans partialité, nous
verrons que chaque jour à de même fes joies &
fes plaifirs.

Voici le temps où la capitale va fe repeupler,
où les Beautés reléguées à la campagne, voyent
la fin de leur exil. Celles que la tyrannie de la
mode a condamnées à paffer l'été fur le bord
des ruiffeaux & fous les ombrages frais, fe préparent à revenir aux bals, aux fpectacles, aux
affemblées, avec des fantés rétablies par la retraite, & des efprits enflammés par l'efpérance.

Telle après avoir langui pendant plufieurs
mois fans émotion & fans défirs, éprouve maintenant une révolution foudaine dans toutes fes
facultés. Il y a long-temps que *Pythagore* a remarqué que la poffeffion & le befoin habitent
enfemble. Celle qui fe promenoit dans un beau
jardin, fans en goûter les parfums odorans, &
qui s'étendoit nonchalamment fur fon lit, fans

ouloir veiller & fans pouvoir dormir, recueille aujourd'hui fes penfées pour revoir ceux de fes habillemens dont elle pourra fe parer encore, & pour anticiper fur les jouïffances d'une nouvelle robe à la *Françoife*. Le jour & la nuit fuffifent à peine à fes occupations ; les dentelles que l'on croyoit trop brillantes pour êtres portées à la campagne, font revues très-foigneufement, & dès que l'œil fatigué cède au fommeil, les marchandes de modes s'offrent à l'imagination enchantée.

Mais le bonheur n'eft rien s'il n'eft pas connu, & il eft très-peu de chofe, s'il n'eft envié. Avant le départ on confacre une femaine à faire & à recevoir des vifites pendant lefquelles on ne parle que des plaifirs de *Londres*. Une belle dame, fière comme un paon, étale à fes compagnes toute la félicité qui l'attend ; elle brûle d'impatience de voir les chevaux au carroffe : fe trouve-t-elle avec d'autres dames condamnées à demeurer à la campagne, elle ne manque pas de s'étonner comment on peut fupporter la vie à la campagne ; elle ne manque pas de dire combien, pendant la repréfentation d'un raviffant opéra, elle plaindra les amies qu'elle laiffe après elle, fon défir eft d'affliger ; elle réuffit à merveille ; l'indifférence affectée de l'une, les foibles félicitations de l'autre, les vœux ingénus de celles qui fouhaitent ouver

I 4

tement de partager fon bonheur, l'abattement général, tout en un mot lui donne la plus haute idée de l'avantage qu'elle a fur fes rivales.

Cependant nous avons beau nous tromper, la dure vérité détruit fouvent nos féduifantes illufions ; celles qui connoiffent le tumulte & le bruit des grandes villes, favent que leur motif de revoir *Londres* n'eft autre chofe que le défir de diffiper l'ennui qui les dévore ; que le dégoût & non l'efpérance les conduit, & qu'elles fouhaitent plutôt de quitter la campagne que de voir la ville. Communément il fe trouve dans chaque voiture une jeune perfonne filencieufe & livrée à d'aimables rêveries. Elle vient de quitter fa févère gouvernante & doit l'hiver prochain, fous les aufpices de fa mère & de fa tante, faire valoir l'empire de fon efprit & de fes charmes ; raviffante perfpective ! Elle croit paffer dans un autre monde, & regarde *Londres* comme un paradis terreftre où chaque heure a fes plaifirs, où l'on ne voit rien que l'éclat des richeffes, où l'on n'entend rien que la voix careffante des adorateurs ; où le jour commence par des jeux, & finit par des danfes ; où les yeux font uniquement occupés à briller, & les pieds à danfer.

Sa tante & fa mère l'amufent fur la route, lui parlent des dangers qu'elle doit craindre & des mefures qu'elle doit prendre. Elle les écoute,

comme elles écoutèrent jadis leurs dévancières ;
c'est-à-dire avec incrédulité & mépris ; elle voit
qu'elles ont échappé au danger, & l'un des plaisirs
qu'elle se promet est de découvrir leur mauvaise
foi, & de se dérober à leurs importunes leçons.

Nous sommes portés à croire ceux que nous ne
connoissons pas parce qu'ils ne nous ont jamais
trompé. Les belles rêveuses prêteront peut-être l'o-
reille au *Paresseux* qu'elles ne peuvent soupçonner de
malice ou d'envie ; cependant sera-t-il cru, s'il leur
prédit que leurs espérances sont également frustrées ?

Les besoins uniformes de la nature humaine
produisent en quelque manière l'uniformité de la
vie & rendent le jour à peu près semblable dans
tous les lieux. Il faut s'habiller & se déshabiller ,
manger & dormir à la campagne comme à la
ville. Les momens d'intervalle sont partagés entre
la peine & le plaisir. La débutante qui , dans le
parc, fixe tous les yeux du public, savoure peut-
être le bonheur dans toute sa pureté ; mais quelle
est sa détresse, lorsqu'effacée par une autre , elle
voit ses volages admirateurs donner à leurs regards
une direction nouvelle ! le cœur peut palpiter un
instant sous un élegant habit, mais la vue d'un
habit plus élégant met fin aux transports. On écoute
agréablement la musique aux premières loges de
l'opéra ; on épie avec délices les coup-d'œils de
la compagnie ; mais après la représentation quel

fera le défefpoir de celle qui s'étant cru la fouve-
raine du lieu, voit les lords s'empreffer de conduire la pimpante *Iris* à fon phaéton? Il y a peu
de plaifir pour celle qui ne tient que le fecond
rang dans un cercle ; *Philis* danfera-t-elle
avec grâce & plaifir, fi fa rivale *Amarillis* ouvre
le bal ?

Je ne prétends pas néanmoins éteindre l'ardent
défir de voir le monde; je veux feulement le
modérer. Il eft néceffaire de connoître le monde ;
puifque nous fommes nés l'un pour l'autre. Il
eft même néceffaire de le connoître de bonne
heure, fi notre intention eft d'apprendre à me-
prifer les frivoles amufemens que l'on y trouve.

Numéro LXXX.

Samedi 3 Novembre.

ORSQUE l'armée Angloife paffoit près de uébec, dans une prairie fituée entre une montagne & un lac, l'un des petits chefs des pays intérieurs, affis fur un rocher, & environné des fiens, contemploit l'art & la régularité de la guerre Européenne. C'étoit vers le foir & les tentes étoient dreffées. Il admiroit la fécurité avec laquelle les troupes paffoient la nuit, & l'ordre avec lequel la marche recommençoit le matin; enfin, l'obfcurité l'empêchant de continuer plus long-temps fon examen, il demeura filencieux & penfif durant quelques minutes. Après cela s'adreffant à fes enfans : « J'ai fouvent entendu » raconter (leur dit-il) aux vieillards blanchis » par l'âge, que nos ancêtres étoient les maîtres » abfolus des forêts, des prairies & des lacs; » leur empire s'étendoit par-tout où l'œil peut » voir & où le pied peut marcher. La pêche, la » chaffe, les fêtes & les danfes, tels étoient » leurs innocens plaifirs; lorfqu'ils étoient fati- » gués, ils fe repofoient dans le premier bofquet, » fans crainte & fans danger. Ils changeoient d'ha- » bitations quand la faifon le demandoit, quand

» les befoins l'exigeoient, ou quand la curiof
» le confeilloit. Tantôt ils recueilloient les fui
» des montagnes, tantôt ils folâtroient dans de
» canots le long de la côte.

　» Plufieurs fiecles s'étoient vraifemblablemer
» écoulés dans cette heureufe abondance, lorf
» qu'une nouvelle race d'hommes entra dans not
» pays par le grand Océan. Ces étrangers
» conftruifirent des habitations de pierre où no
» ancêtres ne pouvoient entrer par la force,
» qu'il leur étoit impoffible de détruire par l
» feu. Ils fortoient de leurs forterefles, couver
» d'écailles comme des tortues, defquelles le
» lances réjailliffoient fur l'agreffeur. Quelque
» fois ils étoient portés fur d'énormes animaux
» inconnus dans nos bois, & dont la force & la
» légéreté rendoient inutiles & la fuite & la dé-
» fenfe. Ces ufurpateurs s'établirent dans le Con-
» tinent, maffacrant dans leur rage tout ce qu
» s'oppofoit à eux, & dans la joie de leurs cœurs,
» tous ceux qu'ils foumettoient. De ceux qui réf-
» terent, les uns furent enfevelis dans des caver-
» nes & condamnés à chercher des métaux pou
» leurs farouches vainqueurs; d'autres furent em-
» ployés à labourer la terre, dont les tyrans étran-
» gers dévorent le produit; & quand le glaive
» & les mines eurent détruit les Naturels, on mit
» à leur place des êtres humains d'une couleu

différente, lesquels furent amenés des climats
lointains pour périr à leur tour sous le poids
des travaux & des tortures.

» Il y a ici des milliers de ces étrangers qui
» bien qu'ils vantent leur humanité, se disputent
» entre eux nos pêches & nos chasses, s'empa-
» rent de nos champs fertiles, nous harcellent
» toutes les fois que nous voulons recouvrer nos
» propriétés.

» D'autres prétendent avoir acheté le droit de
» résider dans nos climats & de nous y tyranni-
» ser : mais de tels marchés sont plus outrageans
» qu'une domination extorquée par la violence.
» Que résulte-t-il de ces contrats? la fraude & la
» terreur. Ces monstres d'*Europe* nous ont- ils
» accordé la proctection, nous ont-ils communi-
» qué les lumières qu'ils nous avoient promises?
» Nous espérions qu'ils seroient nos défenseurs,
» ou qu'ils nous donneroient des arts pour nous
» défendre nous-mêmes; vain espoir! jamais nous
» n'avons senti l'effet de leur amitié, & ces arts
» si vantés nous ont toujours été soigneusement
» cachés. Ils sont perfides dans leurs traités &
» trompeurs dans leur trafic. Ils ont une loi
» écrite qu'ils préconisent comme émanée de celui
» qui fit la terre & la mer, & comme promet-
» tant des joies éternelles après la mort. Pourquoi
» cette loi ne nous est-elle pas communiquée ?

» On nous la cache fans doute parce qu'elle e
» violée..... En effet, comment oferoient-ils !
» prêcher aux Indiens, fi, comme on le dit
» fon premier précepte leur défend de faire au.
» autres ce qu'ils ne voudroient pas qu'on leur fît?

» Mais le temps approche peut-être où l'or-
» gueil des brigands fera brifé, où leurs barbaries
» feront vengées. Ils ont déja tiré l'épée l'un
» contre l'autre, & la fanglante guerre doit ter-
» miner leurs débats. Voyons-les d'un œil fec
» s'entre-déchirer, & fouvenons-nous que la mort
» de chaque *Européen* délivre le pays d'un voleur
» & d'un tyran. De quel droit une nation en
» attaque-t-elle une autre ? du droit que le vau-
» tour dévore l'innocent levrau ; du droit que le
» tigre égorge le timide faon. Laiffons-les fe dif-
» puter des régions dont ils ne peuvent augmen-
» ter la population ; laiffons-les acheter par le
» fang le frivole honneur de régner fur des mon-
» tagnes qu'ils ne fauroient franchir, & fur des
» fleuves qu'ils ne fauroient traverfet. Lorfqu'ils fe
» feront mutuellement maffacrés, nous nous préci-
» piterons fur eux, nous forcerons les reftes de
» chercher des afiles fur leurs vaiffeaux, & nous
» régnerons encore une fois dans notre patrie ».

Numéro LXXXI.

Samedi 10 Novembre.

AU PARESSEUX.

MONSIEUR,

« Dans ma dernière lettre fur les peintres
» Italiens & Flamands, j'obfervai que l'école Ita-
» lienne s'étoit appliquée à la grandeur, à la nobleffe,
» à la majefté de la Nature.

» J'écris cette troifième lettre dans l'intention
» de fixer la caufe originelle de la conduite des
» maîtres Italiens. Si je prouve qu'ils s'attachèrent
» à la plus belle partie de la création, on verra
» que leurs principes font fondés fur la raifon,
» &, en même temps, on découvrira la fource
» de nos idées fur le vrai beau.

» On m'accordera fans peine qu'un homme ne
» pourroit prononcer fur la beauté ou la laideur
» d'un animal, s'il n'avoit vu qu'un individu de
» l'efpèce. Je puis dire la même chofe à l'égard
» de la figure humaine. Si donc un aveugle-né

» recouvroit la vue & qu'on lui amenât une femme
» ornée de mille grâces, il ne pourroit décider
» qu'elle fût belle ou non. Que si même on lui
» montroit la plus belle & la plus laide des fem-
» mes, il ne sauroit pas mieux, n'ayant vu qu'el-
» les, à qui donner la préférence. Ainsi, pour
» distinguer le vrai beau, il faut avoir vu plusieurs
» individus de la même espèce. Si l'on me de-
» mande comment on acquiert plus de connoissan-
» ce en observant plus d'individus, je répondrai
» que c'est en remarquant les défauts accidentels
» des ouvrages de la Nature, lesquels frappent
» d'autant plus l'observateur, que cette même
» Nature est très-attentive à donner à ses produc-
» tions des formes à-peu-près invariables & gé-
» nérales.

» Parmi les feuilles d'un même arbre, quoique
» l'on n'en trouve pas deux exactement sembla-
» bles, la forme générale est néanmoins invariable.
» Un naturaliste avant d'en choisir une pour échan-
» tillon, en examine plusieurs ; car la première
» venue pourroit avoir des singularités qui la
» feroient croire d'une espèce différente ; comme
» le peintre, il cherche les plus belles formes,
» c'est-à-dire, les plus générales.

» Chàque espèce du règne animal aussi bien que
» du règne végétal a certainement une forme fixe
» & déterminée vers laquelle la nature tend tou-

» jours,

» jours , comme plufieurs lignes fe terminent au
» même centre. Par exemple , le nez eft beau
» lorfque la ligne qui en forme le dos eft droite.
» Pourquoi? parce que cette ligne eft plus fouvent
» droite qu'irrégulière. La beauté n'eft donc que
» relative ; mais comme nous y fommes plus ac-
» coutumés qu'à la difformité, nous pouvons en
» conclure que c'eft la feule raifon pourquoi nous
» l'admirons. Notre attachement aux ufages, aux
» modes , vient pareillement de l'habitude : or
» fi l'habitude n'eft pas la caufe de la beauté, elle
» eft affurément la caufe de notre amour pour
» elle. Si nous étions plus accoutumés à la laideur
» qu'à la beauté, la laideur perdroit l'idée que
» l'on y attache, & prendroit celle de la beauté ;
» de même que fi tout le monde convenoit de
» changer la fignification des *ouis* & des *nons* ,
» les *ouis* deviendroient négatifs & les *nons* affir-
» matifs.

» Quiconque voudra s'étendre davantage fur
» ce fujet & fixer un modèle général de beauté
» relativement aux différentes efpèces , ou bien
» montrer pourquoi telle efpèce eft plus belle
» qu'une autre , doit d'abord prouver comment
» une efpèce peut réellement avoir une beauté
» fupérieure à celle des autres. Que nous préfé-
» rions une efpèce à une autre, & cela d'après
» la raifon même, je l'accorde fans peine ; mais

» il ne s'enfuit pas que nous la regardions comme
» un modèle de beauté, car il n'en existe point
» qui puisse déterminer notre jugement. Celui qui
» dit qu'un cygne est plus beau qu'une tourte-
» relle, veut dire qu'il a plus de plaisir à voir
» l'un que l'autre ; le cygne lui plaît peut-être
» davantage par sa rareté, ou par la noblesse de
» ses mouvemens. Mais celui qui préfère la tour-
» terelle, le fait sans doute d'après les idées d'in-
» nocence & de simplicité que cet oiseau réveille
» toujours en nous. Que si, pour motiver la pré-
» férence qu'il donne à l'un ou à l'autre, il pré-
» tend que la gradation particulière de la gran-
» deur, la mollesse d'une courbe, ou la direction
» d'une ligne, constituent un vrai modèle de
» beauté, il fera continuellement en contradiction
» avec lui-même, & finira par se convaincre
» que la sublime nature n'est point soumise à des
» règles si étroites. Parmi les raisons diverses qui
» déterminent notre préférence pour tel ou tel
» ouvrage de la nature, la plus générale vient,
» ce me semble, de l'habitude & de l'usage.
» L'usage change, pour ainsi dire, le blanc en
» noir & le noir en blanc; c'est l'usage seul qui
» nous fait préférer la couleur des *Européens* à
» celle des *Éthiopiens*, & ces derniers, par la
» même raison, préfèrent leur couleur à la nôtre.
» Assurément personne ne doute que, si l'un

de leurs peintres vouloit repréfenter la Déeffe
de la beauté, il ne lui donnât un teint noir,
» des lèvres épaiffes & une chevelure laineufe.
» Il y a plus : en agiffant autrement, il agiroit
» contre la nature, puifqu'il ne connoît rien de
» plus beau que l'objet idéal qu'il veut peindre.
» Je dis donc que nous préférons la couleur *Eu-*
» *ropéenne* à la couleur *Ethiopienne*, & que la
» raifon de cette préférence n'a d'autre fource
» que l'habitude. Conféquemment il eft abfurde
» de dire que la beauté eft douée d'une certaine
» forte attractive, ou *fympathie* qui nous porte
» irréfiftiblement à aimer ou bien à admirer un
» objet préférablement à un autre.

» Les peuples noirs & blancs doivent être
» confidérés, relativement à la beauté, comme
» des efpèces différentes, ou comme des variétés
» de la même efpèce; puifque, d'après mes ob-
» fervations, on ne peut donner l'avantage à l'un
» fur l'autre.

» La nouveauté eft, dit-on, une des caufes de
» la beauté. On ne peut nier qu'elle ne foit la
» caufe de notre admiration; mais une chofe
» eft-elle belle parce qu'elle eft extraordinaire?
» La beauté produite par la couleur, (comme
» quand nous préférons un oifeau à un autre, à
» caufe de fa couleur) eft étrangère à ce que
» j'ai dit de la forme. Je n'ai confidéré que la

K 2

» beauté relative à la forme feule ; mais il faut
» fixer le fens de ce mot, & l'on ne pourra rien
» objecter, s'il est applicable à toutes les chofes
» que nous admirons. Une rofe, parce qu'elle est
» odorante, paffe pour être aussi belle qu'un
» oifeau parce qu'il a de brillantes couleurs. Par
» le mot *beauté*, nous n'entendons pas toujours
» de belles formes, mais quelque chofe à laquelle,
» la rareté, l'utilité, la couleur, ou quelqu'autre
» propriété donnent du prix. Un cheval peut être
» appelé un bel animal; mais s'il avoit aussi peu
» de bonnes qualités qu'une tortue, je ne penfe
» pas que fa beauté fût fort estimée.

» De ce que j'ai dit on peut inférer que les
» ouvrages de la nature, fi nous comparons une
» efpèce à une autre, font tous également beaux;
» que l'ufage ou l'idée d'utilité que l'on y attache
» détermine notre préférence, & que dans les
» créatures de la même efpèce, la beauté est le
» centre de toutes les formes diverfes.

» Enfin, fi j'ai prouvé que l'artiste, en étu-
» diant les formes généralement invariables de
» la nature, parvient au vrai beau, il doit par
» conféquent déparer fes ouvrages, en s'appliquant
» aux particularités de détail & aux fingularités
» accidentelles ».

Je fuis, MONSIEUR, &c.

Numéro LXXXII.

Samedi 17 Novembre.

AU PARESSEUX.

MONSIEUR,

« Vous avez fans doute oublié que je vous
» promis, il y a quelques femaines, de vous en-
» voyer des détails plus étendus fur la fociété
» dont j'ai fait la connoiffance aux eaux. Vous
» m'accorderiez une place parmi les plus fidèles
» fectateurs de la *pareffe*, fi vous faviez combien
» de fois je me fuis rappelé mon engagement,
» & combien de fois j'ai différé de le remplir.

» Enfin, après plufieurs délais j'ai mis la main
» à la plume, & je trouve qu'il eft plus facile de
» continuer ma narration que je ne l'avois cru.

» Notre affemblée ne peut fe vanter d'être une
» conftellation de génies, comme ceux qui com-
» pofoient la compagnie de *Clarendon*. Nous n'avons
» point parmi nous de *Selden*, de *Falkland* ou
» de *Waller* : mais nous avons des hommes qui,
» bien qu'ignorés du public, ne font pas moins
» importans à leurs propres yeux. Auffi avons-

K 3

» nous souvent déploré la partialité des hommes
» Nous gémissons sans cesse que les plus profond
» érudits laissent périr le fruit de leurs veilles
» que les observateurs les plus sagaces ne trouven
» pas l'occasion de communiquer leurs recherches
» & que le mérite modeste soit confondu dans
» la foule obscure des vulgaires humains.

» L'un des plus grands hommes de la société
» est *Sim Scrupule*, Pyrrhonien déterminé. Il aime
» singulièrement que la conversation roule sur les
» bornes étroites de l'esprit humain, sur l'illusion
» des sens, sur la force des premiers préjugés,
» & sur l'incertitude des apparences. *Sim* a des
» doutes sur la nature de la mort; quelquefois
» il est porté à croire que la sensation survit au
» mouvement, c'est-à-dire qu'un homme mort
» peut encore sentir, quoiqu'il ne puisse se mou-
» voir. Il prétend aussi que nous sommes natu-
» rellement quadrupèdes, & d'après cette idée il
» voudroit que l'on renfermât plusieurs enfans-
» trouvés dans un appartement, & que les nourrices
» marchassent tantôt à quatre, & tantôt à deux....,
» afin que les marmots n'ayant pas le préjugé
» de l'exemple, suivissent la nature pour guide : »
» alors, dit-il, nous saurions si l'homme - doit
» marcher à l'aide de ses jambes seulement, ou
» bien à l'aide de ses jambes & de ses bras.

» *Dick Absynthe* est remarquable par la dignité

» de fa figure & la volubilité de fa langue. Il
» met fon plaifir à tout cenfurer. *Dick* n'entre
» jamais dans un appartement fans faire voir que
» la porte & la cheminée font mal placées. Se
» promène-t-il à la campagne? il trouve que les
» terres labourées feroient plus propres aux pâ-
» turages. *Dick* eft l'ennemi juré des modes
» actuelles; il foutient que l'ufage du thé détruira
» bientôt la beauté & la vertu des femmes; il
» triomphe en parlant de nos fyftêmes d'éducation,
» & nous dit avec beaucoup de véhémence que
» l'on apprend des mots au lieu d'apprendre des
» chofes. Selon lui, nous fuçons nos erreurs avec
» le lait : felon lui, c'eft une chofe très-ridicule
» d'accoutumer les enfans à fe fervir de la main
» droite plutôt que de la main gauche.

    » *Bob Stordy* regarde comme un point d'hon-
» neur de répéter ce qu'il a déjà dit, & s'étonne
» qu'un homme qui varie dans fes fentimens
» ofe marcher tête levée devant fes voifins. *Bob*
» eft le plus formidable ergoteur de toute l'affem-
» blée; fans fe donner la peine de chercher des
» raifonnemens nouveaux pour terraffer fon an-
» tagonifte, il fe contente d'affirmer ou de nier
» les mêmes propofitions. Lorfqu'il eft attaqué
» par toute la force combinée de l'éloquence &
» de la logique, lorfque fa thèfe ne paroît plus
» foutenable qu'à lui feul, il tranche habilement

» la difpute par cet ingénieux corollaire : Cela,
» eft fort bien, Monfieur, vous pouvez parler à
» votre aife ; mais je ne veux point démordre de
» ma première affertion ».

» *Phil Gentle* eft l'ennemi des rudes contra-
» dictions & des turbulens débats. *Phil* n'a point
» de fentiment à lui ; mais il adhère toujours à
» l'opinion de celui qui parle le dernier. Par cette
» ignorance flexible, il garde aifément la neutra-
» lité ; mais la difficulté eft de prendre un parti,
» quand les adverfaires s'échauffent & s'irritent :
» fi l'on n'en appelle point à fon jugement, il
» diftribue fon attention & fes fourires avec tant
» d'art que chacun le croit de fon côté. Mais
» s'il eft obligé de prononcer, il obferve alors
» que la queftion eft épineufe ; que jamais débat
» ne lui a caufé plus de plaifir ; que dans toute
» autre fociété aucun des antagoniftes n'eût trouvé
» fon maître ; que M. *Abfinthe* à bien foutenu fon
» affertion & que M. *Scrupule* l'a fortement &
» vivement combattue. Ce jugement indéfini fatif-
» fait les deux athlètes : le vainqueur triomphe
» intérieurement, & celui qui fentoit fa foibleffe
» eft ravi de quitter l'arène à fi bon marché ».

Je fuis, MONSIEUR,

Votre très-humble ferviteur,

ROBIN CLAIR-VOYANT,

Numéro LXXXIII.

Samedi 24 Novembre.

LA Biographie eſt de tous les genres de narration celui que nous liſons plus avidement, &
dont l'homme retire plus de plaiſir.

Dans le roman l'auteur peut donner un libre
eſſor à ſon imagination, multiplier davantage
les incidens, rendre les viciſſitudes plus ſoudaines
& les faits plus merveilleux ; mais depuis que
l'expérience & la raiſon répriment les écarts de
l'eſprit humain, les hiſtoires fictives piquent moins
la curioſité des lecteurs ; ſi on en lit encore, c'eſt
pour admirer l'élégance du ſtyle & non pour
ſavoir ce qu'ils contiennent : exceptons cependant quelques perſonnes qui, ennuyées d'elles-
mêmes, ont recours aux romans comme à des
ſonges agréables dont les impreſſions s'éva-
nouiſſent après la lecture.

Les exemples & les faits de l'hiſtoire preſſent
l'eſprit du poids de la vérité ; mais lorſqu'ils ſont
confiés à la mémoire, ils ſervent plus à l'agrément qu'à l'utilité, plus à varier la converſation
qu'à régler la vie. Les chûtes des miniſtres, les
défaites des généraux ont rarement rendu les
hommes plus ſages. La plupart du temps on lit

les ſtratagèmes de la guèrre & les intrigues des
Cours avec autant d'indifférence que les avantures d'un héros fabuleux & tous les contes de
la féerie : entre le menſonge & l'inutile vérité
il y a peu de différence. L'or qui ne circule
point ne peut enrichir ſon propriétaire ; ainſi les
connoiſſances acquiſes ne ſauroient nous rendre
ſages , quand elles ne ſont point applicables
aux circonſtances de la vie humaine.

Les ſuites funeſtes du vice & de la folie, des
déſirs déréglés & des paſſions prédominantes,
nous frappent davantage dans les récits, parce
que les récits ſont à la portée de tout le monde,
parce qu'ils nous apprennent combien un homme
a été heureux & non combien il a été grand;
comment il eſt devenu mécontent de lui-même,
& non comment il a perdu la faveur de ſon
prince.

Les relations dans leſquelles un écrivain fait
lui - même ſa propre hiſtoire, ſont donc plus
utiles. Celui qui raconte la vie d'un autre s'attache ſur-tout aux faits brillans , détruit la ſimplicité de ſa narration, pour en rehauſſer la
dignité ; montre ſon favori dans le lointain,
l'habille magnifiquement en perſonnage de tragédie , & tâche de cacher l'homme pour produire le héros ; mais s'il eſt vrai, comme l'a
dit un prince François; qu'*aucun homme n'eſt un*

héros aux yeux de son valet - de - chambre, il eſt également vrai que tout homme eſt encore moins héros à ſes propres yeux. Celui que l'importance des dignités & la réputation du génie élève au-deſſus de la multitude, eſt incommodé de ſa gloire & de ſes affaires, ſelon qu'elles influent ſur ſa vie domeſtique. Les grands & les petits ayant les mêmes ſens & les mêmes facultés, ont auſſi les mêmes peines & les mêmes plaiſirs. Les ſenſations, quoique produites par différentes cauſes, ſont les mêmes chez tous les hommes. Le prince, lorſqu'un uſurpateur envahit ſes poſſeſſions, n'eſt pas moins affligé qu'un fermier auquel un voleur dérobe ſon bœuf. Ainſi les hommes étant généralement ſemblables, paroitront les mêmes dans une honnête & impartiale Biographie, & ceux que la fortune ou la nature place à une très-grande diſtance, peuvent ſervir à l'inſtruction des autres.

L'écrivain de ſa propre vie poſsède au moins la première qualité d'un hiſtorien, la connoiſſance de la vérité; & quoique l'on puiſſe juſtement objecter que s'il connoît la vérité, il n'eſt pas moins tenté de la déguiſer, j'ignore pourquoi les faits de ſa vie ne mériteroient pas autant de confiance que celui qui met au jour les actions d'un autre.

La certitude de la connoiſſance exclut non-

feulement l'erreur , mais elle fortifie la véracité.
Ce que l'on peut recueillir par la conjecture (&
c'eft par la conjecture feule qu'un homme juge
des fentimens & des motifs d'un autre) s'altère
aifément par l'imagination ou par le défir; comme
les objets imparfaitement aperçus prennent les
formes que leur donne l'efpérance ou la crainte
du fpectateur; mais les faits notoires ne peuvent
être falfifiés fans révolter l'entendement, l'ami
du vrai, & fans alarmer la confcience, la fauve-
garde de la vertu.

Celui qui écrit la vie d'un autre eft fon ami
ou fon ennemi , par conféquent il prônera fes
vertus ou bien il aggravera fes vices ; il dégui-
fera les paffions par des menfonges fi fpécieux,
que les lecteurs les plus clair-voyans prendront
le change. L'amour de la vertu embellira le panégyrique, ou la haine y verfera fon amer poifon.
Le feu de la reconnoiffance, l'ardeur du patrio-
tifme , la prévention pour un fentiment, l'efprit
de parti, peuvent égarer un écrivain & l'éloigner
de la vérité. Au contraire, l'homme qui parle
de lui-même , ne peut être porté au menfonge
ou à la partialité par aucun motif, fi ce n'eft
par l'amour-propre ; mais l'amour nous a trom-
pés fi fouvent, que nous fommes toujours en garde
contre fes artifices. L'écrivain qui fait l'apologie
d'une fimple action , qui réfute fes accufateurs,

qui capte la bienveillance, peut être également soupçonné de favoriser sa propre cause ; mais celui qui raconte tranquillement & volontairement sa vie pour l'instruction de la postérité, ou pour son amusement personnel, & qui meurt sans publier son ouvrage, celui-là, dis-je, n'a nul intérêt de trahir la vérité, car le mensonge ne calmeroit pas son ame si elle étoit troublée par des souvenirs affligeans, & la renommée ne fait plus entendre sa voix à ceux qui sont descendus dans la nuit du tombeau.

NUMÉRO LXXXIV.

Samedi 1er Décembre.

LE nombre des livres eſt une des particularités qui diſtinguent le ſiècle actuel; chaque jour on nous annonce de nouvelles entrepriſes littéraires, en nous donnant l'eſpérance flatteuſe de devenir plus ſages que nos bons aïeux.

La multitude des écrivains a-t-elle augmenté notre bonheur ou nos connoiſſances ? c'eſt un problême dont la ſolution eſt difficile à trouver.

L'auteur qui nous apprend des choſes inconnues avant lui, mérite nos reſpects comme inſtituteur ; celui qui nous inſtruit par des méthodes nouvelles & faciles, doit être chéri comme bienfaiteur, & s'il ſait nous procurer des plaiſirs innocens, il ſera courtiſé comme un aimable camarade.

Mais ceux qui rempliſſent le monde de livres, ont rarement pour objet de plaire & d'inſtruire; ſouvent ils n'ont d'autre beſogne que d'avoir des monceaux de livres devant eux, d'en extraire un tiers, ſans y joindre aucune de leurs penſées, & ſans pouvoir juger ſi les matières qu'ils dérobent ne ſont pas elles-mêmes des compilations.

Je ne prétends pas que toutes les compilations

foient inutiles. Souvent dans les ouvrages la fcience eft éparfe fans ordre & fans goût; les auteurs d'un génie vafte s'éloignent du fujet par des longues digreffions qui , à la vérité, valent fouvent mieux que des traités méthodiques, mais qui cependant ne font pas connues faute d'avoir été annoncées dans le titre; or le compilateur qui les recueille fous des titres convenables, travaille très-heureufement : s'il ne montre pas de grands talens dans l'ouvrage, au moins il facilite les progrès des autres , & en rendant aifée l'acquifition des chofes déja écrites, il peut donner à des efprits plus vigoureux que le fien, l'occafion de s'enrichir d'idées neuves & de vues excellentes.

Mais les collections fraîchement forties de nos preffes, ont couté peu de temps & de recherches ; elles engendrent la confufion, fans produire aucune utilité réelle.

On a remarqué qu'*une fociété corrompue a beaucoup de lois :* je crois qu'il eft également vrai qu'*un fiècle ignorant a beaucoup de livres.* Quand les tréfors des antiques connoiffances font ignorés, quand les auteurs originaux font oubliés, les compilateurs & les plagiaires s'empreffent à nous donner ce que nous poffédons déja, & s'illuftrent en mettant devant nos yeux ce que notre lenteur nous avoit caché.

Cependant il ne faut pas indistinctement cen-
surer les compilateurs. La vérité, comme la
beauté, change de modes, & plaît aux différens
esprits selon les divers ornemens dont elle est
parée. Celui qui ramène l'attention des hommes
sur les sciences délaissées, étend certainement la
littérature de son siècle. A mesure que les mœurs
des nations varient, de nouveaux sujets de persuasion deviennent nécessaires, & l'imagination
produit de nouvelles combinaisons; de sorte que
l'écrivain qui, s'accommode au goût régnant, est
sûr d'avoir des lecteurs qui peut-être auroient
dédaigné de meilleures productions.

Obliger tout homme qui écrit à dire des
choses nouvelles, c'est vouloir réduire les auteurs
à un très-petit nombre ; obliger les plus fertiles génies à dire uniquement des choses nouvelles, c'est vouloir réduire les volumes immenses
à quelques pages ; mais néanmoins la répétition
devroit avoir ses bornes ; on devroit cesser de
remplir les bibliothèques des mêmes pensées
diversement exprimées, & des mêmes livres
diversement décorés.

Le bien ou le mal produit par ces écrivains
du second ordre est rarement de longue durée:
comme ils doivent leur existence à la mobilité
des modes, ils disparoissent communément lorsque des modes nouvelles succèdent aux anciennes.

Il est

Il est rare que les auteurs passent de siècle en
siècle, parce qu'ils n'ont d'autre droit à la renommée que de satisfaire la curiosité présente, de
remplir les désirs du moment ou de produire des
avantages passagers.

Mais quoique les écrivains du jour désespèrent
de passer à la postérité, ils devroient au moins
ne pas nuire à leur siècle ; quoiqu'ils ne puissent
arriver au dernier degré de la gloire, ils devroient ne point se rendre dangereux ; ne pour-
roient-ils pas s'instruire eux-mêmes au lieu
d'instruire leurs contemporains ? ne pourroient-
ils pas consacrer leurs foibles talens à des vues
utiles & honnêtes ?

Un sage de l'antiquité pensoit qu'*un gros livre
étoit un grand mal ;* s'il eut vu l'état actuel de
notre littérature, il auroit sans doute pensé que
la multitude de nos livres est une multitude de
maux, il auroit regardé nos infatigables & nombreux folliculaires comme des prédicateurs de la
vie humaine , comme des bêtes de proie & des
essaims d'insectes dévorans.

NUMÉRO LXXXV.

Samedi 8 Décembre.

AU PARESSEUX.

MONSIEUR,

« JE fuis une jeune perfonne nouvellement
» mariée à un gentilhomme; nos biens font con-
» fidérables, nos efprits libres, nos caractères
» gais, nos amis nombreux & nos parens très-
» riches. Perfuadés que le mariage, comme la
» vie, a fon jeune âge, & que la première
» année eft celle des innocens plaifirs, nous
» réfolûmes de voir les fpectacles & de participer
» aux d'vertiffemens de *Londres*, avant que
» l'augmentation de notre famille nous réduisît
» aux foins & aux plaifirs domeftiques.

» Nous partîmes donc pour la capitale peu de
» jours après la célébration, & nous defcen-
» dîmes dans une maifon que nous avoit pré-
» parée *Mifs Biddy Trifle*, la coufine de mon
» époux. Nos appartemens étoient au fecond

» étage, & la cousine nous observa qu'ils pou-
» voient nous suffire en attendant qu'il nous
» plût de prendre une demeure plus élégante &
» plus commode,

» J'espérois de garder l'*incognito* jusqu'à ce
» que mes nouveaux habits fussent faits & que
» nous eussions loué un autre logement ; mais
» *Miss Trifle* ayant habilement divulgué mon
» arrivée à toutes ses connoissances, le lende-
» main notre porte fut assaillie de brillans car-
» rosses, & je fus obligée de recevoir *au second*
» *étage* tous les oncles, les tantes, les cousins
» & les cousines de mon époux.

» Souvent les avantages balancent les incon-
» véniens ; l'élévation de mes appartemens four-
» nit un sujet à la conversation qui, sans cela,
» auroit peut-être été languissante. Milady *Latour*
» nous apprit depuis combien d'années elle avoit
» grimpé tant de degrés ; Miss *Bel-air* courut à
» la fenêtre & dit qu'il étoit charmant de voir
» passer si peu de monde dedans la rue. Bref,
» Miss *Gentle* voulut faire la même expérience
» & fit un cri perçant en se voyant élevée au-
» dessus de la surface.

» Elles savoient toutes que je devois quitter
» ce local, & par conséquent elles me donnèrent
» des avis sur le choix que j'avois à faire. On
» vanta les avantages de plusieurs rues : dans

L 2

» l'une l'air étoit pur, & dans l'autre régnoit
» un calme parfait ; une troifième étoit dans le
» voifinage du parc, une quatrième conduifoit
» à tous les lieux publics, & une cinquième
» réuniffoit les agrémens de la ville & de la
» campagne.

» Je fus affez civile pour feindre d'applaudir
» à toutes ces belles recommandations ; mais
» mon cœur défiroit uniquement de quitter un
» maudit *fecond étage :* peu m'importoit où je
» fuffe fixée, fi mes appartemens étoient fpa-
» cieux & magnifiques.

» Le lendemain Mifs *Trifle* prit un carroffe de
» louage & nous chercha d'autres pénates ; fa
» démarche ne fut pas inutile, elle nous annonça
» l'après-dîner qu'elle avoit découvert une *char-*
» *mante place ;* en conféquence mon époux s'y
» rendit pour faire le bail ; mais comme il eft
» jeune & fans expérience, il emmena fon ami
» *Ned Quick,* grand connoiffeur en maifons &
» en ameublemens & qui, du premier coup-
» d'œil, fait juftement apprécier les chofes. Il
» vit la maifon & trouva qu'elle ne pouvoit
» être habitée, attendu que le foleil du foir fe
» précipitoit à grands flots fur les fenêtres du
» falon à manger.

» Mifs *Trifle* dépéchée une feconde fois, nous
» découvrit un autre logement : M. *Quick* alla

» l'examiner & remarqua que toute la fumée
» de la ville y feroit amenée par les vents
» d'eft.

» On nous parla d'un magnifique hôtel près
» du pont de *Weftminfter* : Mifs *Trifle* le jugea
» préférable à tous ceux qu'elle avoit vus ; mais
» M. *Quick*, après l'avoir long-temps lorgné,
» conclut qu'il étoit expofé aux exhalaifons de
» la Tamife.

» C'eft ainfi que M. *Quick* continuoit de nous
» donner tous les jours de nouveaux témoignages
» de fon goût & de fa prudence. Tantôt, felon
» lui, la multitude des voitures rendoit la rue
» trop étroite ; tantôt la place étoit fombre &
» non-habitée par les perfonnes de qualité. Quel-
» quefois les rues étoient mal-propres ou bruyantes ;
» quelquefois l'ameublement des maifons fe trou-
» voit mal afforti, ou l'efcalier paroiffoit incom-
» mode ; enfin fes objections intariffables fati-
» guèrent tellement Mifs *Trifle*, qu'elle ceffa de
» s'intéreffer à fes chers parens.

» Cependant je reçois toujours ma compa-
» gnie au *fecond étage*, on me demande vingt
» fois par jour quand je quitterai l'odieux logis
» où je vis tumultueufement fans plaifir, & ma-
» gnifiquement fans honneur. Mon époux a tant
» d'eftime pour M. *Quick*, qu'il ne peut fe ré-
» foudre à déloger fans fon approbation, &

L 3

» M. *Quick* de fon côté croiroit fa réputation
» en défaut s'il ne multiplioit journellement les
» difficultés.

» Dans ma détreffe, à qui puis-je avoir
» recours ? eft-il une fituation plus critique que
» la mienne ? les plaifirs m'environnent, & je
» ne puis les partager ; je fuis riche, & je ne
» jouis point de mes richeffes. Cher *Pareffeux*,
» informez mon mari qu'il perd à d'inutiles
» inquiétudes un temps deftiné, felon l'ufage,
» aux innocens plaifirs : dites-lui combien il eft
» difficile de calmer les débats matrimoniaux
» élevés entre deux époux qui n'ont point encore
» d'enfans ; dites-lui qu'il rencontrera par-tout
» quelques inconvéniens, & qu'il eft très-défa-
» gréable d'être dans un état continuel de re-
» cherche & de fufpens ».

Je fuis, MONSIEUR,

Votre très-humble & très-affligée fervante,

PEGGY MALERTE.

NUMÉRO LXXXVI.

Samedi 15 Décembre.

C'EST uniquement d'après les chofes connues que nous pouvons juger de celles que nous ignorons. Les nouveautés nous paroiffent d'autant plus merveilleufes qu'elles ont peu de rapport avec nos connoiffances actuelles, & fi ces nouveautés paffent nos idées ordinaires, elles deviennent incroyables.

Nous confidérons rarement que les connoiffances humaines font bornées, que les ufages nationaux font dus au hafard, que le concours extraordinaire des caufes produit des effets étonnans, & qu'une chofe impoffible dans un temps peut arriver dans un autre. Il eft toujours plus commode de nier que de faire des recherches. Les petits efprits fe refufent à l'évidence, & craignent la fatigue de comparer les poffibilités : par là ils fe donnent un air de fupériorité qui les flatte d'autant plus qu'il leur coûte très-peu. Les plus intrépides & les plus opiniâtres difputeurs fe laffent de nier, & l'incrédulité qu'un vieux de nos poëtes appelle *l'efprit des fots*, émouffe les argumens auxquels elle ne peut répondre, comme un fac de laine amortit les flèches fans pouvoir les repouffer.

L. 4

La plupart des relations des voyageurs ont été traitées de fables, jufqu'à ce que des voyages plus fréquens aient confirmé leur véracité. On peut donc raifonnablement conjecturer que plufieurs hiftoriens de l'antiquité font injuftement accufés d'impofture : la différence de nos mœurs eft la raifon pourquoi nous les croyons de mauvaife foi.

Si les feuls écrivains de l'antiquité nous euffent appris qu'il exiftoit une nation où les femmes fe brûloient, uniquement pour mêler leur cendre à celle de leurs époux, nous rangerions cette anec-dote parmi les menfonges de la Fable. *Si* nous favions d'un feul voyageur qu'il y a des peuples noirs fur la terre, nous croirions à l'exiftence d'un nègre comme à celle du *Phénix*. Mais, hélas! nous favons trop bien que des milliers d'hommes noirs gémiflent fous le joug cruel des Anglois!... Nous favons que les dames de l'*Inde* n'ont pas encore perdu l'ufage de chercher une mort vo-lontaire fur le bûcher de leurs époux.

Les hiftoires les plus incroyables font celles des Amazones, de ces nations où les lois fon-damentales excluoient les hommes des affaires publiques & domeftiques, où des armées de femmes marchoient fous des chefs du même fexe, où les femmes recueilloient les moiffons & fa-voient fe fuffire à elles-mêmes pour remplir toutes les fonctions fociales.

Cependant les écrivains de l'antiquité ont fait mention, pendant plusieurs siècles, des Amazones du *Caucase* & des Amazones d'*Amérique*, qui ont donné leur nom au plus grand fleuve du monde. *La Condamine* a découvert, depuis peu, des vestiges qui semblent constater leur existence ; mais ces vestiges sont tels que l'on les trouve chez des nations ignorantes, où la tradition seule transmet les événemens, & où les peuplades qui s'y fixent de temps en temps effacent & bouleversent les monumens des siècles passés.

Vivre & mourir avec des maris sont deux extrêmes que la prudence & la modération des femmes *Européennes* ont évités dans tous les âges : l'exemple des nations polies & civiles n'a jamais pu les déterminer à la mort, & la rudesse brutale des pays sauvages ne les a point encore engagées à bannir irrévocablement le sexe auquel elles sont unies. On dit que les dames *Bohémiennes* ont essayé de commander aux hommes ; mais au lieu de les envoyer en exil, elles se contentèrent de leur confier les emplois serviles : il en résulta que leur constitution politique fut bientôt anéantie.

Il n'est pas, je crois, à craindre qu'aucune classe de nos *Angloises* imite les fières Amazones. Les vieilles filles paroissent le plus souhaiter l'indépendance, & s'élever contre l'autorité masculine : souvent elles parlent des hommes avec une vé-

hémente aigreur ; mais on a rarement obfervé
qu'elles aient une haine invétérée contre eux, &
l'on a remarqué plus rarement encore qu'elles
aient quelque bienveillance l'une pour l'autre.
Il leur feroit difficile de mener une vie retirée :
fi toutes confentoient à s'enfermer dans des châteaux fortifiés, ou fur des montagnes, la fenti-
nelle, ne fût-ce que pour dépiter fes camarades,
livreroit le paffage ; la garnifon capituleroit volontiers, fi les affiégeans avoient de beaux nœuds
d'épée, de belles franges & de belles dentelles.

Si les joueufes étoient réunies, elles pourroient
former un corps formidable ; & puifqu'elles regardent uniquement les hommes comme des êtres
faits pour perdre leur argent, elles pourroient
vivre fans goûter les délices de la galanterie &
les agrémens de la fociété : mais comme l'efpérance de fe piller mutuellement feroit le feul lien
de leur affociation, le gouvernement tomberoit
par le vice de fes principes, & la guerre civile
détruiroit toutes ces Amazones en quelques femaines.

En fuppofant que les dames *Angloifes* ne femblent pas devoir recouvrer les honneurs militaires
de leur fexe, je ne prétends pas pour cela
qu'elles manquent de connoiffances & d'efprit.
Le caractère des anciennes Amazones étoit plutôt
farouche qu'aimable : une main employée à lancer

une flèche, à brandir un glaive, ne pouvoit être fort délicate. Elles maintenoient leur puissance par la cruauté, & ternissoient leur bravoure par des mœurs féroces; en un mot, leur exemple prouve que rien n'est plus doux que le commerce réciproque des deux sexes.

NUMÉRO LXXXVII.

Samedi 22 Décembre.

LORSQUE nos philosophes modernes se réunirent pour former la société royale, on s'attendit à de grands progrès dans les arts utiles ; on espéra que le mouvement perpétuel seroit trouvé ; que les médecins guériroient toutes les maladies ; que la science auroit un caractère distinctif ; que le commerce donneroit plus d'extension à ses branches diverses, & que tous les navires arriveroient à leur destination en dépit des tempêtes.

Mais la perfection est naturellement lente. Les savans s'assembloient & se quittoient sans diminuer les misères de la vie. La goutte & la gravelle furent toujours douloureuses ; les terres incultes ne portèrent point de moissons ; l'aube-épine ne fut point chargée d'oranges & de raisins. Enfin les personnes frustrées dans leurs espérances commencèrent à murmurer : celles que l'innovation avoit indignées, saisirent avec plaisir l'occasion de ridiculiser des hommes qui peut-être avoient déprimé trop arrogamment les connoissances de l'antiquité. Nos philosophes académiques furent plus d'une fois mortifiés, comme on le voit par leurs premières apologies ; on les importunoit journellement par cette queſtion : *Qu'avez-vous fait ?*

Il eſt vrai qu'ils avoient peu fait en comparaiſon de ce qu'ils avoient promis : ils ne pouvoient contenter les demandeurs que par des raiſons vagues , & en leur donnant de nouvelles eſpérances ; mais ces eſpérances trompées donnoient occaſion à d'autres importunités.

Ces fatales queſtions ont troublé le repos de pluſieurs eſprits. Celui qui, dans la dernière ſaiſon de ſa vie, ſe demande ce qu'il a fait, reçoit rarement une réponſe ſatisfaiſante de ſon cœur.

Nous trompons moins ſouvent les autres que nous-mêmes. Non-ſeulement nous avons de notre mérite perſonnel une opinion plus favorable que les autres, mais nous nous plaiſons à concevoir des eſpérances que nous ne communiquons à perſonne : dans le délire de notre imagination, nous montons au faîte des grandeurs, & quand nos jours ſe ſont écoulés dans des amuſemens, dans des occupations ordinaires, quand nous nous apercevons que nos projets ne ſont point réaliſés, & que le temps d'agir eſt paſſé, le cœur alors nous accable de reproches amers. Nos amis, ni nos ennemis, ne s'étonnent point que nous vivions & mourions comme le reſte des humains ; que nous vivions ſans célébrité, & que nous mourions ſans laiſſer des monumens de notre

exiſtence : ils ignorent quelle tâche nous nous
étions propoſé de remplir , & ne peuvent con-
ſéquemment ſavoir ſi elle eſt achevée.

L'homme qui compare ce qu'il a fait à ce
qu'il n'a point fait , éprouve néceſſairement l'effet
toujours réſultant d'une chimère comparée à la
réalité : il voit avec dédain ſon peu d'importance,
& ſe dit à lui-même : *Pourquoi donc ſuis-je venu
dans le monde ?* Il gémit de ne laiſſer aucune
trace après lui, de n'avoir rien fait pour ſa perfection, & d'avoir conſumé ſes jours dans une
honteuſe obſcurité.

L'homme perd difficilement l'opinion de ſa
dignité perſonnelle ; il n'aime pas à croire qu'il
fait peu de choſe, parce qu'un individu n'eſt
preſque rien ; il accuſe plutôt ſa pareſſe que ſes
moyens ; il s'en prend plus à la dépravation de
ſa volonté qu'à la foibleſſe de ſa nature.

De nos fauſſes idées ſur la grandeur humaine,
il réſulte que ceux qui prétendent le plus faire
des progrès dans la ſageſſe, finiſſent par ſe mépriſer ſouverainement. Si jamais je voyois un de
ces *contempleurs d'eux-mêmes*, bourrelé par la conſcience de ſon néant, j'eſſayerois de le conſoler
en lui obſervant *qu'un peu plus que rien* eſt tout
ce que l'on peut attendre d'un être qui *n'eſt preſque
rien* en comparaiſon des millions d'êtres qui l'environnent. Tout homme doit, d'après les volontés

du Maître suprême de l'univers, saisir les occasions de faire des progrès dans le bien, & de
tenir dans une activité continuelle les talens qui
lui sont accordés ; mais il ne doit pas se plaindre
si les occasions sont rares, & si ses talens sont
médiocres. Celui qui, dans sa vie, a perfectionné
le bonheur ou la vertu d'un de ses semblables,
qui a découvert une seule vérité morale, &
facilité les connoissances naturelles, peut être satisfait de son ouvrage : en cela il est supérieur à
tant d'autres mortels, qu'il a droit aux applau-
dissemens de ses contemporains & de la postérité.

Numéro LXXXVIII.

Samedi 29 Décembre.

'Ανεχȣ καὶ ἀπέχȣ. EPICT.

COMMENT le mal eſt-il venu dans le monde? Pourquoi la vie eſt-elle pleine de miſères innombrables? Pourquoi le feul être penfant n'eſt-il condamné à penfer que pour être malheureux, & pour paſſer fa vie entière en craintes, ou bien à eſſuyer des calamités? -- Les philofophes ont agité ces queſtions pendant longtemps, & la philofophie n'a jamais pu les réfoudre.

La religion nous apprend que la miſère & le péché furent produits enfemble. Le déſordre de la nature fuivit la dépravation de la volonté humaine ; & la Providence, qui fouvent place l'antidote à côté du poiſon, réprima le vice par la miſère, de crainte qu'il n'établit un empire univerſel & illimité.

Un état d'innocence & de bonheur eſt trop éloigné de tout ce que nous avons vu ; quoique nous le jugions poſſible & que nous eſpérions de l'atteindre, nous n'avons à cet égard que des idées vagues & confuſes. Il eſt vraifemblable que le bonheur étoit univerſel où l'innocence régnoit

univerſellement,

univerfellement. En effet, à quoi bon affliger des êtres qui ne craignent point de perdre leur candeur originelle, qui ne connoiffent ni la terreur ni les châtimens? Mais dans un monde comme le nôtre, où les fens nous fubjuguent, où le cœur nous trahit, nous pafferions d'un crime à l'autre fans remords, fi les maux ne nous faifo'ent fentir nos folies.

Tout le bien moral qui refte parmi nous eft, pour ainfi dire, l'effet du mal phyfique.

Selon les Théologiens, la fobriété, la droiture & la piété, conftituent la bonté. Voyons comment ces vertus feroient pratiquées fans le concours du mal phyfique.

La fobriété, ou la tempérance, n'eft autre chofe que l'abftinence du plaifir; mais qui voudroit s'abftenir du plaifir, s'il n'étoit fuivi de la peine? Nous voyons journellement des hommes en qui le défir des jouiffances actuelles étouffe le fouvenir du paffé, & auxquels il dérobe la vue des mifères futures. L'ivrogne, quand fa goutte lui donne quelque relâche, retourne à la taverne, & le glouton à fes feftins. Si les maladies ni la pauvreté n'étoient fenties ou redoutées, chacun tomberoit dans une molle fenfualité, fans fe foucier des autres ou de lui-même : manger, boire & dormir, telle feroit l'importante affaire de tous les hommes.

La droiture, ou le fyſtéme des devoirs ſociaux, peut ſe ſubdiviſer en deux autres vertus : la Juſtice & la Charité. La juſtice, ſelon un ſubtil philoſophe du Paganiſme, a été cultivée parmi les hommes uniquement à cauſe des maux produits par l'injuſtice. « Dans les premiers âges, dit-il, les » hommes n'avoient d'autre loi que l'impulſion » de leurs déſirs : ils étoient injuſtes envers les » autres, & ſouffroient l'injuſtice à leur tour ; » mais on découvrit avec le temps que la peine » de ſouffrir le mal étoit plus grande que le » plaiſir de le faire. Alors les hommes, par un » pacte général, ſe ſoumirent au frein des lois, » & laiſsèrent le plaiſir pour fuir la peine ».

Il eſt inutile d'obſerver que la charité ne doit ſon exiſtence qu'aux beſoins ; car eût-on été repréhenſible en ne pratiquant point une vertu qui ne pouvoit être praticable ? Le mal eſt non-ſeulement la cauſe occaſionnelle, mais efficiente de la charité : nous ſommes portés à ſecourir des malheureux, parce que la conſcience nous dit qu'ils ſont nos ſemblables, que nous ſommes expoſés aux mêmes miſères, & qu'un jour peut-être nous implorerons, comme eux, la bienfaiſance des ames ſenſibles.

Élever ſon ame vers l'Être ſuprême, étendre ſes idées juſques dans l'autre vie, voilà la piété. L'autre vie eſt future, & l'Être ſuprême eſt

invisible : nul n'auroit recours à une invisible
puiffance , si tout ici bas ne trompoit ses espérances ; nul ne fixeroit son attention sur l'avenir,
s'il étoit satisfait du présent. Si l'on contentoit
inceffamment les sens par les plaisirs qu'ils demandent, ils tiendroient l'ame dans un esclavage
continuel. La raison nous avertit du mal , &
c'est là tout l'empire qu'elle exerce sur nous.

Pendant l'enfance on verse des notions reli-
gieufes dans les esprits encore vides , & même
la plupart des enfans bien élevés paffent leurs
premières années à remplir ponctuellement tous
les devoirs de piété ; mais à mesure que nous
nous avançons sur le bruyant théâtre du monde,
mille plaisirs sollicitent nos penchans, mille soins
détournent notre a   : l'adol.scence s'écoule
dans de tumultueu.   .lies ; l'âge viril espère
& projette continuell..nent ; l'amour des plaisirs,
l'ivreffe des succès , l'ardeur de l'attente, le feu
de l'émulation, enchaînent l'ame aux objets préfens. On ne fonge pas que le nuage dont nous
fommes enveloppés doit bientôt s'évanouir , &
que les bulles flottantes sur le ruiffeau de la vie
vont se perdre pour jamais dans le gouffre de
l'éternité.

Le poids des maux feul réveille l'homme de
fa stupeur, & l'oblige de faire ces dures réflexions.
La mort de ceux dont il tiroit ses plaisirs, ou

M 2

auxquels il deſtinoit ſes richeſſes, les maladies, la triſte vieilleſſe, lui montrent la vanité des biens terreſtres, mettent fin à ſes eſpérances, & ra- mènent ſes regards ſur un autre état : enfin, quand il eſt las des tempêtes du monde, quand ſes forces l'abandonnent, il cherche un aſile dans le ſein de la religion.

Les miſères, il eſt vrai, ne rendent pas tous les hommes vertueux : l'expérience le prouve inconteſtablement ; mais il n'eſt pas moins vrai que les miſères produiſent, en grande partie, ce qu'il y a de vertu dans le monde. On peut donc endurer patiemment le mal phyſique, puiſqu'il eſt la cauſe du bien moral ; & la patience elle- même eſt une vertu qui nous prépare à l'état où tous les maux ſeront inconnus.

Numéro LXXXIX.

Samedi 5 Janvier 1760.

ON s'eſt plaint longtemps, & l'on ſe plaint encore fréquemment, que notre art oratoire, malgré la force de ſes argumens & l'élégance des expreſſions qu'il emploie, eſt néanmoins inſuffiſant & défectueux, parce que les orateurs n'ont ni la grâce ni l'énergie des geſtes.

Parmi les nombreux patriote, jaloux de raffiner nos mœurs & de perfectionner nos moyens, pluſieurs ont voulu ſuppléer à ce qui manque à nos orateurs : ils nous exhortent à étudier l'art trop négligé d'émouvoir les paſſions; ils s'efforçent de nous perſuader que nos langues, quoique foibles par elles-mêmes, peuvent, avec le ſecours des pieds & des mains, exercer un empire abſolu ſur l'auditoire le plus ſtupide, animer l'inſenſibilité, aiguillonner l'indolence, arracher des larmes aux ames dures, extorquer de l'argent aux avares, &c. &c.

Si, par un geſte agile de la main ou du pied, on peut opérer toutes ces merveilles, celui qui néglige de faire un libre uſage de ſes membres, eſt un pareſſeux très-criminel : mais je crois qu'il ſeroit difficile de produire de pareils effets.

M 3

Si je rencontrois dans *Change-Alley* un orateur
qui, par le pouvoir de ses gestes, pût augmenter
le prix des fonds, je recommanderois soigneusement l'étude de son art ; mais n'ayant jamais vu
que l'action assistât beaucoup le langage, je doute
que mes compatriotes soient blâmiables de conserver leur calme & paisible déclamation.

La plupart des étrangers gesticulent en parlant :
mais pourquoi leur exemple influeroit-il plus sur
nous que le nôtre sur eux ? On ne doit changer
les usages qu'en mieux ; reste à savoir si ceux qui
veulent nous réformer, peuvent nous faire voir
les avantages du changement proposé.

Les acteurs *Anglois* ne manquent pas de gestes,
mais ils ne savent point les varier à propos, &
leurs efforts continuels à les rendre ridicules,
(malgré les ressources de l'art & du théâtre, de
l'usage & du préjugé) prouvent qu'il est peu nécessaire de les employer dans les lieux où l'orateur
doit parler d'une manière simple & naturelle.

L'art oratoire *Anglois* n'est en usage qu'au
barreau, au parlement & à l'église : or, nos
magistrats, & les représentans du peuple, pour-
roient-ils être vivement émus par une gesticulation
forcée ? L'orateur gagneroit-il leur confiance en
roulant ses yeux, en gonflant ses joues, en
étendant les bras, en heurtant la terre, en se
frappant la poitrine, en tournant ses regards tantôt

vers le lambris, & tantôt vers le parquet? Le bras d'un orateur a peu de pouvoir fur des hommes uniquement attentifs à la vérité : une preuve convaincante, un argument vigoureux, valent mieux que les grimaces & les contorfions.

On fait très-bien que dans la ville qui fut la mère de l'éloquence, on profcrivoit des tribunaux tous les moyens artificiels de perfuafion. Les juges de l'*Aréopage* regardoient les geftes & les clameurs comme des rufes inventées pour faire illufion aux fens, comme des reffources indignes d'être employées devant des hommes qui cherchoient non l'amufement, mais la vérité.

Doit-on employer les geftes dans la chaire où le prédicateur parle à des auditeurs de tout état & de toute condition? Ceci mérite difcuffion. Il eft certain que les fens font d'autant plus puiffans que la raifon eft plus foible. Celui dont les impreffions reçues par l'oreille fe communiquent peu à l'efprit, écoute quelquefois mieux des yeux : la vérité le frappe graduellement, & parvient enfin à fon cœur. Si l'on fait ufage des geftes, ce doit être pour convaincre des auditeurs ignorans, toujours moins fenfibles à la propriété des expreffions qu'au fracas des termes fonores. Une gefticulation modérée, conforme à la nature ou à l'ufage, convient donc à la chaire : celui qui de la main imite un mouvement qu'il décrit, le développe par une fimilitude naturelle ; celui qui place fa main fur fa poitrine en exprimant la pitié, renforce fes paroles par une illufion d'ufage. -- Cependant la Théologie ne doit pas prodiguer les geftes : lorfqu'ils font vagues & indéterminés, ils fe changent en habitude , & les fingularités habituelles deviennent bientôt ridicules.

Le caractère de l'Anglois eft peut-être de méprifer les bagatelles , & l'on peut affurément regarder comme bagatelle un art inutile & vain, un art dont l'emploi convient rarement , un art d'autant moins puiffant que l'efprit eft plus cultivé : néanmoins, comme il ne fait négliger aucun moyen innocent pour la propagation de la vérité, je ne prétends pas défendre aux prédicateurs les reffources par lefquelles ils perfuadent leurs auditeurs; car lorfqu'il s'agit d'opérer des converfions, on ne doit pas craindre de facrifier l'élégance & la propriété des expreffions.

Numéro XC.

Samedi 12 Janvier.

IL eſt ordinaire de mépriſer ce qui nous en-
vironne, & de fixer ſes regards ſur des objets
éloignés : c'eſt ainſi que les eſprits occupés des
biens futurs, laiſſent ſouvent échapper des biens
préſens & d'une acquiſition facile. La vie, quoique
très-courte, le devient davantage par la perte
du temps, & ſes progrès vers le bonheur,
quoique lents, ſont encore retardés par d'inutiles
travaux.

La difficulté d'acquérir des connoiſſances eſt
univerſellement avouée. Fixer profondément dans
l'eſprit les principes de la ſcience, établir leurs
limites, déduire la longue ſucceſſion de leurs
conſéquences, ſaiſir tout l'enſemble des ſyſtèmes
multipliés, avec les argumens, objections & ſo-
lutions, raſſembler dans ſa mémoire des faits
ſans nombre, des apophtegmes, des propoſitions,
& mille autres choſes dont aucune n'a de con-
nection avec les autres, eſt une tâche qui, bien
qu'entrepriſe avec ardeur & continuée avec ſoin,
doit demeurer imparfaite par la fragilité de notre
nature.

Rendre le chemin de la ſcience moins court

& moins facile, eſt certainement une abſurdité ;
cependant c'eſt l'effet que doit produire le préjugé
qui ſemble prévaloir parmi nous en faveur des
auteurs étrangers ; c'eſt l'effet qui réſultera de
notre mépris pour la littérature angloiſe, & de
notre inquiétude continuelle à chercher des lumières hors de nos foyers. On s'inſtruit plus
dans ſa propre langue que dans les langues
étrangères : au lieu de chercher des inſtituteurs
dans les autres climats, eſſayons ſi nous ne pourrions pas nous épargner des peines en les cherchant parmi nous.

Les richeſſes de la langue angloiſe ſont plus
grandes qu'on ne le ſuppoſe ordinairement. Pluſieurs livres utiles & précieux giſſent inconnus
dans les boutiques des libraires : c'eſt un heureux
haſard ſi les compilateurs les ouvrent quelquefois
& les dépouillent de l'eſprit qu'ils recèlent. Je
ſuis loin de vouloir inſinuer que les autres langues
ne ſont pas néceſſaires à ceux qui, aſpirant à la
gloire d'être immortels, conſacrent leur vie entière à l'étude ; mais ceux qui liſent pour le ſeul
amuſement, ou qui, ſans prétendre aux couronnes
littéraires, liſent pour être utiles à leurs conci-
toyens & mériter une réputation vulgaire, ceux-là,
dis-je, trouveront dans les auteurs nationaux de
quoi remplir leurs inſtans de loiſirs & s'inſtruire
comme ils le déſirent.

Je ne dis rich de nos poëtes : ce font peut-être les feuls auteurs auxquels leur patrie ait rendu juftice. Nous regardons ceux que l'Angleterre a produits depuis *Spenfer* jufqu'à *Pope*, comme fupérieurs à tous les génies dont le Continent peut s'enorgueillir : c'eft pour cela que les poètes étrangers, quoique l'on en parle familièrement, ne font guères lus que par ceux qui veulent en emprunter les beautés.

Il n'eft, je crois, aucun art libéral que l'on ne puiffe parfaitement apprendre dans la langue angloife : celui qui prétend à des connoiffances mathématiques les acquerra parmi fes compatriotes, & s'inftruira dans toutes les fciences abftraites ; celui qui veut connoître la nature des corps d'après des effets vifibles & certains, fe trouve heureufement placé dans un pays où la phyfique expérimentale eft enfeignée publiquement, & d'où elle s'eft répandue dans toutes les autres contrées.

L'amateur des belles-lettres n'a befoin d'aucun fecours étranger. Quoique notre idiôme (n'étant pas fort analogique) donne rarement lieu à des recherches grammaticales, nous ne manquons pas d'auteurs qui ont examiné les principes du langage. Quant aux critiques, nous en poffédons un très-grand nombre : les frivoles pédans, éclairés par eux, font en état de nous prefcrire des règles

rarement fuivies, & de nous parler de livres qu'on
ne lit point.

Depuis la réforme jufqu'à préfent, les ouvrages
théologiques ont fpécialement embelli & orné
notre langue : les théologiens, confidérés comme
commentateurs, comme controverfiftes, ou comme
prédicateurs, ont indubitablement furpaffé de
beaucoup ceux des autres nations. Aucune des
langues vivantes ne pofsède tant de connoiffances
théologiques ; aucune nation de l'Europe ne peut
fe flatter d'avoir tant de, théologiens à la fois
profonds, élégans & pieux. Les autres communions
ont peut-être des écrivains auffi habiles & auffi
laborieux que les nôtres ; mais elles conviendront
de notre fupériorité, par rapport au nombre &
au mérite réunis. Il eft inutile de parler de la
morale ; elle eft comprife dans la théologie-
pratique, & peut-être eft-elle mieux enfeignée
dans les fermons *anglois* que dans tous les écrits
anciens & moderncs. Je ne m'errête pas fur
notre méthaphyfique : quiconque lit les ouvrages
de nos théologiens, voit aifément jufqu'où la
fagacité humaine a pu pénétrer.

La forme de notre conftitution nous force
d'acquérir des connoiffances politiques, & tous
les myftères du gouvernement fe découvrent dans
les attaques & les défenfes de nos miniftres.
Les loix primitives de la fociété, les droits des

fujets, & les prérogatives des rois, ont été fa-
vamment traités, quelquefois profondément dif-
cutés, & clairement développés.

Ainfi la langue *Angloife* étant fuffifamment inf-
truétive, nous difpenfe de recourir aux écrivains
étrangers. N'enorgueilliffons pas nos voifins en
leur demandant des fecours dont nous pouvons
nous paffer ; ne décourageons pas notre induftrie
par des difficultés volontaires.

NUMÉRO XCI.

Samedi 19 Janvier.

TOUT ce qui eſt utile ou honorable, eſt preſque toujours convoité par ceux qui ne peuvent l'atteindre, & ce que l'on ne peut atteindre quand il eſt convoité, l'artifice ou la folie tâchent de le contrefaire. Ceux à qui la fortune a refuſé l'or & les diamans, ſe parent de pierres & de métaux qui ont un peu d'éclat, mais peu de valeur. De même le mérite moral, ou l'eſprit, a des vices & des folies qui en prennent l'écorce.

Chacun prétend à la ſageſſe, & ceux qui ne peuvent y parvenir ſont toujours ruſés. Moins les perſonnes avec leſquelles nous avons des rapports ont de diſcernement, plus elles employent de preſtiges pour en montrer, & jamais la prudence n'eſt plus néceſſaire qu'avec les amis ou les ennemis dont l'eſprit eſt foible.

La ruſe diffère de la ſageſſe, comme la nuit tombante diffère du grand jour. Celui qui ſe promène à la lumière du ſoleil, marche ſans crainte dans tous les chemins qu'il trouve; il voit qu'il eſt en ſûreté dans une route droite & unie; ſi au contraire elle eſt rude & difficile, il peut aiſément ſe détourner & fuir les obſtacles. Mais

celui qui voyage dans l'obfcurité craint d'autant
plus qu'il voit moins ; le danger l'intimide, il
effaye chaque pas avant de fixer fon pied ; il
fe trouble, il tremble au moindre bruit. La
fageffe faifit à la fois la fin & les moyens,
calcule les poffibilités & les difficultés, & d'après
cela elle eft prudente ou confiante. La rufe prévoit
peu de chofe ; elle met toute fa force dans le
nombre de fes ftratagémes & de fes foupçons :
l'homme rufé, toujours méfiant, s'enveloppe d'un
nuage qu'il croit impénétrable à l'œil des rivaux
& des curieux.

Sur ce principe, *Tom Double* a contracté l'habitude d'éluder les plus innocentes queftions : il
feint de ne pas entendre quand il ne veut pas
répondre, & tâche de diftraire l'attention de
celui qui l'interroge ; mais s'il eft preffé par des
interrogations répétées, il évite toujours une réponfe directe. Demandez-lui quel eft celui de
nos acteurs qu'il préfère, il vous répond qu'il y
en a plufieurs d'un grand mérite. Priez-le de vous
dire l'âge d'un de fes amis, il vous parle auffitôt
d'un autre plus jeune ou plus vieux que l'homme
en queftion.

Will Puzzle fe vante d'avoir la vue longue :
il prévoit tout, quoiqu'il ne parle de fes pronoftics
qu'après l'événement. Depuis vingt ans il n'eft
rien arrivé qu'il n'ait prédit d'une manière vague ;

mais il avoit fes raifons pour ne pas s'en expliquer
ouvertement. Quand l'effet juftifie fes prédictions,
ce qui ne manque jamais, il s'en prévaut toujours,
& s'étonne que fes amis ne les aient pas com-
prifes. — Hier je lui demandai fon opinion fur
la guerre d'*Allemagne*; il me répondit que fi les
Pruffiens étoient bien foutenus, on pourroit attendre
quelque chofe de grand; qu'ils avoient néanmoins
de puiffans ennemis à combattre; que le général
Autrichien avoit une longue expérience; que les
Ruffes étoient hardis & réfolus, mais qu'aucune
puiffance n'étoit invincible. Après cela je fis tomber
la converfation fur nos propres affaires, & le
priai de balancer les probabilités de la guerre &
de la paix; il me dit que la guerre demandoit
du courage, & que les négocians exigeoient du
jugement; puis il ajouta que le temps viendroit
où l'on verroit fi notre talent pour les traités
égaleroit notre bravoure dans les combats. Dans
la fuite, quels que foient les vainqueurs ou les
vaincus, il rappellera cette vague diatribe, &
voudra que l'on applaudiffe à fa pénétrante
fagacité.

Ned Smuggle eft myftérieux en tout; il fe
croit environné d'efpions, & rit intérieurement
de l'adreffe avec laquelle il évite des piéges qu'on
ne lui tend jamais. *Ned* foutient que la méfiance
eft mère de la fûreté : en conféquence il ne dit
jamais

jamais le nom de fon tailleur & de fon chapelier. Il fe promène dès le matin pour prendre
l'air , & goûte un plaifir inexprimable en fongeant
que perfonne ne fait où il eft allé. Doit-il dîner
chez un ami ? il ne fe rend jamais chez lui par
le chemin le plus court ; mais il fait mille détours
pour donner le change aux curieux. Quand il
arrête une voiture , il ne parle jamais au cocher
devant la porte ; il monte d'abord , & lui donne
fi bien fes inftruétions que perfonne ne l'entend.
Il cache foigneufement le prix des chofes qu'il
vend ou qu'il achète. Souvent il loue une maifon
à la campagne fous un nom fuppofé , & s'imagine
que le monde eft très-inquiet de favoir le lieu
de fa retraite. Il dépofe toutes fes actions fur un
journal qui , felon lui, doit un jour fingulièrement
furprendre la poftérité.

Numéro XCII.

Samedi 26 Janvier.

IL eſt très-commun de voir des jeunes gens
ſe livrer avec ardeur à l'étude des connoiſſances
humaines ; mais les circonſtances de la vie produiſent ſouvent le relâchement & l'indifférence.
Non-ſeulement ceux qui ſont libres de choiſir
leurs occupations & leurs amuſemens, mais encore
les littérateurs de profeſſion, paſſert le dernier
période de leur vie ſans avancer vers la perfection,
& ſans chercher leur plaiſir, comme auparavant,
dans l'étude des ſciences & des belles-lettres.

D'où vient l'extinction de cette véhémente
ardeur, de cet amour ſi vif pour l'étude ? La
plupart l'imputent à l'inſuffiſance de la ſcience.
On ſuppoſe que les hommes abandonnent leurs
travaux, parce qu'ils en aperçoivent l'inutilité ;
qu'ils ceſſent de courir après la ſageſſe & la
vérité, parce qu'ils déſeſpèrent de les atteindre.

Cette cauſe eſt ſouvent fauſſement aſſignée.
On peut dire de la ſcience, comme de la vertu,
qu'elle eſt en même temps honorée & négligée :
quiconque l'abandonne la regrette toujours ; quoiqu'il
ne cherche pas à recouvrer le tréſor qu'il a perdu,
il en déplore la perte ſans ceſſe, & ſoupire après

un bien qu'il n'a pas le courage de reprendre. Le pareſſeux n'applaudit jamais à ſa pareſſe, & nul ne ſe repent d'avoir conſacré ſes premi.res années au travail.

Tant d'obſtacles s'oppoſent à l'acquiſition des ſciences, qu'il n'eſt pas étonnant de les voir cultivées par un auſſi petit nombre d'amateurs. Les devoirs de la vie civile s'accordent rarement avec l'étude : ſouvent les affaires domeſtiques nous dérobent des heures que nous deſtinions à des travaux littéraires. La contemplation, il eſt vrai, procure des plaiſirs purs, durables & ſupérieurs à tous les autres ; mais néanmoins nous les quittons facilement pour les plaiſirs paſſagers & turbulens que l'occaſion nous offre.

Le grand avantage de la ſcience eſt de ne dépendre ni des temps, ni des lieux ; de n'être ſubordonnée ni aux ſaiſons, ni aux climats, ni aux villes, ni aux campagnes, & de tenir lieu de toute autre jouiſſance. Mais cet ineſtimable avantage eſt une des raiſons qui la fait négliger : ce que l'on peut faire aiſément dans tous les temps, on le remet de jour en jour ; l'eſprit s'accoutume inſenſiblement à l'inaction, & enfin l'attention ſe porte ſur d'autres objets. C'eſt ainſi que la pareſſe eſt invincible quand elle eſt devenue trop puiſſante, & que l'homme une fois dégoûté des occupations intellectuelles, ne recherche

plus les doux & tranquilles plaifirs de la mé‑
ditation.

On ne peut nier que la fcience ne foit quel‑
quefois obftruée par ceux qui prétendent en
avancer les progrès : la multiplication continuelle
des livres embarraffe non‑feulement dans le choix,
mais elle égare dans les recherches. Quiconque
a l'efprit un peu orné, trouve rarement des idées
neuves dans nos écrivains ; ou s'ils enfantent
quelques nouveautés littéraires, elles fort telle‑
ment enfevelies dans la maffe des notions géné‑
rales, que, femblables à l'argent mêlé à la mine
de plomb, elles ne peuvent compenfer la peine
de les extraire. Celui que la promeffe d'un titre a
fouvent trompé, fe laffe bientôt d'examiner, &
croit enfin que tous les livres font également
trompeurs.

Cependant il eft des répétitions toujours légi‑
times, parce qu'elles ne trompent jamais. L'hif‑
torien qui retrace les temps paffés, fe propofe
de décorer fon ouvrage par de nouvelles beautés
dans la méthode ou dans le ftyle, ou bien il
veut l'embellir de fes réflexions. L'auteur d'un
fyftême, phyfique ou moral, n'eft obligé qu'à
l'exactitude du choix & à la régularité du plan.
Mais d'autres écrivains afpirent au nom d'*Auteurs*
uniquement pour le dégrader, & ne rempliffent
le monde de volumes que pour enfevelir la

littérature fous leurs ruines. Le voyageur qui,
dans un pompeux *in-folio*, dit qu'il a vu le
Panthéon à *Rome*, & la *Vénus de Médicis* à
Florence ; le naturaliste qui décrit les productions
d'une petite île, & débite froidement tout ce
qu'elle a de commun avec les autres parties du
monde ; l'antiquaire qui vante, comme une merveille, une coupe trouvée dans les ruines d'*Her-*
culanum, quoiqu'elle foit femblable à toutes les
coupes anciennes & modernes ; tous ceux-là,
dis-je, méritent d'être cenfurés comme les per-
fécuteurs des vrais favars, comme les voleurs
d'un temps qui ne pourra jamais être réparé.

NUMÉRO XCIII.

Samedi 9 Février.

AU PARESSEUX.

MONSIEUR,

« SELON l'idée générale, on obtient rarement
» quand on importune par ses plaintes ; néan-
» moins l'expérience nous apprend que tous les
» hommes se plaignent, à moins qu'ils n'aient
» à craindre le reproche d'être les auteurs de
» leurs misères. Je profite de la permission com-
» mune pour exposer ma situation à vos lecteurs.
» Mon aveu me soulagera le cœur, quoique je
» n'aye ni assistance ni consolation à espérer.

» Je suis négociant, & je dois ma fortune à
» ma frugalité. Je commençai avec peu, mais
» par la méthode facile de dépenser moins que
» je ne gagnois, j'augmentai mon fonds chaque
» année. Ma femme, aussi prudente que moi,
» mourut il y a six ans ; elle me laissa deux
» enfans, un fils & une fille, pour l'intérêt
» desquels je n'ai point voulu contracter un

» nouveau mariage, car j'ai rejeté les propofi-
» tions de M^m *Squife*, la veuve d'un banquier,
» laquelle avoit dix mille livres fterling à fa
» difpofition.

» Je plaçai mon fils dans une école près d'*If-*
» *lington*; lorfqu'il fut lire & chiffrer je le pris
» dans ma boutique, bien réfolu de quitter le
» commerce & de l'établir mon fuccefleur.

» Pendant quatre ans il montra beaucoup de
» zèle & d'activité, il entroit dans la boutiquee
» avant qu'elle fût ouverte, & dès qu'elle étoit
» fermée il examinoit foigneufement toutes les
» marchandifes. Dans fes heures de loifir il s'oc-
» cupoit toujours à revoir le *gros livre.* J'efpérois
» d'autant plus de lui, qu'il fecouoit triftement la
» tête en lifant l'article d'un mauvais débiteur, &
» qu'il m'écoutoit avidement quand je lui difois
» qu'un jour il pourroit devenir magiftrat.

» Nous vivions enfemble dans une confiance
» mutuelle; mais par malheur il reçut la vifite
» de deux anciens camarades qui, je crois,
» étoient au fervice parce qu'ils ne pouvoient
» mieux faire. Ils accoftèrent leur vieille connoif-
» fance en brillant uniforme & l'invitèrent à
» une taverne où, comme je l'ai appris, ils
» ridiculifèrent fon état de négociant, & s'éton-
» nèrent qu'un homme d'efprit pafsât fes beaux
» jours derrière un comptoir.

N 4

» Je ne foupçonnois rien de fâcheux ; je fa-
» vois que mon fils avoit toujours de l'argent
» dans fa bourfe & qu'il pouvoit payer fon écot
» mieux que fes compagnons ; en conféquence
» j'efpérois le voir revenir triomphant & fe fé-
» licitant de ne pas être au nombre de ceux
» qui, pour trois fchellings par jour, expofent
» leurs têtes à un boulet de canon.

» Il revint trifte & rêveur. Perfuadé que la
» dure deftinée de fes compagnons l'affligeoit,
» j'effayai de le confoler en lui difant que la
» guerre finiroit bientôt. . . . Il me lança un
» regard d'indignation, & faififfant fa chandelle,
» il me répondit en montant l'efcalier , *qu'il*
» *efpéroit encore voir une bataille.*

» Ces mots étoient une énigme pour moi ;
» mais je crus que le fommeil rendroit le calme
» à fes fens. Le lendemain il fit plufieurs er-
» reurs dans le premier billet ; il répondit dure-
» ment aux pratiques, & mit de fauffes dates fur
» le journal. Le foir il rejoignit fes militaires
» compagnons, vint très-tard au logis, & cher-
» cha querelle à la fille.

» Depuis cette fatale entrevue il a perdu peu
» à peu fes louables défirs & fes goûts honnêtes.
» Il eft continuellement trifte , & je vous avoue
» que je cefferai bientôt de lui accorder ma
» confiance ; il fe trompe fouvent à fon défa-

» vantage fur les prix des marchandifes ; il
» confond toujours la recette avec la dépenfe.

» J'ignorois cependant à quel point il étoit
» corrompu, lorfqu'un honnête tailleur m'apprit
» qu'il étoit chargé de lui procurer un afforti-
» ment de dentelles; il ajouta qu'il avoit exé-
» cuté les ordres de mon fils, & que les dentelles
» étoient chez la fœur d'un de mes ouvriers.
» Je me rendis à cette maifon clandeftine & j'y
» trouvai une garde-robe qui feroit honneur au
» plus élégant gentilhomme du royaume ; ces
» effets ont été achetés à crédit, ou avec des
» guinées forties de mon comptoir.

» Cette découverte l'a défefpéré. Maintenant
» il déclare ouvertement qu'il veut vivre en
» gentilhomme ; *mon ame, dit-il, eft trop grande*
» *pour un comptoir.* Il ridiculife les tavernes & les
» difcours que l'on y tient, il parle de comé-
» dies, de loges, de dames ; il fe vante d'avoir
» des ducheffes à fa difpofition ; il porte fon
» argent dans la poche de fa vefte afin de le
» diftribuer plus aifément ; le foir il revient à
» la maifon dans une chaife à porteur, & fait
» tant de vacarme à la porte, que le guet en
» eft fouvent alarmé.

» Ces dépenfes ne font point capables de nuire
» à ma fortune, je lui paſſerois volontiers quel-
» ques folies de jeuneffe, s'il ne négligeoit le

» principal ; mais la plupart de fes converfations
» roulent fur le mépris de l'argent : *Les richeſſes*
» *fans honneur* (dit-il) *font nulles.* Un jour même
» il me dit en face que l'unique avantage
» de l'opulence confiſtoit à foutenir les gens
» d'efprit.

» Il s'ennuie dans la fociété de fes anciens
» amis & ne leur parle que quand il eſt échauffé
» par le vin ; alors il nous entretient de chofes
» qui ne font point amufantes pour nous, il
» nous rapporte des intrigues amoureufes, &
» des querelles furvenues entre les officiers aux
» gardes ; il montre la miniature de fa tabatière,
» & s'étonne que chacun n'éprouve pas des
» tranfports délicieux en voyant danfer la nou-
» velle débutante.

» Tout cela eſt fort ridicule, & néanmoins
» on pourroit le fupporter, fi mon pauvre fils
» favoit foutenir fes prétentions ; mais quoi qu'il
» en penfe, il eſt loin des perfections qu'il
» s'eſt efforcé d'acheter fi chèrement. Je l'exa-
» mine quelquefois dans les lieux publics, il
» rampe comme un homme qui fait qu'il eſt où
» il ne devroit pas être ; la moindre falutation
» l'enorgueillit, fouvent même il croit en rece-
» voir quand perfonne ne fonge à lui.

» Cher Parelleux, dites-lui ce que doit deve-
» nir un fat à qui l'orgueil ne permet pas d'être

» négociant , & à qui la longue habitude de
» vivre dans une boutique, refufe les grâces
» & les manières d'un gentilhomme ».

Je fuis, Monfieur, &c.

TIM DRAPET.

Numéro XCIV.

Samedi 16 Février.

Hacho, roi de *Laponie*, étoit dans sa jeu‹
nesse le plus remarqué des guerriers du Nord;
ses exploits martiaux sont gravés sur une roche
de *Hanga*, & quand les *Lapons* célèbrent des
fêtes nocturnes, ils les chantent encore en mê‹
lant leurs voix aux sons mélodieux de la harpe.
Il osa traverser le lac *Veser* pour aborder à l'île
de *Wizards*. Arrivé là, *Hacho* descendit sous une
voûte épouvantable dans laquelle un magicien
étoit enchaîné depuis six siècles. --- Il lut les
caractères gothiques gravés sur ses armes de
bronze. Le magicien avoit l'œil si perçant qu'il
pouvoit, selon les vieilles chroniques, brûler
d'un seul regard les armes de ses ennemis. A
l'âge de douze ans il portoit un vaisseau de fer
d'une pesanteur prodigieuse, & d'une étendue
de cinq stades, devant tous les chefs du château
de son père.

Il n'étoit pas moins célèbre par sa prudence
& par sa sagesse. Les *Lapons* se rappellent &
répètent encore deux de ses proverbes. Pour exprimer la vigilance de l'Être suprême, il avoit
coutume de dire que *le ceinturon d'Odin étoit tou-*

jours bouclé. Pour montrer que la plus heureuſe condition de la vie étoit ſouvent expoſée au danger , il donnoit cette leçon aux hommes: *Quand vous gliſſ z ſur la glace la plus polie, défiez-vous des abymes creuſés ſous vos pieds.* Il conſoloit ſes compatriotes lorſqu'ils ſe préparoient à ſortir de leurs déſerts glacés pour aller chercher des climats plus doux. *Les peuples orientaux*, leur diſoit-il , *malgré la fertilité dont ils s'enorgueilliſſent tant , paſſent toutes les nuits dans l'inquiétude & l'effroi ; le ſoleil ſe lève chez eux avec tant de fracas qu'il répand au loin l'épouvante & l'horreur.*

Il ſe diſtinguoit, également par ſa tempérance & par la ſévérite de ſes mœurs. Jamais il n'avala une goutte de vin pendant ſa jeuneſſe, & jamais il ne voulut boire dans une coupe peinte ; il dormoit conſtamment ſur ſon armure tenant ſa lance à la main ; en un mot, il ne ſe ſervoit jamais d'une hache d'armes dont le manche fût marqueté d'airain.

Cependant il ne vécut pas toujours dans le mépris du luxe, & ne termina pas ſa carrière avec honneur.

Un ſoir , après avoir chaſſé au *Gulos* ou *Chien ſauvage*, ſe trouvant engagé dans une forêt ſolitaire, & ayant ſupporté les fatigues du jour ſans aucun intervalle de repos , il aperçut un grand rayon de miel dans le creux d'un pin, c'étoit

un mets auquel il n'avoit point encore goûté,
& comme la faim le preſſoit il en mangea très-
avidement. Ce repas lui parut délicieux , & de
retour à ſon logis il ſe fit ſervir du miel tous
les jours. Inceſſamment ſon plaiſir ſe corrompit
& ſe déprava, il perdit ſon goût naturel pour
les nourritures ſimples , & contracta l'habitude de
mener une vie délicate. Il fit ouvrir ſes magnifiques jardins où, depuis pluſieurs automnes , les
plus excellens fruits mûriſſoient & tomboient
ſans être vus ni cueillis par qui que ce fût.
Enfin , devenu paſſionné pour les deſſerts luxu-
rieux , il crut devoir introduire du vin ſur ſa
table comme un ingrédient agréable & néceſſaire : dès qu'il en eut goûté une fois, il tomba
peu à peu dans tous les excès de l'ivrognerie;
ſa vie ſimple fut entièrement changée : il par-
fuma ſes appartemens en y brûlant les aromates
les plus précieux; il fit orner ſon caſque d'une
belle rangée de dents de Renne ; l'indolence
& la molleſſe s'emparèrent de lui par des gradations imperceptibles , ébranlèrent ſa fermeté
& éteignirent ſa ſoif pour la gloire militaire.

Tandis qu'*Hacho* étoit ainſi plongé dans les
plaiſirs, on lui rapporta un matin que la nuit précédente un préſage effrayant s'étoit manifeſté;
que les chauves-ſouris & d'autres oiſeaux ſiniſtres
avoient bu l'huile de la lampe allumée dans la

temple d'*Odin*. Vers le même temps un meſſager
lui annonça que le roi de *Norway* s'étoit emparé
de ſon royaume avec une armée formidable. *Hacho*
déja effrayé par l'augure, & énervé par la molleſſe, ſortit de ſa voluptueuſe léthargie, & raſſem-
blant quelques foibles étincelles de ſa première
valeur, il marcha contre l'ennemi. Les armées
ſe joignirent dans la forêt où *Hacho* s'étoit égaré
à la chaſſe. Or il arriva que le roi de *Norway*
provoqua le prince *Hacho* à un combat ſingulier,
préciſément où il avoit mangé le miel.... hélas !
Le pauvre roi de *Laponie* fut bientôt vaincu !....
Il mordit la pouſſière, & avant que ſon antago-
niſte lui coupât la tête, il prononça ces mots que
les *Lapons* rappellent toujours à leurs enfans : «
» l'homme eſt corrompu dès l'inſtant qu'il ſuc-
» combe à la tentation. J'ai vécu dans un luxe
» criminel, j'en reçois la juſte recompenſe:... oui,
» je mérite d'être immolé dans le lieu où, cédant
» pour la première fois à l'attrait du vice, je
» perdis mon innocence originelle. C'eſt le miel
» que je mangeai dans cette forêt, & non la main
» du roi de *Norway*, qui triomphe d'*Hacho* ».

Numéro XCV.

Samedi 23 Février.

ON peut, ce me semble, raisonnablement observer que les relations des voyageurs sont de tous
les ouvrages littéraires ceux qui trompent le plus
l'espérance des lecteurs. La plupart des hommes
sont naturellement curieux de connoître les sen-
timens, les mœurs & l'état de leurs semblables,
& tout esprit qui a le loisir ou la faculté d'étendre
ses vues, désire de savoir dans quelle proportion
la Providence a distribué les bienfaits de la nature, ou les avantages de l'art aux différentes nations de la terre.

Ce désir universel procure facilement des lecteurs à tous les livres dont on attend quelqu'amusement. Le voyageur qui décrit des terres inconnues & de régions éloignées, est toujours accueilli
comme un homme qui s'efforce de travailler pour
le plaisir des autres, comme un homme capable
d'étendre les lumières & de rectifier les opinions
erronées. Mais quand le volume est ouvert, on
y trouve des récits généraux qui ne laissent aucune
idée distincte; on y trouve des énumérations si
minutieuses, que les lecteurs les parcourent rarement avec plaisir ou profit.

Celui

Celui qui écrit des voyages devroit confidérer qu'il entreprend, comme tous les auteurs, de plaire ou d'inftruire, ou d'inftruire & de plaire en même temps. Celui qui veut inftruire doit offrir à l'efprit quelque chofe à imiter, ou quelque chofe à éviter. Celui qui veut plaire doit offrir de nouvelles images à fon lecteur, & le mettre en état de comparer tacitement fon état à celui des autres.

La plupart des voyageurs ne difent rien, parce que leur méthode de voyager ne leur fournit rien à dire; celui qui le foir entre dans une ville, & l'examine le lendemain, qui s'empreffe d'aller à un autre endroit, & juge des mœurs des habitans par ce qu'il voit à fon auberge, peut trouver un plaifir momentané dans le changement rapide des fcènes & dans le fouvenir confus des palais & des églifes; il peut fatisfaire fa vue par la variété des payfages, & favourer les vins de plufieurs climats; mais qu'il s'amufe lui-même fans vouloir troubler le repos d'autrui : pourquoi nous rappeler des excurfions incapables d'inftruire ? pourquoi faire parade de connoiffances que l'on ne peut atteindre fans avoir une faculté de voir, inconnue aux autres mortels ?

Souvent ceux qui rempliffent le monde de leurs itinéraires, n'ont d'autre deffein que de décrire la face du pays; les lecteurs curieux de favoir ce que l'on fait ou ce que l'on fouffre dans les pays éloignés, peuvent, fans fortir de leur cabinet, apprendre d'un de ces chevaliers errans, qu'un certain jour il partit de grand matin avec la caravane, & que, dans la première heure de fa marche, il vit au midi une colline couverte d'arbres; qu'enfuite il traverfa une rivière roulant tranquillement fes eaux vers le nord, mais qui probablement devoit être à fec pendant l'été; qu'une heure après il découvrit à la droite quelque chofe qui de loin reffembloit à un château flanqué de tours, mais que bientôt il s'aperçut que c'étoit un roc efcarpé: qu'alors il entra dans un vallon orné d'arbres verdoyans, arrofés par un ruiffeau qui n'étoit pas marqué fur la carte & dont il ignoroit le nom; qu'enfuite il rencontra des routes pierreufes & des pays inégaux; qu'il remarqua, entre les montagnes, des cavités creufées par les torrens; que le chemin, comme il l'apprit, n'étoit praticable qu'une fois l'année; qu'en continuant fa marche il vit les veftiges d'un édifice qui pouvoit être autrefois une forterefle pour afsûrer le paffage ou pour arrêter les brigands, & dont les habitans actuels ne favoient rien autre chofe, finon qu'il avoit été jadis habité par les Fées; qu'il avoit dîné au pied d'un roc, & marché le refte du jour fur les rives d'un fleuve; que de là il avoit defcendu dans un village; que ce village paffoit autrefois pour one ville confidérable, mais que l'on n'y trouvoit que mauvaife chère & mauvais logemens.

C'eft ainfi qu'il conduit fon lecteur à travers le froid & le chaud, par monts & par vaux, fans incidens, fans réflexions ; & s'il a compagnie le lendemain, il la fatigue & l'ennuie également, en lui parlant de rochers & d'abymes, de montagnes & de ruines.

Tel eft le ftyle ordinaire des héros qui vifitent les climats fauvages & qui rodent dans les lieux folitaires & défolés ; qui traverfent un défert & nous difent qu'il eft fablonneux ; qui paffent dans une vallée & trouvent qu'elle eft riante. D'autres, plus délicats & plus fenfibles, ne vifitent que les demeures de l'élégance & de la molleffe, parcourent les palais *Italiens*, & charment le lecteur bénévole par des catalogues de peintures ; entendent des meffes dans de magnifiques églifes, rapportent le nombre des piliers & les bigarrures du pavé. Il en eft encore d'autres qui méprifant les bagatelles, copient des infcriptions élégantes & groffières, anciennes & modernes, gravent dans leurs livres les murs de chaque édifice, civil ou facré. Celui qui lit de tels ouvrages doit regarder fon travail comme fa feule récompenfe ; car il n'y trouvera rien fur quoi l'attention puiffe fe fixer ou que la mémoire puiffe retenir.

Celui qui voyage pour l'agrément d'autrui,

O 2

devroit fe fouvenir que la vie humaine eft le principal objet d'un obfervateur. Chaque peuple a
quelque chofe de particulier dans fes manufactu-
res, fes ouvrages de génie, fes connoiffances
médicales, fon agriculture, fes ufages & fa politique. Celui-là feul eft un voyageur utile qui
rapporte dans fa patrie des connoiffances précieu-
fes; qui fait fuppléer aux befoins & diminuer les
maux des fiens; qui met fes lecteurs en état de
comparer leur condition à celle des autres, de la
perfectionner fi elle eft pire, & d'en jouir fi elle
eft meilleure.

NUMÉRO XCVI.

Samedi 1ᵉʳ Mars.

AU PARESSEUX.

MONSIEUR,

celui qui compte sur les lendemains s'en va si mort risque d'aller piaulé vendz

« JE fuis la fille d'un gentilhomme qui, jouif-
» fant d'une petite penfion à la cour vivoit dans
» une aimable aifance.

» Le rang qu'il tenoit dans le monde l'introdui-
» foit fréquemment dans la compagnie des perfon-
» nes plus fortunées que lui; elles le recevoient
» avec complaifance, & le traitoient avec poli-
» teffe.

» A l'âge de fix ans je fus placée dans une
» penfion de campagne, où je demeurai jufqu'à
» la mort de mon père. Ce trifte événement
» arriva dans un temps où j'étois incapable de
» me conduire; dans un temps où les paffions
» de la jeuneffe font impérieufes, & avant que
» l'expérience puiffe diriger nos fentimens &
» guider nos actions.

» Alors je fortis de ma penfion & je fus con-

O 3

» fiée à un oncle auquel mon père m'avoit re
» commandée en mourant. Je demeurai chez lui
» pendant plusieurs années, & comme il étoit
» célibataire, il m'abandonna la conduite de sa
» maison. Je tâchai toujours de remplir cette di-
» gnité, sinon avec applaudissement, au moins
» sans blâme.

» Quand j'eus atteint ma vingtième année, un
» gentilhomme du voisinage m'adressa ses soins
» & me fit des propositions de mariage. Je les au-
» rois acceptées d'autant plus volontiers, qu'ayant
» eu souvent occasion d'observer sa conduite,
» j'avois conçu pour lui la plus sincère affection.
» Mon oncle, je ne sais pour quelle raison, re-
» jeta cette alliance, quoique le père du jeune
» homme y donnât son consentement; & comme
» ma condition future dépendoit entièrement de
» lui, je craignis de lui déplaire & je déclinai
» les offres de mon amant contre le vœu de
» mon cœur.

» Mon oncle qui jouissoit d'un gros revenu,
» me faisoit souvent entendre dans la conversation
» qu'après sa mort je vivrois heureusement &
» paisiblement. Ces promesses répétées me tran-
» quillisoient sur l'avenir; mais mon oncle tomba
» foudainement malade, & malgré tous les
» moyens employés pour sa guérison, il mourut
» en peu de jours.

» Le chagrin que me caufe la perte d'un parent
» qui m'avoit toujours traitée avec bonté, n'eft
» pas le pire de mes maux. Mon oncle ayant
» conftamment joui d'une fanté parfaite, ne prévit
» point fa fin prochaine & mourut *inteftat ;* de
» forte que toute fa fortune eft paffée entre les
» mains d'un de fes proches parens, fon légitime
» héritier.

» Je ne puis donc plus efpérer de vivre comme
» je m'en étois flattée depuis long-temps, &
» j'ignore comment je pourrai me procurer une
» exiftence honnête. L'éducation que j'ai reçue
» m'élève au deffus de la fervitude, & ma fitua-
» tion actuelle me rend inférieure aux perfonnes
» avec lefquelles j'ai vécu jufqu'à préfent. --- Ce-
» pendant, bien que trompée dans mon attente, je
» ne me défefpère point : j'imagine qu'une jeune
» perfonne trouvera des confolations dans les maux
» dont elle n'eft point la caufe ; je me flatte que
» l'amitié, toute rare qu'elle eft, peut encore fe
» trouver fur la terre ».

Je fuis, MONSIEUR,

Votre humble fervanta ;
SOPHIE PRUDENT.

O 4

NUMÉRO XCVII.

Samedi 8 Mars.

UN jour qu'*Ortogrul* de *Basra* rôdoit dans les rues de *Bagdat*, examinant les différentes marchandises que les boutiques offroient à sa vue, & observant les occupations diverses des nombreux habitans, il fut retiré de sa méditation par un groupe de peuple qu'il rencontra sur son passage. Il tourna la tête & aperçut le grand visir qui revenant du Divan, rentroit dans son palais.

Ortogrul se joignit à la suite du visir, &, sous prétexte d'avoir quelque chose à lui dire, il obtint la permission d'entrer. Il examina l'étendue des appartemens, il admira les murs décorés de tapisseries d'or, les parquets couverts de tapis de soie, & méprisa la simple élégance de sa petite habitation.

« Sûrement, se dit-il, ce palais est le séjour
» du bonheur; les plaisirs y succèdent aux plai-
» sirs; l'ennui & les chagrins en sont toujours
» exilés. Ici les sens peuvent goûter tous les plai-
» sirs dont la nature leur a permis la jouissance.
» Le maître de ces lieux obtient, quand il veut,
» tout ce qu'un mortel peut souhaiter. Des mets
» succulens couvrent sa table; il s'endort dans ses

» bosquets aux mélodieux accens de la harpe ;
» il respire le parfum des fleurs de *Java*, & som-
» meille sur le duvet des cygnes du *Gange*. Il
» parle, & ses ordres sont exécutés ; il désire, &
» ses vœux sont remplis ! Tous ceux qu'il voit
» lui sont soumis ; tous ceux qu'il attend le flat-
» tent. Pauvre *Ortogrul !* que ta condition est
» différente ! toi qui es condamné au perpétuel
» tourment de ne pouvoir combler tes désirs, &
» qui ne peux par d'agréables diversions t'arracher
» à tes rêveries ! on dit que tu es sage ; mais que
» fait la sagesse avec la pauvreté ? Personne ne
» flatte les pauvres, & les sages ne peuvent guères
» se flatter. Le plus infortuné des hommes est
» sûrement celui qui voit sans cesse devant lui
» ses erreurs & ses folies, qui, n'étant honoré &
» loué de personne, ne sauroit se réconcilier avec
» lui-même. Depuis longtemps je cherche le
» bonheur, & je ne le trouve point; hé bien!
» dès ce moment je veux être riche ».

Après avoir pris cette soudaine résolution,
Ortogrul se renferma dans son cabinet pendant
six mois, pour délibérer sur les moyens de s'enrichir. Tantôt il se proposoit de s'offrir comme
conseiller à un roi des *Indes ;* tantôt il vouloit
chercher des diamans dans les mines de *Golconde.*
Un jour, après avoir passé quelques heures dans
une violente perplexité, il abandonna ses sens au

fommeil. Il rêva qu'il étoit dans un pays défert
& qu'il cherchoit quelqu'un qui pût lui apprendre
à devenir riche ; & comme il fe trouvoit fur une
colline ombragée de cyprès, fans favoir où diriger
fes pas, fon père lui apparut tout-à-coup. » *Or-*
» *togrul*, lui dit le vieillard, je fais la caufe des
» doutes qui t'inquiètent ; écoute-moi, je fuis ton
» père : tourne les yeux vers cette montagne ».
Ortogrul tourna les yeux & vit un torrent qui
tomboit du *haut* d'un rocher avec un bruit
de tonnerre, dont l'écume blanchiffante couvroit
les forêts des alentours. — « Maintenant, continua
» fon père, vois le vallon placé entre les collines. »
Ortogrul vit une fource d'où jailliffoit un ruiffeau ».
« Hé bien, dit le fpectre, veux-tu que les richeffes
» tombent fur toi, comme le torrent de cette
» montagne? ou veux-tu t'enrichir peu-à-peu, à
» l'exemple de ce ruiffeau qui s'accroît imper-
» ceptiblement? Je veux, reprit *Ortogrul*, être
» riche le plutôt poffible; je veux que l'or tombe
» fur moi comme un torrent. » — « Tourne en-
» core les yeux autour de toi, repliqua le père » —
Ortogrul tournant fes regards vers l'endroit indiqué,
s'apperçut que le torrent étoit à fec; mais le
ruiffeau prenoit fans ceffe de nouvelles forces,
& formoit enfin un lac confidérable. —— Il
s'eveilla, bien réfolu d'imiter la fage lenteur du
ruiffeau pour s'élever au comble de la fortune.

Il vendit fon pàtrimoine, plaça fon argent dans le commerce, &, en moins de vingt années, il acheta des terres ; ce ne fut pas tout : il fit conftruire un palais auffi fomptueux que celui du vifir, il choifit des hommes du bon ton pour partager fes plaifirs, & crut qu'il alloit jouir de toutes les délices attachées aux richeffes. La molleffe l'ennuya bientôt ; il voulut être perfuadé qu'il étoit grand & riche. Il fe montra civil & libéral. Tous ceux qui l'approchoient, efpéroient de lui plaire ; tous ceux qui lui plaifoient, efpéroient d'être récompenfés. On lui prodigua toutes les louanges imaginables ; on épuifa pour le flatter, tous les menfonges de l'adulation. *Ortogrul* écouta fes prôneurs fans plaifir, parce qu'il ne pouvoit les croire, fon cœur lui montroit fes foibleffes, & fa raifon lui reprochoit fes erreurs. --- » Hélas ! » s'écria-t-il, en pouffant un profond foupir, que » de peines je me fuis caufées pour amaffer d'inu- » tiles richeffes ! heureux ! mille fois heureux !... » fi les éloges accordés à ma fageffe , avoient » fatisfait ma fotte ambition ! »

NUMÉRO XCVIII.

Samedi 15 Mars.

AU PARESSEUX.

MONSIEUR,

« L ES favans fe plaignent fréquemment de l'in-
» certitude & des défauts du langage; cependant
» il refte encore, chez les Anglois, quelques ex-
» preffions vagues dont il eft néceffaire de fixer
» le fens, & qui produifent des erreurs funeftes,
» quand elles font mal interprétées.

» J'ai demeuré célibataire au delà du temps
» accoutumé. D'abord l'amour des plaifirs, &
» enfuite les affaires m'empéchoient de fentir le
» befoin d'une compagne domeftique : mais je me
» laffai de travailler, & bientôt plus las de ne
» rien faire, je fuivis l'ufage commun; je crus
» la tendreffe & l'enjouement d'une femme
» propres à diffiper mes ennuis & à charmer mes
» loifirs.

» Un choix long temps différé, fe fait ordinai-
» rement avec une grande prudence; je réfolus

» d'impofer filence à l'amour, & de ne confulter
» que la raifon pour mon mariage. J'écrivis fur
» mes tablettes les vertus & les vices des femmes,
» ainfi que les vices inféparables des vertus
» & les vertus jointes aux vices, Je confidérai
» que l'efprit étoit fatyrique, la magnanimité im-
» périeufe, l'avarice économe, l'ignorance fou-
» mife, & après avoir pefé le bien & le mal de
» chaque qualité, j'employai mes foins & ceux
» de mes amis à chercher une époufe dans la-
» quelle la nature & la raifon euffent atteint cette
» heureufe médiocrité également éloignée du
» trop & du trop peu.

» Toutes les femmes que l'on m'offroit, étoient
» admirées par les uns & cenfurées par les autres;
» mais enfin il y en eut une qui réunit tous les
» fuffrages. Miff *Gentille* me fut univerfellement
» vantée comme *une bonne perfonne.* Ses biens
» n'étoient pas confidérables, mais fi prudemment
» gérés, qu'elle portoit de plus beaux habits, &
» voyoit plus de monde que les perfonnes con-
» nues pour être deux fois plus riches qu'elle.
» Miff *Gentille* étoit bien accueillie par-tout &
» fe faifoit admirer par fa politeffe, lorfqu'elle
» recevoit compagnie. Chaque jour étendoit le
» cercle de fes connoiffances, & tous ceux qui
» la connoiffoient, déclaroient unaniment qu'ils
» n'avoient jamais rencontré une fi *bonne perfonne.*

» Je rendis donc mes foins à Miff *Gentille*, qui
» les reçut avec une extrême bonté. Pendant le
» temps de nos amours, elle ne s'arrogea point
» le privilége de me donner des ordres rigou-
» reux, ni d'être fâchée de mes procédés. Si
» j'oubliois de remplir fes volontés, elle me rap-
» peloit mon devoir avec douceur ; fi je man-
» quois à l'heure d'un rendez-vous, j'étois facile-
» ment pardonné. Je ne voyois dans notre alliance
» future qu'un bonheur inaltérable ; je me rejouif-
» fois de paffer mes jours dans la fociété d'une
» auffi *bonne perfonne* que Miff *Gentille.*

» L'affaire fe conclut bientôt par l'entremife
» de mes amis, & le jour vint où Miff *Gentille*
» fut à moi pour toujours. Le premier mois fe
» paffa rapidement ; nous reçûmes & nous ren-
» dîmes les vifites d'ufage. La nouvelle-mariée
» remplit avec exactitude toutes les formalités or-
» dinaires, & répondit aux félicitations de nos
» amis d'une manière qui lui mérita le plus grand
» honneur.

» Mais quand nous fûmes rendus à nous-mêmes,
» & que nos plaifirs devinrent réciproques, je
» commençai de m'apercevoir que j'étois peu fait
» pour me plaire dans la fociété d'une *bonne per-*
» *fonne.* Son grand principe eft que l'ordre d'une
» famille ne doit pas être troublé. Chaque inftant
» du jour eft confacré à une occupation particu-

» lière; perfonne ne pourroit lui perfuader de fe
» promener dans le jardin à l'heure qu'elle employe
» à broder; ou de paffer, dans fon appartement
» fupérieur, le temps qu'elle doit demeurer dans
» le falon du rez-de-chauffée. Elle fe repofe ré-
» gulièrement après déjeûner & après dîner pen-
» dant une demi-heure. Tandis que je parle ou
» que je lis, elle tient les yeux collés fur fa
» montre, & quand la minute de fon départ arrive,
» elle me quitte au milieu d'une hiftoire intéref-
» fante ou de l'intrigue d'une comédie. Un jour
» elle me fit fouper au moment où j'examinois
» une éclipfe : autrefois elle m'ordonna d'aller me
» coucher, lorfque je donnois des ordres dans un
» incendie.

» Elle eft fi prudente en converfation qu'elle
» ne me parle jamais qu'en termes généraux,
» comme fi elle craignoit de fe confier à moi.
» Elle ne fait point affigner aux perfonnes leurs
» différens caractères; Tous ceux dont elle parle,
» font ou des hommes honnêtes ou des femmes
» aimables. Elle rit, non par fenfation, mais par
» pratique.

» Elle eft fur-tout l'ennemie jurée de l'orgueil
» & des caractères bizarres : mais elle a fouvent
» occafion de fe plaindre qu'ils foient fi fréquens
» dans le monde. Tous ceux qui n'aiment pas
» également le bon & le mauvais, le beau & le

» laid , l'efprit & l'ignorance , qui diftinguent
» l'excellence de la médiocrité, elle les regarde
» comme des gens d'un mauvais naturel. Elle taxe
» d'orgueil ceux qui répriment l'impertinence, qui
» confondent la préfomption , & qui ne rendent
» pas des hommages exclufifs à la fortune, fa
» chère idole.

» Elle n'a pour perfonne une haine ouverte ;
» car quand elle effuye ou croit effuyer des in-
» fultes & des mépris , elle ne les oublie jamais,
» mais elle dit à tout le monde qu'elle peut facile-
» ment les pardonner. Elle n'aime perfonne de
» préférence ; car lorfque fes connoiffances perdent
» l'eftime publique, elle trouve toujours quelque
» prétexte pour s'abftenir de les voir ; fon affec-
» tion demeure inaltérable ; mais il eft impoffi-
» ble , dit-elle, de fe lier avec toute la ville.

» Elle exerce journellement fa bienveillance
» en plaignant les malheurs qui furviennent à fes
» amis ; elle tremble à toute heure qu'ils ne ga-
» gnent un rhume pendant la pluie ; elle montre
» fa charité en déplorant le nombre des malheu-
» reux qui gémiffent dans les rues, & en s'éton-
» nant que les riches faffent fi peu de bien aux
» pauvres.

» Sa maifon eft élégante, & fa table bien fer-
» vie, quoiqu'elle ait peu de goût pour l'élégance,
» & que le luxe lui déplaife beaucoup ; mais elle
» fe confole

» fe confole en difant que perfonne ne peut lui
» reprocher d'avoir des appartemens mal-propres
» & de faire mauvaife chère.

» Voilà donc, Monfieur le Pareffeux, ce que
» c'eft qu'une *bonne perfonne ;* je l'ai trop bien
» appris à mes dépens. Je vous fais cette lettre
» pour détromper ceux de vos lecteurs qui prén-
» nent pour termes fynonymes, *une bonne perfonne*
» & *une bonne femme.* Cet exemple pourra les
» prémunir contre la dangereufe erreur où eft
» tombé

Votre humble ferviteur ,

TIM JOCRISSE.

NUMÉRO XCIX.

Samedi 22 Mars.

OMAR, fils d'*Huffan* avoit paffé foixante &
quinze années dans les honneurs & la profpérité.
La faveur de trois *Califs* avoit rempli fa maifon
d'or & d'argent; & dans tous les lieux où il paroiffoit, les bénédictions du peuple annonçoient
fon paffage.

Le bonheur terreftre eft d'une courte durée.
La flamme détruit fon propre aliment; la fleur
périt en exhalant fes parfums. «La vigueur d'*Omar*
» commençoit à l'abandonner; fa figure perdoit
» fes charmes, fes bras n'avoient plus leur pre-
» mière force, ni fes pieds leur ancienne agilité.
» Il remit au *Calif* les marques diftinctives de fa
» dignité, & réfolut de chercher le bonheur dans
» le commerce des fages & dans la reconnoiffance
» de ceux qu'il avoit honorés de fes bienfaits.

Cependant fes facultés intellectuelles confervoient
encore toute leur énergie. Sa chambre étoit remplie de vifiteurs charmés d'écouter fes préceptes
& de payer à fes vertus le jufte tribut d'admiration qu'elles méritoient. *Caled*, le fils du viceroi
d'Egypte, paffoit les jours entiers avec lui. Il réuniffoit les grâces de l'éloquence & les charmes

de beauté, *Omar* admiroit son esprit & aimoit sa docilité. --- « Apprenez-moi, lui dit *Caled*, vous
» dont les nations écoutent la voix, & dont la
» sagesse est connue jusqu'aux extrémités de l'Asie,
» apprenez-moi comment je puis ressembler à
» *Omar* le prudent. Les moyens par lesquels vous
» avez mérité & conservé votre puissance ne vous
» sont plus utiles. Communiquez-moi le secret de
» votre conduite ; communiquez-moi le plan
» sur lequel votre sagesse a établi votre fortune ».

» Jeune homme, dit *Omar*, il est peu nécessaire
» de former des plans de vie. Lorsqu'à l'âge de
» vingt ans je jetai mes premiers regards sur la
» scène du monde ; lorsque j'eus considéré les dif-
» férentes conditions des hommes, je cherchai
» des lieux solitaires, je m'appuyai contre un
» cèdre qui étendoit ses branches sur ma tête, & je
» me tins à moi-même le discours suivant : l'homme
» a soixante & dix années à vivre ; il m'en reste
» encore cinquante : j'en passerai dix à me pro-
» curer de belles connoissances, & je consacrerai les
» dix autres à parcourir les pays étrangers. Je
» serai savant & par conséquent honoré ; les villes,
» à mon arrivée dans leur enceinte, pousseront
» des cris d'allégresse ; tous les savans solliciteront
» mon amitié. Vingt ans écoulés de la sorte me
» donneront une multitude d'idées, que je com-
» binerai & comparerai pendant le reste de ma

P 2

» vie. Quel plaisir d'accumuler des richesses intel-
» lectuelles dans mon esprit? Chaque jour m'of-
» frira des jouissances nouvelles, jamais un mo-
» ment d'ennui. Cependant je ne m'éloignerai pas
» trop de la route ordinaire que suivent les hom-
» mes & j'essayerai des plaisirs que procurent les
» femmes. Je veux en épouser une aussi belle que
» les *Houris* , aussi sage que *Zobéide*. Avec elle
» je vivrai vingt ans dans les fauxbourgs de *Bag-*
» *dat ;* je goûterai toutes les joies que la richesse
» peut acheter & que l'imagination peut inventer.
» Après cela je chercherai quelque asile cham-
» pêtre ; j'y passerai mes derniers jours dans la con-
» templation & l'obscurité , & j'attendrai paisi-
» blement ma dernière heure. Tant que j'existe-
» rai, je jure de ne pas dépendre du caprice des
» princes, ni de m'exposer aux artifices des cours.
» Je n'aspirerai point aux honneurs publics, & je
» ne troublerai point mon repos par les affaires
» d'état ».

» Je me proposois ensuite de m'appliquer à la
» recherche des belles connoissances , & je ne
» sais comment je fus détourné de ce projet. Je
» ne rencontrai point d'obstacles insurmontables ;
» mes passions ne me subjuguoient pas ; je ne
» voyois rien de si beau, de si délicieux que la
» science ; mais néanmoins les jours & les mois
» passoient avec tant de rapidité, que sept années

» s'écoulèrent infructueusement. Alors je différai
» mes voyages ; car dequoi m'eut servi d'aller
» visiter l'étranger, quand j'avois tant de choses
» à acquérir dans ma patrie? Je m'enfermai pen-
» dant quatre années & j'étudiai les lois de l'Em-
» pire. Le bruit de mon savoir parvint aux oreilles
» des magiftrats; on me trouva capable de dif-
» cuter des queftions difficiles, & j'eus ordre de
» paroître devant le *Calif*. Je fus écouté avec at-
» tention, confulté avec confiance, & bientôt
» l'amour des louanges empoifonna mon cœur.

» Je fouhaitois toujours de voir les climats
» lointains, j'écoutois avidement les relations des
» voyageurs, & je réfolus de fatisfaire les vœux
» de mon cœur; mais ma préfence étoit nécef-
» faire au *Calif*, & d'ailleurs j'étois emporté par
» le tourbillon des affaires. Je craignois que mon
» abfence ne m'attirât le reproche d'ingratitude ;
» mais je ne voulois point perdre ma liberté par
» le mariage, parce que j'avois toujours le goût
» des voyages.

» A cinquante ans je commençai de m'aperce-
» voir que le temps de voyager étoit paffé; c'eft
» pourquoi je voulus goûter les plaifirs de la vie
» domeftique. Mais à cinquante ans un homme
» trouve difficilement une femme auffi belle que
» les *Houris*, auffi fage que *Zoléide*. Je fus difficile
» dans le choix, je délibérai, j'héfitai; infenfible-

» ment j'atteignis ma soixante-deuxième année,
» & je rougis de courtiser les jeunes filles. La
» retraite étoit ma dernière ressource ; mais les
» affaires m'empêchoient d'y songer ; il a fallu que
» les infirmités de la vieillesse m'arrachassent aux
» emplois publics.

» Tel fut mon plan de vie, & telles en furent
» les conséquences. Avec le désir insatiable d'acqué-
» rir des lumières, je perdis, dans les frivolités,
» le temps où l'on s'instruit. Je voulois parcourir
» les régions éloignées, & je demeurai toujours
» dans la même ville ; je soupirois après le bon-
» heur conjugal, & j'ai gardé le célibat jusqu'à
» présent. J'avois résolu de passer ma vieillesse dans
» une paisible solitude, & je vais mourir dans les
» murs de *Bagdat.*

Numéro C.

Samedi 29 Mars.

IL arrive rarement à l'homme d'être content de ses occupations. Ce qu'il fait par nécessité, il le fait souvent contre son inclination : bientôt le dégoût s'empare de lui, & peu à peu l'idée de ses devoirs l'attriste, & le révolte. C'est pour cela que nous voudrions tous quitter nos états ; les occupations d'un autre genre ne nous plaisent pas davantage ; mais nous sommes fatigués des nôtres.

De ce dégoût naturel pour notre état, il s'ensuit que peu d'Auteurs écrivent leurs propres vies. Des politiques, des courtisans, des dames, des généraux & des marins ont fait part à l'univers de leur histoire & des divers événemens de leur vie. Ils se renfermoient dans leur cabinet, & y écrivoient avec plaisir, parce qu'ils pouvoient laisser la plume toutes les fois qu'ils étoient fatigués. Mais un auteur, quelque célèbre & important qu'il soit à ses yeux ou à ceux du public, laisse raconter sa vie à ses successeurs, parce qu'il ne peut satisfaire sa vanité qu'en sacrifiant son repos.

On croit communément que l'uniformité de la vie studieuse n'est pas favorable à la narration ;

P 4

mais il faut convenir qu'une grande partie de la
vie la plus ftudieufe fe confume fans étude. Un
auteur partage la condition commune de l'humanité; il naît & fe marie comme un autre homme;
il eft tourmenté par la crainte, il conçoit des
efpérances, il effuie des difgraces, il nage dans la
joie, il a des amis & des ennemis, comme un
courtifan ou comme un politique. Pourquoi donc
fa vie n'exciteroit-elle pas autant la curiofité que
le caquet d'un boudoir ou les factions d'un camp?

Rien ne fixe plus l'attention d'un lecteur que les
revers accablans ou les viciffitudes foudaines de
la fortune; or les enfans de la littérature ne peuvent
manquer d'intéreffer fous ce rapport. Ils font engagés par des contrats dont ils ne favent comment
remplir les conditions ; ils font obligés d'écrire
fur des fujets qu'ils ne comprennent point. La
publication d'un livre eft une époque de laquelle
on date l'accroiffement ou la diminution de leur
renommée. La fucceffion des batailles forme la vie
des héros ; la fucceffion des livres forme celle des
Auteurs.

Les fuccès & les difgraces ont les mêmes effets
dans toutes les conditions. Les riches font craints,
déteftés & flattés ; mais on évite, on plaint &
l'on méprife les malheureux. Dès qu'un ouvrage
eft publié, l'écrivain peut juger de l'opinion du
monde. Si fes amis s'attroupent autour de lui dans

les lieux publics, s'ils le faluent d'une extrémité
de la rue à l'autre, fi chacun s'empreffe de l'inviter à dîner, fi ceux avec lefquels il dîne, le
retiennent à fouper, fi les dames lui parlent malgré la mefquinerie de fes habits, fi les laquais le
fervent avec une refpectueufe attention, il peut
être sûr que quelque colporteur littéraire a vanté
fa nouvelle production.

Les fymptômes de la renommée défaillante font
auffi faciles à obferver. Quand un auteur malheureux entre dans un café, on ne l'aborde point:
s'il fait une vifite à un libraire, les commis lui
tournent le dos. Mais le plus fatal de tous les
pronoftics, c'eft quand fes confrères lui parlent
des critiques malveillans, du mérite négligé, du
mauvais goût actuel, & de l'impartialité des fiecles
à venir.

Tout cela varié & modifié par les circonftances
& les événemens, formeroit des fcenes très-amu-
fantes, & pourroit récréer les efprits qui n'aiment
ni les confpirations, ni les batailles, ni les intrigues
d'une cour, ni les débats d'un parlement. On y
peindroit les changemens fucceffifs qui fe mani-
feftent fur les traits d'un patron; le premier feu
dont l'adroite flatterie enflamme fes joues, l'attachement qu'elle affecte de montrer, les promeffes
& les louanges magnifiques qu'elle prodigue; fes
excufes fur un délai, & fes lamentations fur fa

feinte inhabilité. On y peindroit enfin la froide séparation d'un protecteur & d'un protégé, quand l'un se lasse d'être persécuté & l'autre de solliciter.

C'est ainsi que l'on néglige des mines fécondes, pour boulverser les titres vermoulus d'une famille qui, par hasard a produit un soldat ou un ministre, pour grossir une bibliothèque d'inutiles *in-folio*, de paperasses diplomatiques qui ne seront jamais lues, & qui ne contribuent nullement à l'extension des connoissances humaines.

J'espère que les savans apprendront à connoître ce qu'ils peuvent & ce qu'ils valent; j'espère qu'au lieu d'abandonner l'honneur d'écrire leur vie à des panégyristes souvent inattentifs à leur mérite, ils se détermineront enfin à se rendre justice eux-mêmes.

Numéro CI.

Samedi 5 Avril.

Respicere ad longæ juſſit ſpatia ultima vitæ.
J U V.

LA plupart des peines & des plaiſirs qui affectent les hommes, viennent des conjectures que chacun fait ſur les penſées des autres. Nous jouiſſons tous des louanges que nous n'entendons point, & nous reſſentons le mépris ſans l'apercevoir. On pardonnera donc au *Pareſſeux*, s'il permet à ſon imagination de ſe repréſenter ce que ſes lecteurs diront ou penſeront, en apprenant que cette feuille eſt la dernière qu'il confie à leurs mains.

Souvent les choſes acquièrent du prix plutôt par la rareté que par l'utilité. Telle denrée n'avoit aucune valeur quand elle étoit commune, qui, en devenant plus rare, eſt devenue plus précieuſe . nous ne ſentons le beſoin des choſes que quand nous en ſommes privés.

Cet eſſai a peut-être été lu avec ſoin par ceux qui n'ont jamais goûté d'autres productions, & s'ils trouvent que leur attention ſoit récompenſée, ils ſe repentiront ſûrement de l'avoir accordée trop tard.

Quoique le *Paresseux* & ses lecteurs n'aient pas
formé d'étroite liaisons, c'est peut-être à regret
qu'ils se séparent. Il est peu de choses, même
indifférentes, dont on puisse dire sans émotion :
voilà la dernière. Les personnes qui ne peuvent
vivre ensemble, versent des larmes lorsqu'un mécontentement mutuel les détermine à se quitter ;
le cœur s'attriste quand on voit pour la dernière
fois des lieux que l'on a fréquemment visités,
même sans plaisir. C'est pourquoi le *Paresseux*,
malgré sa froide indifférence, voit sa dernière
feuille avec un peu d'émotion.

Cette horreur secrète de la fin dernière est inséparable d'un être pensant, dont la vie est limitée
& pour qui la mort est terrible. Nous comparons
toujours tacitement la partie au tout ; la fin
d'une portion de notre vie nous rappelle que la
vie elle-même cessera d'être. Quand nous avons
fait quelque chose pour la dernière fois, nous
nous rappelons involontairement qu'une portion
de nos jours est passée, & que plus il s'en écoule
moins il en reste.

Rien n'est plus heureusement & plus sagement
inventé par l'Auteur de la Nature que les différentes époques & interruptions de la vie ; elles
obligent les personnes insouciantes & légères de
faire des réflexions. Le commencement & la fin
quelconque, les vicissitudes de la fortune, le

changement d'emploi ou de lieux, la perte de l'amitié, tout cela nous force souvent de dire : *c'est pour la dernière fois.*

Quand la vie est monotone & sans évenemens, nous en redoutons moins la fin, la succession des chofes ne s'aperçoit que par leur variété, celui qui vit aujourd'hui, comme il vivoit hier, & qui juge du lendemain par la veille, ne voit dans la vie qu'un cercle continuel à parcourir. La feule différence de nos fituations nous prouve l'incertitude de notre durée : fans les changemens de la vie, nous ne fongerions point à fa brièveté.

Quelque forte que foit cette conviction, elle s'affoiblit inceffamment dans l'efprit, foit par le retour inévitable des idées nouvelles, foit par l'exclufion volontaire des bonnes penfées, nous fommes expofés à des erreurs générales, & fouvent nous faifons une chofe fans confidérer que le temps s'approche où nous ne pourrons plus la faire.

Comme le *Parffeux* publie fa dernière feuille dans cette femaine folemnelle (1) que le monde chrétien choifit toujours pour faire l'examen de fa confcience & réfléchir fur fa vie paffée, pour éteindre les défirs terreftres & former de faintes

_____

(1) Le temps de Pâques.

résolutions; j'espère que mes lecteurs font déja difposés à voir de fang-froid tous les événemens de la vie, & à les méditer férieusement. En voyant la fin de ces bagatelles, ils confidéreront fans doute qu'ils ont paffé des jours, des femaines, des mois & des années qui ne font plus en leur pouvoir; que les petites & les grandes chofes doivent finir, & que la vie aura fa dernière heure.

F I N.

www.ingramcontent.com/pod-product-compliance
Lightning Source LLC
Chambersburg PA
CBHW061439030726
47503CB00005B/1489